Iris Murdoch

Henry und Cato

Roman

Aus dem Englischen
von Mechthild Sandberg-Ciletti

Deuticke

Die englische Originalausgabe erschien 1976 unter dem Titel *Henry and Cato* bei Chatto and Windus, London.

Deutsche Erstausgabe

Umschlaggestaltung: Robert Hollinger
Umschlagfoto: Günter Menzl
Druck: Wiener Verlag, Himberg bei Wien

Printed in Austria
ISBN 3-216-30325-X

Für Stephen Gardiner

TEIL 1

Rites de passage

Cato Forbes hatte die Hungerford-Eisenbahnbrücke bereits dreimal überquert, einmal von Norden nach Süden, dann von Süden nach Norden und wieder von Norden nach Süden. Jetzt ging er sehr langsam zur Mitte der Brücke zurück. Er atmete tief und merkte dabei, daß sein Atem und Herzschlag in einem, wie es ihm schien, laut hörbaren Kontrapunkt standen. Er fühlte einen nervösen Zwang, erst den Atem zu lange anzuhalten und dann nach Luft zu schnappen. Das Futteral mit dem Revolver, schwer und sperrig in der Tasche seines Trenchcoats, schlug bei jedem Schritt unrhythmisch gegen seinen Oberschenkel.

Es war nach Mitternacht. Die letzten Nachzügler unter den Konzertbesuchern aus der Royal Festival Hall hatten die Brükke überquert und waren nach Hause gegangen. Dennoch, es war zum Verrücktwerden, selbst jetzt war er nicht allein auf der Brücke. Der Nebel, der ihm erst ganz recht gewesen war, narrte ihn. Feucht, grau, gazefein und leicht bewegt, stieg er von der Themse auf und umhüllte ihn; scheinbar durchsichtig, verbarg er dennoch die Lichter der Uferdämme zu beiden Seiten und dämpfte die Schritte der immer wieder auftauchenden Gestalten, die plötzlich dicht vor ihm Form gewannen und mit verdächtigem Schritt vorübergingen. Oder waren dies alles verschleierte Erscheinungen derselben Person, eines Kriminalbeamten vielleicht, dessen Aufgabe es war, die Brücke zu überwachen?

Die Luft der Aprilnacht war lau, durchzogen von frischen Düften, der Würze des Meeres oder vielleicht auch nur vom fauligen Gemüsegeruch des Flusses, der von einem vagen Hauch von Frühlingsbäumen und -blüten ein wenig gemildert war. Obwohl es an diesem Tag kaum geregnet hatte, war alles naß.

Der Asphalt unter Catos Füßen war glitschig, und die dicken gußeißernen Geländer waren mit dem kalten Schweiß rieselnden Wassers überzogen. Catos Finger waren feucht und klamm geworden, während er, mit der einen Hand den Revolver ruhighaltend und die andere an den Stäben entlangziehend, dem schmalen Fußweg neben der Eisenbahnlinie gefolgt war. Auch sein vor ängstlicher Erregung glühendes Gesicht war naß, und er wischte es ungeschickt mit dem Ärmel seines Regenmantels ab. Hinter dem Gitter, das die Gleise vom Fußweg trennte, ratterte gemächlich ein vom Bahnhof Charing Cross kommender Zug vorüber, dessen erleuchtete Waggons aufblitzend den Nebel erhellten. Cato wandte den Kopf ab.

Ach, wie dumm ich doch bin, sagte er sich, Worte gebrauchend, die er unendlich oft gebraucht hatte seit er ein Kind gewesen war. In diesem Moment schien ihm, daß sein ganzes bisheriges Leben aus einer Dummheit nach der anderen bestanden hatte und daß er jetzt, mit einunddreißig Jahren, auf dem besten Weg war, die schwerste von allen zu begehen. Der Zug war vorübergefahren. Eine hochgewachsene Gestalt erschien und ging mit einem scharfen Blick auf ihn vorbei. Es herrschte eine seltsame gespannte Stille, die das schwache Rauschen des dünnen Uferverkehrs in sich einschloß. Ein fernes Nebelhorn tutete traurig, tutete noch einmal, die Stimme der Nacht selbst. Cato wußte, daß er nicht einfach aufgeben und nach Hause gehen konnte; er hatte einen Käfig aus Vorsätzen gebaut und saß nun in ihm gefangen. Furcht, ein jetzt schon vertrautes Gefühl, wie sexuelle Erregung, wurde endlich zum Zwang, zu handeln.

Ohne sich darum zu kümmern, ob jemand in der Nähe war, kniete er nahe der Mitte der Brücke nieder. Seine Knie klebten an dem kalten, schmutzigfeuchten Boden. Er wollte das Revolverfutteral aus der Tasche ziehen, aber eine Ecke verfing sich im Futter, und im Knien zerrte er daran und zerriß den Stoff. Als er es heraus hatte, zögerte er wieder und überlegte, ob er die Waffe aus dem Behältnis nehmen sollte. Warum hatte er das nicht vorher entschieden? Würde das Futteral schwimmen, fragte er sich töricht. Er spähte in die Tiefe, aber das Wasser unter ihm war unsichtbar. Seine Wange berührte das nasse, kalte Eisen. Er schwang das ungeöffnete Futteral zwischen den Stangen hindurch in die dunkle, dunstige Luft hinaus und ließ los. Sofort verschwand es aus seinen Fingern lautlos im Nebel, so als wäre es sachte weggezogen worden. Kein Geräusch eines Aufpralls folgte. Cato stand auf. Er berührte seine Tasche, konnte kaum glauben, daß der schwere Gegenstand nicht mehr drin war. Er ging ein paar Schritte, dann blickte er hinter sich. Er ist doch wohl in den Fluß gefallen, dachte er. Er kann nicht woanders gelandet sein.

Er machte sich auf den Weg zurück zum Nordufer. Seine Kniescheiben waren eiskalt an den Stellen, die auf dem Boden geruht hatten. Jemand, der sich mit leisen, schmatzenden Schritten näherte, nahm hochaufragend Gestalt an und ging vorüber. Cato hustete und hustete noch einmal, als wollte er sich und den anderen beruhigen. Er atmete langsam und tief und blies die Luft energisch in den Nebel. Er konnte jetzt die Lichter der Straße sehen. Bewußt verlangsamte er den Schritt und stieg die Treppe hinunter zum Uferdamm. Der U-Bahnhof Charing Cross war geschlossen. Natürlich durfte er kein Taxi nehmen. Zu Fuß machte er sich auf den Weg die Northumberland Avenue hinauf und zündete sich im Gehen eine Zigarette an. Er fühlte sich besser. Die heftige Angst war weg und kam ihm jetzt irrational vor. Die sexuelle Erregung, entschärft und vage, blieb, wohltuend, als hätte er eine wärmende, beruhigende Droge eingenommen. Ach, wie dumm ich doch bin, sagte er sich wieder; aber jetzt lächelte er dabei verschmitzt in sich hinein.

Etwa zur selben Zeit, als Cato Forbes im Nebel auf der Hungerford Brücke hin- und herging, erwachte Henry Marshalson in einem ostwärts fliegenden Jumbo-Jet hoch über dem Atlantik aus kurzem Schlaf. Die Maschine, die New York bei Tageslicht verlassen hatte, war bald danach in ein rosig-blau strahlendes stratosphärisches Dämmerlicht aufgestiegen. Jetzt war es beinahe dunkel.

Beim Erwachen wurde Henry augenblicklich bewußt, daß die Welt ein neues, wunderbares Gesicht bekommen hatte. In seinem Leben war ein unerwartetes Wunder geschehen. Was war es? Ach ja, sein Bruder Sandy war tot. Henry lehnte sich wieder in seinem Sitz zurück, streckte sich und wackelte voll Freude genüßlich mit den Zehen.

Als die großartige Nachricht ihn erreichte, war Henry gerade in St. Louis und aß in O'Connor's Bar einen Hamburger. Er hatte eine Ausgabe des Londoner *Evening Standard* aufgeschlagen, die ein flugreisender Gast in seinem kleinen Hotel liegenlassen und die Henry beiläufig mitgenommen hatte. Henry der Privatmann mied in St. Louis Bekannte von der Universität und wohnte lieber in einem bescheidenen Hotel, während er zwischen den Bildergalerien und dem Zoo hin- und herpendelte. Kauend schlug er die Zeitung auf und überflog die Nachrichten von Streiks, Handelsdefiziten, Fehden innerhalb der Labour Party, Streitigkeiten über Bildung und Erziehung, Streitigkeiten über neue Straßen, Streitigkeiten über neue Flughäfen. Keine interessanten Morde. Alles schien ganz wie immer in seinem Heimatland, das er vor neun Jahren mit der Absicht verlassen hatte, nie wieder zurückzukehren. Plötzlich schnappte er, starr vor Schock, nach Luft, wurde erst blutrot, dann weiß. Von einem Gewoge von Punkten überlagert, tanzte die kleine Notiz wildbewegt vor seinen Augen. *Der bekannte Rennfahrer Alexander Marshalson ... bei einem Autounfall ums Leben gekommen ...*

Henry knüllte die Zeitung an seine Brust und sprang stolpernd auf. Die Luft schien plötzlich dünn, nicht zu atmen. Er stürzte hinaus und rannte keuchend vor Qual den ganzen Weg zu seinem Hotel. Es stand in der Zeitung, aber es mußte nicht wahr sein. O Gott, wenn es sich als falsch erweisen sollte! Er rief in England an. Natürlich telefonierte er nicht mit seiner Mutter; er telefonierte mit Merriman, dem Familienanwalt. Es war wahr. Sie hatten verzweifelt versucht, ihn zu erreichen. Das Begräbnis hatte eben erst stattgefunden. Henry legte den Hörer auf und ließ sich, sabbernd vor Erleichterung, auf sein

Bett fallen. Die Erbschaft bedeutete nichts. Was zählte, war, daß es den verdammten Sandy nicht mehr gab.

Henry der Entfremdete, nunmehr zweiunddreißig, hatte die neun Jahre seines Exils in Amerika zugebracht, nachdem er in Cambridge, in England, einen zweitklassigen akademischen Grad in moderner Geschichte erworben hatte. Drei Jahre hatte er in Stanford an einer Dissertation herumgedoktert und dann einen unsicheren Posten als Dozent an einem kleinen geisteswissenschaftlichen College in Sperriton, Illinois, bekommen. Henrys akademische Karriere war nicht glanzvoll gewesen. In Stanford hatte er, zunächst mit aller Vorsicht, begonnen, sich als Kunsthistoriker auszugeben, eine Idee, über die seine Tutoren in Cambridge, England, höchst erstaunt gewesen wären. Im anspruchslosen, nachlässigen Sperriton, wo niemand viel wußte und er tun konnte, was er wollte, hielt er Seminare über »Fünfzig große historische Gemälde«. Später über »Fünfzig große Gemälde«. Seine Kurse waren beliebt, und er glaubte, daß seine weitschweifigen Ergüsse den jungen Leuten auch etwas brachten. Wäre er in Sperriton geblieben, wenn Russell und Bella Fischer nicht gewesen wären? Er war nicht sicher; aber es gab sowieso keine Flut von Stellenangeboten. Sperriton lag weitab von allem, draußen im endlosen flachen Maisland, wo man über Meilen vielleicht einmal einen Silo vor dem Hintergrund des Himmels sah. Durch den Mais zogen sich hier und dort die Schnellstraßen, auf denen Henry, Russ und Bella manchmal dahinzubrausen pflegten. Einmal fuhren sie bis nach Mexiko.

Die lokale Metropole war das geisterhafte, majestätische St. Louis am wandernden Mississippi, die Stadt T. S. Eliots. Henry, der New York verabscheute, liebte St. Louis. Sperriton war klein und verlassen. St. Louis war groß und verlassen, und Henry der Verlorene schwelgte in der umlagerten Verlassenheit der Stadt. Er liebte ihre verwaiste Pracht, die imposanten, schmuckreichen Herrenhäuser einer verschwundenen Bourgeoisie, den nutzlosen wolkenkratzerhohen Stahlbogen, durch den die Bürger auf das Panorama schäbiger Lagerhallen und

Rangierbahnhöfe am Flußufer drüben in Illinois blickten. Die leeren Paläste neben dem gewaltigen, ewigen Strom: welch ein eindrucksvolles Bild vom Niedergang des Kapitalismus. (Henry haßte den Kapitalismus. Er haßte auch den Sozialismus.) Russell und Bella besuchten Konzerte. Henry machte sich nichts aus diesen Dingen; er streifte nur umher, auf der Suche nach einer Identität. Schließlich kam er Max Beckmann auf die Spur, den ein noch seltsameres Schicksal als das Henrys in seinen späteren Lebensjahren nach St. Louis verschlagen hatte. Henry war vom Leiter seiner Abteilung erklärt worden, er müsse ein Buch schreiben, ganz gleich, was für eines. Er beschloß, über Beckmann zu schreiben. Henrys Buch würde nicht so bald erscheinen. Russ und Bella lachten darüber.

Tatsächlich begann Henry, nachdem er eine Zeitlang »Fünfzig große Gemälde« gelehrt hatte, die Kunst zu hassen. Oder vielleicht haßte er auch nur die alte, bombastische, bedrängende europäische Tradition. Das war Massenproduktion vor dem Fließband. Der Mensch habe die Zeit erfunden, Gott den Raum, sagte Beckmann. Henry wollte zurück zum Raum. Genau das gleiche hatte seltsamerweise Max gewollt, obwohl er seine Leinwände so eifrig mit diesen zerquälten Bildern vollgekleistert hatte. Das einzig Friedliche an Max' Kunst war Max selbst. Wie neidisch Henry auf dieses gewaltige Selbstvertrauen, diesen unbekümmerten und fordernden Egoismus war! Wie wunderbar, sich in einem Spiegel ansehen zu können und jemand so Dauerhafter, Bedeutender und Monumentaler zu werden: ein Revolutionsführer, ein epischer Held, ein Seemann, ein Lebemann, ein Clown, ein König. Die fischeumarmenden Frauen waren etwas anderes. Aber dieses große, ruhige, runde Gesicht war ein Licht in Henrys Leben. Der zwiefach beweibte Beckmann, unterwegs auf unterirdischen Pfaden männlichen Mystizismus, die Signorelli mit Grünewald, Rembrandt mit Cézanne verbanden. Eines Tages würde Henry das alles aufzeichnen, doch aus Liebe und aus Neid schob er es immer wieder hinaus.

Henry sah sich oft als gescheiterter Künstler. Wieso gescheitert, Herrgott noch mal, fragte Bella, du hast es doch gar nicht versucht. Er und Bella nahmen Malstunden, aber Henry gab bald mit einem Wutschrei auf. Bella fuhr fröhlich fort, schlecht zu malen. Henry behauptete großartig, er ziehe die *tabula rasa* der weißen Leinwand vor. Vielleicht war in der Tat Amerika seine *tabula rasa* gewesen, wo er anfangs alle möglichen Ereignisse und Abenteuer erwartet hatte. Irgendwo gab es ein heroisches Leben, in dem er sich zugehörig fühlte. Er sah sich wie Max in einer beängstigenden Harlekinswelt von Extremsituationen und Verhören, die aus irgendeinem Grund in Nachtlokalen und Zirkuszelten stattfanden. Max hatte natürlich seine realen Schrecken erlebt: die Nazis und den Krieg von neunzehnvierzehn mit einem Bleistift und ohne Farbe. Gewiß gab es anderswo ein Amerika, wo etwas passierte, aber die harten Sachen schienen nie den Weg zu Henry zu finden, und er konnte nicht umhin, in seinem Leben einen Mangel an Intensität festzustellen. Er lebte in einem geräumigen, bequemen Einerlei der Ruhe und Ereignislosigkeit. Sein Amerika war ein Soft Drink. Er hatte eine große Liebe erwartet, nachdem er in England nie eine erlebt hatte; aber die tüchtigen, hygienischen Campusmädchen, seine Studentinnen, die ihn komisch fanden und sehr alt, erschreckten und entsetzten ihn. In Stanford hatte er mehrere nichtige, erbärmliche Affären gehabt. In Sperriton war er Russ und Bella begegnet. Als er schließlich mit Bella ins Bett ging, wußte Russell davon, und die beiden hatten es mit ihrem Analytiker besprochen. Bella wollte Henry überreden, eine Analyse zu machen, aber das würde er nie tun. Die Verachtung für die Analyse war eine der kleinen englischen Flaggen, die er manchmal aufzog.

Henry hatte viel über das, was er als ›die große amerikanische Kälte‹ bezeichnete, nachgesonnen, und auch darüber, warum er sich in dem Land seiner Wahl immer noch so fremd fühlte. Sowohl im übertragenen als auch im wörtlichen Sinn herrschte da ein gewisser Mangel an Geruch. (Henrys Kleider und Körper rochen. Bella sagte, es gefalle ihr. Russell war geruchlos.) Henry hatte sich längst in seine bescheidenen Talente gefügt und, zu früh, vermutete er manchmal, im Wissen um seine Grenzen eingerichtet. Er nahm die Struktur seines Lebens und seines Charakters als gegeben hin. *Ihnen* (Russ, Bella, den Amerikanern) schien es unmöglich zu sein, etwas als gegeben hinzunehmen, vielmehr unterstellten sie ein System ewiger Veränderung, innerhalb dessen sie unaufhörlich fragten: Entwickle ich mich? Komme ich voran? Bin ich erfüllt? Bin ich gut? Das machte Unvorhersagbarkeit zu einem Recht und ständige Willensanstrengung zur Pflicht. Die Psychoanalyse, die idealerweise vielleicht ein bescheidenes Maß an Selbstbewußtheit erzeugte, schien Henry in diesem heroischen Klima eine rastlose, nervöse Begierde nach Veränderung und Weiterentwicklung zu fördern. Er sah mit Ehrfurcht zu, wie ein untätiger Sklave, der einem Kampf der Titanen zusieht. Worüber er sich nie schlüssig werden konnte, war, ob diese grandiose Weigerung, sich als festgelegt zu betrachten, etwas Gutes war, vielleicht eine Art Unschuld, oder etwas Schlechtes. Da er sich selbst nicht als gut empfand, sagte er sich, das Gegenteil müsse in irgendeiner Weise bewundernswert sein, und er machte diese wundervolle Unbeständigkeit zu einem Gegenstand der Bewunderung, obwohl er wußte, daß er sie niemals würde teilen können. Er, der die geregelte, frustrierte Kindheit eines englischen Mittelstandskinds hinter sich hatte, konnte zu Beginn seines mittleren Alters nicht mehr glauben, alles sei möglich. Er traute sich nichts zu. Er sah sich als einen dämonischen, aber gescheiterten Menschen. Ein gescheiterter Dämon, das wäre doch etwas Boshaftes; nur daß selbst seine Bosheit vom tiefsitzenden Wissen um seine Grenzen in Zaum gelegt war.

Tatsächlich war Henry der Flüchtling auffallend seßhaft geworden. In Amerika konnte man sich nirgends verstecken, also hörte er auf, sich zu verstecken. Er wurde bei den wundersam freundlichen Fischers seßhaft, bei denen er fand, was er nie wiederzufinden erwartet hatte, ein *Zuhause* in ihrem Judentum, im Schoß ihrer unermeßlichen, intelligenten, amerikanischen Unschuld. Sorgfältig und langsam wickelten sie ihn aus, schälten ihn aus der Verpackung wie Porzellan. Seine Affäre mit Bella, die jetzt aus und vorbei war, hatte niemandes Blut in

Wallung gebracht außer sein eigenes. Sie hatte ihn, genau wie sie vorausgesagt hatten, den beiden nähergebracht. Er war zu dem Schluß gekommen, und hatte es ihnen auch gesagt, daß er es nun ganz zufrieden sein würde, den Rest seines Lebens mit ihnen zu verbringen und Amerika in ihren beiden Persönlichkeiten zu studieren. Natürlich (sie waren kinderlos) hatten sie Henry adoptiert, sie waren seine ›Eltern‹ geworden. Sie schlugen ihm sogar vor, bei ihnen zu wohnen, doch Henry hielt an seinem kleinen Holzhaus und seiner kleinen Selbständigkeit fest, wenn er auch mehr Zeit bei den Fischers verbrachte als zu Hause. Und durch sie fand er seine anderen Freunde, und durch sie hatte er Anteil an Amerika. Sie unterrichteten beide am College, Russell als Philosoph, Bella als Soziologin. Geistig trachteten sie, sich zu vervollkommnen, beruflich hatten sie realistischere Ziele. Es gab einen immer wieder besprochenen Traum, an ›die Küste‹, d. h. nach Kalifornien, zu gehen. Russell kam einmal in die engere Wahl für einen Posten in Santa Barbara. Natürlich konnten sie nicht gehen, solange sie nicht alle drei Anstellungen hatten. Unglücklicherweise taugte keiner von ihnen etwas.

Die Trennung von ihnen war ungewöhnlich schmerzhaft gewesen, obwohl er natürlich sehr bald zurückkehren würde. »Kopf hoch, mein Junge, bis Weihnachten ist es vorbei«, sagte Russell zum abschiednehmenden Henry. »Weihnachten!« rief Bella. »Unsinn, er wird in vierzehn Tagen wieder dasein, er kann nicht ohne uns leben.« Henrys Chancen auf überraschende englische Abenteuer wurden diskutiert. »Wenn er sich in eine Frau verknallt, dann in irgendein verlebtes Flittchen«, sagte Bella. »Wie dich, Schatz«, sagte Henry lahm. Man kam überein, daß so etwas unwahrscheinlich war. Henry der Zaghafte schauderte vor wahllosem oder vorschnellem Sex. Zu dem, was Bella bei ihm bewirkt hatte, gehörte, daß er jetzt glaubte, ›das alles‹ irgendwie schon erlebt zu haben und fleckenlos rein daraus hervorgegangen zu sein. Was wußte er denn schon von Frauen? Was die große, dicke, laute, dunkeläugige Bella ihn gelehrt hatte; er war ihr Schüler, ihr Werk, wahrscheinlich ihr Eigentum.

Henry nahm seine Uhr ab und stellte sie auf Londoner Zeit um. Schon halb angekommen. Er spürte, ein sehr vages inneres Gefühl, wie Amerika von ihm abfiel. Ohne an England oder seine Mutter zu denken, goß er sich aus dem Flachmann, den Bella ihm aufmerksamerweise mitgegeben hatte, rasch einen Martini ein. Es war wohl mit Recht anzunehmen, daß er jetzt ein reicher Mann war. Natürlich war er auch in den Staaten nicht gerade arm gewesen, außer insofern, als er sich aus irgendeinem Grund auf Armut programmiert hatte. Sein Vater, ein strenger Anhänger des Erstgeborenenrechts, hatte alles Sandy, dem älteren Sohn, hinterlassen; das hieß, alles, außer einer nicht gerade sagenhaften, aber auch nicht zu verachtenden Summe Geldes, die Henry der Flüchtling unberührt auf einer Bank in London zurückgelassen hatte. Ab und zu, wenn er mit Russ und Bella sparsam lebte, dachte er daran, das Geld herüberzuholen und es mir nichts, dir nichts in einem ausschweifenden Leben durchzubringen, nur hatte er irgendwie nie herausbekommen, wie man ein ausschweifendes Leben führte. Er konnte bei sich nicht die geringste Begabung dafür entdecken, teuer zu kaufen: Frauen, Vergnügen, Kunstgegenstände. Wenn sie gekauft waren, wollte er sie nicht haben. Selbst angesichts der verschwenderischen Fülle des amerikanischen Supermarkts drehte es ihm den Magen um. Er sagte den Fischers nie etwas von dem Geld. Natürlich hatte er Bella gleich bei ihrer ersten Begegnung auf einem Fakultätsfest von Sandy erzählt, und sie hatte bald ihre klassische Theorie über seine Kindheit entwickelt. Nur war es natürlich gar nicht so, überhaupt nicht, und die Wahrheit war unsagbar.

Henrys Vater, Burke Marshalson, der starb, als Henry noch ein Junge war, hätte eigentlich Sir Burke Marshalson sein müssen, oder vielleicht Lord Marshalson, aber unglücklicherweise gab es keine Titel in der Familie. Es hatte immer eine Legende von ›Vornehmheit‹ existiert, die jeder Grundlage entbehrte und die Henry mit jeder Faser seines Wesens verabscheute. Burke Marshalson hatte sein Leben lang mit dem Besitz herumjongliert, den gnadenlose Regierungen ständig verkleinerten.

Seine Frau Gerda, als junge Witwe zurückgeblieben, hatte die Legende am Leben erhalten und mit dem Geld ihr Bestes getan. Sandy, der ältere der beiden Söhne, hatte sich diesen Mantel fiktiver Größe schon früh um die Schultern gelegt, oder er war ihm von Verwandten und Bediensteten umgelegt worden. Noch als Junge hatte Sandy Laxlinden Hall geerbt, den Park, die Ländereien und das noch immer beträchtliche Vermögen, das er brauchte, um das alles zu ›erhalten‹ und zu gegebener Zeit an seinen eigenen Sohn weitergeben zu können. Henry, dem bald klargemacht wurde, daß Sandy alles gehörte, bis hin zum Boden, auf dem Henry der Geduldete stand, pflegte täglich um den Tod seines Bruders zu beten. Sandy schien immer der Kluge zu sein, obwohl er nur Maschinenbau studierte und selbst das aufgab. Er besaß Persönlichkeit, während Henrys Qualifikationen ihn allesamt nicht mit irgendeiner glaubhaften Identität auszustatten vermochten. Sandy behandelte Henry herablassend, lachte ihn aus und nannte ihn Bummelschwanz oder kurz Bummel. Er bemerkte Henrys Haß überhaupt nicht. Nach Amerika schickte er Henry Weihnachtskarten, sogar Geburtstagskarten. Niemand hatte die Absicht gehabt, lieblos zu Henry zu sein, und vielleicht war auch niemand lieblos zu ihm gewesen. Er war einfach von Geburt an ein bißchen unwirklich und zweitklassig gewesen. »Der Kleine ist ein Kümmerling«, hatte er seine Mutter in Verbindung mit lobenden Worten über Sandy sagen hören, und Henry der Flinke lernte eine neue Vokabel.

Und jetzt war der große, gutaussehende Sandy tot und hatte nie geheiratet und den ersehnten Erben in die Welt gesetzt. Henry der Minderwertige war der Erbe. Und nun kehrte Henry zurück, zurück in das alte, beengende, gottlose, überfrachtete Europa, das malerische, leicht skurrile England, zurück nach Laxlinden, das schön und schrecklich war, und zum nördlichen Licht über den Wiesen. Und zu seiner Mutter, die er nicht mehr gesehen hatte, seit sie vor fünf Jahren in Begleitung dieses widerlichen Schmarotzers Lucius Lamb New York besucht hatte. (Natürlich mußte Henry der Taktlose fragen, ob sie ihm die Reise bezahlt hatte.) Hoffentlich hatte das Ekel Lamb inzwischen Zeit gehabt, zu sterben oder zu verschwinden. Wie würde es werden? Würde sich in seinem Leben endlich etwas ereignen? Würde er aufgerufen werden, große, weltbewegende Entscheidungen zu treffen? Würde er dazu fähig sein? Freier Wille und Kausalität sind durchaus vereinbar, hatte Russell einmal zu ihm gesagt. Henry verstand das nicht. Oder würde sich alles als substanzlos erweisen, wie ein Traum, aus dem er gleich erwachen würde, wohlbehalten daheim in seinem kleinen weißen Haus in Sperriton, wo das Telefon läutete und Bella, die muntere Frühaufsteherin, an der Strippe war? Warteten drüben in England *Menschen* auf ihn? Gab es dort jemanden, den er wirklich sehen wollte? Na ja, Cato Forbes würde er eigentlich ganz gern sehen. Bei seinem nächsten Martini überlegte er, was wohl aus ihm geworden war. Das Flugzeug brauste weiter. Emotional erschöpft und nun auch schon betrunken schlief Henry wieder ein.

Etwa zur selben Stunde, als Cato Forbes auf der Hungerford Brücke hin- und herging und Henry Marshalson aus seinem ersten Nickerchen in dem Jumbo-Jet hoch über dem Atlantik erwachte, befanden sich Gerda Marshalson und Lucius Lamb in der Bibliothek von Laxlinden Hall in einem Gespräch.

»Er wird nichts ändern«, sagte Lucius.

»Ich weiß nicht«, sagte Gerda.

Sie ging auf und ab. Lucius lag auf dem Sofa bei dem erst kürzlich aufgestellten Fernsehapparat.

Die Bibliothek war ein langer Raum mit drei hohen Fenstern, jetzt von Samtvorhängen dicht verhängt. Die eine Wand bedeckte ein flämischer Gobelin aus dem späten siebzehnten Jahrhundert mit dem Bild der Athene, die Achilles am Haar gepackt hielt, beide, die Göttin und der Held, dekorativ von amazonischer grüner Vegetation umwuchert. Agamemnon und seine Gefährten waren nicht sichtbar, doch drei cremeweiße Türme, die sich vor einem geheimnisvoll strahlenden graublauen Himmel über riesige Blätter in der rechten oberen Ecke erhoben, wiesen auf das nahe Troja hin. An den anderen Wänden standen Bücherregale voll ererbter Marshalson-Bücher, von denen die meisten neu gebunden waren, einheitlich in braun-goldenes Leder: hauptsächlich Geschichtswerke und Biographien und Gesamtausgaben der Klassiker. Kein Buch war, außer von Rhodas Staubwedel, angerührt worden, seit Henry fortgegangen war. Die Regale endeten ein gutes Stück unter der Zimmerdecke, so daß noch Platz war für die auf ihnen thronenden Büsten römischer Kaiser. Die wurden nie abgestaubt, aber zum Glück waren sie sowieso schwarz.

Zwei beschirmte Stehlampen, aus hohen Vasen gefertigt, beleuchteten das eine Ende des Raums, und unter dem hohen Kaminsims, Schnitzarbeit eines Schülers von Grinling Gibbons, brannte hell ein Feuer, das Gerda mit einem kräftigen Stochern ihres kleinen, pantoffelbekleideten Fußes vor kurzem neu angefacht hatte. In einer breiten Vase aus blauem geschliffenen Glas neben einer der Lampen stand ein üppiger Strauß weißer Narzissen, deren zarter Duft sich luftig mit der Wärme des Feuers mischte.

Lucius war sehr müde und wollte zu Bett gehen. Der Rükken tat ihm weh, und seine neue Zahnprothese, die er in Gerdas Anwesenheit nicht herauszunehmen wagte, füllte ihm unerträglich sperrig den Mund. Eine Art Juckreiz kroch über seinen ganzen Körper und machte es ihm unmöglich, eine bequeme Lage zu finden. Schmerzen kauerten, nur dösend, in jeder Ritze. Wie er das Altwerden verabscheute. Nicht einmal Whisky half jetzt mehr. Er sah Gerdas Gesicht nur verschwommen. Er trug nie öffentlich seine Brille. Sie redete seit Stunden.

Gerda hatte eines dieser langen, weiten Gewänder an, zu elegant, um Morgenrock genannt zu werden, die sie jetzt abends häufig anlegte. Lucius war nicht sicher, ob dieser neue Stil Symbol einer Art zwangloser Intimität war oder lediglich ein Zugeständnis an die Bequemlichkeit. Gerda sprach nie über ihr Befinden und schätzte im allgemeinen ihre eigene strenge Vorstellung von Stil höher als Ungezwungenheit. Das Gewand dieses Abends war aus leichtem Wollstoff, blau und grün kariert, bis zum Hals hinauf geknöpft und bis zum Teppich herabfallend. Hatte Gerda darunter nichts mehr an? Ihr glattes dunkles Haar war locker hochgesteckt und wurde im Nacken von einer großen Schildpattspange zusammengehalten. Offen bedeckte es eben ihre Schultern. Färbte sie sich das Haar, fragte sich Lucius. Er lebte von Geheimnissen umgeben. Gerda konnte, besonders in dieser Beleuchtung, noch unheimlich jung aussehen. Natürlich war sie welk geworden, und ihre Gesichtszüge waren nicht mehr so fein ziseliert. Sie hatte ein blasses, ziemlich breites Gesicht, und ihre Nase schien mit dem Alter größer geworden zu sein, die Nasenflügel schienen kräftiger hervorzuspringen. Die Augen waren dunkelbraun und glühten – wie Sandys, wie Henrys. Sie war weder groß noch klein, merklich rundlicher. Aber sie besaß immer noch die Autorität einer Frau, die eine Schönheit gewesen war. Während er zusah, wie sie auf und ab schritt, kehrtmachte, den langen blau-grünen Rock schwang, dachte er, sie ist jede Sekunde eine Frau, die Gute. Ihre altmodische Koketterie war so natürlich, daß sie zur Anmut geworden war.

Lucius war sechsundsechzig Jahre alt. Viele Jahre war es her, daß er der Sklave der glutäugigen Gerda geworden war. Als er sie kennengelernt hatte, war sie bereits mit dem hochgewachsenen, rothaarigen Burke verheiratet gewesen und hatte einen gierigen, rothaarigen Säugling in den Armen gehalten. Lucius hatte sich in sie verliebt, ohne jede Absicht, diese Liebe zu seinem Lebenswerk zu machen. Wie war es dazu gekommen? Seine vergebliche Leidenschaft war zum Familienscherz geworden. Gerda war gönnerhaft zu ihm. (»Wenigstens sind englische Intellektuelle Gentlemen«, sagte Gerda.) Niemand fürchtete Lucius. Burke, der sich – gänzlich grundlos, soweit Lucius erkennen konnte – jedem überlegen fühlte, klopfte Lucius auf den Rücken und sagte, er solle sich in Laxlinden Hall wie zu Hause fühlen. Er und auch Lucius ahnten nicht, wie gründlich das geschehen würde.

Lucius war ein schöner junger Mann gewesen und hatte daraus beinahe einen Beruf gemacht. Er hatte sein hellbraunes

Haar lang und offen getragen, zu einer Zeit als das etwas Ungewöhnliches gewesen war, herausforderndes Zeichen irgendeiner bemerkenswerten Besonderheit. Lucius war sich dessen sehr bewußt gewesen, überzeugt, seine Besonderheit sei schlicht Genialität. Wie er Burke verachtete, selbst seinen jüngeren College-Freund John Forbes verachtete, durch den er Burke kennengelernt hatte. In London lag Lucius damals alle Welt zu Füßen; nur in Laxlinden war er eine Niete. Er gehörte einem modischen literarischen Milieu an und hatte, noch ehe er zwanzig war, Gedichte veröffentlicht. Eine Anzahl recht bekannter Männer waren in ihn verliebt. Er war das Kind alter Eltern. Sie waren arme Leute gewesen, aber sie hatten ihn auf eine gute Schule geschickt. Sie erlebten noch die Veröffentlichung seines Gedichtbands und des Romans, der darauf folgte. Er hatte eine jüngere Schwester, aber sie war ungebildet, und sie hatten nichts gemeinsam. Angespornt von einem Idealismus, der mit seinem selbstsicheren Ehrgeiz einherging, trat er schon früh der Kommunistischen Partei bei. Tapfer und anständig, wie er in der Rückschau meinte, hielt er die Jahre der Ernüchterung durch. Vielleicht war der Parteieintritt ein Fehler gewesen? Irgendeinen Fehler hatte er begangen. Vielleicht hätte er sich einfach hinsetzen und sich das alles vorher überlegen sollen, wie andere Leute es taten. Hinterher schien es jedenfalls offenkundig genug. Wieviel seiner jugendlichen Kraft hatte er mit fruchtlosen Kontroversen vergeudet, die das unerbittliche und für Lucius stets überraschende Voranschreiten der Geschichte heute blaß und unwesentlich gemacht hatte.

Er lebte nun seit mehreren Jahren auf diese seltsame Art mit Gerda zusammen. Schon vor langer Zeit, nach Burkes Tod, hatte er ihr natürlich einen Heiratsantrag gemacht. Hatte er wirklich? Er konnte sich nicht mehr an die genaue Formulierung erinnern. Sie schlug ihn aus. Er kehrte nach London zurück. Er arbeitete als Journalist, dann für einen Verlag und sparte für seine Freiheit. Der erste Roman war ein Erfolg, der zweite nicht, einen dritten schrieb er nie. Statt dessen schrieb er literarische Liebesbriefe an Gerda. Er gab die Lyrik auf und begann, an einem großen Buch über den Marxismus zu arbeiten. Er besuchte Gerda regelmäßig und sagte ihr, sie sei die einzige Frau, die er je geliebt habe, was nicht ganz stimmte. Er berichtete ihr eindrucksvoll von seinem Buch. Eines Tages schlug sie vor, er solle nach Laxlinden Hall ziehen und bleiben, bis er es fertig habe. Es war noch immer nicht fertig. Gerda war also auf diese seltsame Weise doch sein Schicksal geworden. War er froh darüber? War sie froh? Er war nie mit ihr im Bett gewesen. Aber sie schien ihn zu brauchen, schien zu erwarten, daß er bleiben würde. Vielleicht lernt jede Frau mit dem Verstreichen der Jahre sklavische Treue schätzen. Eine Zeitlang erwartete sie, von ihm zu lernen. Sie wollten Diskussionen führen. Einmal gab er ihr eine Lektüreliste; es kam nichts dabei heraus. Ihre Beziehung blieb eng und dennoch förmlich.

Und er war selbst jetzt eigentlich noch recht ansehnlich, dachte er, wenn er, wie so oft, in den Spiegel sah, um sich zu trösten. Sein wallendes Haar war fast weiß, und mit seinen blitzblauen Augen und dem kaum zerknitterten Gesicht sah er aus wie ein wahnsinniger Heiliger und wurde für unerhört weise gehalten, wenn er den Exzentriker spielte und die jüngeren Leute zum Lachen brachte. Die Prothese war ein Jammer, aber wenn er vorsichtig lächelte, fiel sie nicht auf. Er hatte von Schwatz und Neugier und Alkohol und den Mißgeschicken seiner Freunde gelebt. Jetzt war das Leben einsamer, und er konnte es kaum fassen, daß er so wenig erreicht hatte und schon sechsundsechzig war.

»Wird er bleiben?« sagte Gerda.

»Ich würde denken, nein.«

»Du denkst nicht.«

»Woher soll ich wissen, was er tun wird?«

»Wird er in England bleiben, wird er hierbleiben?«

»Ich würde nicht glauben, daß er hierbleibt, es ist so verdammt öde. Ich meine –«

»Wird er Veränderungen vornehmen wollen?«

»Nein, weshalb sollte er? Er wird von Merriman hören, was in der Kasse ist, und wieder nach Amerika abzischen.«

»Ich wünschte, wir hätten die Eichenwiese nicht verkauft.«

»Na ja, Sandy wollte doch unbedingt dieses Boot –«

»Bellamy sagt, daß John Forbes dort bauen will.«

»Ich glaube nicht, daß Henry sich überhaupt an die Eichenwiese erinnern wird.«

»Wird er in London leben?«

»Darling, er ist ein Fremder für uns, wir können nicht wissen, was er tun wird. Er weiß es wahrscheinlich selbst nicht.«

»Für mich ist er kein Fremder, er ist mein Sohn.«

Lucius saugte seine Zähne fest und sagte nichts.

»Warum sagst du nicht was? Hör doch auf, so rumzuzappeln.«

»Ja, natürlich ist er dein Sohn. Wir müssen sehr nett zu ihm sein.«

»Warum sagst du das?«

»Ach, ich weiß nicht, ich meine, eine Rückkehr, nachdem er so lange fort war –«

»Du hast etwas Bestimmtes gemeint.«

»Nein.«

»Willst du andeuten, daß ich nicht nett zu ihm war?«

»Nein!«

»Oder ungerecht?«

»Nein! Gerda, bilde dir doch nicht immer ein, daß ich etwas meine!«

»Warum nicht?«

»Ich meine, du glaubst, daß er mit einem festen Plan hier ankommen wird. Das wird er nicht. Wir werden den Plan machen müssen. Das heißt, du. Henry war sein ganzes Leben nicht fähig, eine Entscheidung zu treffen. Er wird genau als der scheue, linkische, sanftmütige, wirrköpfige junge Mann hier eintreffen, der er immer war.«

»So jung ist er gar nicht mehr. Und in New York war er mir gegenüber nicht sehr sanftmütig.«

»Er war eifersüchtig.«

»Ach, red nicht solchen Unsinn. Ich hätte nach Sperriton fahren sollen. Das ist mir jetzt klar. Ich hätte mir ansehen sollen, wie er lebt.«

»Aber das wollte er doch nicht.«

»Du hast mich überredet, nicht zu fahren.«

»Das ist nicht wahr. Ich habe dich nie zu etwas überredet.«

»Er wollte nicht, daß ich komme. Ich frage mich, ob er mit einer Frau zusammenlebt. Vielleicht wird er uns mitteilen, daß er verheiratet ist.«

»Ja, vielleicht.«

»Du bist nicht sehr hilfreich. Du solltest zu Bett gehen.«

»Ich bin etwas müde.«

»Du schielst schon. Das ist der Whisky. Mußt du noch einen trinken? Du weißt doch, was er heutzutage kostet.«

»Ich wollte gar keinen mehr trinken.«

»Ich weiß nicht, wie ich diese nächste Woche, bis er kommt, herumbringen soll.«

»Du wirst sie überleben. Aber hör auf zu spekulieren, kein Wunder, daß ich schiele.«

»Welches Zimmer sollen wir ihm geben?«

»Sein eigenes natürlich.«

»Das ist so klein.«

»Wenn es ihm nicht gefällt, kann er umziehen. Schließlich gehört ihm das Haus jetzt.«

»Ich denke, ich gebe ihm das Kirschblütenzimmer. Da funktioniert der Heizkörper auch noch. Und der Queen-Anne-Flügel ist nicht geheizt. – Oh, Rhoda, danke, meine Liebe ...«

Die vogelköpfige Rhoda, das Mädchen, war auf leisen Sohlen und ohne zu klopfen hereingekommen, wie sie das schon getan hatte, als sie noch in den Tagen, ehe die Elektrizität in Laxlinden Hall Einzug hielt, die Petroleumlampen hereingetragen hatte. In ihrer zweifelhaften Tracht ging sie durch das Zimmer und griff mit ihren behandschuhten Händen hoch hinauf, um die Fenster zu prüfen, ihrer abendlichen Pflicht gemäß, nachzusehen, ob sie sicher geschlossen waren. Ob Gäste oder nicht, sie kam stets zur gleichen Stunde herein und klopfte niemals an.

»Rhoda, ich denke, wir geben Mr. Henry das Kirschblütenzimmer.«

Rhoda antwortete: »Er kommt erst in einer Woche.«

»Nun, dann richten Sie ihm das Kirschblütenzimmer her, und sehen Sie nach, ob der Heizkörper funktioniert. Gute Nacht, Rhoda.«

Die Tür wurde geschlossen.

»Was hat sie gesagt?« fragte Lucius.

Rhoda, die sprechbehindert war, wurde nur von Gerda verstanden.

»Sie sagt, sie hat Henrys Bett bereits in seinem alten Zimmer gerichtet.«

Lucius hatte die Gelegenheit ergriffen, um aufzustehen. »Ich glaube, ich gehe jetzt zu Bett, Darling, ich bin erledigt.«

»Ich überlege, ob ich –«

»Ach, hör auf zu überlegen. Es spielt keine Rolle, Details sind unwichtig. Henry wird nur eines wollen, wenn er kommt.«

»Was denn?«

»Deine Liebe.«

Schweigen folgte. Gerda hatte bei Rhodas Eintreten ihre Wanderungen unterbrochen und stand jetzt am Kamin, eine Hand auf dem warmen polierten Holz des Simsbordes. Ein plötzliches Aufflackern ließ ihr Gesicht erkennen, und Lucius sah Tränen.

»Ach, Darling –«

»Wie kannst du so grausam sein.«

»Ich verstehe nicht.«

»Geh zu Bett.«

»Gerda, sei mir nicht böse, du weißt, ich kann nicht schlafen, wenn du mir böse bist. Ich schlafe nie, wenn –«

»Ich bin nicht böse. Geh einfach. Es ist spät.«

»Verzeih mir, Gerda, Darling, bleib nicht auf und – ich weiß, was du – geh jetzt zu Bett, Liebes –«

»Ja, ja. Gute Nacht.«

»Weine nicht.«

»Gute Nacht.«

Lucius ging langsam nach oben, wie er das früher zu Burkes Zeiten, wenn er in Laxlinden Hall zu Gast gewesen war, mit der Kerze in der Hand getan hatte. Aber war er hier nicht immer noch nur Gast? Ein wenig außer Atem vom Aufstieg ging er über knarrende Dielen weiter zu seinem Zimmer. Dieser große Raum, der auch sein Arbeitszimmer war, nahm die Ecke der zweiten Etage ein, auf der gleichen Seite wie der Salon, mit Blick zum See in der einen Richtung und in der anderen zu dem Wäldchen mit den Buchen, die stets ›die hohen Bäume‹ genannt wurden. Der Raum war ziemlich kahl; damit wollte Lucius, der die meiste Zeit seines Lebens in winzigen Zimmern gehaust hatte, seine scheunenartigen Dimensionen unterstreichen. Er fühlte sich gern uneingeschränkt, ein bißchen wie verloren in dem Zimmer, wenn er in ihm umherwanderte. Die Kissen auf der großen Bettcouch waren ein neueres Zugeständnis an Gerdas Verschönerungsbedürfnis. Manchmal stellte Rhoda Blumen ins Zimmer. Heute abend stand auf der geschnitzten Eichenkommode ein brauner Krug mit Glockenblumen. Durch das Fenster, das er jetzt schloß, war die kalte, nach Erde riechende Aprilluft hereingekommen. Die Heizung funktionierte nicht, aber da schon so vieles andere nicht in Ordnung war, hatte Lucius es nicht erwähnen wollen. Sein Bett war wie seit Jahren jeden Abend von Rhoda gerichtet und sauber aufgeschlagen worden, aber es lag keine Wärmflasche da. Wärmflaschen wurden nach Ende März nicht mehr ausgegeben.

Lucius setzte sich aufs Bett. Er hätte jetzt gern ein bißchen Bach gehört, aber es war zu spät. Warum hatte diese Bemerkung Gerda zum Weinen gebracht? Er würde sie niemals verstehen. Sein schrecklicher Fehler, sie niemals ins Bett gezwungen zu haben. Spielte das jetzt noch eine Rolle? Er wußte, daß ihr unsäglicher, grauhenhafter Kummer über Sandys Tod immer noch da war, verborgen jetzt, wie er zuerst nicht hatte verborgen werden können. Im ersten Moment hatte er geglaubt, sie würde sterben vor Schmerz und Schock, laut schreiend untergehen in einer Raserei des Verlusts, wie er sie noch nie erlebt oder sich vorgestellt hatte. Er schauderte bei der Erinnerung. Doch mit der erschreckenden Kraft, die in ihr steckte, hatte sie sich zusammengenommen und in beinahe ebenso schreckliche Verborgenheit zurückgezogen. Sie mied ihn und durchmaß Tag für Tag die leeren Räume des Hauses; er hörte ihren langsamen, ziemlich schweren Schritt. Manchmal weinte sie, pflegte ihn jedoch fortzuschicken, wenn sie sich nicht sofort wieder in die Hand bekam. Sie lebte allein mit ihrem Entsetzen. Sie war eine bemerkenswerte Frau.

In seiner Jugend hatte der romantische Lucius sich als großen Einsamen gesehen. Wahre Einsamkeit war etwas anderes. Nein, er und Gerda waren kein bißchen wie Mann und Frau, er konnte an ihrem Kummer nicht teilhaben, und sie wußte nichts von seiner Seele. Ihrem Gespräch fehlte das liebevolle, unsinnige Füllsel, das das Gespräch echter Paare auspolstert. Die Förmlichkeit, die zunächst eine Art altmodischer Schicklichkeit zu sein schien, ein liebevoller Respekt, den sie bezeigte, ein Ausdruck gar der Bewunderung, die sie ihm einst entgegengebracht hatte, schien jetzt kalt, manchmal beinahe verzweifelt, eine Schranke. Und doch, hier waren sie. Natürlich brauchte sie ihn, sie brauchte ihn als Bewunderer, den letzten vielleicht, jemanden, der sie wie früher schätzte. Sie brauchte ihn, wenn das Entsetzen sie jetzt nicht solcher Bedürfnisse enthob. Er war der Gefangene der Eitelkeit einer Frau. Wäre sie nicht gewesen, er wäre vielleicht ein großer Mann geworden.

Lucius schob einen Fuß unter das Bett und stocherte den Koffer mit der versteckten Whiskyflasche heraus, zu der er gelegentlich Zuflucht nahm. Er füllte das Glas auf dem Nachttisch. Es war ganz leicht, die Flaschen aus dem Keller zu nehmen, nur sie später wieder loszuwerden war ein wenig problematisch. Hatte Odysseus sich auf Calypsos Insel betrunken? Wann würden seine Reisen wieder beginnen? Wollte er es überhaupt, war es nicht zu spät zu reisen? Er nahm seine Zähne heraus, legte sie auf den Tisch und fühlte, wie sein Gesicht dankbar zu dem eines alten Mannes zusammenfiel. Er trank den Whisky. Seine Zähne grinsten ihn an. Konnte die Kunst noch trösten? Mozart hatte ihn vor langer Zeit verlassen, aber Bach war noch da. Er mochte jetzt nur endlose Musik, formlos alle Form, bewegungslos alle Bewegung, frei von Dramatik,

Geschichte und Romantik. Gerda, die Musik haßte, gestattete ihm nur sehr leises Spiel. Er hatte aufgehört, an seinem Buch zu arbeiten, aber er hatte wieder angefangen, Gedichte zu schreiben. Er verfaßte immer noch Rezensionen für Zeitungen, um ein Taschengeld zu haben, nur waren die Redakteure weniger interessiert. Irgendwo mußte es doch noch Kraft geben, diese wesentliche Kraft, die er einst in der Kommunistischen Partei gespürt hatte. Eine nach der anderen hatten die Philosophien ihn im Stich gelassen. Ist das alles? hatte er sich gedacht, während er sie bezwang. Er war ein kreativer Mensch, ein Schriftsteller, immer noch ein Künstler, mit weniger Gehirnzellen, aber viel mehr Weisheit. Natürlich war er ruhelos, natürlich zappelte er vor frustrierter Energie. Er würde alt und toll und lüstern werden, aber jetzt noch nicht.

Der Rücken tat ihm immer noch weh, und er hatte Schmerzen in der Brust. Er trank den Whisky aus, zog sich aus, stieg ins Bett und machte das Licht aus. Die gewohnte furchtbare Melancholie folgte. Er konnte in den hohen Bäumen eine Eule schreien hören. Er wünschte, er wäre in seinen Träumen nicht immer wieder jung, das machte das Erwachen so traurig. Henry war in New York sehr häßlich zu ihm gewesen. Mit Sandy hatte er einen *modus vivendi* gefunden. Lucius war sehr dankbar gewesen für Sandys völligen Mangel an Interesse an seinem – Lucius' – Leben, der Rechtfertigung seines Lebens, der Frage, warum er überhaupt da war. War diese freundliche Gleichgültigkeit vorgetäuscht gewesen? Lucius glaubte es nicht. Der große, rothaarige Banause Sandy hatte einfach kein Interesse gehabt. Gerda sah Sandy als eine Art Helden, aber in Wirklichkeit war Sandy nichts weiter gewesen als ein großer, ruhiger, lockerer Mensch, ganz anders als der dunkle, manische Henry. Lucius hatte Sandy nie als Hindernis oder Kritiker gesehen. Der halbgebildete Sandy interessierte sich einzig für Maschinen, und auch dies nur amateurhaft. Selbstverständlich war Sandys Tod ein entsetzlicher Schock gewesen, aber Lucius fühlte sich nicht beraubt. Er konnte jetzt nicht über Sandy nachdenken, Sandy war vorbei. Er dachte über die Zukunft nach, und die war ein pulsierendes Dunkel. Er fürchtete sich. Er schlief ein und träumte, er wäre wieder fünfundzwanzig und alle liebten ihn.

Eine Stunde später saß Gerda immer noch am Feuer in der Bibliothek, in einem kleinen Sessel, den sie so nahe herangezogen hatte, daß ihre Samtpantöffelchen mitten in der Asche waren. Das Feuer war ausgegangen; es waren keine Flammen mehr da, nur ein Band roter Funken auf einem verkohlten Scheit. Das Scheit fiel seufzend in sich zusammen, und die Funken verloschen.

Gerda hatte gedacht: Wenn ihm wirklich etwas an mir läge, hätte er dafür gesorgt, daß ich zu Bett gehe, anstatt mich hier zurückzulassen. Er hätte wie ein Hund gewartet. Er denkt nur an sich. Aber das war nur ein mechanischer Gedanke, ein Gedanke, wie er jeden Tag kam. Sie hatte Lucius vergessen und ebenso ihr Gespräch, das, wenn es auch einige ihrer tiefen Besorgnisse gespiegelt hatte, bloß ein Mittel gewesen war, seine Anwesenheit zu verlängern bis aufs letzte. Bitten konnte sie ihn nicht, und sie fürchtete das Alleinsein so sehr.

Das Haus hatte sich verändert. Es hatte mit Burkes Leben und mit Sandys Leben gelebt, und vor Burke und Sandy hatte es sein Licht auf Gerdas Kindheit geworfen. Sie hatte in der Nähe gewohnt und das Haus schon geliebt, bevor sie ihren Mann geliebt hatte; und als sie als junge Ehefrau von neunzehn Jahren aus ihrem bescheideneren Zuhause dahin übersiedelt war, war es ihr als ein Symbol der Ewigkeit erschienen. Das Haus war ihre Erziehung und ihr Beruf gewesen, und die Männer, Burkes verwitweter Vater, Burke, Sandy, hatten es zu ihrem Tempel gemacht. Jetzt aber waren sie und das Haus plötzlich und unerwartet Fremde geworden. Kein Mensch machte sich im Grunde etwas aus Sandys Tod, selbst dem Haus war er gleichgültig. Es hatte seine eigenen Ziele und seine eigene Zukunft. Gerda hatte die Kondolenzschreiben betrachtet und einen Haufen Knochen gesehen. Sie war ein Einzelkind gewesen, Burke ebenfalls. Burkes Verwandte im Norden interessierten lediglich ihre Aussichten auf eine Erbschaft. Ihre eigenen Verwandten in London, die sie niemals sah, hatten sie um die gute Partie beneidet und freuten sich über ihr Unglück. Ihre Nachbarn, Mrs. Fontenay vom Gutshof, der Hilfspfarrer Mr. Westgate, der Architekt Giles Gosling, selbst die Forbes, waren nicht aufrichtig. Der einzige Mensch, der wirklich traurig war, war der alte Pastor, nunmehr im Ruhestand, und der dachte an seinen eigenen Tod, nicht an den Sandys. Gerda hatte sich abgesondert und war jetzt eine Fremde in ihrem eigenen Haus. Ihre Schritte weckten Echos, die sie nie zuvor gehört hatte.

Aber nicht einmal das war es, woran sie dachte, als sie die dämmrige Treppe hinaufging und den langen Flur hinter sich verdunkelte. Und auch an Henry, den Wechselbalg, wollte sie nicht denken. Der Gedanke an Henry war wie eine Tür, die augenblicklich aufsprang und ihr das Krankenhausbett zeigte, in dem Sandy lag, wie sie ihn zuletzt, auf ihr eigenes Beharren hin, gesehen hatte. Und jetzt fragte sie sich, wie sie in den fortdauernden Stunden ihres Lebens weiterexistieren sollte.

Etwa zur selben Stunde, als Cato Forbes auf der Hungerford-Brücke hin- und herging und Henry Marshalson in dem Jumbo-Jet hoch über dem Atlantik aus seinem ersten Nickerchen erwachte und Gerda Marshalson und Lucius Lamb in der Bibliothek von Laxlinden Hall im Gespräch waren, saß John Forbes neben dem großen Ofen in seiner Küche mit den Schieferfliesen und las noch einmal den Brief, den er von seiner Tochter Colette erhalten hatte. Der Brief lautete wie folgt:

Liebster Dad,

Ich glaube, ich muß das Studium aufgeben. Ich kann die Gebühren für das Semester sparen, wenn ich jetzt aufhöre, ich habe in der Verwaltung gefragt. Ich habe immer wieder versucht, es Dir zu sagen, aber Du wolltest nicht zuhören, und wenn wir streiten, bringst Du mich immer durcheinander, und ich sage nicht, was ich denke, bitte, bitte, verzeih mir. Es ist mir jetzt ganz klar, ich habe ehrlich darüber nachgedacht, und ich kann einfach nicht finden, daß mein

Studium für irgendwas Sinn hat, was sich lohnt. Ich habe mit Mr. Tindall gesprochen, und er hat mir zugestimmt, ich glaube, er hat einen Stoßseufzer der Erleichterung getan! Ich habe das Gefühl, mir selbst und Dir etwas vorgemacht zu haben und mich als etwas auszugeben, was ich nicht bin. Bitte versteh mich, Dad, ich habe mich immer so sehr bemüht, Dir zu gefallen, vielleicht zu sehr! Ich habe mich zu etwas gezwungen, das gegen meine Natur ist, und das kann doch nicht richtig sein, oder? Ich bin über das alles sehr unglücklich. Ich fühle mich als Versagerin, aber es ist besser, jetzt aufzuhören und nicht weiter Dein Geld zu verschwenden. Ich glaube, ich habe Dir nie gesagt, wie unglücklich ich das ganze letzte Jahr gewesen bin, ich schaffe es nicht. Es hat ziemlich viel Mut gebraucht, mir selbst gegenüber ehrlich zu sein und zu dieser Wahrheit vorzudringen, obwohl ich weiß, daß sie Dir weh tun wird. Zu Hause, wenn Du sagst, ich muß mir Mühe geben, *sage ich, ja, ich werde mir Mühe geben, aber ich habe mich dabei so elend gefühlt. Du findest sicher, ich hätte kein Rückgrat, aber bitte, sei nicht böse. Ich habe die Augen aufgemacht, und jetzt erkenne ich mich selbst, wie Du immer Sokrates zitierst. Ich möchte so gern nach Hause kommen. Bitte versuch nicht, mich anzurufen, sie können mich sowieso nicht holen, das Telefon im Wohnheim ist kaputt, und bitte, telegrafiere oder schreibe auch nicht, dazu reicht die Zeit nicht, versuch einfach, mich zu verstehen, und sieh es nicht als eine Tragödie an, es ist ja nicht das Ende der Welt. Ich werde meinen Weg im Leben schon finden, aber es muß* mein *Weg sein. Deinen Weg habe ich probiert, wirklich. Es gibt alle möglichen Wege, erwachsen zu werden und etwas zu lernen, die nicht akademisch sind. Man muß sich frei fühlen, um man selbst zu werden. Ich kann lernen, aber nicht auf diese Weise. Ich habe das Gefühl, daß dem, was ich jetzt tue, einfach der Bezug fehlt, für mich jedenfalls. Du weißt, daß ich nicht einfach ein ›dummes Ding‹ bin wie die, die Du verachtest. Bitte versteh, daß ich tun muß, was für mich richtig ist – und ich meine das auch nicht leichtfertig. Mach es mir leicht. Ich konnte das nur in einem Brief erklären. Ich habe wirklich ziemliche Angst davor, nach Hause zu kommen. Es tut mir so schrecklich leid, daß ich soviel Geld für nichts gekostet habe, ich will nicht noch mehr kosten. Ich werde mir bald eine Arbeit suchen, nur sei nicht böse. Ich packe meine Sachen, und sie können später abgeholt werden. In ein paar Tagen bin ich zu Hause, ich gebe Dir noch Bescheid, wann. Lieber Daddy, alles, alles Liebe von Deiner*

C.

John Forbes warf den Brief auf den Küchentisch, der voller schmutziger Teller und Bierflaschen war. Früher am Abend war George Bellamy, der Gärtner von Laxlinden, dessen Dienste er gern für sich gehabt hätte, herübergekommen, um Farbfernsehen zu schauen und das Neueste aus Laxlinden Hall zu berichten. John konnte die Leute dort alle nicht leiden, und seit er die Eichenwiese gekauft hatte, herrschte eine eindeutige, wenn auch völlig irrationale Kampfstimmung. Gerda hatte bei dem Verkauf so ein Geseire gemacht, und hinterher hatte sie geschrieben und angedeutet, er hätte sie dazu genötigt. Natürlich hatte Gerda ihm leid getan, als Sandy gestorben war, und er hatte ihr einen sorgfältig verfaßten Brief geschrieben. Er hatte nie den kalten Brief vergessen, den Gerda bei Ruths Tod geschrieben hatte, aber die arme Gerda hatte Ruth eben stets ihre Schönheit und ihre Begabung geneidet. An seinen alten Freund, Lucius Lamb, dachte John oft mit Traurigkeit. Und jetzt hatte George Bellamy ihm berichtet, daß in etwa einer Woche die Ankunft des Faulpelzes Henry erwartet wurde. John Forbes mochte keinen von ihnen und lehnte sie alle ab, aber Bellamys Neuigkeiten interessierten ihn immer.

Colettes Brief war ein Blitz aus heiterem Himmel, auch wenn er sich jetzt sagte, daß das Kind offensichtlich versucht hatte, ihn darauf vorzubereiten; nur hatte er eben nicht hinhören wollen. Der Gedanke, daß ein Kind von ihm keine intellektuellen Neigungen besaß, war ihm unerträglich. Er hatte sie gedrängt und ermutigt und selbst unterrichtet und Beziehungen spielen lassen und, wenn auch ohne Erfolg, versucht, sie an einer anständigen Universität unterzubringen (natürlich hatte sie bei den Prüfungen schlecht abgeschnitten), und hatte in Ermangelung besserer Möglichkeiten diese pädagogische Hochschule akzeptieren müssen, obwohl sie für seine Tochter nicht gut genug war, aber immer noch das Bestmögliche und in ihrer Art gut. Er hatte regelmäßig mit ihrem Tutor, Mr. Tindall, gesprochen, genau erklärt, welche Kurse seiner Meinung nach Colette entsprechen würden, und hatte sogar gewisse Änderungen im Lehrplan vorgeschlagen, um ihn ein wenig strenger zu gestalten. Er hatte stundenlang mit Colette selbst darüber gesprochen, was sie tun, welche Fächer sie wählen, worauf sie sich konzentrieren solle, er hatte in den Ferien sein Bestes getan, um ihr zu helfen. Er hatte sogar die Bücher für sie besorgt und sie ihr in die Hand gedrückt.

Vielleicht, dachte er jetzt, hatte er die falsche Taktik angewandt. Frauen sind ja so merkwürdige Geschöpfe. Er haßte Tyrannei und hatte oft gedacht und gesagt, daß die Herrschaft der Männer über die Frauen der Ursprung vieler Übelstände in der Welt sei. Er hatte immer für die Frauenbefreiung gekämpft, er hatte nach bestem Wissen für Colettes Befreiung gekämpft. Aber dem anderen Geschlecht wohnte eine Art unbezwingbarer Dummheit inne, die einfach nach Tyrannei verlangte. Sie hatten ja praktisch vom Beginn der geschriebenen Geschichte bis heute gebraucht, um auf eine so simple Idee wie den Büstenhalter zu kommen. Ja, er hatte seine gescheite Frau, die nun schon so lange tot war, tyrannisiert, und er hatte seine Tochter tyrannisiert. Vielleicht war er gründlich unklug gewesen, und es war in der Tat nur eine Frage der Taktik. Er erinnerte sich, wieviel ihm das Studium bedeutet hatte, als er in Colettes Alter gewesen war. Colette war durchaus in der Lage, Freude an ihrer Arbeit zu haben und sie mit irgendeinem niedrigen akademischen Grad abzuschließen; im Fachstudium würde sie sich dann zweifellos viel besser machen. Sie war eine Spätentwicklerin und ein bißchen eine Schlafmütze. Das Schlimme war, daß ihre Lehrer nie erkannten, daß sie auf ihre bedächtige Art wirklich nachdachte.

Und jetzt dieser unausgegorene, schwachsinnige Brief. Das mußte ihr jemand eingeblasen haben. Morgen würde er Tindall anrufen. Obwohl Tindall ja ein ziemlicher Schwächling war.

John hatte dem Impuls widerstanden, ein zorniges Telegramm zu schicken. Sollte sie ruhig nach Hause kommen. Er würde vernünftig mit ihr reden und sie zurückschicken. Er würde ihr klarmachen, was sie im Leben alles versäumen würde, wenn sie jetzt ihre Chancen vergab. Er konnte ihr nicht erlauben, ihre kostbare Ausbildung aufzugeben und etwa Tippse zu werden oder so eine blumensteckende Gans oder ein ständig posierendes Mannequin wie Gerda Marshalson. Die jungen Leute haben kein Rückgrat, dachte er. Sie sind nicht so wie wir früher. Sobald Schwierigkeiten auftauchen, kneifen sie. Man hat ihnen den bedeutsamen Unterschied zwischen etwas richtig machen und etwas falsch machen nicht beigebracht. Sie wollen nur sie selbst sein, aber Bildung ist ein Prozeß der Erweiterung und Veränderung, um verstehen zu können, was fremd ist. Kein Wunder, daß die faule, wehleidige linke Jugend in sinnlose Anarchie hineintrieb; ewig wurde gejammert, obwohl man so viel Gutes tun und so viel lernen und sich über so vieles freuen konnte. Natürlich fängt der Ärger in der Schule an. Und sie suhlen sich ja alle in Selbstmitleid. Ich hätte nie zu meinem Vater gesagt, daß ich am College unglücklich bin.

Es ist jammerschade, daß ich nie ins Parlament gekommen bin, dachte John. Er hatte erfolglos für die Labour Party kandidiert. Jetzt war er seit vielen Jahren Dozent an der Universität. Dennoch müssen wir uns unermüdlich weiter bemühen, die Dinge zu verbessern, dachte er. Jeder kann das, ganz gleich an welcher Stelle, und es gibt vieles, was ich tun kann. Er hatte seine eigenen Grenzen mit der gleichen Zähigkeit ausgelotet, die er beim Studium der Geschichte eingesetzt hatte. Er stammte aus einer Quäkerfamilie. Er hatte beabsichtigt, seinen kostbaren Studienurlaub, der gerade jetzt begann, dazu zu verwenden, eine Geschichte des Quäkertums zu schreiben; aus soziologischer, nicht aus religiöser Sicht natürlich. John Forbes hatte für Aberglauben nichts übrig. Als kleines Kind hatte er bald erkannt, daß sein Vater, obwohl er noch zur Versammlung ging, nicht an Gott glaubte. Sein Vater bezeichnete sich als ›Agnostiker‹, aber das war nur eine Sache der Generation. Er und sein robuster, aufrechter, kläräugiger Vater hatten einander früh verstanden. »Es gibt keinen Gott, John, nicht so, wie die Leute denken«, hatte sein Vater zu ihm gesagt. Er hatte ihn beinahe im selben Atemzug gelehrt, niemals zu lügen und daß die Welt gottlos sei. Jetzt jedoch, da für John die Zeit gekommen war, seine Geschichte zu schreiben, stellte er fest, daß er danach kein Bedürfnis mehr hatte. Es gab schon viel zu viele Bücher geistig mittelmäßiger Männer, wie er selbst einer war. Was rechtfertigte schließlich das Leben eines Menschen? Gewiß nicht ein Buch. Er würde lesen und nachdenken und neue Vorlesungen vorbereiten. Er wußte, daß er ein begabter Lehrer war. Man mußte sich in seinem Leben Hoffnung und Vernunft bewahren und immer weiter streben. John Forbes hatte das nie allzu schwierig gefunden. Er konnte immer noch genug Gutes in der Welt tun. Nur würde jetzt diese wertvolle Zeit durch die Kapricen seiner Tochter gestört werden.

John erinnerte sich seiner Großeltern väterlicherseits, die er als Kind gut gekannt hatte; er erinnerte sich seiner großartigen Eltern, seines noblen, sozial engagierten Vaters, seiner reinen, hochgesinnten Mutter, seiner klugen, engelgleichen Frau, die so sinnlos an Krebs gestorben war. Wie konnte es geschehen, daß Kinder mit einem solchen Stammbaum aus so morschem Holz geschnitzt waren? Cato war vom Weg abgekommen, und nun winselte Colette, der alle Möglichkeiten zu Glück und Weiterentwicklung offenstanden, ihm etwas von ›Sinn‹ vor und fand ihre simplen kleinen Aufgaben, ›zu schwierig‹! Was hatte er getan, um solche Kinder zu verdienen? Ruth hatte der Tochter den Namen gegeben, er dem Sohn. Welch eine traurige Enttäuschung all ihrer strahlenden Hoffnungen.

Cato Forbes eilte, unter einem schwarzen Regenschirm versteckt, mit langen Schritten die Ladbroke Grove entlang. Er ging unter der Eisenbahnbrücke hindurch, dann noch ein Stück weiter und bog schließlich in eine Seitenstraße ab. Es hatte den ganzen Tag geregnet. Jetzt war es später Abend und dunkel. Cato kehrte gewöhnlich erst nach Einbruch der Dunkelheit zurück. Den Tag über lief er herum oder saß in Lesesälen von Bibliotheken oder in Kirchen oder Pubs. Er mußte eine Entscheidung treffen, aber er schaffte es nicht; und die Zeit, die so fruchtlos verstrich, machte die Entscheidung noch dringender, den Entschluß jedoch immer schwieriger. Die vergangene Nacht hatte er nicht geschlafen. Heute abend hatte er eine Verabredung.

Die Ladbroke Grove ist eine lange und sehr merkwürdige Straße. An ihrem Südende stehen vornehme Häuser, einige der elegantesten der Stadt. Am Nordende, insbesondere jenseits der Eisenbahnbrücke, bekommt die Straße ein schäbiges und ärmliches Gesicht, es gibt dort Elendsquartiere, ziemlich viel farbige Bevölkerung, eine Masse verwahrloster Häuser, die zimmerweise vermietet sind. Ein kleines Reihenhaus in diesem bedrückenden Labyrinth hinter der Ladbroke Grove war Cato Forbes' Ziel. Das Haus selbst war für unbewohnbar erklärt und einige seiner Nachbarhäuser waren bereits abgerissen worden, so daß die Straße in einem kahlen Trümmerfeld endete, auf dem die Leute bereits begonnen hatten, ihren Müll abzuladen. Die Gegend hatte, besonders bei warmer Witterung, eine eigenartige, charakteristische Ausdünstung, in der sich die Gerüche von Staub, scharf gewürzten Speisen, Ratten, Urin und schwarzer Erde mischten. Ein Sikh-Freund hatte Cato einmal erklärt, es rieche dort wie in Indien.

Hinter der verbliebenen Häuserreihe war eine schmale Gasse, von den Häusern durch kleine Höfe und eine Backsteinmauer getrennt. Auf der anderen Seite der Gasse waren ebenfalls Häuser, auch sie zum Abbruch bestimmt. Als Cato in die Gasse einbog, klappte er seinen Schirm zusammen, für den hier kein Platz war. Sein Regenmantel streifte die von widerlichen pflanzlichen Wucherungen verklebte Mauer. Er stolperte über eine Mülltonne. Finster gähnten die Hofdurchgänge, in denen einmal Türen gehangen hatten. Einige der Häuser waren noch bewohnt. Vorsichtig suchte er sich seinen Weg durch den Matsch, als er durch ein Loch in einen mit Gerümpel vollgestellten Hinterhof trat, und ging dann weiter zur Hintertür eines Hauses. Leise und sicher schob er seinen Schlüssel ins Schlüsselloch, drückte die Tür auf und trat geräuschlos ein. Er schloß die Tür und sperrte hinter sich ab.

Ehe er Licht machte, vergewisserte er sich mit erfahrener Hand, daß der dicke schwarze Vorhang, der das Fenster verhüllte und allem Anschein nach seit den Nazi-Luftangriffen auf London dort hing, ganz zugezogen und an den Seiten festgesteckt war. Dann drückte er auf den Schalter, und das Licht einer schwachen, nackten Glühbirne, die von einer Fettschicht verdunkelt war, zeigte ihm die Küche genau so, wie er sie im morgendlichen Zwielicht verlassen hatte, mit seinem Emailbecher, der noch zur Hälfte mit kaltem Tee gefüllt war, einem angebrochenen Stück Brot und Butter im Papier. Er zog seinen Regenmantel aus und suchte sich eine Ecke für seinen tropfnassen Schirm, von dem sogleich ein Bächlein über den Boden rann, auf den gesprungenen Fliesen Pfützen bildete und eine Versammlung halbdurchsichtiger Käfer aufstörte, die ganz unverfroren in der Küche hausten.

Im trüben Licht war, gleich vor der Tür, die steile Stiege zu sehen, die Cato jetzt zu dem Zimmer oben hinaufstieg, wo er wiederum das Fenster prüfte, das zum Teil mit Brettern vernagelt war und vor weniger langer Zeit mit einer Decke, die von zwei Nägeln herabhing, abgedunkelt worden war. Sicher, daß alles in Ordnung war, machte er Licht, das hier etwas heller war. Er lief noch einmal hinunter, um das Licht in der Küche auszumachen, und kam langsamer wieder nach oben. Das kleine Zimmer war schmutzig und schäbig, aber nicht ganz ohne Komfort. Es gab eine Kommode, deren Schubladen offen und leer waren, eine Bettcouch mit einem schmutzigen dünnen grünen Überwurf, der über zerwühltem Bettzeug hochgezogen war, und ein kleines Metallkruzifix, das an der Wand darüber an einem Nagel hing. Das gesprenkelte Linoleum war abgetreten und löchrig, aber es war ein billiger, relativ neuer brauner Teppich da. Auf einem Waschtisch mit hell gekachelter Rückwand und einer grauen Marmorplatte lagen Catos Rasiersachen. Auf dem Boden lag sein Koffer, gepackt, ausgepackt, erneut gepackt und jetzt wieder seine Innereien von sich gebend, unter denen eine Whiskyflasche ins Auge sprang. Die staubige Sockelleiste war hier und dort mit exzentrischen Gebilden aus zusammengedrückten Suppendosen dekoriert, die ein früherer Bewohner über die Mäuselöcher genagelt hatte. Es gab zwei Stühle mit gerader Lehne und eine Anzahl überquellender Aschenbecher. Es roch feucht und nach Tabak und der Toilette nebenan.

Cato schaltete einen elektrischen Heizstrahler ein, der in der Ecke stand. Das Gerät spie einen Funkenschauer, der sich zu matter Glut beruhigte. Er setzte sich auf die Couch und zündete sich eine Zigarette an. Er versuchte, das Rauchen aufzugeben, obwohl es jetzt im Grund kaum noch eine Rolle spielte.

Nach den ersten köstlichen Zügen begann die Zigarette ihren Charme zu verlieren. Mit einer Hand sein Gesicht bedekkend, beugte er sich vor und ließ die Hand, die die Zigarette hielt, hinunterfallen, bis die Knöchel den Boden berührten. So saß er und wartete, leicht zitternd in einer Erregung, die eine Art innerer Not war; und die Verzweiflung, die ihn den ganzen Tag wie eine Wolke umhüllt hatte und vor der er manchmal buchstäblich davongelaufen war, in der Hoffnung, sie hinter sich zu lassen wie einen Schwarm Fliegen, senkte sich still über ihn. Die ganze Oberfläche seines Körpers kribbelte und zuckte, sein Mund zuckte, seine Zähne schlugen lautlos aufeinander, sein Atem war wie der eines tief Schlafenden, seine furchtsam aufgerissenen Augen bewegten sich leicht, als musterten sie das Zimmer, obwohl er nichts sah. Er wartete.

Cato war ein großer Mann, breitschultrig und nun schon ein wenig feist, mit einem großen Kopf, dicken, wulstigen Lippen und vollen Wangen, großen braunen Augen und dichtem, glattem, braunem Haar, das er, seit er Priester geworden war, kurz stutzte. Wegen seiner vollen Wangen und seiner ziemlich knolligen Nase hatten sie ihn in der Schule Fettmops Forbes gerufen oder manchmal auch nur Vollmond Forbes oder Pummel. Es war jetzt drei Jahre her, seit er ordiniert worden war. Der Großteil dieser Zeit hatte der Theologie gehört. Der Eliteorden, dem Cato angehörte, diente Gott auch mit dem Intellekt. Die »Mission«, mittlerweile gescheitert und nicht mehr existent, war sein erster Versuch gewesen, ganztägig seelsorgerische Arbeit zu leisten.

Von unten hörte er ein schwaches Knirschen, das Geräusch eines Yale-Schlüssels, der vorsichtig in ein Schloß geschoben wurde. Cato sprang auf. Eine Tür wurde geöffnet und geschlossen. Cato ging durch das Zimmer. Ein Junge von etwa siebzehn Jahren kam leise die Treppe herauf.

»Pater –«

»Hallo.«

»Sie haben mich erwartet?«

»Ja.«

Cato kehrte zum Bett zurück und setzte sich, da seine Beine nachzugeben drohten. Der Junge zog sich einen Stuhl heran und setzte sich zwanghaft lächelnd nahe zu ihm. Dies war Joseph Beckett, seinen Freunden und Feinden als der Schöne Joe bekannt. Er war sehr mager und wirkte auf den ersten Blick eher eigenartig als schön. Er trug eine randlose Brille mit sechseckigen Gläsern, die seine hellbraunen Augen ein wenig vergrößerten. Sein blondes Haar war sehr glatt und fein, ziemlich lang, rund geschnitten und auf der Seite gescheitelt, stets frisch und sorgfältig gekämmt. Er hatte eine kurze gerade Nase und einen großen, schmalen Mund, sensibel und heiter.

Seine Wangen waren glatt und rosig, und mit seinem intelligenten, aufmerksamen, leicht forschenden Blick sah er aus wie ein junger amerikanischer Gelehrter oder vielleicht ein sehr schlaues Schulmädchen.

»Du bist ganz naß«, sagte Cato.

Der Junge trug keine Jacke, und seine Jeans und sein Hemd klebten faltig an seinem Körper. Sein Haar, das jetzt vom Regen dunkel war, schmiegte sich wie eine Kappe um seinen Kopf.

»Ich bin schon den ganzen Tag naß. Ist gleich wieder trokken. Haben Sie 'n Handtuch?«

»Hier.«

»Und was zu trinken?«

»Hast du etwas genommen?« (Drogen, hieß das.)

»Nein, 'türlich nicht, das ist vorbei.«

Cato sah zu, wie der Junge zuerst sorgfältig seine Brille trockenwischte und auf sein Knie legte, dann Gesicht und Hals abtrocknete, sein Haar kräftig frottierte, seine Brille wieder aufsetzte und mit einem Stahlkamm sein Haar in glattem, wie gelacktem Bogen an den Kopf kämmte, wobei er seinen intelligenten, forschenden Blick unverwandt auf Cato gerichtet hielt.

»Haben Sie was zu trinken?«

»Später.« Was zum Teufel, dachte Cato, ich brauche selbst etwas. Er griff nach dem Hals der Whiskyflasche und holte zwei Gläser vom Waschtisch. »Hier.« Er drückte seine Zigarette in einem Berg Asche aus und zündete sich eine neue an. Joe rauchte nicht.

Joe glättete sein feuchtes Haar mit den Fingern, während er noch immer den Priester mit einer Miene freundlicher Belustigung ansah.

»Pater –«

»Ja.«

»Ich hab's keinem gesagt.«

»Was hast du keinem gesagt?«

»Daß Sie noch hier sind. Das weiß keiner außer mir. So wollten Sie's doch, oder?«

»Spielt jetzt keine Rolle mehr«, sagte Cato. Das schien gegenwärtig das Leitmotiv zu sein. Er fügte hinzu: »Ich geh weg. Gib mir lieber den Haustorschlüssel zurück.«

Joe gab ihm den Schlüssel. »Das ist irgendwie traurig, Pater, Sie haben mir vertraut, es war so eine Art Symbol, stimmt's, Pater?«

»Ich vertraue dir immer noch. Das ist nicht mein Haus.«

»Wohin gehen Sie, wo kann ich Sie sehen?«

»Das weiß ich nicht.«

»Fahren Sie nach Rom?«

»Nein. Wie kommst du darauf, daß ich nach Rom fahren könnte?«

»Alle Priester fahren da hin. Ich würde Rom gern mal sehen. Ich würde gern mal Seine Heiligkeit sehen. Wann werden Sie Papst, Pater?«

»Vorläufig nicht.«

»Wo kann ich Sie besuchen?«

»Ich weiß es nicht. Ich - ich schreibe dir.«

»Ich hab keine Adresse. Ich komm zu Ihnen. Das möchten Sie doch, nicht?«

Joe schwang lächelnd sein Haar und bauschte die glatten Strähnen zu einer goldenen Krause, indem er sie zwischen den Fingern aufdrehte. Er zuckte mit den Schultern, zog dann das feuchte Hemd aus seinen Jeans und knöpfte es ein Stück auf, um es von seinem Rücken zu lösen.

Cato sah nicht hin. Er hatte geglaubt, daß nach der Tortur zu Ostern alles leichter werden würde und wenigstens gewisse Schritte einfach würden getan werden müssen. Aber anscheinend gab es noch immer nichts Zwingendes in seinem Leben, und die Qual der Wahl, die er inzwischen hätte los sein sollen, war immer noch da, und durch das bestürzende Hinzukommen ganz anderer Probleme eröffneten sich immer mehr Blickwinkel und Perspektiven, immer mehr überflüssige Möglichkeiten, je länger er hinsah.

Wenn mir doch nur, dachte Cato, seinen Gedanken instinktiv zu einem Gebet formend, nicht alles gleichzeitig passieren würde. Ist das Zufall, kann das Zufall sein? Immer eins nach dem anderen, Herr, dann kann ich es schaffen. Ich kann nicht mit so unterschiedlichen Dingen im selben Moment umgehen. Aber sind es denn unterschiedliche Dinge? Allmählich schien es, als seien sie unentwirrbar miteinander verknüpft. Aber das war ausgeschlossen. Welcher Art war die Verknüpfung, welcher Art konnte sie sein? Er mußte die Probleme getrennt lösen, unbedingt, und er mußte sie eines nach dem anderen lösen. Vielleicht war das Problem überhaupt, wie man sie voneinander trennen sollte.

Die Zeit seiner Bekehrung schien jetzt undenkbar fern, prähistorisch, eine mythische Zeit der Erschaffung aus dem Chaos, die selbst jetzt noch in seinem Leben ein Zentrum der Autorität und der Macht war. Christus hatte von ihm Besitz ergriffen. Daß er mit einer streng rationalistischen atheistischen Erziehung ›gewappnet‹ gewesen war, hatte nichts bedeutet. Dergleichen Waffen waren äußerst zweischneidig. Eine Reaktion war ›zu erwarten gewesen‹, hatten manche gesagt. Aber Cato besaß seine eigene tiefe Abwehr gegen plötzliche emotionale Religiosität. Er hatte sich gewissermaßen schon sehr früh eine Schutzimpfung dagegen verpaßt, dieser mystischen Schönheit zu verfallen: Ritual, intellektueller Genuß, Drama, Macht. Als angehender Historiker hatte er sich mit alledem befaßt und in sich selbst die Schwäche erkundet, die ihn anfällig machte für etwas, das letztlich eine ungeheure Vulgarität war. Christus selbst war natürlich unbestechlich rein und hatte niemals Unrecht getan, obwohl das auch auf Sokrates zutraf. Da war nichts Vulgäres, keine Eitelkeit, nicht ein Schatten von Gaunerei oder Unehrlichkeit, doch das zeigte lediglich, welch ungeheure Fähigkeit zu Vervollkommnung der Mensch besaß. Dieser Jesus war ein alter Freund, ein großer Heiliger, über den er oft mit seinem Vater diskutiert hatte, genauso wie sie gemeinsam das Christentum seziert, das Gute vom Schlechten, die Wahrheit von der Illusion gesondert hatten. Christus war ein großer Heiliger, ein guter Mensch. Aber der Aberglaube, die Symbolik, der Schwindel: Cato hatte das alles vollkommen verstanden, mit Anteilnahme studiert, hatte genau gesehen, warum es geschah und warum es ihn ansprach und warum es ihn niemals wirklich locken oder auch nur tiefer interessieren konnte. Als Geschichtswissenschaftler interessierte ihn der Islam mehr.

Dann war er plötzlich, ohne Vorwarnung und mit einem Gefühl, als würden gewaltige geistige Mauern in sich zusammenstürzen, stolpernd in die Realität hineingeschlittert. Mit Wahrnehmungskräften, die ihm nie bewußt gewesen waren, erfuhr er Gott. Alles, was er vorher ›gewußt‹ hatte, schien jetzt ein Schattenreich, durch das er in die wirkliche Welt eingetreten war, in eine Seinsform, die er nicht ›kannte‹, weil er sie lebte und eins mit ihr war. Er trat ganz still in eine Art weißer Freude ein, so als wäre er nicht nur aus der Höhle herausgetreten, sondern sähe die Sonne an und merkte, daß es leicht war, sie anzusehen, und daß alles weiß und rein war, nicht blendend, nicht extrem, sondern sanft und vollkommen, und daß alles da war, sicher bewahrt und lautlos pulsierend im Kreis der Sonne.

Und so seltsam war auch, daß dieses neue Seinsverständnis ihm als eine ganz klar erkannte Erfahrung der Dreifaltigkeit zufiel. Die Dreifaltigkeit war die Sonne, so weiß und so vollkommen und, wenn man direkt hineinsah, so erregend lebendig und sanft. Natürlich kannte Cato diese Lehre in- und auswendig, er hatte viele Male geistreich und witzig darüber diskutiert. Jetzt hatte er sie nicht als Idee vor sich, sondern als Wirklichkeit, als die Gesamtheit der Wirklichkeit, durchdrungen von einem Geist, der mit seiner ›Persönlichkeit‹, wie er sie bisher gekannt hatte, unvereinbar schien und doch zum Wesenskern seines Selbst wurde. Dieses Selbst hatte teil an der Einheit Christi mit dem Vater und dem Heiligen Geist. *Wie* die Dreifaltigkeit eins war und *wie* diese Einheit das Gesetz allen Seins, das Gesetz der Natur, der elektrisierende universale Ausdruck der Liebe war, das *sah* er jetzt mit den weitgeöffneten Augen der Seele, und während er *ruhte*, wie er nie zuvor geruht hatte, ließ er sich von dieser unbezweifelbaren Vision in ihre lautlose Kraft einschließen.

Rückblickend fiel es Cato schwer, diese Offenbarungen mit der gewöhnlichen Geschichte von Zeiten und Orten in Verbindung zu bringen. Er saß damals gerade an der Provinzuniversität, an der er studiert hatte, über einer Abschlußarbeit, einer Abhandlung über gewisse Aspekte der russischen Geschichte des achtzehnten Jahrhunderts, und sah sich nach einer Arbeit um. Im Sommer war er zu Hause gewesen, hatte in Freundschaft bei seinem Vater gewohnt, mit Colette Tennis gespielt. Er war lau verliebt gewesen und hatte zwei lauwarme Affären gehabt, die zum Glück vorbei waren. Er war rundum glücklich gewesen, unbesorgt und ohne Angst. Warum dann diese Heimsuchung? Vielleicht hatte dieser kreatürliche Glückszustand ihn dazu verleitet, die scharfen Waffen des Egoismus niederzulegen, die die Seele vor Gott schützen? Vielleicht war es auch ein erster unwillkürlicher Abglanz der kommenden Freude gewesen. Seine ›Bekehrung‹ war nicht spiritueller Qual, innerer Not, tiefer Verzweiflung oder irgendeinem Bedürfnis nach jenseitigem Trost entsprungen. Er war viel allein gewesen, war in der Sommerhitze gewandert, hatte an Flüssen gesessen und den Libellen zugesehen, nackt in einsamen, blumenumkränzten Weihern gebadet. Er war glücklich gewesen in dem Glücksgefühl der Jugend, der Unschuld intellektueller Selbstzufriedenheit und unbegrenzter Möglichkeiten. Er war gesund, aktiv, robust, geistig und körperlich. Und dann hatte er – atemlos vor Staunen und fast so, als würde er sich selbst zusehen – gemerkt, wie diese irdische Freude stetig und umfassend und ganz unabhängig von seinem Willen in eine himmlische Freude verwandelt wurde.

Cato hatte diese Ereignisse niemals, weder damals noch später, mit irgendeinem hochtrabenden Namen wie ›mystische Erfahrungen‹ ausgezeichnet. Er hatte gelernt, daß alles mystisch war. Er brauchte keine spektakuläre ›Vision‹ Christi. Er war bei Christus, er war Christus. Er war durchdrungen, in Besitz genommen, und es war alles so unauffällig geschehen und mit einem solchen Gefühl absoluter Wirklichkeit. Cato sagte seinem Vater nichts, sagte Colette nichts. Er wartete auf eine Weisung, und er erhielt sie. Es war kein ungestümes Vorwärtsstürmen in ein neues Leben der Selbstaufopferung und eifriger

Hingabe. Es war wie ein Fluß, wie eine wachsende Pflanze. Der Wille tat nichts, es gab keinen Willen. Daß nur völlige Hingabe dieser Wirklichkeit Genüge tun konnte, war von Anfang an klar; er war bereits versprochen, ja in Besitz genommen. Was genau er zu tun hatte, wurde langsamer klar. Er mußte Priester werden, sein ganzes Leben mußte ein Zeugnis dessen sein, was er jetzt *wußte*. Und er glaubte nicht einmal, daß es leicht werden würde, er fühlte sich nicht einmal in Gefahr, einem Wahn aufzusitzen, da er mit seinem neuen, gereinigten Blick auch sein altes Selbst sah, das immer noch existierte, immer noch als Teil der Welt vorhanden war, unverändert und vielleicht (und dies war eine der bemerkenswertesten Lehren von allen) unveränderlich.

Nach einiger Zeit suchte er einen römisch-katholischen Priester auf (der Gedanke, der protestantischen Gemeinschaft beizutreten, kam ihm aus irgendeinem Grund gar nicht in den Kopf), nicht in Laxlinden, wo es keine katholische Gemeinde gab, sondern in einem Dorf in der Nähe. Der Priester erwies sich als sehr unwillig, sich mit Cato und seinen neuen Gewißheiten abzugeben. Er riet ihm, sechs Monate fortzugehen und abzuwarten, wie ihm dann zumute sei. Cato konnte keine sechs Monate warten. Inzwischen war er wieder an der Universität, um sein Studium fortzusetzen. Hier erinnerte er sich eines katholischen Dozenten, Brendan Craddock, eines Mannes, der einige Jahre älter war als er und den er als Student flüchtig gekannt hatte. Er war jetzt Priester in einem Ordenshaus in London. Ihn suchte er auf. Craddock behandelte ihn mit der gleichen kühlen, mißtrauischen Distanz und reichte ihn an Pater Sidney Bell weiter, der später sein Pate wurde. Ungefähr ein Jahr später trat Cato in den Orden ein, dem Pater Craddock und Pater Bell angehörten, und einige Jahre danach wurde er zum Priester geweiht.

Natürlich verblaßte im Lauf der Jahre der Glanz dieser frühen Erfahrungen ein wenig, genau, wie er es erwartet hatte, doch jene Freude wurde ihm von Zeit zu Zeit wiedergegeben, als er allmählich in die komplexe Einfachheit der Messe eindrang und sich im täglichen Leben der Kirche heimisch zu machen begann. Er glaubte, vor Glück ohnmächtig zu werden, als er seine erste Messe zelebrierte, und wurde es beinahe auch. Seine neuen Lehrer warnten ihn vor Exaltation, doch während er in Christus lebte und wuchs, spürte er an jedem Tag seines Lebens deutlich genug die magnetische Verbindung, die ihn auf dem Grund des Seins verankerte. Er lebte dicht an, und manchmal in, vollkommenem Glück.

Alltägliche Kümmernisse und Ängste verschwanden jedoch nicht; die schlimmsten darunter waren der extreme Zorn und die Bitterkeit seines Vaters. Sein Vater nahm seine Eröffnungen mit völliger Ungläubigkeit auf. Er glaubte, sein Sohn sei buchstäblich verrückt geworden, und hätte nicht verblüffter und bestürzter sein können, wenn Cato ihm erklärt hätte, Peter der Große sei aus seinem Grab auferstanden und nun sein ständiger Gefährte. Über eine kurze Zeit handelte John Forbes mit der Energie der Verzweiflung, benahm sich, als müßte er mitansehen, wie sein Kind vor seinen Augen zu ertrinken drohte. Er bat und drohte, er suchte wütend Pater Craddock und Pater Bell auf, tobte und beschuldigte sie praktisch der Hexerei, er redete in blinder Raserei davon, vor Gericht gehen zu wollen, ja er beschwor (in heller Aufregung und obwohl er von Psychiatern überhaupt nichts hielt) Cato, zuzugeben, daß er geistig verwirrt sei, und sich in eine Nervenklinik zu begeben. Cato verfolgte ruhig und unbeirrt seine Pläne weiter, stritt nie, bat seinen Vater ständig um Verzeihung dafür, daß er ihm solchen Schmerz bereitete. Schließlich gab John Forbes auf und zog sich in eine verbitterte, verächtliche Kälte zurück, die seitdem nicht nachgelassen hatte. Cato schrieb seinem Vater und besuchte ihn in leicht wachsenden Abständen. Auf die Briefe kam keine Antwort, die Besuche verliefen höflich, ohne daß irgend etwas von Bedeutung gesprochen wurde. Seine Schwester Colette war über den Streit in der Familie bestürzt, aber sie liebte ihren Bruder von Herzen, und wenn sie auch seine Überzeugungen für absurd hielt, betrachtete sie sie dennoch keine Sekunde lang als eine Schranke zwischen ihnen.

Ganz vom geschäftigen, rhythmischen Leben der Kirche in Anspruch genommen und voll heiterer Gelassenheit den Weisungen seiner Vorgesetzten folgend, fuhr Cato fürs erste fort, wissenschaftlich zu arbeiten, und teilte seine Zeit zwischen Theologie und byzantinischer Geschichte auf. Er lebte in einem Gemeindehaus, zuerst in Manchester, dann in London, und leistete, erst als Ordinandus, dann als Priester, seinen Teil, indem er Studenten beriet, mit (wie er damals glaubte) Menschen aller Art sprach, bei Versammlungen das Wort ergriff, Gläubigen wie Ungläubigen Trost und Rat spendete. Manchmal hatte er in einem Moment ironischer Selbstbeobachtung das Gefühl, ›eine volkstümliche Gestalt‹ zu werden. »Charisma Forbes, der Szene-Priester«, sah er einmal neben einer grotesken Zeichnung an einer Toilettenwand geschrieben. Cato hatte keine Angst. Er hatte nie ein klares Bewußtsein für den zähen alten Adam in sich verloren. Er wußte, wie sehr er an einer bestimmten Art von Macht hing, der Macht des maßgebenden Lehrers, der Macht des weisen Beichtvaters. Einen Menschen bei der Beichte von der Last der Sünde befreien zu können war ihm beinahe allzu exaltierte Beglückung; und das kostbare Juwel des Priestertums, die Messe, war für ihn manchmal beinahe eine Versuchung. Er war zu glücklich.

Natürlich hatte er seine belanglosen Wünsche und Begierden. Es fiel ihm lächerlich schwer, das Rauchen aufzugeben, wozu er sich verpflichtet fühlte. Er wäre gern gereist, besonders nach Rom, doch dies verweigerten ihm seine Vorgesetzten in ihrer Weisheit noch; und er nahm das als eine Mahnung, einen Versuch vielleicht, ihn ›abzukühlen‹, das Fieber seines noch immer allzu eifrigen Glaubens zu senken, indem man ihm eintönigstes Einerlei verschrieb. In den vorgeschriebenen Abständen zog er sich zu Exerzitien zurück, wobei er die strengeren, traditionelleren Praktiken bevorzugte, die einige seiner Kollegen als so gefühlsbeladen und altmodisch betrachteten. Es war etwas peinlich Verkrampftes an dieser Disziplin, die den widernatürlichen Anspruch auf Vollkommenheit selbst erst zu nähren schien. Andererseits hatte er sich in seinem Körper immer ganz zu Hause gefühlt, er besaß eine athletische Geschmeidigkeit, die stets Teil seines Gottesdienstes war, und seine jugendliche Kraft fand von selbst zu Verehrung. Seit jenen ersten ›Enthüllungen‹, fühlte er, daß Gott und er denselben Raum bewohnten, und er fand nichts schwierig oder wunderlich daran, sich – selbst im Detail, wenn es sein mußte – den Herrn, seine Mutter, die von Moment zu Moment fortschreitende Wirklichkeit der Passion und das historische Ereignis der Inkarnation vorzustellen. Die Hölle konnte er sich nicht vorstellen; sie war für ihn eine intellektuelle Idee. Die Verdammnis, wenn es sie denn gab, war Gottes Angelegenheit.

Wenn er über seine eigenen Sünden meditierte, dachte er oft an seinen Vater und die grausame, zwingende Notwendigkeit, die dahin geführt hatte, daß er für einen Menschen, den er so sehr liebte, zu einem leidvollen Fluch geworden war; und er fand, daß dieses Entwicklungsmuster tief in Gottes Weisheit wurzelte. Jede Askese, die ihm auferlegt wurde, war ihm heilig, und er liebte die eigenartige beinahe unsichtbare Zärtlichkeit, die darin verborgen war. Gleichzeitig gab er sich über seine Fähigkeit zur Veränderung keinen Illusionen hin. Manchmal, wenn er den Blick von der Welt abwandte und nur Gott ansah, fand vielleicht eine winzige Veränderung statt, ein Atom einer Veränderung. In gewisser Weise war ihm das nicht wichtig. Nur Gott war ihm wichtig, nur Gott war seine Angelegenheit, nur Gott *interessierte* ihn, und der Mensch und sein Tun nur als Erweiterung davon. Es fiel ihm nicht schwer, abgestumpften, verwirrten Menschen geduldig zuzuhören, körperlicher Müdigkeit und Langeweile zu widerstehen, wenn nötig, ohne die intellektuellen Freuden auszukommen, die auch ein Kommunizieren mit Gott waren. Das Keuschheitsgelübde und seine Erfüllung bereiteten ihm niemals Mühe. Es gab für ihn keine größeren Versuchungen außer der tiefen, schleichenden Versuchung durch die Macht selbst, die seiner Bindung an Gott entsprang. Er hatte Freunde im Orden, besonders Brendan Craddock, der seit er nach London gekommen war, sein Beichtvater war. Er hatte Freunde außerhalb des Ordens und außerhalb der Kirche. Aber diese Freundschaften hatten ihn nie mit Dramen nennenswerter Intensität aufgewühlt.

Zu gegebener Zeit beschlossen Catos Vorgesetzte, ihm einen Tapetenwechsel zu verschreiben, und ganz in innerer Harmonie mit seiner Priesterschaft entdeckte er, daß er genau das wollte, was sie ihm nun vorschlugen. Ohne noch den Schutz des Gemeindehauses zu verlassen, in dem er bisher gelebt hatte, übernahm er es, regelmäßig ein Armenviertel im East End Londons, an der Grenze zu Limehouse und Poplar, zu besuchen. »Du wirst entsetzt sein«, hatte Brendan zu ihm gesagt. »Nichts kann mich entsetzen«, sagte Cato. Doch er war entsetzt gewesen. Er war erschrocken gewesen, erschrocken über seine Schutzbefohlenen, erschrocken über das sprachlose Versagen seiner Autorität und über eine Welt, in die die Botschaft Christi nie vorgedrungen war und, wie es oft schien, niemals vordringen konnte. »Ich war im Gefängnis, und du bist zu mir gekommen« hatte seinen Zauber verloren. Cato konnte manchmal keinen Schimmer von Licht in all denen erkennen, die er herzlich zu lieben versuchte. Zum erstenmal sah er die Böswilligkeit des Lasters als einen Teil des täglichen Lebens und sah, wie Verzweiflung und Laster eins waren. Gleich jenseits der Grenzen des Alltäglichen gab es Orte, wohin die Liebe nicht gelangen konnte; es war als zerbräche der Begriff. Cato wußte wohl, daß die Macht Gottes über den zerbrochenen Begriff hinausreichen konnte und daß dies die Lektion war, die zu lernen seine erste Pflicht war. Er konnte jetzt ermessen, wie sehr er durch den reinen Idealismus seines Vaters der Welt entfremdet worden war. Vielleicht hatte er genau diese Bruchstelle gesucht, als er zu Christus Zuflucht genommen hatte. Er betete ohne Unterlaß und hoffte, irgendein blindes Verständnis in seinem Gebet zu finden, wenn er es an Orte mitnahm, an denen er sich machtlos, verabscheut und (das schlimmste von allem) als Witzfigur angesehen wußte. Und doch gab es mittendrin Familien, besonders irische Familien, die ihn ganz selbstverständlich aufnahmen. »Ah, der Pater ist da. Setzen Sie sich, Pater, möchten Sie eine Tasse Tee?«

Im Verlauf dieser Abenteuer hatte er nur einen Freund gewonnen, einen Weltpriester namens Pater Milsom, einen alten Mann, der seit vielen Jahren im East End lebte und Cato als unschuldiges Kind betrachtete. Cato war froh über diesen neuen Vater und erzählte Pater Milsom bald alles über seinen leiblichen Vater und den Streit und seine Hoffnungen in Christo, daß dieser eines Tages enden würde. Pater Milsom war nicht sehr zuversichtlich, doch selbst sein Realismus war für Cato wie eine Art Hoffnung. Manchmal traf er sich spätabends mit Brendan und berichtete über seinen ›Tag‹. Brendan hatte in den Slums von Manchester gearbeitet, und Cato stellte fest, daß es unmöglich war, ihn zu überraschen. Er sprach mit seinem Freund und Beichtvater über seine Entdeckungen und seine Befürchtungen. »Trotz allem hat man ja im Beichtstuhl soviel Macht.« – »*Du* hast keine Macht.« – »Die Beichte wird zu einer Art Vorschubleisten.« – »Ja, natürlich. Bemühe dich einfach, ein kleines, unauflösliches Körnchen Wahrheit zurückzulassen.« – »Sie beichten und machen weiter wie vorher; ja sie beichten, *um* weiterzumachen wie vorher.« – »Wer kann sagen, was sie zur Beichte zieht. Gottes Gnade ist überall.« – »Christus ist mit diesen Menschen, er ist in diesen Menschen, in den schlimmsten Gewalttätern, den schlimmsten Verbrechern, aber manchmal ist es unmöglich, ihn dort zu erkennen.« – »Sieh ihn einfach, sieh ihn einfach an. Er wird dich erleuchten.« – »Du hast gesagt, ich würde entsetzt sein. Das Elend entsetzt nicht, das Laster ist es, das entsetzt. Ich dachte, ich hätte es alles schon in mir selbst gesehen, aber so ist es nicht. Und weißt du was – Pater Bell sagte immer, das Böse sei langweilig, aber das stimmt nicht, es ist ziemlich aufregend.« – »Es *scheint* aufregend. Der Ort, wo man es sehen kann, wie es ist, liegt höher, als wir stehen.«

Gerade als Cato begann, sich mit seinen Aufgaben etwas wohler zu fühlen, wurde eine neue Idee auf den Tisch gebracht. Der Orden hatte ein Haus in Paddington gemietet, und ein Priester, den Cato flüchtig kannte, ein Enthusiast namens Gerald Dealman, wollte eine kleine Gemeinschaft von Priestern errichten, die mit den Menschen dort leben und an ihrem Leben teilhaben, vielleicht sogar mit ihnen arbeiten sollten. Cato war begeistert, als Gerald ihn fragte, ob er mitmachen wolle. Das war vor einem Jahr gewesen; und die »Mission«, wie die Bewohner des Viertels sie nannten, war ins Leben gerufen worden. Dem ursprünglichen Plan zufolge hätte sie aus drei ständig im Haus lebenden Priestern und einer Nonne vom Heiligen Herzen, die nur auf Zeit mitarbeiten sollte, bestehen sollen. Der dritte Priester, ein Exzentriker namens Reggie Poole, war zwar in der Anfangszeit der Renovierung und Einrichtung des Hauses da, verschwand aber danach auf geheimnisvolle Weise, und es hieß später, er sei nach Japan geschickt worden. Der Orden vom Heiligen Herzen nahm plötzlich Abstand von der Entsendung einer Nonne, vielleicht aufgrund von irgend etwas, was man über Reggie gehört hatte. Gerald und Cato leiteten die Mission sehr willkürlich, jeder mit dem ihm eigenen Eifer. Cato stellte fest, daß es gar nicht einfach war, auf so beengtem Raum mit seinem Bruder in Christo zurechtzukommen, der wenig tüchtig war und niemals zu reden aufhörte. Doch nachdem die Mission einige Zeit existiert hatte und zweifelsohne ein gutgehendes Unternehmen war, verschwand auch Gerald von der Bildfläche, nach einer Prügelei mit einem seiner Pönitenten, ein Zwischenfall, dessen Ursache im Dunklen blieb und der Gerald mit gebrochenem Kiefer ins Krankenhaus brachte. Danach wurde klar, daß das Unternehmen entweder saniert oder aufgegeben werden mußte. Etwa um diese Zeit beschloß die zuständige Behörde angenehmerweise, die ganze Straße abzureißen, so daß das Projekt ohne das häßliche Stigma des Scheiterns beendet werden konnte.

Die Mission war trotz des heillosen Durcheinanders, in dem sie existierte, keineswegs ganz ohne Erfolg geblieben. »Sie werden uns lieben!« hatte Gerald laut gerufen. Cato hatte es für wahrscheinlicher gehalten, daß man sie ignorieren oder verspotten würde. Aber – ob nun, weil Gerald und Reggie so pittoreske Erscheinungen waren oder weil Cato mehr Erfahrung bekam – die Priester stellten fest, daß sie durchaus beliebt waren. Es war ein großer Unterschied, ob man ein Armenviertel nur besuchte und in ein sauberes Zimmer voller Bücher heimkehrte oder Tag und Nacht in einem Armenviertel lebte. Die Mission wurde ein Zentrum nicht nur für Katholiken, sondern Menschen aller Art, die in Schwierigkeiten waren, geistlichen oder weltlichen Rat suchten oder auch eine Gelegenheit zu schnorren oder zu stehlen. Die alltäglichen weltlichen Besitztümer der Mission, Kochtöpfe, Geschirr, Besteck, Wäsche, Decken, Transistorradios, ja, sogar Bücher, begannen in den ersten zwei Monaten zu verschwinden. In den frühen Tagen sperrten sie aus Prinzip niemals die Haustür ab; später gewöhnten sie es sich einfach deshalb an, weil sie sich eine Überlebensausrüstung erhalten mußten. Cato, der notgedrungen so etwas wie ein Einmannbüro für Bürgerfragen leitete, entwickelte sich zum Fachmann in allen möglichen praktischen Angelegenheiten, die zusätzliche Sozialhilfe, Mietnachlaß, Mietverträge, Ratenkaufverträge, Gerichts- und Anwaltskosten, Versicherungen und das Ausfüllen von Steuerformularen betrafen. Anfangs war er enttäuscht, daß so wenig Zeit darauf verwendet werden konnte, mit den Menschen zu sprechen und sie kennenzulernen. Er hätte gern denen, die er in Elend versunken oder am glitschigen Abgrund des Verbrechens sah, die Realität Christi nahegebracht. Später hatte er zuviel zu tun und war zu müde, um sich über solche Dinge den Kopf zu zerbrechen oder zu versuchen, Gelegenheiten zu solchen ›ernsthaften Gesprächen‹ zu schaffen. Er hörte weiterhin die Beichte, aber die Befürchtungen, die er Brendan anvertraut hatte, belasteten ihn jetzt nicht mehr. Er feierte jeden Tag die Messe, manchmal fast allein, an einem Seitenaltar in der großen Gemeindekirche. Es entwickelte sich so, daß er, besonders nach Geralds Fortgang, mehr Zeit mit atheistischen Sozialarbeitern verbrachte und weniger mit Katholiken oder ›frommen‹ Menschen.

In diesem Jahr hatte Cato gespürt, daß er sich veränderte. Er fühlte sich wie eine Pflanze, die wächst, aber noch nicht in der Lage ist, bewußt wahrzunehmen, welcher Art die Veränderungen sind, die täglich auf ihre Form und ihre Beschaffenheit wirken. Er begann, sich selbständiger zu fühlen, individualistischer, in seiner Beziehung zur Kirche weniger wie ein Kind. Er gewöhnte es sich an, die Soutane immer zu tragen, ungewöhnlich für einen römisch-katholischen Priester, und erklärte Brendan, wenn Reggie Poole wie ein Hippie herumlaufen könne, könne er auch ein schwarzes Gewand tragen, wenn ihm das gefalle. Er fühlte sich selbständig, doch einsam inmitten seiner vielen Klienten. »Du wirst uns vermissen«, hatte Brendan gesagt. Es war wahr. Zum erstenmal, seit er sich der Familie seines Ordens angeschlossen hatte, war er ganz auf sich gestellt. Gewiß, eine Zeitlang war Gerald dagewesen, aber die milde Abneigung gegen seinen Gefährten hatte bewirkt, daß er sich noch stärker allein fühlte. Er dachte viel an seinen Vater und wünschte, diese Wunde könnte geheilt werden; er dachte an seine Schwester und wünschte, er könnte sie häufiger sehen. Der Gemeindepriester, Pater Thomas, war ihm keine Gesellschaft; er hatte die Mission von Beginn an als ein hirnverbranntes Abenteuer und eine Einmischung in seine Belange betrachtet. Der Weltpriester und der Ordenspriester geraten immer leicht aneinander, da der erstere den letzteren eher als dekorativ denn nützlich betrachtet, während der letztere kaum umhin kann, sich überlegen und ›engagierter‹ zu fühlen. Der Allgemeinarzt und der Spezialist sind natürliche Feinde. Pater Thomas war der Meinung, Cato, Gerald, Reggie und die anderen Mitglieder des Ordens seien verwöhnte, übergebildete, dünkelhafte Müßiggänger, ständig auf Urlaubsreisen zu ausländischen Klöstern unterwegs, immer nur auf Stippvisite dort, wo echte Arbeit geleistet wurde, einzig damit beschäftigt, Sherry zu trinken und mit ihren Kenntnissen in Latein und Griechisch und den Feinheiten der Theologie zu prahlen. Wohingegen Cato das Gespräch mit Pater Thomas ziemlich langweilig fand und ihm seine Unterstellung, er – Cato – sei ein leichtfertiger Amateur, übelnahm. Selbstverständlich erkannten Cato und Pater Thomas, da sie anständige, aufrechte Männer Gottes waren, ihre Vorurteile als Vorurteile. Doch das hinderte sie nicht daran, sich stillschweigend zu befehden.

Die meisten Leute, die in die Mission kamen, waren ungebildet, einige Analphabeten. Cato, der schon gelernt hatte, daß in einer reichen, hochzivilisierten Gesellschaft eine große Anzahl Bürger nicht nur bettelarm sein kann, sondern auch unfähig eine Zeitung zu lesen, wunderte das nicht. Er war selbstverständlich nicht nach Paddington gekommen, um mit kultivierten Leuten Umgang zu pflegen oder den Luxus kontemplativer Zurückgezogenheit zu genießen. Es war jetzt schwierig für Cato, einen strengen Zeitplan täglicher Andacht einzuhalten, da er sich in diesem Haus nicht einmal darauf verlassen konnte, abends allein zu sein. Aber er wußte, daß sich ein Priester sein Gebetsleben auch im unaufhörlichen Lärm der Welt bewahren muß, indem er sich in bevölkerten Straßen oder Untergrundzügen seine Zelle der Abgeschiedenheit schafft. So wird das Gebet gestärkt und vertieft; und er hatte bei Pater Milsom das Ergebnis eines Lebens gesehen, in dem die triviale, ständig fordernde, praktische Aktivität immer unlösbar mit absoluter Stille vor Gott verbunden gewesen war. Cato hoffte ernst und zuversichtlich auf Gnade, die Kraft, wenn er auf die Probe gestellt wurde, tiefer in und aus dem Grund seines Seins zu leben.

Als diese Hoffnung enttäuscht zu werden schien, war Cato zunächst nicht beunruhigt. Er schrieb die spirituelle Dumpfheit, die er empfand, allen möglichen natürlichen Ursachen zu, Müdigkeit, mangelndem Alleinsein, den Irritationen seiner exponierten Existenz oder einfach den geheimnisvollen Rhythmen, die, wie er schon wußte, das spirituelle Leben bestimmen. Die Dumpfheit, die Leere, das war eine Phase, die vorübergehen würde. Es erwies sich nur als schwieriger, als er gedacht hatte, sich der Liebe zu Christus ohne häufigere *Tête-à-têtes* zu erfreuen. Doch die Phase ging nicht vorbei, und eines Morgens erwachte Cato mit der sicheren Überzeugung, daß er sich geirrt hatte und daß es keinen Gott gab. Die Überzeugung verblaßte; doch von diesem Moment an begann Cato, vorsichtig, beinahe zart mit sich umzugehen, wie einer, der an sich die Symptome einer schweren Krankheit entdeckt und für den sich die Welt infolgedessen grundlegend verändert hat. Brendan kam zu Besuch. Cato sagte zu ihm: »Ach, übrigens, ich habe meinen Glauben verloren.« – »Unsinn.« – »Gott ist weg. Es gibt keinen Gott, keinen Christus, nichts.« – »Das hab ich erwartet.« – »Du erwartest immer alles.« – »Diese Finsternis überfällt uns alle.« – »Ich wußte, daß du das sagen würdest. Aber angenommen, die Finsternis ist echt und wirklich?« – »Wart ab.« Brendan ging wieder fort, schrieb ihm dann einen wundervollen Brief, aber die Finsternis blieb.

Brendan, der in eine katholische Familie hineingeboren, in Downside erzogen worden war, den Glauben mit seinem ersten Atemzug eingesogen hatte, hatte leicht reden. Diese geborenen Katholiken waren eine andere Spezies. Der Glaube war für Cato niemals ein Problem gewesen. Er war nicht vorhanden gewesen. Dann war er dagewesen. Er hatte ihn so wenig in Frage gestellt wie das Tageslicht. Jetzt, als er ihm plötzlich entzogen worden zu sein schien, fragte Cato sich, ob er ihn je wirklich gehabt hatte. War es alles nur persönlich gewesen, eine subjektive Erfahrung, ähnlich einer durch Drogen hervorgerufenen Halluzination? Oder vielleicht war die wirkliche Erfahrung des Glaubens für ihn nur ein Anfang? Sein Bewußtsein, in und bei Christo zu leben, war so unbedingt gewesen, daß für den Begriff des Glaubens beinahe kein Raum gewesen war. Erreichte er vielleicht jetzt, nach so vielen Jahren, gerade erst den Beginn? Oder war er einfach aus einem schönen Traum erwacht? Brendan, mit dem er bei einer zweiten Gelegenheit ausführlicher sprach, wischte seine Zweifel nicht weg, sondern sagte Dinge, die Cato sich schon selbst gesagt hatte, über ›die dunkle Nacht der Seele‹. Cato hätte jetzt gern mit Pater Milsom oder Pater Bell gesprochen, aber Pater Milsom war krank und Pater Bell war nach Kanada gegangen.

Natürlich strengte Cato sich in dieser plötzlichen und unerwarteten Periode der Veränderung weiter an, seine Arbeit in der Mission zu tun, von der ein so großer Teil keinen ausdrücklichen Bezug zu göttlichen Dingen hatte. Er beobachtete die atheistischen Sozialarbeiter, die jetzt seine Kollegen waren.

Mehrere unter ihnen beeindruckten ihn tief. Sie hatten keinen Glauben. Sie hatten wahrscheinlich keine überschwenglichen Gefühle der Liebe oder Fürsorglichkeit, kein Bewußtsein einer Gemeinschaft mit einer höheren Welt; sie funktionierten bloß wie effiziente Maschinen, unermüdliche, sorgende, helfende Rettermaschinen. Im Geist zog Cato den Hut vor ihnen. Das waren Profis. Er nahm keine neuen Schützlinge auf und nahm nur, wenn es unvermeidlich war, denen die Beichte ab, die sich mittlerweile auf ihn verließen. Er fuhr fort, jeden Tag die Messe zu lesen, aber die Messe war tot für ihn, schien im wörtlichen Sinn tot zu sein, so als hielte er jeden Morgen irgendein totes Geschöpf in Händen. Ausgeschlossen, blind, unfähig, der Qual, die er empfand, im Gebet Ausdruck zu verleihen, stand er vor dem Altar.

Der Beschluß, die Mission zu schließen, den nicht er gefaßt hatte, war ihm willkommen und unwillkommen zugleich. Der ganze Schmerz darüber, ein falsches Bild zu vermitteln, ein unaufrichtiger, verlogener Lehrer, ein Scharlatan zu sein, begann ihn zu peinigen. Er wollte all diesen Menschen entfliehen, die ihn ganz selbstverständlich für einen Priester und in ihrer naiven Art für einen guten Menschen hielten. Andererseits, was würde jetzt mit ihm geschehen, da er endlich Zeit zum Nachdenken hatte? Tätige harte Arbeit, ständiges Beschäftigtsein, dauernde Forderungen und fehlende Ruhe hatten ihn bisher daran gehindert, seinen Zweifeln direkt ins Auge zu sehen und ihnen nachzugehen. Angenommen, er würde nun, da er in der Lage war, der Angelegenheit seine ganze Aufmerksamkeit zuzuwenden, zu dem unumstößlichen und unwiderruflichen Schluß gelangen, daß es keinen Gott gab? Bisher hatten innerer Wirrwarr und Verschleppung den Horror davor erträglich gemacht. Ostern, gerade vorüber, war ein Alptraum gewesen, aber es war ihm gelungen, es in einem Zustand, der es ihm ermöglicht hatte, beide widersprüchlichen Überzeugungen gelten zu lassen, hinter sich zu bringen. Brendan, der immer noch sein Beichtvater war, hatte er seine Zweifel in ziemlich abgeschwächter Version mitgeteilt, sonst jedoch mit keinem darüber gesprochen, und Brendan, der jetzt die Taktik gebrauchte, ihn ›bei Laune zu halten‹ und einen ›armen alten Protestanten‹ zu nennen, hatte sein Dilemma noch nicht zur Sprache gebracht. Cato befand sich derzeit offiziell im Urlaub, zu Besuch bei seinem Vater. Danach würde es keinen Aufschub mehr geben; danach würde er sich entscheiden müssen oder würde, ganz gleich, was geschah, entschieden haben. Würde er weitertaumeln, zustimmen, verheimlichen, zweifeln, mit halbem Herzen glauben, fieberhaft das Dogma ummodeln, um seine Ehrlichkeit zu retten? Viele Priester handelten so. Oder würde er, wie es nun schien, sich selbst zerstören, indem er das Haus Christi verließ? Oder würde ein Wunder geschehen und seinen Glauben erneuern?

Am Ende dieser Periode jedoch, zu der Zeit, als die Mission geschlossen wurde, war die Frage, was Cato hinsichtlich seiner Glaubenskrise getan oder nicht getan hätte, bereits akademisch geworden, da ihm etwas anderes, ebenfalls ganz Unerwartetes und Außergewöhnliches widerfahren war. Cato hatte den Schönen Joe schon ziemlich zu Beginn seiner Zeit in Paddington kennengelernt, als sogar Reggie Poole noch mit von der Partie gewesen war. Der Schöne Joe war einer von mehreren Teenagern, die, alle aus katholischen Familien, alle frisch-fröhlich der ›Sünde verfallen‹, anfangs in die Mission eingefallen waren, um dort ihr Unwesen zu treiben, die Priester zu piesacken, Streiche zu spielen, zu stehlen und manchmal vorzugeben, sie hätten Probleme mit der Religion. Die anderen Jungen hatten, nachdem der Reiz des Neuen verblaßt war, allmählich das Interesse an der Mission verloren. Einige von ihnen waren sowieso ›Reggies Jungs‹ oder ›Geralds Jungs‹ gewesen. Schließlich blieben sie weg, und auch ›Catos Jungs‹ blieben weg; bis auf den Schönen Joe.

Cato hatte niemals auch nur eine Sekunde lang den Verdacht gehabt, homosexuell zu sein. In der Schule hatten andere Jungen keine starken Gefühle bei ihm ausgelöst. Auf der Universität hatte er sich in Mädchen verliebt, allerdings ohne es zu schaffen, viel daraus zu machen. Das Gelübde der Keuschheit hatte ihn, als es soweit war, nicht erschreckt. Natürlich fühlte er sich zu den jungen Mädchen hingezogen, die so zutraulich zu ihm kamen und ihre belanglosen kleinen Sünden beichteten, aber selbstverständlich fiel es ihm überhaupt nicht schwer, seine Finger von ihnen zu lassen. Er hatte oft gedacht, was für ein ein Glück es war, daß wenigstens *das* nicht zu seinen Problemen zählte.

Der Schöne Joe zog schon früh als ein pittoreskes und interessantes Phänomen Catos Aufmerksamkeit auf sich. Joe hatte mit sechzehn die Schule verlassen, obwohl er recht gut gewesen und von seinen Lehrern gedrängt worden war, sich weiterzubilden. Er war unverkennbar intelligent. Er stammte aus einer nicht sehr armen katholischen Familie in Holland Park. Sein Vater, der gestorben war, als Joe zehn Jahr alt gewesen war, war Friseur gewesen. Seine Mutter arbeitete als Schreibkraft an einer Grundschule. Es gab Bücher im Haus. Cato hatte einmal dort vorgesprochen, aber Joes Mutter hatte solche Verlegenheit, beinahe Feindseligkeit gezeigt, daß er den Besuch nicht wiederholt hatte. Joe war der jüngste von sechs Brüdern. Die anderen waren mittlerweile alle aus dem Haus, hatten London verlassen oder waren einfach verschwunden. Tatsächlich lebte auch Joe, wie Cato später erfuhr, nicht mehr zu Hause. Cato wußte nicht, wo Joe lebte. Joe war geheimnisumwittert. Wie Joe zu dem Geld kam, das er offensichtlich immer hatte, war ebenfalls ein Rätsel, da er keine Arbeit zu haben schien. »Er ist ein kleiner Gauner«, hatte Reggie beim ersten Blick auf ihn gesagt. Cato brauchte eine Weile, ehe er widerstrebend zustimmen mußte.

Cato hatte sich recht geschmeichelt gefühlt, Joes Lieblingspriester zu sein, da Joe ohne Zweifel der schlaueste und der bestaussehende der kleinen Bande von Jungen war, die die Mission frequentierte. Wichtiger war jedoch, daß Joe der einzige war, der wirklich geistlichen Rat zu wünschen und zu befolgen schien. »Er nimmt Sie auf den Arm«, sagte Gerald. »Ja und nein«, sagte Cato, der sich klüger vorkam. Außergewöhnlich war von Beginn an, wie leicht es ihm fiel, mit Joe zu sprechen.

Natürlich konnte Cato gut mit Menschen sprechen, aber er konnte nicht, wie etwa Gerald, mit ihnen über ernste Angelegenheiten einfach *schwatzen*. Mit dem Schönen Joe allerdings schwatzte er über die Wiederauferstehung, die Dreifaltigkeit, die Unfehlbarkeit des Papstes, über Hitler, den Buddhismus, den Kommunismus, den Existentialismus – es fiel Cato später auf, daß sie tatsächlich über so ziemlich alles geredet hatten außer über Sex. Joe schien an Sex als Diskussionsthema nicht sonderlich interessiert zu sein. »Sex ist langweilig«, hatte er einmal gesagt. »Ich meine, Sex machen ist langweilig.« Joe hatte massenhaft Mädchen gehabt, wie er beiläufig bemerkte. »Würdest du gern heiraten?« hatte Cato ihn einmal gefragt. »*Heiraten*? Mädchen sind Dreck. Das sind doch keine richtigen Menschen, das ist eine Sklavenrasse.«

Cato, der in bezug auf Joe höchst neugierig war, begann bald, ihn vorsichtig über andere Aspekte seines Lebens auszufragen. Joe war ungewöhnlich, beinahe entwaffnend offen. »Ich mir eine Arbeit suchen?! Ja, ein Job in 'ner Bank, der könnt mich vielleicht interessieren.« – »Aber wovon lebst du denn?« – »Ich klaue. Okay. Sie glauben nicht an Eigentum, und ich auch nicht.« – »Aber du könntest doch sicher etwas Besseres tun.« – »Darauf können Sie sich verlassen, ich geh ins Schutzgeldgeschäft, ich stell ein paar kleine Jungs an und jag den Ladenbesitzern richtig Angst ein.« – »Du solltest auf die Universität gehen und etwas lernen.« – »Ich hab gestern was gelernt.« – »Was denn?« – »Wie man einem Arschloch eins mit dem Rasiermesser verpaßt, und zwar so, daß für immer 'ne Narbe bleibt.« – »Gewalt wird dir nichts bringen, was du wirklich haben willst.« – »Ach nein? Sie brauchen einem nur ein Messer zu zeigen, und er tut alles. Ist das vielleicht kein Spaß?« Ein andermal sagte er: »Ich möchte in die Mafia rein. Ich kenn da einen, der ein hohes Tier kennt.« Derartiges Gerede sollte offensichtlich Widerspruch und Zurechtweisung herausfordern, und Cato nahm es nicht allzu ernst, wenn er auch glaubte, daß Joe wahrscheinlich tatsächlich, im kleinen, ›klaute‹. An anderen Tagen war Joe ein Revolutionär, sprach davon, zur IRA gehen zu wollen, den Kapitalismus zu vernichten, die Protestanten zu bombardieren, die Juden zu bombardieren. »Ich bin nämlich Anarchist, verstehen Sie. Die Welt der anständigen Leute besteht doch nur aus dreckigen Geschäften, Wirtschaft, Kapitalismus, Fernsehen, Geld, Sex, alles nur dreckige Geschäfte. Schauen Sie doch mal, was aus den Beatles geworden ist. Die sind nur stinkreich geworden.«

Als Cato bewußt wurde, wie sehr er diese Gespräche genoß, und beobachtete, daß er, ganz gleich, wie beschäftigt, stets irgendwie Zeit für Joe fand, wurde er unruhig. Alle seine alten Befürchtungen von wegen Vorschubleisten erwachten wieder. Er unternahm schwache Anstrengungen, Joe loszuwerden, ihn an Pater Thomas weiterzugeben. »Mit dem Spießer soll ich reden? Sie sind der einzige, der mich versteht, Pater, Sie sind der einzige, der mir was klarmachen kann.« Cato war gerührt. Er hatte keinen Beweis dafür, es sei denn die fortgesetzten Gespräche selbst waren der Beweis, daß er irgendeinen Einfluß auf den Jungen hatte. Aber gewiß war es besser, weiterhin mit ihm zu reden und an ihm festzuhalten, als ihn der Welt preiszugeben, von der er so zungenfertig erzählte und deren Realität rund um sich herum Cato bereits wahrzunehmen gelernt hatte. Natürlich war Joe nicht ›böse‹, er würde gerettet werden. Er war bloß ein junger Mensch mit anderen Prinzipien, ein junger Mensch in Rebellion gegen eine Gesellschaft, mit der Cato auf seine eigene Weise uneins war. »Sie sind der einzige, der sich je was aus mir gemacht hat, Pater. Sie sind der einzige, der mich überhaupt wirklich *sehen* kann.« Das war unwiderstehlich. Wenn das auch nur zur Hälfte wahr ist, dachte Cato, muß ich mit diesem Jungen durch dick und dünn gehen. Aber er hatte natürlich schon entschieden, daß es seine Pflicht sei, die Gespräche mit Joe fortzusetzen. Sie stritten über das Eigentum, den Kapitalismus, die Freiheit, führten soundsooft immer wieder den gleichen Streit. Cato versuchte es mit Beredsamkeit, Überredung, Logik, mit allem außer Zorn. Er wußte, daß Zorn, eben das, was Joe wollte, die schlimmste Art der Vorschubleistung überhaupt wäre. Irgendwo mußte dieses

Körnchen Wahrheit doch ausgestreut werden können. Der Schöne Joe war respektvoll, schmeichelhaft anhänglich, aber auch starrköpfig, sonderbar distanziert und voll vorgetäuschter Lasterhaftigkeit. Würde er zur Beichte kommen, würde er zur Messe kommen? Vielleicht, eines Tages. Wann? Vielleicht, vielleicht. Macht er sich nur lustig, fragte sich Cato.

Der Schöne Joe war nun immer in Catos Gebete eingeschlossen. Das Bild des Jungen weckte Wut, Erregung, Mitleid in ihm. Natürlich liebte er Joe, nur ihn zu lieben konnte ihm überhaupt helfen. Wie wahnsinnig er Joe liebte, ging ihm nur langsam auf. Bei einem Besuch bei Brendan sagte er, »Ich glaube, ich habe mich in einen dieser Jungen verliebt, in den, den du kennengelernt hast.« – »In den Engel mit den sechseckigen Brillengläsern? Denk dir nichts, wir vergucken uns alle in hübsche Knaben.« Cato konnte Brendan nicht dazu bewegen, seine neue Bedrängnis ernst zu nehmen. Außerdem war da nun die andere, weit schrecklichere Frage: Gab es einen Gott? In einer grauenvollen schlaflosen Nacht, in der er eine Zigarette nach der anderen rauchte (er hatte wieder zu rauchen angefangen), wurde Cato plötzlich klar, daß die beiden Dinge zusammenhängen mußten; sie *mußten* einfach. Vielleicht war der Schöne Joe eigens geschickt worden, ihn zu versuchen. Wann hatte er begonnen, an Gott zu zweifeln? Zu der Zeit, als der Schöne Joe in sein Leben getreten war. War es nicht so, daß der Junge mit ihm spielte, ihn kühl ausforschte, in seine Seele eindrang und all seine Gedanken verwirrte? Diese seltsame, belustigte, zynische Distanziertheit: Wie konnte ein Junge von siebzehn so distanziert und kühl sein?

Natürlich waren diese Gedanken verrückt, das wurde ihm klar, als er das nächstemal mit Joe sprach und nun keinen Dämon sah, sondern den verwirrten, dummen, verletzlichen Jungen, den Jungen, der auf ihn angewiesen war und ihn brauchte, den Jungen, den nur er erreichen konnte. »Ich hab mit Klauen aufgehört.« – »Gut.« – » Ich hau nach Belfast ab und bring die ganzen protestantischen Schweine um.« – »Nein, das wirst du nicht tun.« – »Nein, Pater?« – »Ich wollte, ich könnte in dein Herz hineinsehen.« – »Können Sie doch.« Aber Cato konnte es nicht. Sein eigenes Herz schwoll und schmerzte. Wenn sie einander ansahen, war Cato der erste, der wegschaute. Aber Joe war taktvoll, fügsam, es gab keine Zurschaustellung von Emotionen, sie blieben Priester und Schüler, und zwischen ihnen herrschte ein seltsames Dekorum.

Etwa um die Zeit, als die Mission offiziell geschlossen wurde, machte Cato im Haus eine Entdeckung. Er bemerkte in einem der Schlafzimmer einen Wandschrank, der mit Tapete überklebt und daher beinahe unsichtbar war, außer wenn zu einer gewissen Zeit helles Sonnenlicht ins Zimmer fiel. Es war keine Klinke an der Schranktür, nur ein verräterischer Schlitz. Erst mit den Fingern, dann mit einem Messer stochernd, gelang es Cato, der ein paar Decken suchte, die verschwunden waren, gestohlen oder auch nicht, die Schranktür zu öffnen. Die Decken waren nicht da, aber weit hinten auf einem der Borde lag ein Revolver in einem Lederfutteral. Cato nahm ihn heraus und sah ihn sich an. Das Futteral war sauber, und die Waffe frisch gereinigt. Er hatte kaum Zweifel daran, daß sie Joe gehörte. Joe hatten einen Schlüssel zum Haus, den Cato ihm als Geste des Vertrauens gegeben hatte. Der Wandschrank war ein sicheres Versteck, sicherer vermutlich als Joes Wohnung, wo auch immer die sein mochte. Cato wußte nicht, was er tun sollte. Er versteckte den Revolver in seinem Bett und sagte kein Wort darüber, als er Joe das nächstemal sah. Er fragte sich, ob er dem Jungen viellcicht doch unrecht tat. Dann begann die Anwesenheit der Waffe im Haus ihn heftig zu beunruhigen. Immer wieder zog er die Decken zurück, betrachtete den Revolver und berührte ihn. Schließlich hatte er ihn an sich genommen und von der Hungerford-Brücke aus in die Themse geworfen. Das war am vergangenen Abend gewesen.

Und jetzt verbrannte ihm seine Zigarette die Finger, und er starrte den Schönen Joe an, während in seinem Kopf ein Gebrabbel wie das eines Idioten ablief: die mechanische Leier des Gebets, die sich fruchtlos immer weiterdrehte, ohne seinen Willen und ohne seine Anteilnahme. Die flehentlichen Bitten hörten niemals auf, das Schreien um Erbarmen, das Schreien nach Licht, einst Quelle der Kraft, glich mehr einem obszönen, ungewollten Symptom einer Krankheit. Da kein Empfänger da war, rasten Catos Gedanken. Warum sollte ich, schoß es ihm durch den Kopf, da es ja keinen Gott gibt, nicht all diese Dinge laut sagen, sie *alle* Joe sagen? Dieser Gedanke zog vorbei. Er drückte seine Zigarette aus und dachte zum erstenmal ganz klar, ich kann diesem Jungen nicht helfen. Unsere Beziehung ist ein gefährlicher Wirrwarr und ein Unding. Ich muß ihn ganz und für immer verlassen. Ich kann nichts für ihn tun, nichts. Ich muß mich heute abend von ihm verabschieden. Dies ist der logische, der einfachste Moment, es zu tun. Jetzt, o Gott, ist der Moment dafür. Nicht nötig, ein Drama daraus zu machen. Ich muß mich selbst retten. Ich muß fortgehen, irgendwohin, und nachdenken. Ich muß an irgendeinen unschuldigen Ort zurück, wo ich *sehen* kann.

»Wo soll ich Sie besuchen, Pater?« sagte der Schöne Joe, den Blick direkt auf Cato gerichtet. Seine durch die Brillengläser vergrößerten Augen wirkten wie die goldenen, starr blickenden Augen einer roten Katze.

Wie dünn er ist, dachte Cato, wie zart eigentlich, wie wehrlos. »Joe, du mußt aus dieser Welt weg.«

»Welcher Welt?«

»Du weißt schon.«

»Na schön, dann nehmen Sie mich an der Hand, und ziehen Sie.« Joe streckte seine Hand aus.

Cato ignorierte die dargebotene Hand. »Du bist doch ein gescheiter, verständiger Junge, wieso siehst du das nicht ein?«

»Nehmen Sie mich mit.«

»Wohin?«

»Da, wo Sie hingehen.«

»Das kann ich nicht.«

»Ich verdien erst Geld, dann setz ich mich zur Ruhe und fang an zu lernen und Bücher zu lesen, ich les die ganzen Klassiker.«

»Ich wünschte, du tätest es.«

»Aber erst muß ich Geld machen und meinen Mann stehen, beweisen, daß ich mein eigenes Spiel machen kann. Sie wollen doch nicht, daß ich einfach rackere wie alle anderen, oder?«

»Joe, wenn du erst einmal in dieses üble Leben hineinschlitterst, wirst du nicht mehr rauskommen. Wenn du dich auf Gewalt verlegst, wirst du darin umkommen, du wirst nur das Werkzeug gottloser Menschen werden.«

»Wer hat was von Gewalt gesagt, Pater? Sie sollten mich nicht so ernst nehmen, die Sachen, die ich sag. Und überhaupt, von der Gewalt kommt man doch nie weg, oder? Die Bullen wenden Gewalt an. Die IRA mußte Gewalt anwenden, sonst hätten sie nie Gerechtigkeit erwarten können, im Kapitalismus kann man Gerechtigkeit nicht ohne Gewalt erreichen, schauen Sie sich nur die Gewerkschaften an. Wenn's hart auf hart geht, kommt's am Ende doch immer zu Gewalt.«

»Nein, Joe, hör mir zu –«

»Der Kapitalismus ist sowieso erledigt. Warum sollen ein paar Leute alles haben und alle anderen nichts? Schauen Sie sich doch bloß mal die Ladbroke Grove an, da haben Sie die kapitalistische Welt. Scheißmillionäre am einen Ende und wir am anderen. Kein Wunder, daß sie das Militär und die Polizei brauchen. Diese Gesellschaft ist doch durch und durch korrupt, und Sie wissen das so gut wie ich, drum sind Sie ja ausgestiegen, drum leben Sie hier, drum ziehen Sie sich so an, ich versteh das. Sie wissen, daß Eigentum was Ungerechtes ist, was Böses, drum haben Sie nichts. Sie haben in Oxford studiert, aber Sie sind so arm wie wir. Sie hatten mal einen elektrischen Wasserkocher, aber jemand hat ihn gestohlen.«

»Du wahrscheinlich.«

»Die Leute sind doch nur Sklaven, sonst würden sie sich das nicht gefallen lassen, sie würden sich's nicht gefallen lassen, daß sie im Elend verkommen, und die Millionäre auf ihren Jachten sitzen. Weshalb sollten sie? Aber sie sind eben Sklaven. Genau wie die Juden. Ich hab was über diese Konzentrationslager gelesen. Warum haben die Juden das mitgemacht, warum haben sie sich wie gottverdammte Schafe benommen, warum haben sie sich nicht gewehrt? Und in den Lagern, da waren sie doch in Massen, warum haben sie sich da vergasen lassen, warum haben sie die Wärter nicht einfach umgelegt? Ich hätt mich gewehrt, wenn ich an ihrer Stelle gewesen wäre.«

»Sie waren nicht organisiert«, sagte Cato. »Und sie waren keine Soldaten. Gewalt muß gelernt werden. Sie waren nichts als gewöhnliche, friedliche Bürger, die aus ihren Büros und Läden gezerrt wurden. Ein Haufen verängstigter Menschen, und jeder einzelne wollte überleben und glaubte wahrscheinlich, er würde überleben, wenn er den Mund hielte. Er wollte nicht der sein, der es riskiert, erschossen oder gefoltert zu werden.«

»Lauter beschissene Feiglinge. Ich hätt einen solchen Haß auf diese Nazischweine gehabt, daß ich sie mit bloßen Händen umgebracht hätte. Trotzdem, der alte Hitler war nicht dumm, irgendwie muß man ihn bewundern.«

»Hinterher ist es leicht, von Widerstand zu reden. Aber sie wußten ja nicht, was geschah.«

»Das, was ihnen passiert ist, haben sie schon gewußt. Sie haben gewußt, daß irgend so ein Kerl sie mit der Kanone bedrohte und ihnen ihre Sachen wegnahm.«

»Genau. Die Menschen haben Angst vor Schußwaffen.«

»Stimmt. Und es ist komisch, wissen Sie, aber es ist kinderleicht, jemandem angst zu machen. Nicht jeder weiß, wie leicht es ist, aber es ist echt kinderleicht.«

»Ja, das glaube ich. Da siehst du's.«

»Kinderleicht. Mit einem Messer geht's auch. Ich hab ein Messer, ein klasse Ding. Mit dem hab ich ein Mädchen auf der Straße erschreckt, ich hab's plötzlich rausgezogen und ihr in den Bauch gehalten. Sie hätten mal hören sollen, wie die geschrien hat. Man braucht ihnen nur ein Messer zu zeigen, und sie tun alles, die Mädchen ziehen sich aus, die reichen Scheißer rücken ihre Brieftaschen raus, alles –«

»Wenn du –«

»Ich schreib mal einen Schlager mit dem Titel ›Die Angst ist ein Messer‹.«

»Joe, wenn du dich auf dieses Spiel einläßt –«

»Ist doch nur ein Spiel, Sie kennen mich doch, so ein paar Scheißkerlen angst zu machen, das schadet doch nichts. Ich will keiner von den Sklaven werden. Schauen Sie sich die Leute doch an, ganz gewöhnliche Leute, überall, die sind mit dreißig fertig, genausogut könnten sie tot sein, haben Gesichter wie dumme Schweine, denken nur an Fernsehen und Fußball, da haben Sie den Materialismus. So werd ich bestimmt nicht, ich bin kein Materialist. Ich weiß, daß ich jemand bin, ich will anders werden, was Großes. Man muß ein Experte sein. Schön, die Leute kriegen Angst. Na und? Wer ist oben? Die Angstmacher. Nur klauen reicht nicht, das ist vielleicht 'n Protest, aber eigentlich ist es Kinderkram. Die, die oben sind, die geben sich nicht mit Klauen ab, die machen ganz einfach den Kleinen angst. So macht's die Mafia, die jagt den ganzen anderen Gaunern Angst ein, es ist zum Lachen, darum geht's beim Schutzgeldgeschäft. Und Hitler und Stalin, die haben es auch so gemacht, dadurch sind sie hochgekommen. Ich möcht mal was Großes werden, berühmt möcht ich werden, ich hab keine Lust, ein Opfer des Systems zu sein wie alle anderen. Wenn ich mir so einen mickrigen Job suchen würde, zum Beispiel irgendwo in einer Werkstatt, wo ich für 'n paar Pennies die Woche blöde kleine Autos flicke, was wär ich dann schon? Nichts und niemand. Ich weiß, daß was in mir steckt. Ich muß mich nur finden, ich muß meinen Weg finden, *meinen* Weg. Das ist Freiheit. Die meisten Leute haben doch nur Angst, sie haben Angst vor der Freiheit, sie sind Schafe, sie *wollen* schwachsinnige Idioten werden und mit offenem Mund vor der Glotze hängen, aber ich werd bestimmt nicht so.«

»Gut, werde nicht so, gebrauche deinen Verstand, du hast genug davon. Glaubst du denn, ich möchte, daß du ein schwachsinniger Idiot wirst? Und ich sage auch gar nicht, daß du in einer Autowerkstatt arbeiten sollst. Mach eine Ausbildung, das ist der Weg zur Freiheit, das ist der Ausweg –«

»Ich hab nicht die Zeit, Pater. Ich hab so einen Frust. Ich wollte, ich wär Boxer, das ist der Weg nach oben. Ich möcht jetzt mein Leben leben, ich möcht das Richtige, Geld will ich haben und Spaß. Und ich werd's mir holen, Sie werden schon sehen, Sie werden sich wundern –«

»Du selbst wirst dich wundern. Du wirst wahrscheinlich am Galgen enden.«

»Jetzt nicht mehr, ich krieg zehn Jahre, und nach sechs bin ich draußen. Ich möcht mal jemanden umbringen, nur einmal, um zu sehen, wie das ist. Keine Angst, Pater, ich mach nur Spaß. Aber ein Schaf werd ich nicht, da sterb ich lieber.«

»Joe, ich habe einen Revolver gefunden, war das deiner?«

Der Schöne Joe, der sein inzwischen trockenes Haar aufgekraust und mit seinen mageren Händen zu einer blonden Mähne gebauscht hatte, wurde ganz still, sein Mund ein schmaler, harter Strich. Dann nahm er seine Hände wieder herunter und legte sie mit Bedacht in den Schoß.

»In dem Wandschrank?«

»Ja.«

»Haben Sie ihn genommen?«

»Ich habe ihn gestern abend in den Fluß geworfen.«

Joe schwieg. Er atmete schwer, beinahe keuchend. Mit einer heftigen Bewegung stieß er seinen Stuhl zurück. Er war plötzlich hochrot. »Das hätten Sie nicht tun dürfen. Er hat mir gehört. Es war meiner. *Meiner.*«

»Ein Revolver ist nichts für dich. Das wenigstens kann ich für dich tun, ihn dir wegnehmen.«

»Es war meiner, er war schön – Sie haben ja keine Ahnung – er war mir so wichtig – das verzeih ich Ihnen nie, nie, nie.«

»Joe, du weißt ganz genau –«

»Dafür hasse ich Sie, nur dafür, und ich muß – Sie verstehen nicht, was der mir bedeutet hat, mein Revolver – Mensch, war ich blöd, ihn hierzulassen –«

»Jetzt werd nicht *kindisch*!« sagte Cato. »Du machst ein Gesicht, als wärst du zehn Jahre alt.«

Joe schloß die Augen, dann öffnete er sie wieder und griff nach seinem Glas, das unberührt auf dem Boden stand. Er lächelte, trank, lachte dann kurz und schnell. »Es war sowieso kein echter, es war ein nachgemachter.«

»Lüg nicht.«

»Und jetzt ist er weg. Haben Sie ihn wirklich in den Fluß geschmissen? Das hätt ich sehen mögen. Sie gehen also weg, Pater. Wo treffen wir uns dann?«

»Ich weiß es nicht«, sagte Cato. »Ich gehe fort, ganz fort, und ich kann nicht –«

»Ach, klar können Sie! Ich muß Sie sehen, ich muß mit Ihnen reden. Sie sind der einzige, mit dem ich reden kann. Sie wissen ja nicht, was für ein Star Sie in meinem Leben sind, Sie sind das einzige, was hier nicht total beschissen und scheußlich ist, Sie sind der einzige *Mensch*, den ich kenne –«

»Joe –«

»Wenn Sie mich im Stich lassen, bin ich echt erledigt, dann dreh ich durch –«

»Na schön, ich werde –«

»Sie haben mich gesehen, Sie haben was in mir gesehen, Sie haben erkannt, daß ich was wert bin –«

»Gut, gut. Wir sehen uns – nächsten Donnerstag – um diese Zeit – hier.«

HENRY MARSHALSON STAND IM ABENDLICHEN ZWIELICHT SO STILL neben dem eisernen Parktor, daß jemand, der die kleine Straße entlanggekommen wäre, ihn vielleicht für einen Torpfosten gehalten oder aber gar nicht bemerkt hätte, da seine schlanke Gestalt in der Dämmerung mit dem dunklen Hintergrund der efeubewachsenen Mauer verschmolz.

Er war absichtlich mehrere Tage früher gekommen, ohne seine Mutter von seiner Ankunft zu unterrichten. Er hatte sein Gepäck in einem Londoner Hotel gelassen, nur eine kleine Tasche gepackt und sich nach dem Mittagessen auf den Weg zum Bahnhof gemacht. Als er eine Fahrkarte nach Laxlinden Hall verlangte, stieß er auf Verständnislosigkeit. Der Bahnhof existierte offensichtlich nicht mehr. Er nahm eine Karte zum nächsten Ort auf der Strecke und fuhr von dort aus mit dem Bus ins Dorf Laxlinden. Er trug seinen kleinen, weichen Filzhut, den er zur Belustigung der Fischers aufgehoben hatte, tief in die Stirn gezogen. Er sah niemanden, den er kannte. Die drei Kilometer vom Dorf ging er zu Fuß, während es langsam dunkel wurde.

Die Hecken waren heruntergeschnitten und die Straße verbreitert worden. Sonst sah alles ziemlich unverändert aus. Er hätte sich die Straße nicht ohne weiteres vorstellen können, aber bei jeder Biegung wußte er genau, was ihn als nächstes erwarten würde: die Scheune, so mächtig wie eine Kathedrale, die Ulmenreihe am tiefliegenden grünen Horizont, der flüchtige Blick auf den Kanal und einen Fischreiher, das *Horse and Groom*, zurückgesetzt, mit zwei Arbeiterkaten nebenan (die Katen waren zu schmucken kleinen Häusern umgebaut worden), die Furt, nein, die Furt war nicht mehr da, eine scheußliche Betonbrücke nahm ihren Platz ein, der hübsche Blick auf

Pennwood, das Haus der Forbes jenseits der Eichenwiese, die Wiese selbst, jetzt mit Klee bepflanzt, und, im zarten Schimmer ihrer Knospen, die mächtige Eiche, die ihr den Namen gab, dann endlich die Eisensteinmauer des Parks mit den düsteren Nadelbäumen dahinter. Eine Masse von Holunderschößlingen war am aufgerissenen Straßenrand emporgewachsen, und darunter blühten blaßgelb dicke Büschel Schlüsselblumen. Und hier und dort waren die zartlila Sprenkel von Veilchen zu sehen.

Henry marschierte voran, und während er marschierte, beobachtete er sich selbst. Er war ruhig, oder besser, kalt, kalt bis ans Herz hinan. Der Abend war sehr ruhig und windstill, von einem feuchten Duft durchzogen. Etwas früher hatte es geregnet, und der Straßenbelag, auf dem er ging, war naß und ein wenig klebrig. Einige Autos fuhren an ihm vorüber, ein paar davon mit Licht. Die dämmrige Straße entrollte sich vor ihm, als würde er sie in einem Wachtraum dazu zwingen. Er sah in Gedanken die dämmrigen und dennoch leuchtenden Wiesenhänge und die einsamen, stillen Bäume.

Genau in dem Moment, als er die Parkmauer und das eiserne Tor erreichte, brach das, was er erwartete hatte, über ihn herein. Neben dem Tor anhaltend, stellte er sorgsam seinen Koffer zu Boden und atmete, still stehenbleibend, in sehr tiefen Zügen. Dann stürzte er plötzlich gegen das Tor und umklammerte mit den Händen die nassen Stangen. Sein Hut rutschte ihm vom Kopf. Schlaff, wie festgenagelt, hing er an den Stangen, seine Beine zitterten und knickten ein, und das Metall zog kalte, nasse Streifen über seinen kraftlosen Körper. Seine Augen waren geschlossen. Seine Wange war an eine der Stangen gedrückt, das Regenwasser befeuchtete seine Lippen. In einer überwältigenden Aufwallung von Gefühl hielt er sich am Tor fest, als wäre das alte Tor das erste Ding auf dieser Traumwanderung, das sich seines Namens erinnert und ihn ausgesprochen hatte. Nach einer Minute, als er auf die Knie zu sinken schien, faßte er sich, öffnete die Augen, setzte seinen Hut wieder auf und klopfte seinen Anzug und seinen offenen Regenmantel ab. Er nahm seinen Koffer und versuchte, das Tor aufzustoßen.

Es gab ein kleines Stück nach, dann stand es still. Er sah es sich genauer an und stellte fest, daß es mit einer Kette und einem Vorhängeschloß gesichert war. Er zerrte vergeblich an dem Vorhängeschloß, dann trat er zurück.

Er konnte jetzt erkennen, daß die Auffahrt hinter dem Tor dünn von Unkraut überwuchert war, und gleich hinter dem Gitter wuchs eine Zeile junge Nesseln und Ampfer. Sie mußten die Einfahrt verlegt haben. Sie benützten jetzt wahrscheinlich die kurze Auffahrt von der anderen Straße her und machten sich nicht mehr die Mühe, die lange Auffahrt instandzuhalten, ließen sie einfach ungenutzt. Henry zögerte, ging los, kehrte um. Dies hier war sein Weg. Wie ein Geist wußte er, daß er seinen eigenen Weg nehmen mußte. Er schwang seinen leichten Koffer und schleuderte ihn über das Tor, wo er in den Nesseln landete. Er überlegte, ob es leichter sein würde, über das Tor oder über die Mauer zu klettern, und entschied sich für das Tor. Das erste Stück war einfach, er brauchte sich nur zu der Querstange hochzuziehen, die sich in Höhe seiner Brust befand. Das nächste Stück schien nicht zu bewältigen zu sein, bis er in der anschließenden Mauer ein paar bröcklige Tritte für seine Füße fand. Die Hände in den Efeu gekrallt, schaffte er es, ein Bein oben über die Spitzen zu schwingen, und ließ dann seinen tastenden Fuß vorsichtig hinunter, bis er die Querstange erreichte. Der Hut war ihm wieder vom Kopf gefallen, zum Glück in die Auffahrt hinter dem Tor. Sein Körper ließ ihn merken, daß er keine zwanzig mehr war.

Er setzte seinen feuchten und etwas angeschmuddelten Hut wieder auf, nahm den Koffer und machte sich, so leise es ging, auf den Weg die Auffahrt entlang, wobei seine Hosenbeine leise raschelnd die Unkräuter streiften, die im Kies wucherten. Die stille Abendluft verströmte eine schwache, beinahe greifbare Dunkelheit, die die Masse der Büsche und Bäume zu beiden Seiten nicht zu verbergen, sondern vielmehr zu enthüllen, ihnen Gestalt zu geben schien. Das Gras war nachlässig gemäht, nicht kurz und glatt, und glänzte feucht und schwach grau. Etwas entfernt sang eine Amsel eine lange, verschlungene, leidenschaftliche Melodie. Ein sehr leises, einlullendes Tropfgeräusch war zu hören. Henry atmete den kühlen, regenfeuchten, erdigen Geruch ein. Neun Jahre hatte er diesen besonderen Geruch nicht mehr gerochen. Es war der Geruch Englands. Er hatte die eindringliche, unheimliche Atmosphäre des englischen Frühlings vergessen gehabt. Wie es roch, wie es tropfte.

Die Auffahrt verlief in einem Bogen, und die Bäume traten zurück. Die Schwärze auf der linken Seite, einer riesigen Mauer gleich, war eine Eibenhecke, in der einmal Statuen gestanden hatten, aber die schienen jetzt nicht mehr dazusein. Vorn öffnete sich ein Fleck leuchtenden Himmels, dunkel in einem satten, pudrigen Blau, als hinge die Nacht in winzigen unsichtbaren Teilchen in der Schwebe, noch nicht herabgefallen. Ein großer gelber Stern funkelte, und rund um ihn herum zeigten sich, als Henry suchend schaute, andere Sterne, Stecknadelköpfe, die das Strahlen des blauen Zwielichts kaum durchdringen konnten. Zwinkernd sah er weg, blickte über die sich weitende Fläche des Grases, bemerkte verstreute Flecken schimmernder Blässe, die er einen Moment lang verwundert betrachtete – aber ja, natürlich, die Narzissen, alle weiß, da sein Vater nur weiße Narzissen geduldet hatte. Die Amsel war verstummt. Die Sterne waren heller. Die Auffahrt bog sich noch einmal, und er hatte das Haus vor sich. Henry blieb stehen.

Das Gebäude war L-förmig, der Fuß des L der Überrest eines Backsteinhauses aus der Zeit von Queen Anne, an das etwa siebzehnhundertvierzig ein längeres, etwas niedrigeres Steinhaus im rechten Winkel angebaut worden war. Diese lange Fassade, in deren ungewisser Form mehrere erleuchtete Fenster bleiche, milchige Rechtecke bildeten, stand Henry jetzt gegenüber. Vor dem dunkelblauen Himmel schien die dunklere Silhouette des flachen Dachs sich ein wenig zu kräuseln. Hinter dem Haus, unsichtbar, fiel das Land zum See ab. Jetzt gab es mehr Licht. Ein heller Halbmond, der hinter dem Nadelwäldchen hervorgekommen war, schien über Henrys Schulter, setzte silberne Lichter auf die Schieferschindeln und bildete hängende Schatten unter den weit vorspringenden Dachtraufen.

Das gemähte Gras, hier zu einem glatten Teppich geschoren, war grau, schwer von Nässe.

Irgend etwas bewegte sich, direkt vor ihm, und Henrys Blick wurde scharf. Etwas Kleines, Dunkles rührte sich in den Büschen, löste sich aus ihnen und huschte dann lautlos über den Rasen. Es hielt wieder an, und Henry konnte die Gestalt eines Fuchses erkennen. Das Dunkle, das der Fuchs war, schien das Dunkle, das Henry war, anzustarren. Dann entfernte es sich ohne Eile und verschwand wenige Augenblicke später im längeren Gras, das den Birkenhain auf der anderen Seite säumte. Henry richtete seinen Blick wieder auf das Haus. Dann ließ er sich abrupt ins Gras fallen. Ein ungeheuerlicher, erschütternder Gedanke war ihm gekommen: der Gedanke, daß er seit seiner frühen Kindheit an diesem Abend zum erstenmal in seinem Leben das Haus sah, ohne ›Sandys Haus‹ zu denken. Er hatte kaum Erinnerungen an die Zeit vor dem Tod seines Vaters. Das, woran er sich mit seinen ersten lebhaften Erinnerungen an sich selbst, wie er auf der Terrasse gespielt hatte, entsann, war Sandy, der sagte: »Das ist mein Haus, ich kann dich rauswerfen, wenn ich will.« – »Kannst du nicht.« – »Doch, kann ich schon.« – *»Kannst du nicht.«*

Nach einer Weile stand Henry wieder auf; er fühlte sich klamm. Er hatte es irgendwie geschafft, sich nicht auf seinen Regenmantel zu setzen. Vergeblich versuchte er, die Nässe von seiner Hose zu wischen. Dann nahm er den Koffer und ging vorsichtig und leise wie ein Fuchs über den Rasen, wobei er einen unregelmäßigen Pfad wäßriger Fußabdrücke im Mondlicht zurückließ. Er hatte jetzt die Auffahrt verlassen, die nach links abbog und einen um das Haus herum zur Haustür auf der anderen Seite brachte, während eine Abzweigung zu den Stallungen führte und sich mit der zweiten Auffahrt, an der Straße nach Dimmerstone, vereinigte. Henry hatte unerwartet eintreffen wollen, aber eigentlich nicht bei Nacht. Unter diesen Umständen empfand er sich sowohl als bedrohlich wie auch bedroht. Stärker als alles andere aber empfand Henry der Fuchsgleiche, als er sich dem Haus näherte, ein durchdringendes, schmerzhaftes Sehnen, gleich einem Verlangen, in anbetender Andacht niederzuknien und die Erde zu küssen. Aber was hätte er denn angebetet? Und er empfand auch, als er seinen Fuß auf die erste der drei Stufen setzte, die zur Terrasse hinaufführten, Übelkeit, einen starken Drang, sich zu übergeben, so daß er stehenbleiben mußte, um ihn zu unterdrücken. Die zweite Stufe war gesprungen, eine Ecke fehlte, und dort wucherte ein Büschel Thymian. Sein Fuß nahm den Sprung und den weichen Thymian wahr. Auf der Terrasse angelangt, blieb er erneut stehen, um seine Kältereserven zu mobilisieren. Er könnte jetzt weinen, aber das durfte er nicht. Er würde kalt sein, hart, wenn möglich sogar zynisch, ganz hinter einer Maske versteckt. Die Alternative war das heulende Elend. Henry beschwor ihn herauf und fühlte, wie er in ihm aufstieg, ihm von jenseits der Kälte beschert wurde, reiner alter Haß. Das war es, was jetzt nötig war, das würde ihn hart machen, Gott sei Dank.

Im Erdgeschoß brannte Licht in der Bibliothek, wo die hohen, nach viktorianischem Vorbild eingebauten Fallfenster, die auch als Türen dienten, bis zum Boden reichten. Die Vorhänge waren zugezogen, aber das Licht schimmerte golden durch sie hindurch und fiel in Rechtecken auf die feuchten, unebenen, ockerfarbenen Steine der Terrasse, die mit flaumigen Höckern gelblich-grünen Mooses bedeckt waren. Henry stellte seinen Koffer nieder und schlich zum nächsten Fenster, wo er durch eine Ritze zwischen den Vorhängen nach drinnen sehen konnte.

Als erstes sah er, direkt gegenüber, den Gobelin, die ausgestreckte Hand der Göttin, die in das füllige Haar des Helden vergraben war. Es brannten nur zwei Lampen; der Raum verwirrte ihn, er konnte nicht ausmachen, wie er lag. Aber dann erinnerte sich sein Körper, er bewegte den Kopf und sah den großen runden Tisch in der Mitte, mit der lang herabhängenden roten Tischdecke und beladen mit Zeitungen, und den hohen chinesischen Paravent, der die Tür verbarg. Einen Moment lang schien es, als wäre das Zimmer leer; dann sah er seine Mutter. Gerda stand, beinahe außerhalb seines Blickfelds, neben dem Kamin, den Blick zum Feuer gesenkt, ein Knie an das Kamingitter gelehnt. Sie trug ein langes Gewand aus blauer Wolle, in den Falten von langen dunklen Schatten durchzogen, und mit einer Kapuze oder einem hohen Kragen, der ihr Haar zur Hälfte verbarg. Das Gewand teilte sich über dem angelehnten Knie und zeigte ein Stück braunen Strumpf und einen Plüschpantoffel. Ihr Haar ist nicht grau geworden, war sein erster Gedanke, oder aber sie färbt es. Aber ihr Gesicht war älter, älter; und mitten in dem Schock, sie zu sehen, wurde ihm zum erstenmal klar, wie sehr er irgendwie gehofft hatte, sie würde immer noch jung und schön sein. Sie wirkte fülliger, ihr Gesicht dicker, gröber, wenn auch nicht faltig. Ihr Mund schien größer, männlicher. Sie sah ein wenig wie Sandy aus. Henry schloß einen Moment die Augen; als er sie dann wieder öffnete, sah er, daß seine Mutter nicht allein im Zimmer war. Aus den Tiefen des riesigen alten Sofas auf der anderen Seite des Feuers streckte sich ein Paar behoster Beine mit Stiefeln an den Füßen in steifer Schräglage zum Boden hinunter; sonst war von der Person, zu der die Beine gehörten, nichts zu sehen. Sie hat einen Mann bei sich, dachte Henry völlig überrascht. Er sog den Atem ein und lehnte sich an den Holzrahmen des Fensters. Irgend etwas fiel zu Boden, wahrscheinlich ein Stück Mörtel, das er mit dem Ärmel losgerissen hatte. Gerda drehte sich herum, machte einen Schritt, schrie auf.

In gleicher Panik fuhr Henry zurück, stolperte über seinen Koffer, rief dann »Hallo!« und begann, ans Fenster zu klopfen. Er sah das Gesicht seiner Mutter, jetzt beschattet, durch das Glas dicht vor sich.

»Tut mir leid, ich bin's«, sagte Henry.

Es machte ein kratzendes Geräusch, als Gerda den Riegel öffnete. Dann hob sich der untere Teil des Fallfensters leicht und geräuschlos, und Henry trat durch die Öffnung ins Zimmer.

Er sah seine Mutter an, die zurückgewichen war, um ihm Platz zu machen. Dann drehte er sich herum, um das Fenster wieder herunterzuziehen. Seine Mutter, die ihn küssen wollte, prallte gegen seine Schulter. Es kam zu einer steifen, flüchtigen Umarmung, dann zog Henry das Fenster ganz herunter und schob den Riegel vor, eine Handlung, die seine Finger, wie er sah, noch in Erinnerung hatten. Er drehte sich um und sah verdrossen, daß der Gast seiner Mutter Lucius Lamb war.

»Hallo, Mutter. Hallo, Lucius. Tut mir leid, daß ich so reinplatze.«

Lucius ging auf der anderen Seite um den Tisch herum und gab Henry die Hand. Sein jetzt sichtbarer Oberkörper war mit einer königsblauen Cordjacke bekleidet, zu der er ein weißes Hemd mit offenem Kragen und einen mauvefarbenen Seidenschal trug. Er sah ein gutes Stück älter aus, selbst seit der Begegnung in New York, sein wallendes Haar war fast ganz weiß, sein Gesicht tiefer braun und faltiger. Er schien sich außerdem in der Zwischenzeit eine Zahnprothese zugelegt zu haben. »Bummel, lieber Junge, willkommen zu Hause!«

»Es ist schön, wieder hierzusein«, sagte Henry, entzog Lucius seine Hand und ging an seiner Mutter vorbei zum Feuer. »Tut mir leid, daß ich so spät komme, ich wußte nicht, daß die Züge nicht mehr hier halten.«

»Aber warum hast du nicht angerufen? Wir haben dich erst in einer Woche erwartet.«

Henry antwortete nicht; er beugte sich leicht über das Feuer, unbewußt die gleiche Stellung einnehmend, die vor wenigen Augenblicken seine Mutter innegehabt hatte.

»Du mußt etwas essen«, sagte Gerda. »Wir essen jetzt immer früh zu abend, aber ... Hast du kein Gepäck?«

»Ach, verdammt, das ist draußen auf der Terrasse.«

»Ich gehe, ich geh schon«, rief Lucius und öffnete bereits das Fenster. Er kam mit Henrys Koffer wieder und stellte ihn vor Henry hin.

»Schieb doch bitte den Riegel wieder vor«, sagte Gerda, die Henry mit starrer, ungläubiger Miene anstarrte. Henry, der sie einen Moment betrachtete, schien jetzt, er könne in ihrer Entschlossenheit, alle Emotionen zu unterdrücken, die Ähnlichkeit mit sich selbst sehen. »Du hast hoffentlich eine angenehme Reise gehabt? Willst du nicht deinen Mantel ablegen?«

Henry nahm den Mantel ab und ließ ihn zu Boden fallen,

von wo ein lächelnder Lucius auf dem Rückweg vom Fenster ihn eilig aufhob und aufs Sofa breitete.

»Nicht da«, sagte Gerda. Sie hängte den Mantel sorgfältig über einen Stuhlrücken. »Er ist ja klatschnaß. Hat es in London geregnet?«

»Kaum. Na ja, es hat genieselt. Hier hat sich fast nichts verändert.« Keinesfalls durfte eine Pause eintreten, in der etwas Schreckliches geschehen konnte.

»Du hast noch nicht viel gesehen«, sagte Gerda. »Wir haben die Eichenwiese verkauft.«

»Die Eichenwiese. Ach ja.«

»Wir haben sie John Forbes verkauft.«

»Ah ja. Ist Cato Forbes zu Hause? Was ist aus ihm geworden?«

»Er ist in London«, sagte Lucius. »Wußtest du, daß er Priester geworden ist?«

»Priester? Du meinst, *römisch-katholischer* Priester?«

»Ja, ist das nicht gräßlich?« sagte Gerda. »Seinen armen Vater hätte fast der Schlag getroffen.«

»Das kann ich mir vorstellen. Bist du mit deinem Buch fertig, Lucius?«

»Tja, nein - äh -«

»Nett, dich zu sehen, Bleibst du länger?«

»Lucius lebt jetzt hier«, sagte Gerda.

»Nein, das heißt, nicht direkt, ich bin nur - äh - deine Mutter hat liebenswürdigerweise - ich hoffe doch, es stört dich nicht, Bummel.«

»Natürlich stört es ihn nicht«, sagte Gerda.

»Bitte nenn mich nicht ›Bummel‹«, sagte Henry.

»Oh, entschuldige vielmals, ich -«

»Wie spät ist es hier eigentlich?« fragte Henry.

»Es ist ungefähr Viertel nach acht. Du mußt wirklich etwas essen. Oder hast du schon zu Abend gegessen?«

»Ja, danke«, sagte Henry, der nicht gegessen hatte.

»Rhoda kann dir was aufwärmen -«

»Dieses komische Mädchen, ist sie immer noch hier? Ich glaube, ich gehe gleich zu Bett, Mutter, wenn du nichts dagegen hast. Ich komme direkt aus St. Louis, ich hatte nur in Chicago einen kurzen Aufenthalt, ich fühl mich ziemlich alt, die Zeit ist völlig verrückt geworden –«

»Dein Bett ist in deinem alten Zimmer gemacht. Möchtest du nicht etwas Warmes? Läute doch bitte mal, Lucius.«

»Da wird niemand reagieren«, sagte Lucius, »Rhoda wird zu Bett gegangen sein.«

In diesem Moment trat die vogelköpfige Rhoda ins Zimmer. Henry drehte sich herum. Rhoda, in dem strengen dunklen Kleid, das ihre Tracht war, kam näher.

»Rhoda!« Henry nahm ihre Hand und küßte sie auf die Wange und wurde sich im nächsten Moment bewußt, daß er etwas Außergewöhnliches getan hatte. Er hörte, wie seine Mutter nach Luft schnappte.

»Rhoda, könnten Sie in Mr. Henrys Zimmer den Heizstrahler anmachen und ihm eine Wärmflasche ins Bett legen?«

Henry, dessen erster Gedanke gewesen war, daß man Dienstboten nicht küßte, fiel als nächstes ein, daß er seine Mutter nicht geküßt hatte. Er hätte plötzlich am liebsten gelacht.

»Du mußt etwas essen, Henry.«

»Das hast du schon mehrmals gesagt, Mutter. Vielleicht könnte ich ein Sandwich haben. In meinem Zimmer.«

»Rhoda, könnten Sie Mr. Henry ein paar Brote machen? Was möchtest du denn gern, Henry?«

»Ach, irgendwas. Irgendwas.«

»Und heißen Kaffee, Suppe –?«

»Whisky«, sagte Henry.

»Trink hier einen«, sagte Lucius. »Ich hätte selbst nichts gegen einen Schluck.«

»Nein, danke.«

»Rhoda, würden Sie Mr. Henry Whisky –«

»Scotch«, sagte Henry.

»– in sein Zimmer raufbringen? Möchtest du Soda dazu, Henry, oder –«

»Nein. Egal. Gute Nacht. Tut mir leid. Ich bin todmüde. Gute Nacht.«

Henry nahm seinen Koffer und stolperte aus dem Zimmer. Das Foyer war dunkel, und er kannte sich plötzlich nicht mehr aus, wußte nicht, welche Richtung er einschlagen sollte, bis die vogelköpfige Rhoda, die gleich nach ihm die Bibliothek verlassen hatte, ihm vorauseilte, Licht machte und dann verschwand. Er hörte sie mit ihrem sehr leichten Schritt über den hallenden Boden gehen, dann durch die Schwingtür zu den Küchenräumen. Er blickte zurück, als er die Treppe hinaufstieg, aber die Tür zur Bibliothek war geschlossen.

Die breite, geschwungene Eichentreppe endete an einem großzügigen Treppenabsatz unter einem großen ovalen Fenster, wo sie sich in zwei Treppenfluchten teilte, über die man die erste Etage erreichte. Seine Füße, die sich die Erinnerung bewahrt hatten, führten Henry nach links. Bemüht, leise aufzutreten, ging er den kahlen, hell erleuchteten oberen Flur entlang, an der Tür vorbei, hinter der die Gesindetreppe war, trat durch eine andere Tür, stieg noch eine kurze Treppe hinauf und gelangte in die erste Etage des Queen-Anne-Trakts, die höher lag, da das Haus auf einem Hang errichtet worden war. Als er eintrat, lag die Zimmertemperatur, nach amerikanischen Maßstäben sowieso schon niedrig, nochmals um einige Grade niedriger, und das Gefühl von Kälte wurde durch feuchten Modergeruch zusätzlich verstärkt. Ein Licht brannte im Flur, auf dem er sich nach rechts zu seinem Zimmer wandte. Als er die Tür öffnete, sah er, daß der Raum bereits von einem elektrischen Heizstrahler erleuchtet war. Er machte Licht.

Das Zimmer war blitzsauber und aufgeräumt, der Vorhang zugezogen, das Bett aufgeschlagen. Ein kleiner Buckel verriet, daß die wünschenswerte Wärmflasche schon da war. Henry legte seinen Koffer auf den Boden und öffnete ihn rasch, als könnte er sich so vormachen, in einem Hotel zu sein. Er nahm seine Toilettentasche heraus und hielt sie fest. Der Queen-Anne-Trakt war immer sein Revier gewesen, so weit wie nur möglich von Sandy entfernt. Mit stummer kindlicher Wut hatte er sich Pläne angehört, ihn abreißen zu lassen. Zum Glück hatten diese sich stets als zu kostspielig erwiesen. Ohne hinzusehen, nahm er seine Umgebung wahr. Die schwere Kommode mit dem Mahagonispiegel obenauf. Den ziemlich häßlichen ›Herrenkleiderschrank‹. Den kleinen Schreibsekretär mit der Messingstange. Den roten ledernen ›Klubsessel‹. Die Tapete, noch mehr verblichen, ein braunes Rautenmuster auf gelbem Grund. Das schmale Eisenbett, das er sich nicht hatte nehmen lassen. Den nachgemachten Sheraton-Nachttisch daneben. Den dunkelbraunen abgetretenen Bettvorleger auf dem dunkelroten abgetretenen türkischen Teppich. Den eigentlich sehr hübschen viktorianischen Stuhl, auf den man sich besser nicht setzte. Den stabilen Windsor-Stuhl mit dem Kissen darauf. Selbst das Kissen war noch dasselbe. Wer hatte hier geschlafen, seit er fortgegangen war? Beinahe mit Sicherheit niemand. Das Zimmer war bis auf das Notwendigste leergeräumt, als wollte man es, ohne es zu zerstören, zwingen zu vergessen. Aber es erinnerte sich.

Henry ging in den Flur hinaus und in das anschließende Badezimmer. Es roch nach feuchtem Linoleum und Unbenutztheit. Er drehte den Heißwasserhahn auf, aber das rostfarbene Wasser floß nur kalt. Die Wanne war voller Flecken, und in der Seife waren dunkle Risse. Wie Bella zu sagen pflegte, England ist toll, aber es ist so dreckig. Er bemerkte eine Spinne und noch eine. Die Spinnenbevölkerung im Haus mußte in die Millionen gehen. In Amerika hatte er nicht eine Spinne gesehen. Er hob den großen, glänzenden Mahagonisitz und benutzte die Toilette. Die geblümte Porzellanschüssel war dieselbe, voller Wissen. Er ging wieder ins Schlafzimmer, legte Krawatte und Jackett ab und begann sein Hemd aufzuknöpfen. An die Brote dachte er nicht mehr, als plötzlich die vogelköpfige Rhoda mit einem Tablett erschien.

»Oh, danke, stellen Sie es irgendwo hin.«

Rhoda stellte das Tablett auf die Kommode, auf ein blütenweißes gesticktes Deckchen, das dort seinen festen Platz hatte, stets fleckenlos trotz des Schmutzes, den Henry immer gemacht hatte, damals von dem Hausmädchen, an dessen Namen sich Henry jetzt nicht erinnern konnte, zweifellos häufig gewechselt.

»Danke, Rhoda, wunderbar, tut mir leid, daß ich solche Umstände mache.«

Rhoda hatte beinahe grotesk große Augen, aber vielleicht lag das nur an ihrer Kopfform. Henry erinnerte sich jetzt lebhaft seines kürzlichen Kusses und daß ihre Wange nach Harz geschmeckt hatte. Er dachte daran, sie noch einmal zu küssen, aber das war schon nicht mehr möglich. Mit lautlosem Schritt verschwand sie.

Sobald Henry die Brote sah, bekam er heftigen Hunger, und das merkwürdige Gefühl, nicht direkt Begehren, sondern eher eine besondere Art Furcht, das Rhoda in ihm geweckt hatte, verflog. Er begann so gierig zu essen, daß er sich beinahe verschluckte. Die Flasche Scotch wurde von einem großen geschliffenen Glas und einem Sodasyphon begleitet. Henry goß sich ein und kippte den Whisky pur hinunter, während er sich gleichzeitig fragte, ob das ein Fehler war. Kaum war der Whisky durch seine Kehle geflossen, hätte er am liebsten zu wimmern angefangen. Legionen von Tränen, Hilferufen, Schreien marschierten auf. Er wollte sich mit dem Gesicht nach unten auf dem Boden niederlegen und heulen.

Er griff zu einem Mittel, das er häufig benutzte, um sich zu beruhigen. Er blickte angespannt in den ovalen Mahagonispiegel und riß seine glänzenden tränenlosen Augen auf. Selbstporträt. Er war mißtrauisch, wachsam, mager, nicht groß in seinem Selbstporträt, die Nase schmal, der Mund spöttisch. Sein volles, ziemlich langes, sehr lockiges Haar war sehr dunkel, doch mit Rot durchschossen. (Burke und Sandy waren rothaarig gewesen.) Seine Augen waren groß und tief dunkelbraun und glühten unter spitzwinkligen Augenbrauen. Sein stoppeliges Kinn war rund und wohlgeformt und (vielleicht zu) klein. Eine tiefe Furche saß über seinen Lippen. Die schmalen Lippen waren mit dichten vertikalen Linien fein gemasert. Hinter dem Kopf hingen wie ein schäbiges Harlekinskostüm die hell beleuchteten Rauten der verblichenen Tapete.

Besänftigt knipste der betrunkene Henry das Licht aus, zog im roten Schein des Heizstrahlers die Vorhänge zurück und öffnete das Fenster. Er beugte sich hinaus. Ein überwältigender Geruch nach feuchter Erde und Pflanzen schlug ihm entgegen, als die wärmere Luft von draußen ins Zimmer strömte, wo der elektrische Strahler kaum eine Bresche in die urzeitliche Kälte geschlagen hatte. Henry streckte seine Hand in die windstille Nacht hinaus und glaubte, einen schwachen Sprühregen zu spüren. Er lauschte. Da war ein leises, regelmäßiges, schrecklich vertrautes Geräusch, das Murmeln des Baches, der zum See hinunterplätscherte. Der Mond mußte wohl von Wolken verhangen sein. Wenn er sich weit hinauslehnte, konnte er gerade noch den unteren Teil der Fassade des Haupthauses sehen, ohne Licht, schwach umrissen vor dem dunklen Himmel. Das Schlafzimmer seiner Mutter befand sich auf der anderen Seite. Mit Abscheu erinnerte er sich an Lucius' Anwesenheit. In einem Zimmer direkt über ihm, in der Dienstbotenetage, flammte ein Licht auf, und er trat zurück, machte das Fenster halb zu und zog die Vorhänge vor. Ihm schwindelte vor Müdigkeit. Er zog seine Hose aus, dann ließ er sich auf das Bett fallen und fiel augenblicklich in einen tiefen Schlaf, ohne den Heizstrahler ausgemacht zu haben. Als er am Morgen erwachte, war er ausgeschaltet.

»Absolut einwandfrei?«

»Absolut einwandfrei, Mr. Henry.«

»Gut. Das ist alles, was ich wissen wollte.«

»Soll ich Ihnen die Bücher –«

»Nein, danke, Mr. Merriman, die Einzelheiten haben Zeit.«

Es war der nächste Morgen. Nachdem er Merriman seines Wegs geschickt hatte, blieb Henry reglos an dem runden Tisch mit der roten Veloursdecke in der Bibliothek sitzen und betrachtete den großen Gobelin von Athene und Achilles: eine flämische Arbeit, wahrscheinlich spätes siebzehntes Jahrhundert. Während er das vermerkte, wurde ihm bewußt, wieviel er in Amerika über Kunst gelernt hatte, nachdem er England als Barbar verlassen hatte. Den Gobelin zum erstenmal wirklich sehend, studierte er ihn jetzt im klaren, sonnenlosen nördlichen

Licht des Morgens. Den Helm mit dem langen Nackenschirm über ihre Locken zurückgeschoben, trat die Göttin in einem reichgefältelten Gewand, den Schild recht nachlässig über der Schulter, aus einem großblättrigen Busch, der den größten Teil der linken Seite des Gobelins einnahm. Ein entschlossener, mit einer Sandale bekleideter Fuß schob sich, die Ferse zu Boden gedrückt, unter dem schwingenden Rock vor. In der rechten Hand hielt sie einen langen, senkrecht aufragenden Speer, der den Himmel über dem Buschwerk teilte, während sie mit der linken in einer kunstvollen und unwahrscheinlichen Komposition aus wallenden Locken und gekrümmten Fingern von hinten das helle Haar des helmlosen Helden packte, der sich ebenfalls nach rechts bewegte, in den Händen ein Schwert und einen perspektivisch verkürzten Schild, bekleidet mit einem äußerst kurzen glitzernden Schuppenpanzer, unter dem die gefältelten Volants eines phantasievollen Unterkleides hervorsahen, das kaum seine Genitalien bedeckte. Die langen, muskulösen Beine in den Metallschienen, die man durch das Laub sah, waren liebevoll ausgeführt. Beide Figuren waren im Profil, das der Göttin unbewegt und streng, das des Helden, der seinen Kopf noch nicht nach seiner Schirmherrin gedreht hatte, sehr großäugig, sehr schön, sehr jung, mit geöffneten Lippen, mildes Erstaunen ausdrückend. Die von Winden durchzogene Ebene von Troja war angedeutet durch dreißig, vierzig Zentimeter goldenen Grases, das von einem eleganten Blumenmuster eingefaßt war; dann begann wieder das Buschwerk mit den blassen Türmen der Stadt dahinter. Der Himmel hatte eine sehr helle, leuchtend bräunlich-blaue Färbung. »Warum bist du gekommen, o Tochter des Zeus?«

Ich wollte, ich hätte eine Göttin, die mich bei den Haaren packt und mir sagt, was ich tun soll, dachte Henry. Es war elf Uhr. Er hatte im Bett gefrühstückt. (Gerda hatte diesmal das Tablett gebracht.) Er hatte Merriman zu sprechen verlangt, und seine Mutter, die den Familienanwalt als Dienstboten betrachtete, hatte ihn augenblicklich herbeizitiert. Henry wollte Merriman nur sprechen, um festzustellen, ob das Testament einwandfrei und gültig war. War es. Der pflichtbewußte Sandy hatte den gesamten Besitz seinem Bruder hinterlassen. Das war also in Ordnung. Henry wollte nichts über die Pachthöfe oder die Kapitalanlagen hören, die Merriman für so gut hielt, und auch nichts darüber, daß Merriman vom Verkauf der Eichenwiese abgeraten und Gerda mit treffender Umsicht überredet hatte, eine Versicherung zur Deckung der Erbschaftssteuern abzuschließen. Henry fühlte sich immer noch außerordentlich merkwürdig, ein wenig schwindlig, sehr müde, von einer Art angekratzter, benebelter Empfindlichkeit gegen Licht und Geräusche geplagt, die ihm Anlaß gab zu denken, es sei vielleicht besser, wieder zu Bett zu gehen. Im großen Kamin brannte wispernd ein Feuer und fiel dann sachte wie Schnee in sich zusammen. Henry überlegte, ob er es bis zum Sofa schaffen würde. Er stand auf, ging aber dann zur Tür, in der Absicht, in sein Zimmer zurückzukehren. Ein altvertrauter Geruch nach qualmendem Toast wehte noch aus dem Speisezimmer. Im Foyer bemerkte er einige recht gute Aquarelle aus dem achtzehnten Jahrhundert, die schon immer dort gehangen haben mußten. Als er sie sich eben näher ansehen wollte, hörte er durch die offene Tür des Salons gegenüber Stimmen.

Der Salon, ähnlich wie die Bibliothek mit drei hohen Fallfenstern, ging nach Süden auf die zum See hin abfallenden Terrassen hinaus und bot einen Blick auf das ganze architektonische Ensemble mit dem Flußtal, dem Obelisken, dem Wald dahinter und, auf der äußersten Rechten, dem griechischen Tempelchen, das mit grüner Kuppel auf seinem Hügel thronte. Es war jetzt eine strahlende Helligkeit, beinahe Sonnenschein, vor einem dunkleren Himmel, und die knospenden Bäume des Waldes waren intensiv grün. Der Salon war ganz in Weiß und Gelb gehalten und ziemlich spärlich eingerichtet, mit hohen Spiegeln und Konsolen zwischen den Fenstern. In der Mitte des Raums stand ein runder, mit Intarsien verzierter Tisch, ein massiger chinesischer Schrank an einem Ende und hier und dort verteilt eine Garnitur kanariengelber Louis-Quinze Sessel, die nie benutzt wurden, da man den Samt einer teuren

Behandlung unterzogen hatte, um Patina vorzutäuschen. An den Wänden hingen einige Familienscherenschnitte aus dem neunzehnten Jahrhundert, und auf dem Kaminsims unter dem Porträt eines Vorfahren mit Hund, das für Henrys benommenen Blick jetzt auffallend nach einem Stubbs aussah, stand eine von Sphinxen getragene goldbronzene Uhr. Auch hier brannte ein Feuer, umlagert von bequemen Sesseln, die auf einem zusammengeschobenen Vorleger standen, aber das Zimmer war kalt und roch unbewohnt. Wahrscheinlich hatte er seine Mutter und Lucius von ihrem Stammplatz vertrieben.

Lucius sprang auf, als er hereinkam, und bewegte sich mit einer täppischen Verlegenheit, der es irgendwie gelang, auch Selbstzufriedenheit auszudrücken, sogleich lächelnd zur Tür.

»Na, Bummel, gut geschlafen, ja, nicht wahr?« Lucius' eifriger Ton verriet Ungewißheit über seine eigene Rolle. War er eine Vaterfigur, ein netter Onkel oder nur ein etwas älterer Zeitgenosse? Lucius sah an diesem Morgen jünger aus, halbwegs frisch und jungenhaft. Er warf sein weißes Haar und strich es sich dann zwinkernd und lächelnd langsam mit langfingriger Hand aus der Stirn.

Henry war nicht bereit, ihm zu helfen, das Problem des Tons zu lösen. »Ganz okay.«

»Er hat einen amerikanischen Akzent«, sagte Gerda.

»Nein, nein, ganz sicher nicht, das geht doch nicht, nicht wahr - obwohl natürlich ... Nun ja, ich muß wieder an mein Buch. *Tempus fugit.*«

»Ich weiß gar nicht mehr, worum es in deinem Buch geht«, sagte Henry. »Oder vielmehr, ich glaube, ich habe es nie gewußt.«

»Ach, Politik, politisches Zeug, abstrakt, du weißt schon, Begriffe. Gerda meint, es sei wie Penelopes Webarbeit. Ich finde, es ist harte Arbeit. Schreibst du ein Buch?«

»Ja«, sagte Henry.

»Hast du schon was veröffentlicht?« fragte Gerda.

»Nein.«

»Worüber schreibst du?« fragte Lucius.

»Max Beckmann.«

»Wen?«

»Max Beckmann. Ein Maler.«

»Von dem habe ich leider noch nie gehört«, sagte Gerda.

»Oh, Max Beckmann«, sagte Lucius. »Nun, ich muß zurück an die Arbeit. *Arrivederci.*«

Henry wartete, bis Lucius aus dem Zimmer gehetzt war, dann setzte er sich seiner Mutter gegenüber.

Er sagte: »Es ist kalt hier drin. In Amerika lassen wir das Wetter nicht ins Haus.«

»Wie fühlst du dich?«

»Scheußlich.«

»Das ist der Flug.«

»Ja.«

Sie sahen einander an, und ein Schweigen trat ein, das, obwohl es alle Befangenheit ausdrückte, beinahe die ganze Unmöglichkeit der Verständigung, nicht unbedingt peinlich war. Gerda sah den dunkelhaarigen Jungen mit dem Lockenkopf und dem gut proportionierten Gesicht, dem hübschen kleinen Mund und dem runden Kinn, der sich für sie nicht verändert zu haben schien, seit er zwölf war. Selbst die großen, dunklen, mißtrauischen, glühenden, düsteren Augen waren dieselben, voll Groll und Selbstmitleid. Henry sah seine Mutter, sie war älter, gewiß, dicker, aber immer noch stand ihr dieses alte selbstbewußte Auftreten der bewunderten Schönheit nobel zu Gesicht. Ihr ziemlich großes, breites Gesicht schien ungeschminkt, das schöne braune Auge unverhüllt. Das dunkle, seidige Haar, das sie heute offen trug, ließ sie mädchenhaft wirken. Sie hatte ein elegantes, schlichtes Tweedkleid mit einer rosafarbenen italienischen Kamee am Kragen an.

Henry fühlte sich zufriedenstellend hart und kalt, wie ein Athlet. Keine Gefahr heute, daß er zu flennen anfangen würde. »Wie lange lebt Lucius schon hier?« sagte er und merkte, daß er mit ziemlich strenger Stimme sprach und unwillkürlich die Stirn runzelte.

»Oh – zwei oder drei Jahre – du hast doch nichts dagegen?«

Henry wischte das Stirnrunzeln mit den Fingern weg und sagte nichts.

»Du bist doch nicht verlobt?« sagte Gerda.

»Ich, verlobt? Nein, natürlich nicht. Auch nicht verheiratet.«

»Aber daß Lucius hier lebt, macht dir doch nichts aus? Er ist eine Art Gestrandeter.«

»Ach ja?« sagte Henry.

»Man muß einfach Mitleid mit ihm –«

»Warum sollte es mir was ausmachen?«

»Weil es dein Haus ist.«

Henry schwieg wieder, als ließe er sich das durch den Kopf gehen, und sah dabei seine Mutter immer noch mit einem unbefangen benommenem Blick an.

»Du – bleibst doch hier – nicht wahr?«

»Hier? Was meinst du mit hier, hier im Haus oder hier in England?«

»Beides.«

»Ich weiß nicht«, sagte Henry. Ihm war auf einem kleinen Tisch hinter seiner Mutter eine Fotografie von Sandy aufgefallen. Keine Foto von ihm, Henry. Natürlich hatte sie noch keine Zeit gehabt, eines aufzustellen. Er verspürte einen nervösen Drang, etwas über Sandy zu sagen. »Das muß furchtbar für dich gewesen sein.«

»Das –?«

»Der – Verlust.«

Gerda schwieg. Sie preßte die Lippen zusammen und sah Henry mit einer Art verzweifelter stoischer Angespanntheit an, die sie häßlich machte. Sie sagte nichts.

»Es tut mir leid«, fügte Henry nachdrücklich hinzu. Er sagte, was gesagt werden mußte, und hoffte inständig, seine Mutter würde bloß nicht weinen.

Sie fuhren fort, einander anzustarren.

In der Absicht, aus dem Zimmer zu gehen, stand er auf, doch sie mißverstand seine Bewegung und streckte ihre Hand aus. Henry nahm sie flüchtig und drückte sie mit unwillig verzogenem Gesicht.

»Mutter, ich geh mal raus und mach einen Spaziergang.«

»Ja, das ist gut«, sagte sie leise.

Henry rannte beinahe zum Fenster, hantierte hastig an den Riegeln herum, schob das Fenster hoch und trat auf die Terrasse hinaus.

Eine große, tiefhängende, dicke graue Wolke wurde vom Wind über das Haus fortgetragen und hinterließ klaren blauen Himmel. Die Sonne schien und ließ die Erde im Glanz all ihrer frischen Regentropfen funkeln. Henry ging am Haus entlang, weg von der Haustür, und ließ seine Hand über die großen Eisensteinquader der Mauer gleiten, die durch weiße Spiralmuster aus zerdrückten versteinerten Muschelschalen belebt wurden. Er gelangte zur Treppe und lief sie, dem Hügelhang folgend, der in einer Reihe von Steinterrassen abfiel, hinunter bis zum gemähten Rasen, der sich in sanfterem Abhang zum See senkte. Auf dem Hügel zu seiner Linken waren die Stallgebäude aus dem achtzehnten Jahrhundert und die gußeisernen Bögen und das glitzernde Glas des riesigen edwardianischen Gewächshauses. Dahinter lagen der ummauerte Garten, der Tennisplatz, die Obstpflanzung und die Straße nach Dimmerstone. Keuchend lief Henry weiter.

Der See, der nicht sehr groß war, wurde von einem Bach gespeist, der in der Obstpflanzung entsprang, auf der sogenannten ›Obeliskseite‹ des Parks in den See mündete und ihn auf der ›Tempelseite‹, wo eine kleine steinerne Brücke mit zwei Bögen war, wieder verließ. Der Obelisk aus schwarzem Granit erinnerte an den Alexander Marshalson, der Anfang des neunzehnten Jahrhunderts den See und das Tempelchen angelegt und durch Spekulation zur rechten Zeit das Familienvermögen beträchtlich vergrößert hatte. Das Tempelchen war ein kleiner, leerer Steinbau mit einer grünen Kupferkuppel und einem säulengezierten Giebelfeld, der auf einem Hügel stand und zum Buchenwäldchen oder den ›hohen Bäumen‹ hinüberblickte. Henry der Eilende blieb auf der Brücke stehen und sah zum See. Im leuchtenden, regnerischen Sonnenlicht war das Wasser schwarz, und der breite Schilfgürtel, vor dem er als kleines Kind solche Angst gehabt hatte, als sein Vater erfolglos versucht hatte, ihm das Schwimmen beizubringen, zeigte sich in üppigem neuen Wachstum in Grün und Rost. Am anderen Ende streckte aus einem Laubgewölbe ein alter Stakkahn seinen blauen Bug heraus. Der See, vor kurzem noch vom Regen aufgepeitscht, war jetzt sehr ruhig und gläsern und spiegelte die Spitze des Obelisken in einem schmalen Streifen Emailblau, der drüben, auf der anderen Seite, auf das Schwarz aufgetragen war. Ein paar stumme Bläßhühner schwammen vereinzelt umher. Henry stützte sich auf den leicht bröckeligen Stein der Brücke, Kalkstein hier, nicht Eisenstein. Wegen dieser Angst vor dem schlammigen Schilf hatte er niemals richtig schwimmen gelernt. Als er mit den Fischers Kalifornien besucht hatte, hatte er mißmutig am Strand herumgelegen, während sie sich in diesem blauen Ozean wie die Delphine getummelt hatten. Er ging langsam zum Waldrand. Die Bäume waren größtenteils kleinwüchsig, Birke und Haselnuß, Esche und wilde Kirsche und hier und dort eine größere Eiche. Die Kirschen blühten schon, in einem grünschimmernden Weiß, das zwischen den noch knospenden Baumwipfeln hing. Die Eiche hatte gerade angefangen auszuschlagen, die Esche war noch hart und schwarz. Im Wald lag ein Schleier von Glockenblumen, zwischen denen Massen cremeweißer Sternmieren wuchsen. Es roch nach nasser Erde und Pollen, und die Vögel sangen wie toll. Ein matschiger Fußweg wand sich, von Nesseln gesäumt, zwischen den Bäumen hindurch zur jenseitigen Grenze des Parks, zum Dörfchen Dimmerstone und seiner Kirche und dem Friedhof, auf dem Henrys Vorfahren begraben waren. Auf dem Burke begraben war. Auf dem vermutlich Sandy begraben war. Henry hatte sich nicht nach der Beerdigung erkundigt.

Er drehte sich um und ließ den Schock des Anblicks der grauenvoll malerischen Szenerie von See, anmutigen grünen Hügelhängen und Haus wirken. Wieder hatte sich eine dicke graue Wolke vor die Sonne geschoben. Henry knirschte mit den Zähnen. Er wollte nicht an Sandy denken, und er konnte nicht an seine Mutter denken, obwohl sie plötzlich überall in der bewölkten Landschaft gegenwärtig war. Blind in seinem Elend, ging er zur Brücke zurück. Er empfand panische Angst, Schrecken, eine Art nebuloses Entsetzen, als wäre er von finsteren Mächten dazu bestimmt, einen Mord zu begehen, den er nicht begehen wollte und nicht verstehen konnte.

»Lucius, ich wäre dir dankbar, wenn du dir nicht immer kleine Bissen Käse abschneiden würdest, die du dann doch nicht ißt.«

»Entschuldige, meine Liebe.«

»Sie werden nur trocken und verkommen.«

»Es tut mir leid.«

Es war nach dem Mittagessen. Henry war gegangen, um sich hinzulegen. Rhoda hatte abgedeckt, und Gerda und Lucius hatten sich mit ihren Kaffeetassen in den Salon gesetzt. Es war irgendwie klar, daß die Bibliothek von nun an Henry gehörte.

»Das ging doch recht gut, nicht«, sagte Lucius einen Moment später.

»Was ging recht gut?«

»Nun, das Mittagessen. Bummel war doch sehr gesprächig, nicht?«

Henry war höflich gewesen.

»Du redest, als wäre er Gast im Haus.«

»Na ja, er war so lange fort, da ist es doch einen Kommentar wert, meinst du nicht, wenn wir alle schließlich so ganz entspannt zusammen sind?«

»*Entspannt?*«

»Na, du weißt schon – und er hat diese Fragen über das Gut gestellt. Ich finde, das ist ein gutes Zeichen.«

»Was meinst du mit ›gutes Zeichen‹?«

»Ein Zeichen, daß er vorhat, zu bleiben. Du möchtest doch, daß er bleibt, nicht wahr?«

Gerda hüllte sich in verächtliches Schweigen.

»Ich hatte gedacht, Bummel würde das alles hier ablehnen und sich eine Wohnung in London suchen. Ich an seiner Stelle würde das ganz bestimmt tun.«

»Halte ich dich davon ab, in London zu leben?«

»Nein, nein, ich habe doch nur gesagt, wenn ich an seiner Stelle wäre. Aber ich bin ja nicht an seiner Stelle.«

»Bitte red nicht solchen Quatsch. Ich habe Kopfschmerzen.«

»Ich meine, Bummel –«

»Und bitte nenn ihn nicht Bummel, das mag er nicht.«

»Henry –«

»Es ist Zeit, daß du gehst und deinen Mittagsschlaf hältst.«

»Ja, ja, ich geh ja schon. Gerda, Liebe, mach dir nicht – mach dir nicht –«

»Nicht was?«

»Nicht solchen Kummer.«

Gerda antwortete mit einer gereizten Geste, und Lucius stand auf. Er berührte sachte ihre Schulter, obwohl er wußte, daß sie zusammenzucken würde, was sie auch tat. Er ging zur Tür.

»Sag mal, Gerda, wir können doch heute abend fernsehen? Ich meine, es wird Bummel doch nichts ausmachen, wenn wir kommen?«

Als er gegangen war, stand Gerda, die in seiner Gegenwart wie erstarrt gewesen war, auf und ging ans Fenster. Es regnete wieder. Sie sah dem Regen zu, der von der Terrasse hochspritzte und die kleinen Pfützen aufwühlte. Silberne Regenschleier trübten den Blick auf den See und den Wald. Ihr Schmerz sog sie auf, als hielte sie vor ihrer Brust ein großes Becken, in das ihr Leben abfloß. Hatte sie sich von Henrys Kommen denn etwas erhofft, irgendeine Art von Trost, an die sie bisher nicht gedacht hatte? Kaum, auch wenn sie irgendwas gehofft hatte und es immer noch blindlings tat, beinahe weil es ihre Pflicht war. Wenn sie Henry wenigstens als Aufgabe sehen könnte, das würde ihrem Leben vielleicht ein wenig Sinn geben. Aber sie hatte nicht vorhergesehen, wie tief der Instinkt reichen oder wie gewaltsam der Schmerz sein würde, so daß sie hätte schreien und klagen können, weil Henry lebte und Sandy tot war.

In Gedanken bald wieder bei sich selbst, stieg Lucius die Treppe zu seinem großen, niedrigen Zimmer in der zweiten Etage hinauf, das über Sandys Zimmer und über dem Salon lag. Kein

Bach, weder morgens noch abends, da Sandy Musik genauso sehr gehaßt hatte wie Gerda. Er setzte sich auf sein Bett und zog die Schuhe aus. Er klapperte ein wenig mit seinen Zähnen. Sie fühlten sich riesengroß an. Er wußte, daß der große Schmerz im Haus an ihm vorüberging, ihn einfach links liegenließ. Er fühlte sich unnütz, und ihm war sentimental und traurig zumute. Er wünschte, Gerda würde zusammenbrechen, damit er sie trösten könnte. Er hatte erwartet, ihr Trost zu spenden, und diese Erwartung hatte ihn in der Bestürzung über Sandys Tod aufrechterhalten. Am Ende werde ich dasein, hatte er gedacht, und sie wird alles verstehen. Aber sie war nicht zu ihm gekommen; und wenn er mit vollem Herzen zu ihr kam, machte sie ein gereiztes Gesicht. Ganz bestimmt sollten sie doch beide, nein, zweifellos alle drei, einander umarmen und trösten und miteinander weinen. Aber der Mensch besitzt eine geniale Gabe, sein eigenes Elend zu verschlimmern. Selbst in der Katastrophe können geheimnisvolle Barrieren ihn isolieren, Barrieren der Angst, des Egoismus, des Mißtrauens und schieren, dummen moralischen Unvermögens. Was dachte Henry über ihn und Gerda? Er hatte Henry die offenkundig grob vereinfachende Sicht auf seine Person bei ihrer Begegnung in New York sehr übelgenommen. War Henry fähig, mit soviel Komplexität umzugehen? Würde Henry sich die Mühe machen? Würde es Henry je gelingen, Lucius überhaupt zu sehen? Er mußte herausbekommen, mußte einfach herausbekommen, wie mit Henry Freundschaft zu schließen war. Das war seine Aufgabe; so wie es vielleicht die Gerdas war, Henry als Ersatz für Sandy zu lieben. Letztlich würde sie Henry bearbeiten und versuchen, ihn für sich zu perfektionieren. Aber angenommen, Henry lehnte eine Freundschaft mit Lucius ab? Er hatte den Verdacht, daß Henry zu allem fähig war.

Lucius trat zum Plattenspieler und legte die Goldberg-Variationen auf, erst leise, dann, im Bewußtsein des leeren Zimmers unter ihm, ein wenig lauter. Er setzte sich an den Tisch, auf dem überall Gedichte herumflogen. Was für ein Segen, daß er so klug gewesen war, endlich zur Lyrik zurückzukehren. Ein gescheiterter Dichter, das war er, es war das Beste, woran man scheitern konnte. Und wieso überhaupt sollte er unbedingt scheitern? Es war noch Zeit für Größe. »Nach langen Jahren abstrakten Denkens kehrte der revisionistische Abtrünnige in seinen späteren Jahren zur Dichtkunst zurück. Die Sentimentalität der Jugend wurde ihm wiedergeschenkt, durchstrahlt jetzt von der weisen Gelassenheit des Alters. Im Herzen jung geblieben, legte er die Feder des Historikers aus der Hand und gab sich endlich dem Genius der Dichtkunst hin.«

Das Entscheidende bei der Dichtkunst ist doch, dachte Lucius bei sich, daß man die ganze Zeit in sich selbst bleiben kann, die ganze Welt ist dort drinnen, man ist sicher. Man braucht nur seine Gedanken einen nach dem anderen einzufangen, wie Fledermäuse, die aus einem Loch fliegen. Selbstverständlich werde ich mein politisches Buch fertigschreiben, ich werde es kürzen und das Geschichtliche herausnehmen und eine Autobiographie, eine Art spiritueller Odyssee daraus machen. Ja, das werde ich tun. Und ich werde außerdem einen Gedichtband veröffentlichen.

Mit glänzenden, beinahe tränenfeuchten Augen saß er da. Er hatte seit kurzem das Haiku entdeckt und schmeichelte sich, die Form gemeistert zu haben. Blitzgedichte. Er hatte an die hundert allein über Gerda geschrieben.

Dumpf hallend ruft ihr Schritt
Verblassende Erinnerungen wach.
Tap, tap. Das alte Mädchen.

Er griff nach seinem Füllfederhalter.

Grausame Narzissen,
Jeden Frühling ein Mord.
Jetzt der junge Herr.

Er begann zu überlegen, ob Henry, wenn er ein Haus in London kaufen sollte, ihn dort wohnen lassen würde.

Er legte sich auf sein Bett. Fünf Minuten später war er, lächelnd und entspannt, fest eingeschlafen.

Angenommen, es fehlte einem der Begriff von Leid, dachte Cato, der in seinem Zimmer saß und auf den Schönen Joe wartete. Angenommen, man litt einfach wie ein Tier, ohne ständig zu denken: Ich leide. Ist es ein hochgestochener Begriff? Er war nicht sicher. Das Christentum verteilt ihn selbst an Bauern. Christus hat gelitten, das ist der Sinn der Sache. Aber was für ein sinnloser Sinn. Leiden ist ein so selbstsüchtiges Tun. Der Buddhismus behandelt es mit Verachtung.

Cato fragte sich, ob er, um sich am Denken und Leiden zu hindern, nach Hause, nach Laxlinden, fahren und den Garten umgraben sollte. Aber er konnte seinem Vater nicht gegenübertreten, nicht seiner sarkastischen Höflichkeit und nicht seinem Zorn aus Gründen, die schon alt waren. In Laxlinden würde er schauspielern müssen. ›In Urlaub fahren‹ war undenkbar. Er konnte bei Brendan bleiben, der in peinlich spartanischem Luxus in einer kleinen Wohnung im Zentrum Londons lebte. Aber Brendan würde ihn ermahnen, ein bißchen drangsalieren, ihn trösten, ihm beredt von der ›dunklen Nacht‹ sprechen, auf subtile Art versuchen, das ganze Muster seiner Verzweiflung umzukrempeln. Und Cato würde es annehmen wollen, würde halb annehmen, würde vielleicht Brendans so bestrickender Überredungsgabe erliegen, wenn er mit ihm zusammen war. Nein. Wenn er schon alles verlieren sollte, dann wollte er es auf seine eigene, besondere individuelle Weise verlieren, genau wie er es auf seine eigene besondere individuelle Weise gefunden hatte. Er war ein Konvertit und hatte das Minderwertigkeitsgefühl des Konvertiten, aber auch den Stolz des Konvertiten. Er mußte allein vor seiner eigenen Tür sitzen bis sie endgültig vor ihm geschlossen wurde.

Das Bedürfnis zu beten blieb zwanghaft, nutzlos wie eine Krankheit, wie ein Organ, das weiterhin produziert, was der Körper nicht mehr aufnehmen oder gebrauchen kann. Süßer Jesus, hilf mir. Es war so einfach. Es war die Einfachheit des

Gebets, seine Natürlichkeit, nicht seine schreckliche Schwierigkeit, die ihn in diesen Zeiten beeindruckte. Natürlich war das Gebet der beste Ausweg aus dem Denken, aber er konnte diesen Weg nicht gehen; und die Einfachheit, die ihm am meisten hätte helfen sollen, erschien ihm wie obszöne Kinderei, ein Herunterleiern von Zauberformeln. Er war so müde. Der Gott der Finsternis und Leere und der Verlassenheit bevölkerte seinen mechanisch betenden Geist mit brüchigen Bildern. *Recordare quod sum causa* ... Er schaffte es nicht mehr, derGlaube, der ihn einmal in die schöpferische Finsternis geführt hatte, war nicht mehr da. Die Abwesenheit Gottes war jetzt nicht mehr die Anwesenheit Gottes. Und sein Kopf war voll von Bildern des Jungen, und er konnte die Methode des Gebets nicht anwenden, um sie zu entschärfen. Manchmal war das Gefühl spiritueller Entäußerung so konkret, daß er dachte: Vielleicht verläßt Christus tatsächlich den Planeten, und es ist das, was ich gerade erlebe.

Er trug Fluten von Zärtlichkeit in sich für dieses Kind. Und wenn ich nun aufhörte, eine Rolle zu spielen, dachte Cato, falls es das ist, was ich tue? Wenn ich ihn nun einfach in die Arme nähme? Was zählt es, ob Gott existiert oder nicht, wenn da ein verlorenes Kind ist, das Liebe braucht? Ganz durch Zufall und völlig ohne Grund bin ich das Band, die Verbindung, der Retter vielleicht für diesen Jungen zu dieser Zeit. Vielleicht wurde ich nur dazu geschaffen, nur dafür bekehrt? Vielleicht ist selbst Christus nur Teil eines Mechanismus, der mich mit der gleichen unwiderstehlichen, rein mechanischen Kraft, die die Schwalben am Ende des Sommers zum Fortziehen treibt, zu Joe führt? Warum sich um Christus kümmern, wenn Joe da ist? Warum sich selbst um die Sünde kümmern?

Doch eine tief in ihm bestehende Sehnsucht nach Ordnung verbot das. Es ging nicht um ›Mißbilligung‹ homosexueller Liebe. Cato mißbilligte sie nicht. Der vorliegende Fall war viel zu komplex, viel zu konkret für derartige Kategorien. Er wußte nur, daß seine Fähigkeit, Joe zu helfen, von einer Geheimhaltung abhing, der völligen Unterdrückung einer wilden, schrankeneinreißenden Zärtlichkeit. Hier öffneten sich ihm Abgründe der Verführung, hier war Verworfenheit, die augenblickliche Verwandlung von Liebe und Mut in eine Travestie. Selbst wenn er selbst sich in einem solchen Sturm den reinen, klaren Vorsatz bewahren könnte, würde Joe es nicht können, das wußte er, und es wäre eine letzte Gottlosigkeit, ihn auf diese Weise auf die Probe zu stellen. Es wäre der Verrat eines besonderen und speziellen Vertrauens, das nur deshalb bestand, weil Cato einmal an Gott geglaubt hatte. Und selbst wenn Gott Cato jetzt nicht zum Priester machen konnte, so machte doch Joe ihn dazu. Also war die Sünde doch da, oder etwas Ähnliches. Die Frage, ob Joe ihn ›liebte‹, stellte sich kaum. Joe würde die Macht lieben. Was ihn vielleicht noch retten konnte, war ihre Auslöschung in jederlei Hinsicht. Cato dachte nicht ernsthaft daran, den Jungen zu umarmen. Das war weit entfernt. Die Enthüllung der Liebe war die Enthüllung, die nicht gemacht werden durfte. Aber durfte nicht das Werk der Liebe fortgesetzt werden?

Ich muß fort, dachte Cato, ich darf nicht weiter hier leben wie ein Krimineller und mich einfach nur darauf freuen, ihn zu sehen. Wie soll ich denn in dieser Qual erkennen, wie ich mich hinsichtlich der Priesterschaft entscheiden soll? Ich muß fort, aber ich kann Joe nicht einfach aufgeben, ich kann ihn nicht bodenlosem Zynismus und ewiger Verdammnis überlassen, er hat ja keinen außer mir. Ich muß eine Art Gerüst schaffen, das ihn hält, wenn ich weg bin. Wenn ich ihn nur dazu bewegen könnte, etwas zu lernen! Aber kann er denn lernen? Er hat seine ganze Schulzeit lang in seiner eigenen Traumwelt gelebt. Wer kann ihn jetzt noch lehren, und wo ist das Motiv, das ihn veranlassen könnte, es zu versuchen? Wenn ich ihn nur zum Lernen bestechen könnte. Er hat die Fähigkeiten, er ist klug, wenn er nur einen Anfang machen könnte. Aber das ist ausgeschlossen, es ist kein Geld da, ich habe kein Geld, und sie kann ich jetzt nicht um welches bitten.

Doch selbst während er überlegte, wie er Joe verlassen und wie er ihn dazu überreden könnte, auf die Schulbank zurückzukehren, dachte Cato: Ich werde ihn sehen, er wird bald hiersein, ich kann ihn nicht verlassen. Ich kann ihn niemals verlassen. So schlimm steht es.

Unten an der Tür klopfte es plötzlich leise und drängend, und Cato sprang auf. Er rannte die Treppe hinunter und durch die Küche. Es war früh, noch hell, noch nicht Zeit; aber er war sicher, daß Joe draußen stehen würde, als er die Tür aufriß.

Im kalten Abendlicht sah er einen mageren jungen Mann mit einem kleinen, fast hübschen Gesicht und einer Masse dunklen lockigen Haars. Er trug einen braunen Regenmantel mit hochgeschlagenem Kragen.

»Hallo, Padre!«

Cato, dem der Mann bekannt vorkam, starrte ihn an.

»Cato, kennst du mich nicht mehr?«

»Henry!«

Erst freute sich Cato, dann war er erschrocken. Er mußte Henry irgendwie loswerden, bevor der Schöne Joe kam.

»Komm herein! Wie hast du mich denn aufgestöbert?«

»Ich habe euer Haupthaus angerufen, und irgendein Franzose sagte mir, wo du zu finden bist. Er sagte, dein Telefon sei nicht mehr angeschlossen.«

»Das wird de Valois gewesen sein. Komm nach oben. Hier herrscht leider ziemliches Chaos, wir sind mitten im Abbruch.«

»Oh, warum denn?«

»Das Haus wird abgerissen.«

»Sie scheinen ja schon das halbe Viertel abgerissen zu haben. Ich bin an einer Stelle vorbeigekommen, da sah es aus wie am Ende der Welt. Ich habe einen Falken dort gesehen.«

»Einen Falken?«

»Ja, einen Turmfalken.«

»Symbol des Heiligen Geistes.«

»Ein Hausgenosse von dir.«

»Man sieht ab und zu mal Falken in London. Komm, setz dich, ich erwarte Besuch, aber –«

»Ich kann sowieso nicht lange bleiben, ich muß zum Zug. Ich bin raufgekommen, um ein Auto zu kaufen, aber ich krieg es erst am Donnerstag.«

»Was für ein Auto hast du gekauft?«

»Einen Volvo.«

»Das sind sehr schöne Autos.«

»Hast du auch eines?«

»Ein Auto? Nein, natürlich nicht.«

»Ich verstehe. Keine weltlichen Besitztümer. Du Glückspilz.«

Cato setzte sich aufs Bett, Henry auf einen Stuhl, und sie sahen einander an. Sie waren Schulfreunde gewesen, dann, loser, Studienfreunde, obwohl sie verschiedene Universitäten besucht hatten und Cato ein wenig jünger war als Henry. Nach Henry Abreise hatten sie einander kurze Zeit geschrieben, dann aufgehört. Voneinander getrennt, zwei sehr einsame kleine Jungen, waren sie durch die Umstände doch zu Verbündeten geworden, gegen die Väter, gegen Sandy. Harmlos, wie sie beide waren, hatte keiner den anderen geführt. Die Kindheit war ein starkes Band gewesen. Es gab keinen großen Gleichklang der Temperamente oder ein geistiges Zusammentreffen. Sie hätten einander nicht speziell gesucht, waren aber froh, einander begegnet zu sein, interessiert, angeregt, neugierig.

»Es hat mir so leid getan, das von Sandy zu hören«, sagte Cato. »Ich habe deiner Mutter geschrieben. Was für eine entsetzliche Geschichte.«

»Ja, entsetzlich«, sagte Henry. Er sah sich im Zimmer um. »Du gehst also weg von hier. Daß du Priester geworden bist! Was sagt denn dein Vater dazu?«

»Er ist wütend.«

»Und wohin gehst du jetzt?«

»Weiß ich noch nicht.«

»Was ist das hier für ein Haus? Der Franzose sprach von der ›Mission‹. Versuchst du, die Leute zu bekehren?«

»Wohl kaum. Ich mache nur Sozialarbeit.«

»Willst du versuchen, mich zu bekehren?«

»Einen Zyniker wie dich?«

»Du hilfst also den Leuten. Das ist gut. Weißt du, in gewisser Weise beneide ich dich.«

»Was hast du jetzt vor? Wirst du ein Landjunker?«

»Spotte nicht.«

»Tu ich nicht. Weshalb solltest du nicht die Leitung des Guts übernehmen, es hat Leitung nötig. Was hast du all die Jahre getrieben? Ich weiß nicht einmal, wohin du nach Stanford gegangen bist.«

»In ein Nest im Mittleren Westen. Ich habe hirnlose hübsche amerikanische Jungen und Mädchen in Kunstgeschichte unterrichtet.«

»Verheiratet bist du nicht, oder?«

»Nein. Ich lebe in einer *ménage à trois* mit einem Ehepaar. Schockiert dich das? Ich nehme an, Priester sind durch nichts zu schockieren. Also wirklich, ich kann's einfach nicht fassen, dich in diesem schwarzen Rock zu sehen. Ich dachte, in eurem Verein tragt ihr alle elegante Anzüge.«

»Die meisten tun das auch. Ich falle ein bißchen aus dem Rahmen. Hast du irgendwelche Bücher geschrieben?«

»Bücher? Was ist denn das? Ja, ich bin dabei, eines zu schreiben. Über einen Maler, Max Beckmann. Schon gut, du hast nie von ihm gehört. Es heißt *Schreien* oder *Gähnen*, es gibt da eine frühe Zeichnung – lassen wir das. Du bist also jetzt Priester.«

»Du hast doch für Malerei nie was übrig gehabt.«

»Ich habe mich verändert, Amerika hat mich umgebildet. Findest du, daß ich einen Akzent habe?«

»Einen amerikanischen Akzent? Hm, ja, einen schwachen –«

»Meine Mutter sagte – Hat sie eigentlich auf deinen Brief geantwortet?«

»Nein, aber Lucius.«

»Lucius. O Gott. Schon gut. Im Grunde hasse ich die Kunst, ich hasse dieses ganze grandiose alte Zeug, so selbstsicher, so selbstgefällig, Beckmann steht ganz am Ende davon, wenn das Gähnen zum Schrei wird. Mir gefällt es, am Ende zu stehen, am Schauplatz der Zerstörung, wie hier um die Ecke. Ich bin der Falke, der alles beobachtet. Cato, ich bin so froh, daß ich dich gefunden habe, ich konnte mit keinem Menschen reden. Ich kann dir nicht sagen, wie grauenvoll es zu Hause ist, einfach grauenvoll.«

»Deine Mutter - ihr Schmerz - ja -«

»Und es ist alles vermischt mit - oh, dieser verdammte Schnorrer Lucius Lamb - und der ganze Besitz - es ist alles viel zu groß - mir ist nur noch übel, seit ich zurück bin, richtig übel.«

»Wie lange bist du denn schon zurück?«

»Seit drei Tagen, oder vier. Sie beobachtet mich dauernd, um zu sehen, was ich tue. Ich glaube, sie möchte, daß ich nach Amerika zurückgehe.«

»Unmöglich.«

»Ich bin anstößig, ich bin so lebendig, und ich bin so gar nicht Sandy.«

»Sie liebt dich, sie braucht dich sicher dringend.«

»Also, das wäre noch schlimmer.«

»Henry - verzeih, wenn ich frage - aber was empfindest du wirklich - in bezug auf Sandy?«

Henry schwieg einen Moment. Dann sagte er: »Ich bin entzückt, absolut entzückt.«

»Henry, du kannst doch nicht -«

»Bitte keine Predigten.«

»Um deiner selbst willen und -«

»Woher soll ich wissen, was ich empfinde? Ich könnte sagen, daß ich mich zum erstenmal in meinem Leben frei fühle, aber was zum Teufel würde das heißen? Natürlich bin ich erfreut. Aber das ist nicht einmal wichtig. Ich habe das Gefühl, ich werde explodieren, es wird einen Riesenknall geben, einen gewaltigen Akt der Vernichtung. Ich habe Sandy getötet. Wen soll ich mir als nächstes vorknöpfen?«

»Du brauchst Zeit«, sagte Cato. »Du stehst noch unter Schock. Es gibt bestimmt so viele praktische Dinge zu tun. Und du mußt deine Mutter trösten, und überhaupt, zum Teufel mit deinen Gefühlen.«

»Okay, schick sie zum Teufel. Aber sie ist nicht leicht zu trösten. Wir können nicht mal miteinander reden.«

»Aber du wirst hierbleiben? Du könntest unterrichten -«

»Hier würde ich niemals eine Anstellung als Dozent bekommen, nicht die geringste Aussicht, ich tauge nichts. Ich könnte mich natürlich in die Bibliothek von Laxlinden setzen und denken. Nur kann ich nicht denken.«

»Dein Buch ist doch auch noch da.«

»Ja. Nur daß – in Wirklichkeit ist es kein Buch, es ist ein Maler, es ist nicht einmal ein Maler, es ist ein Mensch, und er ist seit Jahren tot. Ich bin nichts.«

»Das ist der Anfang der Weisheit.«

»Deiner Weisheit, nicht meiner. Ich bin wie der Bursche bei Dostojewski, der sagte: ›Wenn es keinen Gott gibt, wie kann ich dann Hauptmann sein?‹ Und ich bin nicht mal Hauptmann. Aber sag, glaubst du wirklich an die Auferstehung und die Anbetung der Jungfrau Maria? Das ist ja wie ein Besuch in der Vergangenheit.«

Von der Treppe her war ein leises Geräusch zu hören, und die Tür wurde ein Stück geöffnet. Es war der Schöne Joe.

Cato wurde rot, sprang auf. »Komm herein, das – komm herein ... Das ist Joe Beckett, einer meiner ... Joseph Beckett, Mr. Marshalson.«

»Hallo, Sir«, sagte Joe einfach und ehrerbietig.

»Hallo«, sagte Henry lächelnd und mit beifälligem Blick.

Cato hatte nie zuvor gehört, daß Joe jemanden ›Sir‹ genannt hatte. Es sollte vermutlich ein Scherz sein. »Joe, könntest du unten warten? Mr. Marshalson wollte sowieso gleich gehen und –«

»Natürlich, Pater.« Joe zog sich still zurück, schloß die Tür hinter sich und entfernte sich die Treppe hinunter.

»Es ist schön, wieder unter höflichen Menschen zu sein«, sagte Henry. »Die jungen Leute daheim sind so verdammt leger.«

»Er ist nicht höflich. Er ist auf dem besten Weg, zum Teufel zu gehen.«

»Dieser nette Junge? Wie das?«

»Das Verbrechen. Es ist ein Beruf, es ist ein Leben. Er steckt bereits mittendrin.«

»Aber er ist doch viel zu jung –«

»Henry, du hast keine Ahnung –«

»Faszinierend. In Amerika haben die Guten und die Bösen keinen Umgang miteinander, zumindest nicht in meinen Kreisen. Aber du willst ihm doch helfen, ihn davor bewahren –?«

»Ja, aber ich kann nicht. Der gute Wille allein reicht hier nicht, man müßte Geld haben. Ich kann im Grund keinem von ihnen helfen.«

»Geld?« sagte Henry. »Das kann ich liefern.«

»Nein, nein, ich wollte nicht –«

»Natürlich, das glaub ich dir, aber warum denn nicht? Jetzt, wo es einmal zur Sprache gekommen ist, liegt es doch auf der Hand. Cato, mein Lieber, ich bin so tief beeindruckt von dieser Szenerie hier, nein, das ist kein Sarkasmus, ich spreche von diesem Haus, diesem schrecklichen kleinen Zimmer mit dem kaputten Fenster, deiner Armut, deiner, wenn ich das sagen darf, perfekt schäbigen alten Soutane, dem, was du für diese Leute zu tun versuchst. Ich möchte dir helfen. Ihr gebt diese Einrichtung auf, vielleicht bekommst du eine andere ähnliche. Könnte ich nicht mit dir arbeiten? Warum nicht? Hätte Gott was dagegen?«

Catos Augen weiteten sich einen Moment. Dann lachte er.

»Gott hätte nichts dagegen. Aber dir würde es nicht gefallen. Es ist nicht lustig. Die Leute sind oft ekelhaft. Oder sie sind langweilig. Hast du wirklich Lust, alte Rentner zu besuchen?«

»Ich hab's noch nie versucht. Ich habe aber ziemlich langweilige Studenten unterrichtet. Ich denke, du tust diesen Leuten unrecht –«

»Ja, natürlich. Aber die Arbeit ist hart und –«

»Ist das nicht geistiger Hochmut? Könnte ich nicht tun, was du tust?«

»Ich tu's ja nicht.«

»Aber du – ach so, ich verstehe, Gott tut es.«

»Nein, das habe ich nicht gemeint. Vielleicht brauche ich einfach eine Pause.«

»Klar. Aber richtet ihr nicht wieder eine Mission ein?«

»Wir – wir können kein anderes Haus nehmen – wir haben dieses –«

»Ich kauf euch ein Haus. Cato, es ist mir ernst.«

»Das ist es ja nicht allein – ich bin mir noch nicht mal sicher, was ich –«

»Natürlich glaube ich nicht an Gott, aber es ist so schön, daß du glaubst. Ich kann dir nicht sagen – ach, ich kann dir gar nicht sagen – wie grauenvoll alles ist – irgendwie so, daß man überhaupt nicht damit leben kann – wie eine riesige schwarze Wand, die vor mir steht ... Irgendwas muß in Trümmer gehen. O ja, schon gut, du möchtest gern, daß ich jetzt gehe. Ich muß sowieso los. Ich erzähl dir diese Horrorgeschichten ein andermal. Kommst du nach Hause?«

»Nein, nicht –«

»Schön, dann komm ich wieder hierher, oder ich mach dich ausfindig. Ich muß mich jetzt beeilen, damit ich den Zug noch erwische. Überleg dir, was ich gesagt habe, und dann machen wir einen Plan.«

Henry stürzte aus dem Zimmer und die Treppe hinunter. Es war dunkel geworden. Cato zog die Vorhänge zu und machte Licht. Er hatte absichtlich eine schwache Birne eingeschraubt, und das Zimmer war dämmrig. Der Schöne Joe erschien lautlos.

»Wer war das?«

»Ein reicher Mann«, sagte Cato.

»Ist er schwul?«

»Nein, selbstverständlich nicht.«

»Er hat mich so angeschaut. Ich hätt nichts dagegen, wenn ein reicher Schwuler auf mich stehen würde. Obwohl ich Schwule nicht ausstehen kann. Hitler hat recht gehabt, die Schwulen und die Zigeuner umzubringen. Eben hat mich eine Zigeunerin auf der Straße angehalten und wollte mir Heidekraut verkaufen. Ich hab ihr ins Gesicht gespuckt. Hat die geschimpft!«

»Ich wollte, du würdest lernen, freundlich zu sein«, sagte Cato.

»Zigeuner schauen dreckig aus. Und sie hat ihre Hand auf meinen Arm gelegt. Ich hasse es, wenn mich einer anfaßt.«

»Ich wünschte, ich könnte dir was beibringen.«

»Das tun Sie doch.« Der Junge setzte sich auf den Stuhl, Cato blieb stehen. »Sie bringen mir doch was bei. Aber ich hab so ein mistiges Leben gehabt. Leute wie ich sind ein Problem.«

»Du hast kein mistiges Leben gehabt«, sagte Cato. »Wenn du doch nur die Wahrheit sagen würdest, du bist leicht intelligent genug dazu. Du warst gut in der Schule. Du hast eine gebildete Mutter und ein ordentliches Zuhause –«

»Sie meinen, es war sauber. Sie haben ja nur das Tischtuch gesehen. Die haben mich kaputtgemacht. Das Leben ist ein Dumdumgeschoß. Daraus mach ich mal einen Schlager.«

»Warum lernst du nicht weiter, machst eine Ausbildung, wirst ein gescheiter Mann. Das ist der Weg, reich und berühmt zu werden, wenn es das ist, was du willst.«

»Sie wollen mich reinlegen, Pater, alle wollen sie das. Wir haben das alles doch schon durch. Sie verstehen's einfach nicht. Ich würd in der Fabrikshalle landen, genau wie alle andern.«

»An der Fabrikshalle gibt's nichts auszusetzen, sie ist besser als das Gefängnis.«

»Wer hat was vom Gefängnis gesagt? Sie nehmen mich so ernst. Sie tun doch auch, was Sie für richtig halten, warum kann ich nicht tun, was ich für richtig halte? Ich muß ich sein, auch wenn ich dafür leiden muß. Das ist Religion, oder nicht?«

»Warum versuchst du es dann nicht mit der Religion?«

»Die hab ich mein Leben lang genossen, Pater. Die Priester haben mich geschlagen, als ich sechs war, den Christus am Kreuz hab ich vor mir, seit ich sehen kann – und der ist furchtbar anzusehen, wenn man sich's mal recht überlegt, die Nägel und das viele Blut. Wenn das eine Bande getan hätte, die würden zehn Jahre kriegen, auch wenn der Kerl es überleben würde.«

»Joe, tu nicht so, als verstündest du nicht. Du bist Christus vielleicht näher als ich. Aber wozu von Entfernungen sprechen, wenn wir alle eine Million Meilen von Gott entfernt sind.«

»Jetzt haben Sie's gesagt, Pater. Eine Million Meilen. Eine Million Millionen. Was soll der Mensch da tun? Man muß für sich kämpfen, Kämpfen ist Ausdruck der eigenen Persönlichkeit. Man muß Narben haben wie ein richtiger Kämpfer. Er hatte auch Narben, stimmt's? Sie hätten die Nonnen hören sollen, wenn die darüber geredet haben, richtig schlecht ist einem da geworden.«

»Wenn du dir eine Arbeit suchen würdest, dann –«

»Soll das ein Witz sein? Können Sie sich vorstellen, daß ich für einen anderen arbeite, ehrlich, können Sie das? Ich muß frei sein, das ist meine Natur. Und überhaupt, wozu? Ein Haufen geldgierige Typen, die einen rumstoßen. Die Oberklasse ist in Ordnung, die Mittelklasse, das ist die Hölle, lauter Materialisten. Schauen Sie sich Lawrence von Arabien an. Diese Gesellschaft ist total verdorben, die macht's nicht mehr lang. Bei Ihnen ist das was andres, Sie sind was Besonderes, Sie haben nichts. Aber die meisten Leute sind Schweine. Das können Sie mir glauben, ich weiß es. Was die zusammenlügen, was die sogar Ihnen für Lügen erzählen, Mann, wenn ich die ganzen Lügen aufsagen würde, die die Leute Ihnen erzählt haben –«

Im trüben Licht blickte Cato in das aufgeweckte, selbstbewußte Gesicht, die Augen, die hinter den sechseckigen Brillengläsern blitzten. Der Schöne Joe sah niemals ganz ernst aus. Der große, trockene, intelligente Mund zuckte an den Winkeln, wissend und von unterdrückter Belustigung. Joe hatte sein glattes Haar sorgfältig gekämmt, wahrscheinlich, als er die Treppe heraufgekommen war, und es hing seidig, gepflegt und glänzend herab. Zu Berührung auffordernd.

»Oh, ich weiß«, sagte Cato. »Ich weiß.« Er ging auf Abstand.

»Seien Sie mir nicht böse, Pater, seien Sie nicht so, irgendwie kalt, weil ich mich so aufrege. Sie beten doch noch für mich?«

»Natürlich.«

»Ich hab gestern abend versucht zu beten. Ehrlich. Ich hab mich hingekniet und mit Gott geredet, als wär er mein bester Freund. Gott, hab ich gesagt, warum hast du mich überhaupt gemacht, wenn ich doch nie die Aussicht haben soll, was zu werden?«

»Hör zu«, sagte Cato, »wenn ich eine teure Ausbildung für dich organisieren könnte, würdest du sie dann machen?«

Schweigen trat ein. Mit vorgerecktem Kinn, mit einem Finger an der Unterlippe ziehend, starrte der Schöne Joe ihn an. »Was meinen Sie mit ›teuer‹? So was wie Eton?«

»Nein. Ich meine einen Pauker, einen Privatlehrer, Leute, die dir Einzelunterricht geben, während du in dieser Zeit finanzielle Unterstützung bekämst.«

»Sie meinen, man würde mir Geld geben?«

»Ja, wie ein Stipendium. Du könntest ein schönes Zimmer haben, Geld, Lehrer, aber nicht wie in der Schule, du wärst ganz frei. Dann vielleicht ein Universitätsstudium –«

»Also, ehrlich, Pater«, sagte Joe, »Sie sind ein ganz Gerissener. Auf Ihre Art sind Sie auch ein ganz schöner Schurke. So was will ich nicht. Ich will nur, daß Sie mich lieben und sich um mich kümmern. Das ist alles, was ich brauche, Pater. Und das werden Sie doch tun, oder? Das werden Sie doch tun?«

Der Hauptgrund dafür, daß es Hannibal gelang, wahre Wunder an militärischer Organisation zu vollbringen, war der, daß er ein grausames Monster war. Henry erinnerte sich, daß man ihm das in der Schule erzählt hatte, und da es ihn beeindruckt hatte, hatte er sich einige Zeit später unwiderruflich mit dem punischen Feldherrn identifiziert. Er identifizierte sich instinktiv mit Helden, deren Namen mit H begannen. Homer. Hannibal. Hobbes. Hume. Hamlet. Hitler. Ein tolles Team. Nur sein eigener Name klang leer, wie ein Unname, ein weiterer Anlaß zu Groll, den auch Könige nicht mildern konnten. Und natürlich war auch der Buchstabe H selbst ein Unbuchstabe, ein bloßer Hauch, ein Nichts, ein identitätsloser Wechselbalg, im Russischen durch ein G wiedergegeben. Gamlet, Gitler, Genry. H, ein offenes Gefäß, eine stehende Leere, so oder so rum gleich gut oder schlecht.

Henry stand im Ballsaal. Es war später Nachmittag, nach dem Tee. Henry hatte keinen Tee getrunken, aber er hatte diesen besonderen Toastgeruch wahrgenommen und aufgestöhnt. Der Saal, dessen schöner Parkettboden, von Henrys Großvater verlegt, staubig und glanzlos war, war leer bis auf eine Gruppe Stühle an einem Ende. Diese Stühle, sah Henry, waren alle beschädigt; vielleicht waren sie ausrangiert, vielleicht warteten sie auf Reparatur: alte, durchgesessene Sessel, deren Sitze bis zum Boden hingen, geradlehnige Stühle, denen ein Bein fehlte, in irren Winkeln geneigt. Ein Sujet für Max, in Kaltnadel. Verkrüppelte Stühle. Der Raum. Der schreckliche Raum. Henry fröstelte. Als er ein kleiner Junge gewesen war, hatte sein wütender Vater ihn eines Nachmittags in den Ballsaal gestoßen und die Tür zugesperrt. Weinend war Henry im Saal umhergeschwirrt wie eine hysterische Fliege. Der weite, sonnenhelle Raum war schrecklicher gewesen als jede dunkle Kammer.

Er trat zu dem hohen Nordfenster und blickte über die Terrasse und den Rasen zu den Nadelbäumen und dem Rand des Birkenwäldchens. Die Sonne schien dünn. Die Narzissen waren vorbei. Es hatte zwei Tage nicht geregnet. Auf einem gelben Motormäher sitzend, zog Bellamy langsam und sorgfältig seine Bahn am Rand des höheren Grases entlang. Nur war es nicht Bellamy, wie Henry jetzt sah, sondern seine Mutter in einem alten Tweedjackett und einer weiten Hose. Sie schien den Kopf nach ihm zu drehen und sah dann weg. Gestern, als er draußen gewesen war, hatte er seine Mutter gesehen, wie sie ihn vom Salonfenster aus beobachtet hatte, als er vom Gewächshaus zurückgekommen war. Er war in der Obstpflanzung gewesen, auf den Tennisplätzen, im ummauerten Garten. Er mußte alles aufsuchen, allem die Nachricht überbringen, sich vergewissern, daß er jede Erinnerung verkostet, jede Mine, die die Vergangenheit ihm gelegt hatte, hochgehen hatte lassen. Er war in Dimmerstone gewesen und hatte mit glasigem Blick neben der niedrigen Mauer des Friedhofs gestanden. Er hatte mehr an seinen Vater gedacht, der dort lag, als an Sandy. Vielleicht auch gingen diese beiden traurigen Bilder schon ineinander über. Sandy war unmittelbarer präsent in dem warmen Gewächshaus, wo der Geruch irgendeiner aromatischen Pflanze Henry veranlaßte, in plötzlichem Schmerz die Augen zu schließen. Er rannte zum Haus zurück und bemerkte die beobachtende Gestalt seiner Mutter. Als er näher kam, wurde sie blasser und verschwand wie ein Geist. Jetzt war er der Geist, der sie beobachtete.

Henry trank zum Frühstück eine Tasse Kaffee und mied den Nachmittagstee, sonst jedoch fügte er sich in den täglichen Ablauf der Dinge im Haus, der gekennzeichnet war vom Bimmeln der Glocke, die Rhoda zu läuten pflegte, von höflicher Konversation, von erstaunlich kargen und sparsamen, aber dennoch förmlichen Mahlzeiten. Was hätte wohl sein Vater davon gehalten? Abends saßen sie in der Bibliothek gemeinsam vor dem Fernsehapparat. Henry ging stets zeitig zu Bett. Es schien keinen Grund zu geben, warum dieser Trott nicht ewig so weitergehen sollte. Henry setzte sich in sein Zimmer und schüttelte den Kopf darüber. Oben im Queen-Anne-Trakt war alles nüchtern, schlicht, ziemlich kalt; weiße Handtücher, weißes Toilettenpapier, Pears-Seife. Er hatte inzwischen sein Zimmer erforscht, jede Schublade geöffnet. Er war praktisch nur mit dem, was er auf dem Leib gehabt hatte, nach Amerika geflohen. Alle seine alten Kleider waren noch hier, sorgfältig im Schrank aufgehängt, sorgfältig in Schubladen gefaltet, nach Mottenkugeln riechend. Ein Henry-Museum. Ein Henry-Mausoleum. Selbst seine alten Wäschezeichen, lange Bänder mit seinem rot eingestickten Namen, die darauf warteten, in seine Hemden und Socken eingenäht zu werden. Henry Blair Marshalson Henry Blair Marshalson Henry Blair Marshalson. Alles bedeutsam und doch unpersönlich, archäologisch. Es waren keine Papiere da, keine Briefe. Hatte er sie vernichtet? Keine Bücher. Hatten sie geglaubt, er würde nie zurückkommen? Das Zimmer war alt und wartete auf einen Henry, der gewiß niemals wiederkehren würde, der nicht mehr existierte.

Zwei Tage nach seinem Besuch bei Cato war Henry wieder nach London gefahren, um seinen Volvo abzuholen, und war auf dem Motorway zurückgebraust. Es ging erstaunlich schnell und einfach. Als er jung gewesen war, war eine Reise nach London ein ziemliches Unterfangen gewesen. Der gelbe Volvo stand jetzt in der großen Garage im Stallgebäude neben dem

Austin seiner Mutter und Sandys Jensen. Sandys Ferrari war bei dem Unfall zu Bruch gegangen, von dem Gerda Henry nur das notwendige Minimum berichtet hatte. Es war ein banaler, sinnloser Verkehrsunfall gewesen. Henry hatte keine Fragen gestellt. Beim Herumstöbern hatte er in einer Pferdebox einen alten ERA entdeckt, in der Zeit seit seinem Debut in Brooklands von einem technisch begabten Sandy offensichtlich liebevoll aufgemöbelt. Er hatte bereits mit Merriman über den Verkauf von Sandys Auto gesprochen. Henry war kein Autofetischist. Ihm fiel auf, daß der Austin seiner Mutter seit seiner Ankunft nicht gefahren worden war. Verbrachte sie immer all ihre Zeit zu Hause? Wollte sie abwarten, was er tun würde? Ob er das Gut übernehmen würde? Wieder fortgehen würde?

Henry war froh, daß er Cato besucht hatte. Bis zu dem Moment, da es gestillt worden war, hatte er nicht gewußt, wie stark sein Bedürfnis gewesen war, mit einem Menschen zu sprechen, der in seinem Alter und Engländer war. Cato gab ihm ein Gefühl der Identität und stellte eine nicht schmerzliche Verbindung zur Vergangenheit her. War er mit zweiunddreißig dazu bestimmt, nichts zustande zu bringen außer einen bisher noch unklaren Akt der Zerstörung? Das Zusammentreffen mit Cato hatte ihm die Ahnung eines Plans verschafft. Henry war vielleicht nichts, aber sein Geld war etwas, und Glaube war etwas, selbst wenn es nicht der seine war. Die Vorstellung von Cato Forbes als Priester war ihm lachhaft erschienen. Aber der schwarzgekleidete Mann in dem verlassenen Haus hatte Henry berührt und beeindruckt. Dieses karge Leben besaß seine eigene Schönheit. Frömmigkeit, das war ein Sinnesdatum. Und selbst wenn es nicht mehr als pittoresk war, es war ein Zeichen, und war er nicht auf der Suche nach einem Zeichen? Der christliche Glaube hatte wenig Eindruck auf Henry gemacht, aber er und Bella hatten es, ohne sich um Russells Spott zu kümmern, mit kalifornischem Buddhismus versucht. Der Meditationseifer hatte nicht lange angehalten, aber Henry hatte eine neue Vorstellung von Religion gewonnen, eine Vorstellung allerdings, die rein abstrakt geblieben war, da er nichts mit ihr anfangen konnte, die jedoch jetzt ein Tor bildete, durch das Cato Forbes in bedeutsamer Rolle wieder in sein Leben treten konnte.

An diesem Morgen hatte Henry Briefe von Russell und Bella erhalten. Bellas Brief war lang. Schatz, Du fehlst uns so ... Werd uns nur ja kein Engländer ... Du hast so oft gesagt, daß Du den ganzen Schwindel haßt, fall jetzt nicht darauf herein ... Komm bald nach Hause, ja. Russells Brief war kurz. Hallo, Kumpel, hoffe Dir geht's gut. Schreib mal. Russ. Henry fühlte sich nicht imstande, die Briefe zu beantworten, aber als er sie zerknüllte, merkte er, daß er Russ eigentlich mehr vermißte als Bella. Hatte er sein wahres Selbst, sein moralisches Empfinden, seine einzige Hoffnung auf Erlösung im kleinen, häßlichen, schattenlosen, von Holzschindelhäusern bevölkerten Sperriton zurückgelassen, das in der Lux perpetua der Prärien und des weiten amerikanischen Mittelwestens und der großen amerikanischen Güte schmorte? Und wenn es so war, würde er dann nicht bald für immer zurückkehren müssen? Hatte er je daran gezweifelt, daß er zurückkehren würde? Was für eine wahnwitzige Hoffnung worauf hatte ihn nach England geführt?

Er hatte mit seiner Mutter gesprochen, aber es waren verstümmelte Gespräche. Sie hatte ihm viele Fragen über Sperriton gestellt, und er hatte ihr knappe Antworten gegeben, in denen er alles als bedeutungslos und langweilig hinstellte. Natürlich war es langweilig, wunderbar langweilig, aber nicht so unbegreiflich trübselig wie das Bild, das Henry zeichnete. »Hat deine Arbeit dir Freude gemacht?« – »Nicht besonders.« – »Bist du auf dem Land spazierengegangen?« – »Es gibt kein Land. Und niemand geht spazieren.« Natürlich waren diese Fragen nicht das, was sie zu sein schienen, Gerda hörte kaum auf seine Antworten, er kaum auf ihre Fragen. Was sie sagte, war: Ich brauche dich. Ich möchte dich kennenlernen. Ich kann geduldig sein, du wirst sehen. Und er sagte: Wieso tust du so, als wärst du jetzt plötzlich interessiert? Du wolltest doch früher nie wissen, was ich tue oder wer ich bin, du bist ja nicht einmal nach Sperriton gekommen. Jetzt ist es zu spät. Worauf sie antwortete: Es ist nicht zu spät, nein, nein. »Kommst du mit deinen

Studenten gut aus?« – »Nicht besonders.« – »Hast du gute Freunde?« – »Ein Ehepaar.« Manchmal schien es Henry, daß sogar das Haus auf diese fruchtlose, plumpe und letztlich ziemlich selbstzufriedene Art um ihn warb, indem es zu ihm sagte: Hier bin ich, trotz allem, willkommen daheim, ich gehöre dir. Worauf Henry antwortete: Als ich dich haben wollte, hast du mir nicht mehr gehört, als ich dich brauchte, hast du mich zurückgewiesen. Warum soll ich dich jetzt in Ehren halten? Henry bemerkte, daß seine Mutter in aller Stille das silbern gerahmte Bild von Sandy aus dem Salon entfernt hatte.

Lucius war weiterhin höflich, ja, servil, und Henry behandelte ihn wie einen armen Hauslehrer. Welche Rolle er tatsächlich innehatte, war Henry unklar, und er hätte ihn ignoriert, hätte nicht Lucius, aus Furcht vor Henry, sich ihm ständig auf eine Art bemerkbar gemacht, die Gerda offensichtlich reizte. Lucius sah es als seine Pflicht an, intellektuelle Fragen über Literatur und amerikanische Politik zu stellen, um Henry zuliebe eine Art akademischer männlicher Vertraulichkeit zu schaffen. Er wäre mit ihm beim Rotwein sitzen geblieben (wenn welcher da war), hätten Henry und Gerda es zugelassen. Henry behandelte ihn obenhin. Mit Lucius würde er sich später befassen. Für den Moment mußte Lucius sich lediglich in acht nehmen, insofern er es wagte, zwischen den mörderischen, kalten Klingen mächtiger Gegenspieler umherzuspazieren. Er wurde einstweilen nicht klug aus Henry. Lucius wollte herausbekommen, was Henry vorhatte. Aber Henry hatte gar nichts vor. Henry wartete. Er wartete mit einer Art schrecklicher, gepeinigter Zuversicht darauf, daß etwas geschehen würde.

Als Henry seine Mutter so weit vom Haus entfernt auf ihrem gelben Rasenmäher beschäftigt sah, sagte er sich, jetzt sei der Moment, etwas zu tun, worum Gerda ihn mit offenkundigem Schmerz gebeten und was er bisher hinausgeschoben hatte; es ging darum, Sandys Papiere zu sichten. Offenbar hatte Gerda es noch nicht fertiggebracht, das Zimmer zu betreten. Vielleicht meinte sie auch, es wäre angemessen, sogar heilsam für Henry, den Erben, Sandys Papiere durchzusehen. Merriman, mit dem

Henry nochmals gesprochen hatte, hatte ebenfalls gemeint, das müsse getan werden. Henry lief aus dem Ballsaal zur Hintertreppe, von wo er flüchtig die vogelköpfige Rhoda sah, die in der Küche saß und in einer Zeitschrift las. Er rannte oben den Korridor entlang, an der Galerie vorbei, zur Tür von Sandys Zimmer, das dem seiner Mutter gegenüber am Westende des Hauses war. Er sah sich schuldbewußt um, dann drehte er leise den Knauf und trat ein.

Ohne guten Grund, wie ihm jetzt klar wurde, hatte er erwartet, daß das Zimmer sauber und aufgeräumt sein würde, schon verwandelt in ein Sandy-Museum, in dem alles ordentlich gestapelt oder eingemottet verstaut war. Doch er sah sich in einem lebendigen Raum, einem Zimmer, das noch nicht erfahren hatte, daß es seinen Bewohner nicht mehr gab. Es war, als wäre der Bewohner, für den das Zimmer lebte und atmete, noch ganz in der Nähe, notdürftig und ungeduldig versteckt hinter einem Schrank, einem Fensterladen. Das Zimmer war genauso wie an dem Morgen, als Sandy aufgestanden war, sich rasiert und angezogen, gefrühstückt und den Wagen herausgeholt hatte, um nach London zu fahren. Es lag noch ein schwacher Geruch nach Pfeifentabak in der Luft. Die Vorhänge waren nur flüchtig aufgezogen, so daß es ein wenig dunkel im Zimmer war. Das große Rollpult war offen und voller Papiere. Auf dem Tisch lagen eine aufgeschlagene Zeitung, zwei Pfeifen, eine Brille. Sandy hatte also eine Brille tragen müssen. Mehrere Krawatten und ein Handtuch lagen auf dem Boden. Auf dem Spiegel über dem Waschbecken war ein verschmierter Seifenfleck. Das Bett war nicht gemacht, eine Wärmflasche lag auf dem Kopfkissen. Automatisch zog Henry die Vorhänge ganz zurück und nahm dann die Wärmflasche. Er trug sie zum Becken, schraubte sie auf und leerte das Wasser aus. Beim Anblick des weißen Beckens und des fließenden Wassers überkam ihn ein plötzliches Verlangen, sich zu übergeben.

Er drehte sich zum Bücherregal um und hielt sich daran fest, während er tief und langsam atmete. Ihm war übel und ein wenig flau. Sorgfältig begann er, die Titel der Bücher zu lesen.

Marineflugzeuge im Zweiten Weltkrieg. Alle Flugzeuge der Welt. Zugmaschinen gestern und heute. Der Alvis – ein Oldtimer. Ein Handbuch für den Eisenbahnenthusiasten. Die Geschichte der Eisenbahn in Bildern. Die Katastrophen an der Tay-Brücke. Er fühlte sich besser. Ein lateinisches Zitat kam ihm in den Sinn. *Delenda est Carthago.* Das war etwas, was Sandy dauernd gesagt hatte. Es belustigte ihn aus irgendeinem Grund. *Delenda est.* Er ging jetzt zum Schreibtisch, ein wenig neugierig, aber vor allem mit dem Wunsch, das hier hinter sich zu bringen und dann die Aufräumer, die Saubermacher, die Müllsammler zu rufen. Er zog den großen Papierkorb zu sich heran und begann nach einem flüchtigen Blick Papiere, die auf dem Schreibtisch herumlagen, hineinzufegen. Quittungen, Reklameanzeigen, Klubmitteilungen, Autoprospekte. Einige höchst uninteressante persönliche Briefe und Einladungen. Wie, wenn überhaupt, hatte Sandy es mit dem Sex gehalten? Henry durchsuchte rasch Schubladen und Fächer. Scheckbücher, Kontoauszüge, Versicherung, Einkommensteuer, die Sachen, die Merriman haben wollte. Schlüssel, Geldscheine. Ein blaues Samtkästchen für Manschettenknöpfe, leer. Einige Schachfiguren. (Sandy hatte ausgezeichnet Schach gespielt. Henry hatte es nie gelernt.) Alte Fotos von Laxlinden Hall mit Familie und vierzehn Dienstboten. Methodisch flogen Henrys Hände, sortierten, sonderten aus. Er war beinahe fertig, als er bemerkte, daß der tiefe, niedrige, rechteckige Spalt unter den Fächern, den er für leer gehalten hatte, etwas enthielt, irgendein gefaltetes Papier, das ganz nach hinten geschoben war. Er schob seine Hand bis zum Handgelenk hinein, grapschte nach dem Papier, zog es heraus.

Es war eine Urkunde, dickes, glänzendes, leicht vergilbtes Papier, mit Maschine beschrieben und mit einem roten Bändchen zusammengebunden. Henry öffnete das Bändchen und entrollte das Dokument. Es war ein Pachtvertrag. Er las den ersten Teil und entnahm ihm, daß es sich um einen Pachtvertrag mit noch jahrelanger Laufzeit für eine Wohnung in London handelte. In Knightsbridge. Henry starrte auf das Papier hinunter. Der Eigentümer war Sandy. Sandy hatte also eine

Wohnung in London. Das war nicht weiter verwunderlich. Nur hatte niemand diese Wohnung erwähnt. Weder Merriman noch seine Mutter hatten ein Wort darüber verloren. Vermutlich also wußten sie nicht, daß sie existierte. Vermutlich also hatte Sandy eine heimliche Wohnung in London. In Merrimans Vermögensaufstellung war die Wohnung nicht vorgekommen. Wem gehörte sie jetzt? Sandy hatte alles, was er zur Zeit seines Todes sein eigen genannt hatte, seinem Bruder Henry Blair Marshalson hinterlassen. Folglich gehörte die Wohnung jetzt Henry. Und natürlich würde auch Henry ihre Existenz geheimhalten. Er faltete den Vertrag und steckte ihn ein. Dann schob er auch den Schlüsselbund in die Tasche. Auf Zehenspitzen ging er aus dem Zimmer.

Im Garten dämmerte es schon ein wenig. Seine Mutter würde gleich hereinkommen. Darum beschloß Henry hinauszugehen. Er lief lautlos die Treppe hinunter und zur Haustür hinaus, wobei ihm auffiel, daß die alte braune Farbe abgeblättert war und die Glasscheiben, die im Wind immer so geklirrt hatten, immer noch nicht richtig eingepaßt waren. Er sprang die Treppe hinunter. Er rannte die breiten Stufen der abfallenden Terrassen bis ganz nach unten, wo Gerdas gepflegte Rabatte sich an der ockerfarbenen Mauer entlangzog. Es war ein windstiller Abend, das sattgrüne Gras war dick und weich, schon taufeucht. Der Himmel hatte sich bewölkt, war aber immer noch hell, von einem strahlenden Blaugrau, das zum Horizont hin gelblich wurde. Über dem See lag ein leichter Dunst, und die Bäume am Hang waren in einen dunstigen Glanz getaucht, so als hingen graue leuchtende Gazeschleier von ihren reglosen, beinahe kahlen Ästen herab. Die Vögel füllten den Abend mit einem dünnen, wirren, unablässigen Gelärme.

In der Absicht, zum Tempelchen hinaufzusteigen, schlug Henry den Weg zum Bach ein. Schreckliche Traurigkeit, Grauen, eine qualvolle Sehnsucht nach Glück erfaßten ihn. Er war an einem der schönsten Orte der Welt aufgewachsen und hatte seine Kindheit mit dummem Groll und Eifersucht vertan. Nun, da ihm auf so sonderbare Weise die Rückkehr gestattet worden war, mußte er feststellen, daß er immer noch ein Fremder war. Konnte er für diese Musik ein Ohr bekommen, oder würde sie für immer an ihm vorbeiziehen? Gab es ein Ritual, eine Zeremonie der Besitznahme, deren er niemals würdig werden sollte? Hatte sein Großvater, hatte sein Vater diesen Ort besessen? Hatte Sandy ihn besessen? Er konnte nicht daran zweifeln. Nur Henry der Ausgeschlossene sah ihn unberührbar durch ein Glas und hatte keinen Schlüssel zu dem Zauber. Er schien zwischen zwei Übeln zu stehen, ungewiß, wo seine Erfüllung wartete oder ob er nicht dazu verdammt war, für immer ein winselnder kleiner Mensch zu bleiben. Er fühlte sich leer und sinnlos und jung. Wenn er nur ein Maler wäre oder auch nur das Gefühl haben könnte, daß es Sinn hatte, unermüdlich weiterzumachen und zu versuchen, einer zu werden.

Er überquerte die Brücke und blickte zum Tempelchen hinauf, das dunkel vor dem gelben Himmel stand. Die Vögel waren stiller geworden. Er beschloß, doch nicht den Hügel hinaufzusteigen, und ging am Bach entlang zurück zum See, wo früher ein Fußweg gewesen war, jetzt zugewachsen. Vielleicht war er von seinen und Sandys Füßen ausgetreten worden. Er ging um einen kleinen Hain lackglänzenden grünen Bambus herum und berührte die steifen, nassen Stämme sachte mit den Fingerspitzen. Ein Moorhuhn huschte mit schlagendem weißen Schwanz über den Weg, tauchte lautlos ins stille Wasser im Schilf und schwamm mit ruckartigen Bewegungen davon. Das Schilf stand reglos, die geknickten Stengel der Pflanzen des vergangenen Jahres bogen sich zwischen den jungen Sprossen. Der Dunst hatte sich ein wenig gelichtet. Henry ging bewußt leise, während er die feuchte Luft atmete und dort, wo der See nach den Regengüssen des Frühjahrs ein Stück über das Ufer getreten war, die Nässe unter seinen Füßen fühlte. Er blickte über die Wasserfläche. Und blieb wie angewurzelt stehen.

Fast in der Mitte des Sees war ein blauer Kahn und in dem Kahn ein Mädchen mit langem Haar. Sie stand reglos auf den Rippen am einen Ende des Boots, die Füße weit gespreizt, den

Körper angespannt, mit beiden Händen den Staken umfassend. Das Boot drehte sich sehr langsam um den Staken. Ein paar Kräuselwellen trieben fast lautlos zum Ufer. Dann sagte das Mädchen leise und deutlich: »Ach, verdammt.«

»Guten Abend«, sagte Henry.

Das Mädchen ließ den Staken los und setzte sich auf dem Ende des Bootes nieder, das abrupt tiefer ins Wasser tauchte. Es begann sehr langsam vom Staken wegzutreiben, der aufrecht im Wasser stehen blieb. Das Mädchen faßte sich, streckte sich am Ende des Bootes zu voller Länge aus und schaffte es, den Staken noch mit einer Hand zu fassen, ehe er außer Reichweite geriet. Immer noch im Liegen, zog sie das Boot zum Staken zurück und stemmte sich dann daran hoch, bis sie wieder aufrecht stand. Sie rührte den Staken hin und her und begann, ihn aus dem Wasser zu ziehen. An der Art, wie sie hantierte, konnte Henry sehen, daß sie Erfahrung hatte.

»Ich habe ›guten Abend‹ gesagt.«

»Ich hab's gehört«, sagte das Mädchen, das den Staken jetzt wieder ins Wasser trieb. »Aber das Boot hier sinkt.«

»Es sinkt?«

»Ja, was glauben Sie denn, warum ich hier festsitze, aus Spaß? Es kommt Wasser rein, und ich kann es nicht bewegen.«

Henry sah zu, wie das Mädchen den Staken in Position brachte und dann ihr Gewicht dagegen stemmte. Das Boot, offensichtlich voll Wasser, bewegte sich ein wenig.

»Ich sehe Ihr Problem«, sagte Henry.

»Und – was gedenken Sie zu tun?«

Henry überlegte. »Soweit ich sehen kann, kann ich gar nichts tun. Können Sie schwimmen?«

»Ja, aber das werde ich sicher nicht tun.«

»Tja, ich kann nicht schwimmen«, sagte Henry, »oder ich kann jedenfalls kaum schwimmen. Ich werde also leider Zuschauer bleiben müssen.«

Das Mädchen zog den Staken heraus und stieß ihn wieder hinein. Das Boot, das etwa dreißig Meter vom Ufer entfernt war, bewegte sich kaum.

»Das Wasser steht mir schon bis zu den Knöcheln. Gleich wird das Boot unter mir wegsacken.«

»Tut mir leid«, sagte Henry, »aber vielleicht hätten Sie gar nicht erst einsteigen sollen.«

»Können Sie denn gar nichts tun, können Sie nicht ein Seil holen?«

Henry überlegte. »Ich wüßte nicht, wo hier in der Nähe ein Seil wäre. Ich könnte vielleicht eines aus Schilf flechten, aber das würde lang dauern.«

»Bitte machen Sie keine Witze. Gebrauchen Sie Ihren Grips.«

»Außerdem bezweifle ich, daß ich ein Seil so weit werfen könnte. Ich bin ja kein Cowboy. Wenn wir einen Hund hätten –«

»Ach, verdammt. Ich bin klatschnaß.«

»Das Boot geht nicht unter, wissen Sie. Es füllt sich mit Wasser, aber es geht nicht unter.«

»Vielleicht nicht, aber was ist mit mir, soll ich die ganze Nacht hier rumstehen?«

»Ich schlage vor, Sie springen über Bord.«

»Können Sie denn gar nichts tun?«

»Na ja, ich könnte vielleicht ein Seil holen und –«

»Ach, Mist, Mist –«

Es folgten ein Platschen und ein kleiner Aufschrei. Das Mädchen war vom Ende des Bootes aus in den See gesprungen. Das Boot kippte zur Seite, schlingerte und bewegte sich ein wenig von dem aufrechtstehenden Staken weg, ehe es sich wieder beruhigte. Das Wasser schäumte und brodelte um die Schwimmerin, die jetzt mit sehr kräftigen und stark spritzenden Kraulzügen aufs Land zuhielt.

»Und wie komme ich durch das verdammte Schilf?«

Das Gesicht des Mädchens, das mit den Händen am Rand des Schilfs herumplanschte, tauchte naß und ziemlich rot nahebei auf. Das Seewasser um sie herum gluckste und war schwarz vom Schlamm. Ein starker Fäulnisgeruch nach tief aufgewühltem Schlamm stieg in die Luft.

»Ich komme da nicht durch, das Zeug schlingt sich um meine Beine.«

»Seien Sie nicht albern«, sagte Henry, »lassen Sie sich einfach treiben, fuhrwerken Sie nicht so herum.«

»Helfen Sie mir doch, ich komme um vor Kälte.«

Henry machte einen Schritt vorwärts und fühlte den eisigen Zugriff des Wassers um den Knöchel seines einen Fußes. Er schnappte nach Luft, als sein Fuß plötzlich im Schlamm versank. Er streckte einen Arm aus, um sich im Gleichgewicht zu halten, und versuchte, den Fuß zurückzuziehen. Im selben Moment wurde seine ausgestreckte Hand kraftvoll gepackt und gezogen. Er stolperte nach vorn, jetzt auch den anderen Fuß knöcheltief im Schlamm. Etwas Großes, Nasses, Schlammiges schlug an sein Bein, und er stürzte nach hinten, wo er mit dem Hosenboden im Wasser am grasbewachsenen Rand des Sees landete. »Ach, Scheiße!« sagte Henry.

Mit kraftvollen Bewegungen robbte das Mädchen wie ein Seehund an ihm vorbei, richtete sich auf alle viere auf, stand dann auf und schüttelte sich wie ein Hund. Naß bis zur Taille stand auch Henry auf.

»Zum Teufel mit Ihnen!«

»Tut mir leid«, sagte das Mädchen. »Es war nur das letzte Stück. Alles in Ordnung?«

»Nein. Was zum Teufel haben Sie überhaupt auf meinem Grund und in meinem Boot zu suchen?«

Der Himmel hatte sich in den wenigen Minuten des Bootsdramas verdunkelt und einen schieferblauen Ton angenommen. Ein körniger Schattenfleck der Dunkelheit kroch aus den Bäumen hervor. Henry musterte das Mädchen. Ihr Kleid, schlammschwarz, klebte an ihr, und ihr Haar war um Hals und Schultern schwarzgesträhnt. Sie stand vorgebeugt und wrang das Wasser aus ihrem Rock. Selbst ihr Gesicht schien geschwärzt, oder vielleicht war es nur das Zwielicht.

»Also?«

»Kennst du mich nicht mehr?«

»Nein«, sagte Henry. Er riß die Augen auf. »Oh – nein – du lieber Gott – doch nicht Colette Forbes?«

»Doch. Hör mal, mir ist eiskalt.«

»Aber bist du denn nicht ein kleines Ding von zehn Jahren?«

»Nein. Ach, Mensch –« Ihre Stimme wurde weinerlich.

»Fang jetzt bloß nicht an zu heulen«, sagte Henry. »Du hast schon ohne Heulerei genug Ärger gemacht. Am besten gehst du gleich nach Hause und ziehst dich um. Es sind ja nur ungefähr fünfundzwanzig Minuten zu Fuß.«

Colette wandte sich brüsk ab und verschwand mit schnellem Schritt beinahe augenblicklich im Dämmerlicht des Bambusgehölzes. Henry folgte ihr langsamer, und nach etwa einer Minute kam sie ihm wieder entgegen.

»Hallo. Treffen wir uns schon wieder.«

Colette sagte nichts, sondern begann, nachdem sie sich auf Hände und Knie heruntergelassen hatte, wie wild am Rand des Bambusgehölzes herumzusuchen.

»Was tust du denn jetzt wieder?« fragte Henry.

»Ich suche meinen Koffer.«

»Schrei mich nicht gleich an. Natürlich hast du einen Koffer mit, und er ist im Bambus versteckt –«

Colette zog den Koffer heraus und machte sich erneut mit flottem Schritt auf den Weg in Richtung der Brücke.

Henry folgte ihr. Er begann zu lachen. Sein erstes Lachen, seit er wieder in England war.

Gerda, die am Fenster des Salons stand und ihre Gartenhandschuhe auszog, sah Henry mit einem Satz die halbrunde Treppe vor dem Haus hinuntereilen und über die Terrasse davonrennen, hinunter zum Rasen. Etwas später sah sie ihn durch das Gras in Richtung zur Brücke gehen. Sie wandte sich wieder ins Zimmer.

Vor dem offenen Kamin kniete die vogelköpfige Rhoda und riß ein Streichholz an, um Feuer zu machen. Das Papier flammte mit gelbem Schein auf, der Rhodas übergroße Augen erleuchtete.

Gerda, allein, setzte sich in einen Sessel und betrachtete die Flammen, die sich durch das trockene Holz fraßen. Sie hätte gern ihren Kopf in ihre Hände gelegt und laut geklagt, aber sie tat es nicht.

Lucius kam herein und machte Licht.

»Entschuldige, meine Liebe, ich wußte nicht –«

»Wenn du das doch nicht immer wieder tun würdest!«

»Es tut mir leid –«

»Hör zu«, sagte Gerda, »ich habe nachgedacht.«

Lucius sank der Mut. Er wußte aus Erfahrung, daß Gerda, wenn sie nachgedacht hatte, im allgemeinen Unangenehmes mitzuteilen hatte.

Der Salon wirkte an diesem Abend etwas freundlicher, da Gerda und Rhoda am frühen Nachmittag verschiedene Möbelstücke und Ziergegenstände aus der Galerie heruntergebracht hatten; einen Nähsessel, einen Hocker mit Stickerei, einen Kartentisch, zwei Dresdener Vasen, einen langen kasachischen Läufer. Die Galerie, die eigentlich nur ein langer schmaler Raum ohne besondere Funktion war, wurde als Möbellager benutzt. Manchmal wurde sie das »Musikzimmer« genannt, weil Burkes Großvater dort früher Kammermusik veranstaltet hatte. Und Gerda und Rhoda hatten, in schweigender Zusammenarbeit, wie so oft, außerdem in einem großen rechteckigen Aquarium ein riesiges Arrangement aus knospenden Kastanienzweigen, Haselzweigen und weißen Narzissen zusammengestellt. Der Duft der Narzissen kreiste, von der frisch entfachten Wärme des Feuers emporgetragen, im Raum.

Lucius hatte den größten Teil des Nachmittags geschlafen. Eine Zeitlang hatte er seine Nachmittagsschläfchen vor Gerda, die bei Tag natürlich niemals ruhte, verheimlicht; aber sie war schließlich dahintergekommen und versäumte nun nie, bald nach dem Mittagessen zu sagen: »Zeit für deinen Mittagsschlaf!« Lucius hatte früher wegen dieser Gewohnheit ein schlechtes Gewissen gehabt und sich nur ein verstohlenes 20-Minuten-Nickerchen gestattet. Jetzt fühlte er sich älter und gelassener, wenn auch immer noch anfällig für Gerdas Sticheleien, und freute sich darauf, die Vorhänge zuzuziehen und seine Augen zu schließen. Wenn er nicht gerade starke Rückenschmerzen hatte, konnte er schnell angenehm einnicken, und damit schlug er jetzt beträchtliche Spannen überschüssiger Zeit tot. Abends nahm er, in Maßen, Schlaftabletten. Er mochte den Zustand der Bewußtlosigkeit schon seit seiner Kindheit gern.

Am Morgen war er mit seiner Schreiberei sehr beschäftigt gewesen. Das heißt, er hatte beinahe eine Stunde damit zugebracht, sein politisches Buch durchzusehen, um zu prüfen, wie es sich zu einem Werk kürzen ließe, das als eine Art spiritueller Autobiographie veröffentlicht werden könnte. Aber vielleicht wäre es ja auch einfacher, dieses Werk ganz aufzugeben und noch einmal von vorn anzufangen, die Erfahrungen eines Lebens in hundert zwingenden Seiten zu kristallisieren? Lucius begann, ziemlich müde zu werden. Er legte die Partita in b-Moll auf und kehrte zum Haiku zurück. Er experimentierte jetzt mit der Form. Waren Reime zulässig?

Narzissenweiß lügt.
Ein jeder Frühling betrügt
Sein Wollen vergnügt.
Der junge Herr.

»Worüber hast du nachgedacht, meine Liebe?«

»Ich denke, du solltest Urlaub machen.«

Lucius ließ sich das mit Verwunderung durch den Kopf gehen. »Aber ich bin doch immer im Urlaub. Wenigstens –«

»Du brauchst eine Abwechslung. Du hättest dein Buch vielleicht schon lange fertig, wenn du nicht in diesem Elfenbeinturm eingesperrt gewesen wärst. Du solltest mal wieder in die Welt hinaus, mit anderen debattieren, wirklich leben.«

Die Aussicht schien Lucius nicht zu behagen. »Aber Gerda –«

»Bitte, fang jetzt nicht an –«

»Ich dachte, du möchtest, daß ich mit anderen debattiere!«

»Aber nicht mit mir. Ich möchte, daß du eine Weile weggehst. Du könntest deine Schwester besuchen.«

Lucius' Schwester Audrey war mit einem Immobilienmakler verheiratet und lebte in Esher. Sie waren nicht zerstritten, sahen sich jedoch fast nie. »Audrey hat ziemlich viel am Hals – und die Kinder –«

»Die sind doch inzwischen bestimmt alle erwachsen?«

»Nicht alle, Timmie und Robbie sind noch da –«

»Na schön, es ist mir egal, wohin du fährst.«

Lucius schwieg. Die vogelköpfige Rhoda kam auf leisen Sohlen herein und zog die Vorhänge zu. Als sie gegangen war, sagte Lucius: »Gerda, Liebes, du warst wunderbar zu mir. Als das hier anfing, dachten wir nicht, na ja, ich weiß nicht, was wir dachten, oder jedenfalls, was ich dachte – es ist lange her, und ich bin so glücklich hier, es ist ja irgendwie einfach geschehen, und wir haben eigentlich nie darüber gesprochen – und manchmal habe ich das Gefühl gehabt – ich meine, ich habe mich gefragt, ob du – ob dir dieses Arrangement überhaupt recht ist – es besteht ja schließlich kein Grund ...«

Gerda hatte die Stirn gerunzelt. Während er sprach, sah Lucius sich plötzlich in einem 1-Zimmer-Apartment in Nord-London sitzen, wo er von seinen nun beinahe wertlos gewordenen Ersparnissen und der Rente lebte und die Tage in der Stadtbibliothek zubrachte. Es war eine entsetzlich mögliche Möglichkeit.

»Möchtest du das Arrangement beenden?« fragte Gerda.

»Nein, natürlich nicht –«

»Ich auch nicht. Mir ist klar, daß ich dir gegenüber eine unbedingte Verpflichtung habe, genau wie Rhoda und Bellamy gegenüber.«

Das war nicht sehr glücklich ausgedrückt, aber Lucius war erleichtert.

»Ich meine nicht, daß ich dich als –«

»Natürlich nicht, meine Liebe, natürlich nicht. *Mutatis mutandis.*«

»Ich möchte bloß eine Weile mit Henry allein sein.«

»Ach so, ich verstehe, natürlich, das verstehe ich durchaus, selbstverständlich werde ich gehen –«

Lucius war dankbar für diese vernünftige Erklärung, obwohl er bei der Erwähnung Henrys auch dachte: Aber angenommen, ich gehe, vielleicht wird Henry mir nicht erlauben wiederzukommen?

Gerda, immer noch in ihrer Gärtnerhose, starrte ins Feuer. Sie hatte Lucius' empfindsame Stimmungswechsel nicht wahrgenommen. »Ich denke, wenn wir allein sind - wird er - wird es besser -«

Wenn wir allein sind, wird er mich bemitleiden, dachte sie. Ich werde ihn dazu zwingen, und es wird ihm nichts anderes übrigbleiben. Die Alternative für mich ist Kummer, Wahnsinn, und so kann ich nicht weitermachen, ich muß mein Schicksal kennen. Ich erscheine ihm hart. Ach, wenn er nur im entferntesten verstehen könnte. Die letzten Tage, da sie Henrys Umherstreifen beobachtet, seine höfliche, unbeteiligte, lieblose Kälte erlebt hatte, hatten bei Gerda eine Wandlung bewirkt. Die sonderbare schockartige Aufwallung tiefen Grolls, die sie zuerst empfunden hatte, war vorüber. Wenn Henry in dem Moment den Wunsch gezeigt hätte, sie in die Arme zu nehmen und mit ihr über ihren Verlust zu sprechen, wenn er geschworen hätte, für sie dazusein und Sandys Platz einzunehmen, hätte sie sich vielleicht mit Horror vor ihm zurückgezogen. Jetzt, da nichts dergleichen mehr zur Debatte stand, sah sie klar ihre Armut, ihre verzweifelte Situation, die sie gänzlich blind machte für Lucius' Gefühle, seinen jämmerlichen Stolz und seine Angst, zu Audrey abgeschoben zu werden. Jetzt glaubte sie, wenn Henry ihr, wie er das vielleicht tun würde, einfach ihr Zuhause wiedergäbe und fortginge, wenn er sie einfach für immer hier zurückließe und wieder nach Amerika ginge, würde sie wahnsinnig werden. Henry war alles, was sie noch hatte, und sie durfte und wollte ihn nicht verlieren.

Draußen im Foyer wurde es plötzlich laut, die Haustür wurde krachend aufgestoßen, erhobene Stimmen waren zu hören. Gerda und Lucius sahen einander an und sprangen auf. Als sie ins Foyer traten, sahen sie Henry in Begleitung eines völlig verdreckten jungen Mädchens.

»Oh, Mutter, ich habe Colette Forbes mitgebracht. Sie ist total durchnäßt und ich auch, wir waren im See.« Henry sprach mit mehr Lebhaftigkeit, als er seiner Mutter seit seiner Heimkehr je bezeigt hatte.

Gerda, die Colette einige Jahre nicht gesehen hatte, reagierte anfangs wie Henry. Sie hatte ein kleines Mädchen im Gedächtnis, nun aber schienen die Jahre eine junge Frau aus ihr gemacht zu haben. Trotz Henrys Kinderfreundschaft mit Cato hatten die Marshalsons und die Forbes selbst zu Burkes Lebzeiten nicht viel miteinander zu tun gehabt. Gerda war mit der gescheiten Ruth Forbes nie so ganz zurechtgekommen. Später hatte es den Streit über das Wegerecht gegeben, und Gerda hatte den Eindruck gewonnen, daß John Forbes sie verachtete, als ungebildet betrachtete, eine hochnäsige Grande Dame. Es war durchaus denkbar, daß Lucius, ohne es zu wollen, zur Verstärkung dieses Eindrucks beigetragen hatte. Lucius hatte Gerda durch John Forbes kennengelernt, und wenn auch John natürlich nie ein Wort darüber verloren hatte, spürte Lucius, daß John seine ungewöhnliche Freundschaft mit Gerda nicht verstand oder schätzte. Er hatte den Verdacht, daß John sie beide mit Spott betrachtete. Und empfindlich, wie er war, hatte Lucius sich zurückgezogen. Daher kam es, daß Gerda Colette, obwohl sie sie natürlich in der Zwischenzeit immer wieder gesehen hatte, am deutlichsten als kleines Mädchen in Erinnerung hatte, das ihrem Bruder und Henry hinterherzockelte.

»Aber ihr seid ja klatschnaß«, rief Gerda. »Ihr müßt euch sofort umziehen, ihr friert euch doch bestimmt zu Tode. Was ist denn passiert?«

»Mrs. Marshalson, es tut mir furchtbar leid, bitte entschuldigen Sie, ich tropfe Ihren ganzen Teppich mit Schlamm voll –«

»Henry, du bist durch und durch naß, du mußt hinaufgehen und dich umziehen.«

»Ich bin nur halb naß. Colette hat es ganz erwischt. Zum Glück hat sie Kleider zum Wechseln mit. Ich glaube, ich geh jetzt rauf und zieh mich um, wenn du nichts dagegen hast, mir klappern die Zähne. Mutter wird sich um dich kümmern.« Henry stellte Colettes Koffer nieder und rannte mit einem irren Lachen die Treppe hinauf.

»Mrs. Marshalson, es tut mir so leid, es war ganz allein meine Schuld –«

Lucius, dem auffiel, wie attraktiv Colettes Kleider an ihrem Körper klebten, sagte: »Kommen Sie, nehmen Sie einen Brandy, das wäre doch das Richtige für Sie, nicht?«

»Komm mit nach oben«, sagte Gerda. »Du mußt ein heißes Bad nehmen. Lucius, nimm ihren Koffer.«

Die Prozession begab sich unter erregten Ausrufen Gerdas und Entschuldigungen Colettes nach oben und nahm Kurs auf Gerdas Zimmer, wo Lucius entlassen wurde. Gerda ließ heißes Wasser in die Wanne laufen, und Colette verschwand mit ihrem Koffer im Badezimmer, während Gerda sich draußen aufs Bett setzte und durch die geschlossene Tür mit ihr sprach.

»Ich war so blöd, ich bin mit dem Kahn rausgefahren, und dann ist er gesunken. Henry wird Ihnen schon erzählen –«

»Was hat Henry getan?«

»Ach, nichts eigentlich, ich meine, was konnte er denn tun –«

»Wieso ist er dann so naß?«

»Er hat mich rausgezogen - ach, ich komme mir wie eine Idiotin vor - und ich mach Ihr ganzes Bad voll Schlamm, und die Handtücher sind schwarz –«

Währenddessen konnte Henry, der in seinem heißen Bad planschte, sich ein Lächeln nicht verkneifen. Aus dem Wasser heraus, zog er warme Sachen an, einen Wollpullover. Er frottierte sich kräftig das nasse Haar und betrachtete sich dann im Spiegel. Er war ein blauer Akrobat hoch oben auf einem Trapez, wo er mit riesengroßen Augen wachsam und gelassen in der gelben Luft kauerte. Eine Minute später war er unten im Salon.

»Bummel, du Armer, hier, trink einen Schluck, Brandy, Whisky, du mußt ja halb tot sein. Ich glaube, ich nehme auch einen, was für eine Geschichte –«

Gerda und Colette erschienen. Colettes langes Haar, hastig getrocknet vor Gerdas Heizstrahler, wallte ihr als große, glänzende Mähne, die sie verlegen zu glätten suchte, um Kopf und Schultern. Sie hatte jetzt einen Tweedrock mit Bluse und einen Wollpullover an.

»Kommen Sie dichter ans Feuer, hier, trinken Sie, das wird Sie wärmen –« Lucius eilte mit einem Glas Brandy herbei.

»Nein, danke. Ich muß nach Hause, wirklich, ich muß gehen, ich war gerade auf dem Weg, wissen Sie, ich bin vom College aus getrampt, und auf der anderen Straße hat mich jemand bis Dimmerstone mitgenommen, deshalb bin ich durch den Park gekommen, es tut mir furchtbar leid, aber es war so ein schöner Abend, und als ich das Boot sah –«

»Natürlich, natürlich –«

»Es tut mir wirklich leid, ich habe allen so viel Umstände gemacht –«

»Aber keineswegs –«

»Ich muß wirklich gehen, gute Nacht, und vielen Dank Ihnen allen –«

»Wo willst du denn hin?« fragte Henry, der abseits gestanden und sie gemustert hatte.

»Ich gehe nach Hause. Auf Wiedersehen und vielen Dank. Ich kenne ja den Weg, und es ist gar nicht richtig dunkel –« Colette hatte ihren Koffer genommen und war auf dem Weg zur Tür.

»Halt«, sagte Henry. »Mach jetzt nicht alles noch schlimmer, indem du dich wie eine Idiotin benimmst. Ich bring dich im Wagen zurück. Sei nur bitte so nett und warte eine Minute, damit ich mein Glas austrinken kann.«

Die Scheinwerfer des gelben Volvo glitten langsam über den Kies vor den Stallungen, streiften das Gewächshaus, den umzäunten Tennisplatz, die mit weißen Leimbinden versehenen Obstbäume, die Ulmen des Parks. Es regnete leicht. Als sie über den Weiderost fuhren und links in die Straße nach Dimmerstone einbogen, sagte Colette mit müder, erloschener Stimme: »Ich erzähl meinem Vater nichts davon.«

»Von unseren Heldentaten im See? Okay.«

»Ich komme mir so blöd vor.«

»Das glaub ich«, sagte Henry, den Blick auf die goldene Eisensteinmauer des Parks gerichtet. Die Mauer war in ausgezeichnetem Zustand. Henry hatte sich noch nicht ganz ans Linksfahren gewöhnt.

»Erwartet dein Vater dich?«

»Nein. Das ist auch so eine Blödheit.«

»Was tust du?«

»Wie meinst du das?«

»Ich meine, bist du Studentin, Lehrerin, Hausfrau, Balletttänzerin –«

»Ich bin nicht verheiratet. Natürlich nicht.«

»Natürlich nicht.«

»Ich hab studiert, aber ich hab's hingeschmissen.«

»Aber warum denn?«

Colette schwieg einen Moment. »Es ist nicht mein Weg.«

»Oh, du kennst deinen Weg, hast du ein Glück.«

»Glaubst du, ich hab's falsch gemacht?«

»Ich habe keine Ahnung. Schule und Studium sind heute so simpel, das Schwierige lassen sie alles raus, es ist nur noch eine Form von Unterhaltung. Ich hätte gedacht, dir würde das gut passen, während du auf den hochgewachsenen, langhaarigen Jüngling wartest, der dir bestimmt ist.«

»Du kannst mich hier absetzen.«

Henry hielt den Wagen an der Ecke des Sträßchens an, das nach Pennwood führte. »Versprichst du mir, dich nicht belästigen und vergewaltigen zu lassen, bevor du zu Hause ankommst?«

»Mir passiert schon nichts. Vielen Dank.«

»Wofür? Gute Nacht.«

Colette stieg aus, knallte die Tür zu und verschwand.

Henry fuhr noch ein Stück weiter, dann zog er den großen Wagen auf das Gras neben der Mauer, schaltete die Scheinwerfer aus und stieg aus. Er war wieder vor dem verschlossenen eisernen Tor, vor dem er vor Tagen, Monaten im Zwielicht gestanden hatte. Wieder breitete er seine Arme auf den nassen Eisenstangen aus, umfaßte sie, rüttelte ein wenig daran. Er vergaß Colette. Während er über ein Verbrechen nachsann, blickte er in die Schwärze der Auffahrt, die von den Nadelbäumen und den tiefhängenden Wolken der mondlosen Nacht überdacht war.

Es war finster und matschig auf der kleinen Straße. Colette hielt ihren Koffer verkrampft von ihren Beinen weg und rannte. Sie konnte jetzt in der Küche Licht brennen sehen. Mit Heimkehrerfingern öffnete sie das hölzerne Tor und rannte den Weg hinauf zur Haustür, wo sie laut und stürmisch, im schnellen Tempo ihres Laufs klopfte.

Schritte. Das Flurlicht. Die Tür wurde geöffnet.

»Colette!«

John Forbes, der früh aufzustehen und früh zu Bett zu gehen pflegte, hatte einen geschäftigen Tag hinter sich und wollte sich gerade zurückziehen. Er war nach London gefahren, um Patricia Raven zu besuchen. Patricia war eine alte Freundin, ursprünglich eine Jugendfreundin Ruths, dann eine Freundin der Familie. Patricia war Archäologin, jetzt Leiterin eines Frauencolleges in London. Sie hatte nie geheiratet. John hatte sich manchmal gefragt, ob sie sich überhaupt wirklich für Männer interessierte. Sie in dieser Hinsicht für ihn zu interessieren war ihm nur gelungen, indem er seine Begierde als etwas rein Mechanisches hinstellte. Jetzt besuchte er sie regelmäßig in ihrer Wohnung. Sie aßen zusammen Mittag, redeten über Politik, schliefen miteinander. Zumindest beschlief John Patricia, und Patricia, stets irritierend erheitert dabei, ließ sich beschlafen. Es war nur mit einer so alten Freundin möglich. John empfand schmerzliche Überraschung, aber natürlich keine Scham über die anhaltende, drängende Hartnäckigkeit seiner sexuellen Triebe. Er hielt diesen Teil seines Lebens vor seinen Kindern streng geheim, obwohl sie »Tante Pat« gelegentlich noch sahen. Er hörte nie auf, Ruth zu vermissen.

Heute war er zu einem späten Tee heimgekehrt und hatte sich dann zusammen mit George Bellamy die Wiederholung eines Fußballspiels im Fernsehen angesehen. George hatte natürlich ein eigenes Fernsehgerät, aber er kam gern einmal nach Pennwood herüber, um seiner Frau und seiner Tochter zu entfliehen und ein kostenloses Bier und ein wenig männliche Gesellschaft zu genießen. Manchmal traf er sich mit John und Giles Gosling, dem Stadtarchitekten, im *Horse and Groom*. Vor langer Zeit hatte Gerda einmal versucht, Bellamy und Rhoda miteinander zu verkuppeln. Bellamy war interessiert gewesen. Rhoda sah zwar merkwürdig aus, aber man konnte das auch attraktiv finden, es sprach vieles für eine Ehefrau, die nicht reden konnte, und Mrs. Marshalson wollte ihnen zur Hochzeit ein Häuschen schenken. Rhoda ließ keinen Zweifel daran, daß sie Bellamy verachtete. Bellamy, dem erst da bewußt wurde, was für ein Zugeständnis es von ihm gewesen wäre, sie zu heiraten, nahm ein Mädchen aus Laxlinden, das er tyrannisierte, nachdem er sich, seiner Ansicht nach, zu ihr herabgelassen hatte. Er wohnte in einem Arbeiterhaus der Marshalsons in Dimmerstone.

An diesem Abend war er wie üblich mit Neuigkeiten aus Laxlinden Hall gekommen, an denen John stets boshaftes Interesse nahm. »Haben Sie den jungen Herrn gesehen?« – »Henry? Ja. Er war in Dimmerstone und hat sich die Arbeiterhäuser angeschaut.« – »Ich hoffe, Sie haben ihm gesagt, was mit den Dächern los ist.« – »Der interessiert sich nicht für Dächer. Der ist wie ein Amerikaner, steht nur rum und glotzt und knödelt wie ein Yankee.« – »Ich vermute, er fand es alles recht malerisch und morsch.« – »Morsch, das können Sie noch mal sagen. Er wollte nichts davon wissen. Würd mich nicht wundern, wenn er schwul wär, er sieht ganz so aus.«

John Forbes machte seiner Tochter die Tür auf, und Colette ging in die Küche und setzte sich an den Tisch, auf dem noch die Überreste von Johns Abendessen, Schinken und Eier, herumstanden.

»Du hast geschrieben, du würdest mir Bescheid geben, wann du kommst.«

»Tut mir leid.«

»Ich nehme an, du hast noch nichts gegessen?«

»Nein, aber mach dir keine Sorgen. Ich esse einfach ein Käsebrot. Mach dir keine Sorgen, ich nehme das hier.«

»Schon gut, schon gut. Du siehst ganz erledigt aus.«

»Ist Wein da?«

»Tut's nicht Bier auch?«

»Nein.«

»Das wenigstens scheinst du auf dem College gelernt zu haben. Ich mache eine Flasche auf. Wie bist du hergekommen?«

»Getrampt. Das letzte Stück bin ich zu Fuß gegangen.«

»Ich habe dir hundertmal gesagt, du sollst nicht per Anhalter fahren.«

»Ist Marmelade da?«

»Brot und Marmelade und ein edler Rotwein.«

»Er ist nicht edel.«

»Ein Studium ist doch etwas Prächtiges! Ich habe mit deinem Tutor telefoniert.«

»Ich weiß.«

»Weißt du auch, was er gesagt hat?«

»Nein.«

»Er sagte, du seist nicht lernfähig.«

»Mir hat er gesagt, er halte es für klug von mir aufzuhören.«

»Das glaube ich!«

»Ich hoffe, du bist nicht böse.«

»Natürlich bin ich böse. Wieso bist du nicht lernfähig? Du hast doch einen gesunden Verstand. Du willst dich nur nicht bemühen. Ihr jungen Leute habt einfach keine Ahnung, was sich bemühen heißt. Es tut weh.«

»Ich will aber nicht, daß mir was weh tut. Gibt's was im Fernsehen?«

»Du kommst ohne ein Wort nach Hause, marschierst hier rein und willst fernsehen. Willst du nicht mit deinem Vater reden?«

»Doch. Es hat mich nur interessiert.«

»Warum hast du mich nicht wissen lassen, daß du kommst?«

»Ich war durcheinander.«

»Dein Bett ist nicht gerichtet.«

»Das mach ich schon. Wie geht's Cato?«

»Woher soll ich das wissen?«

»Daddy, es tut mir leid – ich weiß, wie es dir mit Cato geht – und jetzt ich –«

»Ihr seid wirklich unbezahlbar, ihr beide. Ich kann nicht verstehen, daß du keine Ausbildung willst. Du hast dich ja immer gern beklagt und wegen jeder Kleinigkeit aufgeregt –«

»Du redest, als wäre ein Studium was ganz Besonderes, als gäb's nichts anderes, aber es gibt Hunderte von Wegen, die Welt zu entdecken.«

»Es ist etwas Besonderes, und es gibt nichts anderes. Es ist etwas Kostbares. Du hast verdammtes Glück, daß du zu denen gehörst, die eines haben können.«

»Du willst einfach nicht akzeptieren, daß ich nicht so bin wie du.«

»Du brauchst nicht zu sein wie ich. Du könntest sein wie deine Mutter.«

»Du willst nicht akzeptieren, daß ich keine Intellektuelle bin, daß ich nicht schlau bin. Du hältst es für eine Art Sakrileg –«

»Natürlich bist du schlau! Mir von meinem eigenen Kind sagen lassen zu müssen, es sei nicht schlau –«

»Alle sagen immer, wie herrlich es ist, jung zu sein. Ich hab nie was davon gemerkt. Ich möchte es genießen, jung zu sein. Ich möchte nicht meine Jugend damit vertun, daß ich vorgebe, eine andere zu sein.«

»Und wie gedenkst du deine Jugend zu genießen? Indem du hier bleibst und Blumengestecke machst?«

»Du setzt mich immer ins Unrecht.«

»Willst du wirklich ein hohlköpfiges kleines Dummchen sein, ein hirnloses kleines Sexobjekt?«

»Nein! Ich fand es abscheulich, wie sie im College über Sex geredet haben –«

»Ich habe dich nie für ein ängstliches Mädchen gehalten –«

»Bin ich auch nicht. Ich bin –«

»Du wirst dir eine Arbeit suchen müssen, das weißt du wohl. Und was kannst du? Du kannst nicht einmal tippen. Aber gut, du bist frei, du bist völlig frei, es ist dein Leben, ich werde dir keine Ratschläge erteilen. Aber der Teufel soll mich holen, wenn ich für dich aufkomme, damit du die große Dame spielen kannst wie Mrs. Marshalson.«

Colette begann etwas Käse von einem großen tiefgelben Stück

Cheddar abzusäbeln. Der Küchentisch roch nach Käse und Wein. Sie sagte: »Ist Henry Marshalson wieder da?«

»Dieser Trottel. Ja. Er stolziert hier rum und tut so, als gehörte ihm alles.«

»Na ja, es gehört ihm doch auch alles.«

»Er ist den Besitz nicht wert. Er wird sich mit eingeklemmtem Schwanz wieder nach Amerika davonmachen. ›Bummelschwanz‹ hat Sandy ihn immer genannt.«

»Ich geh jetzt zu Bett«, sagte Colette.

»Die Laken sind im Schrank. Tut mir leid, daß ich so losgepoltert habe. Ich bin einfach so enttäuscht, daß du das Studium aufgegeben hast.«

»Du hast mich dazu getrieben.«

»Das ist nicht wahr.«

»Doch. Cato hast du in die Kirche getrieben.«

»Ich – was?«

»Du hast ihn gezwungen davonzulaufen, er mußte sich irgendwohin flüchten, er hatte Angst vor dir. Ich habe auch Angst vor dir. Du hast uns immer lächerlich gemacht, als wir klein waren. Du brüllst immer so. So darf man nicht mit Menschen sprechen, auch wenn es die eigenen Kinder sind. Du weißt gar nicht, wie stark du bist, wie sehr du verletzen kannst. Seit dem Moment, als ich zur Tür hereingekommen bin, hast du mir nur Vorhaltungen gemacht, und ich habe so einen scheußlichen Tag hinter mir und bin so müde –«

»Ach, das tut mir leid, aber du darfst nicht –«

»Und noch etwas, falls es dich interessiert. Ich bin noch Jungfrau, und ich gedenke es zu bleiben, bis ich dem richtigen Mann begegne, und den werde ich heiraten und sechs Kinder bekommen.« Colette ging hinaus und schlug die Tür zu.

John Forbes blieb reglos sitzen, er fühlte sich abgekanzelt und schuldig. Machte er seinen Kindern wirklich angst? Er konnte es nicht glauben. Es war eine schreckliche Vorstellung. Ach, wäre doch Ruth hier ... Trotzdem, Cato wollte Gott, und Colette wollte Kinder. Was für eine Niederlage. Er machte sich eine Dose Bier auf.

»Dieser reiche Typ –«

»Henry Marshalson.«

»Der hat mir gefallen, das ist ein Gentleman. Manche von diesen ehrenwerten Herren stehen auf uns Ganoven. Wir törnen sie an. Hat er sich wirklich für mich interessiert?«

»Nein.«

»Aber Sie haben doch gesagt –«

»Ich habe mir gedacht, ich würde ihn vielleicht um Geld für eine Ausbildung für dich bitten, aber da du ja keine willst –«

»Na ja, vielleicht ja doch, wer weiß. Schauen Sie, keinem Menschen liegt was an mir, außer Ihnen. Sie wissen ja nicht, wie das ist. Sie haben immer Leute gehabt, die sich gekümmert haben. Sie haben immer Leute gehabt. Ich hab nie einen Menschen gehabt. Kein Wunder, daß ich so frustriert bin. Aber wenn dieser reiche Typ –«

»Vergiß es.«

»Sie sind der einzige wirkliche Mensch, den ich kenne. Glauben Sie, dieser reiche Typ würde mich aufbauen –«

»Nein.«

Auf dem Rückweg von der Kirche zur Mission hatte Cato im Fenster eines Bekleidungsgeschäfts ein Neonschild mit dem Wort MODORAMA gesehen. Er hätte am liebsten gelacht und geweint gleichzeitig. Es gab keinen Gott, und die Welt war verdammt, und alle waren stillschweigend verrückt geworden, aber sie machten weiter wie immer. Das Universum war komisch, zerbrechlich, grauenvoll, ein Ding des Moments. Das menschliche Leben war das sinnlose Umherirren von Insekten. Modorama. Das war es. Das Leben war nichts als ein Modorama.

An diesem Morgen hatte er, obwohl er es zuerst anders vorgehabt hatte, keine Messe gehalten. Er hatte das Verlangen nach der Messe plötzlich als einen ängstlichen, zwanghaften Aberglauben empfunden. Es war nicht so, daß er gerade heute oder nun endlich eindeutig ›nicht mehr glaubte‹, doch er hatte das Gefühl, daß die Messe ihn irgendwie am Denken und am Tun hinderte. Sie war zu einem toten Idol geworden, zu etwas, das er fürs erste jedenfalls loslassen mußte. Und seine

Hände erhebend, sagte er zu Christus, es tut mir leid, vergib mir, ich kann nicht.

Er widerstand dem Zwang niederzuknien und blieb an diesem frühen Morgen in der dunklen Kirche sitzen, wo nur eine Gruppe ferner Kerzen ein wenig Licht spendete. Mehr als eine Stunde lang saß er reglos und mit offenen Augen, während in seinem Geist sich lautlos Tor um Tor zu öffnen schien, bis kein Individuum mehr da war. Er suchte nicht, er sprach nicht, er wartete einfach. Stille und Leere waren da. Oberflächliche Gedanken rührten sich und zogen an ihm vorbei wie lautlose Vögel. Er dachte an den Schönen Joe und ließ das Bild des Jungen in dieser Stille verweilen, als böte er es zur Segnung dar. Er dachte an seinen Vater und seine Schwester. Er fragte sich, ob er nun seine letzte Messe gelesen hatte und ob die tiefe Liebe Gottes, die Freude ist, für immer aus seinem Leben gewichen war. In der Stille war kein rascheres Pulsieren, keine Freude. Er hatte von einer Verzückung gekostet, ohne die zu leben schwer werden würde. War er nun in der Tat aufgefordert, das kostbare Privileg der Priesterschaft aufzugeben, die geweihte Rolle, die ihm so unbedingt, so selbstverständlich als die seine erschienen war? Er war, so empfand er es, Priester mit jedem Atom seines Wesens. Man entpriestere ihn, und es würde nichts übrigbleiben. Er war so sehr Priester, daß er doch gewiß imstande sein mußte, sich Gott zu erschaffen, um seine Berufung zu sanktionieren. Aber genau das durfte er nicht denken.

Als Cato die Kirche verließ, merkte er, daß gewisse drängende Entscheidungen in einem klareren Licht erschienen, obwohl er gar nicht über seine weltlicheren Angelegenheiten nachgedacht hatte. Brendan hatte ihm wieder geschrieben und ihn eingeladen, zu kommen und bei ihm zu wohnen. Cato sagte sich, daß er wahrscheinlich zu Brendan gehen würde, nicht gleich, aber in ein paar Tagen. Nicht, daß er noch irgendeine neue Erleuchtung erwartete, aber er wollte, ehe er den Freund aufsuchte, seiner Existenz etwas mehr Form gegeben, insbesondere irgendeine vernünftige Maßnahme in bezug auf den

Schönen Joe getroffen haben. Er fürchtete die Begegnung mit Brendan, aber natürlich nicht, weil er Vorwürfe fürchtete, sondern seinen eigenen verzweifelten Wunsch, überredet zu werden, im Orden zu bleiben, in seinem Heim, in seiner Liebe.

Was die unmittelbare Zukunft anging, so war, während er in der Kirche gesessen hatte, klargeworden, daß er aufhören mußte, sich zu verstecken. In den Tagen, die blieben, bevor er zu Brendan ging oder zurück nach Laxlinden oder wohin auch immer, mußte er ganz offen in der Mission leben, sehen und gesehen werden und endlich auch offener mit dem Schönen Joe sprechen. Er erkannte jetzt, wie unklug es von ihm gewesen war, zugelassen zu haben, daß diese Art negativer, aufreizender Beziehung zwischen ihm und dem Jungen entstand. Die Beziehung selbst war eine gefährliche Barriere. Kein Wunder, daß Joe heillos übertriebene, phantastische Bemerkungen machte, in der Hoffnung, eine direktere Verbindung herzustellen, einfach indem er Cato zornig machte. Er mußte es riskieren, schlichter und freimütiger zu sprechen. Er hatte im Grunde ja außer Joes eigenen wilden Behauptungen keinen Beweis dafür, daß der Junge in etwas Illegales verwickelt war oder auch nur in Gefahr, darin verwickelt zu werden. Allerdings, da war der Revolver. Joe hatte behauptet, er sei eine Attrappe. Zum erstenmal kam Cato in den Sinn, daß er vielleicht wirklich eine Attrappe gewesen war. Schwer genug war er gewesen. Aber vielleicht ... Das war der Moment, als er das Neonschild MODORAMA gesehen hatte. Seine Vorsätze blieben jedoch bestehen, und er war dem zerbrechlichen, komischen, grauenvollen Universum grimmig dankbar, daß es ihn daran gehindert hatte, die Messe zu lesen.

Während er ging, kam die Sonne heraus, und als er wieder in der Mission war, ließ Cato die Hintertür angelehnt und machte eines der vorderen Fenster auf, um das Haus durchzulüften, und zum Zeichen dafür, daß er da war. Dem Haus konnte frische Luft nur guttun. Ihm selbst konnte frische Luft nur guttun. Seine Kleider starrten vor Dreck, seine Unterwäsche war nicht gewechselt, seine Soutane stank. Der plötzlich warme

Frühlingstag gab ihm das Gefühl, widerlich und verwahrlost zu sein. Daß er ständig die Soutane trug, war, wie er zu Henry gesagt hatte, exzentrisch. Die meisten seiner Kollegen hatten mittlerweile sogar den Priesterkragen abgelegt. Cato konnte das ebensowenig gutheißen wie die Tatsache, daß die jungen Nonnen heute in kurzen Röcken und hochhackigen Schuhen in London herumliefen.

Mittags kam der Schöne Joe, leichtfüßig und frisch, in einem frischen geblümten Hemd mit breitem Samtschlips und einem taillierten Anzug aus mauvefarbenem Leinen. Er tänzelte herein. »Ich hab gesehen, daß das vordere Fenster offen ist –« Cato lud ihn ein, zu einem Mittagessen mit Brot und Käse zu bleiben, und schickte ihn Zigaretten und Bier kaufen.

Das Mittagessen war jetzt vorüber. Das Sonnenlicht fiel auf das graue Zeitungspapier, das auf den Fettschichten des Küchentischs festklebte, zwei verbrannte Töpfe und etwas verkrustetes Übergelaufenes auf dem Herd, Krümel und Zigarettenkippen auf dem Boden, eine Schar Milchflaschen, in denen gestockte saure Milch in unterschiedlicher Höhe stand, und eine Massenversammlung der rosafarbenen, durchsichtigen Käfer in der hinteren Ecke. Durch die offene Tür wehten aus fernen Gärten Gerüche nach Erde und grünem Laub. Cato starrte den Schönen Joe an. Er hatte es noch nicht geschafft, sich zu der neuen Offenheit durchzuringen, die ihm heute morgen so dringend notwendig und so einfach erschienen war. Er konnte den Einstieg nicht finden, den Ton. Der erwartungsvolle, fragende Blick des Jungen, dessen Augen durch funkelnde Lichtreflexe halb verborgen waren, beunruhigte und verwirrte ihn. Joe hatte seinen Schlips abgenommen und sein Hemd geöffnet. Mit einem sauberen Stahlkamm kämmte er sich jetzt pedantisch das Haar zu einem adretten rechteckigen Kopfputz aus blonder Seide und erwiderte Catos Blick mit einer Gespanntheit, die die Möglichkeit wilden Gelächters ausschloß. Cato verspürte Regungen von Begierde, das Bedürfnis nach Kontakt.

»Sie wissen, daß ich kein Ganove bin, Pater. Noch nicht.«

»Ich hoffe, das ist wahr.«

»Sie denken zu schlecht von mir.«

»Ich weiß nicht, was ich von dir denken soll.«

»Denken Sie nicht über mich nach. Lieben Sie mich einfach.«

Cato blickte in die blitzenden goldenen Augen, die ihm jetzt vor Aufrichtigkeit zu brennen schienen. »Joe, ich muß versuchen, offener mit dir zu sprechen.«

»Das habe ich immer gehofft. Sie haben mich wie ein Kind behandelt, wissen Sie.«

»Wirklich? Das tut mir leid. Joe, hör mir zu. Ich muß von hier fort, Gott weiß wohin. Ich muß vielleicht sogar die Priesterschaft aufgeben, die Kirche verlassen und –«

»Warum? Was haben Sie getan?«

»Ich habe gar nichts getan, ich habe mich nur entschlossen, das heißt, ich werde mich vielleicht entschließen –«

»O nein, nein, das dürfen Sie nicht, Sie dürfen nicht plötzlich kein Priester mehr sein, das ist unmöglich, sehen Sie denn nicht, daß das unmöglich ist. Sie *sind* ein Priester, das kann nicht Ihr Ernst sein, Sie können doch was, das unmöglich ist, nicht ernst meinen. Sie dürfen nicht aufhören, Priester zu sein, nie, nie –« Der Junge sprach leise, aber mit drängendem Willen, eine Hand flach auf dem Tisch.

Mit einer freudigen Erregung, die Erleichterung nicht unähnlich war, sagte Cato: »Hm, unmöglich, ja, vielleicht hast du recht –«

»Was unmöglich ist, kann nicht geschehen, nicht wahr –?«

»Nein, nun, ich denke, ich werde bleiben, ja, natürlich, ich –«

»Sie haben mir angst gemacht, Pater, einen Moment lang hab ich wirklich geglaubt, es wär Ihnen ernst! Aber wenn *Sie* gingen, was würde denn dann aus *uns* werden? Irgendwo muß es doch was Heiliges geben, irgendwo muß es ja sein.«

Cato war erschreckend bewegt. »Ja, ja, aber das Heilige – das hängt nicht allein von gewöhnlichen sündigen Menschen wie mir ab – es *ist* da, Joe, und es wird immer dasein, ganz gleich, was ich tue und denke – du darfst also nicht –«

»Ich weiß, ich weiß, *das* ist Glauben an Gott. Aber ich glaube nicht an Gott, ich glaub an Sie.«

»Möge dir der Himmel helfen«, sagte Cato.

Die Türöffnung verdunkelte sich, und jemand kam rasch in die Küche, ein hochgewachsenes junges Mädchen in einem lächerlich kurzen Kleid und mit langem braunen Haar.

Cato riß die Augen auf, zwinkerte ins Sonnenlicht. »Colette!«

Lachend, rufend flogen sie einander in die Arme. Catos große schwarze Schuhe und Colettes leichte Sandalen vollführten einen Tanz auf dem rutschigen, fettigen Boden. Das Sommerkleid, die schmalen Schultern wurden von der alten, muffigen Soutane umfangen. Da war plötzlich ein Hauch von Äpfeln, Blumen, dünnem, frischgewaschenem Baumwollstoff.

»Ach, Colette, Colette –« Der Tanz ging noch einen Moment weiter.

Joe war aufgesprungen und stand lächelnd und staunend am Gasherd.

»Joe, das ist meine Schwester.«

»Hören Sie auf, Pater.«

»Ich bin seine Schwester«, rief Colette. Sie lachten jetzt alle.

»Darf ich vorstellen – Joseph Beckett, Colette Forbes.«

»Hallo, Joe.« Colette trat mit strahlendem Gesicht näher und hielt Joe die Hand hin. Er nahm sie zaghaft.

»Er wird der Schöne Joe genannt.«

»Ich sehe schon, warum. Ich freue mich, Sie kennenzulernen. Ach, ist es nicht ein herrlicher Tag! Oh, Cato, ich freu mich so, dich zu sehen. Ich bin auf einmal so glücklich, ich wußte einfach, daß ich dich sehen muß, und –«

»Hast du zu Mittag gegessen?«

»Ach, ich hab am Bahnhof ein paar Brote gegessen. Ich sehe, ihr seid schon fertig – Cato, wie sieht's denn hier aus, soll ich abspülen? Sag mal, kann ich ein kleines Stück von dem Brot haben, und auch ein bißchen Käse dazu? Ach, entschuldige, ich störe euch, sei mir nicht böse, soll ich einen Spaziergang machen?«

»Nein, mach keinen Spaziergang«, sagte Cato, der immer

noch lachte vor Freude. »Ich muß nur noch einen Moment mit Joe sprechen – könntest du nach oben gehen –«

»Nein, es ist so schön draußen, ich spazier einfach ein bißchen durch die Straße auf und ab, du brauchst nur zu rufen. Also dann, Wiedersehen, Joe. Keine Sorge, das Brot nehme ich mit.« Colette nahm sich ein Stück Brot und verschwand durch die Tür zum Hof.

Joe setzte sich wieder an den Tisch. »Ich muß schon sagen –!«

Cato drückte die Hände an den Kopf. Ein ganz fremder Geist der Hoffnung und der Freude war mit Colette ins Zimmer geflogen gekommen und berührte ihn leicht, wie ein Kind beim Fangenspielen das andere berührt. »Also, wo war ich ... Hör zu, Joe, du gehst jetzt besser. Aber ich muß wirklich mit dir reden. Komm morgen vormittag wieder, dann können wir –«

»Soll ich Ihnen mal was sagen, Ihre Schwester ist richtig schön.«

»Ja? Ja, ich denke doch.«

»Ich sag's Ihnen, sie ist schön. Und sie ist so – irgendwie anders. Noch nie hat mich ein Mädchen so angeschaut, so direkt, und mir wie ein Mann die Hand geschüttelt ... Die Tussen, die ich kenn, stehen nur rum und gackern und wackeln mit dem Hintern – die sind so blöd, daß sie sich nicht mal ihre Strumpfhosen richtig anziehen können. – Pater, was meinen Sie, würde sie mal mit mir ausgehen?«

Cato hörte auf zu lächeln. »Meine Schwester – mit *dir* ausgehen –?«

Einen Moment wurde es still. Der Schöne Joe stand auf. Er nahm seine Krawatte vom Tisch, beutelte sie pedantisch aus und begann, sie umzubinden. »Pater, Sie sind ein beschissener Snob.«

Cato wurde rot. Das Blut schoß ihm heiß in Wangen und Stirn. Der Schöne Joe ging zur offenen Tür.

»Warte«, sagte Cato. Er ging hastig um den Tisch herum und stellte sich ihm in den Weg. Sie sahen einander an.

»Es tut mir leid«, sagte Cato, plötzlich stotternd. »Es ist – ist nicht Snobismus – du verstehst nicht – ich kenne dich nicht –«

Joe senkte den Blick. Cato trat zur Seite, und der Junge ging in den Sonnenschein hinaus.

»Joe - bitte - komm morgen - bitte -«

»Oh - na schön - ja -« Er wandte sich ab und lief davon, rannte durch den Hof und das Tor.

Cato setzte sich.

Einen Moment später kam Colette. »Dieser Junge ist an mir vorbeigeflitzt wie - geht's dir nicht gut?«

»Doch, doch. Nimm ein bißchen Käse.«

»Cato, schau doch mal, die Käfer!«

»Die wohnen hier.«

»Hier stinkt's. Soll ich nicht mal saubermachen? Ich geh los und besorg ein Desinfektionsmittel. Kann ich hier bei dir bleiben und helfen? Ich könnte mich doch nützlich machen, nicht wahr? Ich könnte saubermachen.«

»Nein«, sagte Cato. »Das hier ist nichts für dich.«

»Du redest wie eine alte Gouvernante. Ich kann was vertragen, falls du das nicht wissen solltest. Obwohl Daddy ja findet, ich bin ein Sexobjekt.«

»Hat er das gesagt?«

»Na ja, nicht direkt. Aber er ist sehr wütend darüber, daß ich das Studium aufgegeben habe.«

»Also hast du dich wirklich dazu entschlossen?«

»Ja. Wie ich dir geschrieben habe. Es hatte keinen Sinn. Ich bin gestern abend heimgekommen.«

»Aber wirklich böse ist er doch nicht?«

»Nicht so wie dir. Vielleicht findet er sich langsam mit seinen unmöglichen Kindern ab.«

»Du siehst gut aus«, sagte Cato. Er langte über den Tisch und nahm kurz ihre Hand.

Colettes Haar, ganz glatt und ziemlich seidig, war von einem nuancenreichen hellen Braun, von der Farbe salziger brauner Bäume am Meer, und reichte beinahe bis zur Taille. Einige kürzere Strähnen, die glatt und gerade herabfielen, rahmten ihr Gesicht ein wie Blätter. Sie hatte hervorspringende Wangenknochen wie ihr Bruder, wirkte aber schmäler und feiner, mit einer geraden Nase und einem großen, ausdrucksvollen Mund, der sich leicht schief verzog, wenn sie lächelte. Ihre hellbraunen Augen hatten einen klaren, forschenden Blick. Zwischen den beiden vorderen Zähnen hatte sie eine kleine Lücke. Cato betrachtete ihr unbeschriebenes strahlendes Gesicht. Sie sah kindlich jung und gesund und rein aus.

»Warum kann ich nicht hierbleiben, Cato?«

»Das Haus wird geschlossen. Es wird abgerissen.«

»Ach, wie schade! Ich wollte wirklich, ich wäre öfter hergekommen. Ich hatte Angst wegen Daddy. Ich mußte ihn entweder belügen oder verärgern. Jetzt ist es mir egal.«

»Du wirst nicht lügen?«

»Nein, ich laß ihn böse werden. Wann gehst du weg von hier?«

»Morgen oder - nun, vielleicht übermorgen - oder - ich bleibe erst mal bei Brendan Craddock.«

»Grüß ihn von mir, falls er sich an mich erinnert. Meinst du, ich werde mal Karmeliterin?«

»Ich hoffe nicht«, sagte Cato. »Was wirst du jetzt tun?«

»Ich weiß nicht.« Sie sah ihn mit ihren frohen, kindlichen braunen Augen an. »Ich denke, ich warte einfach - bis die Götter - mir sagen - was ich - als nächstes tun soll. Nicht Gott. Die Götter. Daddy würde das nicht verstehen, nicht wahr?«

»Genieß den Frühling. Sorg dich nicht«, sagte Cato. »Es muß jetzt so schön sein in Laxlinden.« Er seufzte. »Oh, weißt du, wer neulich hier aufgekreuzt ist - Henry Marshalson. Er ist aus Amerika zurück.«

»Ach wirklich?« sagte Colette. »Sag mal, kann ich einen Schluck von dem Bier haben? Wein hast du wohl nicht da, nicht, nein.«

Ob Max das wohl je gesehen hat? fragte sich Henry.

Er war in der National Gallery und sah sich die wichtigste Neuerwerbung an, die während seiner Abwesenheit gemacht worden war: Tizians großartiges Gemälde *Diana und Actaeon*. Die unsterbliche Göttin, mit runder Apfelwange, ihren Bogen erhoben, springt mit anmutiger, unbarmherziger Gleichgültigkeit durch den Vordergrund, während tiefer im Bild, in einer Unterwelt düsteren Lichts, die puppenhafte Gestalt Actaeons steif unter dem Angriff der Hunde fällt. Ein Bächlein funkelt. Ein ferner geheimnisvoller Reiter zieht vorüber. Der Wald, die Luft zeigen sich in einem Rostbraun, so intensiv und bedrohlich, daß man überzeugt ist, daß die Tragödie sich in absoluter Stille abspielt. Henry verspürte eine so intensive Wonne, fühlte sich so uneingeschränkt glücklich, daß er am liebsten laut aufgeheult hätte vor Entzücken. Lächelnd setzte er sich in der Nähe nieder.

Es war zweifellos gefährlich, sich mit Göttinnen anzulegen. Athene war schrecklich autoritär und selbst mit ihren Günstlingen sehr streng. Hera war durch und durch rachsüchtig. Artemis und Aphrodite waren Killerinnen. Was für arme, hinfällige, halbbewußte Geschöpfe die Sterblichen doch letztlich waren, so leicht in den Wahnsinn getrieben, so leicht vernichtet von Mächten, deren furchtbare Kraft auf ewig jenseits ihres Vorstellungsvermögens blieb. Sicher doch waren diese Mächte real, der menschliche Geist ein bloßer Schatten, ein Spielzeug. Aber wenn das so war, warum lächelte er dann? Wenigstens konnten diese Puppen durch Huldigung ihre eigene Zerbrechlichkeit überspielen. Und die tiefe Freude, die er jetzt empfand und von der er wußte, daß sie flüchtig war, war gewiß ebenso real wie die Götter.

Henry saß ruhig da, sein äußeres Auge jetzt verschleiert, und sah ein anderes Bild. Vor einem leeren blauen Himmel, einem leeren blauen Horizont fährt ein maskierter Steuermann einen Fischerkönig, seine Königin und sein hellhaariges Kind weit fort übers Meer, während eine alte Gottheit den Rand des Boots umfaßt und ein gewaltiger weiser blauer Fisch mit aufwärtsgerichtetem Blick daliegt. Auf beiden Seiten dieser großen, selbstgewissen Ruhe sind Folterszenen. Aber Max ist nicht entkommen, dachte Henry. Er ist geblieben, und die Nazis sind gekommen, und er konnte nicht nach Amerika, sein Amerika kam später. O ja, die unbarmherzigen Götter haben sich gut um Max gekümmert, sie haben ihn durch zwei Kriege zugrunde gerichtet, ihn alles vergessen gemacht, was er je gewußt hatte, ließen ihm nichts als einen Bleistift. Jahre ohne Farben lehrten ihn diesen furchtbaren gotischen Blick: Max und sein männlicher Mystizismus. Grünewald, Brueghel, van Gogh. Warum liebe ich ihn so sehr, fragte sich Henry, warum habe ich das Gefühl, er zu sein, wenn er mir doch so unähnlich ist und ich kaum weiß, wie ihn beurteilen? Der Sex ist bei Max überall, nun ja, Sex ist überall in der Kunst, nur halten sie ihn im allgemeinen geheim. Max wollte mit Geheimnissen nie etwas zu schaffen haben. Kerzen und Katzenfische, glücklicher alter Max: reiner Blick plus reiner Egoismus, objektives, vollkommenes Glück. Die Götter erfanden den Raum, den furchtbaren Raum, den er sein Leben lang vollgestopft hat, um nicht zu sterben, und der sich hinter dem maskierten Steuermann und dem Fischerkönig so rätselhaft und leer und blau weitet. Was für ein nervöser, verrückter, zügelloser Maler er in einer Weise war, der massenweise dicke, närrische Symbole in die Welt setzte, und dennoch, wie glücklich, selbst die Folterszenen strahlen eine geheimnisvolle Freude aus. Und all diese männlichen Selbstporträts. Rembrandt-Beckmann, was es heißt, ein Mann zu sein. Der Hedonist, der Gefangene, der Akrobat, der Clown. Er war so wunderbar zufrieden mit sich selbst. O Gott, o Gott, o Gott, wenn ich nur malen könnte. Henrys Freude verflog, und er begann, ängstlich über sich selbst nachzudenken.

Er sah sich den Tizian nicht noch einmal an, sondern rannte blind aus dem Museum und trat hinaus in das helle, offene Licht des Trafalgar Square. Die Sonne schien, und die Luft wimmelte von Tauben. Einige goldweiße Wolken zogen langsam über Whitehall hinweg, und der Big Ben, der geradeaus zu sehen war, zeigte elf Uhr an. Henry rannte die Treppe hinunter und winkte einem Taxi. Er wollte Sandys heimliche Wohnung erkunden. Zu Gerda und Lucius hatte er natürlich nichts gesagt und sich durch ein paar beiläufig gestellte Fragen ihrer Ahnungslosigkeit über Sandys Londoner Unterschlupf versichert. Merriman wußte ebenfalls nichts. Henry verspürte eine

Spur kribbelnder Erregung bei dem Gedanken, in Sandys geheimes Leben einzudringen, obwohl er eigentlich nicht erwartete, etwas Außergewöhnliches zu entdecken. Es war ein Interesse wie vor dem Griff in den Grabbelsack, die Aussicht auf Beute. Aber Sandy war natürlich ein absoluter Banause gewesen, interessante *objets d'art* würden da sicher nicht warten. Henry fürchtete hauptsächlich, daß irgendeine triviale Entdekkung ihn erschüttern würde.

Das Taxi brachte ihn in eine kleine Straße am Kensingtoner Ende von Knightsbridge, das rapide und ein wenig unsicher von Schäbigkeit zu Eleganz aufgestiegen war. Es gab ein paar Geschäfte, die zumeist Antiquitäten verkauften, kleine Reihenhäuser, in unterschiedlichen Farben gestrichen. Das Taxi hielt an, und Henry bezahlte. Etwas zu seinem Schrecken gehörte die Hausnummer, die er hastig von Sandys Vertrag abgeschrieben hatte, zu einem großen, häßlichen Mietshaus, das an einem Ende der Straße gebaut worden war, vermutlich in einer Lücke, die Hitler gerissen hatte. Die Haustür stand offen. Nervös, mit ziemlich schlechtem Gewissen trat Henry in den Hausflur. Er fühlte sich fremd, beinahe wie ein Verbrecher und hoffte, daß niemand ihn bemerken oder ansprechen würde. Unschlüssig blieb er stehen. Das Haus war offensichtlich eine richtige Mietskaserne mit Massen kleiner Wohnungen. Wie sollte er herausbekommen, welche Sandys war, da er versäumt hatte, sich die Nummer zu notieren? Dann fiel ihm plötzlich weiß aufblitzend ein Holzschild mit Reihen von Namen ins Auge. *Wohnung 11 A, Marshalson.* Wie merkwürdig, wie rührend verloren und unbedeutend der Name hier wirkte, herrenlos und unbeachtet mitten in London. Henry ging zum Aufzug.

Die Wohnung war im dritten Stock. Die Aufzugtür öffnete sich automatisch und führte in einen mit Teppich ausgelegten Korridor, fensterlos und von elektrischem Licht erleuchtet. Henrys Herz begann unangenehm heftig zu schlagen, als er in seiner Tasche nach dem Schlüsselbund kramte. Er erreichte Nummer 11 und probierte, nachdem er den Korridor auf und ab geblickt hatte, die einzelnen Schlüssel mit plötzlich stark zitternder Hand. Der dritte Schlüssel paßte und ließ sich drehen, die Tür öffnete sich, scheuerte dabei ein wenig auf dem inneren Teppich, und tiefe Stille kam Henry entgegen. Er schlüpfte hinein und schloß leise die Tür. Er befand sich in einem winzigen Flur, von dem mehrere Türen abgingen. Rasch, ehe Panik einsetzte, ergriff er die nächste Klinke. Eindeutig das Wohnzimmer. Er schoß türenöffnend hin und her. Wohnzimmer, zwei Schlafzimmer, Küche und Badezimmer. Stille. Er kehrte ins Wohnzimmer zurück und sah zum Fenster hinaus. Ein Blick auf die Antiquitätenläden, einige Dächer, ein, zwei Bäume und weiter entfernt die pilzförmige Kuppel von Harrods. Er blieb still stehen, um sich zu beruhigen, und sah sich um.

Die Wohnung war klein und ziemlich vollgepfercht. Der gelbliche Teppich aus dem Flur setzte sich hier fort. Einige große dunkle Möbelstücke, ein massiger Schrank, ein großer rechteckiger Schreibtisch schufen gleichermaßen dunkle Räume, in die sonst nichts mehr hineinpaßte. Ein nagelneues langes Ledersofa, an dessen einem Bein noch das Preisschild hing, stand diagonal im Raum. Der Rest des Mobiliars war schäbig und sah aus, als wäre es aus den Gesinderäumen des Gutshauses zusammengestellt. Auf zwei wackligen Bambustischen standen zwei schwere grüne Glasaschenbecher. Ein lackiertes Bücherregal war leer bis auf Krimis und ein Buch über Rennboote. Die Möbel wirkten allesamt schief und wackelig und am Kippen, und Henry merkte, daß er unwillkürlich Haken schlug und den Kopf einzog. Die Atmosphäre, muffig von Tabakgeruch und einem süßlichen Duft, den Henry nicht identifizieren konnte, war bedrückend, eher unangenehm als unheimlich. Jemand hatte ein paar Verschönerungsversuche gemacht: Ein Fußschemel mit Stickerei war da, zwei Specksteinelefanten, ein Aquarell von Laxlinden. Einen chinesischen Löwen mit einem komischen Gesicht kannte Henry noch aus lang vergangener Zeit. Er wandte sich von diesem kleinen Wesen ab und durchwühlte eilig die Schubladen des Schreibtisches, in denen er Theaterprogramme, die Menükarte eines Klubdinners, Broschüren über Boote fand, nichts von Interesse. Die meisten

Schubladen waren leer. Aber was hatte er denn auch erwartet? Die Wohnung war aufgeräumt. Die Betten waren gemacht. Henry ging tief atmend und Gefühle unterdrückend umher. Was ihn am ehesten erschütterte, war das Provisorische, beinahe Pubertäre des ganzen Arrangements. Wogegen hatte Sandy auf diesem verlorenen Posten gekämpft? Zweifellos würde er es nie erfahren.

Plötzlich überwältigt, rannte Henry in die Küche, um nach einem Schluck Alkohol zu suchen. In einem Schrank fand er eine Flasche Whisky, in einem anderen ein Glas. Automatisch öffnete er den Kühlschrank, um nach Eis zu sehen. Als er versuchte, die Eisschale herauszuziehen, bemerkte er Nahrungsmittel im Kühlschrank, Tomaten, Kresse, eine Flasche Milch. Er nahm die Milch und roch daran. Frisch. Henry ließ sich das durch den Kopf gehen. Dann sah er auf der Kommode eine gefaltete Zeitung liegen. Er nahm sie und warf einen Blick auf das Datum. Von gestern. Mit zitternder Hand goß er den Whisky über das Eis und ging wieder ins Wohnzimmer.

Sein erster Gedanke war, daß Sandy überhaupt nicht tot war, sondern heimlich in London lebte. Aber das war verrückt. Sein nächster Gedanke war, daß Sandy die Wohnung verkauft haben mußte. Aber wenn die Wohnung verkauft worden wäre, wären dann nicht die Urkunden an den Käufer übergegangen? Ein wirres Gefühl aus Schuld und Angst trübte Henrys Verstand. Dies war keine leere, verwaiste Wohnung, sie gehörte jemandem. Das schien jetzt klar zu sein. Er glaubte, eine Uhr ticken zu hören. Er beschloß, auf der Stelle zu gehen. Er kippte den Whisky hinunter und griff nach seinem Hut. Und in diesem Moment hörte er das leise Knirschen und Knacken eines Schlüssels, der ins Schloß geschoben und gedreht wurde, hörte, wie die Wohnungstür über den Teppich scheuerte, als sie langsam geöffnet wurde.

Die Wohnzimmertür war angelehnt. Henry stand ganz still, gelähmt vor Schrecken, in Erwartung von etwas Unsagbarem und Unheimlichem. Er konnte sich weder vom Fleck rühren noch sprechen. Die Wohnungstür wurde geschlossen. Er hörte jemanden seufzen. Dann wurde die Wohnzimmertür aufgestoßen, und eine Frau kam herein. Als sie Henry sah, stieß sie einen kleinen Schrei aus.

Einen Moment lang blieben sie beide reglos. Henry, mit dem Hut in der Hand, stand stocksteif da. Die Frau, noch in Hut und Mantel, drückte in einer Schreckgebärde die Hände an den Hals. Um den Nachhall dieses Schreis zu übertönen und erleichtert, sich nicht seinem Bruder gegenüberzusehen, zwang Henry sich zu sprechen. »Es tut mir furchtbar leid - ich wollte nicht - entschuldigen Sie vielmals - mein Name ist Henry Marshalson.«

Die Frau begann sehr langsam, sich zu bewegen, nahm ihren Hut ab, den sie auf das rote Sofa warf, das zwischen ihr und Henry stand. Dann ließ sie auch ihre Handtasche aufs Sofa fallen und strich mit den Fingern automatisch ihr Haar aus dem Gesicht, während sie Henry immer noch mit leicht geöffnetem Mund anstarrte.

»Bitte verzeihen Sie«, sagte Henry. Ihr Furcht erschreckte ihn. »Ich wollte Sie nicht erschrecken - aber wissen Sie - ich bin der Erbe meines Bruders - aber es muß da ein Irrtum vorliegen - vielleicht ist das Ihre Wohnung und -«

Die Frau kam um das Sofa herum und setzte sich, eine Hand auf ihr Herz gedrückt. Er konnte sie atmen hören. »Entschuldigen Sie, daß ich hier bin -« Ihre Worte waren beinahe unhörbar.

»Nein, bitte - es ist an mir, mich - aber - ich meine - ist das Ihre Wohnung?«

»Nein - äh - sehen Sie - er hat gesagt, er würde mir die Wohnung hinterlassen - in seinem Testament - aber -«

Henry hörte dem Gemurmel zu, ohne zu verstehen. Er begann von neuem: »Es tut mir sehr leid -«

»Sehen Sie - ich bin - ich war - seine Freundin.«

Das verblüffte Henry. Er bewegte sich endlich, warf seinen Hut auf einen Stuhl. »Ich verstehe leider nicht recht. Sie haben Sandy gekannt?«

»Ja - ich habe - Sandy gekannt -«

Endlich verstand Henry. »Ach so – ich muß mich entschuldigen – ich bin ein bißchen langsam – ich verstehe – natürlich – Sie – Sie haben hier mit meinem Bruder zusammengelebt?«

»Er sagte – wenn etwas passieren sollte – dann würde ich die Wohnung bekommen – aber ich habe natürlich nicht erwartet, daß er – und jetzt, wo Sie – ich ziehe aus, sobald –«

»Das kommt nicht in Frage!« sagte Henry. »Sie müssen bleiben, Sie müssen die Wohnung behalten, es würde mir nicht einfallen – schließlich haben Sie ein Recht, und Sandy muß gewünscht haben – wirklich, es tut mir in der Seele leid – ich meine Ihr – der Verlust ... Wie lange waren Sie denn mit Sandy zusammen?«

»Oh – lange – es war ein schrecklicher –«

»Ja, das kann ich verstehen. Bitte fühlen Sie sich – ich meine, wenn ich irgend etwas für Sie tun kann –«

»Oh, ich komme schon zurecht – ich schaff das schon. Sie sind sehr freundlich –«

»Nun ja, ich fühle mich – verantwortlich; genau wie wenn ... Oh, bitte weinen Sie doch nicht!«

Ihre Wangen waren glühendrot, tränennaß. Mit einer kleinen verstörten Geste streifte sie ihr Haar über die Augen. Henry setzte sich neben sie.

»Sie sind – so nett – ach, Sie sitzen auf meinem Hut.«

»Entschuldigen Sie vielmals!«

Die Frau nahm ihren zerdrückten Hut aus Henrys verzeihungheischender Hand entgegen und rückte ein wenig von ihm ab. Sie schüttelte ihren Mantel von den Schultern, zog ihre Handtasche hinter sich hervor und begann mit einer schnellen, nervösen Bewegung sich Nase und Wangen zu pudern, wobei sie den Kopf abwandte. Der Kosmetikgeruch, die vom Weinen roten und glänzenden Wangen, die jetzt mit blaßrosa Gesichtspuder bestäubt waren, alles plötzlich so absurd, so nahe, brachte Henry ganz durcheinander. Er empfand schreckliches Mitleid, mit ihr, mit Sandy. Die instinktive, kleine schützende Geste mit dem Puder berührte ihn sehr. Sie wandte sich ihm wieder zu, und mit dem hastig aufgelegten Puder, dem gemalten Mund, den nachgezogenen Augenbrauen sah sie aus wie eine Puppe, wie ein Clown. Sandys Geliebte.

Sehr jung konnte sie nicht mehr sein, zweifellos über dreißig. Sie war mollig und nicht groß. Eine Rüschenbluse, die nicht mehr ganz sauber war, spannte sich über ihrem großen Busen. Ein Knopf hatte bereits kapituliert. Er sah, daß ihr Busen schnell auf und nieder wogte. Ihr Gesicht war rund, mit vollen Kinnbacken und einem großen, hervorspringenden Kinn. Der klebrige rote Mund unter einem Hauch von einem Schnurrbart war vollippig und ziemlich klein, die Nase breit, mit geblähten Nasenflügeln und entschieden aufgeworfen. Ihre Augen waren groß, rund, weit auseinanderstehend, von einem unbestimmten dunklen Blau, und ihr Haar, ein helles Braun, trug sie in einer ungepflegten Pagenkopffrisur. Das Gesicht war müde, erfahren, gewiß nicht das Gesicht der Jugend. Zwei tiefe Linien verliefen links und rechts neben dem Mund. Sie präsentierte sich Henry jetzt mit einer Art Mut der Verzweiflung.

»Darf ich Ihren Namen wissen?«

»Stephanie.«

»Ich meine, Ihren –«

»Stephanie Whitehouse.«

»*Miss* Whitehouse?«

»Ja, ich – ich war nie verheiratet – nur – wie mit Sandy, und er hat nie – ich bin ja nicht aus seinen Kreisen, und ich habe nie erwartet, daß er mich heiratet ... ich bin sozusagen aus der – nicht gut genug für ihn – und ich habe nie gedacht –«

»Aber er hat jahrelang mit Ihnen zusammengelebt?«

»Na ja – ja – wir waren ... Er hat es geheimgehalten. Ich nehme an, er hat sich meiner geschämt, es muß wohl so gewesen sein. Aber er hat gesagt, ich würde die Wohnung bekommen, wenn was passieren sollte –«

»Natürlich werden Sie die Wohnung bekommen«, sagte Henry. »Ich überschreibe sie Ihnen. Bitte machen Sie sich keine Sorgen. Und wenn Sie sagen, daß er sich Ihrer – aber das ist doch lächerlich – Sie dürfen auf keinen Fall glauben – Sie müssen mir erlauben, Ihnen zu helfen.«

»Ach, Sie sind so nett – ich komm schon irgendwie zurecht, ich mußte immer –«

»Aber Sandy hat Sie unterstützt?«

»Äh, ja, da war er sehr großzügig.«

»Das will ich hoffen. Aber wovon leben Sie denn jetzt?«

»Ich bekomme Sozialhilfe und –«

»Ich werde für Sie sorgen«, sagte Henry.

Sie schloß die Augen und wandte sich mit einem kleinen Aufstöhnen ab. Sie kramte nach ihrem Taschentuch. Tränen zogen Spuren in das rosafarbene Puder. Henry stand auf.

»Das sollen Sie nicht«, sagte sie. »Es ist zuviel. Ich kann mir eine Arbeit suchen. Ich hätte es schon getan, aber nach der Abtreibung ist es mir ziemlich schlecht gegangen.«

»Nach der Abtreibung?«

»Ja, ich bin schwanger geworden, aber Sandy wollte das Kind nicht, da haben wir es abgetrieben.«

»Oh –« In Henrys Kopf ging es rund. Hätte ein uneheliches Kind Sandys das Gut geerbt? Wie unglaublich das alles war, was ihm jetzt geschah. Henry wurde sich bewußt, daß er sich wie neu belebt fühlte, hatte aber keine Zeit sich zu fragen, wieso.

»Was arbeiten Sie denn?« fragte er. »Ich meine, was haben Sie gearbeitet?«

»Also, ich war – ich bin Waise, wissen Sie, und ich hab keine abgeschlossene Schulbildung. Ich bin durchgebrannt, als ich vierzehn war, und nach London gegangen. Zum Piccadilly Circus, das war der einzige Ort in London, von dem ich schon mal gehört hatte. Und dann – Sie werden das furchtbar finden – dann bin ich Stripperin geworden.«

»Sie meinen, Tänzerin?«

»Na ja, wenn Sie es tanzen nennen wollen. Ich hab – die Männer waren gräßlich. Ich hatte die ganze Zeit Angst – man mußte tun – was sie einem gesagt haben – und da wurde ich dann eine –«

»Sie wurden eine Prostituierte?«

»Ja. Jetzt werden Sie sicher nichts mehr mit mir –«

»Miss Whitehouse, bitte. Ich respektiere Sie vollkommen, bitte glauben Sie mir –«

»Es war ein furchtbares Leben.«

»Ja, das glaube ich. Ich betrachte Sie als Opfer. Aber wie haben Sie Sandy kennengelernt?«

»Er hat mich in dem Striplokal gesehen.«

Dieses plötzliche Bild Sandys, wie er in der Dunkelheit saß und zusah, wie Miss Whitehouse sich auszog, berührte Henrys Herz mit einem schrecklichen Schauder von Wahrheit. Es war auf eine verrückte Art die freundlichste Vorstellung, die er sich je über seinen Bruder gemacht hatte. Sandy der Fremde war ein Teil jener Szene, die Henry jetzt blitzartig so lebhaft vor sich sah: der stickige Saal, die schweigenden, glotzenden Männer, das unbeholfene, wehrlose nackte Mädchen.

»Ich war jünger und dünner, als ich anfing, ich war mal schön, haben sie jedenfalls gesagt. Jetzt hab ich zugenommen und –«

»Sandy hat Sie also kennengelernt und –«

»Er hat mich gesehen, und dann haben wir uns später wiedergetroffen. Im Grunde hat er mich gerettet, könnte man sagen. Ich weiß nicht, was aus mir geworden wäre, wenn Sandy sich nicht um mich gekümmert hätte.«

»Und er hat Sie geliebt.«

»Er hat gesagt, ich wäre ein *Femme-fatale*-Typ. Ich glaube, es hat ihm gefallen, daß ich – na ja, daß ich war, was ich war –«

»Der arme Sandy«, sagte Henry zu sich selbst. Die Einsamkeit, die Leblosigkeit der Toten. Er war gerührt, fasziniert, neugierig, aber etwas wie Scham hinderte ihn daran, ihr weitere Fragen zu stellen, befahl ihm, jetzt zu gehen, sie zu beruhigen und dann zu gehen.

»Aber ich wußte natürlich nicht, ob er mich auch in Zukunft mögen würde. Ich hab nicht mehr gut ausgesehen, und wenn man mit einem Mann nicht verheiratet ist, hat man keine Sicherheit, und ich hatte dauernd Angst, er würde einfach sagen, es wär vorbei.«

Ihre Stimme, mit einem schwachen Akzent der Midlands, besaß einen tiefen, schmeichelnden, streichelnden Rhythmus, der immerzu wie ein verzweifeltes Flehen klang. Vielleicht hatte sie so mit den Männern gesprochen, die ... Und dann war Sandy gekommen, und natürlich war sie nicht aus seinen Kreisen und hatte nie erwartet, daß er sie heiraten würde –

»Miss Whitehouse, ich muß gehen, ich fühle mich hier als Eindringling.«

»Bitte, nein, gehen Sie nicht.« Ihre Hand nestelte nervös an ihrer Brust, in dem Bemühen, den widerspenstigen Knopf zu schließen.

»Nein, nein, das ist Ihre Wohnung, Ihr Eigentum. Und ich hoffe, Sie werden mir erlauben, Sie finanziell zu unterstützen. Schließlich –«

»Bitte gehen Sie nicht. Ich bin froh, daß Sie gekommen sind. Ich hatte solche Angst, ich dachte, ich würde vielleicht einen Brief von einem Anwalt bekommen. Ich habe alle meine Sachen versteckt, für den Fall, daß jemand kommen sollte. Ich hatte das Gefühl, ich sollte nicht hiersein, aber ich wußte nicht, wohin. Wir hatten keine Freunde, wissen Sie. Ich habe das von ihm nur durch die Zeitung erfahren, und ich hatte keinen Menschen, mit dem ich reden konnte. Ich habe hier eigentlich wie eine Gefangene gelebt. Sandy wollte nie – Er war so eifersüchtig, dauernd hat er angerufen, um sicher zu sein, daß ich hier bin –«

Sandy eifersüchtig. Und auch schuldbewußt zweifellos. Henry verspürte heftiges, konfuses Mitleid mit beiden.

»Machen Sie sich keine Sorgen, Miss Whitehouse, sorgen Sie sich jetzt um nichts. Ich möchte nicht, daß Sie sich irgendwelche Sorgen machen –«

»Aber Sie besuchen mich doch wieder und sagen mir, was ich tun soll –?« Die großen, rotgeränderten, dunkelblauen Augen sahen scheu, unterwürfig zu ihm auf, die zaghafte, rhythmische, schmeichelnde Stimme flehte. Henry dachte, bei dieser Frau muß sich der alte Sandy wie ein Radscha gefühlt haben.

»Aber natürlich.«

»Ich habe ihn so sehr geliebt.«

»Bitte weinen Sie nicht wieder –«

»Ich werde Ihnen nicht zur Last fallen, ich suche mir eine Arbeit, natürlich nicht so eine Arbeit –«

»Nein, natürlich. Aber was – äh – was können Sie denn sonst?«

»Na ja, eigentlich nichts, aber –«

»Sorgen Sie sich nicht – und, Miss Whitehouse, laufen Sie nicht fort, ja? Es ist mir ernst mit dem, was ich sage, ich werde für Sie sorgen. Ich möchte, daß Sie hierbleiben.«

»Oh, ich danke Ihnen, ich danke Ihnen –«

»Ich muß jetzt gehen.«

»Sie sagten vorhin etwas von – ich bitte wirklich nicht gern um Geld, aber ich habe nur noch –«

»Aber natürlich, verzeihen Sie. Wissen Sie was, ich gebe Ihnen einen Scheck. Hier, wird das reichen?«

»Oh, das ist viel zuviel. Ich meinte doch nur –«

»Unsinn, nehmen Sie ihn. Ich – ich rufe Sie an. Lassen Sie mich nur die Telefonnummer notieren. Also, Sie laufen nicht fort, nicht wahr, versprechen Sie das?«

»O ja, das verspreche ich. Vielen, vielen Dank, Sie haben mir neue Hoffnung gegeben. Sie kommen doch wieder? Bitte.«

»Ja, ich werde – ich werde Sie anrufen – sehr bald – ich werde Ihnen helfen, soweit ich irgend kann – ich gebe Ihnen mein Wort. Es freut mich so, Sie kennengelernt zu haben – ich meine –«

Henry hastete zur Tür, eilig gefolgt von Miss Whitehouse. Einen Moment standen sie in dem kleinen Flur beisammen. Henry bot ihr seine Hand, dann ergriff er in kopfloser Verlegenheit ihre Hand und neigte sich ein wenig darüber, als wollte er sie küssen, tat es aber nicht. Sein Kopf streifte den stramm gespannten Stoff der Rüschenbluse, er fühlte, wie einige seiner Haare an einem Knopf hängenblieben. Er sah abgebrochene Fingernägel mit abblätterndem pinkfarbenem Nagellack. Ihre Hand war klein und schwammig und roch nach Kosmetika.

Dann war Henry draußen und rannte. Er lief am Aufzug vorbei und flog leichtfüßig die Treppe hinunter. Er rannte den ganzen Weg bis zu Harrods und sprang die Treppe hinauf in die Herrenabteilung. Mit federndem Schritt ging er auf dem dicken Teppich umher und betrachtete sich in Spiegeln. In seinem Inneren brodelte ein warmes Gebräu von Gefühlen. Er empfand rasendes Mitgefühl, Begehren, Triumph, unbändige Erheiterung. Er empfand königliche Selbstzufriedenheit. Als er sich langsam wieder beruhigte, kaufte er sich vier sündteure Hemden.

Beim Kofferpacken dachte Lucius: Sie sind alle jung, beschäftigt mit einer jungen Zukunft. Nur ich bin alt und habe eine alte Zukunft mit Krankheit, Schmerz, Einsamkeit und Tod. Selbst Gerda ist gesund und voller Energie und Pläne und Willenskraft. Und gerade jetzt, wo ich glaubte, sie würde mich vielleicht brauchen, schickt sie mich fort, und vielleicht wird Henry mir nicht erlauben zurückzukommen. Seine Zahnprothese tat ihm weh. Er hatte Schmerzen in der Brust. Eine Träne stahl sich in sein Auge, und er wischte sie weg, in die Härchen auf seinem Handrücken.

Audrey hatte widerwillig seinen geplanten Besuch akzeptiert. Audreys Mann Rex behandelte Lucius wie einen alten Mann und betrachtete ihn offensichtlich als alten Langweiler. Timmie und Robbie waren zu Hause, es würde also unablässig Wirbel herrschen. Lucius konnte nicht mit Kindern. Er würde nicht arbeiten können, es hatte darum keinen Sinn, das Manuskript mitzunehmen. Außerdem könnte er es verlieren. Sein Schlafzimmer würde ungeheizt sein, er würde mit der Familie zusammensitzen und sich im Fernsehen ansehen müssen, was sie wollten. Nirgends konnte man spazierengehen. Er würde sich in die Stadtbibliothek setzen und Haikus schreiben müssen. Wenigstens blieb ihm im Alter der Trost der Kunst. Er experimentierte weiter mit Reimen.

Narzissenweiß lügt.
Ein jeder Frühling betrügt.
Ich welke so sehr!
Ah, der junge Herr.

Gerda, die auf der Terrasse stand, um zu sehen, ob Henry im Garten war, sah plötzlich Sandys grünen Jensen aus dem Stallgebäude kommen und über die Auffahrt davonbrausen. Wenige Minuten später erschien, von einem Landrover geschleppt, der ERA und zuckelte langsam davon. Gerda erkannte den Landrover, er gehörte dem Werkstattbesitzer und Autohändler in Laxlinden. Offenbar hatte Henry beschlossen, Sandys Autos zu verkaufen. Ihr hatte er nichts davon gesagt. Er hatte sie auch nicht gefragt, was mit Sandys Papieren geschehen solle. Gerda hatte mit zusammengekniffenem Mund zugesehen, wie Rhoda Kartons voller Sachen zum Feuer hinausgetragen hatte.

Henry war ein wenig gesprächiger geworden, war nicht mehr ganz so brummig. Nachdem er Colette an dem Abend, an dem sie beide in den See gefallen waren, nach Hause gebracht hatte, hatte er bei seiner Rückkehr mit Lebhaftigkeit die Szene mit dem Boot geschildert, Colettes Verzweiflungssprung ins Wasser, seine eigene wenig heldenhafte Rolle. Sie hatten alle gelacht. Henry hatte mehr Fröhlichkeit und normale menschliche Freundlichkeit an den Tag gelegt als irgendwann sonst seit seiner Heimkehr, und in Gerda hatte sich zaghafte Hoffnung geregt. Nach seinem jüngsten Besuch in London hatte er sogar noch vergnügter gewirkt. Aber irgendwie blieb er weiterhin verschlossen und distanziert. Er verschwand oft. Er hatte zwei lange Sitzungen mit Merriman gehabt, und der Anwalt war beide Male gegangen, ohne mit Gerda gesprochen zu haben. Henry war außerdem wieder nach Dimmerstone gefahren, um den Zustand der Arbeiterhäuser zu prüfen, sagte er. (Dimmerstone gehörte der Familie Marshalson.) Gerda hätte gern gewußt, ob er auf dem Friedhof gewesen war.

Henry, der zu Fuß zum Postamt in Laxlinden gegangen war, um Briefmarken für mehrere sehr wichtige Briefe zu besorgen, drehte sich um und sah direkt hinter sich Colette Forbes stehen.

»Oh, hallo, Wassernymphe.«

»Hallo, Held.«

»Das kleine Bad im See hat dir hoffentlich nicht geschadet?«
»Natürlich nicht.«
»Darf ich dir eine Briefmarke kaufen?«
»Wie großzügig. Ich habe selbst eine.«
»Darf ich dich zurückbegleiten?«
»Und was ist mit dem gelben Volvo?«
»Woher weißt du von dem gelben Volvo?«
»Du hast mich neulich abend damit heimgebracht.«
»Ach, ja, richtig, hatte ich ganz vergessen.«
»Außerdem bist du hier in der Gegend eine Berühmtheit. Alle reden über dich und deine Taten. Wußtest du das nicht?«
»Besser, man weiß so was gar nicht erst. Aber weil heute so ein schöner Tag ist, hatte ich Lust, zu Fuß zu gehen wie die Taube.«
»Was für eine Taube?«
»Irgendeine.«
»Weißt du eigentlich, daß du einen amerikanischen Akzent hast?«
»Ja. Wer war der junge Mann, an dem wir vorbeigekommen sind?«
»Giles Gosling, der Architekt. Er macht –«
»Was macht er?«
»Entschuldige. Daddy hat gesagt, er macht Sandys Grabstein. In seiner Freizeit ist er Steinmetz.«
»Wie geht's deinem Vater?«
»Er ist böse.«
»Mit dir?«
»Ja. Er findet, ich bin nicht dankbar genug für die Frauenbefreiung.«
»Die Frauen sind noch gar nicht befreit, Gott sei Dank.«
»Er findet, ich müßte einen Beruf haben.«
»Hast du doch. Frausein.«
»Ist Mannsein ein Beruf?«
»Nein.«
»Ich werde mir wohl eine Arbeit suchen müssen.«
»Was kannst du denn?«

»Nichts.«

»Na prima.«

»Was willst denn du machen?«

»Wie meinst du das, was ich machen will?«

»Wenn Mannsein kein Beruf ist, was für einen Beruf willst du dann ergreifen?«

»Malen.«

»Wirklich? Das ist ja phantastisch. Ich wußte nicht, daß du –«

»Tu ich auch gar nicht. Ich tu's nur stellvertretend. Ich schreibe ein Buch über einen Maler. Du wirst nichts von ihm gehört haben. Max Beckmann. Er mochte Göttinnen und Huren. Keine Schulmädchen.«

»Ich bin kein Schulmädchen.«

»Warum trägst du dann einen Zopf? Du siehst aus wie zehn.«

»Und du siehst aus wie hundert. Du hast graue Haare.«

»Gar nicht wahr.«

»Eines auf jeden Fall.«

»Ich bin also nicht besser als Lucius Lamb.«

»Ich mag Lucius Lamb.«

»Warum bist du so aggressiv?«

»Warum bist *du* so aggressiv? Hier geht's nach Pennwood. Kommst du mit, meinen Vater besuchen?«

»Nein. Er verachtet mich.«

»Tut er nicht.«

»Doch. Wiedersehen.«

»Warum gehst du in der Richtung? Das Tor ist doch abgesperrt.«

»Das weiß ich, Schlaubergerin. Ich klettere drüber.«

»Dann komm ich mit und schau mir das an.«

»Wer wohnt in den umgebauten Katen beim Pub?«

»Giles.«

»Giles?«

»Giles Gosling, der Architekt.«

»Ich höre, dein Vater hat die Eichenwiese gekauft.«

»Ja. Ich hoffe, es macht dir nichts aus.«

»Warum sollte es mir was ausmachen?«

»Er verbaut sie nicht.«

»Schade. Ich finde, jeder sollte alles verbauen.«

»Da ist dein Tor.«

Henry kletterte über das Tor, ohne Eile und vorsichtig auf seine Hose achtend, als er sich oben hinüberschwang. Er ließ sich auf der anderen Seite hinunter; dann blieb er stehen, die Hände an den Torstangen, und sah zwischen ihnen hindurch Colette an. Die Sonne schien zwischen Streifen gelber Wolken von einem blaßblauen Himmel. Amseln und Drosseln zwitscherten im Konzert. Colette trug ein leichtes Kittelkleid mit einem Streublumenmuster in Grün und Blau. Sie hatte ihren Zopf über die Schulter nach vorn gezogen und hielt das Ende in der Hand.

»Tschüs, Wasservogel.«

»Tschüs, Gutsherr.«

Henry ging langsam zwischen den Tannen davon, hörte dem Gesang der Vögel zu, fühlte die feuchte Wärme der Frühlingssonne und dachte an Stephanie Whitehouse.

Lucius keuchte mit seinem Koffer die Treppe hinunter, stellte ihn im Foyer ab und legte seinen Mantel darüber. Er überlegte, ob er seinen Strohhut mitnehmen sollte. Es konnte heiß werden, und er bekam immer entsetzliche Kopfschmerzen, wenn er seine Augen nicht abschirmte. Wenn er den Strohhut mitnahm, würde er ihn auf der Reise tragen müssen. Seine Mütze ließ sich einpacken, aber nicht der Strohhut. Nun, vielleicht würde Rex ihm einen Hut leihen? Aber Rex' Kopf war zweifellos kleiner als seiner, schließlich hatte der arme Rex eine Glatze. Beim Gedanken an die unangenehme Reise und die Auslöschung seines gewohnten Lebens überwältigte ihn reine Verzweiflung. Die Treppe hinunter war ihm schwindlig geworden. Ihm war gründlich übel, und er hätte sich gern niedergelegt. Er holte seine Mütze und seinen Strohhut aus der Garderobe, setzte den Hut auf und steckte die Mütze ein. Er hob den Telefonhörer ab, um das Dorftaxi zu rufen, das ihn zum nächsten Bahnhof bringen sollte. Nachmittags fuhr kein Bus.

Gerda kam aus dem Salon. »Was tust du denn da? Und wieso hast du deinen Strohhut auf?«

»Ich telefoniere nach einem Taxi«, sagte Lucius mit schallender Stimme.

»Warum? Wieso hältst du nicht deinen Mittagsschlaf?«

»Weil ich zu Audrey fahre!«

»Schrei mich nicht an«, sagte Gerda. »Ich hatte vergessen, daß du heute fährst.«

»Ach ja? Du befiehlst mir zu verschwinden und bereitest damit mir und meiner Schwester die größten Ungelegenheiten, und dann bringst du nicht einmal genug Anteilnahme oder Höflichkeit auf, um dich zu erinnern, wann ich verschwinde.«

»Hast du getrunken?«

Wie ein Geist huschte Henry der Leichtfüßige, der zur Haustür hereinkam, zwischen ihnen hindurch und flog, zwei Stufen auf einmal nehmend, die Treppe hinauf. Sein hüpfender Schritt verlor sich im oberen Flur in Richtung des Queen-Anne-Traktes.

»Komm hier rein«, sagte Gerda. »Ich möchte mit dir reden.«

»Dann verpasse ich den verdammten Zug.«

»Komm schon.«

Lucius nahm seinen Strohhut ab, warf ihn zu Boden und gab ihm einen Tritt. Er folgte Gerda in den Salon und schloß geräuschvoll die Tür.

»Wie kannst du es wagen, vor meinem Sohn so mit mir zu sprechen!« Gerda, deren dunkles Haar mit der großen Schildpattspange streng zurückgenommen war, trat mit glühenden Augen, das helle, blasse Gesicht vorgeschoben, die große Nase zornig gerümpft, so dicht an ihn heran, daß sie ihm fast auf die Füße stieg.

Lucius schlängelte sich an ihr vorbei. »Es tut mir leid, meine Liebe, es tut mir leid –«

»Ich lasse mich in meinem eigenen Haus nicht anschreien.«

»Es tut mir leid, aber ich dachte, du hättest wenigstens daran denken können –«

»Weshalb sollte ich daran denken?«

»Ich habe es beim Frühstück erwähnt –«

»Da habe ich nicht zugehört. Ich habe Wichtigeres im Kopf als deinen Fahrplan.«

»Ich weiß, es ist nur für mich von Bedeutung, alles, was mich betrifft, ist nur für mich von Bedeutung.«

»Ach, hör auf zu jammern.«

»Wenn ich nicht anrufe, verpasse ich den Zug.«

»Hör zu, ich hab's mir anders überlegt. Ich möchte nicht, daß du fährst.«

»Was?«

»Es ist ein Glück, daß ich dich erwischt habe, sonst hättest du dich vielleicht einfach davongeschlichen.«

»Das hättest du mir sagen können, bevor ich gepackt hatte, ich komme mir –«

»Komm, setz dich, nein, leg erst noch etwas Holz aufs Feuer, bitte.«

»Soll ich nur heute nicht fahren oder überhaupt nicht? Es wäre mir eine große Erleichterung, wenn –«

»Ach, hör auf, mich zu quälen. Setz dich.«

»Ich muß Audrey anrufen.«

»Lucius, hör auf zu bibbern und zu babbeln. Hör jetzt mal zu –«

»Warum willst du auf einmal nicht mehr, daß ich fahre?«

»Ich möchte, daß du John Forbes besuchst.«

»Was?«

»Du siehst ihn doch hin und wieder, nicht wahr? Ich meine, ihr redet doch noch miteinander?«

»Hm«, machte Lucius. Sie saßen beide am Feuer. »Ich treffe ihn ab und zu im Dorf. Ich war seit einer Ewigkeit nicht mehr bei ihm zu Hause.« Gerda, die ihn darin bestärkt hatte, Forbes zu vernachlässigen, schien genau das ihm jetzt übelzunehmen.

Die vogelköpfige Rhoda trat auf leisen Sohlen mit dem Teetablett ein und deckte mit flinken behandschuhten Händen einen zerbrechlichen kleinen Teetisch neben Gerdas Sessel.

Als sie gegangen war, sagte Gerda: »Ich möchte, daß du ihn besuchst.«

»Einfach so? Wird das nicht etwas merkwürdig aussehen?«

»Du wirst schon einen Vorwand finden, irgendwas, bring ihm ein Buch oder was.«

»Ein Buch?«

»Wiederhol doch nicht dauernd meine Worte. Hier ist dein Tee.«

»Ach, Gerda, ich bin so froh, nicht fahren zu müssen. Es tut mir leid, daß ich eben so grob war –«

»Du gehst gleich morgen zu ihm.«

»Aber warum – warum liegt dir plötzlich daran, daß ich John Forbes besuche?«

»Ich möchte wieder freundschaftlichen Verkehr mit den Forbes. Ich möchte wieder ein regelmäßiges Kommen und Gehen zwischen ihrem Haus und unserem.«

»Ich verstehe nicht«, sagte Lucius. »Ach, du lieber Gott, du willst doch nicht etwa Henry und Colette Forbes verkuppeln?«

»Doch, das will ich«, sagte Gerda. »Es kann natürlich sein, daß nichts dabei herauskommt, aber verrückt ist die Idee nicht, und es ist wenigstens eine Idee. Ich möchte, daß Henry hierbleibt, er soll nicht nach Amerika zurückgehen, er soll keine Amerikanerin heiraten. Colette ist jung und dumm und nicht unbedingt die Frau, die ich mir als Schwiegertochter ausgesucht hätte, aber sie ist ein anständiges junges Mädchen aus einigermaßen guter Familie, fähig zur Loyalität und auch fähig, Vernunft zu lernen, und sie ist das Landleben gewohnt. Ich habe mich neulich abend ein bißchen mit ihr unterhalten und hatte einen recht guten Eindruck von ihr. Zumindest würde ich sie gern häufiger sehen. Und Henry schien sie zu gefallen, sie scheint das erste überhaupt zu sein, was ihm seit seiner Rückkehr nach England gefallen hat. Du weißt doch noch, wie vergnügt er an dem Abend war, nachdem er sie nach Hause gebracht hatte. Er ist überhaupt insgesamt munterer und gesprächiger seitdem. Selbst wenn sich nichts entwickelt, ist das Mädchen junge Gesellschaft für ihn, und er wird sich vielleicht damit anfreunden zu bleiben. Ich möchte, daß er das Gefühl hat, hier zu leben, nicht nur Gast zu sein. So, das sind die Gründe, weshalb du John Forbes besuchen mußt.«

»Aber angenommen, John Forbes will gar keine Freundschaft?«

»Er wird sie wollen. Er hat sicher auch schon in diese Richtung gedacht. Und das Mädchen würde mit beiden Händen zugreifen.«

»Das ist die Frage. Vielleicht hat sie schon einen.«

»Das glaube ich nicht. Wie dem auch sei, das mußt du eben rausfinden.«

»Tja«, sagte Lucius und fügte hinzu: »Wenn Henry Colette heiraten würde, bekämen wir natürlich die Eichenwiese zurück, und John gehört der ganze Grund auf der anderen Seite bis zum Fluß.«

Gerda sagte nichts, runzelte jedoch leicht die Stirn. Sie dachte daran, wie wenig sie im Grunde eine Heirat Henrys wünschte, aber da ein Erbe her mußte, wäre es zweifellos nicht das schlechteste, wenn er dieses Mädchen heiratete, das Gerda so leicht beherrschen und formen konnte. Sie hatte sich Sorgen gemacht, Henry könnte in Amerika homosexuell geworden sein. Lucius, den Colettes junge Schönheit am Abend des Zwischenfalls am See ergriffen hatte, dachte, wie traurig es war, alt zu sein und keine aufregenden Pläne mehr zu haben, und beneidete Henry, der wie ein Vogel die Treppe hinauffliegen konnte und für den die Netze nach jungen hübschen Mädchen ausgelegt werden sollten. Und er freute sich nicht besonders darauf, John Forbes zu besuchen. Was für einen Vorwand konnte er sich schon einfallen lassen? Aber er war zutiefst erleichtert, daß er nicht zu Audrey fahren mußte. Verstohlen nahm er sich ein zweites Stück Kuchen.

Oben betrachtete Henry der Harlekin sich währenddessen im Spiegel. Er hatte einen grauen Zylinder auf, seinen eigenen, von früher, den er auf dem Boden des Schranks entdeckt hatte. Er rückte den Hut zurecht, schob ihn genau den einen Millimeter nach hinten, riß die Augen auf, stopfte sein lockiges Haar weg und starrte sich leuchtenden Blicks an. Obwohl es draußen noch hell war, hatte er eine Lampe angemacht. Im gelben Lampenlicht wirkte sein Gesicht eingefallen, aber nobel, aristokratisch. Er nahm den Zylinder ab und setzte eine schwarze Baskenmütze auf, ebenfalls ein Relikt aus der Vergangenheit. Er kniff die Augen zusammen und zog zynisch die Mundwinkel herab. Neurotisch, gefährlich, *louche*. Er zog die Baskenmütze vom Kopf und setzte eine Melone auf und lächelte mit heimlicher, starker ironischer Belustigung.

Er tat die Hüte weg und legte sich aufs Bett, zog die Knie hoch und verschränkte die Hände hinter seinem Kopf. Sein Blick war in weite Ferne gerichtet. Neben ihm kauerte mit runden Gliedern Calypso, eine blaue Kette um den Hals, und streichelte sanft seinen Körper, wobei sie ihr schönes klares Gesicht über ihn neigte. Doch der pläneschmiedende Henry beachtete sie nicht. Sein ernster Blick unter gerunzelten Brauen kündete von gewichtigen Gedanken: verzweifelte Pläne, Zerstörung und Flucht.

Henry sah vor sich jetzt einen vollippigen Mund, feucht von klebrigem rotem Lippenstift und Tränen. Er sah schillernde pinkfarbene Fingernägel, abgebrochen und gesprungen. Er sah scheue, flehende, runde, dunkelblaue Augen, sanfte Augen. Sandy hatte sich dieser Frau gegenüber wie ein Schuft benommen. Doch im Nachdenken über seinen Bruder in dieser neuen und unerwarteten Rolle war er dem Mitleid, etwas, das einen weinen machen konnte, näher denn je seit seiner Rückkehr. Sandy war tot. Stephanie Whitehouse war übrig. Er durfte nicht zulassen, daß sie davonglitt und verschwand. Er mußte, getrieben von einer Mischung aus Mitleid und Rache, die Macht über dieses Geheimnis aus Sandys Vergangenheit behalten und es irgendwie sicher, unbeschmutzt und rein bewahren. Stephanie Whitehouse war seine Gefangene, die ihm zustehende Beute aus dieser Expedition in das Leben seines Bruders. Geld hatte sie zu Sandys Gefangener gemacht und würde sie, wenn er es wünschte, zu seiner machen. Er freute sich unbändig darauf, sie wiederzusehen.

STÄNDIGES BESCHÄFTIGTSEIN WAR DIE REGEL IN PENNWOOD. JOHN Forbes war insgeheim froh zu sehen, daß seine Tochter keinen Moment müßig war. Er fragte sich, ob dieser Fleiß spontan war oder ob Colette sich bemühte, ihm zu gefallen. Sie hatte das Haus von oben bis unten geputzt, im Garten das Unkraut gejätet, seine Kleider gewaschen und ausgebessert. Abends sah sie fern oder las. Sie ließ das Buch, das sie las (absichtlich?) auf dem Tisch liegen. *Religion und der Aufstieg des Kapitalismus*. Sie kochte besser. John konnte nicht umhin, sich über diese Verbesserung seines Lebensstandards zu freuen.

Was Geist und Seele betraf, war die Angelegenheit um einiges weniger klar. John war immer noch verwirrt und erschüttert über Colettes ungewöhnlichen Ausbruch am Abend ihrer Ankunft. War es denkbar, daß er ein tyrannischer Vater gewesen war? Er konnte es nicht glauben. Er war sicher, seine Kinder nie lächerlich gemacht oder ihnen Furcht eingeflößt zu haben. Er hatte sie immer wie Erwachsene behandelt, wie reife, freie Menschen. Er hatte sie nicht verhätschelt oder als zarte Pflänzchen betrachtet, aber das war doch gewiß richtig gewesen. Sie waren so robust und vernünftig gewesen. Seine offene, freimütige Art ihnen gegenüber schien ihm von Anfang an das absolut Richtige zu sein. Er hatte ihnen stets die Wahrheit gesagt, wie unangenehm auch immer, und sie hatten sich nie geduckt. Sie waren beide stark, und als sie jung gewesen waren, hätte er schwören können, daß nicht ein Funken Unvernunft in ihnen steckte. Catos Abkehr war für John noch immer ein unfaßbarer Horror. Alles hatte mit diesem schicken Sherrytrinken mit den Internatsknaben aus ›alten katholischen Familien‹ begonnen. Und jetzt Colette. John konnte nicht einsehen, daß ihm ein Vorwurf zu machen sei. Ganz gewiß konnte er sich nicht als Tyrannen sehen. Colette war an diesem ersten Abend sehr müde und gereizt gewesen. Sie hatten das Thema nicht noch einmal angeschnitten, hatten seit ihrer Rückkehr überhaupt nichts Ernstes besprochen.

John, der seine Tochter beobachtete, sah sie jetzt erwachsener, weniger kindlich. Er glaubte selbstverständlich ihrer Behauptung, noch unberührt zu sein, da er wußte, daß sie ihn niemals belügen würde. Sexuelle Erlebnisse hatten diesen Wandel nicht herbeigeführt. Nach einer Weile jedoch sagte er sich, daß das, was er jetzt an ihr sah, nicht eine neue Reife war, sondern eher so etwas wie ein absurdes Erblühen jungmädchenhafter Selbstsicherheit. Vielleicht war es einfach so, daß sie hübscher geworden war und es wußte. Colette war jetzt etwa in dem Alter, in dem Ruth gewesen war, als John sie kennengelernt hatte, als sie beide in Birmingham moderne Geschichte studiert hatten. Ruth war untersetzter gewesen, nicht so groß, ihr Haar kurz und mausbraun, ihr Gesicht voller, mehr Catos ähnlich, nicht hübsch, aber mit einem wunderbaren ruhigen, klugen, humorvollen Ausdruck, der bewirkte, daß John schon beim ersten Anblick hingerissen war. Colettes Gesicht war knochiger, mehr wie seines. John und Colette waren schlanke Typen, wobei John jetzt, da sein helles rötliches Haar anfing grau zu werden und sich am Scheitel lichtete, hagerer wirkte. Cato würde später dick werden, wie Ruth es geworden wäre. Colette hatte die klaren braunen Augen ihrer Mutter, doch während Ruths Augen immer in Nachdenken oder Lachen zusammengekniffen gewesen waren, waren die Colettes, fast wie absichtlich, immer weit geöffnet, ihr Blick verschwiegen und mit dem Glanz irgendeiner inneren Kraft oder auch einfach der Selbstzufriedenheit eines jungen Mädchens.

Ja, John gelangte allmählich zu dem Schluß, daß Colettes Ausstrahlung selbstgewisser Reife, während sie ihren einfachen Haushaltsarbeiten nachging, nicht mehr (und natürlich nicht weniger) war, als eine völlig irrationale Freude darüber, gut auszusehen, gesund und jung zu sein. Und warum auch nicht, sagte er sich ziemlich widerwillig. Wenn sie langbeinig und leichtfüßig, flink, halb lächelnd, das lange Haar geflochten, damit es ihr bei der Arbeit nicht im Weg war, durch das Haus lief oder sprang, spürte er die Kraft in ihr, als wäre eine neue starke Strahlungsquelle in seiner Nähe errichtet worden. Es war keine intellektuelle Kraft, aber sie war auch nicht rein sinnlicher Natur, es war eine geistige Kraft, jedoch Geist in einer rohen, jungen, beinahe wilden, beinahe gefährlichen, beinahe unbewußten Form. Sie ist wie ein junger Ritter, dachte er, in diesem so neuen, so schlichten Glauben an die Macht der Unschuld. Sie träumt vielleicht von Abenteuern, von Kämpfen für die gerechte Sache, in denen ihre Reinheit in Mut und Stärke verwandelt wird. Sie glaubt, sie wird ein unverdorbener Einfluß sein, eine Retterin, die irgendeinen unglücklichen Mann ›von sich selbst‹ erlösen wird. Mit einer rührenden Anmaßung mißt sie sich Wert bei, lediglich weil sie ein unberührtes junges Mädchen ist. Armes Kind. Da ist sie nun, wild entschlossen, sich und andere in endlose Schwierigkeiten zu stürzen. Alles, was er an *Erziehung* in sie investiert hatte, hatte nicht Lerneifer hervorgebracht, sondern in dieser besonderen kindlichen Art geistigen Hochmuts geendet. Doch in gewisser Weise war er auch beeindruckt von ihr und erfreut über seine eigene erwachte Sensibilität.

»Daddy, Lucius Lamb kommt die Straße rauf. Ich hab ihn vom oberen Fenster aus gesehen.«

»Lucius? Kommt hierher? Ja, sieht ganz so aus.«

Es war früher Abend, und John hatte gerade die Lampe auf seinem Schreibtisch eingeschaltet, an dem er am ersten Entwurf für einen Aufsatz schrieb. Ein dunstiger Himmel von gleichmäßig dunkelndem, leuchtendem Graublau hing hinter dem Garten, wo die Bäume alle von Dunst umwoben waren und üppig grünliche und rötliche Knospen trugen. Einige Vögel sangen gewissenhaft, als wollten sie ihre Lieder zu Girlanden auffädeln.

John legte verärgert seinen Füller weg. Ein, zwei Augenblicke später klopfte es an der Haustür, und Colette lief hinunter, um aufzumachen. John folgte langsamer und sah durch die offene

Tür, hell erleuchtet von der Lampe, die Colette auf der Veranda angeknipst hatte, das lächelnde Gesicht von Lucius Lamb.

»Hallo, Colette, meine Liebe. Hallo, John. Ich habe gerade einen Abendspaziergang gemacht und dachte, ich schau mal vorbei und seh, wie's euch geht.«

»Wie nett«, sagte John.

Colette musterte Lucius mit ihrem klaren, forschenden, weit offenen Blick, während ihre Hände mit der anmutigen Reglosigkeit der Jugend an ihren Seiten herabhingen.

Es gab einen Moment der Verlegenheit, den John absichtlich verlängerte, ehe er sagte: »Möchtest du nicht reinkommen?«

Er ging voraus ins Wohnzimmer, wo er geräuschvoll Licht machte und die Vorhänge vor den Fenstern schloß. Er schaltete den elektrischen Kamin ein. Er und Colette saßen gewöhnlich in der Küche. Lucius folgte, seine Mütze in der Hand, immer noch lächelnd.

Pennwood, das ursprünglich Rosebay Cottage geheißen hatte und von Ruth, die ebenfalls aus einer Quäkerfamilie stammte, umgetauft worden war, war kurz nach dem Ersten Weltkrieg erbaut worden. Es war ein gediegenes, kleines hübsches Haus. Das Wohnzimmer mit seinem glänzenden cremefarbenen Anstrich, dem Erkerfenster und dem niedrigen Fenstersitz war ein schlichter schöner Raum, unverändert seit den Tagen, als Ruth es kurz nach der Heirat mit John eingerichtet hatte. Die braun-gelben Leach-Schalen, die himmelblauen Keramikkerzenhalter mit immer denselben schwarzen Kerzen standen, wo sie immer gestanden hatten, auf dem lackierten Regal, das den offenen Kamin umrahmte. Der wollene Vorleger war Ruths Werk. Die Fotografien, die sie in Griechenland gemacht und selbst gerahmt hatte, hingen immer noch an den Wänden. Mit Ruths Geld war das kleine Haus gekauft worden. Mit ihrem Geld, dem, was davon übrig war, war die benachbarte Eichenwiese gekauft worden, die in aller Hast wegen des Boots, das Sandy nicht mehr hatte kaufen können, losgeschlagen worden war. Ein Kollege und Betriebswirt hatte John Forbes geraten, seine Ersparnisse in Grund und Boden anzulegen.

John sah seinen alten früheren Freund natürlich hin und wieder auf der Straße oder im Dorf, aber sie hatten nun schon seit geraumer Zeit kein längeres Gespräch mehr miteinander geführt. Da John der Bruch zwischen Pennwood und Laxlinden Hall so zwangsläufig, beinahe natürlich erschien, war ihm nicht in den Sinn gekommen, den Verlust Lucius' zu bedauern, dessen Gesellschaft er früher wirklich geschätzt hatte. Johns gesellschaftliches Leben spielte sich größtenteils in der Universität ab, wo er während des Semesters gewöhnlich vier Tage die Woche verbrachte. In Laxlinden hatte er, wenn er nicht Freunde über Nacht einlud, kaum Gesellschaft, abgesehen von Bellamy, dem Lehrer Eccles, der zur Zeit im ›Austausch‹ weg war, und Bekannten wie dem Hilfspfarrer und Gosling, dem Architekten, den er im *Horse and Groom* traf. Lucius kam nie ins Pub, zweifellos weil Gerda es verbot. John war gern allein und erklärte seinen akademischen Freunden immer, ständige menschliche Gesellschaft würde ihn wahnsinnig machen. Aber gegen ein gelegentliches Gespräch mit Lucius hätte er nichts einzuwenden gehabt, wären nicht Gerdas ›Vornehmgetue‹, ihre alte Feindseligkeit gegen Ruth, der Streit über das Wegerecht, die Kühle wegen der Wiese und die Lächerlichkeit von Lucius' Situation gewesen, die unwiderstehlich Johns Sarkasmus herausforderte. Lucius hatte seine Empfindlichkeiten und John seinen Stolz, und so schien die Spaltung nun zum Dauerzustand geworden zu sein.

Jetzt jedoch, nach seinem ersten Ärger über die Störung, freute sich John durchaus, Lucius zu sehen. Ein alter Freund, das ist schließlich auch ein Dauerzustand. Vorfühlen, sich in Pose werfen, sich gegenseitig abtasten, auf all das kann man verzichten. Es fehlen die Schranken, die im Lauf des Lebens der Menschen immer höher zu werden scheinen. Freundschaften, die mit zwanzig geschlossen und gepflegt worden sind, können sich etwas von der naiven Offenheit der Jugend bewahren. Lucius war zwar älter als John Forbes und schon im Begriff gewesen, sein Studium zu beenden und ins literarische Leben einzutreten, als John an die Universität kam, aber sie waren doch enge Freunde geworden; zunächst, wie John sich kopfschüttelnd erinnerte, weil er Lucius' Gedichte bewundert hatte.

Colette, die sich zu ihnen setzen und mit ihnen hätte reden können, hatte beschlossen, den fürsorglichen Engel zu spielen und eine Flasche Sherry und zwei Gläser hereingebracht, um sich dann, immer noch ihr verschwiegenes, selbstzufriedenes Lächeln auf den Lippen, zurückzuziehen. Die Atmosphäre war gemütlich. Sogar Lucius schien ein wenig lockerer zu werden.

»Also, Lucius, was macht das große Buch? Ich beneide dich, daß du die Zeit zum Schreiben hast.«

»Hm, tja, das Buch, ja. Ich habe mich entschlossen, es zu kürzen, es irgendwie persönlicher zu gestalten.«

»Es tut mir leid, das zu hören. Wir haben persönliche Bücher genug, sollte ich meinen. Ich habe mich auf eine tiefgehende Analyse marxistischer Begriffe gefreut.«

»Weißt du, John, es fällt mir schwer, es zu sagen, aber ich glaube, ich bin endlich fertig mit dem Marxismus. Ich hab das Virus nicht mehr im Blut. Ich schreibe wieder Lyrik.«

»Das kann nicht dein Ernst sein. Nichts ist wichtiger als die Frage, wie wir zu Marx stehen. Du hast das Wissen und du hast die Zeit, im Gegensatz zu uns Auftragsschriftstellern, die für ihren Lebensunterhalt arbeiten müssen –«

»Ich merke, daß das alles mit zunehmendem Alter immer uninteressanter wird. Ich denke lieber über mich selbst nach.«

»Das hört sich an, als wärst du reif fürs Altersheim.«

»Der Kapitalismus, die Sowjets, das sind doch nur zwei Staatsformen, beide gleichermaßen wirr und plump, unsere ist nur deshalb besser, weil sie keine Tyrannei ist. Der Sozialismus ist nichts weiter als eine überholte Illusion. Da kannst du jeden in Osteuropa fragen.«

»Lucius, um Gottes willen! Wie hast du das letztemal gewählt?«

»Gar nicht.«

»Gar nicht? Wie kannst du die Dinge denn auf die Reihe bringen oder hoffen, sie zu verbessern –«

»Ich kann es nicht, und ich tu es nicht.«

»– wenn du nicht an Marx festhältst? Ich meine nicht Stalins Marx.«

»Ich weiß. Du meinst den echten Marx, deinen Marx. Jeder Idealist hat einen. Es ist wie eine Religion.«

»Du warst Historiker. Aber ich vermute, das behäbige Landhausleben –«

»Offen gesagt, ich geb die ganze Sache auf. Ich bin der Meinung, daß der Marxismus nur ein schrecklicher Irrtum ist.«

»Na schön, vergessen wir Marx, wenn dir der Name nicht gefällt. Wie steht es mit der englischen Tradition, wie –«

»Ach, die englische Tradition ist ganz in Ordnung, aber sie ist ein Lebensstil, keine Pseudowissenschaft.«

»Lucius! Du bist ein Tory geworden.«

»Vielleicht erkenne ich nur endlich meine Grenzen. Apropos Religion, wie geht es Cato?«

»Laß das!«

»Und Colette – wie hübsch sie geworden ist.«

»Sie hat auch nicht gewählt. Herrgott nochmal!«

»Gerda läßt dich übrigens herzlich grüßen.«

»Oh.«

»Und Henry ebenfalls.«

»Was macht denn dieser kleine Scheißer?«

»Oh, er – er hat sich sehr gebessert – sehr, sehr gebessert, würde ich sagen –«

»Das war auch dringend nötig.«

»Er nimmt seine Pflichten sehr ernst.«

»Was für Pflichten? Ach, du meinst den Reichtum.«

»Er inspiziert den ganzen Besitz, er will die Arbeiterhäuser in Dimmerstone renovieren –«

»Wann geht er wieder nach Amerika?«

»Er geht nicht, er wird –«

»Lucius, das, was du eben über den Marxismus gesagt hast, kann nicht dein Ernst sein. Jeder vernünftige Entwurf für soziale Gerechtigkeit –«

»Stimmt es übrigens, daß du auf der Eichenwiese bauen willst?«

»Ich habe das Geld nicht. Wenn ich es hätte, würde ich ruck, zuck zwanzig Häuser bauen. Die Wohnungsnot im Dorf –«

»Du baust also nicht?«

»Die Wohnungsnot im Dorf ist weiß Gott erschütternd – Bellamy hat mir erzählt –«

»Aber um auf Colette zurückzukommen –«

»Die Wohnungsnot ist heute das größte soziale Problem –«

»Hat sie einen Freund?«

»Wie viele Zimmer hat das Gutshaus? Zwanzig, dreißig?«

»Es würde mich interessieren, ob Colette einen Freund hat.«

»Ach, Colette! Woher soll ich das wissen? Ich bin nur ihr Vater.«

»Sie ist nicht verlobt oder so was?«

»Heutzutage verloben die sich nicht mehr, sie werden gleich schwanger.«

»Gerda läßt übrigens auch Colette herzlich grüßen und –«

»Lucius, was soll das alles? Will Gerda die Eichenwiese zurückkaufen?«

»Nein, nein –«

»Wenn sie das nämlich vorhat –«

»Nein, sie läßt nur Colette ganz herzlich grüßen und hofft, sie oben im Haus zu sehen, und dich natürlich –«

»Gerda muß wohl Gehirnerweichung haben. Lucius, warum kommst du nicht ab und zu her? Ich muß dich über den Sozialismus belehren, oder erlaubt Gerda dir das nicht?«

»Du verstehst nicht –«

»Ich finde es fürchterlich, dich als Schoßhündchen dieser verdammten Person zu sehen, jeder Mann mit einem Funken eigenem Willen wäre längst abgezogen.«

»Zufällig lieben wir einander.«

»Blödsinn! Verheiratete lieben einander, sie müssen, sie wachsen zusammen. Du und Gerda, ihr krebst seit Jahren in den schäbigen Resten einer sentimentalen Freundschaft herum, die von Anfang an nichts als Illusion war.«

»Du hast kein Recht, so über das Leben anderer zu sprechen, du weißt nicht –«

»Mensch, ich hab's doch gesehen, ich hab gesehen, wie du dich in Gerda verliebt hast, es war wie in einem schlechten Film.«

»Du warst natürlich überzeugt, die vollkommene Ehe zu führen, und alle anderen lebten in einem bösen Traum –«

»Sag du kein Wort über meine Ehe. Du hast Gerda noch darin bestärkt, über Ruth zu lachen, du hast gesagt, sie wäre ein Blaustrumpf –«

»Hab ich nicht –«

»Ich erlaube dir nicht, über Ruth zu sprechen, ich lasse nicht zu, daß du oder dieses snobistische Luder, von dem du lebst, ihren Namen in den Mund nehmt.«

»Ich habe doch gar nichts über Ruth gesagt –«

»O doch, du hast unterstellt –«

Colette kam herein. Sie hatte ihr Haar gelöst, das nun nur gekämmt glatt über ihren Rücken fiel. Sie hatte sich umgezogen und trug jetzt ein weites knöchellanges Kleid aus lilafarbener Baumwolle. Sie kam eilig herein, wie jemand, der eine Nachricht bringt.

Lucius und John standen auf. »Sie sehen aus wie die Athene auf unserem Gobelin«, sagte Lucius.

»Du meinst, Gerdas Gobelin. Colette, Herrgott noch mal, paß doch auf, halt dein Kleid vom Heizstrahler weg. Wozu hast du dich überhaupt umgezogen? Wir feiern hier keine Party.«

»Gerda läßt Sie herzlich grüßen und hofft –«

»Colette, ich verbiete dir, mit diesen Leuten zu verkehren, aber das würdest du ja sowieso nie tun. Lucius, es tut mir leid, man sollte vernünftig sein und nicht streiten, ich entschuldige mich. Komm doch wieder und laß uns ab und zu miteinander schwatzen, nur fall mir nicht mit ihrer Ladyschaft und Henry, diesem Kümmerling, auf die Nerven, mir kommt schon bei dem bloßen Gedanken an die beiden alles hoch.«

Später, wieder sicher zu Hause, an einem warmen Feuer, war Lucius ins Verhör genommen worden.

»Er baut also nicht auf der Eichenwiese?«

»Nein.«

»Und sie ist nicht verlobt oder so was?«

»Nein, frei wie ein Vogel.«

»Und sie waren freundlich?«

»Oh, sehr.«

»Du hast ihnen meine Grüße ausgerichtet?«

»O ja.«

»Und wirkten sie erfreut?«

»Ja, durchaus.«

»Diese Quäker sind nicht auf den Kopf gefallen. John Forbes war da wie der Blitz, als er davon Wind bekam, daß die Wiese zum Verkauf steht.«

»Aber sie sind auch stolz.«

»Oh, ich werde taktvoll sein, ich werd die Kleine einladen –«

»Warte lieber noch ein wenig, zuviel Eifer –«

»Vielleicht könnte Henry ... Jedenfalls waren sie interessiert, soweit du feststellen konntest, das ist gut, das hast du gut gemacht.«

»Danke«, sagte Lucius.

Henry, der sich einen Brandy holen wollte, kam herein. Seine Anwesenheit vorher beim Abendessen hatte eine Diskussion verhindert.

»Henry, mein Junge, warum lädst du Colette Forbes nicht zu einer Partie Tennis ein?«

»Ich spiele nicht Tennis.«

»Ich dachte, du hättest es vielleicht in Amerika gelernt.«

»Nein.« Henry ging hinaus und knallte die Tür zu.

Vor dem Zubettgehen sagte John Forbes zu seiner Tochter: »Was zum Teufel hat das zu bedeuten, daß plötzlich Lucius Lamb hier antanzt?«

»Keine Ahnung«, sagte Colette.

»Ich versteh's nicht. Vielleicht hat er sich endlich doch entschlossen, das Weite zu suchen. Ich hätte teilnahmsvoller sein sollen.«

»Ich habe den Falken wiedergesehen«, sagte Henry.

»Ach, auf dem Weg bist du gekommen«, sagte Cato.

»Dieses öde Trümmerfeld hat was Dramatisches, man hat alle möglichen Ausblicke. Was soll da gebaut werden?«

»Ein Luxushotel.«

»Na ja, die Leute brauchen wahrscheinlich Hotelzimmer.«

»Sie brauchen billige Hotelzimmer.«

»Ich war nicht sicher, ob ich dich noch hier antreffen würde.«

»Beinahe hättest du mich nicht mehr angetroffen. Ich gehe morgen.«

»Wohin?«

»Zu einem Priester, Pater Craddock. Ich geb dir die Adresse.«

Cato hatte den Besuch bei Brendan aufgeschoben, um sich erst einmal über seine Situation klarzuwerden. Nun plötzlich hatte er, von, wie ihm schien, barmherziger Schwäche übermannt, beschlossen, die Prüfung seiner Situation bis nach seinem Besuch bei Brendan aufzuschieben. Wollte er also, daß Brendan auf ihn einwirkte, sagte, bleib bei Gott, lieb den Schönen Joe weiter? Diese Vorstellung war nun für Cato der Inbegriff der Seligkeit: Wenn er nur weiterhin im Schoß seiner Religion bleiben und von ihr lernen könnte, wie er diesen Jungen in seiner Nähe behalten konnte, ohne sie beide irgendwie zu zerstören. Er hatte seinen Koffer gepackt. Er hatte Joe hergebeten, um ihm auf Wiedersehen zu sagen. Er wußte noch nicht, wie er es sagen würde: ein kurzes auf Wiedersehen, ein beiläufiges auf Wiedersehen, ein feierlich ernstes auf Wiedersehen? Cato meinte, es gebe etwas Hartes und Klares, was er Joe sagen müsse, wenn er nur die Worte finden könnte. Ihm wollte jetzt scheinen, daß ihr Gespräch stets dasselbe war, immer eine Art haltloses emotionales Geplänkel, das auf unergründliche, raffinierte Weise von Joe inszeniert wurde. Wenn er nur bei dem Jungen zu irgendeiner Art von Direktheit, irgendeiner Art von *Wahrheit* durchbrechen könnte. Es entging Cato nicht, daß auch die Aussicht auf diesen ›Durchbruch‹ haltlose Gefühle bei ihm hervorrief, und er fragte sich, wieviel er Brendan davon sagen sollte oder wollte. Er war jedoch erleichtert, sich sagen zu können, daß vorerst gar nichts entschieden werden mußte und keine Gefahr bestand, daß sein Abschied vom Schönen Joe endgültig sein würde. Der Gedanke daran, daß er den Jungen später am Abend wiedersehen würde, machte ihn – und er versuchte nicht, dieser Erkenntnis auszuweichen – körperlich unruhig und auf verrückte Weise glücklich.

Vielleicht sollte ich einfach lockerer sein, es alles annehmen, sagte sich Cato und fragte sich dann sogleich, ob er das nur dachte, weil er morgen sicher bei Brendan sein würde. Ihm fiel auf, daß er in der großen metaphysischen Krise seines Lebens jetzt mehr an den Schönen Joe dachte als an Gott. Kam auch das daher, daß er sicher war, daß bald Brendan ihm von Gott *sprechen* würde, daß Brendan ihm seinen Gott heil bewahrte, unverletzt von gefährlichen Gedanken? Oder kam es daher, daß er in diesem ganzen Konflikt tief drinnen noch immer unumstößlich, vertrauensvoll und trotz allem ohne jeden Zweifel an Gott glaubte; wußte, daß Er der Grund seines Seins war; sich an ihn wandte, damit er Licht in eben jene Gedanken bringe, die seine Existenz bedrohten? Wer bin ich denn, daß ich über Gott *nachdenke*, fragte sich Cato. Herr, ich glaube, steh du mir in meinem Unglauben bei.

Henry war unerwartet gekommen, als Cato gerade beim Packen war. Cato freute sich, den Freund zu sehen, aber er war müde und in Gedanken und nicht bereit, auf Henrys offenkundiges Vorhaben, ausführlich über sich selbst zu sprechen, einzugehen. Er bemerkte, daß Henry ihn mit einem naiven und rührenden Vertrauen behandelte, als Priester, als jemanden also, der keine eigenen Probleme hat und unermüdlich bereit ist, seine ganze Aufmerksamkeit anderen zu widmen.

»Ich finde es schade, daß das Haus hier schließt«, sagte Henry. »Mir hätte es hier gefallen. Ich warne dich, du wirst bald einen atheistischen Laienhelfer haben, der dir auf Schritt und Tritt folgt.«

»Du meinst dich? Sei nicht albern. Ich weiß im übrigen gar nicht, wo ich sein werde. Ich weiß nicht einmal, ob ich noch Priester sein werde.«

»Aber, Cato, du wirst doch deinen Glauben nicht gerade dann verlieren, wenn ich ihn brauche! Ich kann nicht an Gott glauben, aber du kannst es für mich tun, dazu sind Priester da.« Henry war offensichtlich nicht willens, mit Cato über seine Schwierigkeiten zu sprechen oder auch nur daran zu denken, daß es sie gab.

»Das ist keine schlechte Vorstellung von einem Priester«, sagte Cato, »aber ich bin ihr vielleicht nicht gewachsen.«

»Was ist aus dem Jungen geworden, dem hübschen mit der Brille und der Mädchenfrisur?«

»Oh, der geht auf seine eigene Art zum Teufel. Er hat in dir den Gentleman ausgemacht.«

»Scharfsichtiger Junge. Cato, du mußt ihm helfen. Das ist genau die Arbeit, die ich gern täte, straffälligen Jugendlichen helfen.«

»Das ist keine leichte Arbeit. Er sagte, du wärst einer von diesen ehrenwerten Herren, die sich von Ganoven antörnen lassen.«

»Er hat ein Psychologiebuch gelesen. Na, immerhin bin ich froh, daß Amerika keinen Klassenlosen aus mir gemacht hat. Aber du wirst doch diese Arbeit nicht aufgeben und in ein Kloster gehen, oder? Du übernimmst doch wieder eine Einrichtung wie diese?«

»Vielleicht. Aber was ist mit dir? Was hast du getrieben, seit du wieder im Lande bist?«

»Das werde ich dir gleich erzählen«, sagte Henry. Er fügte hinzu: »Ach, ich habe Colette getroffen.«

»Oh ja? Warst du in Pennwood?«

»Nein, natürlich nicht. Dein Vater hat mir immer eine Heidenangst eingejagt, er hat so eine laute Stimme. Ich habe sie – im Dorf getroffen. Sie ist ganz schön erwachsen geworden, nicht?«

»Ja, sie ist jetzt erwachsen.«

»Es ist merkwürdig, wieder hierzusein. Die alten Rituale gehen alle weiter, ich meine, wir ziehen uns zwar zum Abendessen nicht mehr um, aber es ist noch genauso förmlich. Es geht alles weiter, nur ist es alles tot, mausetot.«

»Ich nehme an, deine Mutter verläßt sich darauf, daß du es wiederbelebst.«

»Das kann ich nicht.«

»Es ist schließlich noch nicht lange her –«

»Ich kann nicht Sandys Rolle übernehmen.«

»Ich dachte nicht daran, daß du Sandys Rolle übernehmen sollst. Natürlich wirst du es anders machen –«

»Ah! Du meinst also, ich werde es tun?«

»Warum nicht? Du hast doch nicht vor, wieder nach Amerika zu gehen? Du hast gerade davon gesprochen, daß du mit mir zusammenarbeiten willst. Aber vielleicht hast du das nicht ernst gemeint?«

Darauf antwortete Henry nicht. Sie saßen in dem kahlen oberen Zimmer, Henry auf dem Bett, Cato auf dem Stuhl. Es war Abend, und Cato hatte soeben Licht gemacht, das auf Henrys kleines, waches Gesicht fiel. Henry war unverkennbar erregt. Er drehte nervös die kleinen Locken seines dunklen Haars zu krausen Knötchen zusammen und schoß aus seinen glänzenden, ruhelosen Augen immer wieder schnelle Blicke auf Cato ab. Er wirkte halb ernst und feierlich, halb zum Albern aufgelegt.

»Cato, hast du Sandy ab und zu mal gesehen, ich meine, während ich weg war?«

»Nein, ich hab ihn fast überhaupt nicht gesehen.«

»Du hast ihn nicht mal in London getroffen oder – Freunde von ihm kennengelernt – oder so was?«

»Ich bin ihm in Laxlinden hin und wieder im Dorf begegnet. Ich habe ihn einmal in London zum Essen eingeladen. Aber hör mal, Henry, ich wollte nicht vorschlagen, daß du einfach der Herr Großgrundbesitzer werden sollst. Du bist jetzt finanziell unabhängig, du kannst an deinem Buch über diesen Maler weiterschreiben, von dem ich nie gehört habe –«

»Das geb ich vielleicht auf.«

»Na, dann schreib irgendein anderes Buch, du bist der akademische Typ –«

»Ha, ha!«

»Oder du könntest unterrichten, wenn du unbedingt mit jugendlichen Straffälligen arbeiten willst, die gibt's ja heute überall. Das wäre viel vernünftiger, als mir auf Schritt und Tritt zu folgen, wie du es formuliert hast.«

»Du gehörst aber mit ins Bild, Cato, ich brauche dich.«

»Was für ein Bild? Du wirkst ziemlich aufgeregt. Natürlich brauchst du nicht dauernd in Laxlinden Hall herumzusitzen. Deine Mutter kann das Gut leiten, ich vermute, sie hat auch zu Sandys Zeiten den größten Teil der Arbeit gemacht. Du könntest in London leben, oder in Paris, wo du willst. Aber du kannst doch gleichzeitig, und wenn nur deiner Mutter zu Gefallen, ein intelligentes Interesse an dem Besitz zeigen. Er muß schließlich bewahrt werden.«

»Muß er das?« sagte Henry.

»Wenn du das Ritual ändern – was hast du gesagt?«

»Ich sagte: ›Muß er das?‹ Muß er bewahrt werden?«

»Muß er denn nicht?«

»Ich wüßte nicht, wozu.«

»Was soll das heißen?«

»Um genau zu sein, Cato – *er wird nicht bewahrt werden.*«

»Aber, Henry, was –«

»Ich verkaufe«, sagte Henry.

»Du verkaufst – was denn –?«

»Ich verkaufe die ganze Pracht mit allem Drum und Dran, das Haus, den Park, die Arbeiterhäuser, die Pachthöfe, den ganzen Krempel. *Alles.*«

Henry sah Cato jetzt direkt an, seine Augen sprühten, auf seinen Lippen zitterte ein unterdrücktes Lächeln.

Cato lupfte seine Soutane und schlug die Beine übereinander. »Das kann nicht dein Ernst sein, Henry.«

»Wieso nicht? Wie kommst du darauf, daß es nicht mein Ernst sein könnte? Sieh mich an. Seh ich vielleicht nicht ernst aus?«

»Du siehst aus wie ein Irrer.«

»Aber es passiert, Cato, und es passiert schon sehr bald, so schnell ich es arrangieren kann. Es ist mein Besitz. Besitz kann man verkaufen. Sie haben die Eichenwiese verkauft, um für ein teures Spielzeug zu bezahlen, das Sandy unbedingt haben mußte.«

»Aber – warum gleich so extrem – warum diese Hast?«

»Du bist überrascht.«

»Das wolltest du doch. Ja, ich bin überrascht – wenn es dir wirklich ernst ist. Aber was um Gottes willen sagt denn deine Mutter dazu?«

»Ich hab's ihr noch nicht gesagt«, antwortete Henry. Er lachte schrill und warf sich einen Moment rücklings aufs Bett. Dann richtete er sich wieder auf, beugte sich vor und sah Cato mit glänzendem, erwartungsvollem Blick an.

Cato blickte in das gespannte Koboldgesicht. »Henry, wach auf. Du kannst das nicht tun.«

»Juristisch, meinst du? Aber natürlich kann ich. Ich habe es mit Merriman genau durchgesprochen. Ich habe ihm das Versprechen abgenommen, es geheimzuhalten. Ich glaube, er ist kurz vor einem Nervenzusammenbruch."

»Ich meinte nicht juristisch, ich meine moralisch. Es würde deine Mutter umbringen.«

»Ich habe darauf gewartet, daß du das sagen würdest. Aber es wird sie nicht umbringen, weißt du.«

»Aber wenn du – alles verkaufst – den ganzen Besitz – wo soll denn deine Mutter dann leben?«

»Oh, das habe ich mir alles genau überlegt. Du weißt, daß uns Dimmerstone gehört. Gut, da gibt es zwei leerstehende Häuser, die zu einem hübschen kleinen Haus umgebaut werden könnten, sogar mit einem anständigen Garten.«

»Du kannst doch nicht verlangen, daß deine Mutter aus Laxlinden Hall in ein Arbeiterhäuschen in Dimmerstone zieht.«

»Zwei Häuschen! Und warum nicht? Warum *nicht*?«

»Na ja – sie wäre todunglücklich, sie würde sich zu Tode schämen.«

»Schämen? Sollte sie sich nicht schämen, in einem Riesenpalast voll leerer Zimmer zu leben, wenn es überall Obdachlose gibt? Siehst du da nicht was verkehrt rum? «

»Ich sage nicht, was sie empfinden sollte, ich sage, wie sie empfinden wird. Und Lucius ist doch auch noch da –«

»Ach ja?«

»Wo soll der hin? Soll er mit ihr in dem kleinen Haus leben?«

»Ehrlich gesagt, Cato, es ist mir scheißegal, was aus Lucius wird. Wenn ich meiner Mutter mitgeteilt habe, was ich vorhabe, werde ich Lucius einen Wink mit dem Zaunpfahl geben, sich aus dem Staub zu machen. Er hat lange genug von ihr gelebt, und sie hat die Nase voll von ihm. Er trinkt, und er schreit sie an, und sie schreit zurück. Ich hör sie doch, wie sie sich gegenseitig anbrüllen.«

»Menschen können sich anbrüllen und trotzdem lieben.«

»Du willst doch nicht behaupten, daß meine Mutter sich aus diesem alten Scharlatan was macht? Reden wir lieber nicht über Lucius, sonst werd ich wütend. Sie wird erleichtert sein, wenn ich Lucius an die Luft setze.«

»Aber wovon soll sie leben?«

»Sie hat ein gutes eigenes Einkommen, das für ein angenehmes Leben in Dimmerstone leicht reicht. Schließlich ist sie jetzt alt, sie hat ihr Leben gehabt. Sie macht sich fertig vor lauter Anstrengung, den Besitz in Ordnung zu halten. Ständig arbeitet sie im Haus oder im Garten herum. Es wird langsam Zeit, daß sie sich zurückzieht und die Hände in den Schoß legt.«

»Aber vielleicht sieht sie das anders. Henry, du kannst doch nicht – ich meine, wie willst du es machen – alles einfach an irgend jemanden verkaufen?«

»Nein. Zuerst hatte ich vor, selbst zu bauen und aus dem ganzen Besitz ein Modelldorf zu machen –«

»Ein Modelldorf?«

»Aber das wäre zu schwierig, und eigentlich sehe ich mich nicht als der große Mäzen, ich will weg von alledem. Ich möchte nicht bis in alle Ewigkeit mit dem Besitz zu tun haben, Entscheidungen treffen müssen, Pflichten haben und so weiter, das würde nur mein Besitzdenken nähren. Ich möchte das alles abstoßen und völlig frei sein. Ich werde es in Parzellen aufteilen. Der Grund um den See würde mit dem Haus zusammen verkauft werden, und aus dem Haus könnte man irgendeine Einrichtung machen, eine Schule oder eine Lehrlingsanstalt. Die Pachthöfe würde ich an die Pächter verkaufen, und die Häuser in Dimmerstone an die einheimischen Arbeiter. Auf dem oberen Parkstück auf der Seite nach Laxlinden könnte eine Siedlung gebaut werden. Da ist doch dieser junge Architekt, Gosling, der die Sozialwohnungen in der Nähe vom Motorway gebaut hat, der würde da was Gutes draus machen –«

»Warte, hör auf – ich kann ja verstehen, daß du dem Dorf helfen möchtest, du solltest dem Dorf sogar helfen und die Arbeiterhäuser billig an die Leute verkaufen, die sie haben wollen und so weiter – aber warum willst du gleich alles auf einmal verkaufen? Und außerdem, wie geht es dann weiter? Da hast du plötzlich einen Haufen Geld statt einem Haufen Land, was willst du mit dem Geld anfangen?«

»Ich geb's weg.«

»Wem denn?«

»Ganz gleich. Der Gemeinde Laxlinden, Wohltätigkeitsvereinen wie Shelter oder Oxfam, dem *National Art Collections Fund*, dir, diesem schönen blonden Jungen –«

»Mir?«

»Ja, zur Finanzierung deines nächsten Missionshauses oder wie immer ihr es nennt. Warum nicht? Du könntest das Geld doch sicher gebrauchen?«

»Ja, aber –«

»Verstehst du nicht, daß ich es einfach alles los sein will?«

»Gut, und vielleicht solltest du ja auch einen Teil davon hergeben und etwas Gutes tun, aber das Haus, finde ich, solltest du nicht verkaufen, und –«

»Warum denn nicht? Was für Werte verteidigst du hier eigentlich? Nur weil die verdammten Marshalsons Laxlinden Hall schon seit –«

»Jedenfalls nicht, solange deine Mutter noch lebt. Und irgendwie – ja, ich bin echt überrascht – das Haus deiner Kindheit –«

»Cato, mir wird gleich schlecht. Das Haus meiner Kindheit! Ich fand meine Kindheit scheußlich, das geht den meisten

Menschen so. Ist Pennwood dir denn auch nur einen Pfifferling wert?«

»Äh, nein, das nicht – aber ich würde es gern sehen, wenn eines Tages Colette mit ihrem Mann und ihren Kindern dort leben würde.«

»Colette mit – Cato, ich bin entsetzt, ich dachte, du würdest mir applaudieren.«

»Du solltest an deine Mutter denken.«

»Warum?«

»Weil sie deine Mutter ist.«

»Was mich betrifft, ist sie das nur dem Namen nach.«

»Das kann nicht wahr sein. Ich glaube, du rennst da völlig überstürzt in etwas hinein, ohne wirklich zu wissen, was du tust. Warum wartest du nicht ab?«

»Weil ich's mir dann vielleicht anders überlege.«

»Na bitte.«

Henry saß immer noch vorgebeugt, mit feuchten Lippen und einem eigenartigen Lächeln. Er streckte die Hand aus und berührte den schwarzen Stoff der Soutane, streichelte ihn flüchtig. »Ja, aber du verstehst es nicht. Ich weiß, daß ich jetzt das einzig Wahre tue. Ich *weiß* es.«

»Es ist so unwiderruflich, so zerstörerisch –«

»Zerstörerisch, ja. Aber es gibt wohltätige Zerstörung, Cato. Weißt du, du schockierst mich wirklich. Du bist doch Priester, du besitzt nichts, aber offenbar hast du dir tief drinnen eine alte irrationale Verehrung für Besitz und Eigentum erhalten.«

»Vielleicht – aber wenn ja, dann ist es mir egal, es gibt schließlich Besitz und Besitz. Ich habe einfach das Gefühl, du schlägst alles in Trümmer, nur weil dir gerade danach zumute ist, und wenn sogar du zugibst, daß du es später bereuen könntest –«

»Ich habe gesagt, wenn ich jetzt nicht verkaufe, überlege ich es mir vielleicht anders. Das ist was anderes, Cato, ich möchte mich gar nicht erst zu dem Menschen werden lassen, der es sich anders überlegt. Ich möchte nicht, daß dieser Besitz von mir Besitz ergreift, ich will mich nicht davon korrumpieren lassen, ich will ihm nicht mein kostbares Leben opfern.«

»Ich sehe nicht ein, wieso du ihm dein kostbares Leben opfern müßtest. Du könntest in Edinburgh Kunstgeschichte unterrichten. Du könntest sogar nach Amerika zurückgehen.«

»Nein. Wenn er weiterbesteht, kriegt er mich. Ich möchte nicht wie Sandy werden, ein Playboy mit einer Mätresse in einem Liebesnest und –«

»Ich kann mir nicht vorstellen, daß Sandy sich Mätressen in Liebesnestern gehalten hat.«

»Nein, ich rede nur ganz allgemein. Ich meine, ein total nutzloser Nobelbauer mit einer Jacht und einem Rennauto, der an seinen Blumen und Bäumen rumwurstelt –«

»Aber, Henry, warum solltest du so werden?«

»Meine Mutter lebt in einer Art feudalistischer Traumwelt. Da stimmt nichts, es ist alles eine einzige Lüge, und ich werde sie zertrümmern.«

»Ich denke, man sollte nicht so schnell damit bei der Hand sein, die Lügen anderer zu zertrümmern. Man sollte sich lieber auf seine eigenen konzentrieren. Es gibt Hunderte von Möglichkeiten, etwas aus dem Besitz zu machen. Warum versuchst du es nicht mit einem Kompromiß? Es liegt sogar eine gewisse Unschuld in Besitz, du könntest ihn bearbeiten, verändern, darauf bauen –«

»Es wundert mich wirklich, daß ausgerechnet du mir rätst, den Besitz zum Gott zu erheben. Nein, der ganze verdammte Krempel ist mir verhaßt, und ich will nichts damit zu tun haben. Hat nicht Jesus gesagt, man soll seine ganze Habe verkaufen und den Armen spenden?«

»Ja. Aber warte, prüfe deine Motive.«

»Und er hat nicht gesagt, daß man es nur aus edelsten Motiven tun soll.«

»Nein, aber er fand Motive wichtig.«

»Zum Beispiel?«

»Als die Frau das Gefäß mit der kostbaren Salbe zerbrach.«

»Da hat er nur den Geizhälsen geantwortet. Und er hat zu ihr nicht gesagt, wie du jetzt sagst, warte, überleg es dir, das Zeug ist wertvoll –«

»Du gibst also zu, daß deine Motive ziemlich mies sind?«

»Sie interessieren mich gar nicht. Aber sie sind natürlich komplex.«

»Du rächst dich.«

»An wem?«

»An deiner Mutter. An deinem Vater. An Sandy.«

»Eine gewisse Genugtuung wird es mir bringen«, sagte Henry, »das leugne ich gar nicht.« Er zog seine Füße unter sich hoch und starrte Cato an, katzenhaft, knisternd, fasziniert von sich selbst.

»Tu es nicht. Es ist ein Verbrechen. So, wie du es tun willst, ist es ein Verbrechen.«

»Kann schon sein. Aber Schuld färbt nicht auf Geld ab. Geld ist sauber.«

»Du hast deiner Mutter gegenüber eine Pflicht.«

»Hattest du nicht auch deinem Vater gegenüber eine Pflicht?«

»Du wirst sie unglücklich machen.«

»Du unterschätzt sie. Sie wird sich wieder aufrappeln und die Geißel von Dimmerstone werden.«

»Und irgendwie wirst du dich selbst zerstören.«

»Ich bin dabei, mich zu retten. Meine Mutter und das Gut könnten mich mit Leichtigkeit verschlingen.«

»Du willst die Vergangenheit zerschlagen. Du mußt warten.«

»Ich kann nicht warten, Cato, und ich werde nicht warten. Ich möchte diese Last abwerfen. Herrgott noch mal, du hast die Welt aufgegeben, warum kann ich das nicht?«

»Du bist nicht unbedingt dazu berufen, das zu tun, wozu ich berufen bin.«

»Das hört sich nach geistigem Hochmut an.«

»Du bist voller Haß. Ich kann ihn spüren, wie elektrischen Strom.«

»Cato, ich glaube nicht an Gott und du schon. Vielleicht ist das der Unterschied. Ich glaube nicht, daß in meiner Seele irgendwas allzu Zusammenhängendes vorgeht. Es gibt keinerlei Beweis dafür. Natürlich ist sie voll von altem irrationalen Quatsch, dem ganzen Dreck, in dem die Leute in der Psychoanalyse so gern rumwühlen. Es ist mir egal. Es kommt darauf an, anständig zu handeln und praktische Pläne zu machen, um auch weiterhin so zu handeln. Verstehst du das nicht?«

»Ich verstehe, was du meinst«, sagte Cato widerstrebend, »aber –«

Draußen auf dem Treppenabsatz knarrte es leise, und Cato sprang, plötzlich errötend, auf. »Ach, zum Henker!«

Henry stand auf.

Cato öffnete die Tür, und der Schöne Joe kam lächelnd herein.

»Oh, hallo«, sagte Henry, »du bist es.«

»Hallo, ich bin es.«

»Tja, denn geh ich jetzt mal«, sagte Henry. »Mein Auto haben sie wahrscheinlich inzwischen schon abgeschleppt, es steht im Halteverbot.« Sie standen verlegen da. »Könntest du mir deine neue Adresse geben? Versuch, mich zu verstehen, Cato.«

»Versuch du, mich zu verstehen. Unternimm noch nichts.« Cato schrieb die Adresse auf.

»Ich weiß gar nicht, warum dir das soviel bedeutet. Na ja. Wiedersehen, Cato. Wiedersehen – jetzt hab ich deinen Namen vergessen –«

»Joe.«

»Wiedersehen, Joe.« Henry verschwand.

Mit einem unartikulierten Ausruf warf Cato sich aufs Bett. Joe drehte den Stuhl herum und setzte sich rittlings darauf nieder, sein Kinn auf die Rückenlehne gestützt.

»Sagen Sie, will dieser reiche Typ wirklich seine Kohle loswerden?«

»Du hast also gelauscht?«

»Ein bißchen, ja. Ich wollte nicht einfach so reinplatzen. Aber will er das Geld wirklich verschenken?«

»Nein«, sagte Cato. »Er wird es sich anders überlegen. Leute, die viel Geld haben, verschenken es selten. Eine unsichtbare Hand hindert sie daran.«

Cato war so erregt, daß er am liebsten wild herausgeschrien hätte. Er war wütend auf sich selbst, weil er sich von Henry hatte aus der Fassung bringen lassen und nicht fähig gewesen war, wirkungsvoller zu argumentieren oder auch nur zu verstehen, warum er sich so aufgestört fühlte. Er nahm es Henry übel, daß er gekommen war. Er hatte in Frieden auf die Ankunft des Schönen Joe warten, über ihn nachdenken und ihn mit Gelassenheit empfangen wollen. Ganz sicher wäre ihm ein erleuchtender Gedanke von entscheidender Bedeutung über Joe gekommen, wenn er in aller Ruhe hätte warten können, anstatt von Henry gestört und belästigt zu werden. »Ach, zum Teufel!« sagte Cato.

»Was ist denn los, Pater?«

»Nichts. Ich bin müde.«

»Der Typ, dieser feine Herr, hält große Stücke auf Sie, was?«

»Keine Ahnung. Wir sind alte Freunde.«

»Sie gehen weg«, sagte Joe. »Sie haben Ihren Koffer gepackt.«

Cato starrte den Jungen an, während der Schöne Joe mit vergrößerten gelblichen Augen durch die Brillengläser zwinkerte, hersah und wieder wegsah. Er hatte sich offensichtlich vor kurzem erst das Haar gewaschen, und es stand jetzt, sauber gekämmt, ein wenig vom Kopf ab wie eine drahtige goldene Perücke. Er hatte seinen Stuhl nach hinten gekippt und balancierte ihn auf zwei Beinen vor seinem grotesken Schatten auf der fleckigen Tapete.

Cato gab sich einer flüchtigen Phantasie hin. Er würde die Hand ausstrecken, die Stuhllehne umfassen und sachte daran ziehen. Joe würde, sogleich begreifend, den Stuhl verlagern, ihn nach vorn schnellen lassen wie ein Schaukelpferd. Catos Arme würden den Hals des Jungen umfangen, das glänzende blonde Haar würde sich auf dem dunklen Stoff seiner Soutane ausbreiten. Joe würde seufzend den Kopf nach vorn, auf die Brust des Priesters fallen lassen, und der Stuhl würde seitlich zu Boden gleiten. In ungeschickter Umarmung würden sie zusammen auf das Bett sinken.

»Woran denken Sie, Pater?«

»Ich denke über dich nach.«

»Was denn?«

»Bring dich nicht in schlimme Schwierigkeiten.«

»Bestimmt nicht. Ich verspreche es.« Die glänzenden, zusammengekniffenen Augen, in denen Jugend, Durchtriebenheit und Gelächter blitzten, erwiderten Catos Blick. »Wann gehen Sie?«

»Morgen.«

»Wohin?«

Cato schwieg.

»Sie geben mir doch Ihre Adresse?«

Nach einem Augenblick sagte Cato: »Nein.«

»Aber ihm haben Sie sie doch auch gegeben. Pater, Sie – Sie verlassen mich doch nicht – Sie geben mich doch nicht auf?«

»Nein.«

»Warum dann? Haben Sie Angst, ich komm mit der Bande vorbei?«

»Mit welcher Bande?«

»Das war nur ein Witz. Aber warum sagen Sie mir die Adresse nicht?«

»Ich schreibe dir an die Adresse deiner Mutter.«

»Ich will mir aber Ihren Brief nicht bei ihr abholen müssen, Pater. Dann krieg ich lieber gar keinen.«

»Gut, dann kriegst du eben keinen.«

Gespanntes Schweigen trat ein. Joe schaukelte auf dem Stuhl hin und her, Cato saß still auf dem Bett. Catos Beine zitterten, nicht sichtbar, hoffte er.

Joe sagte: »Ich mag Sie echt gern, Pater, das wissen Sie. Sie sind so ziemlich der einzige Mensch, an dem mir was liegt. Aber Sie sind auf einmal irgendwie so feindselig zu mir, erst locken Sie mich an, und dann stoßen Sie mich zurück. Sie machen mich ganz unsicher und frustriert. Warum können Sie mit mir nicht offen und ehrlich sein, oder glauben Sie wirklich, daß ich schlecht bin? Wenn Sie nur nicht weggehen würden. Sie sollten hier bei *uns* bleiben, nicht zu *denen* gehen. Sie kommen doch wieder, oder? Versprechen Sie das? Versprechen Sie mir, daß Sie mich nie im Stich lassen werden?«

»Joe, ich kann gar nichts versprechen«, sagte Cato. »Du weißt, daß mir sehr viel an dir liegt. O Gott –«

Joe ließ den Stuhl abrupt auf den Boden zurückkippen. »Pater, das ist doch kein Abschied, oder?«

»Nein, nein.«

»Sie können mir doch unter der Adresse vom Laden an der Ecke schreiben.«

Wieder Schweigen. Catos Verlangen, den Jungen zu berühren, war so stark, daß er seine rechte Hand hob und sie verwundert ansah. Wenn er den Schönen Joe jetzt in die Arme nähme, wäre das dann ein Weg zur Erlösung oder einfach das Ende jeder Möglichkeit der Gnade?

»Nehmen Sie *ihn* nicht mit?« Joe, der jetzt plötzlich lächelte, sah über Catos Kopf hinweg zu dem Metallkruzifix hinauf, das über dem Bett hing.

Cato wurde sich bewußt, daß er daran gar nicht gedacht hatte. »Doch.«

»Ich hol ihn runter.«

Mit einem Sprung war Joe auf dem Bett. Cato stand hastig auf und stellte sich etwas abseits. Der Junge reichte ihm das Kruzifix hinunter. Einen Moment hielten sie es beide, jeder an einem Ende. »Den darf man doch nicht vergessen, oder, Pater?«

»Wir dürfen ihn niemals vergessen«, sagte Cato. »Joe, halte an deinem Glauben fest. Du bist in ihn hineingeboren worden. Er ist etwas Kostbares. Halte an Christus fest. Ganz gleich, was es bedeutet. Halte einfach an ihm fest. Und jetzt geh, bitte. Ich verspreche, daß ich dir schreiben werde. Gott segne dich, lieber Joe.«

Der Junge, der leichtfüßig vom Bett gesprungen war, blieb einen Moment stehen, und sein Blick war plötzlich ganz ohne Falsch, verletzlich, kindlich, den Tränen nahe. Dann berührte er leicht den Ärmel der schwarzen Soutane und ging ohne ein Wort aus dem Zimmer.

Cato legte das Kruzifix auf das Kissen und setzte sich daneben. Er vergrub sein Gesicht in den Händen. Als die gewaltigen Wogen der Emotion sich allmählich legten, breitete sich langsam ein tiefes, erfrischendes Glücksgefühl aus.

Gerda stand im Ballsaal. Er war ziemlich düster und voller Menschen. Sie hatte ein langes weißes Kleid und eine weiße Spitzenstola und weiße Abendhandschuhe an und war voller Erwartung und Aufregung. Im fahlgrünen Zwielicht draußen konnte sie den Garten erkennen. Sandy, im Abendanzug, kam durch das Gedränge auf sie zu, und sie wurde von einer ungeheuren Freude erfaßt. Er ist also doch nicht tot, dachte sie, ich habe nur geträumt, er wäre tot. Es war doch nur ein Alptraum. Er trat zu ihr und faßte sie ohne ein Wort bei den Händen, und auf dem Platz, den die Gäste freimachten, begannen sie zu tanzen. Musik war keine da, nur eine Art dumpf hämmerndes Geräusch. Gerda begriff, daß es ein schottischer Tanz war und sie auf Sandys Füße achten und seine Schritte genau nachmachen mußte. Es ist so etwas wie ein Zauber, dachte sie, und wenn ich auch nur den kleinsten Fehler mache, wird etwas Schreckliches geschehen. Es war schwierig zu tanzen, weil der Boden immer feuchter wurde, und nun tanzten sie auf nassen Steinen. Sandy ließ ihre Hände los und entfernte sich, um einige Stufen zu einem wartenden Motorboot hinunterzusteigen. Gerda konnte die Stufen tief unter dem Wasser sehen. Sandy sprang behende in das Boot, das sich unter seinem Gewicht senkte. Gerda wollte ihm folgen, fühlte aber, daß eine Eisenstange über ihrer Brust lag. Sandy hob warnend eine Hand. Ich muß beim Tanzen etwas falsch gemacht haben, dachte Gerda beklommen. Er ließ den Motor an, der in einem tiefen, gedämpften Rhythmus tuckerte. Als das Boot davonfuhr, konnte sie in der Dunkelheit immer noch Sandys weiße Hemdbrust sehen. Sie riß an der Eisenstange und schrie.

Sie erwachte mit dem Schrei auf den Lippen, nicht sicher, ob sie ihn ausgestoßen hatte. Das Gefühl von Sandys Anwesenheit war so stark, daß sie einen Moment still liegenblieb und sich von ihm überwältigen ließ. Dann setzte sie sich auf. An den Vorhängen konnte sie sehen, daß es hell zu werden begann. Mit steifen, schweren Gliedern schob sie die Bettdecke weg und schwang ihre Füße zu Boden, immer noch von dem Traum umfangen. Da sie kein Licht machen wollte, humpelte sie zum Fenster und zog einen Vorhang auf, um auf die Uhr zu sehen. Es war Viertel vor sechs. Sie blickte in den Garten hinaus, über den abfallenden Rasen zu den hohen Bäumen. Darüber stand noch hell ein Halbmond. Der Garten war da, aber farblos und ganz still, noch in das sich lüftende Geheimnis seines nächtlichen Lebens gehüllt, noch nicht belebt von der Offenheit des Tages. Gerda fröstelte vor Kälte in ihrem dünnen Nachthemd. Dann sah sie mit plötzlichem Erschrecken eine dunkle, reglose Gestalt, die ein wenig rechts von ihr auf dem Rasen stand und den Hügel hinauf zu den Bäumen blickte. Die Gestalt war nichts als ein schwarzer Fleck, aber an ihrer Form und ihrer unverwechselbaren Haltung erkannte Gerda, daß es Henry war. Um nicht bemerkt zu werden, trat sie rasch vom Fenster weg und kehrte zum Bett zurück, wo sie sich niedersetzte. Schreckliche Furcht und Jammer ergriffen sie. Sie konnte noch immer die leichte Berührung von Sandys Fingern spüren, als er versucht hatte, sie durch den schwierigen Tanz zu führen. Sie schauderte vor Angst, Angst um sich selbst, um ihren Verstand, um ihr weiteres Leben. Sie dachte an die grauenvolle Trostlosigkeit des Alters und des Todes, die sie mit niemandem teilen konnte. Tränen stiegen auf, füllten ihre Augen und ihre Kehle, und sie legte sich stöhnend wieder aufs Bett.

Auch Lucius war wach. Er hatte eine seiner schlimmen Nächte hinter sich. Er beschloß, seinen Arzt aufzusuchen, obwohl er wußte, daß der nichts für ihn tun konnte und nur darum besorgt sein würde, ihn höflich wieder hinauszukomplimentieren. Seine untere Prothese rutschte hoch, und er hatte ein Gefühl, als könnte er sie jeden Moment verschlucken. Er nahm sie heraus und ließ sie, nachdem er vergeblich nach dem Nachttisch getastet hatte, zu Boden fallen. Unbequem saß er in zerknautschten Kissen und sah zu, wie der Tag heraufzog. Dann stand er auf und ging zum Fenster, um zu beobachten, wie das erste kalte Sonnenlicht die rötlichen Wipfel des Waldes berührte. Er konnte sich nicht ruhig halten, sondern wanderte, seinen Schmerzen nachgebend, sich krümmend und windend, umher.

Er beförderte seine Zähne mit einem Fußtritt unters Bett. Er setzte seine Brille auf und starrte den Tisch an, an dem er bis spät in die Nacht gesessen und geschrieben hatte.

Sag ihr, daß jung und sternenhell auch ich einst war
Der ich unsichtbar nun bin …

Aber ich bin nicht unsichtbar, dachte Lucius. Ich kann mich immer noch zum absoluten Idioten machen. Warum um alles in der Welt hatte er Gerda über John Forbes belogen? Um sich einen Moment des Unbehagens zu ersparen, hatte er seinen eigenen Interessen genau zuwidergehandelt. Je länger Gerda an dieser Idee mit Colette festhielt, desto hartnäckiger würde sie ihr anhängen. Warum hatte er ihr nicht die Wahrheit gesagt und entschieden abgeraten? Wollte er denn, daß Henry Colette heiratete und bis an sein seliges Ende glücklich und zufrieden in Laxlinden lebte? Nein, natürlich nicht. Er wünschte, Henry würde wieder nach Amerika gehen und ihn und Gerda in Frieden lassen. Seine schwächliche Unfähigkeit, für sein eigenes Wohl zu sorgen, widerte ihn an. Er schämte sich seiner Wirrköpfigkeit, seines gemeinen Neids auf Henrys Jugend, seines dummen, steifen, schmerzenden Körpers, mit dem niemand Mitleid haben wollte, seiner abgestorbenen Intelligenz, seines Alters, seiner Vergänglichkeit. Er dachte mit Bekümmerung und Groll an sein Gespräch mit John Forbes und schauderte beim Gedanken an das Bild, das John von ihm hatte. Ich führe ein nichtsnutziges Leben, dachte er, ich lebe in Unwirklichkeit und Unwahrheit. Wenn es nur totale Veränderung, Erneuerung, Flucht geben könnte. Wenn ich nur laufen und laufen und zu den Menschen zurückkehren könnte, dorthin, wo das wirkliche, gesunde, gewöhnliche Leben gelebt wird. Ich bin in eine armselige Rolle geschlüpft und kann jetzt nicht mehr aufhören, sie zu spielen. Ach, könnte ich doch nur raus! Aber selbst während er diese vertrauten Gedanken wälzte, wußte er: Die Unwirklichkeit ist meine Wirklichkeit, die Unwahrheit ist meine Wahrheit, jetzt bin ich zu alt, und mir bleibt kein anderer Weg.

»Hast du in Sandys Zimmer irgendwo einen Ring gesehen?« fragte Gerda.

»Einen Ring? Nein.« Henry, der zu einem kurzen Gastspiel beim Frühstück erschienen war, schlang Toast hinunter.

»Du weißt, welchen Ring ich meine. Die Marshalson-Rose.«

»Das Ding, das du immer getragen hast, mit den Rubinen und Brillanten?«

»Ja. Das ist der Verlobungsring der Marshalsons.«

»Warum trägst du ihn nicht mehr?«

»Ich habe ihn Sandy geschenkt. Ich hoffte –«

»Ich hab ihn nicht gesehen.«

»Irgendwo wird er schon sein. Er war immer in einem blauen Samtkästchen.«

»Ein blaues Samtkästchen? Warte.« Henry verschwand kurz und kam mit dem Kästchen in der Hand wieder. »Ist es das?«

»Ja.«

»Es ist leer. Ich dachte, es wäre für Manschettenknöpfe. Kein Ring.«

»Du wirst ihn schon noch finden. Er muß irgendwo sein.«

»Wozu brauchst du ihn? Es verlobt sich doch niemand, soviel ich weiß –«

»Na ja – es ist ein wertvolles Stück. Rhoda, könnten Sie mal gehen, es ist jemand an der Tür. Wahrscheinlich Bellamy. Der Mäher ist wohl wieder mal in den Sumpf geraten.«

»Nein, das ist Gosling, der Architekt.«

»Henry, du brauchst doch keinen Architekten, um die Häuser in Dimmerstone herrichten zu lassen. Das kann Regan, der Baumeister, genauso gut.«

Henry war schon weg.

»Du bist sehr still«, sagte Gerda zu Lucius.

»Ich habe Schmerzen.«

»Das mit dem Ring beunruhigt mich.«

»Henry wird Colette Forbes niemals heiraten.«

»Warum sind nur in letzter Zeit alle so gemein zu mir? Henry ist gemein, du bist gemein. Kannst du nicht wenigstens versuchen, nett zu sein?«

»Nein.«

»Warum nicht?«

»Ich habe Schmerzen.«

»Colette –«

»Oh, Mrs. Marshalson –«

Gerda hatte Lucius zum Arzt gefahren. Nun, beim Einkaufen im Dorf, hatte sie Colette getroffen.

Colette trug Jeans. Ihr braungesträhnter Zopf war in den getüpfelten blauen Pullover gestopft, die kürzeren Haarsträhnen waren zerzaust, ihre Wangen frisch und rot vom Ostwind. Gerda war in Pelz gehüllt.

»Kalt, nicht wahr?«

»Diese Frühlingstage sind eisig.«

»Der April ist schlimmer als der Februar.«

»Colette, willst du uns nicht einmal besuchen? Henry würde sich bestimmt freuen.«

»Äh - ich –«

»Bitte. Bitte komm. Komm zum Tee oder auf einen Drink. Wie wär's mit morgen?«

»Ich würde wirklich gern, aber ich muß nach London. Vielleicht könnte ich Sie anrufen –«

»Ja, tu das. Lade dich einfach selbst ein. Wir würden uns alle freuen, dich zu sehen. Du siehst so hübsch aus, Kind. Der Pullover gefällt mir sehr.«

»Es ist ein Norwegerpulli. Ich finde dafür Ihren Mantel ganz toll. Ist es ein Nerz?«

»Oh, nichts so Großartiges. In deinem Alter kann man alles tragen und sieht immer gut aus.«

»Aber Mrs. Marshalson, Sie sind doch so eine gutaussehende Frau - ich weiß nicht, ob's Ihnen schon mal jemand gesagt hat - aber Sie sind, ich meine, sogar jetzt noch - die Leute haben es Ihnen doch sicher gesagt, als Sie noch jung waren –«

»Tja, das ist lange her. Ich muß laufen. Komm und besuch Henry, er wird entzückt sein.«

Als Gerda zum Wagen kam, saß Lucius schon drin.

»Was hat der Arzt gesagt?«

»Nichts.«

»Was hat er dir gegeben?«

»Nichts.«

Eine Weile fuhr Gerda, ohne etwas zu sagen.

»Ach, da ist Henry.« Sie hielt den Wagen an. »Soll ich dich mitnehmen, Henry?«

»Nein, danke.«

»War das Merriman, mit dem du da gesprochen hast? Er ist so schnell verschwunden. Er macht sich in letzter Zeit sehr rar. Wenn du zu Fuß zurückgehst, wirst du Colette Forbes treffen. Sie hat nach dir gefragt.«

Gerda lenkte den Wagen auf die Straße hinaus und fuhr weiter, zur Straße nach Dimmerstone. Lucius, der über die Schulter blickte, sah, daß Henry nicht umgedreht hatte, um zum Dorf zurückzugehen, sondern seinen Weg fortsetzte. Er hatte die Arme ausgebreitet und machte Tanzschritte.

Gerda, die in den Rückspiegel blickte, sah nichts, weil ihre Augen voller Tränen waren. Als sie jung gewesen war, hatten Dutzende, Hunderte ihre Schönheit gepriesen.

»Ach, ich bin so froh. Ich dachte schon, Sie würden vielleicht nicht kommen.«

»Aber natürlich bin ich gekommen. Ich habe doch gesagt, daß ich komme.«

»Ich bin so erleichtert.«

Henry hatte Stephanie Whitehouse angerufen und sich bei ihr zum Mittagessen eingeladen.

Zwei Tage lang, seit seinem Gespräch mit Cato, hatte er sich in einem Zustand heillosen Aufruhrs befunden. Er hatte das Gefühl, mit Dämonen gekämpft zu haben, und der Kampf an sich, ganz unabhängig von seinem Ausgang, hatte ihm eine gewisse Befriedigung verschafft. Catos Widerspruch hatte ihn erschüttert; so sehr, daß sich ihm davon die Klarheit seines Entschlusses, freilich ohne daß er ihn änderte, getrübt hatte, in bezug auf sein Vorhaben verschwommen geworden war. Er hatte instinktiv gefühlt, daß er nach einer Phase relativer Unbestimmtheit zu größerer Gewißheit zurückfinden würde. Und dieser Instinkt, dieses kleine Abwehrmanöver, hatte es ihm erleichtert, das zu tun, was ihm nun unmittelbarer am Herzen lag, nämlich über Stephanie Whitehouse nachzudenken. Es war ja in der Tat so, daß die beiden Dinge miteinander zusammenhingen. Solange er das mit Stephanie nicht irgendwie ›geregelt‹ hatte, war er nicht in der Lage, nicht würdig, an die Durchführung irgendwelcher drastischer Pläne bezüglich seiner Mutter zu gehen.

Henry hatte sich seit seinem ersten Zusammentreffen mit Sandys Geliebter mit Interesse und einer Art übermütiger Freude beobachtet. Es war, als hätte er sich für kurze Zeit von seinem Bruder ›in Besitz nehmen‹ lassen. Er konnte kaum daran zweifeln, daß es ihm freistand, sich Stephanie Whitehouse unter genau den gleichen Umständen und zu genau den gleichen Bedingungen zu ›halten‹. Sie war, wie er mit diebischer Freude gedacht hatte, als er bald nach dieser ersten, ungewöhnlichen Begegnung auf seinem Bett gelegen hatte, seine Gefangene. Sie würde nicht weglaufen. Sie würde unterwürfig warten. Doch je mehr sich diese Vorstellungen, mit bemerkenswerter Geschwindigkeit, entwickelten und wucherten, desto mehr versuchte er, ihnen zu widerstehen. Wie konnte er einen anderen Menschen kurzerhand so abstempeln? Diese Frau hatte Sandy geliebt. Weshalb sollte ihr etwas an Henry liegen? Wie kam er dazu, sich einzubilden, daß er ihr als Liebhaber willkommen sein würde, nur weil sie einmal Prostituierte gewesen war? Sie waren zwei Fremde, die einander eben erst begegnet waren. Warum sollte ein Mythos aus der Vergangenheit ihr Verhältnis zueinander bestimmen? Stephanie war ein Rätsel, ein Geheimnis, etwas, das mit Bedacht erforscht werden wollte. Und selbst angenommen, sie würde, weil sie von ihm abhängig war, seine Leibeigene gewissermaßen, ihn in ihrem Bett aufnehmen, wollte er das überhaupt? Der Gedanke an sie erregte ihn, gewiß. Aber war das nicht vielleicht eine fragwürdige, eine üble Erregung, die etwas mit Sandy zu tun hatte? Wollte Henry denn eine

Leibeigene, gerade jetzt, wo er im Begriff war, alles Feudale aus seinem Leben zu verbannen? Was für ein erstaunliches Problem. Er mußte lächeln, als er darüber nachdachte.

Natürlich wußte Henry, daß er sie wiedersehen mußte und daß alles in seinem Leben auf diese Begegnung wartete. Und, auch das wußte Henry, es würde keine bloß geschäftliche Begegnung sein, sondern Teil des dunklen Dramas, der Metaphysik seines Lebens. Sie einfach ›auszuzahlen‹ und Lebwohl zu sagen, was zweifellos eine Lösung gewesen wäre, war moralisch und psychologisch unmöglich. Er war für Stephanie Whitehouse verantwortlich und mußte dieser Verantwortung gerecht werden. Er mußte ihr einfach und ehrlich gegenübertreten, ihr Achtung entgegenbringen, sie als geheimnisumgebenen und eigenständigen, als freien Menschen sehen. Er mußte sich die ganze schäbige Offensichtlichkeit, die banale, feixende Vulgarität vom Leib halten, die so leicht sein Bild von der Situation verfälschen konnten. Er mußte sich die Erregung austreiben. Er mußte demütig werden.

So hatte er es empfunden, und aus diesem Grund hatte er seinen Besuch hinausgeschoben; aus diesem Grund auch, obwohl er keinerlei Absicht gehabt hatte, Stephanie zu erwähnen, war er zu Cato gegangen und hatte seine Überlegungen über sie mit dem Plan zu seiner Seelenrettung verknüpft. Nun, da dieser Plan für den Moment zurückgestellt war, drängte es ihn, sich zu prüfen. Ja, es war eine Prüfung. Und wenn er es mit Stephanie ›richtig machen‹ konnte, würde er sich in der Angelegenheit seiner Mutter um so sicherer fühlen. So hatte er mit sich gerungen. Aber als er endlich zum Telefon gegriffen hatte und wenig später nach Knightsbridge gefahren, in den Aufzug gestiegen und auf dem gelben Teppich zu ihrer Tür gegangen war, waren die heftigsten Emotionen über ihn gekommen und hatten alle wohlüberlegten Gedanken und Pläne überschattet.

Stephanie Whitehouse sah anders aus, jünger, hübscher. Vielleicht kam es nur daher, daß sie mehr Sorgfalt auf ihr Äußeres verwendet hatte. Zweifellos war sie beim Friseur gewesen. Ihr

Haar war geschmeidiger, welliger, es folgte der Rundung ihres Kopfes. Klein und stramm, mit der breiten, aufgeworfenen Nase, der Rundheit ihres Kopfes, ihres Gesichts, ihrer Augen, hatte sie etwas von einem kleinen Pferd. Sie war, in einer Weise, die Henry verblüffte, neu, eine Erscheinung. Ihr Gesicht war auffallend, aber sorgfältig geschminkt, die schwellenden Lippen scharlachrot, die Augenlider mauve gefärbt, der Lidstrich dezent gezogen. Ein angenehmer warmer Geruch hing in der Wohnung.

Ohne ihr die Hand zu geben, ging Henry ziemlich tolpatschig an ihr vorbei ins Wohnzimmer, als dränge er sich hinein.

Im Zimmer blieben sie neben dem roten Ledersofa stehen und sahen einander an. Dann reichte Henry ihr die Hand, und sie umfaßte, ein Händeschütteln nicht einmal vortäuschend, seine Hand, seinen Unterarm mit beiden Händen. Es war ein Zupacken, ein Umklammern. Henry faßte die Manschette ihrer Bluse. Dann traten sie beide tief atmend voneinander weg.

Henry sagte: »Ist es nicht ein herrlicher, warmer, sonniger Tag?«

»Ja, endlich ist es wie Frühling.«

Sie sahen einander mit verstörten Blicken an.

»Sie haben es mir nicht übelgenommen, daß ich mich so plötzlich einfach selbst eingeladen habe?«

»Nein, nein - aber ich hatte keine Zeit, etwas zu kochen, oder -«

»Aber das ist doch wunderbar, ein Picknick -«

»Ja - ein Picknick -«

Sie war eleganter heute, in einem Trägerkleid aus schwarzem Leinen mit einer geblümten blauen Bluse, die sich am Hals kräuselte. Henry senkte den Blick, sah wie das Leinen sich um ihren ziemlich großen Busen schmiegte, sah sie atmen. Er blickte zu ihren glänzenden hochhackigen schwarzen Schuhen hinunter. Er mußte an die kleinen eleganten Hufe eines jungen Esels denken.

»Wollen Sie nicht ablegen? Möchten Sie was zu trinken?«

»Danke. Einen Sherry. Ich sehe, Sie haben welchen da.«

»Ich habe – Sie haben mir so viel Geld gegeben –«

»Bitte sprechen Sie nicht über Geld, Miss Whitehouse.«

Er ließ seinen Mantel zu Boden fallen. Sie hob ihn auf und trug ihn in den Flur hinaus. Dann goß sie ein Glas Sherry ein und reichte es ihm. Ihre Bewegungen schienen ihm sanft und demütig zu sein, unbeschreiblich anmutig. Zweifellos bewegte sich eine Geisha so.

»Mr. Marshalson, ich bin Ihnen so dankbar –«

»Nennen Sie mich doch Henry.«

»Oh, danke – aber dann – würden Sie mich bitte Stephanie nennen?«

»Stephanie. Danke. Aber Sie haben ja sich selbst nicht eingeschenkt – möchten Sie nicht – oh, Entschuldigung. Da biete ich Ihnen Ihren eigenen Sherry an.«

»Aber es ist doch Ihr Sherry.«

»Nein. Sagen Sie, geht es Ihnen gut? Ich meine – ist alles gutgegangen – seit ich hier war?«

»O ja, ja. Ich habe nur auf Sie gewartet.«

»Es tut mir leid, daß ich nicht früher gekommen bin. Ich hatte unten auf dem Gut viel zu tun. Sie waren wohl nie dort – mit Sandy – nein, natürlich nicht –«

»Dort?«

»Auf dem Gut, Laxlinden Hall.«

»Nein.«

»Es ist wunderschön. Nun, Sie sehen es ja auf dem Bild.«

»Auf dem Bild?«

»Ja, hier, auf diesem Aquarell. Hat Sandy Ihnen nie gesagt, daß das sein Haus war?«

»Er hat fast nie über sein Zuhause gesprochen. Vielleicht wußte er auch, daß ich von diesem anderen Leben nichts hören wollte. Natürlich konnte ich nicht dorthin –«

Henry betrachtete das Bild. Francis Towne hatte, wahrscheinlich auf dem Obeliskenhügel sitzend, einen Aprilabend gemalt. Auf der Südfassade lag hellglänzend die Sonne, die hohen Bäume schimmerten im ersten Grün und warfen riesige Schatten auf den grünen Hang, am blauen Himmel trieben vereinzelte kleine leuchtende Wolken. Er wandte sich wieder Stephanie zu. Ihre Augen waren tränennaß.

»Er war verschwiegen. Ich war nur ein kleiner Teil seines Lebens. Er hat mir nichts erzählt.«

»Ach – Stephanie – es tut mir so leid –«

Er hielt wieder seine Hand hin, und diesmal umfaßte sie sie wie zum Händedruck. Sie sahen einander an. Die Tränen, die sie nicht fortgewischt hatte, liefen ihr aus den Augen. Eine tropfte auf ihren Busen.

»Ich geh nur mal und – das Essen ist fertig. Es ist in der Küche. Ich hoffe, es macht Ihnen nichts aus.«

Mit hastiger Verlegenheit entzog sie ihm ihre Hand, wischte die Tränen weg und eilte aus dem Zimmer. Alleingelassen, umrundete Henry das absurde Sofa. Mit einem Gesicht, in dem es zuckte vor zärtlicher Erregung, Mitleid, einem Verlangen zu lachen und einem Verlangen zu weinen, trat er ans Fenster. Dann folgte er ihr in die Küche. Sie setzten sich zum Essen.

Stephanies ›Picknick‹ war einfach, aber umfangreich: Schinken, Salami, eine Fleischpastete, Oliven, Tomaten, Kartoffelsalat, grüner Salat, Gurkenscheiben in Joghurt, Käse, Sellerie und Apfelkuchen. Dazu eine gekühlte Flasche recht ordentlichen Weißweins. Sandy hatte ihr offensichtlich einiges beigebracht.

Henry, normalerweise ein hungriger Mensch, stellte fest, daß er nichts essen konnte. Es war schlicht unmöglich. Er stocherte in Schinken und Gurke herum. Er bemerkte, daß auch Stephanie nur so tat, als äße sie. Noch ein paar Tränen kamen, die sie zu verbergen versuchte. Er nahm einen Schluck Wein und fühlte sich sofort betrunken.

»Leben Ihre Eltern noch?«

»Nein.«

»Haben Sie Geschwister?«

»Nein, niemanden.«

»Und Sie sind von zu Hause weggelaufen?«

»Ja, als ich vierzehn war.«

»Was war Ihr Vater?«

»Er war Arbeiter. Ich bin nie mit ihm ausgekommen. Er hat meine Mutter geschlagen. Bitte reden wir nicht darüber.«

»Entschuldigen Sie. Ich verstehe Sie natürlich.«

»Erzählen Sie mir doch – Sandy hat mir nie was erzählt – ich weiß nicht mal –«

»Von mir, von uns? Mein Vater ist vor langer Zeit gestorben, als ich noch ein kleiner Junge war. Meine Mutter lebt noch sehr munter unten auf dem Gut. Wir waren nur zu zweit, Sandy und ich.«

»Ihre Mutter muß furchtbar traurig sein. Sandy hat sie ab und zu erwähnt. Wie gern ich sie kennenlernen würde – aber das ist natürlich ausgeschlossen –«

»Ist es nicht«, sagte Henry. Er legte seine Gabel nieder. »Es gibt überhaupt keinen Grund, warum Sie meine Mutter nicht kennenlernen sollten.« Er blickte in die runden, feuchten dunkelblauen Augen. Ein wenig benebelt sah er wieder weg.

»O nein –«

»Hören Sie, Stephanie«, sagte Henry. »Übrigens würde ich gern mal hören, daß Sie mich Henry nennen.«

»Ich denke – na gut – Henry –«

»Gut. Also, passen Sie auf. Was vorbei ist, ist vorbei. Ich meine, ich betrachte Sie nicht als – ich versuche nicht, in Sandys Schuhe zu schlüpfen –«

»Natürlich nicht –« Die Tränen flossen wieder über, und sie begann, ihr Gesicht mit einer Papierserviette abzuwischen und verschmierte dabei den Lippenstift.

»Ich meine – ich möchte, daß wir Freunde werden, ich möchte Sie so kennen, wie Sie wirklich sind, ich – ich werde Sie nie im Stich lassen, Stephanie. Ach, weinen Sie doch nicht –« Henry sprang auf und kam um den Tisch herum. Auch Stephanie stand auf, und im nächsten Moment hatte er sie, als wäre es das Natürlichste von der Welt, in die Arme genommen. Ihre Hände klammerten sich an seine Ärmel. Ihr heißes, nasses, verschmiertes Gesicht war an sein Jackett gedrückt, und er fühlte ihr flatterndes, gefangenes Herz heftig gegen sein eigenes pochen.

Sehr behutsam führte er sie ins Schlafzimmer.

»Ich habe von Gerald Dealman gehört«, sagte Brendan.

»Wo ist er jetzt?«

»Er leitet eine Selbsterfahrungsgruppe in Glasgow.«

»Ich bin mal gespannt, wie lang das wieder dauern wird. Gibt es etwas Neues von Reggie?«

»Er sagt, er sei Buddhist geworden, aber wir nehmen an, daß das ein Scherz ist.«

»Pater Milsom ist immer noch krank, wie ich höre.«

»Ja, der arme alte Mann.«

»Erinnerst du dich an Sandy Marshalson? Ich habe ihn einmal zum Abendessen mitgebracht.«

»Dieser große, rothaarige Trunkenbold, der sich in seinem Ferrari zu Tode gefahren hat? Nicht an dem Abend, Gott sei Dank?«

»Ja. Wir waren alle ziemlich angesäuselt an dem Abend.«

»Ob er wohl betrunken war, als er sich umgebracht hat? Auf mich machte er den Eindruck eines verzweifelten Menschen.«

»Der arme Sandy. Tja, nun ist sein Bruder zurück, ich glaube, du hast ihn nie kennengelernt, Henry Marshalson, er war in Amerika.«

»Ich erinnere mich, daß du ihn erwähnt hast. Dein Jugendfreund. Er hat wohl diesen ganzen Riesenbesitz geerbt.«

»Ja, aber er will verkaufen und das Geld verschenken.«

»Bravo. An wen denn?«

»Er will es uns geben.«

»Uns? Oh, *uns*. Greif schnell zu, ehe er es sich anders überlegt.«

»Seiner Mutter wird das nicht passen.«

»Es wird mal eine Abwechslung für die alte Dame sein.«

Cato war gereizt. Er fand, daß Brendan, der ihn ja praktisch herzitiert hatte, um ›ernsthaft‹ mit ihm zu reden, endlich das oberflächliche Geschwätz lassen sollte, das schon das ganze Abendessen hindurch dauerte. Es langweilte Cato, dennoch blieb er dabei, entschlossen, nicht als erster einen ernsthaften Ton anzuschlagen. Natürlich war Brendan, der den ganzen Tag unterrichtet hatte, müde. Oder vielleicht glaubte er auch, Cato sei müde und würde zu Bett gehen und nicht über schwerwiegende Dinge sprechen wollen. Aber Cato wollte nicht zu Bett gehen, er wollte ernsthaft mit Brendan reden, nur daß der immer weiter quasselte.

Cato hatte in einem Pub zu Mittag gegessen und war am Nachmittag in Brendans Wohnung eingetroffen. Die Tür hatte er mit dem Schlüssel aufgesperrt, der immer unter der Matte lag. Allein in der Wohnung, hatte er sich den Luxus eines heißen Bades gegönnt und sich dann in der schmalen Kammer, die Brendans Gästezimmer war, niedergelegt. Er war sofort eingeschlafen und erst durch Brendans Heimkehr geweckt worden. Sie hatten Wein getrunken und etwas von dem ausgezeichneten Eintopf gegessen, den Brendan, der ein recht anständiger Koch war, am Vortag gemacht und aufgewärmt hatte. Cato, der jetzt Whisky trank, ging rastlos im Zimmer hin und her, machte ab und zu Halt, um Brendans Bücher zu inspizieren, marschierte dann weiter. Brendan, der nichts trank, hatte seine Schuhe ausgezogen und lag auf dem Sofa, die Füße auf der Armlehne. Manchmal fielen ihm die Augen zu. Mist, dachte Cato, er will wahrscheinlich zu Bett gehen.

Brendan lebte in einer kleinen Wohnung in Bloomsbury, von unablässigem Verkehr umflossen, dessen Lärm durch die schalldichten Fenster zu einem beständigen Gemurmel gedämpft wurde, das einem bald nicht mehr auffiel. Es herrschte, besonders jetzt, da die Lampen brannten und die Vorhänge geschlossen waren, eine Atmosphäre der Zurückgezogenheit und Stille. Brendan stammte aus einer alten katholischen Familie, der Art ›vornehmer Katholiken‹, die Catos Vater mit solchem Argwohn betrachtete. Er war direkt aus Downside aufs Priesterseminar gekommen und hatte in Oxford studiert, als er bereits Priester gewesen war. Er führte ein einfaches Leben, aber sein schmales Zimmer spiegelte Selbstsicherheit und Behaglichkeit. Die Lampen mit den Seidenfransen spendeten ein gedämpftes gelbes Licht, und die große Brücke in der Mitte, die auf anderen Brücken lag, war eine Art Stickerei mit braunen und goldenen Rosen, auf die man ungern seinen Fuß setzte.

Ein spanisches Kruzifix aus Elfenbein, nur die Christusfigur, sehr bleich und blutbespritzt, hing vor einem schwarzen Samtvorhang.

»Was treibt Henry Marshalson, wenn er nicht gerade sein väterliches Erbe verkauft?«

»Er schreibt an einem Buch über einen Maler namens Max Beckmann.«

»Ah ja. Ein ziemlich wilder deutscher Symbolist.«

»Ich hatte nie von ihm gehört.«

Cato blickte auf seinen ruhenden Freund hinunter; war er wirklich im Begriff einzuschlafen, oder beobachtete er Cato durch diese langen Wimpern hindurch? Brendan war ein gutaussehender Elegant, der zum steifen Priesterkragen einen gutgeschnittenen dunklen Anzug trug, abends eine schwarze Samtjacke. Er war groß, mit glänzendem, glatten schwarzen Haar und blitzenden blauen Augen. Cato hatte ihn anfangs nicht gemocht, weil er ihn für einen bloßen Charmeur gehalten hatte. Wie es häufig vorkommt, war es Brendans Klugheit gewesen, die Cato gelehrt hatte, seine Tugenden zu erkennen.

Cato dachte, wenn er weitertratscht, bis ich meinen Whisky ausgetrunken habe, gehe ich zu Bett. Es war ihm in den Sinn gekommen, als hätten Brendans Bücher, die goldgelben Lampen, das Kruzifix es ihm gesagt, daß Brendan nun, ob ihm das gefiel oder nicht, die Autorität vertrat. Cato war sicher, daß Brendan keinem im Orden von seinen Zweifeln berichtet hatte. Aber nach dem Gespräch mit Cato würde er entscheiden müssen, ob er etwas sagen würde oder nicht, und dann würde er tun, was er für richtig hielt, und nicht, was Cato wollte. Vielleicht wäre es doch besser, bis morgen zu warten.

»Du denkst also daran, uns zu verlassen«, sagte Brendan, die Augen allem Anschein nach immer noch geschlossen.

Cato war erleichtert. Es trat eine Stimmungsänderung ein, ein Tempowechsel.

»Kann ich noch etwas Whisky haben?«

»Bedien dich.«

»Und du?«

»Nein, danke.«

Cato ging noch einen Moment schweigend auf und ab. Jetzt drängte nichts mehr.

»Ich weiß nicht.«

»Du denkst nicht daran, uns zu verlassen?«

»Ich habe das Gefühl, als - ich muß vielleicht -«

»Warum?«

»Ich glaube nicht mehr. Es ist sehr schwierig. Natürlich will ich nicht gehen. Aber ich glaube einfach nicht mehr.«

»Was glaubst du nicht?«

»Ich glaube nicht an Gottvater und nicht an Gottsohn.«

»Wie steht's mit dem Dritten im Bund?«

»Ohne sie ist er entweder nicht existent oder nicht christlich.«

Brendan lachte. Seine Augen waren jetzt offen, aber er blieb in seiner entspannten Lage, die Hände hinter dem Kopf. »Na schön, halten wir uns an die beiden. Was ist das absolut Grundlegende, Zentrale, an das du einmal geglaubt hast und an das du jetzt nicht mehr zu glauben meinst? Was ist weg?«

Cato dachte nach. Was war weg? »Die Person. Die Person ist weg. Es ist niemand da.«

»Christus?«

»Ein heiliger Mann. Ein wunderbares religiöses Symbol. Aber nicht Gott. Nicht der Erlöser. Nicht der Dreh- und Angelpunkt der Geschichte. Es gibt keinen Dreh- und Angelpunkt, es gibt keine Erlösung.«

»Es ist nicht einfach die Widerwärtigkeit der Mutter Kirche?«

»Nein.«

»Wann hast du das letztemal die Messe gelesen?«

»Ich kann nicht.«

»Schön, lassen wir das erst mal. Es würde mich interessieren, woher du weißt, was du glaubst und was du nicht glaubst. Du *mußtest* in eine Glaubenskrise geraten.«

»Ich weiß. Du hast es kommen sehen.«

»Ich habe es kommen sehen. Wir alle haben es kommen sehen.«

»Verdammter Konvertit.«

»Verdammter Konvertit. Diese Art infantilen Aufruhrs –«

»Du denkst natürlich, mein Glaube sei aus einem Seelendrama geboren worden und hätte sich davon nie erholt.«

»Wie gut du das ausdrückst! Ja, es ist etwas, das überwunden werden muß. Du hast von dieser Dramatik gezehrt. Jetzt ist sie ganz einfach aufgebraucht. Du warst verliebt, weißt du.«

»Verliebt?«

»In Ihn.«

»Oh – Ihn – ja, wahrscheinlich. Er hat von meinem Leben Besitz ergriffen. Alles löste sich auf, alles stürzte ein. O Gott, Brendan, ich bin so unglücklich.« Cato hatte nicht vorgehabt, das zu sagen. Die plötzliche Wendung des Gesprächs verwirrte ihn. Er sah das Gesicht Christi, wie er es aus seiner Vorstellung kannte. Dann das Gesicht des Schönen Joe.

»Was ist mit dem Jungen?« fragte Brendan.

»Du bist telepathisch.«

»Ich versuche nur, den Zusammenhang zu erkennen.«

»Es gibt keinen Zusammenhang.«

»Es muß einen geben. Deine Zweifel und Spekulationen bewegen sich in der Zeit. Sie sind keine metaphysischen Gebilde, die im leeren Raum schweben.«

»Du willst doch nicht sagen, daß die Ursache einzig –«

»Ich will gar nichts sagen, ich stochere nur herum.«

»Wenn du glaubst, meine Motive –«

»Oh, vergiß deine Motive – jede Theorie, die du über deine Motive hast, ist wahrscheinlich sowieso Humbug.«

»Ich dachte, du interessierst dich für den Jungen?«

»Tu ich.«

»Hm, was kann ich dir da sagen. Ich liebe diesen Jungen, ich bin verrückt nach ihm, ich kann an nichts anderes denken.«

»Weiß er das?«

»Ich bin nicht sicher«, sagte Cato. »Nein, ich glaube nicht.« Wußte er es?

»Du hast ihn also nicht angerührt?«

»Angerührt? Nein, natürlich nicht.«

»Es war nur eine Frage. Aber ihr führt hochgesinnte emotionale Gespräche über seine Zukunft und so weiter?«

»Hm - ja -«

»Konstruktiv?«

»Nicht besonders. Aber ich kann ihn einfach nicht aufgeben. Es ist, als - als gäbe es keine Liebe - woanders ...«

»Das verstehe ich.«

»Aber, Brendan, mißversteh das nicht! Meine Zweifel, wie jetzt alles - leer und tot ist -, das ist schon vorher passiert. Es hat mit Joe nichts zu tun.«

»Okay. Lassen wir den Jungen. Du sagst, du hast jetzt das Gefühl, es sei niemand da. Ist das ein Gefühl der Verwaistheit oder eine vernunftmäßige Schlußfolgerung oder -«

»Es ist schon auch eine vernunftmäßige Schlußfolgerung. Es muß eine sein.«

»Warum muß es eine sein?«

»Weil ich ein vernunftbegabtes Wesen bin. Und weil es eine Frage der Wahrheit ist. Ist Christus nicht auferstanden, dann ist unser Glaube leer. Ich meine, es ist entweder A oder Nicht-A.«

»Natürlich, du bist ein Aristoteliker. Aristoteles war der Anfang vom Ende. Wir haben die ganze Zeit bis heute drauf verwenden müssen, den Schaden wiedergutzumachen.«

»Ich bin kein Philosoph«, sagte Cato ungeduldig. »Und ich bin auch kein Buddhist wie Reggie Poole. Ich akzeptiere, daß Christus der Stolperstein ist, und ich bin gestolpert.«

»Wir alle stolpern.«

»Und bitte, Brendan, komm mir jetzt nicht mit der alten Masche und versuch mir einzureden, daß Glaube Zweifel ist und Zweifel Glaube und daß der Glaube dort beginnt, wo der Glaube aufhört und so fort. Das weiß ich alles.«

»Sei doch nicht so gereizt. Ich versuche lediglich zu erkennen, wo du stehst. Das Priesteramt ist eine langwierige Aufgabe. Es ist eine Ehe. Man bricht nicht sofort aus, wenn es langweilig wird und die Belohnungen ausbleiben.«

»Tu ich doch gar nicht. Es ist eine Frage der Wahrheit, sage ich dir.«

»Die Wahrheit ist hier sehr komplex«, sagte Brendan. Er schwang seine Beine vom Sofa und setzte sich auf, um Cato mit seinen blauen Augen, die selbst in diesem dämmrigen Raum ihre Farbe erkennen ließen, anzusehen.

»Wenn jemand sagt, daß die Wahrheit komplex ist, fängt er meist an zu lügen. Das Dogma –«

»Es gibt Welten, Welten jenseits des Dogmas.«

»Wie weit kann das Christentum über das Dogma hinausgehen und dennoch eine Religion bleiben?«

»So weit die menschliche Seele reicht.«

»Das ist keine Antwort. Aber für dich gibt es ja sowieso kein Problem. Du schwimmst im Dogma wie ein Fisch im Wasser und tust das schon, seit du sprechen gelernt hast.«

»Augenblick mal, werd jetzt nicht ärgerlich. Du sagst, daß Christus von deinem Leben Besitz ergriff.«

»Ja.«

»Und dann ist etwas geschehen.«

»Ja. Und jetzt wirst du sagen, es sei alles Gefühl –«

»Mir scheint, daß du das sagst. Es ist etwas geschehen. Gut. Aber solltest du es nicht weiter geschehen lassen? Christus ist keine Wunderpille, die man schluckt. Er ist das Prinzip des Wandels im menschlichen Leben. Und ein Menschenleben braucht eine Menge Wandel. ›Nicht ich, allein Christus!‹ Deine Klagen scheinen mir alle ›ich und nicht Christus‹ zu betreffen.«

»Ich klage nicht.«

»Du hast gesagt, du seist unglücklich.«

»Wir reden aneinander vorbei. Du sagst, laß Christus wirken, und ich sage, es gibt keinen Christus.«

»Ich denke, du solltest warten. Diesen Zustand der Gewißheit eindämmen. Und beten.«

»Ich kann nicht beten. Ich versuche es, aber es ist Lüge, eine Ebene meiner selbst, die Lüge ist.«

»Bete trotzdem. Verdammt noch mal, du bist Priester und kein Schulmädchen.«

»Du sprichst von Effektivität, ich spreche von Wahrheit. Wir reden aneinander vorbei.«

»Priester sein, Christ sein, das ist eine lange, lange Arbeit des Sich-Lösens vom eigenen Selbst. Du bist erst ganz am Anfang, Cato, du stößt jetzt auf die ersten echten Schwierigkeiten. Du kleidest diese Schwierigkeiten in eine bestimmte Terminologie. Ich denke, du solltest eine Weile abwarten und überlegen, ob es die richtige Terminologie ist.«

Cato schwieg. Er setzte sich Brendan gegenüber und starrte ihn an.

»Ich sage nicht«, fuhr Brendan fort, »daß es unbedingt falsch von dir ist, das Priesteramt aufgeben zu wollen. Ich sage, du solltest abwarten. Das geistliche Leben ist ein langes, seltsames Geschäft, und man muß ruhig und fügsam genug sein, um immer weiter zu lernen. Du markierst den starken Mann, du bist noch in der Heldenphase, du willst alles selbst machen. Und jetzt, wo du eine Ahnung davon bekommen hast, worum es wirklich geht, bist du entsetzt, oder dein Ich ist entsetzt. Es ist wie ein Todesurteil. Es *ist* ein Todesurteil. Nicht Schmerz, nicht Demütigung, sondern Tod. Das ist es, was dich erschreckt. Das erlebst du, wenn du sagst, es ist niemand da. Bis jetzt hast du Christus als eine Spiegelung deiner selbst gesehen. Das war ein sehr bequemes Arrangement.«

»Also, wirklich!«

»Du befindest dich in einem Traumzustand. Das gewöhnliche menschliche Bewußtsein ist ein Gewebe aus Illusion. Unsere größte Illusion ist unsere Vorstellung von uns selbst, von unserer Wichtigkeit, die nicht angetastet werden, unserer Würde, die nicht verspottet werden darf. All unser Groll entspringt dieser Illusion, all unser Verlangen, Gewalt zu üben, Kränkungen zu rächen, uns zu behaupten. Wir werden alle verspottet, Christus wurde verspottet, nichts kann wichtiger sein als das. Wir sind Absurditäten, komische Figuren im Drama des Lebens, und das ist selbst dann wahr, wenn wir in einem Konzentrationslager sterben, selbst dann, wenn wir am Kreuz sterben. Aber in Wirklichkeit gibt es keine Kränkungen, weil es niemanden gibt, der gekränkt werden kann. Und wenn du sagst, ›es ist niemand da‹, stehst du vielleicht am Rand einer bedeutenden Wahrheit.«

»Ich verstehe nicht«, sagte Cato.

»Du sagst, es ist niemand da, aber das, was man begreifen muß, ist eben, daß niemand hier ist. Du sagst, die Person ist weg. Aber ist nicht die Beseitigung der Person eben das, worauf deine eigene Disziplin als Priester immer abgezielt hat?«

»Na ja - die menschliche Person -«

»Und wenn die menschliche Person das Bild der göttlichen ist?«

»Das ist Philosophie.«

»Das ist Theologie, mein Lieber. Und du hast gerade damit geprahlt, ein Intellektueller zu sein.«

»Ich kann nicht denken -« sagte Cato und bedeckte sein Gesicht mit den Händen.

»Versuch es eine Weile gar nicht. Ich sage nichts besonders Ausgefallenes. Die Demut ist das, was zählt, die Demut ist der Schlüssel. Das alles hängt mit Dingen zusammen, die dir gesagt wurden, als du ein Ordinandus warst.«

»Ach, wenn ich nur dahin zurückkönnte!«

»Als alles so einfach war. Es wird später wieder einfach sein.«

»Die Wahrheit muß einfach sein. Du bringst mich ganz durcheinander mit diesem Gerede von Illusion. Natürlich sind viele unserer Ziele illusorische Ziele, illusorische Werte. Aber ich bin nicht ganz Illusion, und ich muß mit dem Besten in mir urteilen, so gut ich kann.«

»Nicht ich, sondern Christus.«

»Das ist doch genau die Frage! Manches, was ich tue, ist wirklich - andere zu lieben zum Beispiel.«

»Andere zu lieben«, sagte Brendan, »ist oft das Illusorischste von allem.«

Cato schwieg wieder.

»Wir sind müde«, sagte Brendan. »Laß uns darüber schlafen. Komm schon. Ab ins Bett.«

Cato sagte: »Hast du es *ihnen* gesagt?«

»Nein.«

»Aber jetzt wirst du?«

»Vielleicht. Wahrscheinlich.«

»Hm.«

»Und, Cato –«

»Ja?«

Sie waren aufgestanden und standen an der Tür.

»Ich habe noch einen Rat für dich.«

»Ja?«

»Sieh den Jungen nicht wieder.«

»Das kann ich nicht«, sagte Cato. Er umklammerte den Rand der Tür. »Ich kann ihn nicht aufgeben –«

»Du meinst, du kannst diesen Genuß nicht aufgeben. Tust du ihm gut? Tut er dir gut?«

»Ich bin der einzige, der ihn retten kann.«

»Das bezweifle ich. Es gibt eine Hoffnung für ihn, von der du dir nichts träumen läßt, weil du darauf beharrst, daß nur du und du allein das Werkzeug sein mußt. Laß es jemand anderen versuchen. Überlaß es Gott. Reiß ein Loch in deine Welt, vielleicht siehst du durch dieses Loch etwas.«

»Ich kann nicht.«

»Gib ihn ganz auf. Triff dich gar nicht mehr mit ihm. Du weißt, daß das ein guter Rat ist, du weißt, ich will nicht nur –«

»Ja, ich weiß. Aber ich kann nicht.«

»Schreib ihm, wenn du willst. Aber triff dich nicht mehr mit ihm. Dann geh in die Exerzitien. Ich werde nichts sagen.«

»Brendan, ich kann nicht.«

»Du sprichst von Wahrheit – aber mir scheint, du bist leichtfertig und läßt dich gehen. Es ist ein Traum, Cato, du rettest ihn nur im Traum. In Wirklichkeit –«

»Hör auf!« sagte Cato. Er stürmte aus dem Zimmer, lief, ohne noch ein Wort zu sagen, in sein Zimmer und schloß die Tür. Er erwartete, daß Brendan ihm folgen würde, aber das tat er nicht, und einen Moment später hörte Cato, wie er ins Bad ging und dann in sein eigenes Schlafzimmer.

Cato blieb eine Weile auf dem Bett sitzen, neben seinem halb ausgepackten Koffer. Er dachte, Brendan betet für mich. Kann ich nicht selbst für mich beten? Er kniete nicht nieder, sondern schloß nur die Augen und schrie in der Dunkelheit lautlos um

Hilfe, wie er das getan hatte, als er jünger gewesen war. Er blickte in die Dunkelheit, und die Dunkelheit war nicht tot, sondern schrecklich lebendig, sie schäumte und brodelte vor Leben. Und mittendrin sah er das leuchtende Gesicht des Schönen Joe, das ihn anlächelte. Das ist Liebe, dachte Cato, und keine Illusion, und ich muß ihr treu sein und sie erleiden. Und alles, was mit seiner Überzeugung und seinem Glauben zu tun hatte, erschien ihm in diesem Moment fadenscheinig, schäumte und brodelte in dieser Dunkelheit auf, die seine Liebe zum Schönen Joe war; er fühlte sich vor eine unausweichliche Wahl zwischen einer augenscheinlichen Wahrheit und einer Einbildung gestellt. Er öffnete die Augen und sah das Bett, das von seinem Nachmittagsschlaf noch zerdrückt war, sah seinen Koffer, in dem obenauf das Kruzifix lag. Er nahm das Kruzifix und legte es auf das Kopfkissen, wie am vergangenen Abend, nachdem Joe es von der Wand genommen und ihm gegeben hatte, und erinnerte sich des Freudengefühls, das ihn in diesem Moment überkommen hatte. Warum habe ich in diesem Moment Freude verspürt, fragte er sich. War es Seinetwegen, dank einem Moment göttlicher Zärtlichkeit, in dem Liebe plötzlich unschuldig war? Oder war es, weil ich irgendwie mit Zuversicht wußte, daß ich Joe nicht verlieren würde, daß ich ihn nicht verlieren kann, daß ich bei ihm bleiben und ihn lieben muß und daß alles, Christus selbst, wie nichts ist, nicht die geringste Bedeutung besitzt im Vergleich zu dieser Gewißheit und dieser Zukunft? Die Freude von gestern war leise gewesen, umschleiert. Jetzt aber schoß so heftig, daß ihm der Atem stockte, eine wildere Freude in ihm auf, eine Flut, ein Feuer, aus Feuer gemacht und doch das Feuer verzehrend. Es gibt keinen anderen Weg, dachte er. Und wenn es das ist, was mich zerstören wird, so soll es geschehen. Alles ist eins, es gibt keine zwei Probleme, nur eines. Und wenn es Gott gibt, steht Er auf der anderen Seite dieses Geschehens.

Leise packte er seinen Koffer; das Kruzifix ließ er auf dem Kissen liegen. Nachdem er dann eine Weile in die Stille des Hauses gelauscht hatte, stand er auf, zog seinen Mantel an, öffnete sehr leise die Tür und trat in den Flur.

Brendan saß im Morgenrock auf einem Stuhl neben der Wohnungstür. Er sah sehr müde aus.

»Ich dachte mir schon, daß du versuchen würdest auszubüxen.«

»Du glaubst doch nicht, daß du mich aufhalten kannst?«

»Du bist eine fürchterliche Nervensäge. Ich habe morgen früh um neun ein Seminar über den *Timaios*. Genauer gesagt, heute früh. Es ist drei Uhr.«

»Tut mir leid. Leg dich hin.«

»Geh nicht, Cato. Es ist wichtig, daß du jetzt nicht gehst. Ich habe alles falsch gesagt. Ich war müde. Ich hätte warten sollen. Nichts, was ich gesagt habe, zählt, die Details meine ich. Vielleicht täusche ich mich in bezug auf den Jungen. Ich weiß nicht genug, vielleicht war alles, was ich gesagt habe, verlogenes Zeug. Aber lauf jetzt nicht weg. Warte, bleib, ruh dich aus. Vergiß die Exerzitien. Ich werde keinem etwas sagen. Aber bleib hier.«

»Was willst du?«

»Ich bin selbstsüchtig. Ich möchte nur, daß du hier bist. Nicht irgendwo anders.«

»Du denkst, ich renne ins Verderben?«

»Nichts so Dramatisches. Bitte bleib. Damit ich schlafen kann. Wegen meines Platoseminars. Weil ich Priester bin und weil du Priester bist. Ganz gleich, aus welchen Gründen.«

»Es tut mir leid«, sagte Cato. »Es tut mir sehr leid.« Er öffnete die Wohnungstür. Sie sahen einander an. Cato sagte noch einmal: »Es tut mir leid.«

Er ging davon, die Treppe hinunter, und hörte, wie hinter ihm die Tür leise geschlossen wurde.

Zu Fuß brauchte er fünfundvierzig Minuten für den Weg zurück zur Mission.

Henry stand auf der Terrasse. Sonnenlicht und Schatten zogen stetig über den Hang unterhalb der hohen Bäume, so daß er sich ähnlich zeigte wie auf Francis Townes Bild. Der Himmel darüber, ein kaltes, leuchtendes Blau, war von wandernden Schichten bräunlichweißer Wolken gestreift. Die Sonne berührte jetzt den hellgrauen Turm der Kirche von Dimmerstone, der über die Bäume des Waldes hinweg sichtbar war. Sie erleuchtete die Wipfel der Bäume und hob jeden einzelnen Baum hervor. Der Turm von Dimmerstone glühte auf und erlosch. An einem klaren Tag konnte man von einem Standort neben dem Obelisk aus sowohl Dimmerstone sehen als auch den schlanken Turm der Kirche von Laxlinden. Es blies ein kalter, feuchter Ostwind. Henry hatte seinen Mantel an.

Er war in einem Zustand wilder Ausgelassenheit. Er kam sich vor, als säße er auf dem Flügel einer Windmühle, mit dem er auf- und niederstieg, während er, sicher und rhythmisch getragen, befördert, den Blick schweifen ließ. Er hatte nicht beabsichtigt, was sich so schön mit Stephanie ergeben hatte. Oder vielleicht doch? Es war schwer zu sagen. Er wußte, daß er, soweit ihm das gegeben war, mit Demut und Aufrichtigkeit zu ihr gegangen war, ihr Gutes wollend, mit dem Vorsatz, die merkwürdige Beziehung, in der er zu ihr stand, nicht auszunützen. Hatte er sie ausgenützt? Mit so etwas wie übermütiger Freude ließ er immer wieder die Ereignisse dieser köstlichen Stunden vor sich ablaufen. Was da geschehen war, das war außergewöhnlich, wunderbar. Und im Grunde spürte er, daß es gar nicht nicht hätte geschehen können. Nie zuvor hatte Henry den Liebesakt so unumgänglich und so vollkommen erlebt. Und nie so leise. Ihm fiel ein, daß alle seine früheren Geliebten Amerikanerinnen gewesen waren, und die hatten keinen Moment zu reden aufgehört. Vor allem Bella. Wenn er mit ihr ins Bett gegangen war, so war das stets von pausenlosen Kommentaren, einem Strom von Witzeleien begleitet gewesen. In gewisser Weise hatte Henry das gefallen, auch wenn er manchmal das ungute Gefühl hatte, daß es dazu gedacht war, ihn in Sicherheit zu wiegen. Immer war er sich auch mit den jüngsten der flotten jungen Dinger wie der Juniorpartner vorgekommen. Sie waren alle so erfahren und kompetent und sicher gewesen. Sie hatten den Ton angegeben. Bella hatte ihn sogar »Junior« genannt. Doch bei Stephanie hatte er das Gefühl gehabt, war ihm absolut das Gefühl gegeben worden, daß die Welt sich seinem Willen fügte.

Natürlich war auch Stephanie ›erfahren‹. Wie mochte das nur für sie gewesen sein mit diesen vielen Männern? Er dachte mit einem merkwürdig befriedigenden Mitleid an ihr Leben als Opfer. Kein Wunder, daß sie nicht darüber reden wollte. Er empfand, wenn er an sie dachte, was er jetzt fast ständig tat, flammendes Mitgefühl, den Wunsch, sie zu halten, zu beschützen, zu retten. Als er mit solcher Aufrichtigkeit zu ihr gesagt hatte: »Es gibt überhaupt keinen Grund, warum Sie meine Mutter nicht kennenlernen sollten«, hatte er gespürt, wie sich die Art ihrer Beziehung auf undefinierbare Weise verändert hatte, so als würde alles stillschweigend auf eine höhere Ebene gehoben. Nein, er hatte sie nicht ausgenützt. Es war richtig von ihm gewesen, den Besuch bei ihr aufzuschieben, ernsthaft nachzudenken und sich zu bemühen, sich dessen, was er als seine erste Pflicht erkannt hatte, würdig zu erweisen. Er hatte die Prüfung bestanden. Und das machte ihn stärker, besser fähig, freier, das zu tun, was in seinem Leben als nächstes anstand. Er war Stephanie zutiefst dankbar. Er fühlte sich auf eine beglückende, sorglose Art besessen. Noch hatte er nicht das Gefühl, in sie verliebt zu sein, aber er bildete sich ein, sie mit einer reinen Liebe zu lieben, und das war etwas Neues für ihn.

Die Liebe mit ihr war schön gewesen. Sie war merkwürdig ungeschickt gewesen, und das hatte ihn gerührt. Vielleicht war eine Prostituierte, die Zärtlichkeit nicht gewöhnt war, ungeschickt? Das hatte er vorher gar nicht bedacht. Er hatte sich gefragt, wie es mit Sandy gewesen war, und im ersten Moment war schon der Gedanke entsetzlich. Mit einem sonderbaren Pflichtgefühl jedoch hielt er seine Aufmerksamkeit auf diese Vorstellung gerichtet, entschlossen, sich nicht abschrecken zu lassen; und allmählich wandelte auch diese sich durch die Zauberkraft, die von dieser Frau auszugehen schien. Und Henry fühlte sich sanft, demütig. Er hatte Mitleid mit ihr, Mitleid mit Sandy. Er wußte, daß sie und er, alle zusammen Opfer waren, alle irgendwie getrieben, auseinandergerissen, zusammengeworfen vom unabwendbaren Lauf eines unnachgiebigen Schicksals. Und dieser Gedanke tröstete ihn.

Nicht zuletzt gratulierte Henry sich zu seinem glänzenden Entschluß, ganz einfach und ohne Umschweife mit der Frau ins Bett zu gehen. Es war so *richtig.* Sie hatte in seinen Armen gezittert, als er sie entkleidet hatte, ihn mit einem Ausdruck so unterwürfiger Dankbarkeit in den runden blauen Augen angesehen, daß Henry selbst vor Dankbarkeit und Glück hätte jubeln mögen. Und als er diesen weichen, warmen, zitternden Körper, diese großen Brüste umarmt hatte, war er weit über alle Zweifel hinausgetragen worden. Zum erstenmal in seinem Leben fühlte er sich, ohne Überlegung, ohne Nachdenken, ganz einfach am richtigen Platz.

Hinterher hatten sie Tee getrunken. Völlig gelassen, als würde er diese Frau seit Jahren kennen, war Henry geblieben. Sie sprachen jetzt, unbefangen, über alles mögliche, und ihre Unterhaltung war teilweise so trivial wie ein Gespräch zwischen alten Freunden. Sie erzählte ein wenig aus ihrer Vergangenheit, jedoch mit Widerstreben, und Henry drängte sie nicht. Sie war vierunddreißig, zwei Jahre älter als Henry. Sie erzählte ein wenig von dem Striplokal; sie mußte tanzen, aber niemand brachte es ihr bei, es wurde einfach angenommen, alle Frauen könnten tanzen. Henry erzählte ihr ziemlich verhalten und nur auszugsweise von Laxlinden Hall, seiner Kindheit, Amerika, sogar, mit wesentlichen Aussparungen, von Russ und Bella. Er hielt Stephanie bei der Hand, und sie redeten miteinander wie vertrauensvolle Kinder. Glücklich, ohne Anspannung verließ er sie. »Du kommst doch bald wieder?« – »Ja, ich rufe dich an, bald. Keine Sorge.« – »Ich sorge mich nicht. Danke dir, Gott segne dich.«

Geladen mit körperlicher Vitalität, rannte Henry der Verjüngte die Treppen der Terrassen hinunter und sprang über die letzten Stufen direkt auf den weichen Rasen. Er stürmte in Richtung zu den Stallungen davon und erreichte atemlos den Kiesweg unter der Uhr. Die Sonne schien auf die Stallgebäude und ließ die Schieferschindeln, die vom Regen der vergangenen Nacht naß waren, blendend aufleuchten. Henry bemerkte, daß einige Schindeln erneuert werden mußten, und lächelte in sich hinein. Er ging in die Box, in der der gelbe Volvo stand, öffnete die Motorhaube und inspizierte vornübergebeugt eine ganze Weile mit Vergnügen und Befriedigung den Motor. Russ und Bella fuhren beide Autos, aber ohne die geringste Vorstellung von einem Motor. Henry war der Mechaniker gewesen. Wie sollten sie nur ohne ihn zurechtkommen?

Als Antwort auf ihre ersten Briefe hatte Henry, der nicht imstande war, irgend etwas Ernsthaftes zu schreiben, jedem eine Ansichtskarte mit ein paar witzigen Worten geschickt; Russ hatte eine Karte vom Post Office Tower bekommen, Bella eine kolorierte Ansicht von Laxlinden Hall, die er im Dorf gekauft hatte. Auf die Rückseite schrieb er: *Umseitig das Ahnenschloß. Das Leben hier ist so ziemlich die Hölle. Du fehlst mir, Schatz.* Heute war von beiden Antwort gekommen. Russ hatte sich mit einer Ansichtskarte des großen Torbogens von St. Louis und den Worten revanchiert: *Redbirds haben Braves geschlagen. Schade, daß du nicht dabei warst. Wann kommst Du nach Hause?* Bella hatte einen langen Brief geschrieben. *Wann können wir Dich besuchen? Aber im Ernst, Darling, ob es die Hölle ist oder nicht, komm bald zu uns zurück, sonst fangen wir an, uns Sorgen zu machen ...*

Henry freute sich, von ihnen zu hören, freute sich, daß sie ihn liebten, freute sich, daß es sie gab, daß sie *da* waren, eine Zuflucht für ihn, ein zweiter Ort. Aber er wußte, daß er ihnen erst dann ernsthaft schreiben würde, wenn die nächsten Dinge in seinem Leben geregelt waren. Wo werde ich, fragte er sich, nächstes Jahr um diese Zeit sein? Zurück in Sperriton, wo mich bei der Heimkehr vom Campus Bellas starke Martinis erwarten und ich ihnen von meinem Tag erzähle? Es schien, auf seine besondere Weise, ein Bild unschuldigen Glücks zu sein.

Henry klappte die Motorhaube des gelben Volvo zu, schloß die Tür der Garage und spazierte in den Sonnenschein hinaus, ging jetzt, ohne den Bach zu überqueren, bergan, zum Gewächshaus. Es war für ihn in seiner Kindheit ein geheimnisvoller, verlockender Ort gewesen, immer ein wenig unheimlich, und als er sich ihm jetzt näherte, begann sein Herz, von alten, unausgesprochenen Erinnerungen bewegt, plötzlich schneller zu schlagen. Das Gewächshaus war eine gewaltige viktorianische Gußeisenkonstruktion mit einer großen zentralen Kuppel und zwei kleineren Seitenkuppeln. Seine Pracht war größtenteils dahin, das Heizsystem funktionierte nicht mehr, die Zierkacheln waren gesprungen oder fehlten ganz, und auf der einen Seite waren viele der Glasscheiben eingeschlagen. Zahlreiche Pflanzen und Bäume jedoch, die von Henrys Großvater und Urgroßvater dort gepflanzt worden waren, hatten überlebt und waren zu riesigen zottigen Gebilden herangewachsen, die gegen das Dach drückten und an sonnigen Tagen die warme Luft mit exotischen Düften füllten: Kamelie, Bleiwurz, Bambus, Mimose, Oleander. Bellamy zog unter einer der kleineren Kuppeln seine Tomaten und seinen Frühsalat und goß im ganzen Gewächshaus, aber die meisten Pflanzen waren jetzt einfach verwildert. Gerda und Rhoda kamen manchmal hierher, um Blumen zu holen.

Henry trat ein, auf einmal instinktiv leise, beinahe verstohlen, ein Verhalten wohl, das zu seiner Jugend gehört hatte. Vielleicht hatte er sich hier vor Sandy versteckt, er konnte sich nicht erinnern. Die plötzliche Wärme und die erdigen, würzigen Gerüche weckten alte Gefühle, die ihm einen Moment den Atem raubten. Ein besonderer Geruch stach unter allen anderen hervor und erweckte einen viel früheren Henry. Azalee? Nein, Kaiserkrone. Geräuschlos schloß er die Tür und blieb still stehen. Vor ihm stieg eine riesige Kamelie mit glänzenden Blättern und übersät mit weißen Blüten in einem Bogen in die Höhe, schwang sich bis zum Dach hinauf, wo sie sich neigte und am Glas entlangkriechend ihre am weitesten ausgespannten Zweige in eine große Bambusstaude tauchte. Die Erde, aus der sie emporwuchs, war mit einer Pflanze voll mauvefarbener Blüten überwuchert, deren Geruch Henry jetzt in der Mischung, die er in Erinnerung hatte, vorherrschend zu sein schien. Er trat näher, rupfte ein paar Blätter der Pflanze ab und zerdrückte sie unter seiner Nase. Dann drehte er, mit einiger Mühe, eine Kamelienblüte ab und steckte sie sich ins Knopfloch. Die Blüten waren gefüllt, beinahe reinweiß, einige in der

Mitte, unter den Staubgefäßen, blaßrosa gesprenkelt. Er ging ein Stück, leise, Düfte aufnehmend, sich erinnernd. Das Sonnenlicht war auf einer Seite von einer wuchernden Passionsblume verdunkelt, die am Glas entlang beinahe bis zur Spitze der Mittelkuppel hinaufgeklettert war und jetzt schon mit den eigenartigen blaßgrün-lilafarbenen Blüten gefleckt war. Henry blickte auf und betrachtete die kleinen, aufmerksamen Blumengesichter in der Höhe. Dann blickte er durch grüne Schatten unter die sich biegenden Blätter des Bambus und blieb stehen, starr vor Überraschung, als er ein Mädchen sah.

Das Mädchen, das ihn nicht bemerkt hatte, stand angespannt vornübergebeugt, Kopf und Schultern durch das Laub nur teilweise sichtbar, das Gesicht von ihrem langen Haar fast ganz verborgen, und betrachtete etwas, das sich unter ihr befand. Henry brauchte nur eine Sekunde, um an einer Besonderheit ihrer Haltung, an ihrem Haar, der gerundeten Wange Colette Forbes zu erkennen. Er war erfreut und schlich sich leise näher, um sie zu überraschen.

Als er nur noch ein paar Schritte entfernt war, drehte sie den Kopf, sah ihn und lächelte, wandte sich aber sogleich wieder dem zu, was sie so fesselte. Henry sah, daß sie sich über einen alten Wassertank beugte, der mit schwarzem glänzenden Wasser gefüllt mitten unter den Pflanzen aufgestellt war, um das Gießen zu erleichtern. Seerosen schwammen an einem Ende, und die Wasserfläche war wie bestreut mit einer rötlichen Wasserpflanze. Colette hielt eine Hand ins Wasser und beobachtete einen Schwarm kleiner leuchtender Goldfische mit silbrigen Bäuchen, die zwischen ihren unter Wasser erdig-braun wirkenden Fingern hin und her schossen.

»Sie knabbern an meinen Fingern«, sagte Colette und sah Henry mit ihrem strahlenden, etwas schiefen Lächeln an.

Henry betrachtete die Fische. »Spürst du ihre Bisse?«

»Nur ein bißchen. Es kitzelt. Das ist lustig.«

»Früher gab's hier keine Fische. Ich möchte wissen, wer sie reingesetzt hat.«

»Meinst du, sie bekommen genug zu fressen?«

»Ja, das denke ich schon. Es ist ja inzwischen eine Art natürlicher Weiher geworden.«

»Es ist wirklich hübsch. Diese rote Wasserpflanze ist eine Pracht. Und die Fische sind einfach süß.« Sie zog ihre Hand heraus und schüttelte die Wassertropfen ab.

»Ich stelle fest, daß du schon wieder unbefugterweise hier bist.«

»Hast du was dagegen?«

»Ich weiß noch nicht. Ich muß es mir überlegen.«

»Ich hab dich neulich auf der Straße tanzen sehen.«

»Warum bist du nicht hergekommen und hast mitgetanzt?«

»Ich dachte, es wäre vielleicht ein privater Tanz.«

Henry musterte Colette. Die Sonne, die durch das Laub der Passionsblumen fiel, setzte rote und goldene Lichter auf ihr braunes Haar, und ihr Gesicht hatte von ein paar Tagen warmer Frühlingsluft einen milchigeren und deutlich jugendlicheren Schimmer bekommen. Sie trug ein Sommerkleid unter einem ziemlich schäbigen Tweedmantel.

»Du hast dich zu einem richtig gutaussehenden, strammen Mädchen ausgewachsen, obwohl du erst zehn bist und dein Mund viel zu groß ist und du vorn eine Zahnlücke hast.«

»Du siehst auch nicht allzu übel aus, obwohl du so klein bist.«

»Klein?«

»Ja, ich bin größer als du.«

»Bist du nicht.«

»Bei dir steht nur das Haar mehr in die Höhe als bei mir.«

»Dafür trägst du hochhackige Schuhe.«

»Gar nicht wahr. Komm, messen wir. Stell dich mir gegenüber, und wir schauen uns beide ins Gesicht. Dann siehst du meinen Mund, und ich sehe deine Augenbrauen.«

Henry blickte geradeaus in Colettes lachende braune Augen. »Das ist ja lächerlich. Du bist dünner als ich.«

»Was spielt das denn für eine Rolle?«

»Für dich ist es leichter, gerade zu stehen. Außerdem hab ich über den Augen mehr als du.«

»Das ist nur dein Haar.«

»Keine Spur, das ist mein Gehirn, ich habe mehr Gehirnzellen.«

»Hast du nicht, du bist älter als ich. Wenn man erst mal zwanzig ist, gehen jeden Tag Tausende von ihnen ein.«

»Blödsinn.«

Am anderen Ende des Gewächshauses regte sich etwas. Colette drehte sich plötzlich herum und tauchte wie ein Tier in Licht und Schatten des überhängenden Bambus weg. Henry schoß ihr wie der Blitz hinterher, aber als er zur Tür hinauslief, war sie schon ein ganzes Stück entfernt, rannte über das Gras zur Auffahrt. Er lief ihr nach, und sie wartete auf dem Kiesweg auf ihn.

»Was war denn?«

»Bellamy ist reingekommen. Außerdem muß ich sowieso nach Hause, ich bin spät dran.«

»Welchen Weg gehst du?«

»Deinen, über das Tor, das geht am schnellsten.«

Sie gingen an den Stallungen und am Birkenwäldchen entlang zur großen Eibenhecke. Ein feiner perlgrauer Dunst hing über dem längeren, feuchteren Gras, und die sprießenden Birken standen leuchtend grün, lichttriefend. Ein Goldregen am Rand des Wäldchens war ein gelber Fleck vor den bläulichen, dunstigen Tiefen. Die Narzissen begannen schon zu welken. Die frühen Tulpen, von denen einige gerade zu blühen begannen, wuchsen in dunklen, kräftigen grünen Stauden.

»Die Tulpen sind alle gelb. Ich mag keine gelben Tulpen. Sie sollten rot und weiß sein.«

»Ich werd's mir merken.«

»Ich mag überhaupt weiße Blumen. Eure Eibenhecke müßte mal gestutzt werden. Die Statuen sind schon ganz überwuchert.«

»Auch das werde ich mir merken.«

»Was stellen die eigentlich dar?«

»Die Statuen? Göttinnen.«

»Sie schauen ziemlich unheimlich aus, wie sie da durchs Grün lugen.«

Sie gingen unter den Nadelbäumen hindurch und erreichten das Tor. Im Nu, ohne stehenzubleiben, hatte Colette sich hinaufgeschwungen und hob ein langes Bein über die Spitzen der Stäbe. Dann zog sie das andere Bein nach und sprang auf der anderen Seite zu Boden. Sie sahen einander an.

»Ich muß das Tor aufsperren lassen.«

»Nein, tu das nicht, das Klettern macht Spaß.«

»Du bist jünger, wie du vorhin bemerkt hast. Hier ist eine weiße Blume für dich.« Henry nahm die Kamelie aus seinem Knopfloch und reichte sie zwischen den Gitterstäben hindurch. Sie riß sie ihm aus der Hand, schwenkte sie und lief die Straße hinunter. Henry kehrte lächelnd um und begann dann, an Stephanie Whitehouse zu denken.

Er folgte der Auffahrt und rupfte im Gehen mit der Fußspitze Unkraut aus. Als das Haus in Sicht kam, bemerkte er gereizt, daß seine Mutter ihm über den Rasen entgegenkam. Weiter entfernt spazierte Lucius mit seinem Strohhut auf dem Kopf aus Richtung der hohen Bäume zum Haus zurück. Henry zögerte, wollte einen Haken schlagen, um seiner Mutter zu entkommen, aber es war zu spät.

»Henry!« Gerda strahlte. Sie hatte einen alten Trenchcoat und Gummistiefel an und trug einen flachen Korb, in dem verschiedene Zutaten zu einem ihrer Blumenarrangements lagen: Kastanienknospen, Buchenzweige, Kirschen, ein paar Tulpen.

»Hallo, Mutter.«

»Ich habe dich mit Colette Forbes gesehen.«

»Oh.«

»Wie ist sie hinausgekommen?«

»Über das Tor.«

»Ich werde Bellamy sagen, er soll es aufsperren.«

»Ich mag es zugesperrt.«

»Es ist der kürzeste Weg nach Pennwood.«

»Wer will nach Pennwood?«

»Es ist herrlich warm, nicht, wie im Sommer. Komm, setzen wir uns vor dem Salon in die Sonne.«

Henry folgte seiner Mutter auf die Terrasse, wo sie zur Südseite hinübergingen und sich auf einer alten Teakbank an der Hausmauer niedersetzten. Der von der Sonne durchglühte Eisenstein strahlte Wärme ab, und die kleinen versteinerten Muschelschalen glitzerten im hellen Licht. Gegen die Sonne zwinkernd, blickte Henry zum See hinunter.

»Ich habe gesehen, daß ihr euch die Eibenhecke angeschaut habt. Sie braucht dringend Pflege.«

»Ja, und die Lindenhecke ist auch ganz schön verwahrlost.«

»Bellamy tut, was er kann. Es ist nicht mehr so wie zu deines Vaters Zeiten. Henry –«

»Ja.«

»Ich wollte nur sagen – wie gut mir Colette Forbes gefällt.«

»Sie ist zum Kaputtlachen.«

»Sie ist ein ausgesprochen nettes Mädchen, die ganze Familie ist ausgesprochen nett.«

»Außer daß der Vater ein ekelhafter alter Tyrann ist.«

»Henry, nein! Er ist ein ausgezeichneter, aufrichtiger Mensch. Und ihr Bruder ist dein bester Freund.«

»Mein bester Freund ist ein Mann namens Russell Fischer.«

»Na, ja, Cato ist ein alter Freund, und alte Freunde sind wichtig, meinst du nicht?«

Henry, der mit gerunzelter Stirn zum Tal hinunterblickte, sah in der Ferne wieder Lucius mit dem Strohhut auftauchen. Er spazierte jetzt in Richtung zum See. »Wie er«, sagte er.

»Wie – oh, wie Lucius – ich werde immer kurzsichtiger.«

»Ist er dein Liebhaber?«

Gerda, die den Korb mit den Zweigen auf den Knien gehalten hatte, setzte ihn abrupt auf die Steine hinunter. »Henry, sprich nicht in diesem Ton mit mir.«

»Entschuldige den Ton. Ich hoffe, du hast nichts gegen die Frage –«

»Doch, ich habe auch etwas gegen die Frage.«

»Ich denke, ich habe ein Recht, sie zu stellen. Ich werde dir erklären, warum –«

»Meine Beziehung zu Lucius geht dich überhaupt nichts an.«

»Er lebt in meinem Haus.«

»Henry, du bist ungezogen und häßlich.«

»Tut mir leid, Mutter, das war wirklich nicht meine Absicht.«

»Doch, ich glaube, es ist genau deine Absicht. Du bist brummig und ungezogen, seit du zurück bist. Ich kann überhaupt nicht verstehen, warum, wir haben dich herzlich wieder aufgenommen –«

»Es ist eben dieses ›Wir‹, gegen das ich etwas habe, Mutter. Versuch doch bitte, das zu verstehen.«

»Da du nun schon einmal so taktlos gefragt hast, nein, Lucius ist natürlich nicht mein Liebhaber und ist es auch nie gewesen.«

»Ja, hm, das dachte ich mir schon, ich wollte nur sicher sein. Nur ein alter Freund –«

»Nicht einmal das, Lucius ist nichts weiter als ein erbärmlicher, kleiner, von mir abhängiger Mensch, der nicht für sich selbst sorgen kann und jemanden braucht, der sich um ihn kümmert. Er ist wie ein forderndes Kind, ich kann dir nicht sagen, was für eine Last und Plage er für mich ist. Mein Liebhaber, ha!«

»Danke, Mutter. Das ist genau das, was ich wissen wollte.«

»Als hätte ich in meinem Alter einen Liebhaber.«

»Warum nicht? Du bist immer noch eine recht gutaussehende Frau.«

»Eine recht gutaussehende Frau! Ja, Colette hat mich neulich gefragt, ob man mir nie gesagt habe, daß ich schön sei.«

»Das war aber ziemlich vorlaut von ihr, finde ich.«

»Glaub mir, ich sehe mich nicht in diesem Licht, es gibt nichts Abstoßenderes als eine alte Frau, die unbedingt jung sein und ständig im Mittelpunkt stehen will. Ich kann dir nur sagen, je eher ich mich zurückziehen und die ganze Verantwortung für dieses Haus hier abgeben kann, desto angenehmer ist es mir.«

»Es freut mich, das zu hören –«

»Es wird Zeit, daß du heiratest, Henry. Wenn du eine junge Frau nach Laxlinden Hall bringst, werde ich alles in eure Hände legen und mich völlig zurückziehen. Und vielleicht darf ich auch gleich offen sagen, daß Colette Forbes meiner Meinung nach eine sehr gute Ehefrau für dich wäre.«

»Oh – oh –« sagte Henry und rutschte ein wenig auf der Bank hin und her, wobei er seinen zusammengekniffenen Blick weiterhin auf den fernen Lucius gerichtet hielt, der jetzt langsam auf das Haus zuging. »Ich verstehe. Ich war wohl etwas schwer von Begriff. Daher weht also der Wind. *Der* Gedanke ist mir leider nie gekommen. Und daher auch die Suche nach der Marshalson-Rose –«

»Hast du den Ring gefunden?«

»Nein.«

»Ich finde, Colette wäre ideal. Sie ist ein anständiges Mädchen, sie ist jung und hübsch und gesund –«

»Wahnsinnig gesund. Aber ich muß dich leider enttäuschen, liebe Mutter – ich bin bereits mit einer anderen verlobt.«

Gerda rückte etwas von ihm ab, um sich besser nach ihm umdrehen zu können. »Doch – nicht mit einer Amerikanerin?«

»Nein, mit einer Engländerin. Sie heißt Stephanie Whitehouse. Sie war mal eine Prostituierte.« Henry lachte wie ein Verrückter.

»Das ist nicht dein Ernst«, sagte Gerda nach einer Pause. Sie saß stocksteif da, die Hände tief in den Taschen ihres Trenchcoats, die Beine in den schmutzigen Stiefeln in stabiler Haltung gespreizt. Ihre dunklen Augen glühten zornig. Henry rückte noch ein Stück von ihr ab. »Lach nicht«, sagte Gerda.

»Ich lache nicht«, sagte Henry, sie ebenso zornig anfunkelnd. »Hör mir zu, Mutter.«

»Bitte mach darüber keine Scherze.«

»Das tue ich nicht. Diese Frau, Stephanie Whitehouse, war jahrelang Sandys Geliebte, sie war eine Hure, er hatte sie in eine Wohnung in London gesetzt. Das hast du nicht gewußt, wie?«

»Nein«, sagte Gerda. Sie sah weg.

»Nein, natürlich nicht. Sandy hat sie verborgen gehalten. Tatsächlich ist sie ein ganz wunderbarer Mensch. Und ich liebe sie.«

»Aber du kannst doch nicht – du mußt sie doch eben erst kennengelernt haben –«

»Ja. Aber es ist eine Menge passiert. Eines ist sicher, Sandy hat sie behandelt wie –«

»– wie das, was sie laut dir auch war«, sagte Gerda. Sie hielt ihren Blick in die Ferne gerichtet, starr in dem Bemühen um Selbstkontrolle.

»Es tut mir leid, Mutter. Ich kann es nicht vermeiden, Sandy da hineinzuziehen. Seinetwegen habe ich mich verantwortlich gefühlt. Und dann wurde das alles so viel wichtiger –«

»Du hast dich benommen wie ein absoluter Narr. Es gibt so etwas wie Verdorbenheit. Diese Frau hat es auf dein Geld abgesehen.«

»Du wirst dich wundern«, sagte Henry, »aber ich glaube nicht, daß es so etwas wie Verdorbenheit gibt. Und Geld wird keines dasein.«

»Ich versteh nicht, was du da redest. Ich kann mir nicht vorstellen, daß es dir wirklich ernst ist. Ich glaube, du bist einfach irgendwie – auf irgendeine verrückte Art – von der Verbindung dieser Frau zu Sandy beeinflußt. Du hast Sandy immer in allem nachgeahmt. Ich vermute, sie ist völlig ungebildet.«

»Oh, total. Aber das bist du auch.«

Gerda preßte die Lippen zusammen. Sie drehte sich wieder nach ihm um. Ihre glühenden Augen, den seinen so ähnlich, waren voller Tränen. »Ich möchte nicht mit dir streiten, Henry.«

»Manchmal ist es unmöglich, nicht zu streiten. Tut mir leid.«

»Ich glaube nicht, daß es dir ernst ist. Wenn doch, dann folgst du – so scheint mir jedenfalls – nicht deinem Herzen, sondern irgendeinem – grausamen Plan.«

»Du weißt nichts von meinem Herzen«, sagte Henry. »Du hast nie etwas von mir gewußt. Du hast mich verachtet und vernachlässigt, als ich ein Kind war.«

»Das ist nicht wahr«, sagte Gerda leise. Sie wischte die Tränen mit dem Handrücken weg. Sie sagte: »Du willst doch nicht sagen, daß du diese Frau hierherbringen willst?«

»Es wird gar kein ›Hier‹ geben.«

»Was soll das heißen?«

»Mutter, versuch jetzt, nicht zu schreien oder in Ohnmacht zu fallen oder so was. Und glaub nicht, daß ich scherze. Ich werde das Gut verkaufen.«

»Henry, was sagst du da?«

»Nur das, Mutter. Ich werde das Haus, den Park, die Arbeiterhäuser und das gesamte Ackerland verkaufen. Ich möchte kein Großgrundbesitzer sein, ich möchte kein englischer Gutsherr sein. Ich möchte kein reicher Mann sein. Und ich sehe nicht ein, warum ich aus Pietät für eine Tradition, die in meinen Augen albern und falsch ist, mein Leben diesen Werten, diesen *Dingen* opfern soll. Du hast dein Leben hier gelebt, Mutter, und du hast es genossen, wenigstens hoffe ich das. Ich habe nicht vor, meinem Großvater, meinem Vater und Sandy nachzufolgen. Weshalb sollte ich? Ich bin ein anderer Mensch, und ich gehöre einer neuen Zeit an. Sandy hat der Vergangenheit angehört. Ich nicht. Wenn du nachdenkst, wirst du erkennen, daß an dem, was ich sage, nichts besonders Ungewöhnliches ist. Ich kann nicht hierbleiben und ein zweiter Sandy werden, auch nicht dir zuliebe. Und wenn ich fortgehe, bin ich weiterhin durch diese Dinge gebunden, solange sie mein Eigentum und meine Verantwortung bleiben. Davonzulaufen, alles dir zu überlassen, alles weiterlaufen zu lassen wie bisher, dieses Haus, dieses nutzlose Land, das ganze Geld, das in ihm steckt, als eine Art Marshalson-Mausoleum zu bewahren wäre nicht nur leichtfertig, es wäre absolut makaber. Ich wollte das alles nicht, ich wollte das Gut nicht erben, ich habe dieses Schicksal nicht gewählt, aber nun ist es so gekommen, und ich muß mich damit auseinandersetzen, ich muß entscheiden. Bitte beschuldige mich nicht, grausam zu sein oder es nur wegen irgendeiner komischen Geschichte mit Sandy zu tun oder ... Ich war nie in meinem Leben ernster oder vernünftiger. Mutter, es ist *passé*, dieser Lebensstil muß ein Ende haben. Überall gibt es Arme und Obdachlose, da kann ich doch nicht seelenruhig auf all diesem Besitz und dem vielen Geld sitzen. Ich werde es verteilen, ich verschenke es. Ich kann nicht so leben wie du. Dir sind

Bäume und Blumen wichtiger als Menschen. Verzeih mir, ich weiß, das ist ein Schock. Aber du wirst bald erkennen, daß ich recht habe, oder wenigstens wirst du verstehen –«

Gerda machte keinerlei Anstalten zu schreien oder in Ohnmacht zu fallen. Es waren keine Tränen mehr in ihren Augen. Sie saß ihm zugewandt und sah ihn mit scharfer Aufmerksamkeit an. Ihre breiten Nasenflügel waren gebläht, das große Gesicht war rot, der Kragen ihres schäbigen Trenchcoats um ihr Haar hochgeschlagen, sie wirkte plötzlich kräftig und ungeschlacht wie ein Mann. »Henry«, sagte sie, »dazu wird es nicht kommen.«

»Doch, Mutter. Es ist alles geplant. Ich habe es mit Merriman genau besprochen –«

»Mit Merriman?«

»Ja. Tut mir leid. Ich mußte ihn bitten, es geheimzuhalten. Das ganze Gut kann wahrscheinlich schon innerhalb von Wochen zum Verkauf ausgeschrieben werden. Natürlich werde ich Vorsorge für dich treffen. Ich lasse zwei der Arbeiterhäuser in Dimmerstone zu einem kleinen Haus umbauen. Es wird sehr hübsch werden, und es gehört ein recht schöner Garten dazu. Bellamy schenke ich sein Haus, die anderen verkaufe ich. Du wirst dich in Dimmerstone wohl fühlen und bist dort nicht in der Nähe der Siedlung –«

»Der Siedlung?«

»Ja. Das obere Parkland auf der Seite von Laxlinden schenke ich der Gemeinde unter der Bedingung, daß sie dort eine Modellsiedlung für sozial schwache Bürger baut. Giles Gosling hat bereits einen ausgezeichneten Plan vorgelegt, die Fassaden alle aus Naturstein dieser Gegend –«

»Ich möchte das alles lieber gar nicht hören«, sagte Gerda.

»Ich möchte nicht, daß Pfusch gemacht wird –«

Schwer atmend, keuchend beinahe, aber beherrscht, hatte Gerda sich abgewandt. Sie starrte zu ihren Stiefeln hinunter und begann mit einem Finger den verkrusteten Matsch abzukratzen. »Und was hält diese Frau, deine – Sandys Freundin von alledem?«

»Oh, sie ist begeistert«, sagte Henry. »Sie haßt die Reichen. Sie ist Kommunistin.« Er lachte wieder wie ein Irrer und zog seine Füße auf die Bank hinauf. »O Gott, ich bin so erleichtert, daß ich es dir endlich gesagt habe. Mutter, glaub nur nicht, daß es leicht für mich war – es war eine Prüfung und eine Herausforderung. Verzeih mir, daß ich hier an mich selbst denke, an meine Integrität und meine Zukunft, aber für mich gab es keinen Kompromiß. Das ging einfach nicht. Bitte sag, daß du es ein wenig verstehst, daß du es nicht nur für reinen Wahnsinn hältst oder – ich weiß auch nicht – Rache oder so. Du wirst dich damit anfreunden und einsehen, daß es das beste ist. Schließlich hast du zu deiner Zeit ja auch das getan, was du für richtig gehalten hast – und jetzt bin eben ich dran. Bitte sag, daß du nicht böse bist.«

»Rache«, sagte Gerda nachdenklich, immer noch mit ihren Stiefeln beschäftigt. Dann sagte sie: »Oh, ich kann mir vorstellen, daß es nicht leicht war –«

In diesem Moment kam Lucius an, der die Terrassentreppe heraufgestiegen war. Demonstrativ schnaufend, legte er seinen Stock auf die Balustrade. »Ganz schön anstrengend. Ich bin nicht mehr so jung wie ich einmal war. Guten Morgen, Henry. Ich habe mich zum Frühstück leider wieder verspätet. Oh, meine Liebe, die schönen Zweige, die du gepflückt hast –« Lucius merkte, daß etwas nicht stimmte, und brach ab.

»Henry verkauft das Gut«, sagte Gerda. »Das Haus. Alles.«

Lucius warf den Kopf zurück und knöpfte mit Sorgfalt erst seinen Mantel, dann sein Jackett, schließlich sein Hemd auf. Er lockerte den Seidenschal um seinen Hals. Dann nahm er seinen Hut ab und fuhr sich mit den Fingern bedächtig durch die edle Mähne weißen Haars, ehe er sie nach hinten warf.

»Hast du gehört?« fragte Gerda.

»Ja, Gerda.«

»Du scheinst nicht sehr überrascht zu sein. Vielleicht hat er es dir schon gesagt?«

»Nein, nein. Aber – nun ja – in diesen Zeiten – da muß man mit Veränderungen rechnen –«

»Ich bin froh, daß du so rasch begreifst, daß es mir wirklich ernst ist«, sagte Henry zu Gerda, ohne Lucius zu beachten. »Bitte halte es nicht für Bosheit, das ist es nicht, nichts dergleichen. Ich muß nur weiterleben können – und selbstverständlich werde ich tun, was ich kann –«

»Ich soll in einem Häuschen in Dimmerstone wohnen«, bemerkte Gerda zu Lucius. »Ich glaube nicht, daß du irgendwie eingeplant bist.«

»Ich denke, ich kann bei Audrey wohnen«, sagte Lucius. »Vielleicht suche ich mir irgendeine kleine Arbeit – es ist nicht das Ende der Welt.«

»Siehst du, er ist gar nicht so klein und erbärmlich wie du glaubst«, sagte Henry. »Wir werden alle zurechtkommen.«

»Hast du gesagt, ich sei klein und erbärmlich?«

»Er hat gefragt, ob du mein Liebhaber bist«, sagte Gerda. »Das war ein Teil der Antwort.«

»Na, ich denke doch, ich könnte dein Liebhaber sein, so undenkbar ist das gar nicht –«

»Was wird aus Rhoda?« sagte Gerda zu Henry.

»Ich zahl ihr eine Rente.«

»Bellamy ist kein Problem. John Forbes wird ihn sich sofort schnappen. Oder sonst Mrs. Fontenay.«

»Ich bin froh, daß ihr beide so vernünftig –«

»Wann heiratest du?«

»Oh, heiratest du Colette Forbes?«

»Nein, ich heirate nicht Colette Forbes.«

»Er heiratet eine Prostituierte namens – wie heißt sie?«

»Stephanie Whitehouse.«

»Sie war Sandys Geliebte. Er hatte sie in einer Wohnung in London untergebracht.«

»Tatsächlich? Was man doch mit den Menschen für Überraschungen erleben kann! Ich hätte mir nie träumen lassen –«

»Ich weiß noch nicht, wann ich heirate. Aber bald.«

»Man stelle sich das vor! Der gute alte Sandy –«

»Ich lege mich jetzt hin«, sagte Gerda. Brüsk stand sie auf und ging durch eines der Salonfenster ins Haus.

Lucius sagte, »Wie lange hat Sandy –«

Aber Henry war nicht mehr da. Er hatte auf dem Absatz kehrtgemacht und war die Treppe hinuntergejagt. Wie eine wildgewordene Ziege sprang er die ersten Stufen hinunter und verschwand in Richtung der unteren Terrassen.

Lucius blieb noch eine Weile an die Balustrade gelehnt stehen und drückte sich die Hand aufs Herz. Er bemerkte, daß Henry in seiner Hast ein großes gelbes Moospolster zwischen den Pflastersteinen herausgerissen hatte. Mit der Fußspitze stopfte Lucius das Moos wieder in das Loch und trat es fest. Die Katastrophe war also eingetreten, eine weit größere Katastrophe, als er sich je vorgestellt hatte. Wenigstens hatte er mit Würde reagiert und den Anstand gehabt, sogleich alle Hoffnung fahren zu lassen. Sollte Henry ihm eine kleine Rente anbieten, wäre er dann demütig genug, sie anzunehmen? Daran konnte es leider kaum Zweifel geben. Aber Henry würde ihm nichts anbieten. Er war offenkundig der Meinung, Lucius sei für Gerda nichts als eine Last. Gerda selbst hatte es ihm wahrscheinlich so dargestellt. Wie genau unterscheidbare Schmerzen empfand er Kummer über Gerdas verächtliche Worte, Verzweiflung über ihre unsägliche Niederlage, hilflos brodelnde Wut auf Henry. Gerda konnte also besiegt werden, und das Leben konnte sich verändern. Und was würde nun aus ihm werden? Rex würde ihm nie gestatten, in seinem Haus zu leben. Er bückte sich und hob Gerdas Korb mit den Zweigen und Blumen auf, den sie zurückgelassen hatte. Am meisten erschreckte ihn das Bild einer zusammengebrochenen, geschlagenen Gerda. Es erfüllte ihn mit kindlichem Entsetzen. Er ging in den Salon.

Gerda saß, mit dem Gesicht zum Fenster, kerzengerade und mit starrem Blick in einem Sessel. Im ersten Moment glaubte Lucius, sie hätte irgendeinen Anfall erlitten.

»Alles in Ordnung, meine Liebe?«

»Ja, natürlich. Mach das Fenster zu, es zieht ja fürchterlich.«

»Ich bin also klein und erbärmlich. Tja, das stimmt wahrscheinlich sogar. Hast du Henry gesagt, daß ich auf deine Kosten lebe?«

»Ich weiß nicht mehr. Kann sein. Ich war verärgert über seine Vermutung, du wärst mein Liebhaber.«

»Ich verstehe nicht, warum dich das ärgern sollte.«

»Das ist nicht wichtig. Hör zu –«

»Aber mir ist es wichtig. Vielleicht ist es wirklich an der Zeit, daß unsere Wege sich trennen.«

»Ach, hör auf mit dem Geschwafel, Lucius.«

»Ich finde es sehr tapfer von dir, wie du das akzeptiert hast – und auch, wie ich es akzeptiert habe.«

»Ich habe es nicht akzeptiert«, sagte Gerda.

»Du glaubst, es sei Henry nicht ernst?«

»O doch, es ist ihm ernst. Er hat sich von dieser Frau beeinflussen lassen. Aber es wird nicht dazu kommen. Wir werden es verhindern.«

Mein lieber Cato,

es tut mir leid, daß Du gegangen bist. Es tut mir leid, daß ich Dir gepredigt habe, ich habe alles falsch gemacht. Was den Jungen angeht, so war das nur ein Gefühl. Vielleicht wäre es der Weg zu seiner Rettung, alle Zweifel in den Wind zu schlagen und ihn zu lieben. Wer weiß? Ich jedenfalls weiß es nicht. Warum bringst Du ihn nicht hierher? Ich könnte Euch, wenn nötig, sogar beide unterbringen. Wie dem auch sei, komm bitte zurück und betrachte mich jetzt nur um Gottes willen nicht als den Gehilfen des Inquisitors! Ich mußte diese Sache höheren Orts ansprechen, aber niemand ist groß in Aufregung geraten. Du weißt ja, wie sie mit den Dingen umgehen. Deine Eskapaden werden wahrscheinlich fürs erste nicht beachtet werden, glaube also nicht, daß Du irgend etwas schnell entscheiden mußt oder durch Dein Gehen bereits entschieden hast. Es ist nicht so einfach, aus diesem Netz herauszukommen, lieber Freund, und natürlich spreche ich nicht von dem blöden alten Orden oder auch, sub specie temporis, *der widerwärtigen alten Kirche. Fische schwimmen im Meer, Vögel fliegen in der Luft, und durch kopfloses Herumrennen entkommst Du der Liebe Gottes nicht. Ich bin geneigt zu sagen: Du solltest Dir nicht einmal wegen des Priesteramts Kopfzerbrechen machen. Ich meine, Du könntest auch das aufgeben, ohne Deine Religion zu verlieren. Andererseits allerdings bin ich auch geneigt zu sagen: Für Dich heißt in Gott sein Priester sein. Wenn ich je einen Priester gesehen habe, dann in Dir. Und wenn es auch vielleicht beinahe frivol klingt: Du hast ein feierliches Versprechen gegeben. Stoße den, der dieses Versprechen gegeben hat, nicht zurück, sei wenigstens ihm noch ein wenig länger treu, warte auf Belehrung. Der Geist als Erfahrung, als Vision, als Freude wird wiederkehren. Warte. Es ist nicht so, daß ich Deine ›intellektuelle Krise‹ geringschätze. Wir sind intellektuelle Wesen, wir müssen diese Krisen durchmachen, ja, sie durchzumachen, ist ein wesentlicher Teil unserer Aufgabe. Wir müssen im Intellekt für Gott leiden, immer von neuem der Belastung standhalten. Natürlich können wir niemals ganz in der Wahrheit sein. Wie könnten wir, in Anbetracht der Entfernung zwischen Mensch und Gott? Unsere Wahrheit ist bestenfalls ein schattenhafter Reflex, dennoch dürfen wir niemals aufhören, uns um Verstehen zu bemühen. Du weißt das alles, Cato. Ich sage nicht, daß Du nicht ›ringen‹ sollst, aber Du solltest es innerhalb der Kirche tun, dem nahe, dessen Du Dich einmal so sicher fühltest. Du hast gesagt: ›Christus hat von meinem Leben Besitz ergriffen.‹ Ganz gleich, was damals geschah, es ist* etwas *geschehen. Du hast nicht einfach ›einen Irrtum begangen‹. Bleib standhaft, und nimm die Veränderung mit der Offenheit des Glaubens und der Hoffnung auf Gnade an. Lauf nicht weg, versteck Dich nicht, bleibe dicht an Deiner Offenbarung, und sei ihr treu in ihrer Erneuerung. Denn erneuern wird sie sich, wenn Du nur wartest. Es gibt ein mystisches Leben der Kirche, dem wir uns selbst in unseren Zweifeln unterwerfen müssen. Verwirre Deinen Geist nicht mit Bildern und Ideen, die, wie Du weißt, nur bloßeste Ahnungen Gottes sein können. Bleib. Setz Dich. Du kannst Gott nicht entkommen. Und inzwischen laß Dich von Deiner Aufgabe als Priester tragen. Halte die Messe, selbst wenn Du das Gefühl hast, sie sei nichts als ›Hokuspokus‹. Und komm zurück.*

Ich grüße Dich in Christo, *in Liebe der Deine,*
Brendan

Mein lieber Sohn,

Brendan hat mir von Ihren Schwierigkeiten berichtet. Ich hoffe, es stört Sie nicht, daß er mir davon erzählt hat. Wie Sie vielleicht wissen, bin ich seit längerer Zeit krank. Wollen Sie mich nicht einmal besuchen? Es hat mich besorgt und bekümmert zu hören, daß Sie davon sprechen, den Orden zu verlassen. Überstürzen Sie die Entscheidung nicht, und mißtrauen Sie nicht der Offenbarung, die Sie zu Gott geführt hat. Sie haben ihn damals in einer Klarheit und Freude erblickt, die vielen Frommen verwehrt bleiben. Halten Sie sich in dieser jetzigen Zeit an diese frühere Gewißheit. Die Finsternis kommt zu uns allen, und wir müssen in aller Demut versuchen, die Flamme des Glaubens in unseren Herzen zu bewahren, wenn kein Licht da ist. Suchen Sie nicht angestrengt nach irgendeiner neuen Gewißheit. Ihre Willenskraft kann nichts bewirken. Ihre Aufgabe ist die Liebe, und die Liebe ist Ihre Lehrmeisterin. Lassen Sie es dabei, und warten Sie ruhig, bis Ihnen die Wahrheit offenbart wird. Sie wissen, ich bin kein gelehrter Mann oder Philosoph oder Theologe wie Brendan, der gewiß weit besser mit Ihnen argumentieren kann. Ich kann nicht argumentieren, ich kann nur auf Ihn verweisen, der unser Weg und unsere Wahrheit und unser Leben ist. Sehen Sie dorthin *zu Christus, und Sie erblicken die lebendige Wahrheit der vollkommenen Liebe. Dort ist alle Rede Schweigen, und dort ist alles, was zählt und vonnöten ist. Halten Sie in Liebe und Strenge der Seele an dem fest, von dem Sie wissen, daß es in Ihrem Leben kostbar und heilig ist, mein lieber Sohn. Ich wäre glücklich zu wissen, daß Sie bei Brendan sind und nicht allein. Wenn es nicht zu schwierig ist, dann besuchen Sie mich doch bitte. Ich hoffe, Sie können dieses Gekrakel lesen. Gott segne Sie, lieber Cato, und bewahre Sie in seiner Weisheit.*

Ihr Ihnen zugetaner Freund
J. Milsom

Mit diesen zwei Briefen in der Tasche klopfte Cato an die Tür der kleinen Erdgeschoßwohnung in Holland Park. Es war später Nachmittag, mit fahlgelbem Licht, und es regnete leicht. Seine Soutane war naß. Er hatte seinen Schirm nicht finden können.

Die Tür wurde bei vorgelegter Kette einen Spalt geöffnet, und von drinnen sagte eine Frau: »Ja?«

»Mrs. Beckett?«

»Ja. Was wollen Sie?«

»Ich bin Pater Forbes. Sie erinnern sich, ich habe Sie schon einmal aufgesucht. Ich bin ein Freund von Joe.«

»Von wem?«

»Joe. Joseph. Ihrem Sohn. Darf ich hereinkommen?«

Die Tür wurde geschlossen. Es klirrte, als die Kette abgenommen wurde; danach wurde die Tür nicht geöffnet, sondern einfach angelehnt gelassen, und Cato hörte das leiser werdende Schlapp-schlapp, als die Frau in ihren Hausschuhen davonging. Er nahm es als Aufforderung einzutreten und folgte ihr in einen dunklen, engen Flur, schloß die Tür und steuerte auf das erleuchtete Zimmer zu, das er vor sich sah.

Mrs. Beckett nahm gerade eine zur Hälfte geleerte Flasche Rotwein und ein Glas vom Tisch. Im Zimmer roch es nach Wein.

Cato sagte: »Verzeihen Sie, wenn ich störe. Ich hoffte, ich würde Sie nach der Schule antreffen.«

»Schule? Da gehe ich nicht mehr hin.«

Nachdem Mrs. Beckett den Wein in ein kleines Sideboard gestellt hatte, drehte sie sich nach Cato um. Sie hatte ein blaugeschlagenes Auge und massive Blutergüsse auf einer Gesichtshälfte. Ihre Lippen war angeschwollen. Cato hatte in Notting Hill genug gesehen, um zu wissen, was das zu bedeuten hatte und daß man besser nichts dazu sagte.

Obwohl es draußen noch hell war, waren die Vorhänge zugezogen, und das Zimmer wurde nur von einer kleinen Lampe mit grünem Schirm erleuchtet. Mrs. Beckett setzte sich schwerfällig an den Tisch. Cato setzte sich ihr gegenüber.

»Und um welchen von ihnen geht's gleich wieder?«

»Welchen – oh, von Ihren Söhnen – Joe. Sie erinnern sich, ich war schon einmal bei Ihnen –«

»Ich kann mich nicht erinnern. Ihr seid doch alle einer wie der andere. Einer war letzte Woche hier und hat für irgendwas gesammelt. Sie lassen einen nie in Ruhe, schlimmer als die Geheimpolizei, dauernd wird man belästigt und bespitzelt. Ich nehme an, sie führen eine Liste. Ich bin nicht mehr in der Kirche, das ist aus und vorbei.«

»Ich möchte Sie nicht belästigen«, sagte Cato, »und ich werde Sie nicht lange aufhalten.«

»Das möchte ich Ihnen auch raten. Wenn er Sie hier vorfindet, richtet er Sie so zu, wie er mich zugerichtet hat. Joe steckt wohl in Schwierigkeiten?«

»Noch nicht, aber es wird wahrscheinlich nicht lange dauern, bis es soweit ist. Er hat keine Arbeit, und ich vermute, daß er von kleinen Gaunereien lebt –«

»Na, ist doch wunderbar, lassen Sie ihm seine kleinen Gaunereien. Seine Brüder sind alle im großen Verbrechen.«

»Ich will mich kurz fassen, Mrs. Beckett.«

»Dominic ist im Knast. Pat und Fran sind ausgewandert, jedenfalls nehm ich das an, sie haben gesagt, daß sie's vorhätten, und ich hab seit Jahren nichts mehr von ihnen gehört. Benedict läßt sich oben in Birmingham von einer Hure aushalten, und Damian ist im Januar an Drogen gestorben.«

»Das tut mir sehr leid –«

»Ach, das braucht Ihnen nicht leid zu tun, mir ist's egal, der ist sowieso immer nur hergekommen, um mich zu beschimpfen. Also, was ist mit Joe?«

»Ich wollte gern wissen, ob Sie irgendeinen Einfluß auf ihn haben, ob es Sinn hätte, wenn Sie versuchen, einmal mit ihm zu sprechen –«

»Nein. Nein, und damit basta. Möchten Sie ein Glas Wein?« Mrs. Beckett kippte ihren Stuhl und griff nach hinten, um die Rotweinflasche wieder hervorzuholen. Seufzend stand sie auf und holte zwei Gläser.

»Für Sie nicht? Stört Sie's, wenn ich was trinke?«

»Ich würde gern wissen, ob es jemanden in der Familie gibt, der helfen könnte, ihn vielleicht in Urlaub mitnehmen –«

»Na, sieht doch so aus, als wär sein ganzes Leben ein einziger Urlaub. Familie gibt's nicht. Mein Bruder will nichts wissen von uns. Der Rest ist verschwunden, weiß der Himmel, wo sie alle sind. Ich glaube, es ist besser, wenn Sie jetzt gehen. Gott, bin ich müde.«

Cato musterte Mrs. Beckett. Ihr strähniges dunkles Haar war voller Klemmen und Spangen, und sie hatte sich die geschwollenen Lippen geschminkt. Ihre Hand zitterte, als sie das Glas nahm. Sie blickte auf ihre zitternde Hand und sagte wieder: »O Gott, bin ich müde.« Tränen traten ihr in die Augen und liefen auf ihre Wangen.

»Mrs. Beckett, verzeihen Sie mir, wenn ich mit Ihnen spreche, aber ich bin Priester, und Sie sind Katholikin, ganz gleich, was Sie sagen. Ich wollte mit Ihnen über Joe sprechen, aber ich wünschte von Herzen, ich könnte Ihnen helfen. Sie müssen Ihren Weg zurück zu Hoffnung und Freude finden. Der Weg steht Ihnen offen, Sie brauchen ihn nur einzuschlagen. Der Weg ist Christus, die Hoffnung ist Christus. Bringen Sie Ihre Last zu ihm, und empfangen Sie seine Liebe, verbergen Sie sich in seiner Liebe, und werden Sie geheilt. Verzweifeln Sie nicht. Ganz gleich, was geschehen ist, das Leben kann wieder neu und gut werden. Kommen Sie in die Kirche, kommen Sie zur Messe. Ich weiß nicht, welcher Art Ihre Probleme sind, und ich bin nicht hergekommen, um Sie auszufragen oder zu belästigen. Aber ich wünsche von ganzem Herzen und mit aller Demut, ich könnte Ihnen helfen. Kommen Sie einmal in die Kirche, setzen Sie sich einfach still hin. Die Liebe Gottes ist mit Ihnen, wenn Sie einfach ruhig atmen und sich von ihr erfüllen lassen.«

»Hauen Sie ab«, sagte Mrs. Beckett, immer noch das Glas anstarrend, das jetzt in ihrer Hand hüpfte. »Sonst trifft er Sie hier. Und kommen Sie nicht wieder. Wenn Sie mir was Gutes tun wollen, dann kommen Sie nicht wieder.«

»Was Joe –«

»Lassen Sie mich mit Joe in Frieden. Ich hasse Joe. Ich hasse alle meine Kinder, und sie hassen mich.«

»Gehen Sie in die Kirche. Richten Sie Ihren Blick auf den Herrn, sprechen Sie mit ihm. Oder denken Sie hier an ihn. Er ist auch hier, an diesem Tisch, in diesem Wein. Gott segne Sie. Verzeihen Sie mir.«

Cato stolperte in den dunklen Flur und durch die Wohnungstür zur Straße hinaus, wo eben die Lampen eingeschaltet worden waren. Als er herauskam, stieß er beinahe mit einem massigen Mann zusammen, der gerade das Haus betreten wollte. Der Mann, der nach Alkohol roch, machte ein Geräusch, als müßte er sich übergeben, und spuckte Cato dann vorn auf die Soutane. Die Tür schlug krachend zu.

Cato eilte davon, die unter dem Lampenschein bläulich dunkelnde Straße hinunter. Es regnete immer noch. Er bog um die Ecke. Nicht weit entfernt war hier eine anglikanische Kirche, und er eilte dorthin und trat ein. Er setzte sich hinten in die Dunkelheit, umfangen von der Stimmung trostloser Leere in der kahlen, ziemlich feuchten Kirche. Wie schnell und leicht ihm der Sermon über die Lippen gekommen war. Aber jetzt kannte er keine anderen Worte der Tröstung mehr, und wenn diese Worte falsch waren, dann gab es keine Tröstung. Er zog Pater Milsoms Brief heraus, um ihn noch einmal zu lesen, aber es war zu dunkel, er konnte nichts sehen. Er nahm den Brief aus dem Umschlag und hielt ihn an sein Gesicht, drückte ihn an seinen Mund.

Henry war früh auf. Oder vielleicht war es gar nicht so früh, oben an den Vorhängen war ein großer Sonnenfleck. Er konnte nicht auf seine Uhr sehen, weil sein Arm unter Stephanie Whitehouse lag, die noch schlief. Sie mußten die ganze Nacht so umschlungen gelegen haben, wie rührend. Und wie anders als alles, was ihm in seinem früheren Leben je widerfahren war. Gestern nacht oder, genauer gesagt, heute morgen hatten sie das dritte Mal miteinander geschlafen, doch es war ihre erste gemeinsame Nacht. Natürlich hatte Henry schon früher diese oder jene Nacht mit einer Frau verbracht, allerdings nicht sehr oft. Aber nie war es mit solcher Ruhe, so ganz ohne Angst und ohne viel Gerede geschehen, mit diesem Gefühl, daß es unumgänglich und richtig war. Er wußte, daß diese Abwesenheit von Angst zum Teil auf Stephanies Abhängigkeit von ihm beruhte. Sie war die Gefangene seines Willens, und auf ihre demütige kleine Art führte sie ihre Gefangenschaft vor und genoß sie. Henry hatte häufig von der ›weiblichen Intuition‹ gehört, aber begegnet war er ihr vorher noch nie. Im Fall Bellas und dieser cleveren Studentinnen war die Intuition vielleicht vom Intellekt unterhöhlt worden.

Doch seiner angstlosen Zufriedenheit lag nicht einfach das Gefühl zugrunde, daß Stephanie ihm ›gehörte‹. Sandy hatte von ihr als *Femme fatale* gesprochen. Das schien Henry ein sehr ungenaues Etikett für das, was er in ihr sah. Für ihn war sie mehr wie eine geheimnisvolle Schweigende, der man in einem Tempel begegnet und die man nach Gottes Willen, der sich einem in Stille offenbart, beschlafen muß. Nie hatte sich Henry in angenehmerer Weise aller Alternativen beraubt gefühlt. Er fühlte sich merkwürdigerweise an ein Bild von Max erinnert, auf dem ein Mann mit dem Kopf nach unten an eine schöne Frau gefesselt ist, die eine Lampe trägt. Was für absolut lächerliche Bilder der alte Max sich ausdenken konnte! Das Seltsame war, wie Henry schon früher aufgefallen war, daß der Mann, obwohl ihm die Hände gebunden sind und er vielleicht ein Messer im Rücken hat, sich in dieser unnatürlichen Stellung durchaus wohl zu fühlen scheint. Die Frau drückt eine liebkosende Hand an seinen Oberschenkel, während sie durch die von der Lampe erhellte Dunkelheit späht. Ihr Gesicht erinnerte ihn jetzt sehr entfernt an das von Stephanie. Und er war sich jetzt bewußt, daß er sich immer schon ein wenig mit diesem sich offenbar ganz behaglich fühlenden, verkehrt dahängenden Mann identifiziert hatte. Es zeigte sich also, daß er auf verkehrte Weise ihr Gefangener war, nicht sie seine Gefangene.

Natürlich war Stephanie nicht schön, und sie war auch nicht mehr jung. Wie seltsam und geheimnisvoll offenkundig das Altern des Körpers war. Eine Welkheit der Brüste, des Gesäßes, eine gewisse Vergröberung und Verbrauchtheit des Fleisches verraten die Jahre so deutlich wie Falten und Runzeln. Bella, die in bezug auf ihre möglichen neunzehnjährigen Rivalinnen immer sehr empfindlich gewesen war, hatte sehr viel über diese Dinge gesprochen, doch Henry der Heikle hatte sich taub gestellt. Während er jetzt Stephanie Whitehouse in den Armen hielt, nahm er mit Mitleid und Vergnügen wahr, daß sie nichts Jugendliches an sich hatte. Wenn er sich ihren Haaransatz genau besah, konnte er erkennen, daß es gefärbt war. Ihr Gesicht, entstellt von den zwei harten Linien, die neben ihrem Mund verliefen und die der Schlaf nicht hatte glätten können, sah jetzt älter aus. Alle Schminke war natürlich von seinen Küssen abgetragen worden. Eine abwehrende, kokette Munterkeit, die sie wach wie eine Maske trug, war von ihr abgefallen. Sie bewegte sich ein wenig, und eine schwere, weiche Brust schmiegte sich an ihn. Er spürte die plötzliche flammende Wärme ihres Schenkels an seinem Bein. Sie murmelte etwas, und ihr Gesicht zuckte. Er fragte sich: Glaubt sie jetzt, mit Sandy zusammenzusein? Der Gedanke bekümmerte ihn nicht, im Gegenteil, er kam sich hellsichtig, heiter, barmherzig vor.

Die Szene mit seiner Mutter, nach der er, ohne Gerda noch einmal gesehen zu haben, nach London gefahren war, hatte ihn auf unerwartete Weise erschüttert. Natürlich hatte er sich von der sarkastisch zur Schau getragenen Ergebung seiner Mutter nicht täuschen lassen. Er wußte, daß er ihr einen furchtbaren Schlag versetzt hatte und dafür schwere Verantwortung tragen mußte. Er wußte auch, daß er erst im Begriff war zu erfahren, was er eigentlich vorhatte. Er hatte keine Zweifel an der Richtigkeit seines Plans. Keine Zweifel zu haben war die absolute Voraussetzung für eine drastische Maßnahme. Er war dabei, so etwas wie einen Mord zu begehen. Muttermord, genau gesagt. Doch sein Heil und seine Rechtfertigung war wiederum das Fehlen jeglicher Alternative. Henry kam sich vor wie ein Mensch, dem plötzlich ein ungeheures, lähmendes Gewicht in die Hände gelegt worden war. Er mußte es fallen lassen, ohne Rücksicht darauf, wieviel Schaden er damit anrichten würde. (Max hätte das gemalt haben können.) Er konnte nicht, weder moralisch noch geistig noch psychologisch, der Mensch werden, zu dem dieser verhaßte Besitz ihn machen würde. Immer schon hatte er Besitz verabscheut, immer schon mit leichtem Gepäck reisen und ein besitzloses Leben führen wollen. Sollte er sich jetzt von Gefühlen für ein ererbtes altes Haus behindern lassen? Das Geld wegzugeben würde leicht sein. Was ihn zurückzuhalten drohte, war zugegebenermaßen der Aspekt der Tradition, und das nicht nur, weil es manchmal ungeheuerlich schien, seiner Mutter zuzumuten, ihr Leben in Dimmerstone zu beschließen. Aber schließlich konnte er doch das Irrationale dieser Bindung, die ihn immer noch an Laxlinden fesselte, ganz kühl beurteilen. Konnte er nicht ihr gegenüber eine ähnliche Haltung einnehmen? Sie hatte das Leben in dem großen Gutshaus genossen; aber die meisten Leute müssen im Alter eine Einengung ihres Lebens hinnehmen. Seine Mutter war alt genug für eine derartige Veränderung und gewiß jung genug, um nicht an ihr zugrunde zu gehen. Auf längere Sicht würde ihr die Herausforderung vielleicht sogar guttun. Sie würde ihrem Sohn mit solcher Entschlossenheit zeigen wollen, daß sie unversehrt war, daß sie in ihrem geschrumpften Lebensbereich vielleicht ganz neue Quellen der Lebensfreude entdecken würde.

Henry war erleichtert gewesen, nachdem er die Katze aus dem Sack gelassen hatte; und er war seiner Mutter gebührend dankbar für ihren gespielten Gleichmut. Er empfand beinahe liebevolle Bewunderung für ihre Zähigkeit. Natürlich mußte es ein entsetzlicher Schock gewesen sein, zumal sie ganz offensichtlich klug genug gewesen war, sogleich zu erkennen, daß es ihm ernst war. Und es war auch für ihn nicht leicht gewesen, den Sprung zu wagen; er hatte es in diesem Moment eigentlich gar nicht vorgehabt. Beschleunigt hatte die Offenlegung seiner Pläne vielleicht die unglaublich irritierende Erwähnung von Colette Forbes. Seine Bemerkung über Stephanie hatte dann die Brücke zum Übergang geschlagen. Er hätte auf jeden Fall wütend auf Gerda sein müssen, um klipp und klar sagen zu können, was er vorhatte. Eine wichtige Phase war durchlaufen, und Henry fühlte sich danach als neuer Mensch, als ein barmherzigerer Mensch sogar. Er hatte die Sache ›en bloc‹

betrachten müssen, um sie denkbar, um sie für die Bekanntgabe seines Entschlusses brauchbar zu machen. Jetzt, da die Bekanntgabe erledigt war, konnte er sich kühler und eingehender mit den Details befassen.

Als Henry Gerda gesagt hatte, er sei mit Stephanie Whitehouse verlobt, hatte er das beinahe im Scherz getan. Natürlich war es ein grausamer Scherz gewesen, der nur den Zweck gehabt hatte zu schockieren. Und Henry hatte es, als er es gesagt hatte, eigentlich nicht ›ernst gemeint‹, wenn er auch kein ›reines Märchen‹ erzählt hatte. Irgendwie war der Gedanke mit einer gewissen Selbstverständlichkeit aufgetaucht, und Henry hatte ihn nur zum boshaften Scherz verdreht, indem er Stephanie Whitehouse sofort als Prostituierte deklariert hatte. Daß seine Mutter wegen einer Freundin Sandys sentimental würde, war das letzte, was Henry wollte. Stephanie mußte unverzüglich als ›unmöglich‹ abgestempelt werden, und die Idee, seine Mutter mit ihr zu quälen, war ihm als ein bloß flüchtiger Impuls erschienen. Aber als er Stephanie wiedersah, stellte er fest, daß diese ›absurde‹ Idee ihn bereits verändert hatte. Denn natürlich war sie keineswegs absurd. Es gab keinen Grund, warum er Stephanie Whitehouse nicht heiraten sollte. Er liebte sie. Sie liebte ihn.

Bin ich verrückt geworden? dachte Henry. Nein. Ich fühle mich authentischer als je zuvor in meinem Leben. Wenn ich hier mit dieser Frau zusammen bin, ist das mehr das Meine als alles, was ich je getan habe, obwohl es gleichzeitig unwillkürlicher ist, schicksalhafter. Jetzt erst erkenne ich, daß es eben darum mehr das Meine ist. Ich bin endlich tief in meinem eigenen Schicksal, ich stecke bis zum Hals darin, und genau da wohnt doch das Glück. Irgendwie hängt das alles auf geheimnisvolle Weise zusammen, daß ich das Gut verkaufe, daß ich Stephanie gefunden habe. Nur genau so, kam es ihm in den Sinn, *könnte* ich heiraten. Was für ein Wunder, was für ein Glück; und wie wohlig und seltsam, daß ich hier mit Sandys Hure im Arm im Bett liege und nicht ein Funken Groll oder Bosheit in mir zurückgeblieben ist. Sie hat dieses Wunder der

Aussöhnung bewirkt, sie mit ihrer Demut, ihrer Echtheit, ihrem tiefen, unbewußten, intuitiven Sein. Sie ist ganz hier, ganz Frau, ich kann sie ganz besitzen, nichts von ihr wird mir entkommen. Und, dachte er, nur indem ich sie heirate, kann ich sie überhaupt haben. Das ist plötzlich klar geworden. Ich kann sie mir nicht ›halten‹, wie Sandy sie sich gehalten hat, das ist keine moralische Möglichkeit. Und wenn ich sie ›freigebe‹, wird sie zurückkehren in ... Nein, ich kann sie nicht freigeben, ich werde es nicht tun, sie gehört mir. Es läuft darauf hinaus: Ich kann sie gar nicht *nicht* heiraten!

Stephanie erwachte. Ihre Augen öffneten sich weit, rund, dunkel, feucht vom Schlaf. Ihre Lippen verzogen sich zu einem kleinen Flunsch der Überraschung, der sogleich zu einem Lächeln wurde. Sie zog Henrys Kopf an den Haaren zu sich. »Du bist so jung!«

»Das ist schön«, sagte Henry. »Ich fühl mich oft wie hundert. Aber nicht heute.«

»Möchtest du Tee oder Kaffee zum Frühstück?«

»Kaum bist du wach, willst du mich bedienen. Warum bleibst du nicht hier und genießt die Aussicht?«

»Bleib bei einem, der dich liebt, schweif nicht weiter in die Ferne.«

»Ist das ein Gedicht?«

»Ein Lied.«

»Es gefällt mir. Macht das nicht Spaß, Stephanie, du und ich. Es macht Spaß, nicht wahr? Ich bin glücklich. Bist du auch glücklich?«

»Ja.« Sie schob ihn weg und lächelte ihn an. Dann trübte sich ihr Lächeln. »Ich muß aufstehen.« Henrys grapschender Hand ausweichend, glitt sie aus dem Bett und lief ins Bad.

Henry stieg träge aus dem Bett und zog seinen Morgenrock über. Er hatte bei seiner Flucht aus Laxlinden ein paar persönliche Dinge mitgenommen. Ich wohne jetzt wohl hier, dachte Henry. Ja, nicht wahr? Er trottete in die Küche und trank einen Schluck Wasser. Sie hatten sich am Abend zuvor beide ganz ordentlich mit Weißwein begossen.

In der Sonne, die durchs Fenster fiel, glänzte der Raum in seiner ganzen blitzblanken Sauberkeit. Ein angenehmer Geruch nach irgendeiner Seife hing in der Luft. Prickelnd vor Gesundheit und Wohlbefinden hob Henry sich leicht auf die Zehenspitzen und sah hinaus zur goldenen Kuppel von Harrods und zu dem blauen Himmel, der überfloß von Frühlingssonnenschein.

Stephanie kam in einem üppig mit Rüschen und Blümchen verzierten Negligé lautlos ins Zimmer.

»Ach, du dummes Ding, du hast dich geschminkt, du hast dir die Haare gemacht.«

»Ich muß fürchterlich ausgesehen haben.«

»Du hast wunderschön ausgesehen. Wir haben dieses Stadium hinter uns, weißt du.«

»Welches Stadium?«

»Wo einer die Erscheinung des anderen kritisch betrachtet. Wir sind jetzt einfach zusammen, wie zwei glückliche Tiere in einem Stall.«

»Das ist nett. Du sagst immer so nette Sachen.«

»Ist Orangensaft da?«

»Ja, hier. Du hast mir nicht gesagt, ob du Tee oder Kaffee willst.«

»Kaffee. Und Toast und etwas von diesem Honig. Stephanie, du magst mich doch, nicht wahr, du magst mich als mich, es ist nicht nur – ich meine –«

»Ja, ja, das weißt du doch. Ja.«

»Gut.« Er setzte sich an den kleinen, sauberen weißen Tisch. »Stephanie, ich mag deine Handgelenke, sie sind so rund und mollig, wie bei einem Baby.«

»Wie – ja – ach Gott, es ist so komisch –« Sie hielt inne und starrte ihn an.

»Ja. Und trotzdem hab ich das Gefühl, dich seit Jahren zu kennen.«

»Ja, mir geht's genauso.«

»Stephanie, sag mir eines. Hat Sandy dir mal einen Ring geschenkt?«

»Einen Ring? Nein. Natürlich nicht.« Sie wandte sich der Kaffeemaschine zu. Dann begann sie mit einem plötzlichen kleinen Jammerlaut zu weinen.

Henry sprang auf und nahm sie bei den Schultern. Er zog sie auf einen Stuhl neben sich.

»Was ist denn los, mein Kleines, was ist?«

»Ich bin so glücklich – und ich war nie – ich war noch nie vorher glücklich.«

»Aber deswegen brauchst du doch nicht zu weinen. Hier, nimm mein Taschentuch.«

»Aber, es ist doch alles Lüge –«

»Es ist keine Lüge, Stephanie. Wie kann es denn Lüge sein? Wir sind hier, wir sind wir selbst, es ist wahr.«

Sie wischte sich die Augen, dann biß sie einen Moment knirschend die Zähne aufeinander. »Du wirst gehen.«

»Werde ich nicht.«

»Und ich werde gehen. Ach, ich bin dir so dankbar, du bist so lieb, seit dem Moment, als du mich auf diese wunderbare Art ›Miß Whitehouse‹ genannt hast. Aber ich bin so dumm und ungebildet, ich bin nichts, ich weiß nichts. Du kennst mich nicht. Das ist – es ist alles gar nicht wahr – es ist – ach, verzeih mir.« Sie nahm seine Hand und küßte sie und drückte sie dann an ihre feuchte, tränenglänzende Wange.

Henry zog sie näher zu sich heran. »Wie ging dein Lied gleich wieder? ›Bleib bei dem, der dich liebt, schweif nicht weiter in die Ferne‹.«

»Aber das ist doch nur ein – albernes – Lied.«

»Stephanie, laß uns heiraten, ja? Möchtest du?«

Er spürte, wie sie in seiner Umarmung erstarrte. Dann sagte sie: »Was? Was hast du gesagt?« Ihre Stimme war scharf.

»Ich habe gesagt: ›Laß uns heiraten.‹ Oder wenn es dir in traditionellerer Form lieber ist: Stephanie, würdest du meine Frau werden?«

Sie starrte ihn mit großen, tränenfeuchten Augen an, und er spürte, wie ihre Finger sich immer tiefer in das Fleisch seines Arms gruben, bis sie ihn regelrecht kniff. Dann begann sie zu lachen. Er sah, während er jetzt Mühe hatte, sie zu halten, ihre feuchten Lippen und das rote Innere ihres Mundes. Hysterisches Gelächter quoll in einem Strom wie von selbst aus ihr heraus. Ihr hochhackiger Pantoffel schlug gegen seinen Fußknöchel. Er ließ sie los, und sie stürzte aus der Küche.

»Stephanie, Stephanie, nein!«

Immer noch wie eine Verrückte lachend, rannte sie weiter, verlor einen Pantoffel, floh ins Schlafzimmer und schlug Henry die Tür vor der Nase zu. Er riß die Tür wieder auf und lief ihr nach, stürzte halb über sie auf das Bett, auf dem sie lag, mit den Füßen trommelnd und von einer schrecklichen Erheiterung geschüttelt.

»Stephanie, sei ruhig, hör auf mit diesem gräßlichen Lachen.«

Sie rangen einen Moment, dann blieben sie schweigend, einander in den Armen haltend, liegen. Nach nahezu einer Minute sagte sie leise, den Kopf an seiner Schulter: »Ja, ja, ja.«

Henry lag mit geschlossenen Augen, triumphierend und entsetzt, da. Er lag niedergestreckt in einer gewaltigen roten Höhle, die wie das Innere von Stephanies Mund war, und zitterte vor Triumph, es vollbracht zu haben, vor Freude und vor Furcht und im ungeheuren Bewußtsein eines unwiderruflichen Schicksals.

DAS IST DAS ERSTE MAL, DASS WIR UNS GEMEINSAM BETRINKEN, Pater.«

»Du meine Güte«, sagte Cato. »Tun wir das denn?«

Sie saßen bei Kerzenlicht in Catos Zimmer. Der Strom war abgeschaltet worden. Bald würden die Planierraupen anrücken, und die Straße würde in Schutt gelegt werden. Das Haus, das wußte, daß sein Ende nahe war, war heute abend seltsam wacklig und gebrechlich, wie ein schwankendes Papphaus, in dem Cato saß und den Jungen betrachtete. Der Wind rüttelte an den Fensterscheiben, und die geschlossenen Türen zitterten und schepperten. Cato saß auf dem Bett, und der Schöne Joe nahe bei ihm auf dem Stuhl. Die große bauchige Flasche Wein, die Joe mitgebracht hatte, stand auf dem Boden. Es brannten zwei Kerzen, eine auf der Kommode und eine auf dem Fensterbrett. Die Kerzenflammen flackerten im starken Luftzug.

Cato hatte einen verrückten Tag hinter sich, der mit einer beinahe völlig schlaflosen Nacht begonnen hatte. Sein Bett war feucht gewesen, das Haus plötzlich sehr kalt. Er hatte von Mrs. Beckett geträumt. Am Morgen überlegte er, ob er sie noch einmal aufsuchen sollte, sagte sich dann aber, daß das sinnlos wäre. Er fing einen Brief an Brendan an und zerriß ihn wieder. Er ging hinaus, um Pater Milsom anzurufen, aber alle Telefonzellen in der Gegend waren zerstört und außer Betrieb. Er bekam großen Hunger und merkte dann, daß er kein Geld mehr hatte. Der Hunger trieb den Widerstrebenden schließlich zu Pater Thomas, von dem er sich ein Pfund lieh. Pater Thomas hatte den Vorteil, ein fast Fremder zu sein. Doch irgendein Gerücht mußte die Runde gemacht haben. Pater Thomas betrachtete ihn mit gütigem und mitleidigem Blick, bat ihn, zum Mittagessen zu bleiben, schlug ihm vor, bei ihm zu übernachten. Cato floh. In einem kleinen Café aß er eine Portion Eier mit Schinken, dann wurde ihm übel. Auf dem Rückweg zum Haus war die Welt plötzlich voller Zeichen. AKTIVIERT KUNDALINI, sah er auf eine Mauer geschrieben. Und wieder MODORAMA. Nur war das Wort nicht mehr albern, sondern unheimlich.

Als er zurück war, legte er sich auf seinem feuchten Bett nieder und schlief augenblicklich ein. Er träumte, Pater Milsom sei im Begriff, mit einer Hand eine Tür zu öffnen, während er mit der anderen Cato beim Arm gepackt hielt und Cato sich loszureißen versuchte. Er erwachte bei Zwielicht und sah, daß der Schöne Joe an seinem Bett stand. Er hielt die Weinflasche in der Hand und sah mit merkwürdigem, forschendem, ernstem Blick zu ihm hinunter.

»Sie sind der reinste Irrwisch, Pater. Mal sind Sie da, mal sind Sie weg.«

Es war spät. Sie hatten fast den ganzen Wein getrunken.

»Es tut mir leid«, sagte Cato. »Mein Leben ist - du hast es sicher inzwischen gemerkt - es ist ein einziges Durcheinander, völlig aus den Fugen - ich weiß nicht, was ich tun soll -«

»Sie führen einen ganz schön an der Nase rum, Pater. Ja, wirklich.«

»Das will ich nicht«, sagte Cato. »Ich möchte aufrichtig sein. Ich möchte so gern über alles mit dir reden, dir alles sagen.« Bin ich betrunken, fragte er sich. Unmöglich, nach dem bißchen Wein.

»Ja, gut, dann reden Sie mit mir. Sie wissen doch, daß ich Ihr Freund bin.«

»Wie schön von dir, das zu sagen, Joe, genau das zu sagen. Ja, wir sind Freunde, nicht wahr?«

»Genau, Pater. So, und jetzt reden Sie mit mir, und darauf trinken wir noch einen.«

»Ich war gestern bei deiner Mutter.«

»Hey - warum haben Sie das denn getan?«

»Ich möchte dir helfen, Joe, ich möchte dir unbedingt helfen. Ich dachte, sie könnte dich vielleicht - beeinflussen - oder könnte mir jemanden sagen, der es kann. Aber es war zwecklos.«

»Sie ist doch nur eine versoffene Hure.«

»Sag so etwas nicht über deine Mutter, Joe. Kannst du nicht Mitleid mit ihr haben? Sie braucht so dringend etwas Liebe. Kannst du in deinem Herzen keine Liebe für sie finden? Wenn du es könntest, wäre das vielleicht etwas ganz Wunderbares für euch beide.«

»Sie würde nur kreischen und schimpfen, wenn ich in ihre Nähe käme. Bitte, reden Sie nicht von ihr. Sie ist für mich erledigt. Sie könnte ebensogut tot sein, das Luder.«

Cato seufzte. Er sagte sich, daß es in der Tat wenig Sinn hatte, das Thema weiterzuverfolgen oder Joe darüber aufs laufende zu bringen, was aus Dominic, Benedict, Pat, Fran und Damian geworden war.

»Ich habe es versucht«, sagte Cato. »Ich habe es auf anderen Wegen versucht. Es gibt keine.«

»Was sagen Sie da, Pater?«

»Entschuldige, ich habe nur laut gedacht. Meinst du, daß du einmal heiraten wirst, Joe? Es könnte dir sehr gut tun.«

»Heiraten? Nie im Leben. Die Weiber, die ich kenn, sind Dreck. Wenn ich 'ne Frau hätte, ich würd sie umbringen. Ich mag Männer eigentlich sowieso lieber als Frauen. Frauen sind nur was für'n Sex. Und sogar das kann mit einem Typen besser sein.«

Cato ließ sich das durch den Kopf gehen. Er hatte das Gefühl, in einem Labyrinth zu sein, in dem er sich sehr umsichtig und genau seinen Weg suchen mußte. Nur bewegte sich alles so schnell, daß es mehr wie in einem Flugzeug war als in einem Labyrinth. Da war ein Brausen, als flöge irgendwie die Decke über seinem Kopf davon. Mit Anstrengung konzentrierte er seinen Blick auf die flackernde Kerzenflamme. Er wußte, daß er das Gespräch beenden sollte, aber er wußte auch, daß er es nicht tun würde. Er dachte, werd dir klar über die Dinge, ordne sie, sag die Wahrheit. Alles würde gut werden, wenn er nur auf den Grund der Dinge gelangen könnte.

Er sagte: »Joe, ich muß dir noch etwas Wichtiges über mich erzählen.«

»Ich weiß schon, Pater.«

Cato konnte mit dieser Antwort nichts anfangen. Er fuhr fort: »Ich habe beschlossen, das Priesteramt niederzulegen.«

Das war offensichtlich nicht das, was Joe erwartet hatte. »Nein! Das ist nicht Ihr Ernst, Pater. Sie können gar nichts anderes sein als Priester. Wenn Sie kein Priester mehr wären, wären Sie nichts.«

»Dann werde ich nichts sein müssen«, sagte Cato. Er hatte es nie so klar gesehen.

»Nein, nein, Pater. Das ist nicht Ihr Ernst. Sie werden es nie aufgeben, ich weiß es, Sie können gar nicht. Sie sind nur meinetwegen in Unruhe.«

»Deinetwegen?« Irgendwo war da eine Logik, aber wo? Die Logik war ein Gerüst, das über ihm ins Wanken geriet, auf ihn herabstürzte, im Begriff, ihn mit scharfen Kanten zu zerhacken. »Joe«, sagte Cato, »sag mir die Wahrheit. Bist du wirklich kriminell?«

»Die Art von Unruhe hab ich nicht gemeint, Pater.«

»Weshalb sollte ich sonst deinetwegen in Unruhe sein?« fragte Cato. Er bemühte sich nach Kräften, klaren Kopf zu behalten, aber alles, was Joe sagte, klang falsch, als wäre es die Antwort auf eine ganz andere Frage. »Joe, bist du ein Verbrecher? Hast du mit wirklich schlechten Menschen zu tun?«

»Aber nein, natürlich nicht, Pater. Niemand ist wirklich schlecht. Die Gesellschaft ist schlecht. Und wenn Sie mich fragen, ob ich kriminell bin – jeder ist kriminell. Aber Sie nicht, drum liebe ich Sie. Drum bleiben Sie Priester. Es muß ein paar Menschen geben, die nicht mitmachen.«

»Aber brichst du das Gesetz?«

»Ja, ein bißchen, aber das tun fast alle. Alle betrügen, alle stehlen. Sie würden andauernd das Gesetz brechen, wenn sie könnten, sich selbst bedienen, aber oft wissen sie bloß nicht, wie sie's anstellen sollen, oder sie haben Angst. Ich klau nur hin und wieder mal was, und ich klau nie bei den Armen, immer nur bei den Reichen, in großen Kaufhäusern, denen fehlt das nicht, die rechnen mit Diebstahl. Es ist eigentlich gar kein Diebstahl, viele Leute tun's, auch die sogenannten anständigen Leute, Sie haben ja keine Ahnung. Sie leben in einer eigenen, komischen Welt, Pater. Sie wissen nicht, wie die normalen Leute leben. Aber so mag ich Sie, ich bin froh, daß es Sie gibt in Ihrer komischen Welt, für uns, für die anderen.«

»Was du die komische Welt nennst, ist die wirkliche Welt«, sagte Cato. »Es ist die Welt, in der Gott ist oder in der jedenfalls die Wahrheit ist, mit Gott kenne ich mich nicht mehr aus. Joe, du bist jung. Und du bist sehr schön.« Cato hatte nicht beabsichtigt, diesen letzten Satz zu sagen, aber als er aus seinem Mund kam, blockierte er völlig das, was Cato als nächstes hatte sagen wollen, etwas Wichtiges.

Die flackernden Kerzenflammen sandten große Schatten und ein kleines sich rastlos wie eine Spirale drehendes Licht im Zimmer umher. Das Gesicht des Schönen Joe schien in dieser pulsierenden Düsternis eher zu glühen als beleuchtet zu sein. Zeitweilig fiel das Licht auf seine dünnen Beine in den Jeans, die an den Knien ausgebleicht waren, oder auf seine ziemlich großen, langen Hände, die er herabhängen ließ, wenn er sich vorbeugte oder mit ausdrucksvoller Geste erhob, um sein Haar zu betasten oder beim Sprechen eine Art Segen zu erteilen. Trotz der Kälte im Zimmer hatte er seine Jacke ausgezogen und seine Hemdsärmel säuberlich aufgekrempelt. Sein glänzendes, gepflegtes Haar war frisch geschnitten.

»Ja«, sagte Cato und streckte die Hand aus.

Joe nahm die dargebotene Hand mit einer Geste selbstsicherer Gelassenheit, die bei Cato spontane Dankbarkeit hervorrief, in seine beiden Hände. Er rückte den Stuhl ein wenig näher. Wie taktvoll er ist, dachte Cato, wie bezaubernd, wie verdammt gescheit.

»Ich mag Sie sehr, Pater«, sagte Joe. »Zuerst hab ich das gar nicht gedacht. Es war nur Jux, Spaß. Wir haben's alle komisch gefunden. Wir haben Sie immer verarscht, Sie und die zwei anderen, viel mehr, als Sie überhaupt gemerkt haben.«

»Ja, das kann ich mir denken«, sagte Cato. Er ließ seine festgehaltene Hand locker, bewegte sie ein ganz klein wenig als Reaktion auf den Druck von Joes Fingern auf seiner Handfläche.

»Aber jetzt ist es anders. Und Ihnen geht's genauso. Sie dürfen sich deshalb nicht sorgen.«

»Joe, ich liebe dich«, sagte Cato.

»Ich weiß, Pater, und ich bin Ihnen sehr dankbar, es bedeutet mir viel.«

»Aber was sollen wir tun, Joe?«

»Was meinen Sie damit, Pater?«

»Ich muß dir helfen, ich muß dich retten, du bist das einzige, was ich jetzt noch habe, du bist das einzig Gute, was ich auf der Welt noch tun kann. Ich muß dich dazu bringen, daß du aufhörst, dich selbst zu zerstören, ich *weiß*, wenn du so weitermachst wie bisher, wirst du ein schrecklicher Mensch werden.«

»Sie bilden sich 'ne Menge Zeug ein, Pater.« Joe drückte Catos Hand, ließ sie los und griff nach dem Wein. Er füllte Catos Glas. Cato legte seine Hand auf Joes Knie. Er spürte die Knochen, die Körperwärme.

»Mein lieber Junge, du darfst kein Gauner werden, kein skrupelloser, selbstsüchtiger Mensch. Dazu muß es auch nicht kommen. Sag mir nur, was ich tun kann, um dir zu helfen. Laß mich an deiner Seite sein und dein Leben teilen. Wir könnten aus London weggehen und anderswo leben und arbeiten, anderen helfen vielleicht. Das könnte dir gefallen, es steckt etwas in dir –«

»Das bezweifle ich, Pater. Jetzt geht Ihnen echt die Phantasie durch. Wovon würden wir denn leben? Würde Ihr reicher Freund uns finanzieren, der, der sein Geld loswerden will?«

»Wir könnten arbeiten. Ich könnte unterrichten. Ich könnte für dich sorgen, während du eine Ausbildung machst. Du bist ein kluger Junge, du könntest alles mögliche lernen –«

»Würde Ihr Freund uns helfen?«

»Ja, vielleicht. Aber wir müssen uns selbst helfen, Joe. Wir würden es schon schaffen, wir beide gemeinsam, warum nicht?

Ich wäre dir keine Last oder dauernde Plage, du könntest dein eigenes Leben führen, ich wäre nur da, um zu helfen. Und wenn du einmal den richtigen Weg gefunden hättest –«

»Sie sind weltfremd, Pater. Was wollen Sie in Wirklichkeit? Daß wir ein Liebespaar werden?«

Joe nahm Catos Hand von seinem Knie, drückte sie und ließ sie fallen. Cato lehnte sich zurück. Er blickte in das glühende Gesicht, ließ seinen Blick darüberstreichen. In Gedanken und mit Blicken umfaßte er die funkelnden sechseckigen Brillengläser. Die hellbraunen Augen waren erheitert, wachsam, sanft. Cato fühlte sich merkwürdig ruhig angesichts der schließlich völlig berechtigten Frage.

»Ich weiß nicht«, sagte er. »Ich glaube nicht.«

»Worum geht's dann eigentlich, Pater?«

Die Kerzenflammen zuckten plötzlich zusammen, als die Tür aufgestoßen wurde, und eine Kerze ging aus. Joes Stuhl ruckte nach hinten, und Cato stieß einen Laut der Bestürzung aus. Er sah die gähnende Schwärze der Türöffnung und daneben eine hohe, blasse, leicht schimmernde Gestalt. Einen Moment schien es, als hätte ein gebieterischer Engel den Raum betreten. Dann aber erkannte er im schwachen Licht der einen Kerze seine Schwester.

»Colette!«

»Hallo«, sagte Colette, die einen langen, silberfarbenen Regenmantel anhatte. Sie wandte sich Joe zu: »Hallo, Schöner Joe.«

»Hallo, Schöne.« Joe stand hinter seinem Stuhl, das Kerzenlicht hinter sich. Er hob den Stuhl hoch und ließ ihn dann mit einem Geräusch herabfallen, das klang, als schlüge er die Hakken zusammen.

»Colette, was um alles in der Welt tust du hier mitten in der Nacht?«

»Es ist doch noch gar nicht spät. Ich bin bei Tante Pat zu Besuch. Hör mal, hier ist es ja wahnsinnig kalt. Warum sitzt ihr im Dunkeln? Ich habe unten kein Licht gefunden.«

»Sie haben den Strom abgeschaltet. Was willst du?«

»Sei doch nicht so unwirsch. Ich war einfach so glücklich, und da wollte ich dich eben besuchen.«

»Joe, könntest du die andere Kerze wieder anzünden«, sagte Cato. »Mach die Tür zu, Colette, bitte – Es ist so –« Er konnte das Wort nicht finden.

In dem schwankenden, tanzenden Licht, das entstand, als der Junge eine Kerze an der anderen anzündete, betrachtete Cato seine Schwester, und sie schien ihm ungeheuer groß, ein himmlisches Wesen, das in reiner Freude strahlte. Sie hatte gesagt, sie sei glücklich, und das machte Cato irgendwie traurig. War er also verdammt? Es gab da eine gedankliche Verbindung. Er konzentrierte seinen Blick auf Colette. Sie lächelte und rollte ihre Schultern unter dem silbernen Mantel.

»Tante Pat wollte wissen, ob du morgen zu uns zum Mittagessen kommen kannst.«

Cato fühlte sich sehr merkwürdig. Er hatte aufstehen wollen, als Colette ins Zimmer gekommen war, aber seine Beine waren von den Knien abwärts schwer und kalt, als steckten sie in Gips. Der obere Teil seiner Beine schien überhaupt nicht vorhanden zu sein. Was ist mit mir? fragte er sich. Das kann nicht nur der Wein sein. Er streckte ziemlich langsam einen Arm auf dem Bett neben sich aus und sah, wie seine Hand in die Ferne entglitt wie ein bleiches Gürteltier.

»Dein Freund kann mitkommen, wenn er Lust hat.«

»Wohin mitkommen?« fragte Cato.

»Zum Mittagessen zu Tante Pat. Morgen. Cato, ist alles in Ordnung?«

»Morgen zum Mittagessen, das ist leider völlig unmöglich«, sagte Cato. »Aber sag Tante Pat trotzdem schönen Dank. Es tut mir leid, ich bin anscheinend ein bißchen – betrunken, oder es ist die Grippe. Du solltest jetzt lieber gehen, Colette. Komm wieder, wenn es hell ist. Alles ist so ungemein – schwierig im Dunkeln.«

Mit einer gewaltigen Anstrengung schaffte er es, seine Beine auf das Bett zu heben. Nun lag er flach auf dem Rücken. Zumindest hatte er diesen Eindruck, da er jetzt nur noch die

Zimmerdecke sehen konnte, die hellgrün war, von schwarzen Rissen durchzogen, und plötzlich, als die Zimmertür geöffnet und wieder geschlossen wurde, im Kerzenlicht zu schwanken schien.

Cato hörte den Schönen Joe wieder sprechen. »Sie sagen, daß Sie mich lieben, Pater, aber Sie würden mich niemals in die Nähe Ihrer kostbaren Schwester lassen, oder?«

»Joe«, sagte Cato, »hast du was in den Wein getan?«

»Warum können wir nicht zu dem Mittagessen gehen? Ich wär gern hingegangen.«

»Hast du etwas in den Wein getan?«

»Na ja, nur 'n bißchen was, nicht genug für'n echten Trip, ich hab gedacht, das würd's Ihnen leichter machen.«

»Mir ist sehr seltsam«, sagte Cato. »Es ist nicht unangenehm. Nur – seltsam.«

Er hörte den Schönen Joe wieder sprechen, weiter entfernt, mit einer Stimme, die sich in einem großen Krater zu brechen schien. »Wenn bloß diese blöde Fotze nicht gekommen wär.«

Cato schloß die Augen. Augenblicklich sausten die im Schachbrettmuster angeordneten Hackmesser der Logik auf ihn herab, und die Karrees waren hundert Fenster, und in jedem Fenster sah er seinen Vater in den Gewändern eines Kardinals, und er lachte und lachte. Glocken läuteten, heitere Glocken, Hochzeitsglocken.

»Mutter«, sagte Henry, »darf ich dir meine Verlobte Stephanie Whitehouse vorstellen. Stephanie, meine Mutter.«

»Ich freue mich *sehr*, Sie kennenzulernen«, sagte Gerda.

»Es ist sehr freundlich von Ihnen, mich einzuladen«, sagte Stephanie.

Henry war erstaunt und erfreut gewesen über den Sinneswandel seiner Mutter, der, wie er es sah, ihrem Realismus zu verdanken war. Sie schien bereit, seine Pläne für das Gut ohne ein weiteres Wort der Klage zu akzeptieren. Er hatte sogar ein durchaus freundschaftliches Gespräch über Rhodas Zukunft mit ihr geführt. Jetzt, dachte Henry, wo der wesentliche Gedanke

Aufnahme gefunden hat, kann ich natürlich mildernde Abwandlungen aller Art vornehmen. Es ist ganz richtig gewesen, meinen Plan nicht halbherzig oder stückweise auf den Tisch zu bringen. Jetzt, wo sie den größten Schock hinter sich haben, werden sie für jede kleine Änderung, für die ich mich später vielleicht entscheide, dankbar sein. Sie werden mich großzügig finden. Aber wie absolut verrückt das Ganze doch ist!

Henry hatte derzeit das Gefühl, in einer Art mythischen Welt zu leben. Es hatte nichts mit Glück zu tun, Glück schien eine Form von Frivolität, die einer viel niedrigeren Bewußtseinsebene angehörte. Henry fühlte sich überlebensgroß, wie ein Riese, ein antiker Held, und die Menschen, mit denen er zu tun hatte, waren ebenfalls überlebensgroß und von leuchtender Farbe unter einem Himmel, so wolkenlos und strahlend wie der von Max' Fischerkönig. Sie waren aus dem Keller emporgestiegen, aus der Höhle herausgetreten. Gerda, Stephanie, selbst Lucius und auch die vogelköpfige Rhoda waren riesenhaft und bedeutend und würdevoll. Henry war der Herr über ihr Schicksal; aber er wußte, daß er selbst, zu diesem Zeitpunkt, weit entfernt davon war, frei zu sein, er war ein Geschöpf, das zu Höherem bestimmt war, ein Geschöpf der Götter. Warum *mußte* er sein Erbe weggeben? Er wußte nicht einmal mehr, warum. Er mußte einfach all diese Objekte, diese Gegenstände und Räume in sauberes, leicht verfügbares Geld umwandeln und dann das Geld verteilen und – was? – frei sein, ein guter Mensch? Selbst diese Worte waren zu dürftig für das, was Henry der Gottbesessene vollbringen mußte.

Gerdas plötzliche Kehrtwendung in bezug auf Stephanie war ein weiteres Geheimnis. Seine Mutter, die sich vordem auf den Standpunkt gestellt hatte: »Diese Frau kommt mir nicht ins Haus«, hatte auf einmal tatsächlich vorgeschlagen, man solle sie einladen. Henry war verblüfft, ein wenig aus der Fassung. »Wenn du entschlossen bist, sie zu heiraten, muß ich mich ja mit ihr anfreunden, nicht wahr?« sagte Gerda in einem unerwarteten Anfall von ruhiger Vernunft. Henry war gerührt. Er hatte sich zuvor gesagt, daß es absolut keinen Sinn hatte,

Stephanie nach Laxlinden Hall zu bringen, zum Teil weil Gerda so dagegen war, vor allem aber weil so, wie die Verhältnisse bald liegen würden, Stephanie und Laxlinden Hall zwei verschiedenen Systemen der Wirklichkeit angehörten. Eben dies machte eigentlich das Wesen Stephanies aus, daß sie der Welt der Benachteiligten angehörte, denen Henry sich anschließen würde. Außerdem, einfacher gesagt, warum Stephanie ein Spielzeug zeigen, dessen er sich in Kürze entledigen wollte? Nicht, daß er glaubte, Stephanie würde sich davon in irgendeiner Weise erschüttern lassen. Er hatte ihr, wenn auch vielleicht ein wenig wirr, seine Pläne bereits erläutert, und sie hatte keinen Protest erhoben. Sie blieb rührend unterwürfig und dankbar, und Henry blickte der Zukunft mit einer immer noch etwas ängstlichen Zuversicht entgegen. In Amerika hatte er einfach gelebt. Selbst seine allem Anschein nach komplexe Beziehung zu Russell und Bella war, weil die beiden so wunderbare Menschen waren, einfach geworden. Als er Amerika verlassen hatte, war seine große Angst gewesen, daß er niemals zurückkehren und nie wieder anderswo in Einfachheit würde leben können. Wenn er sich jetzt in einer Zukunftsvision sah, in der er ein ganz gewöhnliches Leben an der Seite seiner Frau führte, für sie arbeitete und für sie sorgte, fühlte er sich angenehm gewärmt von seinem eigenen Edelmut. Die großen Zerstörungen führten schließlich immer zurück zur Einfachheit, mußten zu ihr zurückführen.

»Geht ihr ruhig, du und Lucius«, sagte Gerda zu Henry. »Stephanie und ich werden uns beim Tee ein wenig unterhalten.«

Die vogelköpfige Rhoda, die den Teetisch gedeckt hatte, sagte in ihrem unverständlichen Kauderwelsch etwas zu Gerda. »Ja, Rhoda, vier zum Abendessen. Vergessen Sie nicht, Bellamy um die Zwiebeln zu bitten.«

Henry lächelte Stephanie zu und winkte, als wollte er sagen, viel Glück. Was für eine sonderbare Konstellation. Aber Frieden war schließlich besser als Krieg, Versöhnung besser als Groll. Er und Lucius folgten Rhoda aus dem Salon hinaus.

»Chinesischen oder indischen?«

»Äh – chinesischen bitte.«

»Milch, Zucker?«

»Ja – bitte.«

»Den Zucker nehmen Sie am besten selbst. Und essen Sie bitte ein Sandwich, Sie müssen nach der Reise doch müde und hungrig sein.«

Die Reise, im Volvo auf dem Motorway, hatte ungefähr eine Dreiviertelstunde gedauert, aber Gerda tat so, als wäre Laxlinden immer noch nur über schlechte Straßen und mit Pferd und Wagen zu erreichen.

Stephanie nahm sich zaghaft ein glitschiges, schlappes Sandwich, klappte es automatisch auf, um zu sehen, womit es belegt war, errötete und sah auf. Die beiden Frauen musterten einander.

Beide hatte große Sorgfalt auf ihr Aussehen verwendet. Sie waren sehr einfach gekleidet. Gerda trug ein leichtes Wollkleid, mausbraun, mit V-Ausschnitt und einem leuchtenden blau-grünen Seidentuch. Ihr dunkles Haar war offen und fiel seidig auf ihre Schultern herab.

Stephanie hatte ein schlichtes schwarzes Kleid an, mit einer Straßbrosche von der Form eines Foxterriers am Kragen. Ihr kastanienbraunes Haar war von einer guten Friseuse diskret gestuft und ein wenig toupiert worden. Sie hielt eine glänzende schwarze Handtasche auf dem Schoß. Sie war kaum geschminkt.

Sie hat Henry erzählt, sie sei vierunddreißig, dachte Gerda, ich würde gern wissen, ob das stimmt. Ich würde gern wissen, ob sie Sandy wirklich geliebt hat oder ob es ihr nur ums Geld gegangen ist? Ich würde gern wissen, ob Sandy ... Das war ein Geheimnis, eine Obszönität, über die sie, das wußte sie, nicht nachdenken durfte, wenn sie nicht den Verstand verlieren wollte. Doch wenn Henry diese Frau heiratete, wie sollte sie es dann schaffen, dieses Geheimnis nicht zur Besessenheit werden zu lassen? Wie schaffte er es? Natürlich war Gerdas Realismus nicht so wohlwollend, wie Henry sich einbildete. Sie mußte Henrys Verlobte kennenlernen. Aber danach, wenn sie sich ein Bild von der Situation gemacht hatte, gab es viele mögliche Wege, die man einschlagen konnte.

Sie lächelte Stephanie aufmunternd zu. »Henry hat uns erzählt, Sie seien Kommunistin, aber jetzt sagt er, das sei ein Scherz gewesen.«

»Oh, nein, ich bin keine Kommunistin. Ich bin überhaupt nicht politisch.«

»Ich auch nicht. Ich finde, es paßt nicht zu einer Frau, nicht wahr?«

»Nein, ich – äh – nein.«

Beide schwiegen. Dann sagte Stephanie, »Ich hoffe, Sie finden es nicht zu schlimm – ich meine, ich glaube, Henry hat Ihnen erzählt –«

»Nein, nein, ich – Sie müssen soviel gelitten haben – wir betrachten Sie als Opfer.« Das war Henrys Wort, und Gerda fand es nützlich. Sie nahm sich vor: Ich werde diese Frau niemals mit mir über ihre Vergangenheit sprechen lassen. Und ich werde sie niemals mit mir über Sandy sprechen lassen.

»Danke«, sagte Stephanie. Auch sie schien dieses Kapitel der Angelegenheit als zufriedenstellend abgeschlossen zu betrachten, jedenfalls vorläufig. Sie nahm sich noch ein Sandwich und hüstelte dann verlegen. Sie sagte: »Sie sind sehr nett zu mir. Ich hätte nie gedacht, daß ich einmal nach – äh – Laxlinden Hall eingeladen werde.«

Hastig, in der Befürchtung, Stephanie wolle womöglich über Sandy sprechen, sagte Gerda: »Es ist schön, nicht?«

»Ja, traumhaft.«

»Sie wissen, daß Henry es verkaufen wird.«

Gerda hatte nicht vorgehabt, diese Angelegenheit gleich aufs Tapet zu bringen, sie sprach aus reiner Nervosität.

Stephanie zeigte Erregung. »Wirklich?«

»Ja. Hat er es Ihnen nicht gesagt? Er hat erzählt, er hätte es Ihnen gesagt. Er sagte, Sie seien erfreut darüber. Er wird alles verkaufen. Das Haus, alles, und das Geld will er verschenken. Ich soll in einem kleinen Arbeiterhaus leben. Das muß er Ihnen doch erzählt haben?«

»Ja, er hat was davon gesagt, aber ich habe es nicht verstanden. Ich dachte, er wollte nur ein paar Felder verkaufen oder so was, ich hatte keine Ahnung, daß er das Haus verkaufen will. Er kann doch nicht einfach das Haus seiner Vorfahren verkaufen, das ist unmöglich.«

»Überhaupt nicht unmöglich. Aber freuen Sie sich denn nicht?«

»Nein. Ich finde es schrecklich, einfach schrecklich, Sie müssen ihn daran hindern.«

»*Sie* müssen ihn daran hindern«, sagte Gerda und fügte hinzu: »Wir müssen ihn daran hindern.« Sie dachte, arbeite ich denn darauf hin, daß diese Frau hier Herrin wird? Ist das meine beste Zukunftsaussicht, meine einzige Hoffnung? Das oder Dimmerstone. Aus einer perversen Bitterkeit heraus sagte sie: »Aber, ehrlich gesagt, ich glaube nicht, daß wir ihn umstimmen können. Ich vermute, Sie kennen Henry noch nicht sehr gut. Er ist äußerst stur. Ich zweifle daran, daß Sie je in Laxlinden Hall leben werden. Henry wird irgendwo in Schottland oder Amerika unterrichten, und Sie werden von seinem Gehalt leben. Er ist so idealistisch und romantisch.«

»Und Sie werden in dem Arbeiterhäuschen leben. Das ist doch grausam.«

»Nun, wenn viele Menschen bettelarm sind –«

»Da kenne ich mich aus, Armsein wär nichts Neues für mich. Ich kann Ihnen sagen, wie das ist, und wenn man nirgends hingehört und nichts hat, dann ist das nicht komisch und auch nicht romantisch, und ich hab's wirklich satt, ich habe genug davon –«

»Dann sollten Sie Henry aber lieber nicht heiraten«, sagte Gerda. »Nehmen Sie sich ein Stück Schokoladenkuchen.«

»Sie wollen nicht, daß ich Henry heirate.«

»Ich möchte, daß Henry glücklich wird«, sagte Gerda. »Er glaubt, daß er mit Ihnen glücklich sein wird. Vielleicht hat er recht. Auf jeden Fall ist meine Meinung nicht wichtig. Ich bin eine alte Frau.«

Sie starrten einander an.

»Es tut mir leid«, sagte Stephanie. Sie blickte auf ihren Teller hinunter. Dann sagte sie plötzlich: »Ich würde gern ein Foto von Sandy sehen – er hat mir nie eines geschenkt – es ist nicht so – daß ich vergessen habe, wie er ausgesehen hat – aber ich würde gern ein Foto von ihm sehen.«

Gerda zog ihre Füße unter sich heran und hielt sich an der Armlehne ihres Sessels fest. Dann stand sie auf und ging zu dem chinesischen Schrank. Sie nahm einen dicken Umschlag aus einer Schublade und legte ihn auf den Tisch. »Bitte sehr. Es sind viele von ihm dabei –«

Stephanie begann sofort, sich begierig die Fotos anzuschauen. »Oh, danke – ja – er hat so gut ausgesehen, nicht – viel besser als Henry – und größer war er und – ach, Gott, ach, Gott –« Ihr kamen die Tränen und sie kramte umständlich in ihrer Handtasche nach einem Taschentuch.

»Entschuldigen Sie mich«, sagte Gerda. »Ich muß mich um das Abendessen kümmern. Stecken Sie sie wieder in den Umschlag, wenn Sie fertig sind. Henry finden Sie danach sicher irgendwo draußen auf der Terrasse.«

Ruhig verließ sie das Zimmer und ging ohne Hast nach oben in ihr Schlafzimmer. Sie streifte ihre Schuhe ab und legte sich aufs Bett. Sie weinte nicht, aber ihre Augen brannten. Ihr Mund öffnete sich. Sie hatte das Gefühl, daß ihr Leben vorbei war und sie nur noch den Skandal verheimlichen wollte und die Schande, die Schande, alt zu sein und wahnsinnig vor Elend und weil sie ihren Sohn verloren hatte. Sie würde sich in dem Häuschen in Dimmerstone verstecken und die Tür zur Welt für immer hinter sich zuschlagen.

HENRY MACHTE SICH DURCH DIE EINGANGSHALLE DAVON UND ließ seine Mutter und seine Verlobte in diesem merkwürdigen Gespräch zurück. Irgendwie widerte ihn dieses Zusammentreffen an, auch wenn er froh war, daß es in Frieden stattfinden konnte. Er bemerkte einige Briefe im Kasten an der Haustür und nahm sie heraus. Einer war für Lucius, von Audrey vermutlich, zwei waren für seine Mutter, Rechnungen, und zwei Briefe waren an ihn gerichtet. Er legte die Post für seine Mutter und für Lucius auf den Tisch und lief die Treppe hinauf, hinüber in den Queen-Anne-Trakt und sein Zimmer. Stephanie sollte im Kirschblütenzimmer neben dem Schlafzimmer seiner Mutter übernachten. Wie kurios, wie verrückt. Würde er sich nachts heimlich zu Stephanie schleichen, würde sie sich heimlich zu ihm schleichen? Der Gedanke an solchen Frevel, die Sprengung alter Tabus, das Schaurige an der Sache, erregte ihn. Aber er fühlte sich auch abgestoßen. Seine Mutter war durchaus nobel genug zu versuchen, Stephanie liebzugewinnen. Doch solch einen Triumph traulichen Beisammenseins würde es nicht geben, dafür würde Henry sorgen. Er hatte nicht die Absicht zuzulassen, daß diese beiden sich gegenseitig anstecken. Allmählich entstand vor seinen Augen, verschwommen, ein Bild der Zukunft. Es schloß seine Mutter nicht ein. Er beschloß, Stephanie gleich morgen in aller Frühe nach London zurückzubefördern. Plötzlich dachte er, dann wird das heute vielleicht meine letzte Nacht in Laxlinden sein, für immer. Es war eine ehrfurchtgebietende Vorstellung.

Er setzte sich auf sein Bett und sah sich seine beiden Briefe an. Die Handschrift auf dem einen schien ihm vage bekannt, die andere war unbekannt. Er öffnete zuerst den von der vertrauten Hand. Er war von Cato und lautete folgendermaßen:

Mein lieber Henry,

ich denke viel an Dich und hoffe sehr, Dich bald wiederzusehen. Eigentlich habe ich damit gerechnet, daß Du ins Missionshaus kommen würdest. Ich möchte Dir vieles berichten, was ich Dir in diesem Brief nur in groben Zügen skizzieren kann. Das erste und wohl das Wichtigste ist, daß ich mich definitiv entschieden habe, das Priesteramt niederzulegen und die Kirche zu verlassen. Bis die ›Laisierung‹ amtlich wird, kann es dauern, aber das ist eine reine Formalität. Es ist, wie Du Dir vorstellen kannst, alles schmerzhaft und demütigend. Ich bedaure bitter, es tun zu müssen, und bin mir doch gleichzeitig gewiß, daß es das Richtige ist. Ich habe das Gefühl, etwas Kostbares und Schönes besessen und durch eigene Schuld verloren zu haben; und doch ist es die Wahrheit selbst, die diese Trennung erzwingt. Ich kann nicht ganz empfinden, daß ›alles Illusion‹ war, auch wenn ich jetzt weiß, daß es nicht das Richtige für mich ist. Sagen wir so: Es gibt keinen Gott, es ist alles eine Geschichte. *Aber es ist eine Geschichte voll geistiger Kraft für die, welche glauben, daß sie sie ehrlich einsetzen können. Ich bin sehr unglücklich und fühle mich sehr verloren. Priester zu sein, ist das einzige, was ich wirklich* zu sein gelernt habe, *und ich sehe mich jetzt völlig ungeübt, etwas anderes zu sein. Der Orden war meine Familie und mein Zuhause. Ohne Christus zu leben: Ich hätte das einmal für unmöglich gehalten, ich hätte geglaubt, dann sterben zu müssen.*

Es war eigentlich nicht meine Absicht, Dir mein Herz auszuschütten. Ich wollte einen ganz pragmatischen Brief schreiben. Nun, das war das erste. Das zweite ist folgendes: Du erinnerst Dich doch an diesen Jungen, Joe Beckett? (Der, der Dich als Gentleman erkannte!) Ich liebe ihn von Herzen und habe beschlossen, mit ihm fortzugehen, weg von London, irgendwohin, wo wir zusammen arbeiten können. Diese Erklärung klingt, als verberge sich dahinter etwas anderes, aber so ist es nicht. Ich weiß nicht einmal, ob ich homosexuell bin (ich vermute, ein wenig muß ich es sein, das ist bei vielen Priestern so) oder ob er es ist oder was auf die Dauer aus uns werden wird. Nur eines ist klar, daß ich ihn jetzt aus der Welt des Verbrechens, in die er sich hier verstrickt, fortbringen muß. Das ist das einzig Anständige und Wichtige, was ich zum gegenwärtigen

Zeitpunkt tun kann. Ich bin in seinem Leben das einzige, das irgendeinen Wert darstellt, und wenn ich auch aus mir selbst heraus keinen Wert besitze, so kann ich doch (meine letzte Aufgabe als Priester?) eine Art symbolische Rolle für ihn spielen, ich habe Einfluß auf ihn, und den hat sonst niemand. Wir werden also gehen. Er hat soeben, wunderbarerweise, eingewilligt mitzukommen. Und ich habe jetzt, hoffe ich (wiederum wunderbarerweise), tatsächlich eine Anstellung für das Sommersemester als Dozent für Geschichte an einem Polytechnikum in Leeds. Ich habe den alten Fitzwilliam angerufen, Du erinnerst Dich, unseren Geschichtslehrer in der Schule, und er hat mir jemanden empfohlen, und da fand sich dieser Job, wenigstens per Telefon. Ich habe noch nichts Schriftliches. Und selbst wenn daraus nichts werden sollte, bin ich jetzt zuversichtlicher, daß ich irgend etwas auftreiben kann. Ich werde Joe also unterstützen können. Aber (und hier kommst Du ins Bild) ich möchte, daß der Junge eine Ausbildung macht, und er sagt, er würde gern Elektrotechniker werden. Wärst Du bereit, in ihn zu investieren? Die Vorstellung, daß Du *uns vielleicht etwas von dem Geld geben würdest, das Du so gern loswerden möchtest, reizt ihn irgendwie – er sieht Dich als eine recht romantische Figur! –, und ich habe dieser Idee ein wenig Vorschub geleistet, obwohl ich weiß, daß darin ein Element der Bestechung liegt. Ich möchte nicht, daß Joe glaubt, wir würden da oben im Norden wie die Bettler leben müssen – und so wird es ja auf lange Sicht auch nicht sein. Ich bekomme ein Gehalt, und er, hoffe ich, ein Stipendium. Anfangs wird es hart werden. Und wenn Du uns auf diesem ersten Stück Weg unter die Arme greifen könntest, wäre ich Dir ewig dankbar, und ich bin ehrlich überzeugt, daß das Geld kaum besser angelegt werden könnte. Meinst Du, Du könntest uns, sagen wir, fünfhundert Pfund geben? Ich zögere, von einem Darlehen zu sprechen, da der Himmel allein weiß, wann oder wie Du das Geld zurückbekommen wirst, aber ich hoffe, ich könnte innerhalb eines Jahres anfangen, einen Teil zurückzuzahlen, je nach den Umständen. Ich wäre wirklich sehr dankbar und werde mich darüber nicht weiter auslassen. Bitte schicke es postwendend an die Adresse der Mission. Ich weiß nicht, wie lange ich noch hier sein werde.*

Nimm es mir nicht übel, daß ich mich so lange bei meinen eigenen Problemen aufgehalten habe. Jetzt, drittens, zu Deinen. Ich finde, Du solltest das Haus nicht verkaufen. Ich habe darüber nachgedacht, und natürlich verstehe ich die hochgesinnten Motive (ebenso wie die niedrigen!), die Dich veranlassen könnten, es zu tun. Ich halte es einfach für einen Fehler. Es ist grausam Deiner Mutter gegenüber. Und ich denke, Du solltest es nicht so eilig haben, diese Verpflichtung loszuwerden. Was die Erschließung eines Teils des Grund und Bodens angeht, so ist das eine andere Sache. Aber Du solltest das Gut nicht verkaufen und auch nicht Dein ganzes Geld einfach verschenken, wenn ich natürlich auch hoffe, daß Du mir etwas davon zukommen lassen wirst. Wie soll ich es sagen? Du bist dem nicht gewachsen, Henry. Du könntest es nicht richtig machen, und so wie Du es machen willst, wäre es schlecht gemacht und hätte üble Folgen. Mir scheint in diesem Zusammenhang, daß Du Dich selbst nicht verstehst. Tut mir leid, wenn das verschwommen klingt und nicht sehr höflich. Aber bitte warte ab! Und in der Zwischenzeit kümmere Dich um Deine Mutter und Lucius und (eine merkwürdige Empfehlung von einem ›Priester‹) versuch, ein bißchen Spaß zu haben.

All das oben Gesagte braucht noch ausführlichere Erklärung. Bitte nimm nichts von dem, was ich geschrieben habe, krumm. Laß uns bald einmal zusammenkommen. Genaugenommen bin ich in einer schrecklichen Gemütsverfassung.

Auf Wiedersehen und alles Liebe
Cato

Der Brief interessierte, bewegte und ärgerte Henry. So ein Egoismus! War das die Wirkung des religiösen Lebens? Dieses endlose Gequassel über seine eigenen Pläne und diese Selbstverständlichkeit, mit der er annahm, daß Henry das Geld herausrücken würde. Natürlich hatte er mit dieser Annahme ganz recht, Henry würde das Geld postwendend schicken, dennoch sollte man seine Großzügigkeit nicht ganz so seelenruhig als gegeben betrachten. Was den Plan betraf, mit diesem aparten, aber doch recht affenähnlichen Jungen ›fortzugehen‹, so war

Henry (der sich nicht vorstellen konnte, sich zu einem männlichen Wesen hingezogen zu fühlen) überzeugt, sein Freund müsse schlicht und einfach den Verstand verloren haben. Zweifellos würde diese Verirrung von nicht allzu langer Dauer sein. Und auf die guten Ratschläge am Ende hätte Henry gut verzichten können. Cato meinte also, Henry wäre nicht würdig, einen Akt von hoher Moral zu vollziehen! Nun, Henry würde es ihm zeigen. Aber was ihn vor allem bekümmerte, war, daß Cato nun nicht mehr Priester sein würde. Er empfand das sonderbarerweise wie einen tiefen persönlichen Verlust. Cato hatte in Henrys Zukunftsplänen eine Rolle als mysteriöser Führer oder Weiser voll strahlender Gewißheiten innegehabt. Henry fühlte sich verraten, im Stich gelassen. Ein mühsam kämpfender, verweltlichter Cato, nicht besser als er selbst, würde kaum von Nutzen sein. Doch er freute sich darauf, ihn wiederzusehen. Was würde Cato von Stephanie halten? Ja, er würde Cato zeigen, wie radikal er sein Leben ändern konnte.

Träumerisch legte Henry Catos Brief beiseite und nahm den anderen zur Hand. Er öffnete ihn und begann zu lesen. Es dauerte ein Weilchen, ehe er begriff, von wem er war.

Lieber Henry,

Du wirst mich für verrückt halten, aber ich muß Dir schreiben, einfach so, aus heiterem Himmel. Ich muß schreiben. Seit ich auf die Idee gekommen bin, daß ich es tun könnte, war es eine Qual, es nicht zu tun. Ich bin mir so sicher, mein Herz ist so klar und so ungeteilt, daß es mir einfach absurd erscheint, nicht zu sprechen, und von irgendeinem dummen ›Stolz‹ oder ›Schamgefühl‹, die mich zwingen würden zu schweigen, kann nicht die Rede sein. Ich werde nicht schweigen.

Henry, ich liebe Dich. Bist du überrascht? Ich frage mich. Es muß doch so offensichtlich gewesen sein, wenn wir uns in letzter Zeit begegnet sind, besonders im Gewächshaus bei den Fischen. Aber der springende Punkt ist, daß das überhaupt nichts Neues ist. Ich habe Dich schon vor langer Zeit geliebt, als ich ein Kind war, als Du und Cato immer weggelaufen seid und ich versucht habe,

Euch nachzulaufen, als ich noch ganz klein war. Jemanden zu lieben ist einfach eine Tatsache. Damit meine ich nicht, daß es keine Gründe gab und gibt, weshalb ich Dich liebe. Tausende fallen mir ein. Aber bezüglich der Vergangenheit, dem Immer-Dasein dieser Liebe, sie ist einfach da, und ich kann mich kaum an eine Zeit erinnern, wo ich Dich nicht geliebt habe. Als hätte ich geschlafen und gerade meine Augen aufgeschlagen, und da warst Du. Natürlich war das nur eine Kleinmädchenliebe, und als Du nach Amerika gegangen bist, habe ich mich, obwohl Du mir gefehlt hast, erholt und mich an den Gedanken gewöhnt, daß Du nie zurückkommen würdest. Ich nenne es zumindest erholt, ich meine, ich bin nicht vergangen vor Sehnsucht nach Dir, aber ich habe weiterhin an Dich gedacht, Du bist, Du warst mein erster Mann, abgesehen von Daddy und Cato, folglich warst Du also mein erster richtiger von mir getrennter Mann, wenn Du verstehst, was ich meine. Du warst eine Art Idealgestalt, und als ich erwachsen wurde und andere Männer kennenlernte, fand ich nie einen, der an Dich oder den Traum von Dir herankam, da war es nämlich für mich schon ein Traum geworden, weil ich ja glaubte, ich würde Dich nie wiedersehen. Als ich dann hörte, daß Du doch nach Hause kämst, konnte ich an überhaupt nichts anderes mehr denken. Darum habe ich das Studium aufgegeben. Das heißt, ich hätte es sowieso aufgegeben, aber darum habe ich es zu dem Zeitpunkt aufgegeben. Ich konnte es nicht ertragen, es wäre die reine Folter gewesen, dort auf dem College zu sein, während Du hier bist, obwohl ich natürlich dachte, daß das vielleicht sowieso alles sich in Luft auflösen und verfliegen würde, wenn ich Dich sehe. Aber das ist nicht geschehen. Natürlich bist Du nicht der Traummann. Niemand könnte das sein. (In Wirklichkeit bist Du netter und lustiger!) Aber irgendwie ist das Du, der Henry, den ich immer gewollt habe, heil geblieben in Dir – das Du, das, wie ich es empfinde, immer mir gehört hat, obwohl ich weiß, daß das eine Art Blasphemie ist und man einen anderen nicht besitzen kann. Ich glaube, das kann man nicht mal, wenn man verheiratet ist. Und ich hatte solche Angst, daß Du verheiratet oder verlobt wärst oder so was, und war so froh, als das nicht der Fall war.

Also, Henry, das ist die ganze Geschichte. Ich weiß, daß Mädchen eigentlich nichts sagen sollten, aber ich muß es sagen – damit Du nicht vielleicht Deine Liebe zu mir nie entdeckst, nur weil Du nie erfahren hast, wie sehr ich Dich geliebt habe. Ich möchte mir nicht später sagen müssen – ach, hätte ich es ihm doch gesagt. Ich möchte, daß Du mich sehen *kannst, und da meine Liebe zu Dir ein so großer Teil von mir ist (alles, sie macht mich zu mehr, als ich eigentlich bin), mußt Du sie auch sehen. Sie nicht zu sehen hieße, mich nicht sehen, und Dir nichts davon zu sagen hieße, Dich täuschen.*

Ich habe sonst keinem Menschen etwas davon gesagt, nicht einmal Daddy oder Cato, sie haben keine Ahnung. Und ich möchte Dir noch eines sagen, ich habe nie mit irgend jemandem geschlafen. Ich dachte mir, ich würde warten, obwohl ich mir nie träumen ließ, daß ich wirklich auf Dich wartete. Ich weiß nicht, und ich bekomme Angst, wenn ich daran denke, was für Gefühle Du für mich hast. Deine Mutter hat mehr als einmal gesagt, wie gern Du mich hast – aber das kann bloß Höflichkeit gewesen sein oder ein Irrtum.

Henry, ich liebe Dich, und ich möchte Dich heiraten und immer und ewig mit Dir zusammenleben und glücklich sein und Dich glücklich machen und Dir mit Haut und Haar gehören, das wünsche ich mir. Und glaub nicht, daß das nur so eine Jungmädchenverliebtheit ist oder daß es nur wegen meiner Kindheit ist, nein, es ist tiefe, wahre Liebe und keine Phantasie. Natürlich würde ich gern sagen, antworte mir sofort, schreibe mir sofort, ruf mich an – aber gleichzeitig möchte ich auch, weil ich solche Angst habe, sagen, tu's nicht. Denk darüber nach. Über das, was ich geschrieben habe. Über das, was Du empfindest. Es ist viel Zeit. Du wirst vielleicht meinen, mich nicht gut genug zu kennen. Bitte, bitte wimmel mich nicht einfach ab, weil Du mich schonen willst. Tausendmal lieber möchte ich daran leiden, daß ich erkannt und zurückgewiesen worden bin, als freundlich abgewimmelt zu werden, ohne erkannt worden zu sein.

Laß Dir also Zeit mit Deiner Antwort, es ist nicht nötig, irgendeinen tollen Brief zu schreiben, laß uns einfach auf ganz normale

Weise miteinander umgehen, ich werde Dich auch nicht mit meinen Gefühlen nerven.

Verzeih mir.

In Liebe,
immer Deine
Colette

Henry stieß einen Pfiff aus. Dann warf er sich auf sein Bett und merkte, daß er lachte. Er hörte auf zu lachen. Das war nicht zum Lachen. Die arme kleine Colette. Aber wie ungeheuer süß und rührend es war, daß sie ihn liebte, er konnte nicht umhin, sich geschmeichelt zu fühlen, wenn es ihn auch traurig machte zu denken, daß er sie so bald würde unglücklich machen müssen.

Cato Forbes blickte sich schuldbewußt um und stopfte das Bündel dann tief in die aufgeschütteten alten Ziegelsteine und Betonbrocken in dem Müllcontainer. Er hatte die Soutane sorgfältig in Zeitungspapier eingewickelt und verschnürt, aber das Papier war jetzt geplatzt, und der staubige Beton verfärbte den schwarzen Stoff. Er häufte noch mehr Schutt darüber, bis nichts mehr zu sehen war. Ein scheußlicher Gestank stieg von der Soutane auf und mischte sich mit den Gerüchen nach Fäulnis und Kalk in dem Container. War er so stinkend herumgelaufen? Hatte er so gerochen, wenn der Schöne Joe bei ihm gewesen war? Als er das dicke Bündel ganz vergraben hatte, kam er sich schlecht vor und war doch erleichtert, als hätte er einen toten Säugling verscharrt. Niemand hatte ihn beobachtet. Er rieb sich den Staub von den Händen und machte sich über das Abbruchgrundstück auf den Rückweg.

Da sah er den Turmfalken. Den Schwanz gesenkt und geräuschlos rüttelnd wie in einer kalten, starren Leidenschaft hing der braune Vogel, ein stummes Zeichen, direkt über der Mitte der öden Fläche nicht sehr hoch in der Luft, so aufmerksam und doch so unnahbar. Cato blieb stehen und schaute hinauf. Sonst war kein Mensch auf diesem wüsten Stück Land, wo nach dem Regen der Frühling schon Gras und kleine Pflanzen aus der aufgerissenen, buckligen Erde sprießen ließ. Der Turmfalke war völlig reglos, ein Bild der Beschaulichkeit vor dem warmen blauen Nachmittag, der im Glanz von Licht und Farben hinter ihm ausgebreitet war. Cato sah zu ihm hinauf und nahm plötzlich nichts anderes mehr wahr. Und während er noch mit angehaltenem Atem schaute, stieß der Vogel herab. Er schwebte mit einer beinahe gemächlichen, lässigen Leichtigkeit zum Boden hinunter, stieg dann wieder auf und flog über Catos Kopf hinweg davon. Als Cato sich, die Augen mit der Hand beschattend, herumdrehte, konnte er das kleine dunkle Geschöpf im Schnabel des Vogels erkennen, den herabhängenden Schwanz des verlorenen Tierchens.

»Mein Herr und mein Gott«, sagte Cato laut. Dann lachte er und ging weiter in Richtung Mission.

Er war gespannt, was Joe sagen würde, wenn er ihn in Zivil sah. Es war ein sehr merkwürdiges Gefühl, wieder in gewöhnlicher Kleidung zu sein, nachdem er so lange die schwarze Soutane getragen hatte. Cato war verwandelt. Er trug einen dunkelgrauen Cordanzug, ein rot-weiß gestreiftes Hemd und einen roten Seidenschal; die Sachen gehörten Gerald Dealman (vorübergehend ausgeliehen), und er hatte sie im Zuge letzter Aufräumungsarbeiten im Missionshaus unter irgendwelchen Papieren auf dem Boden eines Schranks entdeckt. Cato kam sich wie kostümiert vor in der ungewohnten Kleidung. Er empfand so etwas wie eine erschreckende, schamlose Erleichterung und darunter Schuldgefühl und Bestürzung. Es überraschte ihn, wie er sofort darauf aus gewesen war, die alte Soutane loszuwerden und nie wiederzusehen. Henrys kostbarer Scheck war angekommen und steckte jetzt in seiner Tasche, aber dank Gerald mußte er nicht gleich einen Teil davon für Kleider verschwenden.

In manchen Momenten hatte Cato das Gefühl, er müsse verrückt geworden sein. Er hatte sich endlich dazu durchgerungen, seinen förmlichen ›Rücktrittsbrief‹ an den Leiter seines Ordens zu schreiben. Es war ungeheuer schwierig und schmerzhaft gewesen, sich hinzusetzen und allen Ernstes ein Schreiben zu verfassen. Als der Brief geschrieben war, gab er ihn sofort auf, ohne ihn noch einmal durchzulesen. Die Formalitäten der Laisierung konnten warten. Was ihn selbst betraf, so war er draußen. Zwischen ihm und ›Gott‹ war die Angelegenheit jetzt geregelt, und die Formalitäten waren nur eine Sache der Höflichkeit gegenüber seinen ehemaligen Kollegen. Was ihm das Gefühl gab, verrückt zu sein, war, daß er das kostbarste Privileg der Welt aufgegeben hatte und nicht genau bestimmen konnte, wann oder warum er sich dazu entschlossen hatte.

Es hat sich alles in nichts aufgelöst, dachte er, bemüht, ein Bild für den Verlust seines Glaubens zu finden. War es dann also irgendeine flüchtige Substanz gewesen, der bloße Abglanz eines Bildes? Es ist weg, nicht wahr? fragte er sich ständig selbst. Ja, es war weg, das schien klar zu sein. Aber was hatte er verloren? Seinen Lebensunterhalt, seine Freunde, seine Lebensform, seine Identität. Aber was noch, ganz gewiß war doch noch etwas verloren gegangen, war das eine verloren gegangen. Aber das eine existiert nicht, dachte er, ist nicht das der springende Punkt? Was ist das, was mir so weh tut, was mich quält, als hätte ich ein entsetzliches Verbrechen oder einen entsetzlichen Fehler begangen? Er dachte, Gott ist nichts. Gott der Vater, das ist nur eine Geschichte. Aber Christus. Wie kann ich Christus verloren haben, wie kann *das* nicht wahr sein, wie, wie?

Und wie kann ich kein Priester mehr sein? Das war eine faßlichere Frage, da der Neuanfang jenseits des Priesteramts mit so vielen praktischen Problemen verbunden war. Er war verblüfft, wie leicht er eine Arbeit gefunden hatte. Das war nicht nur ein gutes Omen gewesen, es war irgendwie eine Einübung in sein neues Selbst, in dessen Willen und dessen Art von Zufriedenheit gewesen. Es war das erste gewöhnliche Gute, was ihm in seinem neuen Leben widerfahren war. Das außergewöhnliche Gute, das ihm widerfahren war, war natürlich die erstaunliche Einwilligung des Schönen Joe, ihn zu begleiten. Wie würde es werden? Und was hatte Joe, für Cato so überraschend, zu diesem Entschluß gebracht? War es der Gedanke, von dem der Junge ja beinahe wie gebannt schien, vielleicht für unbegrenzte Zeit auf Henrys Kosten zu leben? Oder bedeutete es, wie Cato hoffte, daß Joe jetzt endlich erkannte, wie sehr Cato ihn liebte? Er hatte tatsächlich das Gefühl gehabt, daß der Junge beeindruckt gewesen war. Und jetzt: Joe, der ihn niemals ohne seine Soutane gesehen hatte, würde begreifen können, wie vollständig Cato sich befreit hatte, um sich wieder zu binden. Er braucht Liebe, dachte Cato, er sucht die Liebe, jede Seele sucht die Liebe. Darin liegt eine Einfachheit, die der verschlagene menschliche Egoismus nicht akzeptieren kann. Reine Liebe kann das Böse heilen wie letztendlich nichts sonst.

Während er über das Abbruchgelände, das in der Sonne so sehr einer Wiese zu gleichen begann, zurückging, fühlte er sich voll dieser Kraft. Aller Schmerz war da, das glühende Gefühl von Verlust und Scham, doch er fühlte sich erfüllt von der Kraft der Liebe, als könnte ein geschundener Körper mit all seinen Narben verklärt werden. Er lächelte über das Bild, das ihm da so spontan gekommen war. Jetzt ich allein. Ich allein bin da, um Christus zu sein, dachte Cato. Und bei dem Gedanken an Joe, der bald zu ihm in die Mission kommen würde, wurde er so heftig von Liebe überwältigt, daß er beinahe schwankte, und eine große, leidenschaftliche Kraft schien aus der dampfenden Erde in ihn hineinzuströmen: Er bildete es sich nicht ein, die Erde dampfte nach dem Regen tatsächlich ein wenig in der heißen Sonne. Cato stand still und ließ die liebevolle Vorfreude an sich hochsteigen wie eine Flamme.

Er hatte keine langfristigen Pläne. Er hatte Joe gesagt, daß er morgen nach Norden reisen würde, um eine Unterkunft zu suchen. Semesteranfang war erst in vierzehn Tagen. Joe schien zu glauben, es würde ein Abenteuer werden. Cato bildete sich nicht ein, daß er Joe für immer bei sich behalten könnte. Er wollte zweierlei erreichen, den Jungen von seiner Liebe überzeugen und ihn dazu bringen, etwas zu lernen. Dabei würde Henrys Geld zweifellos von Nutzen sein, und Cato hatte keinerlei Bedenken gehabt, darum zu bitten. Wenn nötig, würde er um mehr bitten. Er glaubte fest daran, daß Joes Intelligenz erwachen und ihn retten würde, wenn der Junge erst einmal angefangen hatte zu *lernen*. Dann, oder vielleicht auch schon früher, würde Catos Rolle ausgespielt sein. Inzwischen aber war dies seine Aufgabe als Retter, ja seine Pflicht, und er hatte keinerlei Zweifel mehr in dieser Sache. Hinsichtlich der Einzelheiten ihrer Beziehung ergab sich Cato gelassen in Unwissenheit. Die Liebe hatte ihn hineingeführt. Die Liebe würde ihn von Zeit zu Zeit erleuchten und ihm zeigen, was für ihn am sinnvollsten war.

Als Cato in die abgeschnittene kleine Straße einbog, sah er vor dem Missionshaus einen jungen Mann warten. Als dieser Cato bemerkte, kam er auf ihn zu, und Cato sah, daß es einer von Brendans Studenten war, ein junger Ordinandus. Er reichte Cato einen Brief.

»Von Pater Craddock.«

»Oh, danke«, sagte Cato.

Er nahm den Brief und riß ihn auf. Brendan hatte auf eine Karte geschrieben:

Ich schicke das durch Boten, weil ich finde, Du solltest sofort wissen, daß Pater Milsom gestern nacht gestorben ist. Er hat von Dir gesprochen, als er starb.

Wie geht es Dir? Bitte komm hierher zurück. Laß Gott erst mal aus dem Spiel. Komm einfach. *B.*

Cato blickte in die milden, ein wenig neugierigen Augen des jungen Ordinandus.

»Danke, daß Sie mir das gebracht haben.«

»Soll ich etwas mit zurücknehmen, einen Brief?«

»Nein. Nichts. Oder, warten Sie einen Moment.« Cato zog einen Bleistift heraus und schrieb auf die Innenseite des aufgerissenen Umschlags: *Ich gehe mit dem Jungen weg. Lebwohl.* Er hielt inne, den Blick auf die Worte gerichtet. Dann fügte er hinzu: *Bete für mich.* Er faltete den Umschlag einmal und reichte ihn zurück.

»Danke, Sir. Ich werde ihn Pater Craddock geben.«

Cato blieb allein auf der Straße zurück und starrte seinen Schatten auf dem holprigen Pflaster an. Er empfand einen scharfen Stich reinen Schmerzes über Pater Milsoms Tod. Hätte er ihn aufgesucht, wenn er noch am Leben wäre? Nein, dachte Cato, jedenfalls nicht in nächster Zeit. Das Telefon, selbst wenn es funktioniert hätte, wäre für ein solches Gespräch nie in Frage gekommen. Armer alter Mann. Und doch auch glücklicher alter Mann. Er hatte die Freude seines Glaubens bis zu seinem Ende genossen. Wenn es einen Himmel gab, dann war Pater Milsom jetzt dort. *Requiescit in pace. Lux perpetua lucet eo.* Was für ein tröstlicher Gedanke. Nur gab es eben keinen Himmel. Habe ich je wirklich geglaubt, es gäbe einen? fragte sich Cato. Er wünschte so sehr, er hätte auf Pater Milsoms Brief mit einigen Worten der Zuneigung und des Dankes geantwortet. Er trug den Brief immer noch bei sich, jetzt in der Brusttasche seines Cordjacketts. Er steckte Brendans Karte auch dorthin und bog in die Gasse ein, um durch die Hintertür ins Haus zu gehen. Erst als er schon am Hoftor war, fiel ihm auf, was gerade eben geschehen war. Brendans Student hatte ihn ›Sir‹ genannt. Er dachte, das ist ein bißchen so wie wenn Cäsar im Zorn die Zehnte Legion mit *Quirites*! anredete.

Die Küchentür war nicht abgesperrt. Cato ging hinein und schloß sie hinter sich. Er trat zum Spülbecken und betrachtete sich in dem Spiegel, den er zum Rasieren benützte. Er sah, wie auf einem Bild, seinen Kopf, das gestreifte Hemd, den roten Schal. Es war lange her, fiel ihm ein, daß er sich auf diese Weise gemustert hatte. Er hatte sich sorgfältig rasiert und sein ungeschickt geschnittenes Haar gekämmt. Er sah viel jünger aus. Er hatte etwas Lächerliches, beinahe Keckes. Fettmops Forbes. Er grinste sich an.

»Ach, Sie sind's. Ich konnte mir gar nicht vorstellen, wer der Typ sein könnte, der sich da im Spiegel anglotzt.« Der Schöne Joe war hereingekommen.

Verlegen drehte Cato sich herum. Joe sah in der kurzen schwarzen, militärisch wirkenden Lederjacke wie ein Vierzehnjähriger aus. Sein Gesicht wirkte wie ein frisch geschrubbtes Kindergesicht, sein Haar war ein wenig kürzer gestutzt, angefeuchtet, vielleicht geölt und in zwei steifen Wellen hinter die Ohren gekämmt. Cato war plötzlich, als wären sie wieder Fremde. Es war ein erregendes Gefühl.

»Hallo, Joe. Ich hoffe, die Montur gefällt dir.«

Joe, der ihn immer noch mit aufgerissenen Augen anstarrte, setzte sich schweigend an den Tisch.

Cato begann unbehaglich zu werden. »Nun, Joe –«

»Soll das vielleicht ein beschissener Witz sein?« fragte Joe.

»Was denn?«

»Der Aufzug da. Sie haben wohl keine Ahnung, wie urkomisch Sie ausschauen. Nur kann ich leider nicht lachen.«

»Die Sachen haben Pater Dealman gehört –«

»Diese Sachen! Ich würd mich kaputtlachen, wenn's nicht zum Heulen wär. Sie schauen aus, als wollten Sie direkt zum Southend Pier.«

»Ich kann verstehen, daß es ein kleiner Schock ist.«

»Das können Sie laut sagen.«

»Aber Joe, mein lieber Junge, ich habe dir doch gesagt, daß ich den Orden verlasse, ich habe dir gesagt –«

»Ich hab's nicht geglaubt.«

»Vielleicht glaubst du es jetzt.«

»Ich hab nicht geglaubt, daß Sie austreten würden, ich glaub's einfach nicht.«

»Dir wird aber nichts andres übrig bleiben, verdammt noch mal«, sagte Cato und setzte sich ebenfalls an den Tisch.

»Und geflucht haben Sie vor mir auch noch nie.«

»Wenn das für dich Fluchen ist!«

»Für Ihre Verhältnisse schon. Aber vielleicht kommen Sie ja jetzt auf die schiefe Bahn. Das ist bei abgehalfterten Priestern immer so.«

»Kann sein. Aber in diesem Fall müssen wir erst mal abwarten, meinst du nicht. Komm, trinken wir was. Ich hab Wein hier.«

»Sie fangen garantiert an zu trinken.«

»Ach, Joe, hör auf mit dem dummen Zeug. Kannst du denn nicht akzeptieren, daß ich einfach ein ganz normaler Mensch bin, genau wie du?«

»Nein, das kann ich verdammt noch mal nicht.«

»Und jetzt streiten wir genau wie zwei gewöhnliche Menschen, und ist das nicht eigentlich wunderbar? Wir sind endlich nichts weiter als zwei gewöhnliche Menschen. Ich möchte dir helfen, aber ich möchte auf keinen Fall so was wie ein falscher Heiliger in deinem Leben werden. Ich liebe dich einfach. Und vorher konnte ich es nicht sagen, ich mußte gehen, um es sagen zu können. Mein Gott, begreifst du denn nicht?«

»Begreifen *Sie* denn nicht?« sagte Joe. Er preßte plötzlich die Lippen zu einer geraden Linie zusammen und starrte trübselig auf den Tisch, als wollte er gleich anfangen zu weinen.

Cato betrachtete ihn aufmerksam. »Joe, lieber Junge, du mußt mir helfen. Wir müssen uns vielleicht erst wieder kennenlernen, anders. Gut. Für mich war diese Veränderung nicht leicht, und es wird auch in Zukunft nicht leicht werden. Aber wenn du mich liebst –«

»Ich hab nie gesagt, daß ich Sie liebe«, sagte der Junge, den Blick noch immer zum Tisch gesenkt, wo er mit einem Finger die Linien im Holz nachzeichnete.

»Du kannst es lernen. Ich habe für den Anfang genug Liebe für uns beide.«

Joe sah auf. Er sagte: »Pater, Sie sind wie ein Kind. Sie haben keine Ahnung von den schlimmen Dingen.«

»Du täuschst dich, Joe, ich weiß von den schlimmen Dingen. Und hör mal, nenn mich nicht mehr ›Pater‹.«

»Wie soll ich Sie dann nennen?«

»Weißt du meinen Namen nicht?«

»Nein.«

»Cato.«

»Wie?«

»Cato.«

»Wie schreibt man das?«

»C-A-T-O.«

»Das ist vielleicht ein komischer Name. Ist das italienisch?«

»Nein, römisch. Du wirst dich schon daran gewöhnen. Du wirst dich daran gewöhnen –«

»Nein, werd ich nicht. Ich nenn Sie weiter ›Pater‹. Alles andere ist zwischen uns nicht richtig.«

»Aber ich bin kein Priester mehr. Ich habe es deinetwegen aufgegeben –«

»Das ist nicht wahr.«

»Es ist teilweise wahr, ich habe –«

»Teilweise wahr! Bei Ihnen ist alles teilweise wahr.«

»Ich habe mich von allem anderen befreit, um bei dir bleiben zu können, damit wir von hier fortgehen und zusammen ein neues Leben anfangen können. Wir werde es tun, Joe, nicht wahr – ich werde arbeiten und du wirst lernen – und ich werde dich nicht –«

»Ich komm nicht mit«, sagte Joe.

»Was soll das heißen? Du hast doch gesagt, du kommst mit.«

»Ich hab's mir anders vorgestellt. Ich hab gedacht, dieser reiche Typ würde uns Geld geben.«

»Das tut er ja auch. Schau, er hat einen Scheck geschickt.« Cato legte Henrys Scheck auf den Tisch.

»Und ich hab gedacht, Sie wären dann immer noch Priester und darum wär's in Ordnung. Sie haben keine Ahnung, wie beschissen Sie in den Klamotten aussehen. Das Ganze – irgendwie ist der ganze Zauber weg – das, was ich an Ihnen gemocht hab – Jetzt sind Sie nur ein Schwuler in einem Cordjackett. Sie sind einer von denen, die ich anspucke.«

Cato war plötzlich in heller Panik. Er griff über den Tisch und faßte die Hand des Jungen. »Joe, sag so was nicht. Ich bin es doch. Du kennst mich.«

»Nein. Das ist ja das Schlimme.« Joe zog seine Hand weg, rückte seinen Stuhl ein Stück zurück. »Wenn wir miteinander weggehen würden, Pater, wär das Dreck – Dreck, von dem Sie keine Ahnung haben. Und ich würd mir einen Scheiß aus allem machen, aus allem, was Sie mir geben oder was Sie für mich tun könnten. Da wär nichts Schönes, Pater, es wär die Hölle, es würde nur ums Geld gehen. Ich hab Sie mal gemocht, Pater, aber ich hab den anderen gemocht, den, der eine Soutane getragen hat und nichts hatte, nicht einmal einen elektrischen Teekessel.«

»Ich habe immer noch nichts.«

»Sie haben den Scheck über fünfhundert Pfund von Mr. Marshalson.«

»Aber den habe ich doch nur für dich, ich habe alles nur für dich getan, ich wollte nicht, daß du leidest, ich wollte nicht, daß du arm bist.«

»Ja, aber jetzt ist alles verpatzt. Tut mir leid, ich war blöd –«

»Mit dem Scheck von Mr. Marshalson können wir kurzen Prozeß machen.« Cato nahm den Scheck und zerriß ihn in kleine Fetzen.

Joe starrte auf die Schnipsel und breitete sie dann mit den Fingern ein wenig aus. »Das ist traurig. Das ist echt traurig.«

»Ich kann einen neuen –«

»Es ist mir egal, was Sie tun, Pater, nur mit mir können Sie dabei nicht rechnen.«

»Aber, Joe, verlaß mich jetzt nicht. Ich habe nichts mehr. Ich habe alles hergegeben, um mir dir zusammensein zu können, und du hast doch gesagt –«

»Ich war bescheuert. Es wär nie was geworden, jedenfalls so nicht. Ich hab immer geglaubt, es gäb zwei Dinge auf der Welt, Sie und das, wofür Sie standen, und die Hölle, wo nichts zählt außer Geld. Jetzt glaub ich, es gibt nur eines auf der Welt. Die Hölle, wo nichts zählt außer Geld.«

Cato schwieg. Er versuchte zu denken. Wenn er nur die richtigen Worte finden könnte, den richtigen Ton treffen – Trotz Joes Zurückweisung waren sie einander nahe, näher als früher sogar. Er beugte sich vor und nahm einen Moment den kalten, festen Ärmel von Joes schwarzer Lederjacke zwischen seine Finger.

»Joe, hör mir zu, hör mir einfach zu und unterbrich mich nicht. Ich habe dich beeindruckt, weil ich Priester war, aber ein Priester ist nur ein Symbol. Und das kann ich nicht mehr sein. Aber es ist trotzdem wahr, daß es nicht nur die Hölle gibt. Es gibt die Liebe, und das ist real, und ich liebe dich wirklich. Du brauchst nicht zu denken, was meint er, was will er. Ich weiß es selbst nicht, ich weiß nur, daß ich dir helfen möchte. Ist das nicht etwas, das du nicht einfach wegwerfen solltest? Bist du so reich an Liebe, daß du diese Gabe zurückweisen kannst? Warum es nicht wenigstens versuchen? Laß mich an deinem Leben teilnehmen. Du kennst mich gut genug, um zu wissen, daß ich nicht versuchen würde, dich zu beherrschen oder mich einzumischen. Ich möchte nur helfen und dienen. Ich vermute, das ist das einzige, was mir von meinem Priesteramt geblieben ist. Du hast mich einmal gefragt, ob ich eine Liebesbeziehung wollte, und ich habe nein gesagt. Jetzt sage ich, warum nicht? Natürlich möchte ich dich in meinen Armen halten, und jetzt, da ich nur ein Schwuler in einem Cordjackett bin, kann ich dir wenigstens die Wahrheit sagen. Wenn es geschieht, gut, wenn es nicht geschieht, auch gut. Ich weiß, ich werde dir meine Liebe nie zur Last werden lassen, ich möchte dich frei sehen, das ist ja das Wesen der Liebe. Kannst du es nicht einfach akzeptieren und dir von mir helfen lassen, glücklich zu werden? Du redest vom Leben in der Hölle – aber warum in der Hölle leben? Wenn du so weitermachst wie bisher, den kleinen Gauner spielst, wirst du als echter Krimineller enden und wirst ein abscheuliches, elendes Leben voller Angst führen, dem du nicht mehr entkommen kannst. Aber du möchtest doch bestimmt frei und glücklich sein? Wir können in Leeds zusammenleben und uns unseres Lebens freuen. An Geld wird es uns nicht fehlen. Ich werde arbeiten, und du kannst etwas Interessantes lernen –«

»Ich will aber nichts lernen«, sagte Joe. Er hielt immer noch den Blick auf den Tisch gerichtet und bewegte seine Hände ein wenig, um Schatten auf das Holz zu werfen. »Sie reden immer vom Lernen, als würde es allen Spaß machen, was zu lernen. Ihnen vielleicht, aber mir nicht.«

»Du hast aber doch gesagt, du würdest gern Elektrotechniker werden.«

»Sie haben gesagt, ich könnte es werden. Ich würd vielleicht gern ein Popstar werden. Aber lernen tu ich nichts. Mit dem Lernen ist Schluß.«

»Na schön, wir brauchen ja nicht sofort zu entscheiden, was du tun wirst. Wichtig ist, hier wegzukommen, einander besser kennenzulernen und eine Möglichkeit zu finden, zu leben und zu arbeiten –«

»Sie wollen doch nur mit mir ins Bett.«

»Das ist nicht wichtig. Ich möchte mit dir zusammensein, in deiner Nähe leben, dich sehen. Wir brauchen nicht einmal im selben Haus zu wohnen, wenn du das nicht willst.«

»Sie haben gesagt, an Geld würde es uns nicht fehlen, aber Sie haben doch den Scheck zerrissen.«

»Joe, ich kann einen neuen Scheck bekommen, ich kann alles Geld, das wir brauchen, von Mr. Marshalson bekommen. Außerdem werde ich ein anständiges Gehalt –«

»Ich mag nichts von Ihren Gefühlen hören und mit wem Sie ins Bett wollen, ich find das widerlich. Es hat keinen Sinn, Pater, es klappt nicht. Ich mag Sie so nicht mehr, mich ekelt das alles an. Als ich gesagt hab, daß ich mitkomme, hab ich mir nicht vorgestellt, daß es so werden würde.«

»Aber das habe ich dir doch gesagt!«

»Na schön, dann hab ich's eben nicht verstanden, ich hab nicht nachgedacht. Ich könnt's nicht aushalten, wir würden uns am Ende gegenseitig umbringen wie die Schwulen. Und außerdem bin ich nicht schwul.«

»Ich habe nie gesagt, daß du –«

»Doch, haben Sie schon, Sie haben's angedeutet, und das ärgert mich. Ich steh auf Frauen, die will ich vögeln, auch wenn's lauter blöde beschissene Fotzen sind. Sie wollen mich nur bestechen, und das find ich ätzend. Ich will Sie nie wiedersehen!«

»Joe, mein Herz, sag so was nicht!« Cato rückte seinen Stuhl herum und legte Joe die Hand auf die Schulter. Er versuchte, den Jungen an sich zu ziehen.

Wie der Blitz sprang Joe auf und rannte zur Tür. »Fassen Sie mich nicht an!«

»Entschuldige –«

»Hauen Sie ab, ganz egal, wohin, nur hauen Sie ab. Und machen Sie mich ja nie wieder an, sonst schlag ich zu. Sie kennen mich nicht, Sie wissen nichts über mich, Sie wissen nicht, wie es ist, ich zu sein. Sie haben nie versucht, es rauszufinden. Sie haben mich immer nur so gesehen, wie Sie mich haben wollten. Ich hab ein beschissenes Leben gehabt, kein Mensch hat sich jemals wirklich um mich gekümmert, und Sie auch nicht. Mein Vater hat mich gehaßt, und meine Mutter hat mich gehaßt, und meine Brüder haben mich gehaßt, und ich verfluch sie alle, und Sie verfluch ich am allermeisten, weil Sie so getan haben, als wären Sie anders, und dabei sind Sie's gar nicht. Sie wollten mich einfangen, aber jetzt erkenn ich Sie, so fies wie Sie sind und was Sie in Wirklichkeit für einer sind. Kommen Sie mir also bloß nicht noch mal zu nahe, sonst bring ich Sie um. Ich bin jetzt dick drin, ich bin in einer Bande, ich dreh die großen Dinger, und mit Ihnen und Ihren beschissenen, verlogenen Ideen will ich nichts mehr zu tun haben. Ich bin jetzt bei den richtigen Leuten, und ich mach das große Geld. Also, tschüs, Mr. Forbes oder Cato oder wie Sie sich jetzt nennen. Und lassen Sie mich bloß in Ruhe, ich mein's ernst. Sie finden mich sowieso nicht, ich verschwinde. Ich geh zu *denen*, ich hab sie endlich gefunden, wie ich das immer gesagt hab. Wiedersehen also, machen Sie sich ruhig Ihre eigene Hölle zurecht, aber zählen Sie nicht auf mich.«

Cato sprang auf. Der Schöne Joe flitzte zur Tür hinaus und schlug sie Cato vor der Nase zu. Dann war er weg.

Cato öffnete die Küchentür, schloß sie wieder und setzte sich dann langsam an den Tisch. Er begann, über das Holz zu streichen und ließ seine Hände Schatten werfen, wie Joe es getan hatte. Er dachte, es ist absolut wahr, ich habe ihn nicht gekannt. Aber ich habe ihn geliebt. Und nicht nur selbstsüchtig. Ich habe ihn geliebt, so gut ich es konnte.

Lange saß er so da, starrte auf seine Hände und bewegte seine Schultern unter den unvertrauten Kleidern. Ihm war zum Weinen, aber er konnte nicht weinen. Er stand unter Schock.

Er dachte, ich habe meine Möglichkeit, ihm zu helfen, bewußt zerstört. Aber was hätte ich denn anders machen können? Ich habe die Wahrheit gesagt. Vielleicht hätte ich nicht die Wahrheit sagen sollen. Und jetzt ist er zu *denen* gegangen. Und vielleicht ist es meine Schuld. Ach, es wäre besser, man würde mir einen Mühlstein um den Hals hängen und mich in den Tiefen des Meeres versenken.

Jetzt hat es keinen Sinn mehr, morgen nach Leeds zu fahren, dachte Cato. Es hätte mir soviel Freude gemacht, mich nach einer schönen Wohnung für Joe umzusehen, aber jetzt ist es mir gleichgültig, wo ich lebe. Ich fahre zu Semesterbeginn hinauf und suche mir irgendwas. Vielleicht bleibe ich vorläufig hier. Aber nicht, weil ich glaube, daß er zurückkommen wird. Ich bin sicher, das wird er nicht tun. Vielleicht fahre ich doch nach Hause. Ich fahre nach Laxlinden, nach Pennwood. Ich habe Christus verloren, und ich habe Joe verloren. Und Pater Milsom ist tot, und ich habe nicht mal seinen Brief beantwortet. Ich habe alles falsch gemacht.

Und er dachte: Ich werde mich erheben und zu meinem Vater gehen und zu ihm sagen, Vater, ich habe mich gegen den Himmel und an Dir versündigt, und ich bin nicht mehr würdig, Dein Sohn genannt zu werden.

Liebe Colette,

ich habe Deinen entzückenden, rührenden, absolut lächerlichen und übergeschnappten Brief bekommen. So ein Haufen hinreißender Unsinn! Natürlich ist man in der Härte des Alltags für jedes Zeichen des Beifalls dankbar, aber das geht zu weit! Hat Du wirklich erwartet, daß ich das ernst nehmen würde? Bitte begib Dich stante pede wieder in die Realität zurück! Das sind doch alles Schulmädchenphantasien. Und warum suchst Du Dir ausgerechnet mich als ›Schwarm‹ aus? Ich bin alt wie Methusalem, verbittert über meine Kindheit, unbegabt, gottlos, wurzellos und mittlerweile mindestens ein halber Amerikaner. Außerdem in Bälde mittellos. Du hast vielleicht gehört, daß ich mein Erbe weggeben werde. Ich vermute, es hat sich herumgesprochen, wenn Du also ein Auge auf das Haus hattest, vergiß es.

Was Du brauchst, ist ein netter, vernünftiger junger Engländer, jung, frisch (nicht knorrig wie ich), mit einem ordentlichen Beruf (Lehrer? Rechtsanwalt? Architekt?) (wie wär's mit Giles Gosling?), der Dir ein heiles, gemütliches englisches Zuhause *schaffen wird. (Das ist kein Sarkasmus.) Im übrigen möchtest Du doch sicher, daß Dein Vater noch ein paar Jahre länger lebt, und ihn würde garantiert der Schlag treffen bei der Aussicht, mich als Schwiegersohn zu bekommen. Nein, nein, das geht wirklich nicht; für mich ist das allenfalls einen Lacher wert, und ich vermute, Du lachst inzwischen selbst.*

Es gibt noch einen Grund, warum ich nicht der Deine werden kann; ich bin verlobt, mit einer wunderbaren Frau namens Stephanie Whitehouse, die zur Zeit mit mir in Laxlinden Hall ist. Wir werden bald heiraten und dann wahrscheinlich nach Amerika abzischen. Also! Trotzdem danke für Deinen Brief. Du mußt der einzige Mensch auf der Welt sein, der mich Sandy vorgezogen hat.

Wie dem auch sei, es ist alles ein Jungmädchentraum und wird sich genauso verflüchtigen. Ich wünsche Dir das Allerbeste.

Henry

Meine liebste Bell,

es tut mir leid, daß ich nicht schon früher einen richtigen Brief geschrieben habe. Seit ich hier angekommen bin, war alles schauderhaft und verrückt. Eine Identitätskrise würden Du und Russ es wahrscheinlich nennen. Ich konnte nicht schreiben, weil ich nicht wußte, wer ich bin. Ich weiß es immer noch nicht. Mir fällt ein, daß ich es in Amerika auch nicht wußte, aber dort spielt es keine Rolle, weil sie dort alle nicht wissen, wer sie sind. (Und ich muß sagen, es tut ihnen nur gut!) Hier warteten viele Hüte auf mich, die aufprobiert werden wollen. Ich glaube, ich bin immer noch dabei, sie alle wegzuhängen. (Nur die Narrenkappen passen!) Ihr habt so viele Spekulationen darüber angestellt, wie es mit meiner Mutter werden würde, und keine hat es ganz getroffen. Es gibt keinen Streit und keine Versöhnung, nur ein fürchterliches Nichts. Ich wollte es nicht so, es gefällt mir nicht, aber vielleicht habe ich es trotzdem irgendwie heraufbeschworen, oder aber wir beide gemeinsam. Es ist alles abweisend, verletzend und im Grunde grausam, von beiden Seiten. Es ist merkwürdig, daß ich das sehen und beschreiben, aber nicht ändern kann. Und die ganze bewährte psychoanalytische Maschinerie, die Ihr in diesem Moment sicher schon auffahrt, wird auch nichts bewirken. Alle diese pseudo-tiefschürfenden Erklärungen, sind so abstrakt und einfältig im Vergleich mit der schrecklichen komplexen Aktualität einer Beziehung, die schiefgelaufen ist. Ihr dachtet, sie würde um mich weinen, mich brauchen, von mir wünschen, daß ich Sandy werden würde. Keine Spur davon. Ihre Gefühle für ihn bleiben völlig verschlossen. Ich glaube, ich irritiere *sie nur, ich bin nicht mal eine Enttäuschung. Ich habe nicht eine einzige Träne gesehen. Mein Gott, sie ist knallhart. Ich vermute, Frauen (ich meine bürgerliche englische Frauen, nicht verrückte Emanzen wie Du!) lernen schon ziemlich bald, daß sie allein sind und alles mit sich allein ausmachen müssen, selbst wenn sie im Schoß ihrer Familie leben. Ich bin überzeugt, mein Vater und Sandy waren genau die Richtigen, genau das, was sie wollte, was sie vergötterte, aber trotzdem waren sie verdammt rücksichtslose Egoisten wie alle Männer, wenn sie nicht von außergewöhnlichen Frauen daran gehindert werden: daher diese Härte, diese innere Einsamkeit. Ich jedenfalls kann nicht zu ihr durchdringen, und da sie mir seit meiner Ankunft nicht den kleinsten Funken Zärtlichkeit oder Zuneigung gezeigt hat, bemühe ich mich auch nicht sonderlich. Ich glaube, sie erwartet, verehrt und akzeptiert zu werden wie eine Art Monument, und für so was bin ich nicht zu haben. Apropos Monument – ich habe Dir etwas mitzuteilen. Ich habe beschlossen (und das freut meine Mutter auch nicht gerade), das Haus und alle Ländereien und Wertpapiere zu verkaufen und den Erlös wegzugeben, zu verschenken, unter die Leute zu bringen, mir das ganze Geld vom Leib zu schaffen! Ich hoffe, Du bist nicht schockiert, bekümmert? Ich weiß, daß es ein Riesenspaß wäre, Dich und Russ hier zu Gast zu haben, sich mit Euch zusammen in der Pseudo-Grinling-Gibbons einen anzusaufen, woraufhin Ihr wahrscheinlich Lust bekommen würdet, nackt im Park zu tanzen oder so was. Es wäre nett, hier ein bißchen Leben in die Bude zu bringen. Aber das sind kindliche Vergnügen. Und ehrlich gesagt, Bella, mir ist das alles hier einfach* verhaßt, *ja,* verhaßt, *ich wußte gar nicht wie sehr, bis ich es wiedersah und mittendrin meine Mutter, die sich aufführt wie eine Herzogin. Puh! Ich habe davon geträumt, das alles mal hochgehen zu lassen, aber ich wußte nicht, daß ich stark genug dafür sein würde, bis ich es tatsächlich vor mir sah und beobachtete, wie ich darauf reagierte. Meine Mutter hat diese Entscheidung ziemlich ruhig aufgenommen. Sie braucht sich nicht zu sorgen, sie hat eine anständige Rente und bekommt ein hübsches kleines Haus in der Nähe. Ich weiß, daß Du jetzt nach Motiven suchst, von denen es* Hunderte *gibt, und einige davon vielleicht nicht gerade ehrenhaft (na und?), vor allem aber: Meiner Meinung nach sollte ich nicht in Überfluß leben, wenn andere in Armut leben. Und: Ich habe nicht das Zeug zum englischen Gutsherrn. Ich würde so ein Leben verabscheuen und ein ganz ekelhafter (okay, noch ekelhafterer) Mensch werden. Es ist nicht nur eine innere Belastung, es ist auch eine ganz gemeine konkrete äußere Belastung: Mauern, Dächer, Bäume, Dienstboten, Abwasser, Steuern ... Gott, die herrliche Einfachheit unseres Lebens in Sperriton, wie ich es vermisse!*

Tja, das wäre Sensation Nummer eins, wenn es eine ist. (Habt Ihr beide so was erwartet?) Und nun, mein Schatz, zu Sensation Nummer zwei. Ich habe mich verlobt. Ich werde ein liebes, unterwürfiges, völlig ungebildetes, kokettes Geschöpf mit tollem Sex-Appeal namens Stephanie Whitehouse heiraten, das ich von Sandy geerbt habe – sie ist, könnte man sagen, Teil des Nachlasses. Sie ist (wirklich) eine ehemalige Prostituierte und war Sandys heimliche Geliebte in London. (Na, ist das was?) Sie liebt mich und ist die einzige Frau abgesehen von Dir, mit der es mir je Spaß gemacht hat zu schlafen. Sie hat ein scheußliches Leben hinter sich und tut mir furchtbar leid. Sie ist keineswegs schön, aber sehr attraktiv, sie wärmt mir das Herz und erregt mich, und ich fühle mich sicher bei ihr. Sie paßt überhaupt nicht nach Laxlinden Hall, und ich kann es kaum erwarten, sie aus dieser verdammten Bude hier wieder wegzubringen. Sie ist übrigens, was Du doch sicher wissen willst, vierunddreißig Jahre alt.

Bella, Darling, sei nicht eifersüchtig. (Okay, wenn Du hier wärst, würdest Du mir eine runterhauen, wenn ich so was sage!) Du weißt so gut wie ich, daß Liebe (wie andere wichtige Dinge) dehnbar ist – vielleicht ist Liebe unendlich dehnbar, und je mehr, desto mehr. Ich kann die arme Stephanie lieben, ohne daß meine Liebe zu Dir auch nur um ein Jota oder Fünkchen geschmälert wird. Und paß auf: Das alles ist mir in den letzten Tagen klar geworden. Ich habe das Gefühl, daß ich trotz des ganzen Horrors hier von dem Moment an, als ich Fuß auf englischen Boden setzte, wie ein nüchterner kleiner Computer nachgedacht *und gerade erst die Lösung gefunden habe. Ich möchte zu meiner Arbeit zurückkehren, ich möchte zu Dir und Russ zurückkehren (Ihr seid meine Familie), ich möchte Stephanie nach Sperriton mitnehmen. Ich weiß, wir haben alle gesagt, daß ich zurückkommen würde, aber haben wir es auch geglaubt? Ich bin mir nicht sicher, daß ich es geglaubt habe. Aber jetzt: Mir scheint, daß ich dank irgendeinem tiefen unbewußten Gespür die einzige Frau gefunden habe, die in das Puzzle paßt.*

Wenn ich eine Intellektuelle heiraten würde oder auch nur ein normales englisches (oder, noch schlimmer, amerikanisches!) Mädchen, würde es nicht klappen, ich könnte nicht zurückkommen. Du verstehst. Aber die kleine Stephanie ist eine Heimatlose und absolut nicht intellektuell, sie ist sanft und lieb, und Du wirst sie mögen, und sie wird zu uns passen. Zumindest hoffe ich das und sehe es jetzt so. Und ich weiß, daß Du mir helfen wirst und ihr auch, weil Du so klug und so gut bist. Ich kann und will Dich und Russ nicht verlieren, und jetzt sieht es langsam so aus, als müßte ich das auch nicht. Und ganz abgesehen von dem Puzzle, ich muß sowieso nach Sperriton zurück, weil ich hier niemals eine Anstellung bekommen oder meine tollen Talente an den Mann bringen könnte.

Bitte, Bella, versteh das alles und stärke mir den Rücken, wie Du das immer getan hast. Nimm die arme Stephanie – sie ist eine einfache, dankbare Frau und keine Unruhestifterin – auf. Und weißt Du was – seit ich bei meiner lieben Mutter wieder erlebe, wie englische Kälte sein kann, schätze und vermisse ich, mehr, als ich sagen kann, diese amerikanische Wärme, Freundlichkeit und Freizügigkeit, mit der Du und Russ mich aufgenommen und die Ihr mir vertraut gemacht habt. Hier spüre ich förmlich, wie mir von Tag zu Tag kälter wird – auch das ist ein Grund, warum ich schnellstens weg muß. Ich denke soviel an Euch beide, seit ich hier bin, und mit solcher Dankbarkeit.

Es tut mir leid, daß ich nicht früher geschrieben habe, aber ich war so durcheinander – und ich bin froh, daß ich endlich doch geschrieben habe, weil mir viele Dinge erst beim Schreiben klar geworden sind. Zeig Russ den Brief und grüße ihn von mir. Schreib mir bald, Bella, Darling – immer in Liebe, Dein (wie du mich einmal genannt hast) dämonischer Sohn

H.

»Vorsichtig«, sagte Henry und trat ein paar Schritt zurück. »Ich möchte nicht, daß er irgendwie verzogen wird. Sie halten den Teil hier in die Höhe, Mr. Bellamy, während Rhoda die letzten Ringe abnimmt. Okay, und jetzt können Sie ihn beide fallen lassen.«

Der Gobelin landete laut aufklatschend auf dem Boden, und eine Staubwolke erhob sich. Rhoda und Bellamy stiegen von den hohen Leitern, die sie zu beiden Enden aufgestellt hatten.

Die Sonne war herausgekommen, und die Pfützen auf der Terrasse sahen aus wie kleine emaillierte Teller von strahlendem Blau. Blasses Morgenlicht sandte eine gedämpfte Helligkeit durch die Fenster der Bibliothek. Auf der nackten Wandfläche zeigte sich jetzt, geheimnisvoller Ausblick in die Vergangenheit, eine vergessene, alte, verblaßte Tapete mit einem von Kletterrosen umrankten Gittermuster. Gleichzeitig schien die Bibliothek plötzlich viel größer, viel kälter, als hätte die Zukunft mit roher, kalter Gewalt eine Wand durchbrochen. Henry ging zu dem Gobelin und trat mit dem Fuß dagegen, womit er eine weitere Staubwolke entstehen ließ.

»Der muß gereinigt werden. So, könnten Sie ihn jetzt zusammenlegen und sehen, ob Sie ihn hinten in den Volvo reinbekommen? Nein, machen Sie das nicht hier, bringen Sie ihn ins Foyer hinaus, sonst ersticke ich noch.«

Rhoda und Bellamy rollten den Gobelin zu einer langen plumpen Wurst zusammen und schleppten ihn zur Tür hinaus. Henry erhaschte einen letzten Blick auf Athenes kraftvolle Hand im Haar des Helden. Er schloß die Tür. Dann setzte er sich an den runden Tisch und betrachtete das große kahle Stück Wand, fahl und verschossen und mit kleinen dreieckigen Spinnweben bedeckt. Er atmete tief.

Gerda kam in einem ihrer langen blauen Kleider mit schwingendem Rock herein. Henry stand auf. Sie warf mit heftiger Gebärde einige Papiere auf den Tisch. »Warum hast du das getan, ohne mir etwas davon zu sagen?«

»Ich hab's dir gesagt. Ich hab dir gesagt, daß ich ihn zu Sotheby's schicke.«

»Aber du hast nicht gesagt, daß das heute geschehen würde.«

»Heute oder morgen, was spielt das für eine Rolle? In deinem Haus kannst du ihn sowieso nicht aufhängen.«

»Das ist verletzend, und mit Absicht.«

»Mutter, du verstehst nicht«, sagte Henry. »Von absichtlich verletzen kann keine Rede sein, das wäre grotesk und kleinlich. Diese Sache ist größer als du und ich. Es ist eine große finanzielle Transaktion, die am Ende vielen Menschen von Nutzen sein wird, von denen wir nie gehört haben und die nie von uns gehört haben. Glaubst du denn, mir macht das Spaß?«

»Ja.«

»Nun, da täuschst du dich. Ich liebe diesen Gobelin. Ich liebe ihn mehr als alles andere hier im Haus, und ich liebe ihn mehr als du, denn für dich ist er nur ein schöner altgewohnter Wandbehang, während er für mich ein Kunstwerk ist.«

Die vogelköpfige Rhoda kam, mit behandschuhten Händen fuchtelnd, herein und sagte etwas.

»Was sagt sie?«

»Daß er nicht in den Volvo paßt«, sagte Gerda und ging zum offenen Kamin, wo ein loderndes Feuer mit dem Sonnenlicht stritt.

»Ach, verflucht. Na, dann lassen wir ihn einfach gefaltet im Foyer liegen, ja, Rhoda?«

»Warum quälst du dich dann?« sagte Gerda, als Rhoda gegangen war. »Und mich. Und deine Verlobte.«

Henry folgte ihr und strich über eine Girlande kastanienbrauner Eicheln im Schnitzwerk des Kaminsimses. »Mutter, bitte, was sein muß, muß sein. Du hast deine Zeit hier gehabt, und ich werde gar nicht erst anfangen. Sei fair. Sei fair zu mir.«

»Warum hast du es so eilig, den Gobelin zu verkaufen?«

»Weil ich etwas verkaufen möchte, und zwar schnell, was ich wirklich schätze. Das wird den Rest leichter machen. Wenn man eine Nadel einfädelt, muß erst die Spitze des Fadens durchs Öhr, dann kommt der Rest. Das hier ist die Spitze des Fadens. Mutter, es wird alles verschwinden wie Aladdins Palast. Und wir müssen anfangen, das zu glauben. Ich habe das Gefühl, du glaubst es immer noch nicht. Ich vielleicht in gewisser Weise auch nicht.«

»Wenn dich das alles so aufregt«, sagte Gerda, ohne ihn anzusehen, »und du so wenig sicher bist, was du willst, solltest du dann nicht warten? Und warum bringst du jetzt deine Verlobte so schnell wieder weg?«

»Nenn sie doch nicht immer meine Verlobte. Du weißt ihren Namen.«

»Nun, sie ist doch deine Verlobte, oder nicht?«

»Ja, aber du bist nur sarkastisch.«

»Warum bringst du sie so bald wieder weg?«

»Weil du sie verachtest.«

»Henry«, sagte Gerda, »sei doch wenigstens so vernünftig, ein kleines bißchen Nachsicht zu üben. Ich bemühe mich, sie kennenzulernen.«

»Du bemühst dich, sie auf deine Seite zu ziehen.«

»Ach, mach dich nicht lächerlich! Du ärgerst dich, weil wir nach dem Frühstück über Sandy gesprochen haben.«

Henry wandte sich ab und nahm Kurs auf die Tür.

»Henry, warte, bitte!«

Henry blieb stehen und drehte sich nach ihr um. »Du hast mich meine ganze Kindheit hindurch nur angefahren und verspottet, und du kannst es auch jetzt noch nicht lassen. Du willst keinen Frieden. Du willst Krieg. Na schön. Ich weiß, du kannst mir nicht verzeihen, daß ich lebe, während Sandy tot ist.«

»Henry«, sagte Gerda. »Hör auf, dich zu quälen. Du führst Krieg mit dir selbst, nicht mit mir. Wenn du wüßtest, wie leid du mir tust.«

Henry ging aus dem Zimmer und schloß leise die Tür hinter sich.

Gerda kehrte langsam zum Tisch zurück und setzte sich. In angespannter Haltung, völlig regungslos blieb sie dort sitzen.

Einige Minuten später kam Lucius herein. Er hatte seinen Umhang um und kämmte sich mit den Fingern das windzerzauste Haar. Er sagte: »Sie sind gefahren.« Dann sah er die verödete Wand. »Oh, mein Gott! Das also ist dieser Riesenhaufen Zeug draußen im Foyer.«

»Er hat nicht in den Volvo gepaßt«, sagte Gerda.

Erst jetzt bemerkte Lucius die Papiere auf dem Tisch, die Gerda mit ihrer großen Hand zudeckte. Er zog die Augenbrauen hoch, dann ging er zum Feuer, wo er nachdenklich vor sich hin summend eine Weile stehen blieb, ehe er sich vorsichtig nach Gerda umdrehte.

Endlich schenkte Gerda ihm Beachtung. »Lucius, was ist das für Zeug, das ich da in deinem Zimmer gefunden habe? Was soll das hier, zum Beispiel? *Dumpf hallend ruft ihr Schritt verblassende Erinnerungen wach tap, tap. Das alte Mädchen.*«

»Ach – nur ein Gedicht ...«

»Und das hier. *Den ausgetretenen Pfaden des Hauses folgend, verfehlt sie die Wege des Herzens. Tap, tap. Das alte Mädchen.* Soll das alte Mädchen ich sein?«

»Aber nein, natürlich nicht, meine Liebe –«

»Und was ist das hier? *Ihre Kätzchenwärme verwirrt mich tausend Frauen gleich.* Wer ist denn dieses Kätzchen?«

»Niemand, Liebes, das ist rein imaginär – das ist Kunst –«

»Kunst! Ich kann dir nicht sagen, wie impertinent und kränkend ich diese Dichtereien finde. Das sind ja Seiten! *Tap, tap, wahrhaftig!* Da!« Gerda schob ihm mit einem Stoß die Blätter hin.

Lucius packte sie zusammen, zögerte, stand auf. »Was –«

»Wenn du ein Gentleman wärst, würdest du sie verbrennen.«

Ohne zu zögern ging Lucius zum Kamin. Er warf die Gedichte in die Flammen, wo sie sofort Feuer fingen. Er kehrte zu Gerda zurück und setzte sich ihr gegenüber an den Tisch. Er sah sie mit einem milden, leicht spöttischen Ausdruck an, während er seinen Umhang abstreifte und auf den Stuhl fallen ließ.

Gerda musterte ihn aufmerksam, mit gerunzelter Stirn. »Und – wirst du die Rente von Henry annehmen?«

»Ja, Gerda.«

»Hast du vor, bei Audrey zu leben?«

»Nein. Das will Rex nicht.«

»Was willst du dann tun?«

»Ich suche mir ein kleines Zimmer.«

»Wo?«

Immer noch sah Lucius sie mit diesem heiteren, milden Ausdruck an. »Irgendwo in deiner Nähe, Liebes, wenn du nichts dagegen hast. Du bist das einzige, was ich jetzt noch habe. Alle diese Dinge hier zählen nicht. Ich glaube sogar, Henry könnte recht haben, ich bewundere ihn, ich wollte, ich hätte seine Courage. Wir werden alt, mein Liebes, du und ich. Wenn wir im Osten lebten, würden wir daran denken, in ein Kloster zu gehen. Vielleicht sollten wir uns wirklich von der Welt abwenden. In gewisser Weise zwingt Henry uns nur, das zu tun, was wir tun sollten. Wir sollten einfacher leben in unserem Alter. Dieser ganze Kram ist unwichtig, dieses Haus, diese Möbel, diese Blumen, diese Bäume, das ist doch alles nur eine Art Illusion, nichts weiter als ein Gobelin, den man zusammenfalten und verkaufen kann. Was zählt, das sind du und ich, und wir werden vielleicht ohne all diese Dinge und die Wichtigkeit die ihnen beigemessen wird, besser zurechtkommen. Darum würde ich gern in deiner Nähe leben, in einem kleinen Zimmer. Ich liebe dich, Gerda, und ich habe mein ganzes Leben gegeben, dich zu lieben. Es mag sein, daß das meiste, was ich getan habe, absurd war, aber das nicht.«

»Das ist doch alles Quatsch«, sagte Gerda. »Dir war niemals irgend etwas hier wichtig, außer deine Spaziergänge im Park und pünktlich servierte Mahlzeiten. Du bist gar nicht fähig, dich von der Welt abzuwenden. Und was das Alter angeht, so sprich gefälligst nur für dich selbst. Du bist ein ganzes Stück älter als ich.«

»Das weiß ich, Liebes, ich habe nur –«

»Du behauptest also, dich abgefunden zu haben?«

»Ja. Der Gobelin ist fort. Bald wird alles fort sein. Ich habe mich schon verabschiedet.«

»Aber ich nicht«, sagte Gerda. »Und jetzt geh, bitte, ich möchte nachdenken.«

Lucius trottete nach oben in sein Zimmer, goß sich einen kleinen Whisky ein und legte das zweite *Brandenburgische Konzert* auf. Hastig machte er sich daran, seine Gedichte neu zu schreiben. Er wußte sie alle auswendig.

Gerda dachte nach. Sie dachte, *er* hat uns alt gemacht. Ist dies das Ende meines Lebens als tätige, vielbeschäftigte, vernünftige Frau, und soll ich jetzt eine nutzlose, jammernde, boshafte alte Scharteke werden? Und während sie an die leere Wand starrte, fielen ihr die endlosen albernen Witze ein, die Sandy immer darüber gemacht hatte, was auf dem Gobelin vor sich ging.

Hör endlich auf damit, Steph.«

»Und es ist deiner Mutter gegenüber so gemein.«

»Es ist eben eine einzigartige Beziehung.«

»Red doch mal wie ein gewöhnlicher Mensch. Du machst aus allem eine Theorie. Ich weiß nie, wann es dir Ernst ist.«

»Fast immer wäre eine gute Faustregel, nach der du gehen könntest.«

»Es ist im Grunde kein großes Haus, und deine Mutter gibt praktisch nichts dafür aus, sie hat mir erzählt –«

»Ihr seid anscheinend prima miteinander ausgekommen.«

»Freut dich das nicht?«

»O doch - doch –«

»Ich finde, sie ist eine arme, unglückliche alte Frau.«

»Also, diese Beschreibung paßt wohl kaum auf meine Mutter.«

»Du machst sie schlecht, aber bewundern willst du sie trotzdem, ich seh das alles ganz genau.«

»Du kannst es nicht sehen, und du wirst es nie sehen. Versuch lieber gar nicht erst, zu verstehen, Steph. Leute, die alles verstehen, werden ermordet.«

»Manchmal machst du mir wirklich angst. Du warst so grob zu ihr, ich konnte es kaum glauben, und es ist schrecklich, daß du das Haus verkaufen willst, es ist ein *Alptraum*.«

»Manchen Männern macht es Spaß, sich ihr Leben lang mit nichts anderem als ihrem Besitz zu beschäftigen. Mir nicht. Ich will nicht meine Zeit und deine mit dauernder Sorge um Bäume und Mauern und Abflußrohre vergeuden. Meine Mutter schafft es irgendwie –«

»Du meinst, ich könnte das nicht?«

»Ich sehe nicht ein, warum du solltest. Ich möchte, daß wir ungebunden sind.«

»Ich will aber nicht ungebunden sein. Ich würde mich liebend gern um Bäume und Mauern und Abflußrohre sorgen. Ich habe nie in meinem Leben irgendwas besessen.«

»Du Glückliche!«

»Du hast nie erfahren –«

»Seit Anfang der Welt, wahrscheinlich seit Eden, sind Männer von Frauen angetrieben worden, materiellen Besitz zu erwerben. Das ist typisch Frau – *haben* müssen. Ich sage nicht, daß es ihre Schuld ist, es ist einfach ihre Natur – Frauen haben, Männer sind. Nun, Gott sei Dank, wirst du mich nicht dazu –«

»Ich wollte, ich hätte das Haus nie gesehen.«

»Ich wollte gar nicht, daß du es siehst. Ich wollte, daß du meine Mutter siehst. Nur einmal –«

»Wozu überhaupt?«

»Ich wollte, daß meine Mutter dich empfängt und freundlich aufnimmt und anerkennt und dir mit Höflichkeit begegnet. Ich wollte dir zeigen, daß es möglich ist.«

»Du meinst, weil es mir helfen würde, mich nicht so klein –«

»Ja.«

Der gelbe Volvo holperte über den Weiderost und bog nach links zum Dorf ab.

»Du beschließt alles ohne mich«, sagte Stephanie. »Du betrachtest mich nicht als gleichgestellt.«

»Sehr wenige Männer betrachten Frauen als gleichgestellt«, sagte Henry, »und wenn ich es nicht tue, hat das nichts mit deiner Vergangenheit zu tun. Ich liebe dich einfach und betrachte dich als mein Eigentum. Aber doch nicht alle diese blöden Bäume.«

Stephanie streckte ihren Arm auf der Rückenlehne hinter Henrys Rücken aus. Sie hatte ihr schwarzes Kleid mit der Terrierbrosche an, hatte es aber am Hals aufgeknöpft. Ihr Aussehen, so schien es Henry, hatte sich seit ihrer ersten Begegnung verändert. In ihren runden Augen war eine grüblerische Verwirrung, ein Ausdruck geheimer Nachdenklichkeit, der ihrem Gesicht Intensität, beinahe Schönheit verlieh. Sie preßte ihre Lippen zusammen, schmeckte ihren Lippenstift. »Du bist komisch. Ich frag mich, ob du irgendwas von dem, was du sagst, ernst meinst. Ich hab mich nicht mal richtig von deiner Mutter verabschiedet.«

»Sie war schlecht gelaunt. Nicht deinetwegen.«

»Kaufst du mir einen Brillantring?«

»Oh, ich denke, ja.«

»Ich glaube alles, was du mir erzählst, wenn du mir einen Brillantring kaufst.«

»Du glaubst an Zauberei. Ja, natürlich tust du das.«

»Henry, bitte laß uns im Gutshaus wohnen. Du könntest alles verkaufen und das Haus behalten. Das *darfst* du nicht verkaufen, du mußt verrückt sein.«

»Steph, ich muß mich davon freimachen, sonst vernichtet es mich. Und wenn ich es einfach meiner Mutter überlasse, kriegt es mich am Ende doch auch. Verdammt noch mal, willst du mich oder das Haus? Ich hasse es mit jedem einzelnen Atom meiner Seele. Ich kann dir nicht sagen, wie froh ich bin, jetzt mit dir nach London zurückzufahren.«

»Ich bin mein Leben lang arm und unglücklich gewesen, ich habe nie was gehabt –«

»Ich werde hart für dich arbeiten, Steph. Das hat Sinn. Ich möchte ein gewöhnliches Leben führen, das Sinn hat.«

»Es ist alles nur wegen Sandy.«

»Es ist nicht wegen Sandy.«

»Es ist wegen –«

»Du hast dich ja mit meiner Mutter ausführlich über Sandy unterhalten, wie?«

»Bist du eifersüchtig?«

»Soll ich den Wagen in den Graben fahren?«

Henry lenkte den Volvo unvermittelt in eine Parkbucht und schaltete den Motor aus. Sie waren fast im Dorf. Gegenüber war die sonnenbeschienene Mauer des Parks, die großen goldenen Quader blitzten auf, wo die Sonne hier und dort auf die Spiralmuster der versteinerten Muscheln fiel.

In diesem Moment sah Henry die hochgewachsene Gestalt von Colette Forbes, die ihnen auf der Straße entgegenkam. Er zögerte, griff zum Zündschlüssel, lehnte sich dann zurück. Sie würde seinen Brief inzwischen bekommen haben. Er wollte auf gar keinen Fall mit ihr reden.

Stephanie, die mit dem Rücken zur Straße saß, fragte: »Was ist los?«

Henry saß stocksteif und starrte vor sich hin. Die Windschutzscheibe verdunkelte sich. Colette ging um den Wagen herum auf Henrys Seite, und Henry kurbelte das Fenster herunter. Colette trug eine gegürtete Weste aus grünem Tweed und passende Kniehosen und eine weiße Bluse. Ihr langes braunes Haar war zu einem komplizierten Zopf geschlungen, der ihr nach vorn über die Schulter hing.

»Hallo, Henry.«

»Hallo, Colette. Stephanie, das ist Colette Forbes. Sie wohnt ganz in der Nähe. Colette, das ist meine Verlobte, Stephanie Whitehouse.«

»Guten Tag«, sagte Stephanie.

»Hallo«, sagte Colette und dann, zu Henry gewandt, »ich hab deinen Brief über sie bekommen.«

»Ja, und da ist sie«, sagte Henry. »In Lebensgröße. Danke übrigens für deinen Brief. Ich weiß ihn zu schätzen.«

»Du weißt ihn zu schätzen? Das ist aber ein komischer Ausdruck.«

»Es war ja auch ein komischer Brief.«

»Freut mich, daß er dich amüsiert hat. Ich finde, deine Antwort war sehr dumm und sehr unhöflich.«

»Ach, du meine Güte –«

»Sie war beleidigend und kleinlich und unaufrichtig. Du hast vorgegeben, mich als Kind zu betrachten, weil du Angst vor der Herausforderung einer echten Beziehung hast. Du hast versucht, etwas absolut Ernstes und Tiefes ins Lächerliche zu ziehen. Du hast mich absichtlich nicht mit Respekt behandelt. Du kannst unmöglich glauben, was du geschrieben hast, du hast gelogen.«

»Also, wirklich, Colette. Ich finde, daß du dumm und unhöflich bist. Ich habe dir einen ganz freundlichen und ganz klaren

Brief geschrieben. So leicht zu beantworten war deiner nämlich gar nicht. Ich hoffe, du hast wenigstens kapiert.«

»Du warst gemein und unehrlich.«

»Ach, so ein bitterböses kleines Mädchen!«

»Worum geht's hier eigentlich?« fragte Stephanie.

»Darf ich ihr etwas sagen?«

»Nein.«

Colette senkte ihren Kopf zum Wagenfenster. »Miss Whitehouse, ich möchte Ihnen nur folgendes sagen: Ich werde Henry Marshalson heiraten. Ich kenne und liebe ihn mein Leben lang, und er gehört mir. Das ist alles. Ich werde Henry heiraten. Er gehört mir. Auf Wiedersehen.«

Sie flitzte davon. Henry sah flüchtig ihre langen Beine in der grünen Kniehose, als sie sich über den Zauntritt auf das an die Parkbucht angrenzende Feld schwang. Er blickte ihr nach. Dann begann er zu lachen. Er ließ den Motor an. Er lachte und lachte. Der gelbe Volvo brauste davon.

»Wie geht es dir, Steph«, sagte Henry, nachdem er zu lachen aufgehört hatte. Er warf ihr einen raschen Blick zu. Der Volvo raste einen Hügel hinauf und bog auf den Motorway ab.

Stephanie hockte, die drallen Beine unter sich hochgezogen, zitternd hinter ihrem Taschentuch versteckt und weinte.

»Komm schon, Steph, du wirst dich doch davon nicht schokkieren lassen, das erlaube ich nicht. Über diese Verrückte kann man nur lachen. Du hast sie doch nicht ernst genommen?«

»Du warst mit ihr verlobt, du warst mit ihr verlobt – kein Wunder, daß deine Mutter so komisch war –«

»Ich bin nicht mir ihr verlobt! Sie ist nichts weiter als ein ungezogenes Schulmädchen mit einer blühenden Phantasie. Ich habe sie ganze zwei Mal gesehen, seit sie erwachsen ist.«

»Sie hat gesagt, du hättest sie belogen, du mußt ihr also versprochen haben –«

»Ich sag dir doch, ich habe sie kaum gesehen –«

»Warum hast du gelacht?«

»Weil ich immer über sie lachen muß.«

»Eben hast du gesagt, du hättest sie nur zweimal gesehen.«

»Schön, ich hab zweimal gelacht. Und dies war das dritte und letzte Mal. Wenn sie dich aus der Fassung bringt, ist das kein Witz.«

»Sie ist eine Hexe. Sie will dich haben, und sie wird dich kriegen. Sie hat gesagt, ›er gehört mir‹, und es klang wahr. Sie hat uns verwünscht, ich fühl es.«

»Ich schenke dir zum Schutz einen Brillantring.«

»Sie wird dich anlocken. Du wirst immer wieder zu ihr gehen. Du *mußt* mit ihr verlobt gewesen sein, sonst hätte sie nicht solche Sachen gesagt.«

»Du kennst sie nicht. Stephanie, hör jetzt auf. Ich werde sie nie wiedersehen.«

»Wirklich nicht?«

»Hör zu, ich habe dir das noch nicht gesagt, aber sobald ich das Haus verkauft habe –«

»Ich will aber nicht, daß du das Haus verkaufst.«

»Sobald ich das Haus verkauft habe, gehen wir nach Amerika. Zurück –«

»Ich will aber nicht nach Amerika. Ist denn das, was ich will, überhaupt nicht wichtig?«

»Es ist schön dort, wir werden so frei und glücklich sein. Ich habe so ein hübsches kleines Haus –«

»Ich möchte aber im Gutshaus leben.«

»Wenn du im Gutshaus leben würdest, wärst du die Sklavin meiner Mutter.«

»Ich wär gern die Sklavin deiner Mutter.«

»Ach, hör auf zu weinen.«

»Dieses Mädchen kriegt dich bestimmt, sie ist eine Hexe, ich spür's genau, sie hat mich irgendwie angegriffen, ich hab das Gefühl, als hätte sie ihre Krallen in mich reingeschlagen.«

»Stephanie, muß das just hier auf dem Motorway sein?«

»Ich bin nicht stark genug, um dich zu halten, ich weiß es.«

Der gelbe Volvo schoß auf die nächste Ausfahrt zu, rollte über die Zubringerstraße in einen stillen, heckengeschützten Weg, hoppelte ein Stück weiter und kam im Schlamm vor einem Gatter zum Stehen. Eine Lerche sang.

»Steph – sieh mich an – versteck dich nicht hinter dem Taschentuch –«

Stephanie sah ihn an und zeigte ihm ihr rot verschwollenes, von Tränen glänzendes Gesicht, ihre feuchten Lippen und den schlaffen, zitternden Mund.

»Stephanie, hallo, einen nicht schmierenden Lippenstift gibt's wohl nicht, hm? Du hast das ganze Gesicht voll, du siehst echt komisch aus, wie ein Clown auf einem Bild.«

»Du liebst mich nicht, es ist unmöglich, du liebst sie –«

»Wenn ich sie lieben würde, würde ich dann lachen?«

»Ich weiß es nicht, du bist komisch.«

»Du bist mein kleiner Clown auf dem Bild. Und wir gehen nach Amerika, und es wird dir gefallen. Natürlich wirst du sagen, ich sei ein Chauvischwein; gut, ich bin ein Chauvischwein. Ich muß mich selbst retten, sonst kann ich dich nicht retten.«

»Du liebst sie, sie ist so jung, ich hab solche Angst, sie hat mir angst gemacht –«

»Hör auf zu jammern, Stephanie, oder ich hau dir eine runter. Wir haben uns gefunden, und das ist Schicksal, du bist wie geschaffen für mich in meiner Situation und mit meinen Problemen. Ich habe dem Leben eine Frage gestellt, und du warst die Antwort. Mit keiner Frau war's für mich im Bett so gut wie mit dir. Und sag jetzt nicht: ›Dann ist es nur der Sex‹. Was soll das heißen: ›Nur der Sex‹?‹ Alles ist Sex, dein Taschentuch mit dem Lippenstift dran ist Sex, und der Volvo ist Sex, und dieses blaue Straßenzeichen und das Moos am Tor und die olle Lerche, die da singt, und die Art, wie ich für dich sorgen will. Ich habe nie vorher den Wunsch gehabt, für jemanden zu sorgen, ich habe nie jemanden gehabt, für den ich hätte sorgen können, ich habe überhaupt nie was Eigenes gehabt, seit meine Mutter mir meinen Teddybären weggenommen hat.«

»Ich tu dir nur leid.«

»Natürlich tust du mir leid. Du tust dir selbst leid.«

»Du willst nur deine Mutter mit mir ärgern.«

»Jetzt hör auf, mit diesem dauernden ›nur‹. Das könnte ich alles, ohne dich zu heiraten.«

»Du wirst mich nicht heiraten, du hast mir ja noch nicht mal einen Ring gekauft.«

Henry zog seinen Autohandschuh aus und schlug sie damit ins Gesicht. Sie wandte sich ab und lehnte wimmernd und auf ihr Taschentuch beißend ihren Kopf ans Fenster.

»Stephanie, du machst noch alles kaputt mit deinem Genöle. Liebst du mich, oder liebst du mich nicht? Es ist doch nicht nur wegen Sandy, oder?«

»Nein –«

»Du meinst nicht, du müßtest jetzt mir gehören, nur weil du vorher ihm gehört hast? Du hast ihn geliebt, und ich weiß eigentlich nicht, warum du mich lieben solltest. Weißt du, du bist nicht die einzige, die Zweifel hat. Er war ein großer, gutaussehender Mann, und ich bin ein kleiner, schmächtiger, dunkler Typ. Du brauchst mich nicht zu nehmen, du kannst gehen. Aber wenn du mich heiratest, dann bin ich der Boß, und wir tun, was ich sage. Okay?«

»Okay –«

»Mensch, ich hab auch meine Schwierigkeiten, ich kenn mich mit mir selbst nicht aus, ich weiß nicht, wer ich bin, du bist nicht die einzige mit einem Identitätsproblem. Jetzt hör auf zu heulen. *Sofort*!«

»Entschuldige. Dieses Mädchen hat mich erschreckt.«

»Schau, jetzt hab ich den Lippenstift am Handschuh. Komm, steigen wir mal aus. Die Sonne ist schön warm. Gehen wir ein Stück in das Feld da. Ich nehme eine Decke mit. Komm, Stephanie, schnell, schnell. Schnell!«

Später sang die Lerche immer noch, ein unsichtbarer Punkt in der blauen, sonnenflimmernden Luft, und überschwemmte den Himmel mit einem Lied, das abgesehen von kurzen ekstatischen Pausen hin und wieder endlos weiterging.

»Du liebst mich doch, Steph?«

»Ja, ja. Aber es ist wie ein Traum, es ist zu schön, um wahr zu sein, als dürfte ich es nicht wagen.«

»Es ist das Ende einer Geschichte, Stephanie, und der Anfang einer anderen.«

»Und sie lebten glücklich bis an ihr seliges Ende?«

»Ich weiß es nicht. Ich bezweifle es. Aber sie lebten zusammen und vertrauten einander und halfen einander und sagten einander die Wahrheit. He, Steph?«

»Ja.«

»Hör mal, die Lerche.«

Gib ihm seinen Teller, und geh du zu Bett.«

Cato sah Colette zu, die in ihrem grünen, von Gartenerde verschmutzten alten Overall am Ofen stand, so linkisch, so anmutig, das Haar mit einem dünnen Band zurückgebunden, das Gesicht glühend und glänzend wie das eines Jungen. Er sah seinen Vater, der, um nur ja nicht zu strahlen, beinahe die Stirn runzelte, während er mit schmutzigen Händen unter lederbesetzten Manschetten unablässig über das zerfurchte Holz des Küchentischs rieb. Cato blickte in zwei Augenpaare, die strahlten vor Liebe und Willkommen. Und er dachte, was für ein Glück ich habe, von so wunderbaren Menschen geliebt zu werden, und wie wenig sie jetzt trotz allem guten Willen für mich tun können. Dies ist der erste Tag des neuen Lebens, in dem ich mich neu erschaffen muß und die Pflicht habe, mein Glück zu suchen. Wie geschrumpft ich mich fühle, wie dünn, nadeldünn, so beraubt, besiegt, beschämt und all dessen verlustig, was mir Substanz gibt. Er dachte, ich habe meine Kraft verloren, mein Format und meine Würde, und wie unwürdig ist es, in solchen Kategorien zu denken, als wäre es das, was zählt.

»Ist schon gut. Jetzt hör auf, ihn abzuknuddeln! Marsch ins Bett, Colette.«

»Aber, Daddy – Also gut. Gute Nacht, lieber, lieber Cato.«

Cato dachte, ich tue ihnen leid. Liebe macht das Mitleid rein. Das Mitleid anderer wird weniger rein sein und mich klein machen. Ich werde mich daran gewöhnen, letztlich doch nichts weiter zu sein als ein Schwuler in einem Cordjackett. Er begann von dem Eintopf zu essen, den Colette für ihn aufgewärmt hatte. Er war spät nach Hause gekommen.

»Du hast also schon eine Anstellung? Das ist gut. Und in Leeds, nicht schlecht.«

»Aber es ist keine Dauerstellung.«

»Vielleicht schaffst du es, einen Posten an der dortigen Universität zu bekommen, ich kenne da ein, zwei Leute –«

»Ich werde etwas Zeit brauchen, um mich wieder zurechtzufinden - ich habe in letzter Zeit kaum was gelesen.«

»Jammerschade, daß du soviel Zeit verschwendet hast. Früher hast du wenigstens was gelernt. Die letzten Jahre waren ein Totalverlust.«

»Ja –«

»Na ja, jetzt kannst du dich in Ruhe deinen Studien widmen. Deine Bücher sind alle noch hier. Es wird wieder so sein wie früher, wir werden beide an der Arbeit sitzen.«

»Ja –«

»Ich habe mir immer gedacht, daß du schließlich wieder zur Besinnung kommen würdest. Ich versteh nicht, wie ein Mensch diesen ganzen Kram glauben kann. Du mußt doch gespürt haben, daß du am falschen Ort warst. Bist du nicht froh, daß jetzt alles vorbei ist?«

»Doch –«

»Es ist unglaublich, wie sogar vernünftige Menschen sich selbst was vormachen können. Da bist du nicht der einzige. Gott, ich hab dich gehaßt in diesem schwarzen Talar. Jetzt siehst du wieder aus wie ein Mann.«

»Ja, Dad –«

»Na, dem Himmel sei Dank, daß du dich da rausgezogen hast und es noch nicht zu spät ist. Wir verschaffen dir schon noch eine ordentliche Universitätslaufbahn.«

»Ich bezweifle, daß –«

»In der heutigen Zeit, ich versteh's nicht - ich vermute, das Ganze hat eine Art ästhetische Anziehungskraft. War's das?«

»Vielleicht, zum Teil –«

»Oh, das kann ich verstehen. Religion war immer Verführungskunst. Und Teil einer großen Show zu sein, wie zum Beispiel der Kommunistischen Partei beizutreten, internationale Verbrüderung, Geschichte schreiben und so weiter. Das war in Mode, als ich jung war.«

»Aber du bist nie beigetreten.«

»Es hat mich nie gelockt. Ich hab das Ganze gleich durchschaut. Ich war immer schon zu sehr ein kantiger Individualist, ich konnte Obrigkeiten nicht ausstehen. Manche fühlen sich wohl dabei, denen gibt der Gehorsam Sicherheit, sie haben sogar Freude daran. Ich nicht. Ich war immer schon jemand, der die Dinge wörtlich genommen hat. Ich habe mich immer an das gehalten, was ich verstehen konnte. Die Wahrheit ist eine ziemlich wörtliche Angelegenheit, da geht es ums Detail, um das, was man erklären und klar erkennen kann. Ich habe die Gefahrenzeichen gesehen. Sobald man etwas nachjagt, das groß und schattenhaft ist, wird man in Lügen verstrickt, die Lügen in der Seele, das sind die Dinge, die man nicht recht sehen und nicht recht verstehen kann, die man aber akzeptiert, weil man in das Ganze verliebt ist. Politisch und moralisch ist das der Weg zur Hölle. Jede Art von Metaphysik ist Lüge, alles Große ist Lüge, muß Lüge sein.«

»Ja, ich denke, da hast du vielleicht recht«, sagte Cato.

»Du hast gesagt, ich sei ein Banause –«

»Du meine Güte, wirklich? Das tut mir leid –«

»Na ja, du hast gesagt, ich sei ein geistiger Banause.«

»Ich meinte nur –«

»Schon gut, ich weiß, was du gemeint hast. Ich glaube nicht an all diese Mythen und Legenden, und ich halte die Vorstellung von einem Weiterleben nach dem Tod für die moralisch schwächendste, die je ausgebrütet wurde, aber ich glaube an das rechtschaffene Leben, an das Bemühen, ein guter Mensch zu sein und stets die Wahrheit zu sagen – meiner Meinung nach ist das der Kern von allem, die Wahrheit zu sagen, immer zu versuchen, die Wahrheit zu erkennen, keine Lügen oder Halbwahrheiten zu dulden – die Halbwahrheiten sind es, die den Geist töten. Siehst du, ich bin doch nicht so ein arger Banause wie du glaubst.«

»Es tut mir sehr leid, ich –«

»Deine Mutter war fast eine Heilige. Als Kinder waren wir Quäker, aber die Religion ist auf ganz natürliche Weise aus unserem Leben geschwunden. Trotzdem konnte man von diesen alten Quäkern etwas lernen, es gab da einen gewissen Anstand und Ehrlichkeit. Das innere Licht, das ist einzig die Wahrheit selbst. Ich habe das schon früh erkannt. Ich habe mir auf das alles meinen eigenen Reim gemacht. Ich wollte nichts mit dieser gräßlichen Theologie zu tun haben, mit dem ganzen süßlichen, gefälligen Drum und Dran, das den Sinn für Ästhetik so stark anspricht, für mich zählte nur das bescheidene Geschäft des täglichen Lebens, sich sein Brot zu verdienen, anderen zu helfen, Lügner und Tyrannen zu bekämpfen. Das ist alles, Cato, und es ist genug.«

»Ja –«

»Weißt du, so richtig hab ich's dir nie gegeben – ich habe dir nie wirklich meine Ansichten und Gefühle über diese –«

»Du hast aber einige ganz schön drastische Dinge gesagt.«

»Nichts im Vergleich zu dem, was ich gern gesagt hätte. Ich hab gesehen, daß es keinen Sinn hatte, auf dich einzureden. Ich verabscheue diese verdammte Religion. In ihr steckt die Gerissenheit des Teufels. Wo sie gedeiht, tötet sie Ehrlichkeit, Vernunft und Freiheit.«

»Dad, ich bin todmüde, ich glaube, ich gehe jetzt schlafen.«

»Du bist immer noch halb verliebt in diesen gefährlichen Unsinn.«

»Es ist nicht alles Unsinn.«

»Na schön, dann geh wieder zurück, ich halte dich nicht auf. Ich dachte, du hättest dich entschieden.«

»Ich habe mich entschieden. Ich glaube nicht mehr an Gott, und damit hat sich's. Ich bin fertig mit der Sache. Nur sei bitte nicht böse mit mir und sprich nicht in diesem wütenden Ton mit mir. Ich bin froh, daß ich zu Hause bin, und ich bin froh, daß du froh bist.«

»Colette hat gesagt, ich hätte euch als Kinder tyrannisiert. Das stimmt doch nicht, oder?«

»Doch, ich glaub schon, aber wir haben dich geliebt, und die Liebe ist genauso wichtig wie die Wahrheit. Ich gehe jetzt schlafen. Gute Nacht, Dad.«

»Ich dachte, ich predige dir. Jetzt predigst du mir. Ich freue mich so sehr, daß du wieder da bist. Ja, ja, gute Nacht dann, schlaf gut. Ich werde ganz sicher gut schlafen. Ich habe das Gefühl, daß endlich Frieden im Haus ist. Gute Nacht.«

Cato ging nach oben in sein Zimmer, das Zimmer, das immer seines gewesen war, soweit er zurückdenken konnte. Die Lampen waren eingeschaltet. Colette hatte die Patchworkdecke auf dem schön gearbeiteten Bett aus heller Eiche zurückgeschlagen. Eine Wärmflasche lag bereit. In dem Zimmer herrschte eine eigenartige Stille, die Cato wie ein Luftzug aus seiner Kindheit traf, als pflegte das Zimmer noch vertraute Gemeinschaft mit dem Jungen, der hier geschlafen, Abend für Abend seine Bücher gelesen, sich so ruhig und geborgen gefühlt hatte, so glücklich gewesen war. Die hübschen kleinen Landschaftsbilder mit Hügeln, Häusern und Bäumen, die offensichtlich Phantasie waren und offensichtlich das Produkt unschuldiger und naiver Geister, hingen in ihren glänzenden, lackierten Rahmen immer noch an den Wänden. Auf der Kommode war eine Decke mit Folkloremuster in Blau und Braun ausgebreitet, auf der, sorgfältig angeordnet, die Bürste und der Kamm aus Elfenbein mit seinen Initialen lagen und daneben der silberne Handspiegel, der seiner Mutter gehört hatte. Sein Vater hatte von Frieden im Haus gesprochen, und es war Frieden hier, Cato spürte ihn rund um sich herum. Es war ein schlichter Friede, ein Friede der Wälder und Wiesen, nicht einmal heidnisch, uralt, schuldlos und einfach. Er spürte ihn, erkannte ihn, aber dieser Friede konnte bei ihm nicht einkehren, konnte sich nicht in ihm niederlassen, wie das einmal ein verlorener, entschwundener Friede getan hatte. ›Möge der Friede Gottes, der über alles Verständnis hinausreicht, eure Herzen und euren Geist im Wissen und in der Liebe Gottes bewahren …‹ Er setzte sich aufs Bett. Zeit verging.

Dann hörte er ein leises Geräusch, ein verstohlenes Geräusch, wie das Huschen einer Maus. Sein Blick wurde weit und wach, und er lauschte. Er hörte es wieder. Er überlegte, was es sein könnte, dann erkannte er, daß es das Geräusch unterdrückten

Schluchzens war. Colette lag nebenan und weinte. Cato stand auf und ging auf Zehenspitzen zur Tür.

Das Zimmer seines Vaters war am anderen Ende des Hauses, ein paar Stufen hinunter und wieder hinauf. Diese Seite hier war immer die Domäne der Kinder gewesen. Alte Erinnerungen wurden wach, als Cato auf besondere Art leise an Colettes Tür kratzte und sie dann lautlos öffnete.

»Colette – Liebes – was ist denn?«

»Mach das Licht nicht an.«

»Nein – was ist denn? Rück, ich will mich aufs Bett setzen.«

»Ich dachte, du schläfst – du mußt doch wahnsinnig müde sein – es tut mir so leid –«

»Kleiner Bär, mach dir keine Gedanken –«

»Großer Bär, ich bin so froh, daß du wieder da bist. Ach, ich bin so blöd, so blöd –«

»Ich auch. Warum bist *du* blöd?«

»Ich habe mich in jemanden verliebt – er liebt mich nicht – es war eine idiotische Idee – ich hab's irgendwie sogar mit Absicht getan – aber es tut so weh –«

»Jemand auf dem College, nehme ich an?«

»Na ja – jemand, den ich kennengelernt habe –«

»Aber es ist nichts?«

»Nein, nein, es ist Schluß, er heiratet eine andere.«

»Er war deiner bestimmt gar nicht wert.«

»Natürlich nicht, er ist ein ganz alberner Mensch, aber ich liebe ihn, ich liebe ihn mehr als alles andere auf der Welt, ich sehne mich nach ihm, den ganzen Tag, jede Minute, es ist so *blöd* –«

»Warst du mit ihm im Bett?«

»Wie ruhig du das sagst. Das kommt wohl vom Beichtehören. Nein, natürlich nicht. Ich bin noch Jungfrau. Ich warte, bis ich heirate – aber das werd ich nie, weil ich nur ihn will und keinen anderen – ich glaube, ich werde am besten doch Nonne – Ach, Cato, es ist so schade, daß du kein Priester mehr bist.«

»Dann teilst du Daddys Freude über das Ende dieser Verirrung nicht? Warum findest du es schade?«

»Es hat eine Art Ort geschaffen, ein Anderswo. Ich kann's nicht erklären. Nicht direkt wie was Magisches – aber was Kostbares und Heiliges – obwohl ich nicht geglaubt habe – ich wollte, du wärst dabei geblieben.«

»Ich wollte, es wäre mir möglich gewesen. Jetzt hör auf zu weinen und schlaf. Du weißt, du wirst über diesen Kerl hinwegkommen, du siehst ja sogar, daß er es nicht wert ist, sich seinetwegen zu grämen. Reiß dich zusammen, Colette.«

»Du hörst dich an wie Daddy.«

»Ja, wahrscheinlich werde ich ihm jetzt, wo ich nicht mehr in der Kirche bin, von Tag zu Tag ähnlicher werden. Es gibt Schlimmeres. Denk dran, wie froh und glücklich du in einer Welt voller Elend bist, und wie jung und frei in einer Welt voller Menschen, deren Leben ruiniert ist. Versuch einfach, die Freude einzulassen. Wir sprechen morgen darüber, wenn du möchtest. Jetzt schlaf. Denk an was Schönes. Schlaf.«

»›Denk an was Schönes‹. Daddy hat gesagt, daß Mami das immer gesagt hat.«

»Ja, ich erinnere mich.«

»Gib mir einen Segen. Ich weiß, du kannst das jetzt nicht mehr, aber gib mir irgendeinen Segen.«

»Möge der Geist der Liebe und der Wahrheit und des Friedens in deinem Herzen sein, jetzt und immerdar.«

»Das ist schön. Was ist das?«

»Hab ich mir eben ausgedacht. Wirst du jetzt schlafen?«

»Ja. Gute Nacht, Cato. Ich werde denken: Cato ist wieder zu Hause, und damit einschlafen.«

»Gute Nacht, kleiner Bär.«

Cato kehrte in sein Zimmer zurück und setzte sich wieder aufs Bett. Er dachte mit Teilnahme an Colette, dann mit Neid. Wie einfach. Wie rein ihr Schmerz war, und wie bald sie sich von ihm erholen würde. Sie würde einen guten Mann finden und in Pennwood leben und gesunde, gescheite Kinder großziehen, die Ärzte und Anwälte und Lehrer werden würden. Sie würde die zentralen Ziele der Menschheit verwirklichen, ein Vorbild der Schöpfung. Und in künftiger Zeit würde er stolz auf sie sein, froh für sie, und er würde sie in einem glücklichen Heim besuchen und neidisch, getröstet und traurig sein.

Die neue Welt, dachte er, das neue Leben, und wie traurig es doch ist. Wahrscheinlich sollte ich mich beglückwünschen, vielleicht werde ich später sogar auf *dies hier* als ein Paradies zurückblicken. Ich bin entkommen, ich bin ungeschoren einer dummen erotischen Verstrickung und einer großen intellektuellen Illusion entronnen. Ich bin zu Hause bei meinem guten Vater und meiner liebevollen Schwester. Ich habe sogar Arbeit. Aber wie wertlos das jetzt alles erscheint. Und in einer großen Leere sah er das Gesicht des Schönen Joe, der ihn durch diese blitzenden sechseckigen Brillengläser mit dieser trügerischen Miene unberührter kindlicher Unschuld anstrahlte, diesem bestrickenden, begehrenswerten, zugleich knaben- und mädchenhaften Zauber, dieser Lebenskraft, die ihr Licht auf alle Dinge zu werfen schien. Ich werde ihn nie wiedersehen, dachte Cato, das muß ich als Gewißheit in mir aufnehmen, vielleicht meine einzige Gewißheit und der Beginn meiner Wahrheit. Ich konnte ihm nicht helfen und vielleicht habe ich das immer gewußt; er hat mich ganz einfach völlig geblendet, er hat mich mit einem anmutigen, dämonischen Glanz besiegt. Er hat mich im schlimmsten Sinn zum Narren gehalten. Luzifer, der Lichtbringer. Und Cato erinnerte sich, wie er Joe einmal für ein Symbol des Zusammenbruchs in seinem Leben gehalten hatte, für eine bedeutsame Versuchung, ja sogar für einen Abgesandten des Teufels. Und er dachte, nein, das war nur ein tröstlicher Traum, ein letzter Versuch, etwas Sinn zu geben, was letztlich keinen hatte. Der Schöne Joe ist nur ein vorübergehender Bekannter, ein unbedeutender kleiner Galgenstrick, der ein schäbiges, unglückliches Gaunerleben führen und eines Tages, wenn ich irgendwo im Norden oder irgendwo in Amerika gerade einen Saal voll Studenten unterrichte, ins Gefängnis wandern wird; und ich werde es nie erfahren. Ich habe ihn geliebt, aber meine Liebe war Selbsttäuschung und Eitelkeit, sie besaß keine Bedeutung und keine rettende Kraft. Die Menschen können einander nicht helfen, sie können einander nicht einmal sehen, kein Mensch kann selbst durch höchste Liebe verändert oder gerettet werden. Während ich in einem Traum Joe anstarrte, wurde mir alles genommen, die hohen Bauten meines Glaubens wurden eingerissen: der dreifaltige Gott, der Sündenfall und die Erlösung, das Leben der zukünftigen Welt, *in saecula saeculorum.* Jetzt gibt es nur Sünde und Leiden und keinen Erlöser. Jesus war nicht der Sohn Gottes, er war nur ein Opfer, nur ein guter, kluger Mensch mit einem Wahn. Und so ist mein Leben klein und armselig und unvollkommen geworden, und ich muß neu anfangen, ohne Trost und ohne Zauber. Es ist das Ende der Geschichte, und was folgt, wird matt und glanzlos sein, und ich kann mich glücklich schätzen, daß es so ist und ich nicht verkrüppelt bin und nicht einmal für immer unglücklich sein werde.

TEIL 2

Der große Lehrmeister

Es ist ein sehr kleiner Brillant«, sagte Stephanie.

»Es ist ein sehr hübscher Ring«, sagte Henry. »Gefällt er dir nicht?«

»Es ist ein sehr mickriger kleiner Brillant.«

»Tja, was andres gibt's nicht. Du kannst froh sein, daß du überhaupt einen Brillanten bekommen hast.«

»Heutzutage kriegt jede Braut einen.«

»Okay, und du hast auch einen. Jetzt halt die Klappe.«

»Ich will mir noch ein paar Anziehsachen kaufen.«

»Du hast schon soviel Zeug gekauft, als müßtest du dich für einen großen Krieg eindecken. Das Gästezimmer ist mit Kleidern vollgestopft.«

»Aber ich brauche noch Sachen, ich brauch noch einen Mantel und –«

»Na schön, meinetwegen, aber dann ist Schluß.«

»Ein Busfahrer wäre großzügiger –«

»Was soll denn das heißen?«

»Nette normale Männer interessieren sich dafür, wie ihre Frauen angezogen sind, sie bringen Opfer, damit sie –«

»Ich interessiere mich sehr für deine Hüte.«

»Und du bist reich und willst nicht mal –«

»Ich bin nicht reich, das ist es doch gerade, ich will nicht genau dann anfangen, wie ein reicher Mann zu leben, wenn ich drauf und dran bin, arm zu werden.«

»Du hast gesagt, wir würden nicht arm werden.«

»Na schön, ärmer.«

»Ich möcht so gern schicke Kleider haben. Ich habe nie –«

»Ich takle doch meine Frau nicht auf wie eine Schickimaus.«

»Ich möchte in Laxlinden Hall wohnen.«

»Jetzt fang nicht wieder damit an.«

»Wenn du nur ein Jahr warten würdest, nur um zu sehen –«

»Ich kann nicht warten, es ist schon jetzt eine Qual, Stephanie, kannst du nicht begreifen –«

»Das kommt nur, weil du in Wirklichkeit gar nicht verkaufen willst, du willst in Wirklichkeit –«

»Aber natürlich will ich verkaufen. Ich kann dir gar nicht sagen, wie versessen ich drauf bin, das alles abzustoßen, in Stücke zu schlagen. Ich möchte es hinter mich bringen, dann können wir hier verschwinden. Ich möchte heim, nach Amerika, das ist mir wichtiger als alles andere.«

»Wichtiger als ich.«

»Mach nicht so ein Gesicht. Wir heiraten, und du kommst mit. Es ist doch so, Steph?«

»Ja«, sagte Stephanie. Sie starrte ihn an.

»Du überlegst es dir doch nicht anders, oder? Ich werde für dich sorgen, Amerika wird dir gefallen. Es ist ganz anders als diese gräßliche Insel –«

»Ich möchte aber in Laxlinden Hall leben.«

»Willst du mich unbedingt verrückt machen? Das ganze Gut kommt in ein paar Wochen auf den Markt. Wir brauchen nicht zu bleiben. Wenn ich alle Einzelheiten geregelt habe, überlasse ich es Merriman. Wir können uns davonmachen, über den Atlantik fliegen und frei sein. Wir werden Spaß haben, wenn wir verheiratet sind, Steph. Dafür werde ich sorgen. Wir werden eine Menge Spaß haben. Wir werden reisen, mein Gehalt ist nicht schlecht. Viel besser, als was ich hier als mittelmäßiger Schulmeister bekommen würde. Kopf hoch. Kannst du denn nie vergnügt und lustig sein? Du mußt jetzt meine kleine Spaßmacherin sein. Nun hör schon auf, so ein miesepetriges Gesicht zu machen, nur weil du das verdammte Haus nicht haben kannst. Soll ich mal einen Spiegel holen, damit du sehen kannst, wie du aussiehst?«

»Nein –«

»Weißt du noch, was ich gesagt habe, was ich tu, wenn du wieder zu heulen anfängst? Du liebst mich doch, oder?«

»Ja-ah.«

»Ach, hör schon auf. Du machst ein tyrannisches Ungeheuer aus mir, obwohl ich das gar nicht sein will. Du machst mich dazu.«

»Ich liebe dich wirklich«, sagte Stephanie und tupfte sich die Tränen mit einer Papierserviette weg. »Das ist ja das Komische dabei.«

»Schrecklich komisch – ja –«

»Aber es ist alles so seltsam, und ich hab solche Angst –«

»Wovor hast du Angst, um Gottes willen?«

»Ich hab nie jemanden gehabt. Ich hab nie ein richtiges Zuhause oder eine Familie gehabt, und jetzt, wo ich gerade gesehen habe, wie schön es hier sein könnte, willst du mich nach Amerika schleppen, wo wir keinen Menschen haben.«

»Du lieber Gott, willst du etwa bei meiner Mutter leben?«

»Ich mag sie. Ich hätte nichts dagegen.«

»O Gott!«

Es war Frühstückszeit. Vor einer halben Stunde hatten sie im Bett gelegen und sich geliebt. Jetzt hatte der gewohnte Streit angefangen. Machte das Streiten Henry Spaß? Er war sich nicht sicher. Er stand auf und ging zum Fenster und sah zur regennassen Kuppel von Harrods hinaus, die in der Sonne glänzte. Er hatte tatsächlich das Gefühl, daß er im Begriff war, sich gegen seinen Willen in einen Tyrannen zu verwandeln. Er hatte sich nie als tyrannisch gesehen. Immer war er derjenige gewesen, der tyrannisiert worden war. Russ und Bella hatten ihn die ganze Zeit tyrannisiert. Seine Studenten hatten ihn tyrannisiert. Sein Vater und seine Mutter und sein Bruder hatten ihn tyrannisiert. Hatte eine seltsame Leidenschaft für Stephanie, denn eine seltsame Leidenschaft war es, etwas mit ihrer einzigartigen Fähigkeit zu tun, sich tyrannisieren zu lassen? War es vielleicht das, was er immer gewollt hatte, jemanden, den er tyrannisieren konnte?

»Es ist schon eigenartig«, sagte er. »Du sagst, es sei komisch, daß du mich liebst. Ich finde es komisch, daß ich dich liebe. Du bist ganz anders als alle, die ich je gekannt habe.«

»Du bist auch ganz anders als alle, die ich je gekannt habe –«

»Ich weiß nicht mal viel von dir. Ich will nicht, daß du über Sandy sprichst. Und du willst nicht darüber sprechen, was vorher war.«

»Es war abscheulich –«

»Na ja, vielleicht redest du später mal. Oder vielleicht spielt es auch keine Rolle. Ich habe in Amerika mit Leuten zusammengelebt, die alles sagen, was ihnen durch den Kopf geht. Vielleicht ist eine schweigsame Beziehung bequemer.«

Henry musterte sie. Sie trug ein auffallendes, teures Negligé mit einem schwarz-goldenen Rautenmuster und einem Kragen, der ganz aus schwarzen Federn gearbeitet zu sein schien. Nach dem Aufstehen hatte sie sich sorgfältig geschminkt, gekonnter, sie lernte jeden Tag etwas dazu. Sie sah besser aus, älter, gepflegter. Die Linien zu beiden Seiten ihres Mundes wirkten weniger hart. Gutes Make-up, gutes Essen, Glück? War sie glücklich? War er es? Sie war ihm vom Schicksal bestimmt, unausweichlich; ob glücklich oder nicht, tat nichts zur Sache. Es gab keinen Zweifel, daß sie gegen Geld nichts einzuwenden hatte. Sie hatte innerhalb weniger Tage Hunderte von Pfund ausgegeben. Henry hatte Mitleid empfunden, Großzügigkeit, eine kindliche Freude an ihrer Freude, dann Verärgerung. Sie konnte nicht genug bekommen. Andererseits dachte er, sie solle sich ruhig für ihre Lebensreise als Mrs. Marshalson ausstaffieren. Er erinnerte sich, daß sie ihm erzählt hatte, Sandy habe sie als den Typ der *femme fatale* bezeichnet. Er fand, sie sei die sinnlichste Frau, der er je begegnet war, oder war er im Begriff, verrückt zu werden. Bella war natürlich auch sinnlich, aber sie war so intelligent und geschwätzig und hatte so eine durchdringende Stimme. Und die jungen Dinger waren alle mager gewesen, flachbusig und bebrillt. Er betrachtete die schweren Wangen, das starke, runde Kinn, den vollen Mund und die breiten Nasenflügel, den zarten Schimmer von Flaum auf der Oberlippe. Da war nichts Zerbrechliches, keinerlei intellektueller Anspruch, Gott sei Dank. Er sah in die großen, ängstlichen, feuchten Augen, ein Blau mit dunklen Streifen. »Du hast gestreifte Augen«, sagte er, nähertretend, zu ihr. Zu was für einem Gemälde Max dieses grobe, verdrossene Gesicht hätte machen können. »Hallo, Columbine.«

Stephanie, die seinen Blick verstand, lächelte. »Du hast deine Briefe noch gar nicht gelesen, Darling. Ein Telegramm ist auch dabei.« Ihre Stimme mit dem leichten Akzent war weich, angenehm unaufdringlich.

Er setzte sich an den Tisch, streckte den Arm aus und drückte seine Hand zwischen ihre großen Brüste. Sie lehnte sich gegen seine Hand und lächelte mit ihren aufgeworfenen Lippen. »Ich weiß, was in dem Telegramm steht, und die Briefe sind nicht wichtig.« Er seufzte, zog seine Hand zurück und schob seine Post zu sich heran. »Mach uns eine Tasse Kaffee, Steph.«

Es waren das Telegramm und drei Briefe. Einer davon war von Merriman, der zweite, den man ihm aus Laxlinden Hall nachgeschickt hatte, sah aus, als wäre er von Cato, der dritte, ebenfalls nachgesendet, war mit einer runden Kinderschrift adressiert worden und trug den Poststempel von Laxlinden. Henry wußte, von wem er war. Er riß das Telegramm auf. *Haben Deinen langen Brief erhalten. Stehen voll hinter Dir, Kumpel. Russell und Bella.*

»War es das, was du gedacht hast?«

»Ja«, sagte Henry. »Es ist von Freunden in Amerika. Sie freuen sich, daß ich dich heirate.«

»Aber sie kennen mich doch gar nicht.«

»Sie haben Intuition.«

»Darf ich mal sehen?«

Er reichte ihr das Telegramm und öffnete Merrimans Brief. Er war voll technischer Details über den Verkauf. Mrs. Fontenay wollte das Wäldchen kaufen, das an ihren Hof grenzte. Giles Gosling hatte mit der Gemeinde wegen der Erweiterung der Kanalisation Krach gehabt. Eine Mauer war eingestürzt. Henry überflog das alles nur. Alles schien jetzt bereits wunderbar irreal.

»Wer sind Russell und Bella?«

»Sie unterrichten an meiner Schule.«

»Schule? Ich dachte –«

»Am College. Sie sind großartige, warmherzige Menschen. Wir werden alle miteinander warmherzig sein.« Hastig öffnete er den nächsten Brief und las.

Mein lieber Henry,

Deine Antwort auf meinen Brief war kleinlich und gedankenlos. Ich bin kein Kind. Ich glaube, Du hältst mich dafür, nur weil ich noch Jungfrau bin. Ich glaube, Du verstehst mich überhaupt nicht. Bitte besuch mich und laß uns wenigstens über das alles reden. Ich kenne Dich seit Ewigkeiten, und ich liebe Dich so sehr. Ich fühle, ganz tief, so merkwürdig das auch ist, daß ich für Dich allein etwas Kostbares bin und nicht verlorengehen darf. Denk an mich. Verlier mich nicht aus reiner Unachtsamkeit. Ich bin mir so sicher. Ich bitte Dich, mich bald zu besuchen. Du wirst *mich heiraten, ja, ja, das wirst Du.*

Ganz die Deine
Colette

P. S.: Natürlich will ich das Haus, wer würde es nicht wollen, und ich möchte in der Kirche von Dimmerstone heiraten, nicht in Laxlinden.

Henry lachte und zerknüllte den Brief.

»Von wem ist der?«

»Von dieser übergeschnappten Kleinen.«

»Laß mich sehen.«

»Nichts als Schulmädchengesülze.«

»Zeig her.«

Henry reichte ihr den Brief und ging daran, den dritten zu öffnen. Er beobachtete Stephanie.

»Steph, jetzt –«

»Siehst du nicht, daß sie eine Hexe ist!«

»Sie ist ein Kind.«

»Sie ist so jung, und sie schreibt, daß sie noch Jungfrau ist.«

»Na und, ich hasse Jungfrauen.«

»Du besuchst sie doch nicht, oder?«

»Natürlich nicht, du Dummchen.«

»Sie hat dich verzaubert, du wirst zu ihr gehen müssen, sie schreibt, sie wird dich heiraten, sie schreibt, sie ist sicher –«

»Stephanie, sei still!«

»Du hast gelacht, weil du dich gefreut hast.«

»Ich hab gelacht, weil es lachhaft ist. Jetzt sei bitte mal leise, damit ich diesen Brief lesen kann. Ich habe heute morgen wahnsinnig viel zu erledigen. Geh du ruhig einkaufen, das scheint ja das einzige zu sein, was du kannst.«

Henry entfaltete den dritten Brief, der von Cato war. Er lautete folgendermaßen:

Lieber Henry,

Was ich Dir schreibe, wird Dir unglaublich erscheinen, aber bitte, bitte, glaube es und bitte, bitte, tu genau das, worum ich Dich bitte. Ich bin entführt worden. Ich bin in einem Haus in London gefangen, ich weiß nicht, wo. Ich war halb bewußtlos, als ich hierher gebracht wurde. Ich weiß auch nicht, wer mich entführt hat, irgendeine Bande, sehr schlimme und sehr entschlossene Leute, glaube ich. Ich bin ehrlich überzeugt davon, daß mein Leben in Gefahr ist. Sie verlangen schnellstens ein Lösegeld von hunderttausend Pfund in gebrauchten Scheinen. Wenn sie es nicht prompt bekommen, werden sie anfangen, mich zu zerstückeln. Bitte glaub es, Henry, und bitte hilf mir. Und hör zu, sag keinem Menschen etwas von der Sache. Schalte um Gottes willen nicht die Polizei oder irgendwelche anderen Leute ein, wenn Du mich je lebend wiedersehen willst. Diese Leute spaßen nicht. Wenn Du jemanden informierst oder die Sache verpfuschst, indem du jemandem was erzählst, werden sie Dich auch töten. Du sollst am nächsten Dienstag kommen, allein, und das Geld in einem Koffer mitbringen. Du sollst um ein Uhr morgens zum Missionshaus kommen und in dem kleinen Schuppen im Hof hinter dem Haus warten. Es kommt dann jemand zu Dir. Auf diese Weise solltest zu Zeit haben, das Geld aufzubringen. Wenn Du am Dienstag nicht kommen kannst, weil Dich etwa dieser Brief zu spät erreicht hat, dann komm am Mittwoch. Es wird jede Nacht um eins jemand da sein, bis du kommst – aber mit jedem Tag wird für mich die Gefahr, verstümmelt oder getötet zu werden, größer, mach also bitte schnell. Und wenn Du mein Leben retten willst und auch Dein eigenes, dann sage keinem Menschen etwas. Und bitte mach keinen Fehler. Es tut mir sehr leid.

Cato

Henry schlug das Herz bis zum Hals, und sein Gesicht war starr geworden. Er versuchte, seine Erregung zu verbergen, doch er wußte, wie verstört sein Blick war. Stephanie, die mit der Kaffeemaschine hantierte, sah ihn nicht an. Er hustete, stand auf und ging wieder zum Fenster.

»Was ist denn?« fragte Stephanie.

»Was meinst du, fängt es wieder zu regnen an?«

»Ach, das glaub ich nicht. Was war das für ein Brief?«

»Nur was Geschäftliches, wegen des Verkaufs.«

»Kann ich mal sehen?«

»Nein. Verheiratetsein heißt noch lange nicht, daß einer die Briefe des anderen liest, das sollte mal klargestellt werden. Das beiderseitige Recht auf Privatsphäre wird am besten schon ganz früh in einer Ehe eingeführt. Ich führe es hiermit ein.«

»Du bist ja ganz aus dem Häuschen. Es ist wegen diesem Mädchen.«

»Hör endlich auf, Steph. Ich dachte, du wolltest einkaufen gehen. Ich dachte, du wolltest einen Mantel kaufen.«

»Ich hab kein Geld. Ich möchte ein Bankkonto. Ich möchte ein Kreditkonto bei Harrods.«

»Paß auf. Ich geb dir einen Blankoscheck mit. Verlier ihn nicht. Und jetzt zisch ab, bitte.«

Nachdem Stephanie gegangen war, setzte sich Henry nieder und las zitternd und errötend vor Furcht den Brief noch einmal. Es war ein sehr sonderbarer Brief, sowohl vom Ton als auch vom Inhalt her. Würde Cato einen solchen Brief schreiben, könnte Cato es über sich bringen, einen solchen Brief zu schreiben? War der Brief überhaupt von Cato? Es sah aus wie seine Handschrift, wenn auch wie eine ziemliche krakelige Version davon. Henry überlegte, ob er irgendwo noch Catos letzten Brief hatte. Nach einigem Suchen fand er zwar nicht den Brief, jedoch den Umschlag zusammengeknüllt in einer Jackentasche. Es war beinahe mit Sicherheit Catos Schrift. Oder konnte es eine Fälschung sein? Ein Scherz? Ein Schwindel? Und plötzlich dachte er, heute ist Dienstag! Was soll ich tun, wie soll ich so schnell entscheiden, was zu tun ist? O Gott, wenn ich nur erfahren würde, daß Cato absolut gesund und wohlbehalten ist und dieser Brief nichts als ein gemeiner Schwindel.

Atemlos vor Nervosität ließ er sich von der Auskunft die Nummer von Pennwood geben und wählte.

»Hallo?«

»Hallo, Henry.«

»Sehr clever.«

»Ich habe deinen Anruf erwartet.«

»Wieso?«

»Hast du meinen Brief bekommen?«

»Ach, den.«

»Wir müssen uns sehen, Henry. Wann?«

»Colette, hör auf mit diesen Spielchen.«

»Nein, hör zu –«

»Ist Cato da?«

»Nein, er ist wieder in London.«

»Seit wann?«

»Ach, schon seit ein paar Tagen. Er war nur zwei Tage hier, Henry –«

»Wo ist er in London, in der Mission?«

»Nein, ich glaube, die ist geschlossen. Er ist vielleicht bei Pater Craddock, du weißt schon, er ist auf dem College –«

Henry legte auf. Er schlug die Nummer des College nach und sprach einen Augenblick später mit Brendan Craddock.

»Mein Name ist Marshalson. Ich bin ein Freund von Cato. Ich wollte wissen, ob er zufällig bei Ihnen wohnt.«

»Nein, leider nicht. Er ist spurlos verschwunden, ich weiß nicht, wo er ist.«

Als Henry aufgelegt hatte, läutete das Telefon gleich wieder.

»Henry –«

»Gib's auf, Colette.«

»Du hast einfach aufgelegt, das ist unverschämt.«

»Es ist unverschämt, Leute per Telefon zu belästigen. Woher kennst du überhaupt diese Nummer?«

»Ich habe unter A. Marshalson nachgeschaut.«

»Und woher weißt du, daß Sandy eine Wohnung in London hatte?«

»Bellamy hat's Daddy erzählt.«

»Verdammter Bellamy.«

»Henry, ist es wirklich wahr, daß du Laxlinden Hall verkaufen willst?«

»Ja.«

»Das darfst du nicht. Bitte – können wir nicht mal miteinander reden?«

»Nein.«

»Du hast Probleme, ich spür's, vergiß das mit dem Heiraten, laß mich dir nur helfen, du wolltest doch Cato um Hilfe bitten, laß es mich versuchen, ich würde alles tun –«

»Tschüs.«

Er wartete darauf, daß das Telefon wieder zu läuten anfing, aber es geschah nicht. Wahrscheinlich hatte Cato diesen Brief geschrieben, ich werde das Geld wohl besorgen müssen. Aber ich muß mit Merriman sprechen und ihm irgendeine Geschichte erzählen und Vollmachten unterschreiben, ich kann das ganze Geld unmöglich bis heute abend beschaffen, ich kann erst morgen abend gehen, o Gott, o Gott! Und bei dem Gedanken an diesen unheimlichen kleinen Schuppen im Hof wurde ihm ganz beklommen, und er stöhnte laut auf. Konnte er, sollte er die Polizei unterrichten? Nein, er durfte Catos Leben nicht aufs Spiel setzen und nicht sein eigenes. Die Welt hatte sich plötzlich völlig verändert. Bittere Angst saß ihm in der Kehle. Er dachte, ich kann das allein nicht aushalten, aber ich muß. Wenn ich nur mit jemandem reden könnte, mit jemandem, der mutig und stark ist, wie John Forbes oder meine Mutter.

»Wie fühlen Sie sich, Pater?«

»Grauenvoll«, sagte Cato.

»Wir haben uns schon gedacht, daß wir Ihnen vielleicht zuviel gegeben haben.«

»Zuviel wovon?«

»Von der Droge.«

»Gehirnschaden«, sagte Cato halblaut zu sich selbst.

»Können Sie sich aufsetzen?«

»Bitte, leuchte mir nicht ins Gesicht.«

Der Schöne Joe legte seine Hand über die Taschenlampe, und seine Finger wurden zu einer leuchtenden, durchscheinenden rosig-goldenen Blume, deren Licht schwach einen kleinen, fensterlosen Raum erhellte. Ein Keller? Er wirkte nicht wie ein Keller. Er war zu rechtwinklig, zu klar umrissen, ein kubischer Kasten, mehr wie eine Gefängniszelle; nur daß die Wände von oben bis unten mit irgendeinem dunklen Muster bedeckt waren. Eine Tapete?

»Können Sie sich aufsetzen?«

Kein Gedanke daran. »Ich weiß nicht.« Er hob den Blick zum Gesicht des Schönen Joe, starrte auf die blitzenden sechseckigen Brillengläser, die hier aussahen wie Teil der Ausrüstung eines Außerirdischen aus einem Science-fiction-Film, das seidige blonde Haar, so sauber gekämmt und gescheitelt, den ausdrucksvollen (ja, aber was drückte er aus?), leicht lächelnden Mund. Er versuchte, sich zu erinnern.

Nach zwei Tagen in Pennwood war er nach London zurückgekehrt, weil er den Schönen Joe einfach wiedersehen mußte. Er hatte keine Absicht, keinen Plan, außer wieder in der Nähe des Jungen zu sein. Er sagte sich, er habe zu schnell die Hoffnung aufgegeben. Er erzählte sich Geschichten, wie er Joe ›helfen‹, ihn doch noch wegbringen würde, wie irgendwie vielleicht doch noch alles gut werden würde. Er wußte, daß es Geschichten waren. Es konnten sogar wahre Geschichten sein; aber selbst das war unwichtig, beinahe belanglos im Vergleich zu dem einfachen Bedürfnis, Joe wiederzusehen: einem Bedürfnis, einzig und jenseitig in seiner Furchtbarkeit. Wenn er den Schönen Joe nicht wiedersah, würden die Mauern des Sein einstürzen; um sich selbst, um die Welt zu retten, mußte er dahin gehen, wo Joe war. Er hatte Kerzen gekauft. Daran erinnerte er sich deutlich, und wie symbolisch ihm die Handlung erschienen war. Er war zur Mission gegangen und hatte die Kerzen ins Fenster gestellt und angezündet und dort in der Nacht auf den Schönen Joe gewartet. Und wie eine prächtige Tigermotte war der Schöne Joe aus der Nacht zu ihm gekommen. In der Erinnerung meinte Cato, den glücklichsten Moment seines Lebens erlebt zu haben, als er diesen weichen, tappenden Schritt auf der Treppe gehört hatte, einen Moment absoluter Freude, die wie ein magischer Stein alles andere wert war, vielleicht alles andere wiedergutmachen konnte.

Was danach geschehen war, war weniger klar. Sie hatten gemeinsam etwas getrunken oder gegessen, und Cato hatte begonnen, sich sehr seltsam und wirr zu fühlen. Er konnte sich erinnern, Joe ins Gesicht geblickt und es durch eine unirdische Schönheit verklärt gesehen zu haben, als wäre Joe ein junger Heiliger, der in Herrlichkeit offenbart wurde, oder vielleicht ein guter Zauberer, irgendein altersloses Wesen, das im Gewand eines wunderbar schönen Jungen die Welt durchwanderte und Rettertaten vollbrachte. Dann waren sie zusammen spazierengegangen, und es war eine Freude gewesen. Der nächtliche Himmel über London glühte in einem rosigen Braun und war gesprenkelt mit fedrigen rosafarbenen Wölkchen, die die Erde erhellten. Sie waren, wie es schien, einen langen Weg gegangen; dann waren sie an einen finsteren Ort mit einer Treppe gelangt, und Cato war die Treppe hinuntergefallen. Danach erinnerte er sich vage an einen Flur, dann an plötzliche Schwärze und eine Tür, die er nicht öffnen konnte. Und er glaubte

Stimmen gehört zu haben, weit entfernt, Stimmen, die in einer fremden Sprache redeten, aber er konnte keine einzelnen Wörter ausmachen. Später war noch etwas dagewesen. Eine Kerze, zwei Kerzen, mit reglosen Flammen, die strahlten wie himmlisches Leuchtfeuer. Und er hatte einen Brief geschrieben. Es war sehr schwierig gewesen, diesen Brief zu schreiben, aber am Ende waren die Worte klar und leicht aufgegangen wie eine Patience.

Cato betrachtete Joes Hand, die in eine leuchtende Blume verwandelt war, das Fleisch durchscheinend und hell, hell wie die Nachtwolken über dem heiligen London.

»Tja, Joe«, sagte Cato, »nun sind wir also doch wieder zusammen.«

»Ja, Pater. Ich hab gewußt, daß es so kommen würde.«

»Ja, ich habe es auch gewußt.« Cato überlegte einen Moment. Er sagte: »Ich bin gestürzt.«

»Ja, Pater, Sie sind gestürzt und haben sich das Bein aufgeschlagen. Wie ist es jetzt?«

Cato verspürte, ziemlich weit weg, einen Schmerz, den er wahrgenommen hatte, ohne zu erkennen, was es war. »Es tut ein bißchen weh. Ich habe mir doch nicht das Bein gebrochen?«

»Nein, nein, Pater, es ist nur eine Schramme.«

»Ich habe Leute reden gehört, aber nicht in Englisch. In was für einer Sprache haben sie sich unterhalten?«

»Das braucht Sie nicht zu interessieren, Pater.«

»Joe, hast du mich mit einem Messer bedroht?«

»Ein Messer war da, Pater. Aber ich hab Sie nicht bedroht.«

»Ein Messer war da.« Das war wichtig. Es war einmal ein Revolver da gewesen, aber den hatte er in den Fluß geworfen.

»Ich habe einen Brief geschrieben«, sagte Cato. Er versuchte mühsam, sich aufzurichten. Er lag auf einem niedrigen Feldbett, das an der Wand in einer Ecke des Raums stand. Das Bett ächzte und wackelte. Unter seinem Kopf war ein Kissen, eine graue Decke lag über ihm. Er war in Hemd und Hose. Seine Füße waren nackt.

»Warten Sie, Pater, ich richte das Kissen.«

Cato setzte sich mit ausgestreckten Beinen unbeholfen auf und begann wieder umzusinken. »Ich habe einen Brief an Henry Marshalson geschrieben und Lösegeld verlangt.«

»Stimmt, Pater.«

»O Gott!« Cato blieb einen Moment schweigend liegen. Dann sagte er: »Ich muß aufstehen. Hilf mir.« Er stemmte sich erst mit den Ellbogen, dann mit den Händen in dem ächzenden Bett hoch. Er bewegte die Beine und beugte die Knie. Der Schmerz in seinem Bein wurde stärker, und ein plötzlicher Schmerz traf seinen Kopf wie ein heftiger Schlag. Er ließ seine Füße zum Boden hinunter und blieb, seinen Kopf in den Händen haltend, auf der Bettkante sitzen.

Joe nahm seine Finger von der Lampe und richtete den Strahl zum Boden. »Halten Sie still, ich zünd eine Kerze an.«

Cato starrte zu seinen nackten Füßen hinunter. Dann zog er sein Hosenbein hoch und inspizierte einen großen Bluterguß. Er betastete den Knochen. Er schien unversehrt zu sein.

Ein Streichholz wurde angerissen, und auf der anderen Seite des Raums flackerte eine Kerzenflamme und wurde größer. Das Licht tanzte, fiel herab. Joe hatte die Kerze auf den Boden unter einen Tisch gestellt, so daß sie nur begrenzt Licht spendete. Die Mauern waren in Dunkelheit gehüllt. Cato, der aufblickte, gewahrte zwei geschlossene Türen. Der Boden war mit dickem, robust wirkendem rotem Linoleum ausgelegt.

Cato versuchte aufzustehen und setzte sich abrupt wieder. Er nestelte an seiner Hose und stellte fest, daß sein Gürtel weg war und alle Knöpfe abgeschnitten worden waren. Er überdachte die Situation.

»Hast du diesen Brief abgeschickt?«

»Ja, Pater.« Der Schöne Joe saß auf dem Tisch und baumelte mit den Beinen, die pendelnden Schatten auf den roten Fußboden warfen.

»Ich möchte mit einem deiner Freunde sprechen«, sagte Cato. »Ich möchte, daß mir die Lage richtig erklärt wird.«

»Sie meinen, mit einem von *ihnen*?«

»Ja, mit einem von ihnen. Wer immer ›sie‹ sein mögen.«

»Die reden nicht mit Ihnen«, sagte Joe, immer noch mit den Beinen baumelnd. »Sie haben jetzt schon mein Gesicht gesehen. Da brauchen Sie nicht noch eins zu sehen.«

»Wir könnten im Dunkeln sprechen.«

»Nein, nein, Pater, das tun die nicht. Und das ist auch viel besser so. Ich soll auf Sie aufpassen, und bei mir sind Sie sicher. Das sind keine netten Leute, wissen Sie. Ich paß schon auf, daß Ihnen nichts passiert. Aber Sie müssen mir versprechen, daß Sie alles tun, was ich sage. Sie könnten mich nämlich auch in Schwierigkeiten bringen. Verstehen Sie?«

Cato dachte nach. Dann sagte er: »Oh, Joe, Joe, das Schlimmste ist geschehen. Was ich befürchtet habe, ist geschehen, du bist in den Händen der –«

»Psst, Pater –«

»Du bist also auch eine Art Gefangener –«

»Nein, bin ich nicht. Ich weiß, was ich tu. Ich bin frei, echt frei wie –«

»Frei! Wenn du –«

»Ich weiß, was ich tu. Ich hab Ihnen nur in Ihrem eigenen Interesse gesagt, daß Sie leise sein sollen.«

»Du hast mich mit einem Messer bedroht.«

»Messer müssen sein, Pater. Messer gibt's nun mal auf der Welt. Die Angst ist ein Messer. Schauen Sie!« Plötzlich zuckte ein Blitz. Cato sah eine lange glänzende Klinge. Joe bewegte die Klinge, hielt sie tief hinunter, so daß das Licht der Kerze sie voll traf. Dann knackte es, und die Klinge war weg.

»Hast du mit dem Ding schon mal jemanden verletzt?« fragte Cato.

»Ja. Ich hab einem Mann das Gesicht zerschnitten. Wenn ich ein Gesicht zerschneide, dann bleibt's zerschnitten. Sie haben mir vorher nicht geglaubt, stimmt's? Dauernd haben Sie mir gesagt, ich soll brav sein, und die ganze Zeit haben Sie gedacht, ich wär ja nur ein kleiner Junge und würd mich sowieso nicht wirklich was trauen. Sie haben die schlimmen Sachen nicht geglaubt, Pater, Sie haben gedacht, Sie täten's, aber Sie haben's nicht getan. Sie haben gar nicht gewußt, daß es echte

Schlechtigkeit gibt. Sie haben in einem schönen Traum gelebt, Sie haben die Welt nicht so gesehen, wie sie wirklich ist.«

»Hast du das Geld schon?« fragte Cato.

»Kümmern Sie sich nicht darum. Wir tun Ihrem Freund einen Gefallen. Er wollte doch sein Geld loswerden. Es war ja praktisch Ihre Idee, Sie haben dauernd von ihm geredet. Okay, wir lassen ihn bluten, und zwar richtig. Was Sie in dem Brief angegeben haben, war nur die erste Rate.«

»Er geht bestimmt zur Polizei.«

»Bestimmt nicht. Er weiß, mit wem er's zu tun hat. Er möchte, daß Sie am Leben bleiben, und er möchte selbst auch am Leben bleiben.«

»Ich nehme an, wenn ihr das Geld habt, werden deine Freunde mich beseitigen.«

»Ich paß auf Sie auf.«

»Ich glaube, *du* lebst in einem Traum, Joe.«

»Sie werden hinterher nichts verraten. Schon wegen Ihnen selbst nicht. Und wegen *mir* nicht. Und das wissen die. Das gehört zum Plan.«

»Ich verstehe – Nun, vielleicht würde ich um deinetwillen nichts sagen, aber ich sehe nicht ein, weshalb deine Freunde ein Risiko eingehen sollten. Joe, gibt es hier in der Nähe eine Toilette?«

»Da ist ein Eimer. Ich hab ihn extra besorgt. Gleich durch die Tür da.«

Cato stand auf und ging, seine Hose hochhaltend, zu der Tür hinüber. Er ging mit widerstrebenden Füßen, eingerollten Zehen. In dem engen Raum, der früher zweifellos eine Toilette gewesen war, zeigte sich im Licht von Joes Taschenlampe ein orangefarbener Plastikeimer, der auf dem Boden stand. Von den ursprünglichen Installationen war nichts geblieben als ein Stück Rohr, das vielleicht zu einem Waschbecken geführt hatte. Cato versuchte, sich zu erleichtern, stellte aber fest, daß es jetzt nicht ging. Er tappte zurück zum Bett und ließ sich schwer und schwindlig darauf niederfallen.

»Haben Sie Hunger?«

»Nein.« Cato meinte, er würde nie wieder Hunger verspüren. Und er dachte, alles, was ich hier esse, wird irgendwelche Drogen enthalten.

»Das kommt schon noch. Ich bring Ihnen später was. Jetzt muß ich gehen. Machen Sie keine Dummheiten, wenn Sie nicht fertiggemacht werden wollen. Da draußen ist ein Schwarzer, der nicht ganz richtig im Kopf ist. Ich sperr die Tür jetzt ab. Es sind noch mehr abgeschlossene Türen da, und es ist immer jemand in der Nähe. Das ist ein großes Haus hier. Am besten bleiben Sie still sitzen und halten den Mund. Es würde Sie sowieso keiner außer denen hören, wenn Sie schreien. Und die würden vielleicht wütend werden und reinkommen. Tun Sie nur, was ich Ihnen sage, dann paß ich schon auf Sie auf.«

»Ich bezweifle, daß du das kannst«, sagte Cato. Er legte sich wieder aufs Bett.

Das Kerzenlicht schwankte, dann erlosch es, und der Lampenstrahl traf Catos Gesicht. Er schloß die Augen. Das Licht entfernte sich, und Cato öffnete die Augen wieder. Der Schöne Joe schob einen Schlüssel in die Tür. Einen Moment lang sah Cato im Profil das feingeschnittene, intelligente Mädchengesicht, sehr konzentriert. Er fragte sich flüchtig, ob er aufspringen und zur Tür stürzen solle. Aber die Angst fesselte seine Beine, und er wußte, daß er es nicht konnte.

»Wiedersehen, Pater. Leise jetzt. Angenehme Träume.«

Die Tür ging auf und schloß sich wieder, er hörte, wie der Schlüssel umgedreht wurde. Undurchdringliche Schwärze machte sich im Raum breit. Cato setzte sich hastig auf, dann hielt er sich den Kopf. Er schnappte nach Luft, als ihm plötzlich flau wurde. Das Atmen fiel ihm schwer, als nähme ihm die Dunkelheit selbst die Luft, als wäre der Raum vollgestopft mit schwarzem Samt. Er dachte, ich darf nicht in Panik geraten. Mut. Das brauche ich jetzt. Mut. Ich hab welchen. Ich muß nur Gebrauch davon machen. Er atmete langsam und tief.

Nach einer Weile stand er auf und begann, seine Hose mit einer Hand festhaltend, zu gehen. Schon hatte die Dunkelheit ihn verwirrt, und er wußte nicht, wo die Tür war. Er stieß gegen das Bettende, dann fand er die Wand. Seine Hose fiel zu Boden. Er tastete wieder nach dem Bett, stieg aus dem herabgefallenen Hosenhäufchen und legte es aufs Bett. Es war kalt im Raum. Er legte seine Hand an die Wand und bewegte sich langsam vorwärts, bis er den Pfosten und den Spalt der Tür gefunden hatte. Er folgte mit den Fingern dem Türspalt, der oben etwas weiter wurde, aber nicht weit genug, um die Tür aufzuhebeln. Er schob sich dichter heran und lehnte sich an die Tür, während er mit den Händen geräuschlos das Holz abtastete. Er fand das Schlüsselloch und eine Metallklinke. Vorsichtig drückte er sie nach unten und zog behutsam. Abgeschlossen, natürlich. Zudem fühlte sich die Tür schwer und stabil an, nicht wie irgendein billiges Ding, dessen Füllung er mit einem Fußtritt hätte durchstoßen können, wenn er überhaupt den Mut dazu gehabt hätte. Und während er noch an die Tür gelehnt stand, überkam ihn plötzlich das unheimliche Gefühl, daß auf der anderen Seite auch jemand stand und lauschte. Seine Bewegungen belauschte. Hastig trat er zurück, rammte die Tischkante und blieb stehen. Ein, zwei Augenblicke später hörte er fernen Stimmenklang, dann ein Geräusch, als würde eine Tür zugeschlagen, danach Stille.

Cato hatte den Eindruck, schon einen weiten Weg zurückgelegt und lange dafür gebraucht zu haben. Sein Körper hatte sich keinerlei Gefühl für den ihn umschließenden Raum bewahrt. Er hatte den Tisch dort nicht erwartet und hatte keine Ahnung, wo sich das Bett befand. Er tastete die Tischplatte ab, danach, auf allen vieren, den Fußboden darunter, um festzustellen, ob Kerzen und Streichhölzer noch da waren, aber da war nichts. Er zog sich wieder hoch und stieß sich an der nächsten Wand den Kopf. Seine ausgestreckte Hand berührte die Tür zur Toilette. Er schlich um sie herum und untersuchte das Innere der Toilette genau. Gelegentlich berührte er eine weiche Erhebung, die unter seinem Finger sofort verschwand, vielleicht irgendein Insekt. Die Wände waren kalt, trocken, glatt, ohne Öffnung. Er kroch wieder hinaus, tappte weiter, mit seinen suchenden Händen eine weitere Wand berührend. Er schob sich daran entlang und stieß ans Bett. Er kniete nieder, um unter dem Bett alles abzutasten. Er tastete nach seinen Schuhen, aber die waren nicht da. Er stand auf und fand nach einigem Gefummel seine Hose, zog sie an und legte sich wieder nieder. Er lauschte und hörte anfangs nur seinen eigenen Atem. Dann meinte er ein schwaches, flüchtiges, fernes Rumpeln zu hören, vielleicht bloß ein Vibrieren. Eine Maschine? Die U-Bahn? Das ferne Geräusch war kein Trost. Es brachte ihm plötzlich zu Bewußtsein, daß er *irgendwo* in London versteckt und gefangen war, in irgendeinem phantastischen, vielleicht riesengroßen und labyrinthischen Versteck, in irgend jemandes schrecklichem Privatgefängnis. Wer immer diesen Raum gebaut hatte, hatte gründliche Arbeit geleistet. Ein fensterloser Raum, vielleicht schalldicht, und nirgends eine Ritze, in die man auch nur einen Finger schieben konnte.

Er starrte aufwärts in die dichte, erstickende Dunkelheit und bemühte sich, eine schreiende innere Angst zu beherrschen. Er dachte, wenn sie Henrys Geld haben, werden sie mich töten und den Schönen Joe auch. Er dachte, ich habe das Ende meines Weges erreicht, und niemand wird je erfahren, was aus mir geworden ist oder wie es am Ende war. Das einzige, was ich jetzt tun kann, meine einzige Pflicht, ist, an mir selbst festzuhalten, mir eine Art sinnloser Würde zu bewahren, etwas, das nur mit mir zu tun hat. Und er dachte, jetzt gibt es nur noch mich auf der Welt, mich und meine Beziehung zu mir.

Seine Gedanken begannen zu rotieren, als würde sich sein Verstand im Kreis drehen und große farbige Bilder auf den Schirm aus Dunkelheit werfen, und er sah mit äußerster Klarheit Brendan Craddock in seinem Morgenrock, wie er an der Wohnungstür saß und versuchte, ihn am Weggehen zu hindern. Er sah, wie in einer Vision, seinen Vater in seinem Arbeitszimmer in Pennwood sitzen und im Schein einer Lampe in Papieren blättern. Er hatte schreckliches Mitleid mit seinem Vater. Diese zwei Tage hatte er ihn so glücklich gemacht.

Es war finster in der Gasse. Henry stupste mit dem Fuß gegen das Hoftor; es ging mit einem lärmenden Ruck auf, der ihn zusammenfahren ließ. Gelähmt von Furcht und Angst und dem rasenden Flattern seines Herzens blieb Henry stehen. Nervös strich er mit dem Finger über den Koffer. Er hatte ihn mit einem Strick zusammengebunden, fürchtete aber trotzdem ständig, er würde irgendwie plötzlich aufspringen und Geldscheine speien. Es war still bis auf das Geräusch fernen Verkehrs. Er ging weiter, in den Hof hinein, unter seinen Füßen matschige Erde und Schutt. Langsam tappte er durch die Dunkelheit. Nirgends in der Reihe verlassener Häuser, die sich vor ihm vom rötlichen Londoner Himmel abhoben, war Licht.

Er konnte den Schuppen jetzt erkennen, die offene Tür ein dunkleres Dunkel. Es war kurz vor eins. Henry war so übel vor Angst, daß er meinte, er müßte sich womöglich übergeben. Er wagte nicht, den Koffer abzusetzen. Den ganzen Weg war er überzeugt gewesen, daß entweder die Polizei ihn aufhalten oder aber irgendein Verbrecher, der mit der ganzen Sache überhaupt nichts zu tun hatte, ihn ausrauben würde. Er hatte zwei Taxis genommen und war dann zu Fuß weitergegangen, ein Mann mit einem großen Koffer in der Hand, schuldig auf den ersten Blick. Aber niemand hatte ihn angesprochen, niemand hatte ihn aufgehalten.

Obwohl er verzweifelt Hilfe herbeisehnte und sein Leben nun als einen grauenhaften Alptraum empfand, hatte er keinem Menschen etwas gesagt. Er war mit Stephanie nach Laxlinden zurückgefahren und hatte ihre Verwirrung und ihre Angst ertragen. »Dir geht's um dieses Mädchen, diese Colette, du willst sie sehen.« Henry, den die Furcht mürrisch machte, war zu Trost nicht imstande. »Denk von mir aus, was du willst, du glaubst mir ja sowieso nicht, was ich sage.« Stephanie weinte auf der Fahrt, und er, nicht imstande, mit ihr zu sprechen, dachte beklommen: Ich habe die Verantwortung für sie übernommen, und ich werde sie glücklich machen – o Gott, wie schwierig und grauenvoll mein Leben geworden ist. Wie glücklich er noch vor wenigen Tagen gewesen war, als er sich eingebildet hatte, Probleme zu haben. In Laxlinden angekommen, zog Stephanie sich mit Kopfschmerzen auf ihr Zimmer zurück.

Es war natürlich unmöglich, seine Bedrücktheit vor seiner Mutter zu verbergen, doch Gerda, die Stephanies rotgeränderte Augen sah, schrieb sie einem Streit zu und stellte keine Fragen. Angesichts ihrer lebhaften, erfreuten Neugier konnte Henry nur mit den Zähnen knirschen. Er mußte sich mit Merriman treffen und diesen treuen und diskreten Diener unterrichten, daß heimlich und unverzüglich eine große Summe Geld in gebrauchten Banknoten herbeigeschafft werden mußte. Merriman, der offensichtlich höchst verwundert war, aber keinerlei Fragen stellte, machte sich mit Akkuratesse an die Arbeit. Er telefonierte, erklärte, legte Papiere vor. Henry machte nicht einmal den Versuch zu verstehen. Schließlich begriff er, daß das Geld morgen in London für ihn bereitliegen würde. Er kehrte ins Gutshaus zurück. Stephanie war immer noch oben und hatte gebeten, das Abendessen im Bett einnehmen zu dürfen. Henry ging zu ihr hinauf.

»Steph, Darling, was ist denn, bist du wirklich krank?«

»Das kommt nur von diesem Mädchen, sie macht das.«

»Ach, Unsinn! Stephanie, du mußt stark und tapfer sein und mir durchs Leben helfen. Ich habe auch Angst, verdammt noch mal, jede Kleinigkeit ängstigt mich! Wir müssen uns gegenseitig helfen, wenn du dich weiter so aufregst, bekommst du noch Fieber.«

»Kommst du heute nacht?«

»Nein, das geht hier nicht. Ich bin ja nicht weit weg. Ich denke an dich. Ich versuche, von dir zu träumen.«

»Ach, Darling - wir heiraten doch, nicht wahr?«

»Ja, und ich werde immer für dich sorgen. Nur reg dich bitte nicht sinnlos wegen nichts auf. Morgen fahren wir nach London zurück.«

Aber als der Morgen kam, wollte Stephanie nicht mitfahren, sie sagte, sie wolle in Laxlinden bleiben. Kraftlos vor Furcht vor dem Tag, der ihm bevorstand, erhob Henry keinen Einwand. Er sagte, er würde wiederkommen. Gerda übernahm das Kommando, befahl Stephanie, im Bett zu bleiben, holte ein Thermometer, sprach davon, einen Arzt anzurufen. Henry floh.

Die eigentliche Beschaffung des Geldes erwies sich dank Merrimans Bemühungen als einfacher, als Henry erwartet hatte. Was Henry tatsächlich abgeholt hatte und was nun in dem Koffer lag, waren nur zwanzigtausend Pfund. Diese bescheidenere Summe war das Ergebnis der paar taktischen Überlegungen, die Henry, gegen die lähmende Angst ankämpfend, am Morgen anzustellen imstande gewesen war. Es lag auf der Hand, daß er sich irgendwie, auf intelligente Weise, in eine Verhandlungsposition bringen mußte. Es wäre töricht, den gesamten Betrag auf einmal zu übergeben. Er mußte genug Geld mitbringen, um seine Ernsthaftigkeit zu beweisen, aber nicht so viel, daß seine weitere Kooperation uninteressant wurde. Er mußte Beweise dafür verlangen, daß Cato noch am Leben war. Er mußte darauf beharren, daß der Rest des Geldes erst bei Catos Freilassung übergeben werden würde. Aber wie sollte er mit solchen Leuten verhandeln, ihnen mit Nachdruck entgegentreten?

In Laxlinden Hall hatte Henry in seinem Papierkorb den zerrissenen früheren Brief Catos gefunden. An der Echtheit der Handschrift konnte es keinen Zweifel geben. Im Grund hatte Henry auch nie an der Echtheit des Lösegeldbriefs gezweifelt. Er mußte handeln. Und er dachte auch nicht ernsthaft daran, die Polizei zu alarmieren. Henrys furchtsame Phantasie hatte schnell erfaßt, was Catos Schreiben gebot. Er durfte nicht blind das Leben seines Freundes aufs Spiel setzen. Noch klarer war, daß er sich selbst nicht zu einem Leben in Angst vor irgendeiner schrecklichen Rache verurteilen durfte. In einer Weise, wie Henry es sich früher gar nicht hätte vorstellen können, hatte die Angst von seinem Leben Besitz ergriffen und machte ihn zu ihrem Sklaven.

Während er in der Finsternis stand und auf die stumme schwarze Öffnung der Schuppentür starrte, fand er es plötzlich wahnsinnig, nicht das ganze Geld mitgebracht zu haben. Ach, hätte er doch nur den ganzen Betrag mitgenommen, dann hätte er das Geld ohne Worte übergeben und danach mit dem Gefühl davongehen können, getan zu haben, was er konnte. Eine

Furcht, die wie Schuld war, würgte ihn, ein grauenhaftes Gewahrsein dieses Augenblicks am Abgrund einer unvorstellbar schrecklichen Zukunft. In diesem Moment war er vielleicht Zentimeter, Minuten vom Tod entfernt.

Er machte noch einen Schritt vorwärts. Die Stille füllte sich unerträglich mit Bedrohlichkeit. Stocksteif blieb er neben der schwarzen Türöffnung stehen und versuchte, etwas zu flüstern, konnte aber nicht sprechen. Er stieß einen leisen Laut aus. Dann schien ihm das Licht einer Taschenlampe ins Gesicht. Er ließ den Koffer fallen und griff sich mit den Händen an den Hals.

»Kommen Sie ins Haus«, sagte jemand ganz leise, beinahe unhörbar.

Henry bückte sich nach dem Koffer und fuhr zurück, als seine Hand unversehens einer anderen begegnete. Der Lichtstrahl zog schnell eine Linie über den Erdboden, dann erlosch er. Henry folgte der Linie, stolperte eine Stufe hinauf und trat durch eine Tür. Hinter ihm wurde die Tür geschlossen.

Die Taschenlampe flammte wieder auf, von einer Hand beschattet, so daß sie wenig Licht gab. Henry sah die Küche, die schwarzen geschlossenen Vorhänge, eine hochgewachsene Gestalt, die vor ihm stand.

Er erkannte den Schönen Joe. Er erkannte ihn an den sechseckigen Brillengläsern, dem weichen, feinen, mädchenhaften Haar, dem großen, schmalen, feingezeichneten Mund.

»Setzen Sie sich.«

Henry setzte sich.

»Und seien Sie leise, Mr. Marshalson. Ich habe eine Schußwaffe und ein Messer und einen ziemlich gewalttätigen und ungeduldigen Freund, der draußen wartet.« Das Lampenlicht blitzte kurz auf, als es auf eine Messerklinge fiel, und richtete sich dann auf den Koffer, der jetzt offen auf dem Tisch lag. »Sie haben das ganze Geld mitgebracht?«

Henry dachte, ich muß tapfer sein, wie andere Menschen es sind. Ach, warum bin ich hier hergekommen, warum bin ich nicht zur Polizei gegangen? Ich werde vor Angst nicht einmal sprechen können. Mit hoher, zitternder Stimme sagte er: »Nein – nur – zwanzigtausend –«

Der Lichtstrahl und eine langgliedrige Hand streiften über den Inhalt des Koffers. »Warum?«

»Ich konnte – konnte nicht – so schnell den ganzen – Betrag – ich verspreche –«

Es blieb still, während die flinke Hand schnell die Notenbündel sortierte. »Das ist sehr schlecht. Meine Leute mögen keine Verzögerungen. Sie wollen diese Sache abschließen. Sie müssen den Rest morgen bringen.«

Mit einer ungeheuren Anstrengung sagte Henry krächzend: »Ich kann nicht – ich brauche mehr Zeit, um es zu besorgen – ich bringe es am Donnerstag oder Freitag – ich schwöre – aber ich muß wissen, daß Cato – daß mit ihm alles in Ordnung ist – daß ihm nichts geschieht, wenn ich ...« Die Worte versandeten in Schweigen. Henry saß da und hielt sich mit überkreuzten Händen den Hals.

»Wir lassen Ihren Freund frei, wenn Sie das Geld bringen. Wenn Sie es nicht bringen, schicken wir Ihnen ein Pfand. Vielleicht das Ohr Ihres Freundes oder seine Finger. Aber Sie *werden* das Geld bringen. Sonst wird er nämlich leiden und sterben. Und Sie werden auch leiden und sterben. Und das sollen Sie wissen. Wenn Sie nicht spuren, kommen Sie auf die Liste, dann werden Sie zum Tod verurteilt. Ein Mann, der auf der Liste steht, lebt vielleicht noch einen Monat, ein Jahr, nicht länger. Wir geben Ihnen Zeit bis zum Freitag, hier, um dieselbe Zeit, da müssen Sie das restliche Geld bringen. Dann wird Ihr Freund freigelassen. Wir haben keine Angst, daß Sie reden. O nein, wir haben keine Angst. Bringen Sie nur das Geld, dann kommt alles in Ordnung. Wenn Sie es nicht tun oder auch nur ein Wort zu jemandem sagen, müssen Sie sterben und er auch. Sie können uns nicht entkommen. Ich gehe jetzt. Sie bleiben noch eine halbe Stunde hier. Mein Freund draußen bleibt und überwacht Sie, versuchen Sie also nicht, früher abzuhauen. Gute Nacht. Moment noch, ich muß Ihnen was geben. Geben Sie Ihre Hand her.«

Henry stand auf und hielt seine Hand über den Tisch. Der Raum war so dunkel, daß er den Eindruck hatte, Dunkelheit zu atmen, ja, er konnte das Stakkato seiner eigenen keuchenden Atemzüge hören. Er spürte, wie der Schöne Joe mit sanftem, festem Griff seine Hand umschloß und sie ein wenig verdrehte. Dann schoß ein brennender Schmerz unmittelbar hinter den Knöcheln quer über seinen Handrücken. Er spürte den raschen, qualvollen Ruck, als die scharfe Messerklinge über die Knochen fuhr.

Henry stieß ein lautes, ersticktes Wimmern aus und ließ sich auf den Stuhl fallen, den er dabei ein Stück nach hinten stieß, während er mit seiner gesunden Hand die verletzte umklammerte und an seine Brust drückte. Er hörte das Scharrgeräusch, als der Koffer vom Tisch gezogen wurde, dann das leise Öffnen und Schließen der Tür.

Henry blieb im Dunkeln sitzen. Tränen des Entsetzens, der Frustration, des Zorns und des Schmerzes stürzten ihm aus den Augen. Er konnte seine Uhr nicht erkennen. Zitternd saß er so fast eine Stunde lang da.

Gerda stand in ihrem blau-grün karierten langen Gewand reglos am Feuer in der Bibliothek. Während Henrys langer Abwesenheit hatten sie und Lucius den Raum wieder in Besitz genommen. Es war fast drei Uhr morgens. Henry war noch nicht zurück. Sie konnte sich jetzt nicht mehr genau erinnern, was er gesagt hatte. Aber sie hatte ihn so verstanden, daß er am selben Tag zurückkommen wollte. Auch Stephanie hatte das geglaubt und hatte, während sie ›ihre Krankes-Kind-Nummer abzog‹, wie Gerda es bei sich nannte, immer wieder nach ihm gefragt. Gerda gab ihr zwei Schlaftabletten, sah zu, wie sie sie nahm und sagte gute Nacht. Stephanie hatte kein Fieber.

Gerda hatte den Eindruck, daß Henry seine zukünftige Frau nicht verstand, ja überhaupt unfähig war, sie wahrzunehmen. Das war an sich nichts Ungewöhnliches und hieß nicht unbedingt, daß die Ehe scheitern würde. In dieser Hinsicht war Gerda recht aufgeschlossen. Konnte ja sein, daß Henry, der von seiner Mutter beherrscht wurde, eine Frau brauchte, die er beherrschen und für die er sorgen konnte. Wieviel Sorge Stephanie brauchen würde, war Henry noch nicht klar. Gerda hatte Mitleid mit Stephanie und vermutete, daß Mitleid, in Verbindung mit irgendeinem absonderlichen Gefühl bezüglich Stephanies Beziehung zu Sandy, zumindest der Ausgangspunkt von Henrys Interesse gewesen war. Aber Henry war ja selbst so sonderbar. Er wirkte auf Gerda wie die geballte, unerbittliche Destruktivität und Feindseligkeit. Sie hatte die Hoffnung aufgegeben, irgendeine Art der Verständigung mit ihm zu erreichen. Er war einfach dazu ausersehen, ihr Leben zu zerstören und dann für immer nach Amerika zu verschwinden.

Gerda hatte Mitleid mit Stephanie, Henry hatte Mitleid mit ihr gehabt, zweifellos auch Sandy. Gerda hatte mit ihr ein wenig über Sandy gesprochen, aber längst nicht mit der Vertraulichkeit, die Henry geargwöhnt und übelgenommen hatte. Sie hatte es nicht aus Neugier getan, sondern aus so etwas wie mitleidvollem Anstand. Stephanie und ihre Äußerungen weckten bei ihr keinerlei Neugier. Eher ein Schaudern. Diese Stimme konnte ihr nichts über den wahren Sandy erzählen, aber sie war imstande, etwas zu sagen, was sie für immer im Gedächtnis behalten würde. Schweigen war besser. Und Stephanie schien nach dem ersten Ausbruch über die Fotografien ebenso zu denken. Gerda, der Alternden, war klar, daß es auf der Welt Dinge gab, die sie niemals verstehen würde, und wie Sandy diese Frau hatte umarmen können, war eines davon. Gerda vermutete nüchtern, daß Sandy nicht allzu viel an ihr gelegen hatte. Sie hätte Sandy alles verziehen und hatte keine Mühe, ihm eine gewisse Herzlosigkeit in bezug auf Stephanie zu verzeihen. Sie meinte, weit über Stephanies Kopf, weit über allem, dem ruhigen Blick ihres ältesten Sohnes zu begegnen, und sie verstanden einander. Niemand wußte, niemand würde je wissen, wie vollkommen diese Beziehung gewesen war, obwohl er mit ihr kaum je über etwas anderes als Alltäglichkeiten gesprochen und ihr nichts über sein Leben gesagt hatte. Gerda, für die festgestanden hatte, daß er heiraten mußte, hatte auf eine ordentliche, anständige Schwiegertochter gehofft, vielleicht von einem eher langweiligen Schlag. Später hatte sie Sandy im Verdacht gehabt, homosexuell zu sein. Es spielte keine Rolle. Sie war mit Sandy, der nun auf ewig schwieg, in einer Harmonie verbunden, in der solche Dinge nicht zählten, so daß sie selbst der armen Stephanie gegenüber einigermaßen objektiv sein konnte.

»Ich frage mich, ob Henry sich da eine Geistesgestörte aufgehalst hat«, hatte Gerda etwas früher zu Lucius gesagt. »Aber nein, bestimmt nicht!« hatte der entsetzte Lucius erwidert. »Na ja, es ist seine Sache«, sagte Gerda. In Wirklichkeit sah sie Stephanie ja auch nicht so, aber sie sah mit Wut die Anzeichen einer Art von Schwäche. Burke, Sandy waren starke Persönlichkeiten gewesen. Sie selbst war eine starke Persönlichkeit. Wie seltsam es jetzt erschien, daß sie von dem heimkehrenden Henry erwartet hatte, daß er Schwäche zeigen würde. Er war so ein schwächlicher, kümmerlicher kleiner Junge gewesen. Vielleicht steckte der Wunsch, dieses Bild zu vernichten, hinter seiner jetzigen Aggression. Ihre wahrhaft Starken waren von ihr gegangen, und geblieben war ihr der treuergebene, schlappschwänzige Lucius. Mit John Forbes, einem zähen, vernünftigen Mann, den sie immer respektiert hatte, hatte sie gestritten. Und Henrys Stärke war mit einer, wie sie es immer mehr empfand, Bösartigkeit gegen sie gerichtet, die ihre eigene Seele mit Groll vergiftete.

Eines immerhin war rührend an Stephanie, und Gerda war gerührt, daß sie nämlich, vielleicht zu ihrer eigenen Überraschung, Gerda als Mutter angenommen hatte. Und Gerda hatte die Mutter gespielt. Natürlich fiel ihr das leichter, weil die Beziehung nur vorübergehender Natur war. Ganz gleich, ob die Ehe ›klappen‹ würde oder nicht, Stephanie würde verschwinden, sie würde anderswo sein mit Henry, in Amerika, fort. Gerda hatte Amerika abscheulich gefunden. Es erschien ihr primitiv, häßlich, vulgär, beängstigend und seltsam leer. Ganz gewiß würde sie nie wieder dorthin reisen. Sie war bereit, sich jetzt um Stephanie zu kümmern, aber körperlich schreckte sie vor ihr zurück. Die moralische Schwäche, die Gerda an ihrer zukünftigen Schwiegertochter wahrnahm, drückte sich körperlich aus. Stephanie hatte einen trägen, faulen Körper. Henry hatte sich eine Ehefrau aufgeladen, die bis mittags im Bett bleiben würde. Sie roch nach schwammigem Fleisch und billigen Kosmetika. Gerda gefiel weder ihre Einstellung noch ihre Unterwäsche. Sie argwöhnte, daß sie älter war, als sie Henry gegenüber zugegeben hatte. Sie witterte eine Art Gerissenheit wie eine physische Aura, die dieses jetzt so hilflose und erbärmliche Wesen umgab.

Gerda hatte schnell die Hoffnung aufgegeben, Stephanie dazu zu benutzen, Henry den Verkauf des Hauses auszureden. Stephanie konnte weinen, aber sie würde Henry niemals zu etwas überreden können. Henry war eine Naturgewalt. Gerda erinnerte sich mit kühlem Erstaunen, daß sie einmal insgeheim gehofft hatte, den heimgekehrten Henry zu zähmen, ihn dazu abzurichten, sie zu lieben, ihr in ihrem Verlust ein schattenhafter, schwacher Trost zu werden. Sie hatte, so schien es, irgendwie den Plan gehabt, Henry zu versöhnen; aber jetzt war klar, daß Henry unversöhnlich war, und folglich interessierte es sie nicht mehr, wen er heiratete. Sie wünschte nur noch, es wäre alles vorbei und die beiden wären weg. Das Zuhause, das sie liebte, war schon im Begriff, zerstört zu werden, und sie begann nolens volens sich von ihm loszusagen. Bellamy hatte vereinbart, für Mrs. Fontenay und John Forbes zu arbeiten. In wenigen Wochen würde das Haus zum Verkauf kommen.

Gerda bückte sich und legte noch ein Scheit auf das Feuer. Die nackte, des Gobelins beraubte Wand hinter ihr war wie eine eisige Öffnung in der Leere. Sie fröstelte. Sie war nicht aus Sorge aufgeblieben, um auf Henry zu warten, sondern aus einem zwanghaften Verlangen, ihr Leiden zur Schau zu stellen. Sie zog den Rock des blau-grünen Wollkleids von der Feuerstelle weg, wo der Saum Ascheflecken bekommen hatte. Sie schüttelte ihn aus. Sie dachte, sogar jetzt noch bin ich weit schöner als diese Frau, ich bin stark und rein. Aber was spielt das noch für eine Rolle? Aus den hohen Bäumen schrie eine

Eule mit wiederholtem, hohlem, flötendem Ruf. Die Tür öffnete sich leise, und die vogelköpfige Rhoda in ihrem dunkelblauen Kleid, das so sehr wie eine Tracht aussah und doch keine war, trat ein. Auf ihre Frage sagte Gerda, nein, sie wolle keinen Kaffee, auch nichts zu essen, gar nichts. Sie sagte Rhoda, sie solle zu Bett gehen. In ihrer entlassenden Geste, in der Gebärdensprache zweier Frauen, die viele Jahre unter einem Dach gelebt hatten, ohne je über etwas anderes zu sprechen als Haushaltsangelegenheiten, lag ihre Zuneigung zu Rhoda. Sie sah dem Mädchen flüchtig in die übergroßen Augen. Sie hatte Rhoda noch nicht gesagt, daß sie würde gehen müssen. Niemand hatte Rhoda irgend etwas gesagt. Gerda wußte nicht, ob Rhoda überhaupt wußte, daß das Haus verkauft werden sollte.

Nach einigen Minuten war von draußen ein Knarren zu hören, dann ein Tappen, und gleich darauf kam Lucius herein, gebeugt und im Morgenrock.

»Wieso bist du noch auf?«

»Gerda, Liebste, gräm dich doch nicht wegen dieses ungezogenen Jungen.«

»Ich hasse diese Ausdrücke, die du verwendest.«

»Das tut mir leid. Gräme dich nicht.«

»Ich gräme mich nicht.«

»Wie geht es denn der armen Stephanie, ist sie gut eingeschlafen?«

»Ja.«

»Glaubst du, daß sie wirklich krank ist?«

»Ich glaube, sie steigert sich in einen Nervenzusammenbruch hinein, aber das ist Henrys Problem.«

»Gerda, du darfst nicht gegen die Frau sein, weil Henry –«

»Glaubst du etwa, ich bin eifersüchtig?«

»Nun ja, es wäre verständlich –«

»Manchmal frage ich mich, ob du nur dumm bist oder nicht in Wirklichkeit rachsüchtig. Das alles ist so viel größer und bedeutsamer, als du dir anscheinend vorstellen kannst. Du hast eine ziemlich armselige Phantasie. Ich ›gräme‹ mich nicht wegen eines ›ungezogenen Jungen‹, ich bin nicht ›eifersüchtig‹

auf diese elende, neurotische kleine Person! Du begreifst rein gar nichts.«

»Wein doch nicht –«

»Ich weine nicht!«

»Gerda, verzeih mir, ich weiß, ich geh dir manchmal auf die Nerven, ich kann nichts richtig machen, aber ich liebe dich, du bist alles, was ich habe, wir werden in der Zukunft zusammensein, nicht wahr –«

Aus der Ferne war ein schwaches Geräusch zu hören, das Geräusch, auf das Gerda gewartet hatte.

»Da ist der Volvo. Es ist Henry. Geh zu Bett, Lucius.«

»Verzeih mir.«

»Ach, du dummer, *dummer* Mensch! Komm, geh jetzt!«

Lucius tappte davon. Langsam, schwerfällig ging er die Treppe hinauf zu seinem Zimmer. Sein Herz schmerzte auf so vertraute Weise, und eben diese Vertrautheit war eine Qual. Er hatte sich immer als einen Stümper, einen Leidenden, ein Opfer gesehen. Aber was für ein behagliches, behütetes Opferleben hatte er geführt. Gerdas Ironie, ihre kleinen täglichen Zurückweisungen hatten weh getan. Aber sie waren eingebettet gewesen in eine Art ewiger Geborgenheit, ihre immerwährende Toleranz und das Wissen, daß sie ihn, wenn auch mittlerweile weniger dringend, brauchte. Daß Gerda ihren letzten Verehrer tatsächlich brauchte, war für ihn der Freibrief gewesen. Jetzt aber, in der Krise, ging ihr Blick so leicht über ihn hinweg.

Er setzte sich an seinen Tisch und zog Papier und Füller zu sich heran.

Sie blickt in den Spiegel und sieht ihr Gesicht
Ich blicke in den Spiegel und sehe ihr Gesicht.
Ich blicke in den Spiegel und sehe – nichts.

Henry stürmte wie ein Wirbelwind zur Tür herein. Er schloß sie nicht laut, aber so heftig, daß das Schloß klirrte. In der Halle brannte Licht, und auf dem Weg zur Treppe sah er aus dem Augenwinkel seine Mutter an der Tür zur Bibliothek stehen. Er hätte sie einfach ignoriert und wäre weiter gestürmt, nach oben, hätte sie nicht mit leiser Stimme »Henry!« gesagt.

Er drehte sich herum, blieb einen Moment stehen, lief dann zur Bibliothekstür und ging an ihr vorbei ins Zimmer.

»Was willst du, Mutter? Es ist spät.«

Sie starrte ihn entsetzt an. »Du hast dich verletzt!«

»Ich?«

»Ja, dein Gesicht ist voller Blut.«

»Es ist nichts«, sagte Henry. »Ich hab mir die Fingerknöchel an einer Wand angeschlagen, und es hat ein bißchen geblutet. Ich habe mir wohl das Gesicht gerieben. Es ist nur eine kleine Schramme.«

»Zeig her. Wo bist du verletzt?«

Henry hatte seine verwundete Hand mit einem Taschentuch umwickelt. Er versteckte sie hinter seinem Rücken. »Nein.«

»Henry! Laß mich sehen.«

»Nein.«

Sie standen einander gegenüber, plötzlich in Rage.

»Henry –«

»Geh zu Bett, Mutter. Wie geht's Stephanie?«

»Ich nehme an, sie hat sich in den Schlaf geweint.«

»Warum hast du auf mich gewartet?«

»Ich habe nicht gewartet, ich habe nachgedacht –«

»Schön, dann überlaß ich dich deinen Gedanken.«

»Über das Haus in Dimmerstone.«

»Bist du rübergefahren und hast es dir angesehen, wie ich dich gebeten habe? Giles Gosling sagt –«

»Ich habe beschlossen, nicht dorthin zu ziehen.«

»Oh. Na schön.«

»Ich werde woanders leben. Nicht hier. In einer Wohnung.«

»Okay. Ich dachte, du wolltest einen Garten haben.«

»Ich bin zu alt für Gartenarbeit, wie du mir selbst gesagt hast. Ich habe mich entschieden –«

»Okay. Mach, was du willst. Gute Nacht.«

»Henry, du hast –«

»Ach, laß mich in Frieden!«

Er rannte zur Tür hinaus, und sie hörte ihn leichtfüßig die Treppe hinaufspringen.

Einen Moment blieb Gerda noch stehen und starrte die blasse, kahle, von Spinnweben überzogene Wand an. Dann schaltete sie die Lampen aus, und das Zimmer versank in Dunkelheit bis auf das zuckende goldene Licht des Feuers. Sie schob das Schutzgitter in die Asche hinein. Brennende Tränen der Wut und des Kummers flossen über ihre Wangen und fielen auf ihren Busen. Sie könnte sich vor seinen Augen zerfleischen, und es würde ihn völlig kalt lassen.

Oben in seinem Badezimmer starrte Henry sich im Spiegel an. Sein Gesicht war mit Blut verschmiert, sah beinahe aus wie gestreift. Er wandte sich ab, um seine Hand zu untersuchen. Das Taschentuch klebte steif und dunkel vom Blut an der Wunde. Die ganze Hand war bis zum Handgelenk geschwollen, heiß und pochte heftig. Eine Bahn des Schmerzes zog sich über sie hin, eines heftigen, bohrenden Schmerzes, als hätte man Nägel durch seine Handfläche getrieben. Hilflos hielt Henry seine Hand unter den Wasserhahn. Heißes Wasser ergoß sich sprudelnd über sie, und der Schmerz stach zu und raste seinen Arm hinauf bis in die Achselhöhle. Er drehte den Hahn zu, setzte sich auf den Rand der Wanne und begann vergeblich an dem Taschentuch zu zupfen. Es klebte fest, und das Zupfen rief nur stärkeren Schmerz hervor. Was sollte er tun? In diesem Zustand konnte er nicht zu Bett gehen. Er mußte einen Arzt finden, sich versorgen lassen, Linderung verschaffen, behandelt werden. Er erwog, zu Stephanie zu gehen, aber die würde schlafen, und außerdem wäre sie nur entsetzt. Sie würde sich angesichts seines Elends nur selbst bemitleiden.

Unbequem hockte Henry auf der Wannenkante im grellen Licht, hielt seine Hand und fragte sich, was nun mit ihm geschehen würde. Hatte er in der Sache überhaupt eine Wahl gehabt, hatte er gewählt? Natürlich mußte er versuchen, Cato das Leben zu retten, aber tat er das denn? Er hätte den Brief nicht ignorieren, hätte es nicht unterlassen können, zu dem Stelldichein zu gehen. Jetzt trug er für immer den Gedanken im Kopf, ›auf der Liste zu stehen‹, die Vorstellung, daß er, wenn er Verrat beging oder auch nur versagte, den Rest seines Lebens vor jedem fremden Menschen, vor jedem unerwarteten Geräusch Angst haben würde. Nach Amerika davonzulaufen würde nichts helfen, diese Leute waren überall. Die Angst war in sein Leben eingedrungen und würde ihn von nun an immer begleiten. Wie leicht war es doch für Gewalttäter, zu siegen. Die Angst war unwiderstehlich, die Angst war König, und er hatte davon im Grunde nie eine Ahnung gehabt, als er noch frei von ihr und ohne sie gelebt hatte. Selbst irrationale Angst konnte einen Menschen für immer lähmen. Vielleicht war sogar die irrationale Angst die schlimmste von allen. Wie sollte er hier kalkulieren, wie sich innerlich schützen? Wenn er zur Polizei ginge, würde er vielleicht überleben, aber er würde niemals Gewißheit haben, niemals sicher sein, niemals aufhören, auf den Schlag zu warten. Wie gut er jetzt begreifen konnte, wie Diktatoren groß werden konnten. Das kleine Körnchen Angst in jedem einzelnen Leben reichte aus, um Millionen zum Schweigen zu bringen. Und er erinnerte sich eines Bildes von Max, auf dem ein gutmütig und geschäftsmäßig wirkender Folterer einem schreienden, halb erdrosselten Opfer den Arm umdreht, während eine Gestalt, die Lenin ähnelt, still die Jalousie vor der Nacht herunterzieht. So war es im wesentlichen, im Grunde, am Ende.

Aber was, dachte er, wird geschehen, was werden sie mit dem armen Cato machen? Wenn sie das Geld bekommen, werden sie ihn dann freilassen? Werden sie ihn nicht eher töten? Mit Verzweiflung wurde Henry klar, daß er über diesen Punkt in der Argumentation schon hinaus war. Keine Überlegung und keine Handlung Henrys konnte, ganz gleich, wie er es drehte und wendete, Catos Schicksal in dieser oder jener Richtung beeinflussen. Aber hatte er sich nicht eben deswegen auf diese schrecklichen Machenschaften eingelassen? Nun war er selbst gefangen. Und als Henry sich des von der Taschenlampe angestrahlten Profils des hübschen Jungen erinnerte, erfaßte ihn ein gewaltiger vorwurfsvoller Zorn gegen Cato, der sich so blind zum Opfer dieser bösartigen kleinen Ratte gemacht hatte, dem Sklaven zweifellos anderer Ratten. Ja, ich bin gefangen, dachte er, während er seine schmerzpochende, zerschnittene Hand hielt. Ich werde ihnen das Geld bringen, es bleibt mir gar nichts andres über. Aber warum sollten sie da Schluß machen? Sie werden mehr verlangen, und am Ende werden sie alles verlangen, alles, was ich besitze, alles, was meine Mutter besitzt. Und ich werde es ihnen geben, einfach weil ich Angst habe.

DIE FINSTERNIS WAR UNDURCHDRINGLICH. CATOS AUGEN HATTEN sich nicht an sie ›gewöhnt‹. Vielmehr waren sie von ihr gefüllt und durchspült worden, so daß es schließlich so war, als besäßen sie keine Fähigkeit mehr, Licht aufzunehmen. Er hielt die Augen offen, während er in der Dunkelheit umhertappte, aber mehr aus Gewohnheit, nicht weil sie ihm irgendeine vernünftige Hilfe waren. Andere Sinne jedoch waren hilfreicher geworden, und er hatte jetzt eine ziemlich genaue Vorstellung von seiner Umgebung. Über lange Perioden hinweg hatte er nur gehorcht und noch zweimal die fremden Stimmen gehört, ein Gemurmel, als fände hinter geschlossenen Türen mehrere Zimmer entfernt eine Besprechung statt. Er hatte, obwohl er keine einzelnen Wörter hatte ausmachen können, immer noch den Eindruck, daß die Stimmen nicht englisch sprachen. Abgesehen davon war nichts zu hören gewesen außer dem sehr schwachen Geräusch oder Vibrieren, von dem er glaubte, daß es von der U-Bahn kam, und einem sogar noch leiseren Geräusch, das er, wie ihm schien, erst wahrzunehmen begonnen hatte, nachdem sein Gehör in der Dunkelheit schärfer geworden war. Es war dies ein feines Scharren, als würde irgendwo sehr weit entfernt gegraben. Eine sehr weit entfernte Planierraupe, die die Erde erschütterte?

Cato hatte jedes Zeitgefühl verloren. Irgendwann hatte er sich auf dem Bett niedergelegt und mit der Decke zugedeckt, weil er meinte, es sei besser sich Ruhe zu gönnen, da er ja sonst nichts tun konnte; keinen Moment hatte er geglaubt, er würde schlafen können. Doch er hatte geschlafen und wußte beim Erwachen nicht, ob nur ein paar Minuten oder Stunden. Und er hatte seitdem wieder geschlafen, vielleicht infolge der Droge oder irgendeiner Wirkung der Dunkelheit, die seinen

Geist zu trüben und ihm alles Gefühl für sich selbst zu rauben schien. Ihm war nie vorher klar gewesen, wie notwendig die Sinne für das ganze Geschäft des Denkens sind. In immerwährende Finsternis gestürzt, fühlte er sich sonderbar verwirrt und mußte sich anstrengen, um selbst bei den gewöhnlichsten Gedankengängen nicht in Phantasien abzuschweifen. Es war nicht unbedingt so, als würde man verrückt, es war mehr wie ein sachter Verfall eines verzweigten Gedankengebildes, das niemals, wie es jetzt schien, viel Zusammenhalt gehabt hatte und nun lautlos davonglitt in die Dunkelheit, in einen blinden Nebel sich lockernder und auflösender Verbindungen.

Als Cato sich der befremdlichen Möglichkeit einer solchen Auflösung bewußt wurde, versuchte er sie mit äußerster Willensanstrengung zu verhindern. Er hatte den Eindruck, nie zuvor seinen eigenen Willen so positiv *erfahren* zu haben. Und es wirkte bis zu einem gewissen Grad. Sein Tastsinn wurde ihm zu einer Art Rettungsanker. Immer von neuem erforschte er in der Dunkelheit sein Quartier, indem er die Wände hinauf und hinunter, den Boden kreuz und quer abtastete. Seine Zelle schien so abweisend glatt zu sein wie eine Kammer aus geschliffenem Stein. Die einzige Unregelmäßigkeit oder das einzig Interessante, und Catos Finger verweilten dort, war das Metallrohr in der Toilette, das etwas weiter reichte, als er bei seiner ersten Inspektion bemerkt hatte. Das Rohr trat aus der glatten, fugenlosen Wand, lief ein Stück daran entlang und teilte sich dann an einem Verbindungsstück in zwei. Der eine Abschnitt führte abwärts und endete kurz über dem Fußboden. Das andere Rohr führte in gleicher Richtung weiter, stieg an einem weiteren Verbindungsstück plötzlich aufwärts und endete, verbogen und abgebrochen, zwei Handbreit weiter oben. Während Cato dieses verbogene Rohrstück betastete, überlegte er sich, daß er, wenn es ihm irgendwie gelänge, dieses letzte Stück Rohr abzumontieren, ein nützliches Werkzeug zur Hand hätte. Er dachte nicht an eine Waffe. Er hatte keine klare Vorstellung davon, was er mit so einem Werkzeug anfangen würde, aber es würde sich vielleicht lohnen, es zur Hand zu haben. Die Idee, per Klopfzeichen über das aus der Wand tretende Rohr eine SOS-Botschaft zu schicken, war ihm schon früher gekommen, aber das Klopfen mit bloßen Händen gab keine Resonanz. Rohre führten schließlich irgendwohin, und wenn er Metall auf Metall schlagen konnte, würden die Schwingungen sich vielleicht weit fortpflanzen. Oder er könnte dieses Werkzeug vielleicht irgendwann dazu benützen, die Tür aufzustemmen. Im Moment jedoch zog das verbogene Stück Rohr, die einzige Besonderheit in diesem Raum, Catos Aufmerksamkeit vor allem deshalb auf sich, weil das Herumbasteln daran eine Beschäftigung war, ein Schutz vor Angst und Schrecken.

Er hatte schon versucht, es abzubrechen, aber das hatte sich als unmöglich erwiesen. Seine Arme waren kraftlos, und bei seinen fruchtlosen Anstrengungen begann sein Kopf derart zu schmerzen, daß er schließlich schwindlig gegen die Wand taumelte. Er berührte das Verbindungsstück ganz zart, um festzustellen, ob es angeschraubt war, doch seine Fingerspitzen übermittelten, so dringlich befragt, widersprüchliche Botschaften und verloren dann alles Empfinden. Er rüttelte an dem Stück Rohr, versuchte, es zu drehen, wußte aber nicht mehr, ob er es, wenn es wirklich angeschraubt war, nicht fester drehte, anstatt es zu lockern. In welcher Richtung drehte man Schrauben zu? Ohne die Möglichkeit, etwas zu sehen, war ihm dieses intuitive Wissen verlorengegangen. Nach einer Weile gab er auf und tappte erschöpft zurück zu seinem Bett und zum Jammer der Reue und der Todesangst.

Nachdem er sich aufs Bett gesetzt hatte, tastete er nach seiner Hose und zog sie wieder an. Da er keine Möglichkeit gefunden hatte, sie irgendwie am Herabfallen zu hindern, mußte er sie jedesmal ausziehen, wenn er auf Erkundung ging. Zum hundertstenmal durchsuchte er die leeren Taschen und strich dann mit den Händen automatisch beide Hosenbeine hinunter. Seine Finger berührten die Aufschläge, seine Fingernägel trafen auf Flusen und Staub unter den Aufschlägen. Aber da war plötzlich etwas andres. Mit aufgeregten, empfindsamen Fingern berührte er etwas, hielt es fest, ergriff es. Ein Streichholz. Das

Streichholz fest in der einen Hand haltend, suchte er rasch nach weiteren. Nein. Nur das eine. Aber immerhin, ein Streichholz. War es eines von der Art, die man auch ohne die Reibfläche an der Schachtel anreißen konnte? Wenn ja, wie konnte er es verwenden? Sollte er es für irgendeine zukünftige Gelegenheit aufheben, oder sollte er es jetzt benutzen, um das Rätsel des Rohrs in der Toilette zu lösen? Nach kurzer Überlegung stand er wieder auf und stieg, das Streichholz fest in der Hand, aus seiner Hose. Einen Moment blieb er stehen und lauschte, dann ging er zu dem unsichtbaren Rohr zurück und stieß den nun stinkenden Eimer mit dem Fuß beiseite. Er suchte das verbogene Rohrstück und begann dann, die Wand darüber abzutasten. Sie war abschreckend glatt, aber schließlich entdeckte er ein Fleckchen, das ein ganz klein wenig rauh und körnig war. Nach einem kurzen Zögern und mit heftigem Herzklopfen zog er das kostbare Streichholz mit festem Strich über die Wand.

Das plötzliche, helle Licht tat im ersten Moment fast weh, und er kniff die Augen zu und hätte beinahe das Streichholz fallen lassen. Als er die Augen wieder öffnete, hatte er den Eindruck, vor einem sonderbaren Bild zu stehen. Die Wand dicht vor ihm war in einem dunklen, aber leuchtenden Grün gestrichen, und Cato war, als hätte er nie in seinem Leben eine so herrliche Farbe gesehen. Dann entdeckte er, daß die Wand nicht einfarbig war, sondern mit einem eigenartigen Muster bedeckt, das er schon zuvor, im Licht der Kerze, bemerkt hatte, und außerdem unregelmäßig mit merkwürdigen rosaroten Flekken gesprenkelt. Cato, dessen Augen sich noch bemühten, das Bild aufzunehmen, das sie plötzlich vor sich hatten, merkte auf einmal, daß er *las*. Er las einen Namen, ›Jeff Mitchell‹, und ein Datum. Er sah eine primitive Zeichnung. Weitere Namen. ›Tommy Hicks‹, ›Peter der Wolf‹. Weitere Daten. ›15. Juli 1942‹. ›3. 8. 43‹. ›20. Januar 1940‹. ›17. April 1944‹. 11. 4. 41‹. Die ganze Wand war mit Namen und Daten bedeckt.

Das Streichholz verbrannte Cato die Finger, und er ließ es fallen, aber als es schon fiel, blickte er hastig abwärts und sah das Rohr und verstand, was seine Finger nicht verstanden hatten. Das Rohr war in das Verbindungsstück eingeschraubt, und er wußte sofort, in welche Richtung er drehen mußte. Einen Moment lehnte er sich tiefatmend an die Wand. Dann umfaßte er das Rohr und versuchte, es zu drehen. Im Licht des Streichholzes hatte er noch mindestens zwei weitere Dinge erkannt. Seine Zelle war Teil eines alten Luftschutzbunkers. Es gab viele solcher unterirdischer Anlagen, unter Regierungsgebäuden oder Gebäuden, in denen einmal Büros gewesen waren und von denen manche während des Krieges verschwunden waren. Er konnte sich praktisch überall in der Londoner Innenstadt befinden, in irgendeinem verschütteten, verlassenen, vielverzweigten Schacht, von dem kein Mensch mehr wußte, wo der Eingang war. Er hatte von solchen Anlagen gelesen. Und noch ein zweites Rätsel hatte er im kurz aufflammenden, lebhaften Lichtschein lösen können, er wußte jetzt, woher das Geräusch kam, das dem einer fernen Planierraupe ähnlich war. Es war das Krabbeln Hunderter rosaroter Käfer, etwas größerer Verwandter jener Insekten, die in der Küche der Mission gehaust hatten. Er streckte schaudernd seine Arme aus und schien sie jetzt überall zu spüren, auf seinem Bett, auf seinem Hemd, auf seinen nackten Armen.

Er durfte nicht klein beigeben, er mußte Initiativen ergreifen und versuchen, sich zu retten. Die Pflicht eines Soldaten, wenn er gefangengenommen wurde, war zu fliehen. Aber es schien alles so hoffnungslos. Wenn er sich tatsächlich in einem Luftschutzbunker befand, würde das Rohr, über das er seine Klopfzeichen hatte senden wollen, nirgendwohin führen, nicht zu einem benachbarten Haus noch sonst zu einem rettenden Ort. Er würde versuchen, sein ›Werkzeug‹ abzuschrauben, weil ihm das etwas zu tun gab. Aber er hatte keinen Plan und keine Aussicht auf Entkommen, er war so gut wie begraben. Niemand würde ihn vermissen oder nach ihm suchen. Sein Vater würde über sein Verschwinden trauern, würde aber in arrogantem Stolz niemals nach ihm suchen, sondern einfach annehmen, er wäre zu seinen ›religiösen Freunden‹ zurückgekehrt. Colette würde unruhig werden, aber sie würde nichts unternehmen. Was würde Henry tun? Würde er auf diesen Brief hin zur Polizei gehen? Nein. War Henry leicht einzuschüchtern? Ja. Ach, hätte ich doch nur diesen Brief nicht geschrieben, dachte Cato, in der Finsternis liegend. Das war etwas so Unehrenhaftes, Furchtbares. Ich werde keine Briefe mehr für diese Leute schreiben. Ich hätte diesen nicht geschrieben, wenn ich nicht so benommen gewesen wäre. Ich darf mich von ihnen nicht unter Drogen setzen lassen.

Vor einiger Zeit (vor Stunden?) war der Schöne Joe mit Essen gekommen. Er war nur einen Moment geblieben, gerade lang genug, um das Essen auf den Tisch zu stellen, und war dann im Lichtschein seiner Taschenlampe verschwunden. Joe hatte erregt gewirkt, nervös, zornig oder erschrocken. Cato dachte ergebnislos über dieses Geheimnis nach. Das Essen, das er ertastete, bestand aus einem Pappbecher mit Wasser, zwei Scheiben Brot und irgendeinem zu Brei zerdrückten Fisch, den man auf ein Stück Papier gegeben hatte. Er war sehr hungrig. Er sagte sich, wenn dem Essen ein Betäubungsmittel beigemischt sei, müsse es im Fisch sein. Er aß das Brot und trank das Wasser und warf den Fisch mit einigem Widerstreben in den Eimer. Er fühlte sich jetzt schwach und ausgehungert, aber er hatte einen klaren Kopf. Doch was erhoffte er, damit zu erreichen, daß er seine fünf Sinne beisammenhielt? Bildete er sich allen Ernstes ein, er würde, selbst wenn er es körperlich schaffen könnte, den Mut aufbringen, durch die Tür zu stürmen, in diese schrecklichen Räume dahinter, wo er wie eine Ratte auf der Flucht getötet werden würde?

Seine Augen brannten immer noch vom Schock der plötzlichen Helligkeit, und während er im Finstern dalag, schwamm ihm der Kopf von Bildern. Immer wieder, als wäre sie seinen Augen für immer aufgedrückt, sah er die grüne Wand mit den Namen und den Daten aus der Kriegszeit und die großen rosafarbenen Käfer, die leise umherkrabbelten. Er sah Colette in ihrem grünen Overall und den Garten in Pennwood. Er sah seine Mutter, eine beinahe imaginäre Gestalt, aus nun unzugänglichen Erinnerungen zusammengesetzt. Er sah Pater Milsom, wie er die Messe hielt, und Brendans spanisches Kruzifix. Irgendwo schien er, in Form eines riesigen schwarzen Höckers, seinen eigenen Tod zu sehen, und die Todesangst drehte und wälzte sich in ihm mit einer Qual, die wie das wimmernde, schluchzende Elend eines Kindes war. Er stellte sich das Gesicht Christi vor und fragte sich, ob er beten könne. Seltsame Worte kamen ihm auf die Lippen. »Herr Christus, wer immer du auch sein magst, wenn es dir gefällt, bei diesem Namen gerufen zu werden, rufe ich dich bei diesem Namen ...«

Er hatte geschlafen und erwachte. Rundherum war ein blasses, dünnes Licht, und die mit ihren Mustern und Kritzeleien bedeckten Wände hatten einen dunklen, schattenhaften Grauton. Eine Kerze brannte unter dem Tisch. Er setzte sich auf und lehnte sich in sein Kissen.

Der Schöne Joe saß wie zuvor auf dem Tisch, ganz still, und starrte Cato an. Er trug Jeans und ein Hemd mit aufgekrempelten Ärmeln.

Cato durchzuckte ein Schauder beklemmender Angst. Sein Körper, wenn auch kaum noch sein Geist, wußte inzwischen, daß jedes Erscheinen Joes ihn dem einen näherbrachte. Joe sah anders aus. Cato fiel ein, daß er so tun müsse, als stünde er unter Drogen. Tatsächlich fühlte er sich so schwach, daß keine Schauspielerei nötig war. Er sagte: »Ich fühle mich so merkwürdig.«

Der Schöne Joe starrte ihn weiter an.

»Joe, Joe, sprich mit mir – o Gott, was ist das für ein Alptraum –«

Joe rutschte vom Tisch und kam auf ihn zu. Er verdunkelte das Licht, und sein Schatten fiel auf Cato. Cato zuckte zurück. Joe setzte sich auf die Bettkante. »Sie hätten ihn nicht nehmen sollen.«

»Was?«

»Den Revolver. Das war Diebstahl. Sie haben ihn in den Fluß geschmissen. Das war der Anfang. Das hat mich so wütend gemacht. Ich konnt's Ihnen nicht verzeihen.« Seine Stimme klang sonderbar, beinahe fremd. Er nahm seine Brille ab und rieb sich die Wangen. Seine Augen wirkten riesengroß und schwarz wie die Augenhöhlen eines Totenschädels.

»Ich habe es getan, um dir zu helfen, um dich zu retten.«

»Sie hätten's nicht tun sollen, und Sie hätten mir nicht dauernd von Mr. Marshalson erzählen sollen. Sie wollten mich mit seinem Geld kaufen. Es ist alles Ihre Schuld.«

»Joe, ist alles in Ordnung? Du siehst so seltsam aus. Sie haben dir doch nichts getan?«

»Sie? Nein. Sie sind jetzt gerade gar nicht da, bis auf den Riesenkerl an der Tür, den verrückten Neger. Der kann einem mit Leichtigkeit das Genick brechen, einfach so, schnapp.«

»Haben sie mit Henry gesprochen?«

»*Ich* hab mit Henry gesprochen. Er hat was von dem Geld gebracht. Er hatte solchen Schiß, daß er sich kaum auf den Beinen halten konnte. Das nächstemal laß ich ihn niederknien. Die nächste Rate kriegen wir morgen. Sehen Sie her, ich will Ihnen was zeigen.« Joe hatte plötzlich etwas in der Hand. Es blitzte im dämmrigen Licht. Ein Messer. Cato fuhr zurück. »Sehen Sie die Flecken da? Das ist Henrys Blut.«

»Joe, du hast doch nicht –«

»Oh, ich hab ihm nichts getan, ich hab ihn nur ein bißchen geritzt, um ihm zu zeigen, daß ich's könnte. Und Sie sollen ruhig auch sehen, daß ich könnte, wenn ich wollte. Cato. So heißen Sie doch?« Joe wischte das Messer am Ärmel von Catos Hemd ab. Dann hielt er es locker in der Hand, die Spitze auf Catos Hals gerichtet.

»Joe, steck das Messer weg.«

Joe schob das Messer näher, und Cato spürte die leichte Berührung der Spitze an seinem Hals. Dann knackte es, und die Klinge war verschwunden. Joe steckte das Messer ein. »Sie haben ja keine Ahnung, wie grausam diese Leute sind, die sind echt grausam. Die sind grausam, weil's ihnen Spaß macht. Drum ist's für Sie das Beste, wenn Sie sich ruhig verhalten. Die könnten Sie hier einsperren und einfach abhauen. Sie könnten schreien, soviel Sie wollen. Jahrelang würde kein Mensch Sie finden. Mensch, der Eimer stinkt vielleicht. Ich würde gern wissen, ob Sie hier langsam ersticken.«

»Sie werden dir auch etwas antun –«

»Nein, werden sie nicht. Einer von den Obermackern steht auf mich. Er geht mit mir weg, nach – ach, kann Ihnen doch egal sein, wohin. Er geht mit mir weg, wie Sie mal mit mir weggehen wollten, Cato. Das ist lange her. Wie Jahre kommt's mir vor. Haben Sie das wirklich ernst gemeint?«

»O Gott, wenn du nur mitgekommen wärst –«

»Und wir hätten zusammengelebt – da oben –«

»In Leeds.«

»Und Sie hätten Ihren Unterricht gegeben, und ich hätte was gelernt, wie Sie immer wollten – ich hätt vielleicht Bücher gelesen – ich würd gern Philosophie lernen –«

»Ja –«

»Ich glaub, ich bin ein bißchen ein Existentialist, Cato.«

Cato dachte, er hat entweder Drogen genommen oder getrunken. Aber der Gedanke an Flucht konnte ihn jetzt nicht einmal dazu bringen, einen Finger zu rühren. Es war aussichtslos, hier das Messer, draußen vor der Tür der große, verrückte Schwarze. Cato griff sich mit einer Hand an den Hals, wo er noch immer die Messerspitze fühlte. Nur mit eiserner Willenskraft unterdrückte er das Zittern.

»Joe, wenn es uns gelänge, hier herauszukommen, könnte es immer noch alles wahr werden, selbst jetzt noch, genau so, wie du gesagt hast. Henry würde uns Geld geben, wir könnten im Norden leben, du könntest alles tun, was dir Spaß macht, Philosophie studieren, warum nicht – Joe, kannst du uns nicht irgendwie hier rausbringen? Du kannst doch nicht bei diesen entsetzlichen Leuten bleiben wollen, du kannst nicht –«

»Seien Sie mal lieber vorsichtig, Cato. So sollten Sie nicht daherreden. Wollen Sie, daß ich denen das erzähle? Die kommen bald zurück. Die haben anderes zu tun. Sie sind nicht wichtig, Cato. Ich muß nur auf Sie aufpassen, das ist mein Job, Sie waren meine Idee. Und dann bin ich weg, dann bin ich da, wo's große Geld gemacht wird, in der großen Welt, raus aus diesem läppischen kleinen Scheißland. Also halten Sie den Mund. Verhalten Sie sich ruhig, sonst mach ich Sie persönlich fertig. Es ist alles Ihre Schuld, ich hab's Ihnen gesagt. Sie hätten den Revolver nicht wegnehmen sollen.«

»Es tut mir leid –«

»Sie haben gesagt, daß Sie mich lieben –«

»Das tue ich immer noch.«

Der Schöne Joe saß dicht neben ihm auf dem Bett. Cato spürte die Wärme seines Körpers, und eine leichte Bewegung jetzt brachte Joes bloßen Arm in Berührung mit seinem eigenen. Joes Gesicht, ohne die Brille, mit den unnatürlich großen Totenschädelaugen wirkte älter, verletzlich, verstört, wie das Gesicht eines Fremden. Sein Mädchenhaar war zerzaust. Einen Moment lang sah er aus wie ein verrücktes altes Weib.

Cato, der steif und kalt auf dem Bett gelegen hatte, durchzuckte jetzt, als Joes Arm ihn berührte, nein, nicht einmal das, als die Härchen auf seinem Arm die auf Joes Arm streiften, etwas wie ein plötzliches abstraktes Begehren, als lechzte sein Körper vergebens danach, ihn abzulenken, oder wüßte vielleicht nicht einmal von seinem Schicksal.

Joe rieb langsam, beinahe ungeschickt seinen Arm an Catos, ähnlich einem zutraulichen Tier, dann schob er seine Hand vor und umfaßte die Catos.

»Joe, Darling, laß uns von hier fliehen.«

»Sie hätten es nicht tun sollen, Cato. Sie hätten das Priesteramt nicht niederlegen sollen, das war das Ende. Sie haben mich im Stich gelassen. Sie haben nicht mehr versucht, mich zu retten. Kein Wunder, daß ich auf einmal ganz verzweifelt war. Kein Wunder, daß ich das Gefühl hatte, ich bin mutterseelenallein. Wo Sie mir selbst gesagt haben, daß es keinen Gott gibt. Ich wär mit Ihnen gegangen, wenn Sie noch Priester gewesen wären, wenn Sie mir befohlen hätten mitzukommen, ich hätt alles getan. Sie hatten keine Ahnung, was für eine Macht Sie hatten. Sie haben alles weggeschmissen. Ich hab Sie geliebt, ich liebe Sie immer noch, aber es hat keinen Sinn mehr. Sie sind jetzt nichts. Sie tun mir leid. Ich find's furchtbar, Sie hier zu sehen; ich find's furchtbar zu sehen, wie Sie sich vor Angst in die Hosen scheißen.«

»Du hast mich doch hierher gebracht.«

»Es war Schicksal. Genau. Ach, wenn Sie doch nur anders wären, Sie, aber anders – Sie sind der einzige Mensch, den ich jemals wirklich – Pater, halten Sie mich fest.« Plötzlich lag der Junge neben ihm und drückte seinen Kopf an seine Schulter. Cato nahm ihn in die Arme. Joe zitterte und hatte jetzt Catos Hemd mit den Zähnen gepackt. Cato fühlte die Feuchtigkeit seiner Lippen, vielleicht seiner Tränen.

»Ach, mein Lieber –« sagte Cato. Außer sich vor Angst, Zärtlichkeit und Verlangen, schob er seine Hand in das zerzauste Haar und umfaßte den Kopf, der unter seiner Berührung heiß und fiebrig schien.

Mit einer heftigen Bewegung fuhr Joe in die Höhe. Er sprang auf und stopfte sein Hemd in die Hose. Er setzte seine Brille auf. »Hören Sie auf, mich zu betatschen. Ein gottverdammter jämmerlicher Schwuler, mehr sind Sie nicht. Das ist alles, was Ihre Religion war. Eine Möglichkeit, ein Schwuler zu sein.«

»Joe –«

»Ich bin hergekommen, um Ihnen was zu sagen, Cato.«

»Was?« Cato setzte sich langsam auf und stellte seine bloßen Füße auf den Boden.

»Sie müssen noch einen Brief schreiben.«

»Das tue ich nicht.«

»Seien Sie nicht blöd. Natürlich tun Sie's. Sie wollen doch nicht verstümmelt werden, oder?«

»Ich habe einen Brief geschrieben, das reicht. Ihr könnt eure Briefe jetzt selbst schreiben.«

»Sie müssen aber noch einen Brief schreiben. Sie wollen, daß Ihre Schwester die nächste Ladung Geld bringt.«

»Meine Schwester? Nein, nein, nein –«

»Ihre hochnäsige Schwester. Das Mädchen, das Ihnen zu gut für mich war. Sie muß kommen. Sie müssen ihr schreiben, daß sie kommen soll. Verstanden, Cato?«

»Nein«, sagte Cato. Die Wut lähmte seine Zunge, und er konnte kaum einen Ton hervorbringen, als hätte er einen Lappen in den Mund gestopft. »Nein. Laßt meine Schwester in Ruhe, laßt meine Schwester in Ruhe, laßt sie aus dem Spiel, laßt sie da raus –«

»Zu gut für mich, Ihre kostbare Schwester, was?«

»Nein, nein, nei-ei-n«, heulte Cato. Dann schrie er laut auf, als ein wuchtiger Schlag ihn seitlich am Kopf traf. Er fiel aufs Bett zurück. Das Licht erlosch.

Lieber Henry,

sie wollen den Rest des Geldes schnell haben, aber komm nicht selbst. Colette soll es bringen. Niemand darf etwas davon erfahren. Sag ihr, sie soll an denselben Ort kommen. Dort wird die nächsten drei Nächte um ein Uhr jemand warten. Halt Du Dich fern und sag niemandem etwas, wenn Du am Leben bleiben willst. Geh nicht zur Polizei, das wäre das Ende. Colette muß kommen. *Sonst werden sie anfangen die ersten Stücke von mir zu schicken. Glaub mir.*

Cato

»Was ist los?«

»Du läßt die Zigarettenasche aufs Bett fallen.«

»Was ist los, was ist los?«

»Nichts.«

»Du denkst doch über irgendwas nach.«

»Man wird doch wohl noch denken dürfen.«

»Was ist?«

»Nichts, nichts, nichts.«

»Ich bin so unglücklich, kein Mensch sagt mir was. Du willst heute nacht nicht bei mir bleiben, und ich hab bestimmt wieder Alpträume.«

»Hier geht es nicht, wie sollte es auch, es ist alles so gräßlich hier.«

»Es wäre nicht gräßlich, wenn wir hier leben würden.«

»Wir werden aber nicht hier leben. Wir werden wahrscheinlich nirgends leben können.«

»Was soll das heißen? Willst du mich verlassen? Was soll das heißen?«

»Natürlich will ich dich nicht verlassen. Aber manche Ehepaare leben ihr Leben lang nur aus dem Koffer. Wir gehören auch dazu. Wir haben nur Koffer-Format.«

»Aber du liebst mich doch? Du sorgst doch für mich?«

»Ja, ja, ja, aber hör um Gottes willen auf zu jammern und zu klagen. Der Arzt hat gesagt, dir fehlt nichts.«

»Doch, eben schon. Du weißt nicht, wie es ist, wenn im Kopf alles ganz schrecklich ist. Du verstehst das nicht, deine Mutter auch nicht, ihr seid gesund. Ach, wenn wir doch nur für immer in diesem Haus bleiben könnten, ich fühle mich so geborgen hier, es ist alles so groß und so echt, ich will nicht nach London zurück, diese Wohnung ist das reinste Grab, da werd ich noch wahnsinnig, ach, ich möchte so gern hierbleiben. Du weißt ja nicht, wie es ist, wenn man wie ich ist, du weißt nicht, wie es ist, wenn man innerlich total in Fetzen ist, zerstört –«

»Ich wollte, du würdest aufhören zu rauchen«, sagte Henry. »Hier kommt man sich ja vor wie in einer gottverdammten Gaskammer.«

Es war elf Uhr abends. Der Brief von Cato war mit der Post am späten Nachmittag gekommen. Henry fühlte sich, als wäre in seinem Kopf eine Bombe explodiert. Er konnte weder handeln noch denken. Seit nahezu einer Stunde führte er ein völlig mechanisches Gespräch mit Stephanie, nur um die Zeit totzuschlagen.

Stephanie hatte den Tag im Bett verbracht. Der Arzt hatte sie untersucht und für gesund erklärt. Er hatte ein Beruhigungsmittel verschrieben, und Gerda hatte es aus der Apotheke in Laxlinden geholt. Stephanie lag in dem großen Messingbett im Kirschblütenzimmer, das seit den Tagen von Burkes Vater unverändert war und nach Vergangenheit roch. Es war ein widerwärtiger, muffiger Geruch nach Puder und Pomp, der Henry anekelte. Da lebte man doch besser aus dem Koffer. Die Fensterläden, blaßgrün und verblichen zwischen riesigen gebauschten Wolken von Spitzenvorhängen, waren geschlossen. Ähnliches Spitzengewölk krönte das Bett, geschlungen wie ein gewaltiger Turban, vergilbt durch Staub und Alter. Die Kirschblütentapete mit den japanischen Motiven war genauso vergilbt und hatte sich hinter einen fleckigen blaßbraunen Schleier zurückgezogen. In einem Berg von Kissen, strahlend weiß im Vergleich, lag Stephanie in beinahe demonstrativer Unbequemlichkeit. Sie atmete hastig, und ihr Gesicht war erhitzt. Sie trug ein rüschenbesetztes, pinkfarbenes Nachthemd mit engem Oberteil, das ihr etwas zu klein war. Ein rüschenbesetzter schmaler Träger schnitt in ihr Fleisch ein, das auf beiden Seiten schwammig hervorquoll. Sie zappelte beinahe unaufhörlich vor nervösem Unbehagen und brachte doch nicht die Willenskraft auf, ihren Körper zu bewegen und es sich bequemer zu machen. Henry tigerte herum. Seine Hand, die er keinem Arzt gezeigt hatte, tat weh. Er betrachtete Stephanie mit einer Mischung aus Mitleid, Gereiztheit, Besitzanspruch und blankem Verantwortungsgefühl, die alle zusammen seine Liebe zu dieser merkwürdigen, schmuddeligen Frau auszumachen schienen. Ihr großes, dickes Kinn war fettig, ihre fast runden Augen waren feucht und glänzend, erhitzt von irgendeiner geheimen Emotion. Ein Sujet für Bonnard, Vuillard, noch besser, Degas. Ein großer überquellender Aschenbecher stand auf ihrem Bauch, und ihre Hand, die eine angezündete Zigarette hielt, wanderte umher wie ein selbständiges, unruhiges kleines Tier. Selbst in seiner Zwangslage fand er sie aufreizend, attraktiv. Nur der Mittelpunkt seiner Gedanken, wo alles andere weggefegt war, war von Colette besetzt.

»Du denkst an diese Colette.«

»Tu ich nicht. Nimm deine Schlaftabletten.«

»Ich wollte, ich hätte hundert davon. Ich will nicht nach Amerika. Bitte, Darling, versuch doch, mich zu verstehen. Ich weiß, du mußt du sein. Aber ich muß auch ich sein.«

»Ich würde sagen, das ist eine Tautologie.«

»Und eigentlich sollte ich dir so vieles sagen –«

»Du meinst, über deine Vergangenheit und über Sandy und all das –«

»Ja.«

»Ich will es nicht wissen. Sandy ist unwichtig. Er existiert nicht mehr.«

»Du redest mit einer solchen Grausamkeit, das tut weh. Ich weiß, es ist nicht deine Absicht. Du glaubst, ich wäre nur schwach wie ein Feigling. Aber ich bin innerlich so unglücklich, und ich kann nichts dagegen tun.«

»Paß auf, du brennst gleich ein Loch in die Decke.«

»Deine Mutter meint, ich wäre nur eine –«

»Paß doch auf!«

»Ist mir doch egal, und dir kann's auch egal sein, du gibst ja sowieso alles weg –«

Stephanie richtete sich mit einem Ruck auf und kippte den Inhalt des Aschenbechers zusammen mit ihrer glühenden Zigarette über die Patchworkdecke aus dem neunzehnten Jahrhundert.

Henry packte den Aschenbecher und begann, glühende Funken und Asche auf den Boden zu fegen, wo er sie auf dem Perserteppich zu einem grauen Schmutzfleck zusammentrat. Wütend sah er auf Stephanies hochgezogene Schulter und ein großes, rundes, dunkel umrandetes Loch in der Decke hinunter. Dann packte er einen der rüschenbesetzten Träger mit beiden Händen und zerriß ihn. Stephanies erhitztes Gesicht wurde plötzlich sanft und glatt, sie entspannte sich, legte sich wieder zurück in die Kissen und blickte mit ihren brennenden Augen zu ihm empor.

Henry berührte ihre Wange. Dann stellte er den Aschenbecher sorgsam auf die Glasplatte des Toilettentischs und ging aus dem Zimmer. Er schloß die Tür leise und ging nach unten.

»Was ist?« fragte Gerda.

Henry stand an der Tür zur Bibliothek. Der Fernsehapparat lief, der Bildschirm zeigte ein entführtes Flugzeug, das auf der Rollbahn eines afrikanischen Flughafens stand. Gerda, die an diesem Abend einen dunkelroten Morgenrock trug, saß in einem Sessel. Eine Lampe brannte. Eine letzte gelbe Flamme flackerte im offenen Kamin.

Henry sagte nichts. Er schaltete den Ton des Fernsehgeräts aus, dann ging er zum Kamin, setzte sich rittlings auf das Kamingitter. Mit einem Fuß scharrte er in der Asche, mit dem anderen wellte er den rot-braunen kasachischen Vorleger auf. Der Vorleger hatte überall kleine Brandflecken von fliegenden Funken aus dem Feuer.

Gerda musterte ihren Sohn, wie er dort saß, mit blassem Gesicht, kleinköpfig und kraushaarig, seine langen Beine locker herabhängen ließ und mit einem Fuß angelegentlich in der Asche stocherte. Sie sagte: »Du hast beschlossen, das Haus doch nicht zu verkaufen?«

»Nein«, sagte Henry und wirbelte mit dem Fuß eine Aschewolke auf.

»Was macht deine Hand? Laß mich doch –«

»Alles in Ordnung«, sagte er nach einem Moment, ohne sie anzusehen, den Blick auf seinen aschebestäubten Schuh gerichtet. »Was hast du gemeint, als du sagtest, du würdest nicht nach Dimmerstone ziehen? Würdest du denn nicht gern in Dimmerstone leben?«

»Nein.«

»Warum nicht?«

»Jeder kann mit seinem Eigentum tun und lassen, was er will«, sagte Gerda, »und ich kann mich nicht beklagen, da ich ja, wie du sagst, alt bin und meine Zeit gehabt habe, aber ich will nicht hierbleiben und zusehen müssen, was aus diesem Ort wird, den ich liebe. Wenn das Haus verkauft ist, wird mein Leben hier vorbei sein, zu Ende. Ich werde gehen und nicht zurückkommen.«

»Okay«, sagte Henry nach einer kleinen Pause. »Und wo willst du leben?«

»In einer Wohnung in London.«

»Okay. Die sind ganz schön teuer, das weißt du wohl. Am besten nimmst du die von Sandy. Ich will sie nicht haben. Sie hat einen Blick auf Harrods.«

Gerda sagte nichts, sah ihn nur an. Unter ihrem roten Morgenrock trug sie ein weißes Flanellnachthemd, dessen Kragen sie über den Hals hochgezogen hatte. Ihr großes, gebieterisches Gesicht wirkte im dämmrigen Licht glatt und faltenlos.

Ihr dunkles Haar, ein wenig wirr und durcheinander, war in den weißen Kragen gestopft. Sie sagte wieder: »Was ist?«

Henry nahm Catos Brief aus seiner Tasche. Er war etwas zerknittert, und er glättete ihn. Dann reichte er ihn Gerda.

Gerda las mit gerunzelter Stirn. »Was um Gottes willen ist das?«

Henry schwang sein Bein über das Kamingitter und setzte sich so, daß er ihr direkt ins Gesicht blickte. »Das ist eine gute Frage.«

»Was hat das zu bedeuten?«

»Hör zu«, sagte Henry. »Es ist etwas absolut Entsetzliches passiert. Ich muß mit jemandem darüber sprechen, besonders jetzt. Cato ist von irgendwelchen Gangstern entführt worden. Ich glaube, es war die Idee eines jungen Kerls, der schon einiges auf dem Kerbholz hat, eines Jungen aus seiner Gemeinde. Dieser Junge bekam Wind davon, daß ich eine Menge Geld habe, und jetzt haben er und seine Bande Cato entführt und erpressen mich. Ich habe ihnen zwanzigtausend gegeben und soll ihnen noch mehr geben. Aber jetzt ist das hier gekommen. Ich weiß nicht, was ich tun soll. Ich kann doch Colette nicht zu diesen Schweinen gehen lassen. Ich getraue mich jetzt nicht mehr, selbst zu gehen. Ich habe Angst, gar nichts zu tun, weil sie dann womöglich anfangen, Cato zu verstümmeln. Ich weiß nicht, was ich tun soll, ich glaube, ich werde verrückt.«

Gerda las den Brief noch einmal durch. »Du bist sicher, daß er echt ist?«

»Ja. Es ist Catos Handschrift. Und ich bin dem Jungen begegnet. Er ist garantiert echt.«

»Wie kann man so einen Brief schreiben«, sagte Gerda. Sie gab ihn Henry zurück. »Mit wem hast du darüber gesprochen?«

»Mit niemandem außer dir.«

»Du hast nicht mit der Polizei gesprochen?«

»Nein! Wie könnte ich?«

Gerda überlegte. Sie sagte, »Warte, ich ziehe mich um. Ich finde, wir sollten mit John Forbes sprechen.«

Henry saß an dem geschrubbten Küchentisch in Pennwood, die Ellbogen aufgestützt, das Gesicht in den Händen. Er empfand eine Mischung aus tiefer Erleichterung und reiner Angst. Gerda und John sprachen miteinander.

»Es geht darum, was für Möglichkeiten wir haben«, sagte John gerade.

John Forbes hatte keinerlei Überraschung geäußert, als Gerda ihn kurz vor Mitternacht angerufen hatte, um zu fragen, ob sie ihn noch aufsuchen könne. Und er hatte nur einen äußerst flüchtigen Anflug von Erregung gezeigt bei der Nachricht, daß sein Sohn entführt worden war und die Gangster das Erscheinen seiner Tochter verlangten. Er war errötet wie vielleicht ein Mann, der beleidigt worden ist. Bei ihrer Ankunft war die Küche hell erleuchtet gewesen, der Ofen glühend heiß mit offenen Türen, der Raum selbst, den Henry soviele Jahre nicht mehr betreten hatte, für den Besuch aufgeräumt. John Forbes las Catos Brief und bot ihnen dann, während Henry den Rest der Geschichte erzählte, Tee, Kaffee, Bier oder Whisky an. Schokoladenkekse. Gerda lehnte alles ab. Henry nahm einen Whisky. Er dachte, mir ist nicht klar gewesen, wie frei ich war, bevor diese Angst kam. Selbst wenn wir Cato da herausholen, werde ich jetzt den Rest meines Lebens Angst haben. O Gott, warum mußte das passieren. Verdammter Cato, es ist alles seine Schuld. Er trank noch einen Whisky. Er hatte viele Fragen beantwortet und überließ die Diskussion jetzt den beiden anderen.

»Ein Glück, daß Colette nicht hier ist«, sagte Gerda. Trotz der Wärme in der Küche hatte sie ihren Tweedmantel anbehalten.

»Ja. Sie ist heute nachmittag nach London zu ihrer Tante Pat gefahren. Sie wissen, Ruths alte Freundin, Dame Patricia Raven. Sie übernachtet bei ihr.«

»Ich bin ganz Ihrer Meinung«, sagte Gerda, »es gibt einfach keine anderen Möglichkeiten.«

»Auf keinen Fall können wir Colette zu diesen Leuten gehen lassen, weder allein noch in Begleitung, da sind wir uns doch einig, nicht wahr? Wenn Henry geht, wird das für ihn vielleicht gefährlich. Es war möglicherweise gar nicht so dumm von Henry, daß er Zeit geschunden hat, indem er ihnen nur einen Teil des Geldes brachte und versprach, später mehr zu bringen. Ich nehme es ihm nicht übel, daß er das getan hat. Die Situation war schließlich bis zu diesem Zeitpunkt noch nicht klar. Aber ich denke, es hat keinen Sinn, ihnen jetzt noch mehr Geld nachzuwerfen. Das wird Cato letztlich nicht retten. Jetzt, wo sie einen Teil des Geldes haben, sind die wahrscheinlich bereit, zu warten und ein bißchen zu handeln. Dieser Junge, Henry, den Sie bei Cato schon kennengelernt hatten – Sie sagten, Ihrer Meinung nach sei er nur ein Handlanger?«

»Cato sagte, er sei ein kleiner Gauner«, sagte Henry, aufschauend. »Ich vermute, er ist diesen Leuten irgendwie in die Hände gefallen.«

»Genau. Also, es hat absolut keinen Sinn, daß wir hier versuchen, auf eigene Faust Detektiv zu spielen. Auch darüber sind wir uns einig. Wir haben nichts in der Hand. Dieser Ort, an dem Cato festgehalten wird, kann überall sein. Der Poststempel ist sicher irreführend, und dieser Brief enthält überhaupt keinen Hinweis.«

»Ich kann einfach nicht verstehen, wie er einen so schrecklichen Brief schreiben konnte«, sagte Gerda. »Das ist doch furchtbar, andere Menschen in so etwas hineinzuziehen. Henry hätte leicht etwas passieren können.«

»Ist mir ja auch.«

»Schade, daß du den anderen Brief vernichtet hast.«

»Der hat auch nicht mehr Hinweise enthalten«, sagte Henry brummig, das Kinn fast auf dem Tisch.

»Nein, dieser hier sagt uns nichts«, meinte John Forbes, während er noch einmal Catos Brief durchsah. »Das einzige, was man tun kann, ist, diesen Jungen zu schnappen. Sie sagten, er hätte jemanden bei sich gehabt, Henry?«

»Ja.«

»Haben Sie den anderen Mann gesehen?«

»Nein, aber er hat gesagt, es wäre jemand draußen, und es leuchtet ja auch ein, daß er nicht allein kommen würde.«

»Diesen Leuten muß man einen Hinterhalt legen. Henry muß noch einmal hingehen und –«

»Ich sehe nicht ein, weshalb Henry –« sagte Gerda.

»Ich auch nicht«, sagte Henry.

»Wie dem auch sei, das ist Angelegenheit der Polizei«, sagte John Forbes. »Es ist eine technische Angelegenheit, eine Sache für Experten. Ich denke, Henry sollte jedenfalls darauf vorbereitet sein –«

»Wenn wir uns einig sind, die Polizei einzuschalten, dann sollten wir es sofort tun«, sagte Gerda. »Ich wollte sie ja gleich anrufen. Wo sollen wir anrufen, hier oder in London?«

»Wenn wir die Polizei einschalten, ist das nicht ohne Risiko. Ich wollte mich vergewissern –«

In diesem Moment begann im Flur das Telefon zu läuten. John Forbes stand auf und ging, ohne die Tür zu schließen, hinaus. Henry hob den Kopf und sah seine Mutter an. Es war da ein feines Zittern von Gemütsbewegung, aber keiner von beiden rührte sich. Sie konnten John im Flur sprechen hören.

»Hallo – oh, hallo, Pat – Ja – Was? Aber ich dachte, sie sei bei dir, sie sagte, du hättest angerufen – Oh, mein Gott! Ja, lies ihn vor, lies ihn vor – O Gott – Nein, nein, du kannst doch nichts dafür – Mein Gott – Pat, ich kann jetzt nicht sprechen, ich muß die Polizei anrufen – Ja, ja – ja, ich rufe dich später zurück.«

John Forbes kam in die Küche zurück und setzte sich schwerfällig an den Tisch. Er war hochrot. Er schlug die Hände vors Gesicht.

»Was ist denn passiert?« fragte Gerda.

»Colette ist weg. Sie ist weg. Sie ist – dorthin – zu diesen Leuten – gegangen –«

»Woher –?«

»Mir hat sie erzählt, Tante Pat hätte angerufen, und sie wolle sie besuchen. Ich war den ganzen Nachmittag weg, und als ich zurückkam, hat sie mir das gesagt und ist dann losgegangen, zum Zug. Aber Pat hat gar nicht angerufen. Colette war gar nicht bei Pat. Sie hat ihr nur einen Brief in den Kasten gesteckt, der an mich gerichtet war und auf den sie ›bitte nachsenden‹ geschrieben hatte. Sie glaubte wahrscheinlich, Pat wäre schon zu Bett gegangen und würde ihn erst morgen früh finden. Aber Pat ist spät nach Hause gekommen und hat den Brief eben gefunden. Er kam ihr so merkwürdig vor, daß sie ihn aufgemacht hat –«

»Und?«

»In dem Umschlag war ein Brief von Cato an Colette, in dem er ihr schrieb, er sei entführt worden und sie müsse um ein Uhr in die Mission kommen, wenn sie sein Leben retten wolle. Und darunter war eine kurze Notiz von Colette, die nur besagte: *Ich bin hingegangen.*«

»Sie muß den Brief heute nachmittag bekommen haben«, sagte Henry. »Er muß mit der gleichen Post gekommen sein wie meiner.«

»Wie spät ist es?« fragte Gerda.

Es war Viertel nach eins.

Ungeschickt an ihrem Haar zupfend, das sich in dem Knoten verheddert hatte, nahm der Junge ihr die Binde von den Augen. Colette half ihm automatisch dabei, und er überließ ihr das Tuch. Sie zitterte so heftig, daß sie beinahe torkelte. Das Gehen mit verbundenen Augen hatte ihr Gleichgewichtsgefühl beeinträchtigt, und nun schien ein Frostschauer der Angst ihren ganzen Körper zu schütteln. Ihre Zähne schlugen klappernd aufeinander. Sie kniff die Augen zusammen und wandte den Kopf von dem hellen, runden Lichtschein neben ihrem Gesicht ab. Sie befand sich in einem kleinen Raum, der nur von einer Kerze auf einem Bord in Höhe ihrer Augen erhellt wurde. Neben der Kerze war ein kleiner eckiger Kasten, vorn mit einem Metallgeflecht, vielleicht ein Mikrofon oder ein Lautsprecher. In der Staubschicht auf dem Bord waren kreisförmige Abdrücke. Mit starrem Blick stand sie da, die Hände vors Gesicht gelegt, die Augenbinde baumelte herab, im Arm hing ihre Handtasche.

»Mach ja keinen Lärm, sonst kommen sie. Setz dich.«

Sie drehte sich halb herum, sah ein Eisenbett und setzte sich auf die Kante. Sie ließ das Tuch fallen und stellte ihre Handtasche hinter sich. Sie wollte etwas sagen, aber sie konnte nicht. Ein erstickter, zitternder Laut, Äußerung des Entsetzens selbst, stieg in ihren Mund und starb dort wie eine kleine Maus. Ihre Hände kehrten zu ihrem Gesicht zurück, und sie fühlte, daß ihr Mund bebte. Sie drückte ihre Finger auf ihre Lippen, um es zu unterdrücken. Schockiert und hilflos erlebte sie ihre Angst mit einer Art Überraschung.

»Was ist los?«

»Ich habe Angst«, sagte Colette. Es auszusprechen, würde vielleicht helfen, und sonst fiel ihr nichts zu sagen ein. Sie konnte die Worte bilden, aber ihre Stimme klang brüchig.

»Psst, die hören alles. Bleib erst mal eine Weile still sitzen. Zitter doch nicht so. Du machst mir auch noch Angst.«

Der Junge saß auf einem Stuhl und musterte sie. Colette hatte ihn erkannt, sobald er aus der Dunkelheit der Gasse hinter der Mission aufgetaucht war, als sie gerade in den Hof hatte gehen wollen. Er leuchtete ihr mit einer Taschenlampe ins Gesicht, und im Lichtschein hatte sie flüchtig die ungewöhnlichen sechseckigen Brillengläser und den gepflegten Schnitt seines glatten, blonden Haars gesehen. Er war einen Moment stehengeblieben und hatte sie angeleuchtet. Dann hatte er die Lampe gesenkt und ihr seine andere Hand gezeigt, die ein Messer hielt. Keiner von beiden sprach ein Wort. Mit leicht geöffnetem Mund und starrem Blick ging Colette wie an ihn gebunden neben ihm her. Er nahm sie nicht beim Arm, doch sie blieb, wie durch eine Art Telepathie mit ihm verbunden, an seiner Seite, während sie in Bögen und Windungen durch kleine, schlecht beleuchtete, leere Straßen gingen. Als sie schließlich ein offenes Gelände erreichten, wo nichts als Schwärze vor ihnen lag, blieb er stehen und verband ihr die Augen. Colette begriff nicht gleich, was er da tat, doch sie blieb stehen wie gelähmt und ließ sich dann von ihm über holprigen Boden führen. Auch jetzt nahm er sie nicht beim Arm, sondern zog sie leicht am Mantelärmel mit sich, und immer noch an ihn gebunden folgte sie ihm wie durch Telepathie. Sie kletterten über irgendwelche Hindernisse, wichen anderen aus, gingen eine Rampe und dann einige Stufen hinunter und traten in einen hallenden Raum. Sie schlug mit der Hand hart gegen eine Wand, und sie hielten an. Er nahm ihr die Binde ab und sie sah die brennende Kerze.

Colette war im Augenblick fast ausschließlich auf eine Art körperlichen Kampfs mit sich selbst konzentriert, wie jemand vielleicht, der auf keinen Fall ertrinken oder abstürzen will. Nachdem sie zu Hause, in Pennwood, Catos Brief erhalten hatte, hatte sie sich zum Umfallen schwach gefühlt vor Schreck und Entsetzen. Dann war ihr, wie mit einem tiefen erfrischenden Atemzug, der Mut gekommen, die plötzliche, außergewöhnliche Fähigkeit, ihren Vater zu belügen, das Haus zu verlassen, in den Zug zu steigen, die schreckliche Wartezeit auszuhalten, zuerst in einem Café am Bahnhof und später in einem Pub. Hauptsächlich hatte in dieser Zeit das Fehlen jeder Alternative sie aufrechterhalten. Cato hatte sie gebeten zu kommen, ihm irgendwie zu helfen, ihn irgendwie zu retten, und sie mußte kommen, genauso, wie sie in ein brennendes Haus gestürzt wäre, hätte sie ihn rufen g-ehört. Noch immer aufrechtgehalten von Mut und sogar Erleichterung, obwohl ihr Herz wie rasend schlug, war sie zur Mission gegangen. Sie hatte sich bewußt in eine Art Benommenheit versetzt und so die unheimliche, telepathische Wanderung durch die unbekannten Straßen ertragen, sich unsichtbar gefühlt wie ein Mädchen an der Seite eines Jungen; unsichtbar auch der irre Ausdruck auf ihrem Gesicht. Aber jetzt war plötzlich kein Mut mehr da, keine Entschlossenheit, nur dieses Schaudern und ein stummer Schrei, der ihr in der Kehle saß. Verwirrt über ihren Sturz in die Angst, kämpfte sie mit sich selbst.

Mit Absicht blickte sie sich in dem Raum um und schaute nicht auf den Jungen. Sie befand sich in einem kleinen, grauen, kubischen Kasten mit löchrigen Betonwänden. Die helle Kerzenflamme flackerte ein wenig. Von irgendwoher kam ein leichter Luftzug, und es roch nach Feuchte und Faulschlamm. Sich der

Blicke oder vielmehr der Brillengläser des Jungen bewußt, die sie wahrnahm, ohne hinzusehen, musterte sie die übrige Örtlichkeit. Da war das Bett, dort der Stuhl, da ein Tisch, ein ziemlich niedriger Tisch, den sie plötzlich wie einen Altar empfand. Auf dem Altar, unruhig glitzernd im Schein der Kerzenflamme, lag das offene Messer. Unter dem Tisch lag ein Koffer, darauf und rundherum waren Papierbündel gestapelt. Sie drückte eine Hand auf ihren Mund und kniff ihre Unterlippe zwischen die Zähne. Sie fuhr zusammen, als der Junge sich plötzlich bewegte. Er bückte sich und ergriff eines der Bündel, zog an dem Gummiband, das es zusammenhielt, bis es zerriß, und warf es Colette auf den Schoß. Sie stieß einen erstickten Schrei aus und blickte dann hinunter auf die bunten Geldscheine, Fünf-, Zehn- und Zwanzigpfundnoten, die über ihren Rock regneten und zu Boden flatterten. Der Junge lachte und stieß mit dem Fuß nach den fallenden Scheinen.

»Weißt du meinen Namen noch?«

Vor Schreck über seine plötzliche Bewegung waren ihr die Tränen gekommen. Sie wischte sie mit der Hand weg und schob mit der gleichen Bewegung ihr offenes Haar hinter die Schultern zurück. Irgendwie gaben die plötzlichen Tränen ihr wieder einen gewissen Halt, lösten sachte die Spannung, von der sie erst geglaubt hatte, sie könnte sich nur durch einen Schrei entladen.

»Der Schöne Joe.«

»Hör auf zu weinen. Ich tu dir nichts.«

»Mein Bruder –«, sagte Colette.

»Dem geht's gut. Bis jetzt. Hör auf zu weinen.«

»Ist er hier –?«

»Nein. Red nicht so laut. Im Moment ist niemand hier außer dem großen Neger, der das Tor bewacht, aber ich möchte nicht, daß er herkommt. Wenn du schreist oder so was, dann kommt er. Er hat seine Comic-Heftchen gelesen, als wir gekommen sind. Die Leute, für die ich arbeite, sind sehr grausam. Aber wenn du leise und vernünftig bist, dann paß ich schon auf dich auf.«

»Aber mein Bruder – was ist das für Geld –?« Colette schüttelte den Rest der Scheine von ihrem Rock auf den Boden.

»Lösegeld.«

»Für ihn? Wer hat es bezahlt?«

»Jemand.«

»Was passiert jetzt, was wollen sie mit ihm tun?«

»Ihm passiert gar nichts, wenn du genau das tust, was dir gesagt wird. Ich sag dir die Wahrheit. Wenn du dich nicht daran hältst, passiert was Schlimmes. Schau mal, ich möchte dir was zeigen. Laß das Geld, steh auf, steig ruhig drauf, steig ruhig drauf.«

Colette stand auf und trat auf die verstreut liegenden Geldscheine.

»Das ist gut, das ist schön. Du hast so – hübsche Schuhe.«

Die Kerze bewegte sich, und Schatten huschten durch den Raum. Sie blickte jetzt dem Jungen ins Gesicht, aber ohne es klar zu sehen, obwohl das hochgehaltene Licht es in Gold tauchte. Die blonden Haarstoppeln um seine Lippen und auf seinem Kinn glitzerten und changierten wie Fischschuppen. Seine gekräuselten Lippen wurden schmal, und sie konnte seinen schnellen Atem hören. Die löchrige Wand vibrierte schwach. Colette drückte ihre Hand auf ihren Mund.

»Schau her. Das hab ich dir selbst gekauft. Heute. Gestern.«

Die Kerze senkte sich, und sie sah, unter dem Fußende des Betts, einen orangefarbenen Plastikeimer, ganz neu, noch mit dreieckigen Papieretiketten beklebt.

»Das ist die Toilette. Ganz für dich allein.«

Colette starrte den Eimer an. Dann war es, als würde etwas Heißes, Belebendes, Zorn vielleicht, ihr ins Blut schießen. Der Anblick des nagelneuen orangefarbenen Eimers rief aus irgendeinem Grund heftigen Ärger hervor. »Hör mal«, sagte sie, »was soll das alles, ich will meinen Bruder sehen, ich verlange eine Erklärung.«

»Dein Bruder ist nicht hier.«

»Geht es ihm gut? Was wollen die von mir?«

»Das wirst du schon sehen.«

»Warum –?«

»Halt den Mund. Sei froh, daß du noch lebst. Ein Leben ist hier nicht viel wert. Ich muß jetzt gehen. Du kannst hier nicht raus, du brauchst es also gar nicht erst zu versuchen. Am besten legst du dich hin und schläfst, ich meine, es ist ja noch Nacht, da ist das das Gescheiteste. Und mach ja keinen Krach, sonst kommt der Neger. Der ist minderbemittelt, dem macht's Spaß, andere zu schlagen. Ich möchte dich nicht mit zermatschtem Gesicht vorfinden, wenn ich wiederkomm. Ich kann auf dich aufpassen, wenn du schön brav bist. Wenn nicht, nehmen sie dich mir weg. Kapiert?«

Die Kerze näherte sich ihrem Gesicht, und Colette wich zurück, stieg über den Teppich aus Geldscheinen, den Blick auf den niedrigen Tisch und das nackte Messer gerichtet. Sie stieß mit den Beinen an die Bettkante und ließ sich abrupt niederfallen. Sie sah, wie Joes Hand sich senkte, um das Messer zu ergreifen. Die Kerze bewegte sich zur Tür und verschwand. Die Tür wurde geschlossen, der Schlüssel gedreht. Eine weiter entfernte Tür wurde geöffnet und geschlossen, ein Knirschen und ein Knacken waren zu hören, dann war Stille.

Die Dunkelheit war dicht und undurchdringlich, jene absolute Finsternis, neben der gewöhnliche Dunkelheit grau oder blau erscheint. Colette saß still auf dem Bett, beide Hände an ihrem Hals. Sehr lange Zeit saß sie so, völlig reglos, mit angespanntem Körper. Dann begann sie, sich Muskel um Muskel, Glied um Glied zu entspannen. Sie tastete hinter sich nach ihrer Handtasche und fand sie. Ein Trost, wie ein Hund. Es kam ihr nicht in den Sinn, durch die Dunkelheit zu tappen, um ihr Gefängnis zu erforschen, sie wußte, daß sie nicht entkommen konnte. Und sie war auch nicht versucht, zu rufen oder zu schreien. Wenn sie das täte, würden die brutalen Kerle kommen und sie zum Schweigen bringen. Sie konzentrierte sich darauf, tief und ruhig zu atmen, und versuchte nachzudenken. Cato hatte in seinem Brief geschrieben und unterstrichen: *Sag niemandem was.* Colette hatte eigentlich vorgehabt, sich daran zu halten, aber in ihrer Not und dem Bedürfnis, ihre Angst zu teilen, hatte sie den Brief bei Tante Pat eingeworfen, die ihn am Morgen finden und an ihren Vater schicken würde. Aber wenn ihr Vater das Lösegeld bezahlt hatte, das immer noch rund um das Bett auf dem Boden verstreut lag, dann mußte er doch schon Bescheid wissen? Nein, das war ausgeschlossen. Er hätte ihr nichts vormachen, hätte seine Besorgnis nicht vor ihr verbergen können. Aber jemand mußte Bescheid wissen, jemand anders, der das Lösegeld bezahlt hatte. Wo war Cato jetzt, war er überhaupt noch am Leben? All ihre liebevolle Willenskraft, die so ganz auf ihren Bruder konzentriert gewesen war, seit sie seinen Brief erhalten hatte, schien ihr jetzt blockiert und hoffnungslos. In der Dunkelheit kamen ihr wieder die Tränen und liefen ihr übers Gesicht. Sie betastete ihre Wangen, sie waren glühend heiß.

Sie gab sich einen Ruck und beschloß, die Schuhe auszuziehen. Sie zog vorsichtig die Füße heraus und stellte die Schuhe ordentlich nebeneinander unter das Bett. Ihren Mantel legte sie nicht ab, doch sie legte sich hin und zog die Decke über sich. Sie merkte auf einmal, wie kalt es war. Starr und angespannt vor Kälte lag sie da, atmete verhalten und lauschte. Sie sagte sich, ich kann jetzt nichts anderes tun als warten, ich habe getan, worum Cato gebeten hat, ich habe recht getan. Jetzt muß ich nur warten. Und während sie dort lag, schien etwas Merkwürdiges mit der Zeit vorzugehen, es war als wäre ihre ganzes Leben bis jetzt ein einziger Moment gewesen, der eben vergangen war, und der gegenwärtige Moment, in dem sie jetzt lag wie in einer großen Schale, wäre von gleicher Dauer. Sie blickte auf ihr Leben und schien es zu verstehen und zu betrauern, als wäre es schon vorbei, auch wenn sie den Gedanken, daß sie drauf und dran war, umgebracht zu werden, nicht klar formulierte.

Ich dachte, ich würde zu Cato kommen, sagte sie zu sich selbst, ich dachte, ich würde ihm zu Hilfe kommen, aber das hier ergibt keinen Sinn, gar nichts ergibt jetzt einen Sinn. Ich weiß nicht, was ich getan habe, und vielleicht werde ich einfach verschwinden, und kein Mensch wird je erfahren, was aus mir geworden ist. Ich weiß nicht einmal, ob ich mutig war oder nur dumm. Schreckliche, schmerzende Reue stieg in ihr auf. Ihr Vater hatte sie so oft abgekanzelt, weil sie kopflos Dummheiten beging. Dies war wieder eine und vielleicht ihre letzte. Wieso war sie sofort losgerannt, nur weil Cato ihr einen Brief geschrieben und sie gebeten hatte, etwas zu tun, von dem er vielleicht überhaupt nicht wollte, daß sie es tat?

Stocksteif und gequält lag sie da, und plötzlich dachte sie mit einem Teil ihres Bewußtseins, der noch nicht gefangen war, an Henry Marshalson. Sie hatte Henry so sehr geliebt, als sie ein kleines Mädchen gewesen war, nur würde niemals ein Mensch das glauben oder jetzt noch davon erfahren. Diese Liebe gehörte ganz zu dem verstrichenen Moment. Sie erinnerte sich des seltsamen, gespenstischen Abends in ihrem kleinen Zimmer im College, als sie den Brief ihres Vaters mit der Nachricht von Sandys Tod in der Hand gehalten hatte; sie war von einer so heftigen Aufwallung von Liebe und Gewißheit erfaßt worden und hatte in einer Sekunde so viele innere Zusammenhänge verstanden und so viele Bilder gesehen. Und wie sie jetzt auf seinen Brief hin zu Cato gelaufen war, genauso unüberlegt und blind war sie aus dem College geflohen, zurück nach Laxlinden, einzig und allein, um Henry wiederzusehen, um bei ihm zu sein und ihm ihre Liebe zu Füßen zu legen. Sie drehte sich auf dem Bett herum, zog ihre Knie hoch, senkte den Kopf und kniff in der Dunkelheit die Augen zusammen. Sie dachte, ich bin zu Henry gerannt, ich mußte. Und sie sah sein leicht spöttisches, lachendes Gesicht von dem dunklen lockigen Haar umrahmt, seine dunklen glühenden Augen, die sie ansahen, und wünschte sich ein körperliches Verlangen herbei, um sich von ihrem Elend und ihrer Angst abzulenken, aber es stellte sich nicht ein. Traurig spürte sie, daß sie ihn verloren hatte, nicht weil er sie nicht haben wollte, sondern weil sie ihn nicht mehr haben wollte. In dieser Finsternis spendete Henry kein Licht, er war nichts weiter als ein dummer, eitler Jungmädchentraum.

»Ich muß schlafen«, sagte Henry. »Ich muß unbedingt schlafen, ich muß morgen nach London zur Polizei. Sie wollen, daß ich morgen abend da hingehe.«

»Diese Leute werden dich töten.«

»Nein, die Polizei paßt ja auf mich auf.«

»Wenn die merken, daß die Polizei da ist, werden sie dich töten.«

»Sie werden es nicht merken.«

»Woher willst du das wissen?«

»Ach, hör auf, Stephanie, ich hab auch so schon Angst genug, da brauch ich nicht noch deine –«

»Du glaubst also auch, daß sie dich töten werden.«

»Nein! Die Polizei ist doch in nächster Nähe. Hör zu, laß mich jetzt um Gottes willen in Ruhe, ich muß schlafen, ich brauche Ruhe, mit ein bißchen Glück verliere ich vielleicht das Bewußtsein und habe einen schönen Traum. Ich hatte gerade einen, als du kamst.«

»Warum bist du nicht zu mir gekommen?«

»Ich dachte, du würdest schlafen.«

»Laß mich hierbleiben.«

»Wenn du bleibst, kann ich nicht schlafen. Herrgott noch mal, ich möchte *schlafen*, ist das denn so ungewöhnlich?«

»Ich glaub diese Geschichte nicht, das ist alles Schwindel, wieso glaubst du das alles, wenn es überhaupt keine Beweise gibt?«

»Ach, hör auf –«

»Es ist ein Komplott und eine Vortäuschung, und das alles hat sich dieses Mädchen ausgedacht, damit sie dir leid tut, damit du dich in sie verliebst, es ist alles Zauberei.«

»Also, wenn es Vortäuschung ist, dann ist es keine Zauberei«, sagte Henry, »und wenn es die Art Komplott ist, dann werde ich bestimmt nicht umgebracht. Du kannst es nur so oder so haben.«

Henry war plötzlich aus dem Schlaf gerissen worden. Er hatte geträumt, er wäre zu Hause in Sperriton und Russ und Bella wären mit ihm im Garten, der sehr groß geworden war, und im Garten wäre ein See und auf dem See eine Spielzeugjacht mit weißen Segeln. Angesichts der starken, wohlgefälligen Gegenwart seiner Freunde, die die weißen Segel betrachteten, hatte Henry eine tiefe Freude empfunden.

Im Moment des Erwachens hatte er sich zunächst glücklich gefühlt, dann, durch den Gegensatz noch verstärkt, tief unglücklich und voller Angst. Er fürchtete sich vor der Polizeifalle, für die er sich nur als Köder zur Verfügung gestellt hatte, weil er sich dazu verpflichtet gefühlt hatte. Die Polizei schien der Ansicht zu sein, die Bande würde erwarten, daß Henry den Rest des Geldes wie vorher verabredet überbringen würde, da in Catos zweitem Brief lediglich Colettes Erscheinen, nicht aber das restliche Geld gefordert wurde. Henry sah vor sich die grauenvolle Finsternis, die verborgenen skrupellosen Männer. Er war überzeugt, die Bande würde merken, daß die Polizei da war, und ihn auf der Stelle töten. In seinem Körper spürte er das ganze Grauen vor unmittelbar drohender Gewalt so lebhaft, als könnte er leibhaftig den Revolver oder das Messer sehen, die ihn gleich verstümmeln oder niederstrecken würden. Und selbst wenn er dieses furchtbare Treffen überleben sollte, würde er kaum besser dran sein, denn er würde ja auf der schwarzen Liste stehen, als Verräter gebrandmarkt, als ein Mann, den es später zu eliminieren galt. Alle Unschuld und Lebensfreude waren ihm geraubt worden, gerade so, als wäre er von seinen Feinden zum Verbrechen angestiftet worden und nun selbst ein Krimineller. Ja, wenn nicht eines gewesen wäre, dann wäre Henry Marshalson jetzt nur noch ein schlotterndes Häufchen egoistischer Angst um sich selbst gewesen. Dieses eine war der Gedanke an Colette.

Eigentlich hatte sich Henry nicht Colettes wegen einverstanden erklärt, für die Polizei den Köder zu spielen, sondern aus irgendeinem alten primitiven Pflichtgefühl heraus oder, einfacher, weil ›es sich so gehörte‹. Er wußte nicht, wie er sich hätte weigern sollen, und es kam ihm auch gar nicht ernsthaft in den Sinn, sich zu weigern. Der Gedanke an Colette war etwas Eigenes, ein eigener Schmerz, eine eigene Gnade, und wenn auch

Henry in diesem Moment nicht fähig war, es so zu sehen, so war ihm doch seine Angst um Colette eine kleine Hilfe, indem sie seine Aufmerksamkeit von seiner eigenen Person ablenkte. Er sah sich von einer Kugel niedergestreckt, von einem Schlag auf den Kopf getroffen, schwachsinnig infolge von Gehirnschaden. Aber er dachte auch an sie und das, was vielleicht gerade jetzt mit ihr geschah; und irgendwie durchdrang ihn jenseits dieser Vorstellungen das Bild Colettes und der Gedanke an ihre Unversehrtheit und ihren Mut wie ein Speer, bohrte sich wie ein harter Kern von etwas Reinem, nicht zu Henry Gehörigem, mitten in die erniedrigende Schwäche seiner Angst.

»Ich kann bestimmt nicht schlafen, aber ich bin fest entschlossen zu schlafen.«

»Du hast gesagt, du hättest keine Angst.«

»Gar nicht wahr, natürlich habe ich Angst, ach, laß das jetzt, verschwinde, komm, sei ein braves Mädchen.«

»Du liebst mich nicht. Du denkst an dieses Mädchen.«

»Ach, halt den Mund, halt endlich den Mund, siehst du nicht, daß ich total fertig bin, ich will jetzt nicht mit dir reden, möchtest du, daß ich schreie?«

»Du brauchst mich nicht. Du bist in Schwierigkeiten und brauchst mich nicht.«

Beim Aufwachen hatte Henry gesehen, daß die Lampe brannte und Stephanie auf dem Fußende seines Bettes saß. Sie hatte gehört, wie der Wagen weggefahren war, der Henry und Gerda nach Pennwood gebracht hatte, und war zu dem eben zurückgekehrten, augenblicklich tief eingeschlafenen Henry gekommen, um zu fragen, wo er gewesen war. Obwohl Gerda ihm davon abgeraten hatte, hatte Henry sich verpflichtet gefühlt, Stephanie alles zu sagen. Stephanie schien entschlossen, ihm nicht zu glauben, und die Geschichte klang ja auch wirklich verrückt, und für Henrys schlaftrunkenen Verstand war nicht im entferntesten klar, worauf soviel panische Angst gründete. Aber die Panik war real.

Stephanie, die das Negligé mit dem schwarz-goldenen Rautenmuster und den Federn anhatte, hockte zusammengekauert auf dem Bett. Die nackten Füße hatte sie unter sich hochgezogen, ihr Kopf hing gesenkt zwischen ihren Schultern, und ihre Hände waren unter ihrem Kinn gefaltet. Ihr Haar war zerzaust und ihr ungeschminktes Gesicht verschwollen und blaß, die harten Linien zu beiden Seiten ihres Mundes waren tiefdunkel beschattet. Sie sah alt aus, und zum erstenmal, seit Henry ihr begegnet war, schien ihr Aussehen ihr völlig gleichgültig zu sein. Sie sah aus, als hätte sie geweint. Neben seinem Ärger verspürte Henry das vertraute besitzergreifende, liebende Mitleid. Er wandte sich von ihr ab, streckte sich stöhnend aus und drückte sein Gesicht in das Kopfkissen. Ihm war, als könnte er sich sehen, schlank und straff in seinem blauen Baumwollpyjama, stark, unversehrt, jung; und morgen um diese Zeit wahrscheinlich verstümmelt oder tot.

»Ich möchte dich was fragen. Warum liebst du mich?«

»Ich habe dich auf mich genommen«, sagte Henry. Schlafen war jetzt ausgeschlossen. »Ich liebe dich, weil ich dich auf mich genommen habe.«

»Das ist eine komische Antwort.«

»Du bist ja auch ein komisches Ding.«

»Warum hast du mich auf dich genommen?«

»Weil du mir leid tust. Wegen Sandy. Weil ich mit dir schlafen konnte. Wegen deiner Stupsnase und der Tatsache, daß du, ganz gleich wieviel Mühe du dir gibst, immer unordentlich aussiehst.«

»Wegen meiner Vergangenheit.«

»Wegen deiner Vergangenheit, wegen deiner Augen, weil du dankbar warst. Wie kann man sagen, warum man jemanden auf sich nimmt? Ich bin selbst ein komischer Kerl.«

»Ich muß dir was sagen, Henry, hör mir zu. Ich hab dich angelogen.«

»Na schön. Spielt es eine Rolle?«

»Henry, Liebling – ich war nie eine Stripperin, ich war nie eine Prostituierte, das ist alles nicht wahr. Macht dir das was aus?«

Henry setzte sich auf. Stephanie, zusammengekauert am

Fußende des Betts, wirkte wie ein alter zerrupfter Vogel. »Was soll das heißen?«

»Genau das. Ich hab's alles erfunden. Ich war nie so. Ich war eine anständige Frau, ich war Stenotypistin, keine Hure. Das hab ich nur gesagt.«

»Oh«, sagte Henry. Er starrte sie an. Lautlos rannen ihr die Tränen aus den Augen. Er hatte sie nie so jämmerlich und so häßlich gesehen. »Warum?«

»Ich dachte, dann wäre ich interessant für dich und würde dir leid tun.«

Henry ließ sich das durch den Kopf gehen. »Gut. So war's ja auch.«

»Und es macht nichts?«

Henry betrachtete ihre Tränen und überlegte. Aus seiner Angst herausgerissen, konzentrierte er sich. Er hatte das Gefühl, zum Narren gehalten worden zu sein, empfand eine tiefe, ängstliche Verwirrung. »Ich glaube nicht. Ich komme mir vor wie ein Narr, und irgendwie ekelt es mich an, aber ich denke, das spielt keine Rolle. Du bist eine Lügnerin, und ich bin ein Narr, das ist alles.«

»Und du verzeihst mir?«

»Die Frage stellt sich nicht. Na ja, ja, natürlich. Als du also von zu Hause durchgebrannt bist, bist du Stenotypistin geworden und nicht Stripperin. Okay, okay.«

»Aber ich bin überhaupt nicht durchgebrannt. Ich hab zu Hause gelebt, bis ich zwanzig war. Meine Eltern leben immer noch in Leicester. Ich hab sie zu Weihnachten besucht. Mein Bruder ist in der Computerbranche.«

»Gratuliere«, sagte Henry. »Ein sicherer Arbeitsplatz. Sieht also ganz so aus, als wär mein Mitleid mit dir fehl am Platz gewesen. Okay.«

»Nein, nein, das war es nicht. Weißt du – ach, bitte, versuch, mich zu verstehen. Mein Leben wurde ganz schrecklich, langsam, aber sicher, und ohne besonderen Grund. Du hast so was Schreckliches nie kennengelernt. Ich bin nie mit meinem Leben zurechtgekommen. Das einzige, was ich gelernt habe, war

Tippen, und das konnte ich auch nicht gut, ich hab immer wieder meine Stellung verloren, und als ich dann keine Zeugnisse hatte, wurde es immer schwieriger, was Neues zu kriegen. Du weißt nicht, wie das ist, was Verzweiflung ist, wenn man merkt, wie man immer tiefer sinkt. Ich hab's als Bürohilfe versucht, aber das hab ich auch nicht geschafft, ich hab überhaupt nichts geschafft. Ich hab angefangen, von Sozialhilfe zu leben –«

»Langsam tust du mir wieder leid.«

»Natürlich wollte ich heiraten, das schien mir die einzige Hoffnung zu sein, und ich hab auch ein oder zwei Männer gehabt, die ich im Pub kennengelernt habe, aber sie waren gräßlich und nur auf Sex aus, und kein Mensch war jemals gut zu mir oder hat sich aus mir als Mensch was gemacht, und ich hab's nie geschafft, eine Freundin zu finden, ich hab's immer wieder versucht und hab immer nur versagt. Ich hab allein in meinem Zimmer gesessen und stundenlang geweint, und keiner hat sich drum gekümmert, und am Ende hab ich, vor lauter Einsamkeit und weil ich keine Arbeit hatte, einen Nervenzusammenbruch gekriegt und bin in eine Klinik gekommen, wo sie mir Drogen und Elektroschocks verpaßt haben. Ich hab fast ein Jahr dort gelebt, und es kam mir ganz unmöglich vor, daß ich dort je wieder rauskomme, und ich wollte auch gar nicht raus –«

»Warum hast du mir das alles nicht erzählt?« fragte Henry.

»Ich dachte, du würdest mich stehen lassen, wenn du mich für neurotisch oder verrückt oder so was halten würdest. Eine Frau im Krankenhaus hat zu mir gesagt: ›Erzähl keinem Menschen, daß du einen Nervenzusammenbruch gehabt hast, wenn du Arbeit oder einen Mann finden willst.‹ Und dann bin ich rausgekommen, sie haben mich gezwungen zu gehen, und ich hab wieder allein gelebt –«

»Du warst also nie irgend jemandes *femme fatale*«, sagte Henry, »nur Sandys und meine. Wo hast du Sandy dann kennengelernt, wenn nicht in dem Stripperlokal?«

»Das ist es ja, was ich dir sagen muß.« Ihr Mund war naß von Tränen. »Es ist alles nicht wahr. Ich war nie Sandys Geliebte.

Ich hab ihn überhaupt nicht gekannt. Ich war nur die Putzfrau.«

»Was?!«

»Ich hab mir Putzstellen gesucht, das war das einzige, was ich konnte. Ich hab in dem Haus die Treppen geputzt, und dann hat mich eine Dame dort gefragt, ob ich bei ihr auch putzen könnte, und sie hat mich Sandy empfohlen, und er hat mir seinen Schlüssel in einem Briefumschlag hinterlassen, und dann bin ich immer montags zum Putzen hingegangen. Aber er war an dem Tag nie da, er hat mir immer Zettel hingelegt und das Geld, ich hab ihn nur ungefähr zweimal gesehen, auf der Treppe, und da war nicht mal sicher, ob er's überhaupt war, und er wußte nicht, wer ich war, und dann hab ich in der Zeitung gelesen, daß er einen tödlichen Unfall hatte –«

»Aber – warte – warte – willst du sagen, daß du gar nicht Sandys Geliebte warst, daß das alles Lüge war?«

»Ja.«

»Aber das ist doch unmöglich, du mußt verrückt geworden sein, du hast doch alles über ihn gewußt, du hast alles über *mich* gewußt, du hast mich sofort erkannt, als du mich gesehen hast –«

»Nein, ich wußte gar nichts. Ich hab in seinem Schreibtisch nachgeschaut, aber da hab ich nichts gefunden –«

»Aber du hast mich doch erkannt, du wußtest, daß er Sandy hieß, du –«

»Du hast mir gesagt, wer du bist. Du hast mir seinen Namen gesagt. Ich hab einfach nur gewartet, und es kam alles raus, *du* hast es mir gesagt –«

»Aber Stephanie, du hast doch gesagt, du wärst Sandys Geliebte gewesen, gleich in den ersten fünf Minuten hast du das gesagt –«

»Ja –«

»Mein Gott. Du hast das also alles schon parat gehabt, das ganze Lügenmärchen, du hättest es jedem aufgetischt, der gekommen wäre –«

»Jedem, der gekommen wäre. Aber es war – ach, ich kann es

nicht erklären – es war nicht so, es war nicht kaltblütig, es ist irgendwie einfach passiert –«

»Wie irgendwie einfach passiert, Herrgott noch mal?«

»Ich hab mir so einen Traum von Sandy zurechtgemacht, eine Phantasiegeschichte, ich hab mir über viele Leute so was zurechtphantasiert, praktisch über jeden Mann, der mir über den Weg gelaufen ist, wie er mich lieben und heiraten würde und wie sich dann herausstellen würde, daß er reich ist, ja, das hab ich mir alles vorgestellt, wie es mit Sandy sein würde und wie ich ihm erzählen würde, daß ich von zu Hause durchgebrannt bin und Stripperin wurde, und daß er dann Mitleid mit mir hätte und für mich sorgen würde –«

»Mein Gott!«

»Und als er dann gestorben ist, und kein Mensch kam – Wochen und Wochen sind vergangen, und niemand kam, und ich hab gewartet und gewartet – ich bin jeden Tag in die Wohnung gegangen und bin dort rumgelaufen, und es war so seltsam, die Wohnung ganz leer und niemand da außer mir – Dann hab ich mein Zimmer verloren, und es kam mir vor wie ein Zeichen – und ich bin in die Wohnung gezogen, ich mein, es war ja ein Notfall – und dann hab ich mir vorgestellt, daß überhaupt nie jemand kommen würde und ich die Wohnung einfach übernehmen und dort für immer wohnen könnte. Und eines Tages dann hab ich mir gedacht, wenn doch jemand käme und ich mich für Sandys Geliebte ausgeben würde, dann würde derjenige, auch wenn er vielleicht wütend wäre, mir Geld geben und vielleicht sogar die Wohnung überlassen, ich meine, ich hätte ja wirklich Sandys Geliebte sein können –«

»Ja, das hättest du, nicht wahr, und damit ist die Geschichte beinahe wahr. Du bist wirklich ein Genie, diese Elektroschocks müssen Wunder gewirkt haben. Und dann bin ich erschienen.«

»Ja, und dann bist du erschienen und – ich hab dir was vorgespielt – und du hast mir alles erzählt, wer du bist und alles, und ich brauchte nur so zu tun, als wüßte ich schon alles, was du mir erzählst, und ich hoffte, du würdest mir die Wohnung überlassen, zumindest hab ich das anfangs gehofft –«

»Und dann ist dir aufgegangen, daß du den ganz großen Reibach machen könntest.«

»Na ja, dann hab ich – dann hab ich dich geliebt –«

»Noch ein Märchen. Na, auf jeden Fall war mein Geld real. All die rührenden Geschichten, wie Sandy dich von oben herab behandelt hat – und das mit dem Kind und so weiter –, das war alles erfunden. Mein Gott, du solltest Romane schreiben. Und ich hab das alles anstandslos geschluckt. Warst du nicht platt über dein Glück?«

»Aber Henry, ich liebe dich wirklich, ehrlich, das ist kein Märchen, und ich hab dir die Wahrheit gesagt, obwohl es das gar nicht gebraucht hätte, und es war echt schwer. Ich hab solche Angst, daß du mich jetzt nicht mehr magst, aber ich konnte einfach nicht weiterlügen. Ich mußte wissen, daß du *mich* magst, so wie ich bin, und nicht nur wegen Sandy oder wegen der Strippergeschichte oder so, also war ich doch tapfer, oder vielleicht nicht? Ach, bitte, versteh doch und betrachte es nicht als was Abscheuliches. Ich mußte es versuchen, ich mußte kämpfen, ich war immer auf mich selbst gestellt, und nie hat mir ein Mensch geholfen oder sich um mich gekümmert oder mich besonders gemocht, ich mußte immer alles allein machen, ich mußte Pläne machen –«

»Was für Pläne hast du denn sonst noch so gemacht? Ich bin fasziniert –«

»Ach, nicht so was – bei mir hat nie was geklappt – aber langsam hat mich die Verzweiflung gepackt – ich werde doch alt, ich dachte, es wäre meine letzte Chance –«

»Wie alt bist du?« fragte Henry.

»Ich bin – na ja – ich bin ein bißchen älter, als ich gesagt habe – ich bin – fast vierzig – ach Gott, ach Gott – versteh doch bitte – ich mußte doch an mich selbst denken, niemand sonst hat's getan – und dann bist du gekommen, und du warst so *lieb*, du hast mich Miss Whitehouse genannt, und du warst so respektvoll und höflich und hast mich nicht wie den letzten Dreck behandelt wie alle anderen, und du hast mich *wahrgenommen*, du hast mich attraktiv gefunden –«

»Das hört sich an, als hättest du mit mir das erstemal ein bißchen Glück gehabt.«

»Ja, ja, Darling, mit dir habe ich das erstemal im Leben Glück gehabt, du warst das erste Gute, was mir im Leben passiert ist – aber, oh, ich hab's doch nicht alles damit verpatzt, daß ich dich angelogen habe, oder? Du verzeihst mir doch –« Stephanie glitt zu Boden und kroch auf Knien zu ihm hin, wobei sie den Vorleger auf dem Holzfußboden vor sich her schob. Sie hob ihre Hände zu ihm auf wie ein bettelnder Hund. Ihre feuchten, heißen Finger zupften an seinem blauen Pyjamaärmel.

»Kein Wunder, daß du so gelacht hast, als ich dir den Heiratsantrag gemacht habe. Du hast mich gebraucht, und du hast mich erfunden. Du bist ein echtes Genie.«

»Henry, bitte –«

»Du bist also gar keine *femme fatale*, du bist nur die Putze. Du bist nur eine Komikerin, eine urkomische Putzfrau.«

»Ja, ja, eine Komikerin, deine Komikerin, nicht wahr? Du verzeihst mir doch, sag, daß du mir verzeihst. Du hast gesagt, daß ich dir leid tu, du hast gesagt, du liebst mich, weil ich dir leid tu, ich tu dir doch immer noch leid, oder? Mein Leben war so scheußlich, und ich war immer so einsam, du kannst mich nicht verlassen, nur weil ich die Wahrheit gesagt habe, und ich mußte dir Wahrheit sagen, weil ich dich liebe – du kannst mich jetzt nicht verlassen, du hast gesagt, du hättest mich auf dich genommen, daran hat sich doch nichts geändert, oder, nur weil –«

»Daran hat sich nichts geändert«, sagte Henry.

»Oh – danke dir, Gott sei Dank –« Sie kniete immer noch auf dem Boden, stieß kleine zitternde Schluchzer aus, drückte seine Hand an ihre nassen Lippen.

Henry blickte auf das unordentliche Haar hinunter, auf den absurden Federkragen und Stephanies zuckende Schultern. Er dachte: ›Vierzig gibt sie zu, wahrscheinlich ist sie älter.‹ Er sagte, »Hey, Steph. Hallo!«

»Du bist so gut, so lieb, der einzige Mensch, der je gut zu mir war –«

»Steh bitte auf, Steph, diese Ausbrüche sind höchst unschicklich, nein, ich will dich jetzt nicht bei mir haben, geh und setz dich in den Sessel, bitte. Hier, nimm mein Taschentuch.«

Stephanie stand auf und ging, sich das Gesicht abtupfend, zum Sessel. »Es ist also alles in Ordnung, ja? Es ist wirklich in Ordnung?«

»Muß es sein, Steph. Ich kann dich ja nicht einfach fallenlassen, ich werde es auch nicht tun, ich habe nur den Eindruck, daß ich dich nicht sehr gut kenne und daß du mich nicht sehr gut kennst. Tja, so ist das, wir scheinen jeder das Verhängnis des anderen zu sein. Ich denke, es wird schon in Ordnung gehen mit uns, wir werden ganz gut füreinander sorgen. So, und jetzt geh, bitte, nein, du kannst nicht hier schlafen, es ist kein Platz, und mir ist eiskalt. Ja, ja, ich verzeihe dir, aber bitte geh jetzt.«

»Henry, fahr da morgen nicht hin.«

»Ich muß.«

»Wenn du morgen getötet wirst, hätte ich nichts –«

»Ach, Steph! Na schön, ich mach ein Testament, in dem ich alles dir hinterlasse.«

»So hab ich's überhaupt nicht gemeint.«

»Du weißt nicht, was du meinst. Du bist meine komische Freundin. Aber hör gut zu, du mußt immer tun, was ich sage, ich meine, wenn ich mit dem Leben davonkomme, was ich fest vorhabe, mußt du mit mir nach Amerika gehen und ein ganz gewöhnliches Leben führen, nicht das einer reichen Erbin. Bitte keine Phantasien mehr.«

»Ich tu alles, was du –«

»Jetzt geh bitte! Bitte!«

»Und es ist –«

»Ja, ja, ja.«

Nachdem sie gegangen war, stand Henry auf und trank etwas Wasser. Dann wusch er sich die Hände. Er knipste die Lampe aus und zog die Vorhänge zurück. Draußen dämmerte es.

Cato rüttelte nun schon eine lange Zeit an dem Rohr, vielleicht eine Stunde, sein Zeitgefühl war sehr unsicher geworden. Er kniete auf einem Knie, die Schulter gegen die Wand gestemmt. Der Arm tat ihm weh, seine Hand war naß, vielleicht blutete sie. Das Rohr hatte sich bis zu einem bestimmten Punkt losschrauben lassen, nun saß es fest. Cato bewegte das gelokkerte Rohr hin und her, weil es eine Beschäftigung war, etwa wie das Schwenken einer Gebetsmühle. Es war das einzige, was ihm zu tun einfiel, um nicht durchzudrehen. Seine offenen Augen waren mit Schwärze gefüllt, so nutzlos, als wären sie blind. Sein Körper lebte durch seinen Tastsinn, und schon war es, als wäre es immer so gewesen.

Die lange Zeit der Finsternis und der Hunger schienen seine ganze Wahrnehmung radikal verändert zu haben. Er nahm sich selbst in Beziehung zu seiner Umgebung durch ein Empfindungsvermögen wahr, das in seinen Füßen und seinen Fingern angesiedelt war, und in seinem Gesicht, von dem seine Augen jetzt ein nicht zu unterscheidender Teil zu sein schienen. Wenn er stillhielt, auf dem Bett lag oder saß, empfand er sich gleichzeitig als zusammengedrückt und aufgeblasen, als wäre sein Körper ein großer, enger, unbequemer Zylinder geworden, in dem seine Seele oder sein Wille oder irgend etwas als dünnes, bewegliches Fädchen existierte. Er fühlte sich gleichzeitig zum Bersten voll und hohl, schwach und doch rasend vor unnützer Kraft. Sein Körper war ihm eine Last, eine Quelle des Ekels, und doch hatten seine Finger, die wie lange Fühler waren, neue Fähigkeiten erworben, ein neues Raumgefühl. Er konnte sich geräuschlos, leicht und sicher in seinem Gefängnis umherbewegen und war doch gleichzeitig eine widerliche Kröte und konnte seinen Atem in seiner ganzen Scheußlichkeit riechen.

Es war einige Zeit her, seit Joe seinen letzten Blitzbesuch gemacht hatte, um ihm Brot und Wasser zu bringen. Mit großem Hunger hatte Cato das ganze Brot aufgegessen. Etwas später begann er, von Drogen betäubt oder erneut hungrig, sich schwindlig zu fühlen. Er hatte noch immer kein Mitglied der Bande außer Joe zu Gesicht bekommen, und diese Tatsache an sich war ihm zu einer Quelle der Furcht geworden. Er wurde von einer verrückten, der Einsamkeit entspringenden Neugier geplagt, als müßte selbst der abschreckendste Mensch ihm willkommene Gesellschaft sein. Aber immer noch um seine eigene und Joes Sicherheit bangend, wagte er nicht, zu klopfen oder zu rufen. Einmal noch, aber in letzter Zeit nicht mehr, hatte er das eigentümliche ferne Stimmengewirr gehört und manchmal Schritte. Besessen dann von seinem Vorhaben, das Stück Rohr zu entfernen, hatte er aufgehört zu lauschen. Er hatte keinerlei Pläne mit diesem Werkzeug, er wollte es nur haben. Leise brummend wechselte er nach einer kurzen Rast auf das andere Knie und machte sich wieder an die Arbeit.

Die Zeit, als er Henry den ersten Brief geschrieben hatte, war jetzt ungeheuer fern. Es war, vermutete er, Tage her und schien im Vergleich eine Zeit der Ahnungslosigkeit oder sogar Unschuld gewesen zu sein. Als er sich das erstemal an Henry gewandt hatte, war es, so schien es jetzt in der Rückschau, mit einem Gefühl von Absurdität geschehen, und er hatte nicht einmal halbwegs klar erkannt, daß er seinen Freund in ernsthafte Gefahr brachte. Dennoch wußte er natürlich, daß er diesen Brief nicht hätte schreiben sollen, und er konnte sich nicht erinnern, damals so große Angst gehabt zu haben, daß er sich nicht hätte weigern können, ihn zu schreiben. Die überwältigende Angst, so schien es, hatte sich erst später eingestellt, mit der körperlichen Schwäche und der geistigen Verwirrung. Doch eben die Tatsache, daß er diesen ersten Brief geschrieben hatte, hatte es umso leichter gemacht, noch einmal zu schreiben, an Henry und, so beschämend, an Colette. Er hatte aus Angst vor Joe geschrieben, vor Joes Wut und seiner Tollheit und seinem grausam spielerischen Messer, und aus Angst vor *ihnen*, denen er zur Strafe ausgeliefert werden sollte, wenn er nicht gehorchte; deren Opfer dann auch Joe werden würde. Es war alles so unberechenbar kompliziert. Cato war so schwach gewesen, so krank, so müde, so unfähig zu kämpfen, so unfähig zu denken, Widerstand zu leisten, auch nur den Versuch zu machen, Zeit zu gewinnen. Und er hatte sich im Entsetzen über seinen Verrat von dem Gedanken trösten lassen, daß Colette mit seinem Vater sprechen und sein Vater mit der Polizei sprechen würde. Colette würde nicht kommen, das niemals. Aber jetzt war er da nicht mehr so sicher.

Es krachte plötzlich und regnete scheppernd feines Geröll, und Cato fiel mit dem Stück Rohr in der Hand rückwärts zu Boden. Einen Moment blieb er sitzen und erforschte mit den Fingern seine Trophäe. Das Rohr war schwer, ungefähr zwanzig Zentimeter lang und hatte am Ende einen vielleicht zehn Zentimeter hervorspringenden zackigen Metallzapfen. Cato betastete es, spielte darauf wie auf einem stummen Instrument. Er rappelte sich mühsam hoch, blieb einen Moment schwindelnd stehen und kehrte zu seinem Bett zurück. Er legte sich nieder und drückte das Stück Rohr an sich, als wäre es etwas Geliebtes und Kostbares. Er fühlte seine Form an seiner Wange. Es war ihm teuer als etwas Unzweifelhaftes, etwas außerhalb seines Körpers und Geistes, als Talisman, als etwas, wofür er sich abgeplagt hatte und das er jetzt als eine Art Zeichen oder Beweis dafür besaß.

Cato horchte. Es war völlig still. Die gelegentlichen Vibrationen, die er als von der U-Bahn kommend interpretiert hatte, fehlten; es mußte also Nacht sein, vielleicht zwei oder drei Uhr morgens. Nacht. Sein Vater und Colette würden wohlbehalten in Pennwood im Schlaf liegen. Stille. Er versuchte, an Henry zu denken und sich zu überlegen, ob Henry den Rest des Geldes gebracht hatte, aber Henry und das Geld schienen irreal und schattenhaft, konnten unmöglich Teil der Geschichte sein. Er dachte, ich werde hierbleiben und verhungern, hierbleiben und sterben. Am Ende werde ich schreien, aber niemand wird es hören. Vielleicht sind sie alle fortgegangen, und der Schöne Joe ist schon tot. Am Ende werde ich schreien. Niemand wird je erfahren, wo ich bin oder was geschehen ist. Stille. Nacht. Colette schläft.

Dann wälzte er sich mit seinem Stück Rohr in der Hand gepeinigt herum und setzte sich auf. Er hatte diesen Brief an Colette geschrieben, diesen entsetzlichen, feigen, tödlichen

Brief. Er hatte sich nicht gewehrt, er hatte kaum widersprochen, er hatte versucht, sich sein Leben mit der Sicherheit seiner Schwester, vielleicht ihrem Leben zu erkaufen; mit ihrer Ehre, mit seiner Ehre. Er dachte an andere Gefangene, tapfere Männer, die von Tyrannen eingesperrt worden waren, weil sie für die Wahrheit eingetreten waren. Er war nicht ihresgleichen. Mit weit offenen Augen, schwach vor Elend und Scham, saß Cato da. Er sah jetzt, daß Colette natürlich kommen, wie ein Pfeil kommen würde, um ihn zu holen, wie sie glaubte. Sie würde keinem Menschen etwas sagen, würde einfach kommen.

Er lauschte seinem Atem und Herzschlag. Er saß aufrecht, mit geradem Rücken, die Beine leicht gespreizt, und diese Haltung erinnerte ihn plötzlich an seine frühesten Tage als Ordinandus, als er, im Dunkeln, oder was damals als Dunkel erschien, sitzend, lange Zeiten mit Meditation verbracht hatte. Niemand hatte ihm gesagt, was er zu erwarten hatte, nicht einmal, was er zu erreichen suchen sollte. Sollte ich Bilder sehen? hatte er Pater Bell gefragt. Tun Sie, was Ihnen paßt, wurde ihm gesagt. Knien. Sitzen. Stehen. Knien. Sitzen. Stehen. Knien. Automatisch ließ Cato sich nach vorn fallen und kniete nieder. Er legte das Stück Rohr sorgfältig und geräuschlos neben sich und blickte in die undurchdringliche Dunkelheit. Er sah Colette, die ihn mit einem Ausdruck grenzenloser Zärtlichkeit ansah und sich dann mit traurigem Gesicht abwandte. In einer tiefen, konzentrierten Stille der Wandlung war Colettes Gesicht zu dem des Erlösers geworden, und der Erlöser hatte große leuchtende Augen wie die einer Katze, die ihn aus der Finsternis anblickten, und doch war überall heller Lichterglanz. Cato konnte die feinen Haarsträhnen sehen, die das geliebte Gesicht umrahmten, und wie der Bart wuchs. Er hatte plötzlich ein äußerst intensives Gefühl, nicht allein zu sein.

Cato wußte, daß diese Bilder Halluzinationen waren. Nie zuvor hatte er so klar die Leere solcher Bilder, die Falschheit dieses tröstlichen Empfindens naher Anwesenheit gefühlt und erkannt. Er hatte seine Schwester verraten. Er würde vielleicht bald sterben oder aber in Schande weiterleben. Er hatte einen

Brief geschrieben, eine Tat gesetzt, es gab Beweise gegen ihn. Worte kamen ihm: Gott ist der Urheber allen Tuns. Und er dachte, aber es gibt keinen Gott. Nur diese Bilder, nur Handlungen und ihre Konsequenzen und den Tod. Herr, erbarme Dich. Christus, erbarme Dich. Herr, erbarme Dich. Das ist kein Gebet, dachte er, und ich habe nie gebetet. Es gibt nur die Sünde und nichts, was sie ändern kann, nur unsere Sünde, die abscheulicher ist als alles, was wir verstehen oder wissen können, weil wir aus Lügen gemacht sind.

Er schwankte, stützte sich mit einer Hand auf den Boden und blieb auf den Knien liegen. Es gibt keinen Gott. Ich habe nichts. Ich bin nichts. Gott ist der Urheber allen Tuns. Es gibt keinen Gott. Herr, erbarme Dich. Ich bin ein Verbrecher. Es gibt keine Hoffnung. Es ist niemand hier. Da ist ein Abgrund. Er schwankte wieder. Er legte seine Hände flach auf den Boden und ließ sich vorwärts gleiten, bis er wie niedergestreckt dalag. Es gibt keinen Gott, dachte er und meinte, es sei das erstemal, daß er die Wahrheit dieser Tatsache wirklich erfahren hatte; und mit der Erfahrung kam es zu einem unerhörten inneren Zerbrechen, als wären alle Fasern und Sehnen seines Körpers durchtrennt worden, und er blieb schlaff liegen wie einer, den der Tod überrascht hat.

Die Kerze brannte auf dem Bord und bewegte sich leicht im Luftzug, wie ein beinahe regloser Tänzer, der leise einen Fuß dreht. Colette und der Schöne Joe saßen auf dem Bett.

»Colette.« Joe hob seine Hand und hielt sie ihr geöffnet entgegen. Dann ließ er sie sachte auf ihr Knie herabfallen. Sie schauderte. »Laß mich dich anfassen. Sag Joe zu mir.«

»Joe.«

»Hast du Angst vor mir?«

»Ja.«

»Hast du Angst vor Sex?«

»Ja.«

»Hast du schon mal mit jemandem geschlafen?«

»Nein, noch nie.«

Joe zog seine Hand weg. »Ein Mädchen wie du ist mir noch nie untergekommen. Du bist - du bist - was Tolles.«

»Joe«, sagte Colette, »ich möchte, daß Cato nichts passiert. Ich möchte, daß er freigelassen wird. Es ist doch nicht nötig, daß sie uns beide festhalten. Ich bin gekommen, damit er freigelassen wird. Wollen sie das nicht tun? Derjenige, der ihnen das Geld bezahlt hat, würde doch bestimmt auch für mich bezahlen.«

»Henry Marshalson. Meinst du?«

»Henry hat das Lösegeld bezahlt?«

»Ja, und er wird noch 'ne Menge mehr bezahlen, ehe das hier ausgestanden ist.«

»Aber kann nicht Cato jetzt bitte gehen? Ich reiche doch für Lösegeld.«

»Du bist nicht wegen Geld hier«, sagte Joe.

Colette sah von ihm weg. Sie blickte zu dem niedrigen Tisch, wo Joe wieder sein blankes Messer hingelegt hatte. Das Messer funkelte erstaunlich, als wäre es aus irgendeinem magischen Metall gearbeitet, von dem Licht ausging. Die Klinge glänzte wie eine Flamme. Die verstreuten Banknoten lagen immer noch auf dem Boden.

»Colette«, sagte Joe. »Du sollst dich selbst geben. Und ich will, daß du dich nicht wehrst.«

»Ich soll mich - dir geben?«

»Ja.«

»Nicht - keinem anderen, meine ich?«

Joe schwieg einen Moment. Dann nahm er seine Brille ab und legte sie auf den Tisch neben das Messer. Sein Gesicht zeigte jetzt Müdigkeit. »Sex ist was so Schönes, Colette. Der Körper einer Frau, wie er sich bewegt –«

»Wenn ich mich dir gebe, wird Cato dann freigelassen?«

»Vielleicht. Ja, es wird auf jeden Fall helfen. Ich könnte wütend werden, ich könnte dich zwingen, du hast Angst vor mir. Manche Männer sind so. Mach mich nicht wütend. Ich werd versuchen, deinem Bruder zu helfen. Aber du mußt auch was tun. Schließlich bist du hilflos, du bist eine Gefangene. Ich könnte dich zwingen, jeder könnte das. Du bist nur ein Mädchen. Du möchtest doch nicht entstellt werden, oder? Du möchtest doch nicht, daß dein Gesicht versaut wird? Ich könnt dich mit dem Messer da ganz schön zurichten. Ich weiß, wie man Leuten Schnitte verpaßt, die nie mehr weggehen, wo die Narben bleiben. Verstehst du?«

Colette zwang sich, den Kopf zu drehen und ihn anzusehen. Ohne die Brille sah er so müde aus, so jung, ein Junge. Er kniff die Augen zusammen, während er sie anstarrte, dann lächelte er ein wenig, künstlich, und schüttelte sein gepflegtes volles Haar. »Die Schöne und das Tier, stimmt's? Ich weiß, ich bin der Schöne Joe, aber im Vergleich mit dir bin ich das Tier. Magst du mich, Colette?«

»Du tust mir sehr leid«, sagte sie.

»Auf dein beschissenes Mitleid pfeif ich. Warum nimmst du nicht meine Hand? Schau, ich biete sie dir noch mal an.«

Colette umfaßte seine Hand und schrie gleich darauf vor Schmerz auf. Er hatte ihr brutal den Arm umgedreht. Tränen schossen ihr in die Augen, Tränen des Schmerzes, der Hilflosigkeit und der Furcht. Sie hatte jetzt seit einiger Zeit einen Gedanken klar im Kopf. Sie würde auf jeden Fall vergewaltigt werden; aber wenn eine Chance bestand, irgendeine Vereinbarung auszuhandeln, die ihre Kapitulation zu einem Akt von Bedeutung machte, dann mußte sie sie ergreifen. Sie hatte noch ein letztes Maß an Freiheit und mußte es intelligent einsetzen. Besaß Joe die Macht, Cato zu helfen? Wenn sie sich beeilte, das zu tun, was Joe wünschte, würde sie sich dann seine Freundschaft erkaufen, würde sie nicht eine verachtete, ergebene Sklavin, einfach weitergereicht werden, an einen von Joes Auftraggebern? Alles in ihr krampfte sich zusammen und schreckte zurück, aber sie wußte, daß sie dem Messer nicht widerstehen würde. Nur ein kleiner Schmerz, und sie würde zur flennenden Idiotin werden, unfähig zu denken, unfähig zu feilschen.

»Hör zu, Joe«, sagte sie, »ich bin bereit, mich zu geben, wenn du mich vorher Cato sehen läßt. Ich möchte sicher sein, daß es ihm gutgeht.«

Joe zögerte. »Er ist nicht hier.«

»Das glaube ich dir nicht. Ich möchte ihn sehen.«

»Du kannst ihn hinterher sehen.«

»Nein, vorher.«

»Du kannst keine Bedingungen stellen«, sagte Joe. »Zieh deine Strumpfhose aus.«

»Bitte! Noch nicht. Joe, rede mit mir. Ich kenne dich nicht. Laß uns doch Freunde sein.«

»Meinst du das ernst? Tut mir leid, daß ich dir eben weh getan hab. Ich hab dir doch nicht richtig weh getan, oder? Ich war nur wütend, weil du meine Hand nicht nehmen wolltest, als würdest du auf mich runterschauen.«

»Ich schaue nicht auf dich runter. Aber ich wünschte, du wärst nicht mit diesen furchtbaren Leuten zusammen. Joe, kannst du uns nicht hier rausbringen, uns retten, Cato und mich? Ich würde alles tun, was du willst.«

»Das wirst du sowieso tun. Darf ich dich küssen – Colette?«

Colette blieb stocksteif sitzen und ließ es sich gefallen, daß der Junge sich über sie neigte. Seine heißen, feuchten Lippen, die ein wenig zitterten, berührten ihren Mund, zogen sich zurück, kamen wieder, und sein Arm glitt um ihre Schulter. Colette schloß die Augen.

»Du bist erregt«, sagte er, sich erneut zurückziehend. »Du willst mich. Laß mich dich hier berühren, nur berühren. Hast du schon mal einen Mann gewollt?«

»Nein.«

»Ich werd dich nicht zwingen. Ich möchte, daß das was Richtiges wird, perfekt. Ich muß dich haben, Colette, jetzt, heute nacht. Wenn ein Mann mal anfängt, kann er nicht aufhören. Aber wir hetzen uns nicht, wenn du's nicht willst. Es ist auch besser so. Ich find's schön, dich einfach so zu berühren. Du bist schön, schön – ich hab nie eine wie dich gehabt – Colette, du willst mich doch, oder? Fühlst du es nicht, das ist Sex, fühlst du es nicht?«

Colette atmete tief. Der reglose Tänzer bewegte sich, der kleine Raum vibrierte, ein lautloses Trommeln. Ein Seufzen kam ihr, aus einer Tiefe körperlichen Empfindens, das sie nie so stark gespürt hatte. Sie war abgestoßen, angewidert, entsetzt, geängstigt, erregt.

»Laß mich dich da berühren.«

»Nein.«

»Wehr dich nicht gegen mich. Laß mich deine Brüste sehen, das macht dir doch nichts aus. Du bist bestimmt bald genauso scharf wie ich.«

»Joe, laß uns ganz sanft miteinander sein«, sagte Colette. »Ich möchte gut freund mit dir sein, ich werde mich nicht wehren, aber warte noch – Joe, versprichst du mir, Cato freizulassen?«

»Ja.«

»Du versprichst es?«

»Ach, dieser verdammte Cato. Ja, ja. Oh, du bist wunderbar, du bist toll. Das ist doch schön, nicht?«

Sie hatte es sich gefallen lassen, daß er ihr Kleid aufknöpfte und eine Hand hineinschob. Sie griff nach hinten und öffnete ihren Büstenhalter.

»Das ist besser. Warte. Oh, Colette –« Joe fuhr hoch und riß sich das Hemd herunter. Er zog den Reißverschluß seiner Jeans auf. Dann legte er sehr behutsam wieder seine Hand auf ihre Brust. »Siehst du, ich kann sanft sein. Ich bin kein wildes Tier, jedenfalls noch nicht, verstehst du. Das ist schön, nicht? Tu deine Hand da hin. Ja, hier.« Er führte ihre Hand zu seiner Brust, und sie fühlte unter dem dichten blonden Haar, das seinen Oberkörper bis zur Taille bedeckte, die verborgenen Brustwarzen und das heftig klopfende Herz. »Du spürst mein Herz, ich kann deines auch spüren. Du bist erregt.«

»Joe, wo ist Cato? Joe, lieber Joe, hilfst du uns?«

»Hab ich doch gesagt. Du hast mich ›lieber Joe‹ genannt. Magst du mich?«

»Ja«, sagte Colette. Es war wahr. Sie empfand unwiderstehliches Mitleid, war unwiderstehlich bewegt.

»Ich würd dir gern von meinem Leben erzählen, aber nicht jetzt. Hinterher. Hinterher ist's immer schön, Colette, wenn man das Gefühl hat, daß man eben im Himmel war, und man fühlt sich so weich und schlaff und doch so wunderbar, und man liegt beieinander, und es ist so zärtlich –«

»Warum erzählst du mir nicht von deinem Leben – jetzt, meine ich – ich würde es gern hören –«

»Mein Vater hat mich geprügelt, meine Brüder haben mich geprügelt, und meine Mutter – Mensch, Frauen sind Dreck – ich mein nicht dich – Colette, Schatz, zieh deine Strumpfhose aus, nur um mir zu zeigen, daß du willst, ich werd dich nicht zwingen, ich weiß, es ist das erstemal. Einem andern Mädchen würd ich das nicht glauben, aber dir glaub ich's. Colette, du weißt doch, daß es ein bißchen weh tut beim erstenmal?«

»Ja.« Langsam zog Colette ihre Schuhe aus und begann dann, ihre Strumpfhose herunterzurollen. Sie zitterte jetzt heftig. Sie ließ die Strumpfhose zu Boden fallen und zog den Rock ihres Kleids über ihre Knie.

»Du bist ein kleines Mädchen.«

»Joe, die anderen Leute, die anderen Männer hier – kommen sie hierher? Ach, Joe, ich hab solche Angst, nicht vor dir, ich habe Angst vor ihnen.«

»Vor ihnen? Ach so, vor ihnen! Hör zu, Colette, ich verrat dir ein Geheimnis. Und danach schlafen wir miteinander, ja. Ich möchte, daß du dich wohl fühlst. Es gibt keine anderen, es gibt nur mich.«

»Nur – dich –?«

»Ja, ich hab so getan, als wär's eine Bande. Ich hab's nur so gesagt, und sie haben es geglaubt. Mann, hab ich gelacht. Es war ja so verdammt leicht. Die sind alle fast aus den Schuhen gekippt vor Angst. Henry Marshalson hat den Haufen Geld gebracht, und dein Bruder hat sich fast in die Hose gemacht und dagesessen wie eine versteinerte Maus. Mein Gott, die Leute sind ja solche gottverdammten Feiglinge. Man braucht ihnen nur ein Messer zu zeigen, und schon tun sie alles.«

»Aber – du meinst – es gibt keine Bande, überhaupt keine anderen Leute, du hast das alles ganz allein getan, Cato entführt, ihn gezwungen, diesen Brief zu schreiben, du hast das ganze Lösegeld allein –?«

»Genau! Na, bin ich nicht toll?«

»Aber der Neger, du hast doch gesagt –«

»Es gibt keinen Neger, es gibt überhaupt niemanden – Siehst du das Transistorradio da, das hab ich manchmal eingeschaltet, auf irgendeinen ausländischen Sender, damit sich's anhörte, als würden hier Leute reden. Herrgott, hab ich gelacht!«

»Es ist also alles Schwindel, nur ein Jux?«

»Das hab ich nicht gesagt –«

»Aber wo ist Cato? Du mußt es ihm sagen, du mußt ihn sofort freilassen – wo sind wir –?«

»Später, später, mach mich jetzt nicht wütend, ich kann nämlich sehr wütend werden, weißt du.«

»Du mußt das Geld zurückgeben und –«

»Halt die Klappe, Schatz. Natürlich geb ich das Geld nicht zurück, und er verlangt's besser auch gar nicht. Ich hab für die Kohle geschuftet. Ich bin jetzt einer von den Großen, ich hab's geschafft, und ich hab's ganz allein geschafft. Hat ganz schön Mumm gekostet, ich hab ja nicht gewußt, daß es so leicht gehen würde. Ich bin gefährlich, und ihm fehlt's nicht, oder? Ich bin frei, und ich bleib frei und mach, was ich will.«

»Joe, du hast doch Cato nichts angetan? Ach, bitte, laß mich ihn doch sehen –«

»Nein, nein, ich hab ihm nur richtig Angst eingejagt. Und wie! Die Leute können ja so verdammt blöd sein. Ich hab's ihm heimzahlen müssen, weil er meinen Revolver gestohlen hatte, er hat ihn in den Fluß geschmissen, damit hat alles angefangen. Aber ich hatte keine Ahnung, daß er sich so leicht rumschubsen lassen würde. Wenn er ein bißchen Kampfgeist gezeigt hätte, hätt ich ihm alles gesagt. Ich hätt ihm nichts getan, ich mag ihn, er ist mein Freund. Aber er war so dumm und so kleinlaut, ein richtiger Duckmäuser. Ich hab ihn gezwungen, Henry zu schreiben, er soll dich mit dem Geld schicken, aber dann konnt ich's gar nicht mehr erwarten, dich zu sehen, und hab ihm gesagt, er muß an dich schreiben, und du bist prompt gekommen, das hab ich gleich gewußt. Verstehst du, du bist mir wichtiger als das Geld. Verstehst du das? Colette, zieh die

Sachen aus, Schatz – und schau mich jetzt an, schau! Darum geht's. Ganz recht. Du wirst mein Mädchen, Colette, nicht wahr? Bei mir hast du's gut, ich werd für ich arbeiten. Er wollte, daß ich mit ihm in den Norden geh, gehen wir doch alle und leben von dem Geld, warum nicht, und du bist mein Mädchen.«

Colette schloß die Augen und legte sich auf dem Bett nieder. Er zerrte an ihrem Kleid, zerriß es dann.

»Colette, du wirst doch mein Mädchen, oder, Schatz, Schatz, sag ja.«

»Ja.«

»Und wir gehen rauf in den Norden und leben da, und ich arbeite, ich lerne, wie er das immer gewollt hat, ich bin schlau, ich werd alles für dich tun –«

»Ja.«

»Laß locker, laß locker. Schau mich an. Ich möchte, daß du's siehst.«

Colette öffnete die Augen. Ihr ganzer Körper war steif vor Abwehr, sie fühlte sich so dünn und gespannt wie eine Gerte. Sie sah Joes erhitztes, zur Grimasse verzogenes Gesicht, seinen offenen nassen Mund, seine glänzenden Augen. »Colette, oh, Colette, Süße, schnell – schwörst du, daß du das wirklich noch nie mit einem andern getan hast?«

»Ja.«

»Laß locker, verdammt noch mal, wehr dich nicht, oder möchtest du, daß es weh tut?«

Colette bäumte sich plötzlich unter ihm auf. Ihr Knie schnellte hoch, traf genau seinen Magen, ihre Hände packten sein Haar und versuchten, dieses heiße, sabbernde Gesicht wegzuziehen. Sein Arm fiel schwer auf ihren Mund, und sie biß zu. Sie sah über sich das plötzliche Aufblitzen der Messerklinge, und ein seltsamer, toter Strich wurde über ihre Wange gelegt wie ein Faden, dann folgte brennender Schmerz. Sie begann zu schreien.

Cato war aufgestanden und saß auf dem Bett. Er hatte lange Zeit auf dem Boden gelegen. Sein Unterkiefer schmerzte dort, wo er auf den Fußboden gedrückt haben mußte. Er schlotterte vor Kälte. Automatisch zog er sich die Decke um die Schultern. Schwärze war da. Alle frühere Schwärze war grau gewesen. Nichts war da. Alles frühere Nichts war voll geheimen Lebens gewesen, alle andere Leere mit Trümmern angefüllt. Nun war alles zerstört oder aufgegeben, und es war eine Leere da, die nicht einmal Raum war. Cato saß da und atmete. Er saß da, und der letzte Funke aktiven Geists in ihm wachte, wartete. Er war angespannt, er vibrierte, er war bis zum Äußersten angespannt, wie über eine ganze Galaxie von Sein, um so leer, so still, so hier zu sein.

Dann zuckte ein Blitz, doch er wußte augenblicklich, daß es nicht Licht war, sondern Laut. Irgendwo, nicht sehr nahe, aber deutlich zu hören, schrie eine Frau. Ohne einen bewußten Moment des Erkennens wußte er, daß es Colette war. Er sprang auf, plötzlich tolpatschig, ungeschickt, hektisch, wilde Worte ausstoßend. Seine Hose rutschte ihm zu den Knien hinunter, und er schleuderte sie weg. Er rannte zur Tür, schlug dagegen, zerrte daran, und zum erstenmal seit seiner Gefangensetzung schrie er. Er versuchte, die Tür aufzubekommen, rüttelte an der Klinke, suchte nach einem Spalt, in den er seine Finger schieben könnte. Er rannte zum Bett zurück und suchte wie ein Wahnsinniger nach seinem Stück Rohr, aber er hatte es irgendwo auf dem Boden liegen gelassen. Er stolperte darüber, hob es auf und stürzte zur Tür zurück, immer noch schreiend, brüllend, nicht mit Worten jetzt, sondern mit dem blinden Rasen eines Tiers. Er schlug mit dem Bleirohr auf das Schloß, hämmerte auf das Schloß und das umgebende Holz ein. Dann stieß er ohne Überlegung und wie verrückt das schmale abgebrochene Ende des Rohrs in den Spalt zwischen Tür und Pfosten und stemmte. Sein geschwächter Körper ächzte unter der Anstrengung, und ein krampfähnlicher Schmerz schoß ihm durch die Eingeweide. Er taumelte zurück, aber dann versuchte er es von neuem, indem er das dickere Ende des Rohrs in Richtung zur Wand drückte. Er hörte das kreischende Geräusch splitternden Holzes und merkte, daß die versperrte Tür den Pfosten aus der Wand zu reißen begann. Er trieb sein Werkzeug tiefer in den sich öffnenden Spalt, fand Zugriff für seine Finger, und der Pfosten und ein Teil des Türsturzes brachen los und rissen die Tür samt Schloß mit sich. Nicht mehr brüllend jetzt, sondern wimmernd vor Angst und Furcht, scharrte und kratzte Cato, konnte aber noch immer nicht hinaus. Mörtel fiel ihm um die Füße. Er zwängte seine Schulter, dann sein Bein in die Lücke zwischen dem Holz und der Mauer. Wieder splitterte der Türsturz über ihm, die Lücke wurde weiter, und er quetschte sich hindurch. Das Rohr in der Hand, es jetzt am dünneren Ende haltend, stolperte er vorwärts durch eine Dunkelheit, die schon nicht mehr so undurchdringlich war. Seine Hand berührte eine Mauerecke, er lief um sie herum und sah in weiter Ferne ein Licht. Colette schrie wieder.

Als Cato den Raum erreichte, sah er zuerst ein merkwürdiges langes Stück fleckiges Grau, aus dem er nicht klug wurde; es war die Wand, durch die halboffene Tür gesehen. Dann erschreckte das Kerzenlicht seine Augen. Er stürzte beinahe, sah vor sich eine Art pulsierender rosiger Kugel, in der zwei menschliche Körper miteinander kämpften und rangen. Er sah Colettes blutverschmiertes Gesicht, ihren schreiend geöffneten Mund. Jemand brüllte, er selbst brüllte. Er sah einen Mann mit einem Messer und war später niemals sicher, ob er ihn in diesem Moment erkannte. Er ließ das dicke Ende des Bleirohrs mit aller Kraft auf Joes Kopf herabsausen. Dann stürzte er zu Boden.

Ich habe übrigens diese Landseer-Skizzen gefunden«, sagte Henry. »Sie waren in der Truhe in der Galerie. Ich hab sie in die Mappe zu den Orpen-Sachen gelegt.«

»Gut«, sagte Gerda und hakte einen Posten auf der Liste ab.

Die Sonne schien in den Ballsaal, wo Henry und seine Mutter zusammen am Tisch saßen. Der Raum war angefüllt mit einem geordneten Durcheinander aus gestapelten Bildern, aufgerollten Teppichen, Möbelstücken, mehreren Speiseservicen und einer Unmenge kleiner Kunstgegenstände.

»Und die Netsuke sind alle in dem Karton.«

»Du hast sie einzeln verpackt?«

»Ja. Möchtest du keine haben, Mutter?«

»Nein, danke, Henry. Jetzt ist fast alles numeriert. Du hast die Listen da liegen?«

»Ja, in dreifacher Ausfertigung.«

»Gib sie lieber mir.«

»Es ist toll, wie du das alles organisierst, Mutter.«

»Die Möbelwagen für Sotheby's kommen Dienstag, der ganze Rest bleibt dann zur Versteigerung hier. Die Gartengeräte sind alle in den Stallungen. Bist du morgen vormittag hier? Die Leute vom Versteigerungshaus kommen noch mal vorbei.«

»Ja, ich weiß. Sie haben den Prospekt für den Verkauf des Hauses immer noch nicht rausgebracht. Möchtest du wirklich nicht mehr von diesen Sachen, Mutter? Ich weiß, du hast Möbel genug, aber was ist mit den kleinen Sachen, diesen hübschen Meißner Tieren und den Gläsern –«

»Ich werde nicht viel Platz haben, und ich finde, ein schlichtes Ambiente ist angebrachter. Wir hatten immer zuviel herumstehen in diesem Haus. Ich werde schließlich keine Rhoda mehr haben, die für mich Staub wischt.«

»Ach, ja – Rhoda – sie ist also nicht -?«

»Sie hat bei Mrs. Fontenays Tochter angefangen, du weißt schon, drüben in –«

»Du meinst – sie ist schon weg?«

»Ja.«

»Ich wollte ihr noch was schenken.«

»Das kannst du immer noch.«

»Wer hat gestern abend gekocht?«

»Ich.«

»Ich bin froh, daß du dich entschlossen hast, nach Dimmerstone zu ziehen. Willst du nicht ein paar Pflanzen aus dem Garten mitnehmen? Bellamy wird sicher –«

»Nein, ich fange lieber ganz von vorn an. Da habe ich wenigstens was zu tun.«

»Wann möchtest du umziehen? Ich bestelle dir einen Möbelwagen.«

»Laß nur, Giles transportiert meine Sachen mit seinem Lastwagen, und ein paar Leute vom Bau helfen mit.«

»Giles? Ach so – du meinst Gosling.«

Henry stand auf und trottete hinüber zu dem großen Bogenfenster, das nach Süden ging. Direkt gegenüber, auf der anderen Seite des kleinen Tals, schwebte der schwarze Granitobelisk vor rasch dahinziehenden goldenen Wölkchen in einem blauen Himmel. Ein frischer Wind bewegte die Bäume des Waldes dahinter, wo die vielfältigen Grüntöne sich wiegten und miteinander spielten. Wie in einem Bild von Claude nahmen zwei kleine Gestalten ihren Weg durch das leuchtende Gras neben dem hellen Funkeln des abfallenden Baches: Lucius und Stephanie. Henry kehrte mit geblendeten Augen zu seiner Mutter zurück und stieß einen Stapel Cotman-Aquarelle um. »Verdammt!«

»Ich finde, du solltest nach Pennwood rüber fahren und Colette besuchen –«

»Ich hab nicht die Zeit dafür«, sagte Henry.

»Du brauchst ja nicht lange zu bleiben. Ich finde, das verlangt einfach die Höflichkeit.«

»Es geht Colette doch gut?«

»Ja, natürlich. Nur hat sie im Gesicht eine Narbe, die nie mehr weggehen wird.«

»Na, das ist ja wohl nicht so schlimm.«

»Für ein junges Mädchen vielleicht schon. Und vergewaltigt zu werden ist sicher auch nicht gerade angenehm.«

»Sie ist nicht vergewaltigt worden.«

»Wie dem auch sei, ich vermute, sie steht immer noch unter Schock.«

»Ich auch. Du hast keine Ahnung, wie grauenvoll das in der Nacht war, als ich in dieser gräßlichen Gegend in der Dunkelheit stand und horchte und dann niemand kam, und die Polizei sagte –«

»Und ich finde, du solltest auch Cato besuchen.«

»Er ist in London. Ich bezweifle sowieso, daß er mich sehen will. Ich an seiner Stelle würde mich nicht sehen wollen.«

»Du weißt, daß dieser Unglücksjunge gestorben ist?«

»Ja.«

»Wer hat es dir gesagt?«

»Lucius. Wer hat's dir gesagt?«

»John Forbes. Ich nehme an, John hat es Lucius erzählt. Henry –«

»Ja.«

»Kümmere dich ein bißchen mehr um Stephanie.«

»Mutter, bitte, laß Stephanie in Ruhe.«

»Das tue ich ja. Ich finde nur, du solltest ein bißchen freundlicher zu ihr sein.«

»Ich habe nicht die Zeit dafür.«

»Du scheinst überhaupt keine Zeit für ein bißchen Freundlichkeit zu haben.«

»Wieso, ich bin freundlich zu ihr. Ein Außenstehender kann nicht immer sehen, wie Freundlichkeit sich äußert. Stephanie weiß, daß ich für sie da bin, es geht ihr gut, sie ist zäher, als du glaubst. Du hast ja keine Ahnung, unter was für einer Belastung ich stehe. Diese ganze grauenvolle Nacht, das Warten in der Dunkelheit, und die Polizei sagte –«

»Ich finde, du solltest nach Pennwood rüberfahren.«

Henry sah seine Mutter an, groß und gelassen und demonstrativ kühl, ein Anblick, wie er ihn so oft in der Vergangenheit gesehen hatte. Er sah dieses Bild weiter und weiter zurückgehen, wie Bilder in einander gegenüberhängenden Spiegeln. Seine Mutter, kühl, unbesiegbar, immer im Recht. Gerda, in einem blau-schwarzen Tweedkostüm, das schwere dunkle Haar, das ihr offen auf die Schultern herabhing, sorgfältig gekämmt, das große Gesicht so blaß und glatt, den Mund ein wenig vorgeschoben in ihrer Entschlossenheit, ruhig zu sein, was ihrer Miene beinahe etwas Selbstzufriedenes gab.

Gerda sah ihren Sohn an, so schlank und so angespannt, ein Bein über das andere geschlagen, die eine Schulter zum Kinn hochgezogen, um den Mund ein Hohnlächeln der Feindseligkeit, die dunklen, brennenden Augen von Fältchen des Mißtrauens umkränzt, das lockige Haar aus Müdigkeit oder Gereiztheit in die Stirn geschoben.

»Hör mal, Mutter, ich will nicht rüber nach Pennwood. Ich habe hier eine Menge zu tun. Ich reise bald ab, so bald ich nur kann.«

»Oh, na gut –«

In dem folgenden Moment der Stille trat Henry wütend gegen das schlanke Bein einer Sheraton-Kommode.

»Hat Lucius schon entschieden, was er aus seinem Zimmer mitnehmen will?«

»Ja, ich glaube schon«, sagte Gerda. »Ich habe seine Liste hier.«

»Was tut er jetzt?«

»Er zieht erst mal zu Audrey.«

»Oh.«

»Was ist übrigens aus dem ganzen Geld geworden?« fragte Gerda.

»Welchem Geld? Ach, aus dem Lösegeld. Das liegt in London, in der Wohnung.«

»Solltest du es nicht besser auf die Bank bringen?«

»Ja, ja, ja, ich kann schließlich nicht an alles denken.«

Henry war wieder zum Fenster gegangen. Pötzlich konnte er ganz in der Nähe Stephanies großen Blumenhut sehen, der auf der Terrasse erschien. Schnaufend, mit rotem Gesicht nach dem Anstieg über die Terrassen vom Rasen herauf, nicht ahnend, daß sie beobachtet wurde, rückte sie den Hut zurecht, straffte die Schultern und stöckelte dann mit federndem Schritt auf die Salonfenster zu. Während er sie beobachtete, war Henry klar, daß Gerda ihn beobachtete, wie er Stephanie beobachtete, und sich vorstellte, er empfinde so etwas wie Verachtung für seine Verlobte.

»Da ist Stephanie. Ich werde freundlich zu ihr sein.«

»Ich wollte, du könntest sie überreden, weniger zu rauchen. Und sich etwas schlichter anzuziehen.«

Die Tür fiel hinter Henry zu.

Gerda ordnete die Papiere, die vor ihr auf dem Rosenholztisch lagen. Dann legte sie ihre Hände darauf, eine über die andere. Sie hatte Rhoda etwas von ihrem Schmuck schenken wollen, hatte es aber nicht getan. Sie hatte Rhoda küssen wollen, als sie auseinandergegangen waren, hatte es aber nicht getan. Sie und Rhoda waren so viele Jahre zusammen gewesen. Und nun würde sie Rhoda nie wiedersehen, weil Rhoda eine Hausangestellte war und keine Freundin.

»Hallo, Steph, dein Hut gefällt mir.«

»Oh, gut –«

»Er ist neu, nicht?«

»Ja, ich hab ihn gestern in Laxlinden gekauft.«

Stephanie kaufte jeden Tag irgendein Kleidungsstück.

»Ich bin mir nicht sicher, ob er zum Kleid paßt, aber er ist wirklich sehr hübsch.«

Stephanie nahm den Hut ab. Sie hatte ein pfauenblaues Häkelkleid an, das ihre runden Brüste hervorhob und lila Streifen in ihre runden Augen warf. Sie hatte gestern in Laxlinden offensichtlich auch ihr Haar machen und nachfärben lassen.

»War der Spaziergang mit Lucius nett?«

»Ja. Er ist so nett.«

Sie setzten sich auf die Bank an der gelben, muschelverzierten Eisensteinmauer des Hauses, aus der die Sonnenwärme auf sie abstrahlte. Henry griff mit der Hand hinter sich und berührte die Mauer. Der Thymian auf der Terrasse war schon mit kleinen Stecknadelköpfen rosiger Knospen gesprenkelt. Einige gesunde junge Brennesseln hatten zwischen den Steinen Wurzeln gefaßt. Er sah Stephanie von der Seite an, ihre wunderbar ausdrucksvolle Stupsnase und den kleinen aufgeworfenen Mund. Sie blinzelte behaglich wie eine Katze in der Sonne. Werde ich sie je richtig kennen? fragte er sich. Werde ich je irgendeinen Menschen richtig kennen? Kennt überhaupt jemand einen anderen richtig? Kannte er Russ und Bella wirklich? Natürlich, sie waren Amerikaner, Wildfremde, Rätsel, es war unmöglich. Er kam prächtig mit ihnen aus, aber sie kannten einander nicht, sie blickten einander nicht in die Augen und *sahen*. Cato? Nein.

»Du hast geseufzt.«

»Ich frage mich eben, ob ich dich je kennen werde.«

»Ach Gott, du denkst doch nicht daran –«

»Sei nicht lästig, Steph.«

»Glaubst du, wir werden glücklich werden?«

»Glücklich werden ist nicht mein Ziel.«

»Aber es passiert wirklich?«

»Was? Unsere Hochzeit. Ja, ich hab schon mit den Vorbereitungen angefangen.«

»Ich kann nicht in die Zukunft sehen, da ist alles leer. Es ist so, als schaute man in eine Kristallkugel und sähe nichts, als wäre man tot.«

»In einer Kristallkugel gibt es nichts zu sehen außer das eigene Spiegelbild. Ich kann auch nicht in die Zukunft sehen, aber das macht nichts. So ist die Ehe nun mal, Stephanie, eine komische Sache. Man hat nicht die leiseste Ahnung. Ich vermute, alle, die heiraten, finden es unwirklich und praktisch unmöglich.«

»Ich hab so Angst vor Russell und Bella.«

»Das brauchst du nicht. Sie werden dich vergöttern. Bella wird dir sagen, wo's langgeht. Unser kleines Haus wird dir gefallen. Wir werden ein einfaches Leben führen. Wenn du es siehst, wirst du verstehen. Das alles hier muß sein, Steph. Ich hab nicht das Zeug dazu, wie ein Heiliger zu leben, und die Frage stellt sich sowieso nicht, aber ich kann den größeren Versuchungen aus dem Weg gehen, Gott sei Dank. Wir werden ganz gewöhnliche Leute ohne viel Geld sein.«

»Du bist nicht gewöhnlich. Du bist ein Kobold. Ich bin gewöhnlich. Ich kann nicht verstehen, wieso du mich magst.«

»Ich mag dich nicht, ich liebe dich. Du bist ein Omen für mich, ein Zeichen. Ich habe mich in meinem Leben immer nach Zeichen gerichtet. Ich habe mit den Frauen, von denen ich was wollte, nie Glück gehabt. Du bist mir einfach zugefallen, du bist mir vom Himmel gefallen.«

»Ich wollte, ich wäre nicht gewöhnlich, ich will nicht gewöhnlich sein, ich will –«

»Na ja, du wirst ja mit diesem außergewöhnlichen Mann hier verheiratet sein, reicht dir das nicht? Die meisten Frauen sind es ganz zufrieden, durch die Leistungen ihrer Ehemänner zu leben.«

»Du hältst mich für dumm.«

»Du hast gesagt, du wärst gewöhnlich. Ich hab die Idee nur weiterverfolgt. Verstehst du keine Ironie? Ach, Steph, kannst du denn nie mal lustig sein, nie mal lachen oder einen Witz machen? Wir sind wie zwei Tote miteinander.«

»Du findest, daß ich keinen Humor habe, und du findest, daß ich dumm bin. Du magst mich nur, weil ich irgendwie ein einfacher Mensch bin. Du weißt, daß du mit mir nicht streiten kannst, wie du das mit –«

»Aber ich streite ja mit dir, du Dummchen.«

»Nein, tust du nicht, du piekst mich nur an, wie wenn – wie wenn ich ein Käfer wäre.«

»Ich lauf nicht rum und piekse Käfer an. Komm, möchtest du sie noch mal sehen, soll ich sie dir zeigen –«

»Oh, ja, bitte –«

Henry zog einen Umschlag aus seiner Tasche und entnahm ihm zwei längliche rote Flugtickets.

»Siehst du? Nach St. Louis über New York, Mr. und Mrs. Henry Marshalson. Das ist doch Beweis genug, oder? Die Zukunft ist schon da, wir haben sie bereits unter Vertrag. Wenn diese Maschine abhebt, sind wir schon verheiratet. New York wird dir gefallen, Steph. Und St. Louis auch, das ist eine eigenartige Stadt und so schön. Möchtest du nicht den Mississippi sehen?«

»Nein. Ach, Darling, ich wünschte wirklich –«

»Hör auf, Stephanie, ich bin so *müde*, ich habe so eine fürchterliche Nacht hinter mir, dieses Warten im Dunkeln auf diese Verbrecher, ich bin immer noch nicht drüber weg. Ich habe dir nicht erzählt, wie es war, die Polizei sagte –«

»Henry, bitte, du verrätst doch keinem Menschen, daß ich gar nicht Sandys Freundin war? Du sagst es doch nicht Lucius oder deiner Mutter?«

»Nein –«

»Oder Russell und Bella?«

»Die sind unwichtig. Wenn wir nach Amerika kommen, sind wir andere Menschen, dann ist das hier alles weg.«

»Es macht dir wirklich nichts aus, daß ich nicht Sandys Freundin war?«

»Ach, laß das doch endlich. In gewisser Weise hat Sandy dich mir *doch* vermacht.«

»Siehst du es so? Da bin ich froh.«

»Ich versteh nicht, wieso. Hier scheint jeder Sandy für den einzigen Quell von Bedeutung zu halten.«

»Du findest mich doch immer noch attraktiv, ja?«

»Ja.«

»Dann küß mich.«

Henry küßte sie. »Du hast dunkelblaue Augen, und deine Lippen schmecken nach Tabak.«

»Gut. Weißt du, ich fühl mich so unbehaglich, ich hab das Gefühl, daß alle über mich lachen.«

»Niemand lacht hier –«

»Henry –«

»Ja, Stephanie?«

»Du besuchst doch dieses Mädchen nicht, oder? Diese Colette, ehe wir losfahren, du besuchst sie doch nicht?«

»Nein, nein.«

»Ich weiß, das mit dem Jungen ist furchtbar –«

»Steph, ich muß rüber zu den Stallungen, ich muß die Liste mit den Gartengeräten prüfen.«

Stephanie ging, ihren Hut an seinem Band schwenkend, mit ihm bis zur Treppe. »Alles ist so schön hier, so vollkommen, es bricht mir einfach das Herz –«

»Gib's auf, Steph. Horch! Unser Vogel singt unser Lied.«

Die kleinen runden Wölkchen waren davongezogen, und der Himmel war von einem reinen Blau, aus dem das Sonnenlicht, mit dem Lied einer unsichtbaren Lerche verschmolzen, in glitzernden Energiewellen herabstrahlte. Der See war ein langer himmelblauer Emailsplitter, und die grüne Kuppel des Tempelchens dahinter war leicht mit Silber bestäubt. Vom Seeufer im Schleier federzarter Weiden stieg der satte grüne Hang des Hügels zum Wald hin an. Der Wind hatte sich gelegt, und über den runden Wipfeln der nun stillen Bäume ragte leuchtend der blaßgraue Turm der Kirche von Dimmerstone auf. Henry betrachtete das alles, und es war, als betrachtete er sein eigenes Inneres, sein eigenes Wesen, vielleicht seine einzige Realität. Na dann, um so schlimmer für die Realität, dachte er; und ein altes lateinisches Lieblingszitat aus seiner Jugend fiel ihm ein. *Solitudinem facio, pacem appello.* Nein, niemand in Laxlinden Hall lachte, dafür hatte Henry gesorgt. Es mußte alles zerstört werden, zusammengerollt wie ein Gobelin. Kein Wunder, daß er sich mit Stephanie nicht verständigen konnte. Für den Moment, für die Dauer seiner *Arbeit*, war er einsam und verdammt. Dann dachte er: Wie sehr wünsche ich, ich wäre ein Held gewesen, wie sehr wünsche ich, ich hätte Colette gerettet. Ich war wirklich sehr mutig, aber keiner weiß es oder interessiert sich dafür.

»Wer fährt da mit dem Volvo?« Stephanie hatte sich zu den Stallungen herumgedreht, wo man eben noch den gelben Wagen erkennen konnte, der die Auffahrt hinauf verschwand.

»Ich habe ihn verkauft. Ach, Stephanie, jetzt stell dich nicht an. Hör auf zu weinen, Stephanie. Es ist doch nur ein Auto!«

»Du hast mich überhaupt nicht gefragt –«

»Ich wußte, daß du nichts dagegen haben würdest.«

»Du hast mich überhaupt nicht gefragt – er hat uns gehört, er war wie unser Haus – ich hab ihn so –«

»Ach, sei still, da kommt Bellamy.«

Bellamys zerknautschter Filzhut und dann sein rotbraunes, wettergegerbtes Gesicht schoben sich wie auf einer Rolltreppe von der steilen Terrassentreppe aufwärts. Er trat, ganz instinktiv vielleicht, nach dem Büschel Brennesseln, dann kam er näher und tippte sich an den Hut. »Ach, Mr. Henry –«

»Hallo, Bellamy, herrlicher Tag, nicht wahr.«

»Ich habe einen Brief für Sie, Sir.«

»Danke, Bellamy.«

Henry nahm den Brief und öffnete ihn rasch. Bellamy glitt wieder abwärts, außer Sicht. Stephanie reparierte ihr verweintes Gesicht mit Hilfe ihres Schminkspiegels.

»Von wem ist er?«

»Vom Architekten«, sagte Henry. »Ich muß gleich mal zu ihm. Entschuldige mich, es dauert nicht lang.« Er ging durch das Salonfenster ins Haus, dann weiter durch die Bibliothek und auf der Nordseite wieder auf die Terrasse hinaus. Dort las er den Brief noch einmal richtig. Er war von Colette und lautete:

Lieber Henry, ich muß Dich sehen, bitte, sofort, bitte komm nach Pennwood, ich muß Dir unbedingt etwas sagen, komm bitte zu mir, bitte. *C.*

Ungefähr fünfzehn Minuten später stand Henry, der die Nordauffahrt hinuntergelaufen und über das Tor geklettert war, keuchend vor der Haustür von Pennwood. Er schwitzte und hatte heftiges Seitenstechen. Er wünschte inbrünstig, das Mädchen hätte ihm nicht geschrieben. Aber natürlich mußte er zu ihr gehen und mit ihr sprechen; mit ihr sprechen, und es hinter sich bringen. Ach, verdammt, *verdammt.* Er stand vor der Tür und bemühte sich, noch ein wenig zu verschnaufen, bevor er klopfte.

John Forbes öffnete ihm und schien überrascht und nicht sonderlich erfreut, ihn zu sehen. »Oh – guten Morgen, Henry. Was können wir für Sie tun?«

»Könnte ich Colette sprechen?« sagte Henry.

»Na ja – sie ist nicht ganz auf dem Damm.«

»Könnte ich sie bitte sprechen?«

»Ich frag sie«, sagte John Forbes und ließ Henry an der Tür stehen. Einen Augenblick später kam er zurück und wies auf das Wohnzimmer. »Bleiben Sie nicht zu lang.«

Henry klopfte leise und trat ein.

Er hatte das Zimmer seit vielen Jahren nicht mehr gesehen. Es war genauso wie damals, als er und Cato hier gesessen, Chips gemampft und Cola getrunken hatten. Er erinnerte sich des taubengrauen Zimmers, der grauen Fotografien von Griechenland, des grauen Kopenhagener Porzellans und der künstlichen Blumen im offenen Kamin. Er sah, was für ein ruhiges, angenehmes, unschuldiges Zimmer es war. Und dort am Fenster, in einem Sessel liegend, die Füße auf einem Schemel, halb zugedeckt mit einer blau-weiß karierten Decke, war Colette. Sie sah sehr fremd aus, älter, sehr blaß, und im ersten Augenblick dachte Henry, ihr Haar wäre abgeschnitten. Aber es war nur streng zurückgenommen und geflochten und der Zopf unter ein Kissen gestopft. Ihre hohe Stirn war gerunzelt, beinahe gefurcht, und die Pupillen ihrer Augen waren geweitet. Sie trug eine Art Morgenmantel, kariert, und darunter ein gestreiftes Hemd. Sie hatte eine Hand ans Gesicht gelegt, als er eintrat, und als sie sie senkte, sah er, daß die Wange von einem dicken Verband, der mit Heftpflaster befestigt war, bedeckt war.

Colette lächelte nicht und Henry auch nicht. Ihre Mundwinkel hingen herab, und er fühlte, wie die seinen herabfielen, als blickte er in einen Spiegel. Sie saß mit dem Rücken zum Fenster, und er konnte die ängstliche Besorgnis in ihren Augen mehr fühlen als sehen. Das, was er in diesem Moment empfand, war eine ungewöhnliche Mischung aus seelischer Pein und etwas, das sich in seinem Inneren plötzlich löste, etwa so, als fände ein erschöpfter Mensch Erleichterung darin, sich fallen zu lassen. Er ging zu ihr und ergriff ihre ausgestreckte Hand.

»Danke, daß du so schnell gekommen bist.«

»Das versteht sich doch von selbst.«

»Setz dich doch.«

Henry zog sich einen Sessel heran.

»Es ist nicht zu heiß hier? Soll ich die Heizung abschalten? Ich hab das Gefühl, mir wird überhaupt nicht mehr warm.«

»Nein, es ist gut so. Wie geht es dir?«

»Ach, ganz gut. Hör zu, ich wollte mit dir reden.«

Henry saß ganz still, atmete kaum, sah sie nur an.

»Es geht um Cato.«

»Oh.« Henry sah weg, betrachtete eine Fotografie des Parthenon. Er hörte sich mit einem absurden Schnauben ausatmen.

»Ich muß schnell machen, sonst kommt Daddy rein – weißt du – ach, ich will dir wirklich nicht lästig fallen, aber du bist der einzige Mensch, mit dem ich reden kann, ich möchte dich bitten, zu Cato zu fahren.«

»Natürlich«, sagte Henry. »Ich tue alles, was du willst.«

»Weißt du – ich habe nämlich Angst, Cato wird verrückt.«

»Ach komm – das passiert bestimmt nicht.«

»Du weißt, daß Joe tot ist?«

»Ja.«

Colette schwieg einen Moment und kaute auf ihrer Unterlippe. Wein jetzt bloß nicht, dachte Henry. Dann dachte er, doch, weine, weine bitterlich, und ich werde auch weinen.

Colette weinte nicht. »Ich meine, Cato ist nicht zusammengebrochen, jedenfalls noch nicht. Er war wunderbar. Weißt du, daß er zu Mrs. Beckett gegangen ist und es ihr gesagt hat?«

»Mrs. Beckett?«

»Joes Mutter.«

»Das war großartig von ihm.«

»Ja, nicht wahr? Aber ich hab solche Angst –«

»Wo haben sie euch eigentlich gefangengehalten, wie war es, als –«

»Es war unter dem leeren Grundstück gleich bei der Mission. Ich dachte, es wäre kilometerweit weg, wir sind wahrscheinlich im Kreis gegangen, und dann hat er mir die Augen verbunden. Die Baumaschinen hatten den Eingang freigeschaufelt, aber sie hatten ihn mit Wellblech verrammelt. Es gehörte im Krieg zu einer streng geheimen Anlage-«

»Aber wie seid ihr rausgekommen, und wie - dein Vater hat Lucius ein bißchen was erzählt und -«

»Er weiß nicht alles, und die Zeitungen haben alles durcheinandergebracht - ach, am Ende lag Cato wie bewußtlos da, nachdem er Joe niedergeschlagen hatte - und Joe war auch bewußtlos, und ich - ich hab mir was angezogen -«

»Gott!«

»- und bin rausgerannt, zur nächsten Telefonzelle, und dann sind die Polizei und der Krankenwagen gekommen und - Aber darüber wollte ich nicht mit dir reden. Es geht mir um Cato, ich hab Angst, er wird es erfahren oder hat es vielleicht schon erfahren, und es wird ihn wahnsinnig machen -«

»Was denn erfahren?«

»Was wirklich geschehen ist. Weißt du, die Leute von der Polizei waren großartig, sie waren so nett, und sie haben verstanden -«

»Colette, beruhig dich doch, worum geht es denn eigentlich?«

»Die Polizei hat es ihm nicht gesagt oder jedenfalls versprochen, es ihm nicht zu sagen, und ich möchte gern, daß du zu ihm fährst und - natürlich kannst du nicht danach fragen -, aber ich möchte sicher sein, daß er nicht weiß -«

»Daß er *was* nicht weiß?«

»Daß nie eine Bande existiert hat - es war alles nur - ach, beinahe ein Jux - Joe war ganz allein - oh, ich weiß, es war furchtbar, weil er dich ja gezwungen hat, zu kommen und das ganze Geld mitzubringen, und irgendwie hat er Cato terrorisiert, aber er hat gesagt, wenn Cato sich nur gewehrt hätte, dann hätte er ihm nichts getan, er hätte ihm die Wahrheit gesagt und gelacht -«

»Warte, warte, soll das heißen, es war gar nicht die Mafia oder –?«

»Genau. Joe war ganz allein. Und – ach, Henry – es war alles meine Schuld, das ist ja das Schreckliche, und ich muß jetzt für immer damit leben und kann mit keinem Menschen darüber reden.« Jetzt kamen ihr doch die Tränen, nicht heftig, sondern langsam und stetig.

»Colette – meine Kleine – hör auf –«

»Ich werde nicht weinen. Ich darf nicht. Aber weißt du, er war nett und lieb und – überhaupt nicht gemein – er hat mir so leid getan – und er hat mir *gesagt*, er hat mir gesagt, daß er Cato nichts tun würde und daß es von Anfang an nur so was wie ein übler Scherz war –«

»Das war vielleicht nicht wahr«, sagte Henry. »Du hast dich gewehrt, und er hat dich verletzt.«

»Ja, aber das war was andres –«

»Und könnte es nicht auch eine Lüge gewesen sein, daß er ganz allein dahintersteckte, eine Lüge, um die anderen zu decken?«

»Nein, nein, es war wahr, es war wahr, so, wie es rausgekommen ist, und es gab überhaupt keinen Hinweis auf irgendwelche anderen, und mir war hinterher sofort klar, daß Cato das nie erfahren darf, und zuerst wollte ich der Polizei gar nicht sagen, was Joe mir verraten hatte, aber dann hab ich eingesehen, daß ich es sagen muß, weil sie ja sonst ewig nach den Komplizen und einer Bande suchen würden, die gar nicht existiert. Darum habe ich ihnen alles gesagt, sie aber gebeten, Cato nichts zu sagen –«

»Also, ich muß sagen, ich bin heilfroh zu hören, daß es keine Bande gibt«, sagte Henry. »Ich hatte Angst, die hätten es vielleicht auf mich abgesehen, weil ich die Polizei eingeschaltet habe. Glaubst du nicht, Cato wäre auch erleichtert, das zu hören?«

»Aber dann, verstehst du denn nicht, dann würde er doch denken, er hätte Joe ganz umsonst getötet, er wird sich sagen, wenn er nur mutiger gewesen wäre – aber es war wirklich nicht seine Schuld, es war meine Schuld, wenn ich nur gescheiter gewesen wäre, wenn ich nicht geschrien hätte –«

»Was ist denn nun eigentlich genau passiert?«

»Joe hat – ach, er hat davon geredet, daß wir alle zusammen nach Leeds gehen würden –«

»Alle nach *Leeds*?«

»Ja, Cato hat doch dort eine Anstellung oder hatte eine, und er wollte Joe mitnehmen, aber Joe wollte nicht, und dann sagte Joe zu mir, wir würden alle zusammen da raufgehen und von deinem Geld leben, und ich würde sein Mädchen sein –«

»Du lieber Gott!«

»Und er hat gefragt, ob ich mitmachen würde, und ich hab ja gesagt –«

»Aber du hast es nicht ernst gemeint.«

»Nein, na ja, es war alles so verrückt, aber er hat mir so leid getan, ich hatte solches Mitleid mit ihm, und irgendwie war er lieb, wirklich lieb, und er hat davon geredet, daß wir drei dann zusammenleben würden – Er hätte irgendwie gerettet werden können, und ich glaube sowieso nicht, daß er wirklich kriminell war, und er hat Cato wirklich geliebt, und Cato hat ihn geliebt – Vielleicht hätten wir alle Freunde werden können – ich weiß, das klingt verrückt, aber man muß versuchen, die Menschen zu lieben, auch wenn es schwer ist oder total sonderbar – und jetzt ist er tot, und ich kann ihm nicht mehr helfen.«

»Colette, jetzt werde nicht sentimental, dieser Junge war eine *Ratte* –«

»Das sagt Daddy auch, aber so ist es nicht – Und dann hat er die ganze Zeit gesagt, wenn ich nur mit ihm schlafen würde, dann würde er Cato freilassen, und natürlich hab ich gesagt, ich würde es tun –«

»Und hast du es getan?«

»Ich wollte – ach, Gott, wenn ich es nur getan hätte. Ich hätte ihn einfach lieben und ihn tun lassen sollen, was er wollte. Ich glaube, ich habe ihn so halb geliebt, aber das hat nicht gereicht. Im letzten Moment, nur aus so einer albernen – Feigheit – und so was wie weiblichem Instinkt –, hab ich angefangen, mich zu wehren und zu schreien, und da hat Cato seine Tür aufgebrochen und kam reingestürzt und – hat Joe getötet.«

»Aber Joe ist doch mit dem Messer auf dich losgegangen – so habe ich es jedenfalls gehört.«

»Ich hoffe, daß Cato das auch glaubt. Ich habe ihn in dem Glauben gelassen, daß er mich wirklich gerettet hat, mir das Leben gerettet hat. Das *muß* er glauben, sonst wird er wahnsinnig. Siehst du, Joe hatte das Messer in der Hand, aber ich bin nicht sicher, daß er wirklich vorhatte, mich zu verletzen, es war ein Unfall, ich hab mich gewehrt, und er war so aufgeregt – ach, wenn ich doch nur vernünftig genug gewesen wäre, ihn einfach zu lassen, und weiter mit ihm *geredet* hätte, aber ich habe plötzlich die Nerven verloren und – ach, hätte ich doch nur nicht geschrien, hätte Cato es doch nur nicht geschafft, seine Tür aufzubrechen –«

»Moment mal, Colette. Du weißt nicht, ob Joe dich oder Cato am Ende nicht doch getötet hätte.«

»Ich weiß, daß er es nicht getan hätte, ich habe ihn in der Zeit, die wir zusammen waren, *kennengelernt*. Aber jetzt begreifst du, was ich will, nicht? Ich möchte, daß du zu Cato fährst, sag nicht, daß ich dir irgendwas erzählt habe, hör dir nur an, was er sagt, und schau dir an, wie er ist. Er hat dich so gern, ich bin ganz sicher, daß er dir gegenüber offen sein wird und dir *alles* sagt, und dann weißt du, ob er es weiß. Es wäre mir so eine Erleichterung, wenn du ihn besuchen würdest, da ginge es mir gleich besser. Ich bin sicher, daß er mich nicht sehen will, er meint – verstehst du –, daß er mir noch nicht in die Augen sehen kann – darum ist er nicht nach Hause gekommen – und er kann auch Daddy nicht in die Augen sehen. Ich weiß, er fühlt sich scheußlich, weil er diese Briefe geschrieben hat –«

»Weiß dein Vater, was genau sich abgespielt hat?«

»Nicht genau. Aber er weiß, daß es keine Bande war, das hat ihm die Polizei gesagt, und er wird Cato nichts davon sagen. Aber so, wie ich dir's eben erzählt hab, so genau hab ich's ihm nicht erzählt, das kann ich nicht – Ach, Henry, es ist so furchtbar, ich habe nie in meinem Leben so einen Alptraum erlebt, ich hätte mir so was nie vorstellen können, es ist wie Folter, es ist wie ein ständiges Rattern. Immer wieder gehe ich alles durch, was geschehen ist, und denke, wenn ich mich nur anders verhalten hätte, dann hätte ich diesen armen Jungen retten können, und Cato wäre nicht in den Wahnsinn getrieben worden –«

»Immer mit der Ruhe. Du bekommst doch keinen Zusammenbruch, Colette?«

»Nein. Das weiß ich. Aber, Henry, du fährst doch zu Cato, nicht? Er liebt dich. Er wird dir bestimmt alles sagen.«

»Da bin ich mir bei beidem nicht ganz sicher.«

»Ach - und - Henry –«

»Was denn, Kleines?«

Der helle Sonnenschein, der von der weißen Mauer des Gartens reflektiert wurde, tauchte das taubengraue Zimmer in ein klares, weiches Licht, und Colettes Gesicht leuchtete in einer weichen, strahlenden Klarheit. Sie sah aus, dachte Henry, wie ein Junge auf einem Schiff. Ein junger Kanonier aus Nelsons Zeit, ein Kind, das doch schon Blut gesehen hatte. Welch ein merkwürdiges Bild, dachte er und dachte auch, wie schön sie ist.

»Wann heiratest du?«

Henry sah hinaus in den sonnenerleuchteten Garten, so hübsch wie das Zimmer. »In zwei Wochen. In London.«

»Ah. Gut. Und dann geht ihr nach Amerika?«

»Ja.«

»Ich hoffe, ihr werdet sehr glücklich«, sagte Colette, und ihre Worte waren ein Lebwohl. Sie bewegte sich, betastete ihre verbundene Wange, setzte sich etwas aufrechter und zog ihren Zopf heraus, und Henry bewegte sich ebenfalls, machte Anstalten aufzusehen und stand auf. Er blickte zu ihr hinunter und wollte sie dazu bringen, ihn anzusehen, aber sie tat es nicht.

»Henry. Ich muß mich für diesen irren Brief entschuldigen, den ich dir geschrieben habe, und für all das bescheuerte Zeug, das ich an dem Tag im Auto zu Stephanie gesagt habe. Das war natürlich alles Unsinn, und ich hab es nicht ernst gemeint, das wurde mir später klar. Ich war damals bloß ein Kind. Es tut mir leid –«

»Macht doch nichts –«

»Ich dachte – ich glaubte – es würde dich vielleicht erleichtern zu hören, daß ich nicht liebe – daß ich dich nie geliebt habe – ich wußte gar nicht, was das Wort bedeutet –«

»Ja, sicher erleichtert mich das, es ist nett von dir, es mir zu sagen –«

»Es ist so nervig, wenn man glaubt, daß jemand – na ja – das wär das – Das Haus wird also verkauft?«

»Ja.«

»Und deine Mutter zieht nach Dimmerstone. Grüße sie von mir. Ich hoffe, sie zu sehen, aber ja, natürlich werde ich sie sehen ...«

Es wurde einen Moment still. Colette, die mit den Fransen der Decke gespielt hatte, sah hastig auf, dann sprachen sie beide zugleich.

»Was – entschuldige –«

»Ich – nein, sag du –«

»Ich wollte nur sagen – äh – wo wohnt Cato in London?«

»Ach, ja. Er wohnt bei Brendan Craddock, Pater Craddock, du weißt schon. Die Adresse steht im Telefonbuch.«

»Danke. Es kann leider sein, daß ich nicht noch einmal hierher zurückkomme, aber ich werde Cato auf jeden Fall besuchen, und ich schreibe dir, wie es ihm geht.«

»Das ist lieb –«

»Tja, auf Wiedersehen, Colette. Ich glaube nicht, daß wir uns noch einmal sehen werden. Es sei denn – du besuchst uns, wenn du mal nach Illinois kommen solltest.«

»Das tu ich. Auf Wiedersehen, Henry, und danke dir.«

Sie drückte ihm fest die Hand und sah ihm dabei jetzt in die Augen. Henry dachte einen Moment zitternd daran, ihr die Hand zu küssen. Dann war es zu spät, und er wandte sich ab, ging zur Tür, winkte lässig und eilte hinaus.

Er marschierte direkt zur Haustür und ging, ohne sich von John Forbes zu verabschieden. Als er die Tür hinter sich zuzog, fiel ein Schatten auf ihn, und Henry, für den die äußere Welt vorübergehend unsichtbar gewesen war, stieß mit Giles Gosling zusammen.

»Oh, hallo!«

»Guten Morgen.«

»Herrlicher Tag, nicht?«

»Wunderbar.«

Sie gingen umeinander herum. Gosling klopfte an die Haustür und wurde eingelassen. Henry ging langsam das heckengeschützte Sträßchen hinauf und dann die Landstraße entlang bis zum eisernen Tor. Lange stand er dagegen gelehnt und starrte zwischen den Stäben hindurch in die von Unkraut überwucherte Auffahrt, wo das von den Bäumen gefilterte Sonnenlicht wechselnde Muster auf den Kies warf.

Ich hab nie jemand Berühmten gekannt,« sagte Stephanie.

»Ich war einmal recht berühmt«, sagte Lucius.

»Ich würde gern irgendwelche Prominenten kennen, Popstars, Filmstars oder so.«

»Ja, ich war einmal berühmt. Jetzt nicht mehr.«

»Was ist das für ein großer Vogel?«

»Ein Reiher.«

Der Reiher, der mit langen Schritten durch das seichte Wasser hinter dem Schilf gestakt war, erhob sich jetzt lässig und träge und kreiste über dem Wasser, ehe er sich mit, wie es schien, gezierter Präzision auf dem anderen Seeufer niederließ. Nicht weit entfernt stand eine blitzäugige Amsel mit schräg geneigtem Kopf auf einem Haufen gemähten Grases und horchte nach den Krabbelgeräuschen von Insekten. Eine Elster flatterte in hecklastigem Helikopterflug vorbei. Zwei Ringeltauben flogen girrend auf. Das endlose Lied der Lerche breitete sich über die Oberfläche des Himmels aus. Henry war nach London gefahren, um mit den Leuten von Sotheby's zu sprechen. Es war wieder ein sonniger Tag.

»Ich habe nie Freunde gehabt«, sagte Stephanie. »Manchen Menschen geht das so.«

»Ach, kommen Sie. Sie haben doch sicher Freundinnen gehabt.«

»Nein, alle haben mich gehaßt.«

»Nun, ich bin ein Freund.«

»Aber ich werde Sie nie wiedersehen.«

»Dann wollen wir doch in der Gegenwart leben.«

»Ich glaube, Frauen haben keine Freunde.«

»Ich hatte früher Mengen –«

»Ich hatte als Kind einen Hund, er war mein Freund.«

»Macht es Ihnen etwas aus, wenn wir uns einen Moment setzen? Mir ist wieder ein bißchen seltsam.«

»Das ist die Hitze. Ich will wirklich überhaupt nicht nach Amerika.«

»Henry wird sich doch um Sie kümmern.«

»Er hat eine Freundin dort, sie heißt Bella. Sie ist schlau, sie ist eine Professorin.«

»In Amerika ist jeder ein Professor.«

»Henry wird mit irgendeiner gescheiten Frau durchbrennen.«

»Nein, das wird er nicht. Henry ist ein Gentleman. Er wird das tun, wozu er sich verpflichtet hat.«

»Ich würde mich sicherer fühlen, wenn wir kirchlich getraut würden.«

»Es gibt auch außerhalb der Kirche heilige Versprechen. Henry wird loyal sein. Kommen Sie, das wissen Sie doch.«

»Er findet, ich hätte keinen Humor.«

»Verheiratete müssen den Humor des Partners erst erlernen. Das braucht Zeit. Schauen Sie, da ist ein Eisvogel.«

»Wo?«

»Schon weg.«

»Ach, hier gefällt es mir wirklich. Ich war vorher noch nie richtig auf dem Land. Henry sagt, in Amerika gibt's kein Land.«

»Henry redet manchmal Quatsch.«

»Es war wahrscheinlich ein Scherz. Ich merk's nicht immer, wenn Henry einen Witz macht. Drum sagt er, ich hätte keinen Humor. Er hat immer was an mir auszusetzen.«

»Ein Aspekt der Liebe.«

»Ich weiß überhaupt nicht, was ich in Amerika anfangen soll.«

»Sie könnten arbeiten.«

»Nein, könnte ich nicht. Wenn man mal einen Nervenzusammenbruch gehabt hat, ist es aus damit.«

»Sie brauchen es ja keinem zu sagen.«

»Ich würde sowieso nicht arbeiten wollen.«

»Sie könnten es mit einem Kind versuchen.«

»Oh, mit einem Kind würde ich nicht fertigwerden. Außerdem bin ich – nein –«

»Also gut, kein Kind. Aber was tun Sie denn gern?«

»Ich wollte, ich hätte ein Kind –«

»Es muß doch etwas geben, das Sie gern tun.«

»Ich kauf gern Kleider.«

»Na, das ist doch schon etwas.«

»Und ich esse und trinke gern.«

»Sorget nicht für euer Leben, was ihr essen und trinken werdet, auch nicht für euren Leib, was ihr anziehen werdet.«

»Und ich schlaf gern, wenn ich mir keine Sorgen zu machen brauch, aber ich muß mir immer Sorgen machen.«

»Tja, dann kommt das nicht in Frage. Wie steht's mit Religion, Gott?«

»Religion hab ich nie begriffen. Meine Mutter war bei der *Christian Science*, aber mein Vater hat sie nie was darüber erzählen lassen.«

»Mögen Sie Kunst?«

»Was?«

»Ob Sie Kunst mögen. Ich meine, hören Sie gern Musik oder lesen Sie gern oder –«

»Nein.«

»Sie könnten es lernen.«

»Ich bin nicht schlau. Henry will das nicht begreifen. Ich bin eigentlich genau wie viele andere Leute. Wenn Sie es so sagen, hört sich's an, als würde mir gar nichts Spaß machen, aber es gibt vieles, was ich mag. Ich mag Tiere und Sonne und Orte wie diesen hier und –«

»Schauen Sie mal, die dicke Hummel da, sie sieht aus wie ein fliegender junger Hund.«

»Sie ist in den Efeu geflogen.«

»Er sieht, wie täglich unterm Licht,
der Sonne, das im See sich bricht,
Im Efeu Bienen schwärmen dicht,
Er sieht nicht hin und hat nicht acht,
Doch er kann ihnen Formen geben,
die echter sind als Menschenleben,
Für die Unsterblichkeit gemacht.«

»Haben Sie das geschrieben?«

»Ich wollte, ich hätte.«

»In der Schule haben mir manche Gedichte gefallen, aber die hab ich alle vergessen. Es ist fast Zeit zum Mittagessen. Gerda läßt mich nicht in der Küche helfen.«

»Gehen Sie schon vor. Ich bleibe noch ein Weilchen hier. Ich kann die Stufen nicht so schnell hinaufgehen.«

Stephanie stöckelte davon, und Lucius sah ihr nach. Sie hatte sich seit seinem ersten Eindruck, dem einer geheimnisvollen molligen Circe, in seinen Augen verändert. Er fand jetzt, sie sei ein Geschöpf reinster Einfalt, wie er noch keinem begegnet war, und sehr rührend dazu. Mit welcher Erfahrung, mit welch abgrundtiefer Unschuld. Er war seltsam stolz auf seine Fähigkeit, so unbefangen mit ihr zu kommunizieren. Nie hatte er mit einem anderen Menschen so *geschwatzt*. Sie hatte etwas ziemlich Absurdes und Preziöses an sich. Sie tat ihm leid, und er sah, daß sie auch Henry leid tat. Gerda betrachtete Henrys Liebe zu Stephanie als etwas Perverses, beinahe Unheimliches. Aber Lucius verstand.

Er saß ruhig auf der Holzbank und blickte über den See hinweg zu den Weiden und Blutweiden auf der anderen Seite. Ihm graute jetzt vor der Treppe. Es schmerzte ihn so sehr, daß Gerda ihn nicht gebeten hatte, in ihrer Nähe zu bleiben. Sie schien es für selbstverständlich zu halten, daß er einfach gehen würde. Sie hatte aufgehört, mit ihm zu sprechen oder ihm auch nur eine Spur von Gefühl zu zeigen. Vielleicht, dachte er, leidet sie zu sehr und will keine Zeugen. Sie war immer eine stolze Frau. Ach, könnte ich sie nur trösten! Aber gegen dieses Urteil gab es keine Berufung. Er mußte zu Audrey ziehen. Das würde auf die Dauer nicht gehen; und außerdem – vielleicht war das ja auch gut so – würde Rex ihm sowieso niemals gestatten, sich dort häuslich niederzulassen. Ich werde nach London gehen, dachte er, und mir ein kleines Zimmer in Soho suchen und jeden Tag in den Literatenkneipen sitzen, es muß doch noch welche davon geben. Und er sah sich dort sitzen, eine ehrwürdige, pittoreske weißhaarige Gestalt mit einem großen schwarzen Schlapphut, schreibend, an seinem Stammtisch, eine Sehenswürdigkeit für die Gäste. Henry hatte ihm Geld angeboten, aber das reichte nicht. Irgend jemand wird mich doch gewiß unterstützen, dachte er. Der *Royal Literary Fund*? Das *Arts Council*?

Er blickte über den See und schüttelte resolut die Panik ab, die ihm jetzt ständig drohte. Nachts, in wachen Stunden, sah er sich mittellos, verlassen, alt. Wenn nur, dachte er, die Kunst mich nicht schließlich im Stich läßt. Wenn ich nur weiter schreiben kann, *irgendwas*, dann kann mir nichts passieren. Vielleicht könnte ich meine politische Autobiographie als episches Gedicht schreiben? Gott, wie die Zeit verflogen ist. Wie ist das möglich, ein ganzes Leben so schnell vergangen, und nichts ist getan. Ich dachte, ich würde am Ende Weisheit erlangen, und jetzt ist das Ende da und ich bin immer noch ein Narr. Nun, es steckt noch Leben in dem Alten. Er nahm sein Notizheft heraus und schrieb.

Der alte graue Reiher
Sucht in den Gewässern seiner Jugend
Nach einer reinen Quelle.

Henry läutete. Ein Mann öffnete die Tür.

Henry brauchte eine ganze Anzahl von Sekunden, um Cato zu erkennen. Das, was er auf den ersten Blick sah, war ein ältlicher Mann in einem schmutzigen weißen Hemd mit offenem Kragen und dunkler Hose und mit einem ziemlich aufgedunsenen, fleckigen Gesicht und starren Augen.

»Oh – komm rein –«

»Ich sehe, du bist in Zivil«, sagte Henry, verzweifelt bemüht, seinen entgeisterten Blick zu erklären.

»O ja. Das alles ist vorbei. Brendan ist im College. Was kann ich für dich tun?«

»Ich hoffe, du hast nichts dagegen, daß ich dich angerufen habe?«

»Nein, nein. Was kann ich für dich tun?«

Es war Mittag, am Tag nach Henrys Besuch bei Colette. Nachdem ihm die Aufgabe einmal anvertraut worden war, hatte er es nicht fertiggebracht, den Besuch bei Cato aufzuschieben. Es freute ihn, daß sie ihn darum gebeten hatte, aber die Freude war auch eine Quelle des Schmerzes, und er wollte das Band lösen, das diese Pflicht zwischen ihm und Colette geknüpft hatte. Er würde ihr seinen Bericht umgehend schriftlich schikken. Und danach, Gott sei Dank, Amerika. Er hatte Stephanie nichts von seinem Besuch bei Colette und seiner Mission bei Cato gesagt, sondern hatte andere Gründe für die Fahrt nach London vorgeschützt. Um sich selbst Beängstigung zu ersparen, hatte er versucht, vorher nicht allzu viel an Cato und das Schreckliche, das ihm geschehen war, zu denken. Aber als er jetzt in dieses starre Gesicht sah, das nicht lächelte, begriff er, was Colette gemeint hatte, als sie gesagt hatte, sie fürchte, ihr Bruder könnte verrückt werden. Auf eine Art, die schwer zu definieren war, sah Cato sehr krank aus. Sein Gesicht war aufgedunsen und fettig, und um seine Augen waren violett schimmernde Ringe. Immer wieder machte er den Mund auf und zu, schob dann die Lippen vor und rümpfte mit einem raschen, nervösen Zucken die Nase. Sein Blick schweifte unablässig umher und mied Henry.

Das Wohnzimmer von Brendan Craddocks Wohnung war ziemlich schmal und düster, mit nur einem Fenster, das auf eine Wand hinausging, und obwohl draußen die Sonne schien, war es hier beinahe dämmrig. Cato machte keine Anstalten, Licht zu machen, wahrscheinlich weil ihm die Düsternis gar nicht auffiel. An den Wänden waren Bücherregale. Es waren einige schwarze Samtbehänge da und zuviele kleine Teppiche. Henry setzte sich vorsichtig auf einen Stuhl mit Stickerei. Cato blieb an die Bücher gelehnt stehen, machte ein, zwei Schritte, wobei er die Bücher sorgsam mit seinem Ärmel abwischte, lehnte sich dann wieder an und starrte zum Fenster hinaus. Nach seiner Frage schien er Henry vergessen zu haben.

»Ich wollte wissen, wie es dir geht«, sagte Henry.

»Ach, ganz gut.« Cato wanderte an den Bücherborden entlang, ging am Fenster vorbei und kehrte an den Regalen auf der anderen Seite wieder zurück, immer den Arm an den Büchern, als wäre dieser Kontakt unerläßlich für seine Sicherheit. Er erreichte die Tür, kehrte um, nun den anderen Arm an den Büchern, und spitzte mit einem Anschein gewissenhafter Genauigkeit die Lippen.

»Ich wollte wissen, ob ich dir irgendwie helfen kann«, sagte Henry. Die Worte klangen in dieser Atmosphäre leer und belanglos.

»Ich glaube nicht, danke dir.«

»Es hat mir – so entsetzlich leid getan – zu hören, daß –«

Cato sagte nichts. Mit gespitzten Lippen musterte er die Bücher, als suche er nach etwas, dann begann er wieder zu wandern.

Henry sagte: »Für mich war's auch scheußlich, ich habe an der Mission gewartet, mit der Polizei, ich habe die ganze Nacht gewartet, aber es kam niemand – und –«

Cato schwieg.

»Tja – dann gibst du das Priesteramt also auf?«

»Ja.«

»Das tut mir leid.«

»Ich verstehe nicht, wieso dir das leid tun sollte«, sagte Cato mit einem feinen Stirnrunzeln, »da du doch nicht an Gott glaubst.«

»Du weißt nicht, was ich glaube«, sagte Henry gereizt. Er hoffte, Cato, der endlich ein schwaches Zeichen von Gemütsbewegung gezeigt hatte, würde vielleicht darauf etwas erwidern, und es würde sich so etwas wie ein Gespräch anspinnen; aber es folgte Schweigen. Catos Blick schweifte umher, mied Henry. Henry drehte sich herum und betrachtete die Bücher, die hinter ihm standen. Die *Summa Theologica*. Eine vollständige Ausgabe von Nietzsches Werken in Deutsch.

»Cato, um Himmels willen, hör doch mal auf, dauernd rumzulaufen. Gibt's hier irgendwo was zu trinken?«

»Ich glaube nicht.«

Henry stand auf und inspizierte ein Schränkchen, das in die

Bücherregale eingebaut war. Er fand eine Flasche Whisky, eine Karaffe mit Sherry, Gläser. Er schenkte sich einen Whisky ein.

»Möchtest du auch was?«

»Nein, danke.«

Henry setzte sich wieder, Cato blieb wieder stehen, musterte die Bücher und stieß dann einen tiefen Seufzer aus, einen Seufzer, wie jemand ihn ausstößt, wenn er allein ist.

»Cato - bitte - sprich mit mir. Was hast du jetzt vor?«

»Ich habe einen Lehrauftrag in Leeds bekommen. Ich werde dorthin gehen.«

»Fährst du erst noch einmal nach Pennwood?«

»Nur wenn ich sicher bin, daß ich es schaffe, Lügen zu erzählen.« Cato nahm ein Buch aus dem Regal, schlug es auf und studierte es aufmerksam.

»Lügen - was für Lügen?«

»Passende.«

Nach einer kleinen Pause sagte Henry. »Ich war bei Colette.«

»Ah ja.« Ein beinahe feindseliger Ausdruck verzerrte Catos verquollenes Gesicht, aber er sah weiter in das Buch.

»Sie - sie - scheint die Sache ja ganz gut überstanden zu haben.«

»Ganz gut überstanden. Das ist gut.«

»Cato, setz dich doch endlich. Und red endlich richtig mit mir, bitte.«

Cato schnitt eine Grimasse und richtete den feindseligen Blick auf Henry. Dann ließ er das Buch geräuschvoll zu Boden fallen.

»Hast du je daran gedacht, daß ich Colette heiraten könnte?« Er wollte Cato aufschrecken, damit der endlich redete.

»Du? Colette heiraten? Nein!!«

Henry zuckte unter der Wucht des Grolls in der Antwort zusammen. »Schon gut, ich wollte es ja auch nie - ich meine -«

»Colette wird einen vornehmen und guten Mann heiraten. Wenn sie überhaupt heiratet.«

»Warum sollte sie nicht heiraten, oder glaubst du, sie wird Nonne?«

»Das ist ihre Sache«, sagte Cato, dessen Stimme wieder ausdruckslos war. Er lehnte sich an das Bücherregal und sah auf seine Uhr.

»Cato, sei mir nicht böse.«

»Ich höre, du heiratest irgend eine Hure.«

»Ja«, sagte Henry. »Das stimmt.«

»Und dann gehst du, da du ja jetzt deinen rachsüchtigen Groll an deiner Mutter ausgelassen hast, wieder zurück nach Amerika.«

»Ganz recht. Ich weiß, daß du gegen den Verkauf warst –«

»O nein, ich bin nicht dagegen«, sagte Cato. »Durchaus nicht. Ich bin dafür. Verkauf das ganze Gut; ausgezeichnet. Es ist doch viel besser, wenn aus diesen alten Häusern Mietwohnungen werden oder gottverdammte Tagungszentren und all dieser nutzlose Boden bebaut wird. Wir haben ja hier Wohnungsnot, wie du weißt.«

»Cato – meinst du nicht, du solltest mal zum Arzt gehen?«

»Warum bist du hergekommen?« Cato starrte jetzt wieder Henry an. Er sprach sehr scharf, aber leise.

»Ich bin aus Zuneigung zu dir gekommen.«

»Du bist aus Neugier gekommen.«

»Ich bin gekommen, weil wir alte Freunde sind.«

»Du bist als Gaffer gekommen.«

»Cato, hör auf!«

»Hast du schon mal einen Menschen getötet?«

»Nein.«

»Du solltest es gelegentlich mal versuchen. Es ist ein komisches Gefühl. Es ist so leicht, das Leben eines Menschen zu beenden. Wenn man es einmal getan hat, hat man das Gefühl, man könnte es wieder tun. Warum nicht einfach rumlaufen und Leute umbringen?«

»Cato – kommt Brendan bald nach Hause?«

»Hast du Angst vor mir?«

»Nein – aber – ich finde, du solltest nicht allein sein.«

»Glaubst du, ich bringe mich um?«

»Nein, natürlich nicht –«

»Wenn man einen Mord begangen hat –«

»Aber das hast du nicht getan.«

»– dann merkt man, daß es keine Schranken gibt, daß niemals irgendwelche Schranken da waren, daß das, was man für Schranken gehalten hat, bloß alberne, selbstsüchtige und selbstgefällige Illusionen und Eitelkeiten waren. Die ganze sogenannte Moral besteht nur darin, daß man sich selbst im Spiegel angrinst und denkt, was für ein guter Mensch man doch ist. Moral ist nichts als Dünkel, nichts anderes, bloß Scheinheiligkeit und Einbildung. Und wenn der Dünkel hin ist, bleibt nichts als Raserei, die Raserei des ungezügelten Egoismus.«

»Cato – du stehst unter Schock.«

»Du bist als Tourist gekommen, um die Ruinen zu begaffen.«

»Das ist nicht wahr – bitte –«

»Tut mir leid. Tut mir leid. Du gehst jetzt besser. Ich komme schon zurecht. Ich brauche keinen Arzt. Bitte geh jetzt. Und erzähl denen in Pennwood nichts. Ich hoffe für dich – und bete darum – daß du niemals sehen wirst, was ich jetzt sehe, niemals wissen wirst, was ich jetzt weiß, niemals dort sein wirst, wo ich jetzt bin.«

»Cato –«

»Ach, verschwinde, verschwinde, verschwinde endlich!«

Henry floh zur Tür hinaus und stürzte stolpernd die erste Treppe hinunter. Die Tür schloß sich hinter ihm. Er blieb stehen und hörte wieder diesen entsetzlichen einsamen Seufzer, jetzt gedehnt zu einem leisen Stöhnen. Er rannte den Rest der Treppe hinunter, auf die Straße hinaus und winkte einem Taxi. *»National Gallery.«*

Zwanzig Minuten später saß Henry vor Tizians großartigem Gemälde. Sein heftig klopfendes Herz begann allmählich ruhiger zu werden. Er hielt seinen Blick auf das Bild gerichtet wie im Gebet.

Er dachte, niemals kann ich *das* Colette oder sonst jemandem erzählen. Ich bin irgendwie in die Hölle geraten. Sie muß viele Eingänge haben. Ich werde Colette nicht schreiben. Ich schicke ihr einen kleinen nichtssagenden Luftpostbrief aus Sperriton. O Gott, dachte er, heute in drei Wochen werde ich daheim in Sperriton sein, ich werde verheiratet und der ganze Alptraum wird vorüber sein. Ich werde mit Russell und Bella zusammen sein – und mit Stephanie. Und mein Leben wird einfach sein, und ich werde einfache Pflichten haben: Stephanie glücklich zu machen, in Frieden zu leben, meine Studenten zu unterrichten, mit meinen Freunden Martinis zu trinken und in meinem Auto über den Freeway zu preschen. Alle Gewalt wird vorbei sein. Ich werde zurück sein bei den Unschuldigen, im Land der Unschuld, Gott sei Dank.

Er starrte auf das Bild, und sein Herz wurde ruhig. Wie anders sie ist, die Gewalt in der Kunst, als der Schrecken des Realen. Die Hunde reißen Actaeon die Eingeweide aus dem Leib, während die Göttin gleichgültig vorübergeht. Etwas Grauenvolles, Bestialisches, Schreckliches ist in eines der schönsten Dinge der Welt verwandelt worden. Wie ist das möglich? Ist es eine Lüge, oder was? Hat Tizian gewußt, daß das menschliche Leben in Wirklichkeit scheußlich ist, daß es nichts anderes ist als ein Schlachthaus? Hat Max es gewußt, als er geistreiche, geschickt komponierte Folterszenen malte? Vielleicht wußten sie es, dachte Henry, aber ich gewiß nicht, und ich will es auch nicht wissen. Und er dachte jetzt mit einem entsetzten Mitleid, das wie Ekel war, an Cato und blickte in die Tiefen des großartigen Bildes und betete für sich selbst: Möge ich niemals sehen, was er sieht, niemals wissen, was er weiß, niemals dort sein, wo er ist, Gott helfe mir!

»Ich habe beschlossen, meine Autobiographie in Form eines epischen Gedichts zu schreiben.«

»Alle Möbel, die du behalten möchtest, können in die Scheune zu meinen Koffern.«

»Nur den Tisch und die Kommode.«

»Ich sage den Männern Bescheid.«

»Ich kann nicht glauben, daß alles zu Ende sein soll.«

»Sieh dich um, sieht das nicht nach Ende aus?«

»Wer wird im Alter für mich sorgen?«

»Du bist schon alt. Wir sind alt.«

»Audrey vermutlich. Nur wird Rex das nicht erlauben.«

»Du hast gesagt, du wolltest in London leben, du fühltest dich hier eingesperrt.«

»Gerda, schick mich nicht fort. Ich habe dir doch einmal etwas bedeutet.«

»Du hast mich einmal geliebt. Du hast mir Gedichte geschrieben. Jetzt ist nichts mehr übrig als *Tap, tap. Das alte Mädchen.*«

»Können wir nicht noch einmal von vorn anfangen?«

»Das tun wir ja.«

»Aber gemeinsam? Kann ich nicht bei dir in Dimmerstone leben?«

»Da ist kein Platz.«

»Du bestrafst dich nur selbst, du willst alles einreißen, du willst mich nicht in Dimmerstone haben, weil du nicht willst, daß ich dich in der Niederlage sehe.«

»Du würdest mich als Zeuge so wenig stören wie Bellamys Hund.«

»Ich bin dein Hund. Gerda, verlaß mich nicht, ich fühle, daß der Tod nahe ist. Laß uns zusammenbleiben.«

»Du hast mir nie geholfen, du hast mich nie unterstützt. Fang jetzt nicht zu weinen an.«

»Ich liebe dich, ich habe dich immer geliebt. Gerda, heirate mich. Laß uns unsere letzten Tage zusammen verbringen. Es ist doch noch nicht zu spät, Darling, nicht wahr? Heirate mich, Gerda.«

»Wenn du das vor langer Zeit gesagt hättest, hätte es vielleicht etwas bedeutet, aber du hast es nicht gesagt. Jetzt willst du nur ein Dach über dem Kopf und eine Pflegerin.«

»Aber ich habe es vor langer Zeit gesagt.«

»Du hast es vielleicht gedacht, aber du hast es nicht ausgesprochen.«

»Doch - Heißt das, du hättest mich geheiratet?«

»Oh, ich denke doch.«

»Gerda, ich werde wahnsinnig.«

»Wenn du mich wirklich geliebt hättest, hättest du darauf beharrt, mich zu heiraten und nicht lockergelassen, und ich hätte eingewilligt. Du hast mich einfach nicht genug geliebt, Lucius. Und nichts ist endgültiger als das. Man bekommt vom Leben wirklich das, was man verdient.«

»Du sagst, du hast mich geliebt?«

»Soweit ich mich erinnern kann.«

»Aber Gerda, wenn du mich damals geliebt hast, kannst du mich auch jetzt lieben. Verzeih mir und heirate mich, du mußt. Laß uns etwas retten, laß uns nicht alles verloren geben. Weise mich jetzt nicht nur aus Gekränktheit zurück.«

»Gekränktheit! Ach, du bist ein *Narr.*«

»Gerda, Darling, verzeih mir, heirate mich, ich liebe dich von ganzem Herzen, ich gehöre dir ganz, ich habe dir mein Leben gegeben, es gehört ganz dir. Du kannst nicht so undankbar sein, mich jetzt zurückzuweisen.«

»Du hast mich zurückgewiesen.«

»Ich habe dich gebeten, mich zu heiraten, das weiß ich mit Sicherheit.«

»Nein, hast du nicht. Aber laß gut sein.«

»Dann kann es nur daran gelegen haben, daß du keinen Zweifel daran gelassen hast, daß du mich nicht haben wolltest.«

»Wenn du leidenschaftlicher gewesen wärst, hättest du vielleicht mehr Erfolg gehabt. Du hast nur an dich selbst gedacht. Sollte ich dir denn hinterherlaufen und betteln?«

»Es war also dein Stolz. Und auch jetzt ist es nur der Stolz.«

»Oh, Lucius - ach, laß!«

»Ich bin ein leidenschaftlicher Mann, wirklich, wirklich! Ich werde dich nicht verlassen, bestimmt nicht, bestimmt nicht.«

»Na schön, nenn es Stolz. Ich möchte endlich allein und ohne Zeugen sein. Du gehörst der Vergangenheit an, Lucius, für mich bist du ein Geist. Ach, du bist so dumm! Du bist dumm, Henry ist dumm, Sandy und Burke waren dumm. O Gott, warum hat mich das Schicksal unter solche dummen, dummen Männer verschlagen!«

»Stört es dich, wenn ich mich zu dir setze, Mutter?«

»Aber nein, natürlich nicht.«

Henry hockte sich rittlings auf das Kamingitter. Es war später Abend, und das Feuer in der Bibliothek war zu einem lebhaften Häufchen funkelnd glühender Asche zusammengesunken, das einer Hügelstadt bei Nacht glich. Der Teppich war weggenommen und einige Möbelstücke, darunter der runde Tisch, waren, für Sotheby's bestimmt, in den Ballsaal gebracht worden. Das Zimmer hallte. Gerda, die einen Sessel dicht ans Feuer herangezogen hatte, war dabei, an ihrer Tweedjacke einen Knopf anzunähen.

»Wie still es ist. Bis auf die Eulen.«

»Ja.«

»Es ist wahrscheinlich so etwas wie der letzte Moment jetzt.«

»Wahrscheinlich.«

»Worüber war Lucius denn heute morgen so bekümmert?«

»Er hatte mir gerade einen Heiratsantrag gemacht«, sagte Gerda.

»Zum erstenmal?«

»Ja. Er meinte er hätte mir schon vorher einmal einen Antrag gemacht, aber das stimmt nicht.«

»Ein alter Wirrkopf. Hast du ihn je geliebt, Mutter?«

»O ja, ich denke schon. Er war ein charmanter und romantischer Mann, als er jünger war.«

»Ich kann mich an ihn erinnern. Das viele wilde Haar. Hast du ja gesagt?«

»Nein, natürlich nicht.«

»Ich würde gern die Gewißheit haben, daß es jemanden gibt, der sich um dich kümmert.«

»Lucius braucht jemanden, der sich um ihn kümmert.«

»Und – solltest du das nicht tun?«

»Ich habe es jahrelang getan. Ich möchte mal was anderes.«

»Das kann ich mir vorstellen. Ich hatte nie jemanden, um den ich mich kümmern mußte.«

»Ist Stephanie aufgestanden?«

»Sie ist im Morgenmantel rumgewackelt.«

»Sie braucht frische Luft, einen flotten Spaziergang.«

»Ich wollte, sie könnte sich zu irgendwas aufraffen, und wenn auch nur dazu, einen Roman zu lesen.«

»Meiner Meinung nach –«

»Sie wird sich bestimmt prima machen, wenn wir erst in Amerika leben und dieser ganzen verblichenen Pracht entkommen sind.«

»Ich hoffe, du hast recht.«

»Mutter –«

»Ja?«

»Ich finde, ich muß es dir sagen. Stephanie war nie Sandys Geliebte.«

»Ich weiß.«

»Woher?«

»Ich habe es an der Art und Weise erkannt, wie sie von ihm sprach. Es klang einfach falsch. Und dann habe ich ihr eine Falle gestellt.«

»Was für eine Falle?«

»Nun ja, es betraf – eine Narbe –«

»Du hast es also gewußt. Warum hast du mir nichts davon gesagt?«

Gerda schwieg einen Moment lang. »Ich dachte, es würde an deinen Plänen ja doch nichts ändern, und ich fand das Ganze so –«

»Widerwärtig?«

»Aufwühlend. Es war mir lieber, es ruhen zu lassen. Und jetzt hat sie es dir gesagt?«

»Ja. Sie hat Sandy überhaupt nicht gekannt – sie war die Putzfrau.«

»Sie ist auf ihre Art eine findige kleine Person.«

»Du scheinst aber auch ganz findig zu sein.«

»Ob du mit ihr glücklich werden wirst?«

»Wann war ich je glücklich, Mutter?«

»Ach, sei nicht albern, Henry.«

»Man kann das Glück nicht herbeipfeifen. Es ist eine Gabe, und die besitze ich nicht.«

»Warum willst du sie heiraten?«

»Wie soll man das erklären? Es ist der Lauf der Welt. Ich bin kein Glückspilz, der glänzende Entscheidungen trifft, die unweigerlich richtig sind. Vielleicht ist es reine Wichtigtuerei, daß ich mich für Stephanie so verantwortlich fühle. Natürlich hat da auch viel Illusion mitgespielt, tut's wahrscheinlich immer noch, und natürlich war auch Sandy ein Grund. Ich nehme es ihr nicht übel, daß sie gelogen hat, das hatte doch etwas Heroisches. Sie ist so schwach, und trotzdem hat sie sich gegen das Leben gewehrt, gegen ihr dauerndes Pech. Sie besitzt einen merkwürdigen Reiz, ich weiß, daß du ihn nicht sehen kannst. Vielleicht liegt er einfach darin, daß sie so unglaublich rührend ist und mir leid tut – und ich *habe* sie, das war noch nie da. Es ist das erstemal, daß sich in meinem Leben etwas Ernsthaftes getan hat, und da ich ich bin, habe ich keine Ahnung, wie es dazu gekommen ist und warum. Ich durchschaue die Illusionen, oder jedenfalls einige, und ich liebe sie, wie Gott sie liebt, denke ich. Vielleicht ist es Schwindel; vielleicht bin ich durch einen Schwindel dazu gebracht worden, sie zu sehen, wie Gott sie sieht, und sie zu lieben, wie Gott sie liebt. Na ja, natürlich meine ich das mit Gott nicht so. Ich meine nur, daß ich sehen kann, was für ein Unglückswurm sie ist, aber sie gehört mir, und ich bin fatalistisch.«

»Ich hatte eigentlich gehofft, du würdest Colette heiraten«, sagte Gerda. Sie schnitt den Faden ab und steckte die Nadel gewissenhaft wieder in den pinkfarbenen gepolsterten Deckel ihres Nähkorbs.

»Ach, Colette. Sie hat mir einen Antrag gemacht, weißt du. Es ist anscheinend gerade die Zeit für Heiratsanträge.«

»Und du hast sie abgewiesen.«

»Ja. Ich konnte mir – nicht vorstellen –« Henry war angelegentlich damit beschäftigt, etwas warme Asche auf seinen Schuh zu häufen.

»Aber kannst du es jetzt?«

»Oh, ich weiß nicht. Sie hat es später alles wieder zurückgenommen, sie liebt mich gar nicht. Und außerdem ist sie doch noch ein Kind, ein Schulmädchen. Nein, Colette ist nicht mein Schicksal.«

»Warum glaubst du, daß du die Gabe zum Glücklichsein nicht hast?« fragte Gerda nach einer kurzen Stille. Sie saß jetzt ruhig da, die Hände gefaltet, und beobachtete Henry, der sein Bein um eine der Stangen des Schutzgitters schlang.

»Weil du und mein Vater sie mir gestohlen habt, als ich noch ein Säugling war.«

»Du glaubst also, daß du sie vorher besessen hast, im Mutterleib vielleicht?«

»Du bist gescheit, Mutter. Vielleicht. Aber die Bewußtwerdung war mein Verhängnis. Mein Vertrauen war zerstört, bevor ich sechs war. Alle verschworen sich, mich niederzumachen. Sandy hat mich tyrannisiert, mein Vater hat mich verspottet und entmutigt und mir widersprochen. Er hat mich verhöhnt und hat dich und Sandy ermutigt, mich zu verhöhnen. Du hättest mich beschützen müssen. Gut, du hattest Sandy viel lieber als mich, aber du hättest Vater daran hindern können, mich kaputtzumachen. Du hast es nicht getan – du warst seine Verbündete und sein Werkzeug. Und weil wir zu dieser verdammten Verschlossenheit und stoischen Gleichmütigkeit erzogen wurden, hast du wahrscheinlich keine Ahnung, wie sehr ich als Kind gelitten habe, wie total mein Wille gebrochen wurde. Jedes kleine Unternehmen, das ich mir ausgedacht habe, hat Vater mir irgendwie zerstört, indem er es als armselig, lächerlich und wertlos hingestellt hat. Ihr habt beide gegen mich Krieg geführt. Und Sandy hat natürlich mitgemacht. Ich habe meine ganze Kindheit über nur versucht, mein Unglück zu verheimlichen und meine Tränen zu verbergen. Kein Wunder, daß ich seither nie etwas anderes im Sinn hatte, als davonzulaufen und mich zu verstecken.«

»Das ist natürlich ungerecht«, sagte Gerda, die sehr still, mit gefalteten Händen dasaß.

»Gut, es ist nur mein Eindruck. Aber die Menschen sind für den Eindruck, den sie auf Kinder machen, verantwortlich.«

»Ich finde, du warst recht oft glücklich.«

»Okay. Vergiß es.«

»Dein Vater war ein ungeduldiger, willensstarker Mann.«

»Ein Tyrann. Ja.«

»Ja.«

Henry klopfte die Asche von seiner Schuhspitze und sah seine Mutter an.

»Du beschuldigst mich, seine Verbündete gewesen zu sein«, sagte Gerda. »Vielleicht hätte ich gegen ihn kämpfen sollen, aber der Preis wäre zu hoch gewesen. Ich mußte mich unterwerfen. Natürlich hat er mich im Lauf der Jahre aufgefressen und völlig beherrscht. Ich mußte mich um ihn kümmern und konnte mich nicht um dich kümmern. Ich habe ihn geliebt und mich bemüht, ihn glücklich zu machen und selbst glücklich zu sein. Es war nicht leicht, vielleicht war es überhaupt nicht möglich. Immer wieder habe ich ihm meinen Willen geopfert, und ich dachte oft, ich wäre am Ende meines eigenen Willens und am Ende des Opfers angekommen, aber es gab immer noch etwas, was er mir abverlangte und was schwer zu geben war. Er hat mich geliebt, und es war ein Weg, eine zufriedenstellende Ehe zu führen. Aber ich konnte nicht euch beiden gerecht werden, ihm und dir. Mit Sandy war es einfach, ich glaube, er hat irgendwie begriffen, und er war sowieso ein selbständiges Kind. Ich hoffte, du würdest das auch sein. Aber du warst es nicht. Du warst fordernd, und dann warst du entsetzlich feindselig. Die Feindseligkeit eines Kindes kann auch weh tun. Ich konnte dich nicht erreichen. Ich war mit meinem eigenen Kampf und meinen eigenen Tränen beschäftigt. Es war zum Teil einfach eine Frage der Kraft. Ich mochte Lucius, weil er so absurd und sensibel und sanft war. Und als Burke dann starb, war Lucius irgendwie völlig unnütz, ihm schien nicht genug an mir zu liegen, auf jeden Fall hat er sich nicht stark genug behauptet. Lucius und ich haben einander verloren, weil ich den Willen zum Glück verloren hatte, ich hatte den Schlüssel verloren. Damals hätte ich Lucius an der Hand nehmen sollen, aber ich hatte keine Kraft mehr, ich stand kalt da und wartete darauf, daß er mich an der Hand nimmt. Und jetzt ist auch davon nichts mehr übrig. Ich habe ihn abhängig werden lassen, eine komische Figur, einen albernen, untätigen Menschen. Ich machte ihn beinahe minderwertig, weil er meine Hoffnungen enttäuscht hatte. Sandy war das einzige, was meinem Leben überhaupt eine Spur echten Sinn und echte Freude gegeben hat, aber mit Sandy habe ich nie gesprochen. Mit Sandy habe ich nie ein richtiges Gespräch geführt. Ich habe ihm nie gesagt, was ich eben dir gesagt habe. Ich habe ihn nach seinem zwölften Geburtstag nie wieder angefaßt oder geküßt.« Gerdas Stimme war völlig ruhig, nur ihre äußere Starrheit verriet innere Bewegung.

Henry, der den Atem angehalten hatte, stieß einen kleinen pfeifenden Seufzer aus. »Du bist kühl bis ans Herz hinan, Mutter. Vielleicht sind wir einander doch ein bißchen ähnlich. Weißt du – ich hoffe, du denkst nicht, daß ich das Gut nur aus Rache verkaufe.«

»Nicht nur aus Rache. Ich denke, deine Motive sind ziemlich wirr. Und ich denke, du selbst auch. Mir gefällt nicht, was du tust und wie du es tust. Aber vielleicht werde ich dir eines Tages, wenn ich in Dimmerstone lebe, dankbar sein.«

»Ah – du bist – ja – danke dir –«

Gerda war sehr still. Henry stand jetzt vor ihr. Nach einer kleinen Pause fuhr er fort. »Ich kenne dich nicht sehr gut. Ich habe jetzt das Gefühl, dich überhaupt nicht zu kennen. Ich bin dir so dankbar, daß du – mit mir geredet hast. Das ist das erste richtige Gespräch, das wir je miteinander geführt haben. Ja, du bist kühl bis ans Herz hinan. Ich wünschte – ach, ich wünschte – ich wünschte –«

»Wünschen hilft nicht, Henry. Wir müssen beide das akzeptieren, was du den Lauf der Welt genannt hast. Geh jetzt zu Bett, mein Junge, es ist spät.«

»Ach, Mutter – es ist, als ob – als ob –«

»Gute Nacht, Henry.«

Henry blieb steif stehen, dann drehte er sich herum und ging einen Schritt weg, dann kam er zurück. Gerda senkte den Blick und streckte ihre Hand langsam zum Nähkorb aus. Der

Moment verstrich. Henry drehte sich wieder herum, und sein schneller Schritt hallte im Zimmer, in der Halle, auf der Treppe wider. Gerda klappte den Nähkorb zu und verschloß ihn. Sie hielt die Tränen zurück und blickte mit sinnend gerunzelter Stirn in die jetzt blassen Überreste des Feuers.

»Ach, hör auf zu weinen, Colette«, sagte John Forbes aufgebracht. »Das sind nur die Nerven. Kein Mensch kann ewig aufrichtig weinen.«

»Ich kann«, sagte Colette. Sie hatte die Tierfiguren aus Kopenhagener Porzellan weggenommen und saß auf dem Fenstersims und blickte in den Garten hinaus.

»Da sieht er dich.«

»Er sieht gar nichts.«

Cato war draußen im Garten und zupfte das Unkraut aus den Blumenbeeten. Es regnete leicht. Er trug keine Jacke und keinen Hut.

»Ich schau ihm seit einer Stunde zu«, sagte Colette.

»Ich hoffe, du weinst nicht auch seit einer Stunde, du wirst dir noch die Augen verderben. Mein Gott, sind junge Mädchen dumm.«

»Er sieht nichts. Ich habe ihn beobachtet. Er zupft zwar das Unkraut raus, aber er tut's wie ein Blinder. Ich habe noch nie so was gesehen. Schau ihn dir nur an.«

»Ich schau ihn mir nicht an«, sagte John Forbes und wandte sich mit geballten Fäusten vom Fenster ab. »Er wird naß. Ich werde ihm sagen, er soll reinkommen.«

»Lieber nicht, das wäre so, als würdest du jemanden aus der Trance wecken, er könnte dran sterben. Es hört sowieso auf. Schau, da ist ein Regenbogen.«

»Ich wollte, er täte etwas anderes.«

»Das kann er nicht. Na ja, er könnte abspülen, ich hab ihm was übrig gelassen. Er kann nicht spazierengehen oder lesen oder mit uns reden. Er ist in der Hölle. Ich habe noch nie jemanden gesehen, der in der Hölle war.«

»Red keinen Unsinn, Colette. Du weißt nichts von der Hölle.

Er steht immer noch unter Schock. Aber ich wünschte trotzdem, er würde reden.«

»Das ist unmöglich. Er schämt sich. Und für ihn ist das entsetzlich, ganz entsetzlich, nicht so, wie es für uns wäre. Hast du dich schon mal geschämt, Daddy?«

»Ja, natürlich.« Aber John, dem die Frage peinlich war, konnte sich keiner sehr überzeugenden Beispiele erinnern.

»Ich glaube, er stirbt vor Scham.«

»Hör auf zu weinen, Colette.«

»Ich hab ja schon aufgehört. Es ist kalt hier drinnen. Können wir heizen?«

»Hör auf, ihn zu beobachten.«

»Ja, gut.«

»Ich hoffe nur, diese gräßliche Geschichte wird ihn nicht wieder in die Arme der Kirche treiben.«

»Doch, hoffentlich. Er muß irgendwo Hilfe bekommen, und wir können sie ihm nicht geben. Ich wollte, ich könnte für ihn beten. Ich habe fast das Gefühl, ich könnte das Beten lernen, nur für diesen Fall, als könnte ich Gott erfinden, nur um Cato zu retten.«

»Hör auf! Du übertreibst bei allem immer so, Colette. Du bist so in deinen eigenen Gefühlen eingefangen, daß du aus jeder Katastrophe eine metaphysische Krise machst.«

»Er hat den Jungen geliebt. Er hat ihn getötet.«

»Unsinn, er hat ihn nicht geliebt. Und er hat einen gefährlichen, gewalttätigen Kriminellen getötet. Keinem Menschen würde es einfallen, ihm daraus einen Vorwurf zu machen. Ich weiß, es muß schlimm sein, einen Menschen zu töten. Zum Glück ist mir diese Erfahrung im Krieg erspart geblieben. Aber man muß Manns genug sein, um damit fertigzuwerden. Es klingt hart, aber man hat die Pflicht, deswegen nicht zusammenzubrechen.«

»Er bricht ja auch gar nicht zusammen. Er ist in der Hölle. Das ist was ganz anderes, das ist viel schlimmer. Siehst du nicht, wie sein Gesicht sich verändert hat?«

»Doch.« John Forbes war erschrocken, als er dieses veränderte Gesicht erblickt hatte. »Was ich nicht verstehen kann, ist, warum er diese entsetzlichen servilen Briefe geschrieben hat und wieso er bis ganz zuletzt keinen ernsthaften Versuch unternommen hat auszubrechen. Uns hat man beigebracht, daß es die Pflicht eines Offiziers ist zu fliehen.«

»Cato ist kein Offizier.«

»Was um alles in der Welt meinst du damit?«

»Ich meine, es ist was anderes. Daddy, du wirst das doch nie zu Cato sagen, nicht wahr, das mit den Briefen und daß er nichts versucht hat.«

»Nein. Aber er sollte fähig sein, es auszuhalten, wenn ich es täte. Ich wollte jedenfalls, ich könnte es verstehen.«

»Bitte, sag nichts davon, und denk auch nicht daran, das ist Cato gegenüber irgendwie unloyal.«

»Ich werde denken, was wahr ist, nicht, was loyal ist. Ich tue ihm schließlich mit meinen Gedanken nicht weh.«

»Doch. Wir können jetzt nicht mit ihm sprechen, wir können ihn nicht einmal berühren. Ich habe ihn heute morgen am Arm angefaßt, und er ist zusammengefahren und hat mich mit einem furchtbaren Ausdruck angesehen. Aber wir müssen ihn jetzt in unseren Gedanken tragen, sehr zärtlich und liebevoll –«

»Colette, bitte, werd jetzt nicht sentimental. Diese ganzen überspannten Grübeleien über ihn helfen gar nichts. Am Ende muß er ganz einfach stark und realistisch sein. Ich werde heute abend mal mit ihm reden.«

»Nein, Daddy, tu das nicht, bitte. Damit treibst du ihn nur fort. Ich spür's, er ist – es ist, als wäre er nur *höflich* zu uns. Er spielt die ganze Zeit Theater. Er würde gern so tun, als wäre er ruhig und gelassen, aber es ist absolut nicht überzeugend, innerlich schreit er. Sieh ihn dir doch an, schau, wie er sich bückt, er bewegt sich ganz anders, er ist wie eine Marionette.«

Cato beugte sich von der Taille aus steif abwärts, senkte den Kopf und streckte einen Arm aus. Er riß ein Büschel Kreuzkraut aus der Erde, richtete sich dann auf und warf den Kopf zurück. Er warf das Kreuzkraut, ohne hinzusehen, auf einen Haufen, machte einen Schritt nach rechts, stellte seine Füße zusammen, bückte sich wieder.

»Ich kann es nicht ertragen, ihn so zu sehen«, sagte John Forbes. »Wenn er nur diese Briefe nicht geschrieben hätte, das ist es, was ich nicht verstehen kann bei –«

»– bei einem Offizier und Gentleman. Du verachtest ihn, und er fühlt es, er hat das Gefühl, daß alle ihn verachten. Er schämt sich und fühlt sich ehrlos. Ich glaube, in diesem Moment haßt er uns.«

»Ach, Unsinn! Ich hoffe, er bleibt hier, bis das Semester beginnt.«

»Ich nicht. Wir können ihm nicht helfen, Daddy. Wir haben nicht die Möglichkeiten, ihm zu helfen. Es wäre viel besser für ihn, nach London zurückzugehen, zu Pater Craddock. Er wird auch zurückgehen, ich weiß es, sobald er das Gefühl hat, uns gegenüber höflich genug gewesen zu sein.«

»Höflich! Colette, geh und wasch dir das Gesicht, du siehst unmöglich aus. Stell dir vor, Giles Gosling kommt vorbei und sieht dich so.«

»Das ist mir egal.«

»Du gehst doch auf den Tanzabend mit ihm?«

»Ich hab gar kein Kleid.«

»Dann kaufst du dir eines. Warum fährst du nicht morgen früh nach London? Was kostet heute ein hübsches Kleid, zehn Pfund?«

»Daddy, du lebst in der Vergangenheit.«

»Na schön, zwanzig Pfund, dreißig Pfund. Colette, tu mir den Gefallen und kauf dir ein Kleid. Ich möchte gern, daß du mit Giles zu dieser Tanzveranstaltung gehst und das hübscheste Mädchen dort bist. Vierzig Pfund?«

»Daddy, du willst mich bestechen, glücklich zu sein.«

»Es ist alles abgemacht«, sagte Henry, der eben zur Teezeit aus London zurückgekehrt war. »Die Möbelwagen, die die Sachen für Sotheby's abholen, kommen am Dienstag morgen um acht.«

»Die Leute vom Auktionshaus waren hier«, sagte Gerda. »Lucius, möchtest du kein *crumpet*?«

»Ich werde nie wieder ein *crumpet* essen«, sagte Lucius.

»Warum nicht?« fragte Henry und nahm sich selbst eines.

»Ich höre, daß Cato Forbes wieder nach London gefahren ist. Ich finde es sehr schade, daß du ihn nicht besucht hast, Henry, ich bin sicher, du hättest ihm helfen können.«

»Weil *crumpets* zum Glücklichsein gehören.«

»Ach, komm«, sagte Henry. »Ich habe gehört, du willst deine Autobiographie in Hexametern schreiben.«

Sie tranken den Tee im Speisezimmer, das noch intakt war, da der große Mahagonitisch mit den passenden viktorianischen Stühlen *in situ* verkauft werden sollte. Weiße, numerierte Etiketten waren bereits aufgeklebt. Die Mahlzeiten, seit Rhodas Weggang schon nicht mehr besonders aufwendig, waren jetzt auf das Einfachste reduziert. Verstreute Krümel wurden nicht immer entfernt. Lucius hatte seinen Umhang um, den Kragen hochgeklappt, obwohl der Tag noch sehr warm war. Er saß seitlich am Tisch, die Beine gerade vor sich ausgestreckt, und starrte an die Wand. Er schien schon fern, grau, tief in einem Traum, nicht mehr ernsthaft bemüht, Mitgefühl zu wecken. Gerda andererseits war in einer Stimmung nervöser Munterkeit. Henry hatte vergeblich versucht, die Kommunikation zwischen ihnen zu erneuern. Sie wich seinen stillschweigenden Annäherungsversuchen aus und vermied es, ihm in die Augen zu sehen. Sie hatte ein Sommerkleid an und wirkte lebhaft und jung.

Henry, der zum Fenster hinaus in die Sonne sah, die die rote Backsteinmauer des auf dieser Seite mit knospender Glyzinie bewachsenen Queen-Anne-Flügels streichelte und verklärte, hatte ein Gefühl, als wäre er aus einem Traum erwacht. Oder vielmehr, als hätte er einen Alptraum gehabt und dann festgestellt, daß er Realität war. Hatte er denn bis jetzt, da er die weißen Etiketten auf den Möbeln sah und Lucius so niedergeschmettert, daß er nicht einmal mehr fähig war zu posieren, nicht gewußt oder begriffen, was er tat? Seit seiner Rückkehr nach Hause hatte er, zum erstenmal in seinem Leben, seinen Willen hemmungslos ausgelebt. Er meinte, nie zuvor wirklich ganz konkret etwas getan zu haben, niemals mit starker, gebieterischer Hand zugepackt und die Welt verändert zu haben, niemals bis jetzt. Jetzt hatte er es mutig getan, in der Hoffnung auf ein reicheres Leben. Aber er hatte eher das Gefühl, sich das Leben genommen zu haben. Er hatte den Besitz seiner Vorfahren zerstört, er hatte seine Mutter in die Verbannung geschickt und diesen albernen, prätentiösen, harmlosen alten Mann entwurzelt. Hatte er es getan, um zu zeigen, was er konnte, oder aus Pflichtgefühl oder Rachsucht? Er hätte Besitz und Reichtum nicht ertragen können, hätte es nicht ertragen können, sich von ihnen korrumpieren zu lassen, und entsprang dem nicht alles andere? War dies nicht moralischer Mut und Konsequenz?

Lucius hatte Geld angenommen, und seine Mutter würde zweifellos überleben. Und er würde heiraten und mit der braven, hilflosen Frau, die jetzt und für immer seine Aufgabe sein sollte, nach Amerika zurückkehren. Wenn das nicht Willenskraft war! Und wenn im Moment alles wie Verwüstung erschien, hatte nicht er es mit seinem Willen vollbracht, und war es nicht sein Werk wie nie etwas zuvor? Er hatte eine Art Freiheit gewonnen, er hatte eine Art Stephanie gewonnen, und mit diesen würde er die Zukunft schaffen, mit seiner richtigen Entscheidung und seiner Frau. Dennoch verspürte er ein schreckliches, peinigendes Bedauern, das er irgendwie mit diesem Gespräch mit seiner Mutter verband, als sie zum erstenmal seit seiner Kindheit wirklich, vielleicht nur für Sekunden, miteinander in Dialog getreten waren. Und durch diesen Dialog war irgend etwas aufgerissen worden, war eine alte Fähigkeit, seine Mutter zu lieben, angerührt und geweckt worden. Noch immer war in ihm eine Liebe, die nichts von ihren Sünden wußte oder sie ignorieren konnte. Aber jetzt war keine Zeit mehr, und Gerda hatte sich wieder verschlossen und mit einer entsetzlichen strahlenden Munterkeit gewappnet. Henry starrte sie an, aber sie sah beharrlich weg. Er hatte den Wunsch, ihre Hand zu berühren. Er streckte seine Finger aus und verschob ein paar Krümel auf dem Tisch und fragte sich, ob sie die Geste und das, was dahintersteckte, wahrnahm.

»Dann nimm etwas Brot«, sagte Gerda zu Lucius.

»Ich fahre noch vor der Versteigerung zu Audrey.«

»Du kannst nicht auf ewig auf Brot verzichten. Und es gibt kein großes Abendessen.«

»Ich bekomme Tobys Zimmer. Ich weiß, was das bedeutet.«

»Was bedeutet es denn? Noch Tee?«

»Wo ist Stephanie?« fragte Henry, der sie seit seiner Rückkehr nicht gesehen hatte.

»Entweder im Bett, vermute ich, oder auf einem Spaziergang.«

»Ich hoffe, sie macht einen Spaziergang«, sagte Henry, »das wird ihr gut tun.« Er hoffte von Herzen, daß sie an die Luft gegangen war. Bei jeder Rückkehr zu ihr drückte es ihm jetzt das Herz ab, wie bei der Rückkehr zum Käfig eines kranken Tiers. Ihm graute davor, nach oben zu gehen und sie im Bett vorzufinden, wo sie Zigarettenasche auf die Leintücher stäubte und mit, wie ihm schien, vorgetäuscht leerem Blick vor sich hinstarrte. Du lieber Gott, dachte er, sie steht kurz vor der Heirat mit mir, und da fühlt sie sich so! Und ich selbst fühle mich auch ein wenig so. Ich vermute, jeder fühlt sich irgendwie verdammt, wenn er heiratet. Aber wenn wir aus diesem ganzen Mist hier raus sind, wenn wir in Sperriton sind, wird alles anders. Und die Aussicht darauf, Russ und Bella wiederzusehen, leuchtete einen Moment lang auf wie ein goldener Funke.

»Sieh doch, ob du sie irgendwo findest«, sagte Gerda. »Frag sie, ob sie eine Tasse Tee haben möchte.«

Henry stand auf und ging in die Halle hinaus. Auf dem Tisch draußen sah er einen Brief aus Amerika, in Bellas riesiger Handschrift, und er steckte ihn ein und ging weiter, durch die Haustür auf die Terrasse. Die tiefstehende Sonne fiel voll auf die Fassade des Queen-Anne-Traktes und fleckte den grünen Hang zu seiner Rechten mit den langen, runden Schatten der hohen Bäume. Der See flirrte blau, und die warme Luft war mit Blumendüften und Vogelgezwitscher gewürzt. Henry sah sich eifrig um, in der Hoffnung, Stephanie in ihrem breitkrempigen Sonnenhut und mit dem alten Sonnenschirm, den er ihr herausgesucht hatte und der ihr zu gefallen schien, über die Brücke kommen oder am See stehen zu sehen. Vielleicht hatte sie heute, wie seine Mutter, ein Sommerkleid angezogen. Die weite Rasenfläche war leer bis auf ein paar dahinhoppelnde Eichhörnchen. Drei Elstern flogen zum Wald hin, es schien wie ein Omen. Nun mußte er doch nach oben gehen und dort nach Stephanie sehen. Wenn er sie wenigstens überreden könnte, ein Fenster zu öffnen. Kam dieser grauenvolle Geruch nur von Zigaretten? Um sich noch einen Moment Aufschub zu gönnen, zog er Bellas Brief aus der Tasche und begann, ihn zu lesen.

Schatz, hör mir zu und halt uns nicht für üble Schweine. In den letzten paar Tagen ist unheimlich viel passiert. Kurz gesagt, Russ hat einen Job in Santa Cruz bekommen, und wir sind schon im Umzug. Einer der Dozenten dort ist an einer Überdosis Drogen gestorben, der arme Kerl, und sie wollten sofort einen Ersatz und haben uns angerufen und gefragt, ob Russ den Posten übernehmen würde, und haben ihm mehr oder weniger eine Festanstellung versprochen, wenn er kommt, und sogar ein Haus ist schon da (nicht das des Verstorbenen), und wir mußten uns sofort entscheiden. Natürlich mußten wir einfach zusagen, und wir hoffen sehr, daß Du es verstehst. Wir werden also schon weg sein, wenn Du nach Sperriton zurückkommst. Wir haben Deine Schlüssel bei Paul und May Horowitz hinterlegt, und sie werden das Haus für Dich und Deine frischgebackene Ehefrau auf Vordermann bringen, und wir sind fuchsteufelswild, daß wir zu Eurem Empfang nicht da sein können. Wir kommen ja fast um vor Neugier, aber wir werden Euch ja sicher bald sehen, nicht wahr? Du mußt mit Deiner Frau nach Santa Cruz kommen, und Ihr müßt unsere Gäste sein. Unser neues Haus hat direkten Meerblick, und es hat einen Dschungelgarten und ein Schwimmbecken, das eines römischen Kaisers würdig wäre. Du mußt unbedingt kommen, und zwar bald, sonst müssen wir annehmen, daß Du uns nicht verzeihst. Es versteht sich von selbst, daß wir hier alle Hebel in Bewegung setzen werden, um für Dich auch was zu finden. Schreib uns bald mal, Schatz, wir denken immer an Dich. Du hättest uns mitteilen sollen, wann genau der große Tag ist. Und, Darling, falls es Dich interessiert, natürlich bin ich eifersüchtig! Schreib bald, an die Philosophische Fakultät, wir können noch nicht in das Haus einziehen (es ist herrlich spanisch, wie es immer unser Traum war, es gibt sogar einen Springbrunnen*). Und vergiß nicht, daß wir Dich lieben und Du zu uns gehörst, ob verheiratet oder nicht. Alles Liebe,*

Bella

Russell hatte unten noch ein paar Worte dazugekritzelt.

Tut mir leid, Kumpel. Wir lieben Dich, aber uns selbst lieben wir halt noch mehr.

Henry knüllte den Brief zusammen und steckte ihn wieder ein. Eine schwarze Wolke hatte sich vor ihm gebildet und hüllte ihn langsam ein. Er starrte auf die sonnenbeschienene Landschaft und war blind. Alles, erkannte er jetzt, was mit seinem Entschluß, Stephanie nach Sperriton mitzunehmen, zu tun hatte, war von dem Gedanken an Russ und Bella beeinflußt und erhellt und ermöglicht worden. Wie unfair gegen Stephanie. Doch das war das Reale an der Sache gewesen, vielleicht das Realste, und sicher nichts Schlechtes. Weil Russ und Bella mutige und gute Menschen waren, wären sie alle irgendwie gerettet worden. Aber jetzt – so tapfer Bella auch schrieb, es war vorbei und nichts würde je wieder so werden, wie es gewesen war. In Sperriton hätten Russ und Bella Stephanie schlucken können, anstandslos. Auf eine Entfernung von dreitausend Kilometern würde Stephanie eine Kuriosität sein. Sie würde eine Fremde sein, und er selbst würde auch bald einer werden. Russ und Bella würden in einer anderen Welt leben, neue Freundschaften schließen, anderswo lieben und geliebt werden, sich einen neuen Henry zulegen. Wenn er und Stephanie sie besuchten, würde es Partys und Freudengeschrei geben, und Bella würde ihr neues Leben vorführen, und Henry würde Qualen der Eifersucht und des Verlusts leiden. Was die Idee betraf, ihm eine Anstellung in Santa Cruz zu besorgen, konnten sie ebensogut versuchen, ihn als Astronauten unterzubringen, und das wußten sie auch. Es war das Ende des Weges mit Russ und Bella, und es gab keinen Ersatz, nicht May und Paul, nicht Franz und Rosina, nicht Bill und Emmy, nicht Ann und Minio, niemand.

Henry machte langsam kehrt und ging wieder ins Haus. Ihm war kalt, und seine Augen juckten, als wollte er weinen. Einen verrückten Moment lang dachte er daran, zu seiner Mutter zu gehen, wandte sich aber zur Treppe. Wenn er wenigstens jetzt, da er zu Stephanie ging, das Gefühl haben könnte, an einen Ort zu gehen, wo er gestützt werden würde und nicht selbst stützen mußte.

Ungewohnte Echos begleiteten ihn durch das Haus. Die gelagerten Möbel waren aus der Galerie entfernt worden, und im oberen Flur lagen keine Teppiche mehr. Henry sagte hallo, als er in Stephanies Zimmer trat, aber es war leer. Er ging zum Fenster und blickte nach Norden hinaus, um zu sehen, ob er sie irgendwo auf dieser Seite des Hauses entdecken könnte. Er suchte in der verwilderten Auffahrt, die sich, voller Unkraut, das jetzt in Blüte stand, in die Nadelbäume wand. Er sah nach, ob Stephanies kleine Gestalt nicht vielleicht in der Nähe des Gebüsches stand oder langsamen Schritts aus dem Birkenwäldchen auftauchte. Sie trug immer so unpassende Schuhe und ging zum Verrücktwerden langsam. Bei dem Gedanken an ihre Schuhe fiel ihm ein, daß viele Tage vergangen waren, seit er das letztemal mit ihr geschlafen hatte. Die sprießenden Spitzen der Nadelbäume verschmolzen in einem rötlichen Schimmer mit dem Himmel. Den Blick zur Auffahrt gerichtet, seufzte Henry.

Es war stickig im Zimmer, und es roch nach Tabaksqualm und Kosmetika und irgendeiner anderen menschlichen Ausdünstung, Schweiß oder Unterwäsche oder so was. Henry riß das Fenster weit auf und atmete die warme, würzige Luft und seufzte noch einmal. Geblendet vom hellen Licht, wandte er sich wieder ins Zimmer. Stephanies Bett, ein wenig zerdrückt und bucklig, war flüchtig gemacht worden. Auf dem Überwurf, oben auf dem Kopfkissen, war ein weißer Fleck. Henry trat blinzelnd näher und sah einen Briefumschlag. Ein Brief, der an ihn adressiert war.

Sobald Henry den Brief erblickte, traf ein prophetischer Strahl reinen Schreckens sein Herz. Er nahm den Brief und öffnete ihn.

Lieber Henry,

es wird Dich wahrscheinlich nicht überraschen, auf diesem Weg von mir zu hören, Du mußt es erwartet und gewünscht haben, und ich finde, Du hast Dich mir gegenüber nicht anständig benommen, Du selbst hast mich dazu getrieben, das weißt Du genau. Ich habe Grund zu der Annahme, daß Du eine andere liebst, und Du hast nie Rücksicht darauf genommen, was ich will, sondern immer nur das getan, was Du willst. In einer Ehe sollte es Gleichberechtigung geben, und Du hast mich da reingetrieben. Ich wollte in Laxlinden Hall leben und nicht nach Amerika gehen, aber davon wolltest Du nichts hören und wolltest nicht mit mir wie mit einer Gleichberechtigten darüber sprechen. Ich war mein Leben lang unglücklich, und ich dachte, als ich Dich kennenlernte, ich würde versorgt und glücklich werden, aber es hat nicht sollen sein. Ich fühle mich so elend, während ich das schreibe, und ich wünschte aus tiefstem Herzen, Du würdest es Dir anders überlegen und alles wiedergutmachen, damit wir in Laxlinden leben könnten und nicht nach Amerika müßten, wo diese Frau ist. Du hast mir eine Menge zugemutet, und wenn ich darüber reden wollte, hast Du nur Witze gemacht, und ich weiß zufällig, daß Du denkst, ich hätte keinen Humor. Der einzige Mensch, der wirklich nett zu mir war, war Lucius, Deine Mutter hat sich Mühe gegeben, aber sie hat mich trotzdem als minderwertig betrachtet, wie meiner Meinung nach auch Du. Du weißt nicht, wie sehr Du mich mit Deinem Verhalten und damit, daß Du immer über mich gelacht hast, verletzt hast. Ich bin nach London zurückgegangen, um nachzudenken, aber wenn Du immer noch alles verkaufen und nach Amerika gehen willst, dann denke ich, daß wir nicht zusammengehören. Ich wollte in

Laxlinden Hall leben, und am Anfang, als wir uns verlobt haben, hab ich Dich so verstanden, daß wir das auch tun würden. Ich weiß, daß Du mich dumm findest, und natürlich habe ich immer Pech gehabt und bin verlassen und im Stich gelassen worden, und andere Leute haben ihre eigenen Probleme und nehmen sich nicht die Zeit zu helfen. Du hast Dich nur für mich interessiert, weil Du gedacht hast, ich wäre ein leichtes Mädchen, und wegen Sandy. Ich wollte, ich hätte Sandy richtig kennengelernt, was auch geschehen wäre, wenn er nicht gestorben wäre, er war so ein netter Mann, und ich glaube, wir wären gut miteinander ausgekommen, zumindest war das ein Traum. Wenn Du mit mir reden möchtest, ich bin in der Wohnung, übrigens hast Du ja gesagt, ich könnte die Wohnung haben, gleich am Anfang hast Du das gesagt, aber ich will Dich nicht sehen, wenn Du nicht das Haus behältst und in England bleibst, wie sich das eigentlich für Dich gehören würde. Du weißt, daß wir uns eigentlich nie verstanden haben, und ich denke, ich würde besser mit jemandem fahren, der mich versteht und dem wirklich was an mir liegt. Ich kann mich nicht in eine Ehe drängen lassen und dann irgendwohin gebracht werden, wo ich mich nicht auskenne und wo Deine gescheiten Freunde mich auslachen würden, ich habe genug gelitten. Du hast nie wirklich versucht, mich so zu sehen, wie ich bin, ich habe das Gefühl, Du hast mich benutzt. Es tut mir so leid, Henry, aber ich war die ganze Zeit so unglücklich, daß ich dachte, ich müßte sterben, und Du hast mir nicht geholfen, und darum muß ich weglaufen, aber überleg Dir bitte, ob Du nicht in England bleiben willst, aber ich denke, es ist das Beste, wir trennen uns, wenn Du niemals das tust, was ich will.

Immerhin haben wir uns im Bett verstanden, und das ist schon etwas. Bitte versuch zu verstehen, daß ich ich selbst sein muß und nicht nur das, was Du willst. Ach, ich bin so unglücklich. In Liebe, Deine

Stephanie

Henry las den Brief auf dem Bett sitzend. Im nördlichen Abendlicht leuchtete das Zimmer in einer strahlenden Klarheit. Das

Haus war still vor dem Hintergrund des Vogelgezwitschers. Henry empfand einen sehr reinen, unvertrauten Schmerz, ähnlich schmerzlicher Reue, wie man sie vielleicht erfährt, wenn man im Angesicht Gottes auf seine Sünden zurückblicken muß. Es war nicht so, daß es keine Verheimlichungen oder Illusionen mehr gab, aber einen Moment lang sah Henry mit sehr geradem und klarem Blick, was er getan hatte. Natürlich hatte er Stephanie benutzt. Natürlich war er ihren Wünschen gegenüber gleichgültig gewesen und hatte von ihr Gehorsam erwartet, natürlich hatte er sie nicht als gleichberechtigt betrachtet. Er hatte von ihr erwartet, daß sie dafür dankbar sein würde, von ihm bemerkt zu werden. Er hatte sich keine Vorstellung von ihr gemacht. *Ich habe genug gelitten*. Natürlich hatte er sehr wohl gewußt, was für ein Bündel reinen chaotischen Durcheinanders er umarmte, wenn er sie umarmte. Aber in der hemmungslosen Auslebung seines Willens hatte er geglaubt, wenn er nur alles schnell genug vorantreiben könnte, würde es schon irgendwie gutgehen. Würde er ihr jetzt nach London folgen? Ruhig und klar kam die Antwort: Nein. Auf eine komische Art war es ein mutiger Brief. Auf eine komische Art war sie eine mutige Frau.

Er saß still, benommen, atemlos vor innerer Bewegung und gab sich diesem reinen Schmerz des Verlusts und des Selbstvorwurfs hin. Die komische kleine, brave kleine Stephanie war gegangen und hatte dabei einen Erfindungsgeist, eine Selbsterhaltungskraft an den Tag gelegt, die er ihr nicht zugetraut hätte. Sie war geflohen; und nun würde er sie niemals versorgen und erziehen, würde sich niemals abrackern, um sie glücklich zu machen und für ihr verpfuschtes Leben zu entschädigen. Hatte er denn je wirklich geglaubt, daß er das tun würde?

Wie erstarrt saß Henry da, während er an der Reinheit des Moments festhielt und blind etwas andres zurückdrängte, das auch da war: ein Gefühl tiefer Erleichterung. Er verspürte Mitleid, den altvertrauten Freund, der sie zusammengeführt hatte. »Arme Steph«, sagte er laut. »Arme Steph, ach, arme Steph.« Seine Liebe zu ihr war in ihm, brannte in ihm, jedoch zu einem schrecklichen kleinen Knoten geschrumpft, außerhalb dessen er ruhig und schändlich aufatmete. Wie absurd, dachte er. Ich bin absurd, sie ist absurd. Ich hätte sie niemals verlassen, niemals. Ja, ich bin sicher, daß das wahr ist, und es ist wichtig. Aber jetzt hat sie mich verlassen und ...

Langsam stand er auf und nahm jedes Detail im Zimmer wahr, die Puderstreifen auf dem leeren Toilettentisch, die grauen Ascheflecken auf dem Bettzeug, ein Paar Pantoffeln von Gerda, die Stephanie sich ausgeliehen hatte. Er ging langsam zur Tür, ließ dabei Stephanies zusammengeknüllten Brief fallen und durchquerte den hallenden Flur zur Treppe. Schwer auf das Geländer gestützt, sprang er, immer zwei Stufen auf einmal nehmend, die Treppe hinunter und lief dann durch die Halle in die Bibliothek. Eines der hohen Fenster war ein Stück geöffnet, und er duckte sich darunter und schob es mit den Schultern hoch. Er ging über die Terrasse, sprang von ihr ins Gras hinunter, stolperte und begann zu laufen. Es ging ein wenig bergauf, und als er die Nordauffahrt erreichte, keuchte er. Er rannte die Auffahrt hinunter, der Kies war nicht zu sehen, es war, als liefe man auf einem Blumenbeet, und die wilden Blumen schlangen sich um seine Füße. Als er die Nadelbäume erreichte, mußte er langsamer gehen. Das Eisentor zur Straße war immer noch abgeschlossen, er hatte nie daran gedacht, Bellamy zu bitten, es zu öffnen. Er zog sich an der Mittelstange hoch, stützte sich mit einer Hand an der Mauer ab und schwang ein langes Bein über die Stäbe. Eine Spitze durchbohrte seine Hose und der Stoff riß. Er fühlte das sonnenwarme Eisen an seinem Bein, befreite sich und sprang. Unten rutschte er aus und schrammte sich die Hände am steinigen Straßenrand auf. Er wandte sich nach rechts, in Richtung Pennwood, wischte sich im Gehen die kleinen Steinchen von den Händen und zog seine hochgerutschte Jacke herunter. Als er zur Abzweigung kam, ging er ein wenig langsamer und versuchte nachzudenken.

In diesem Moment kam Colette aus dem Zugangssträßchen und bog vor ihm in Richtung zum Dorf ab. Sie ging langsam und bemerkte ihn nicht. Henry ging eine Zeitlang mit etwa zwanzig Metern Abstand hinter ihr her. Die Straße war hier gerade, auf der einen Seite von den Holunderbüschen gesäumt und auf der anderen von einem breiten Grasstreifen und einer Reihe Ulmen. Unter dem Holunder und den Bäumen blühten noch viele Schlüsselblumen. Henrys katzenhafter Schritt war geräuschlos. Die Sonne legte ihm seinen Schatten vor die Füße. Er ging schneller, bis der Kopf seines Schattens Colette erreichte und überholte. Als Colette den Schatten zu ihren Füßen sah, drehte sie sich um und blieb stehen. Auch Henry blieb augenblicklich stehen und sah sie schweigend an.

»Oh - hallo, Henry.«

Sie trug die grüne Kniehose, die sie angehabt hatte, als sie mit Henry und Stephanie im Volvo gesprochen hatte, doch anstelle der Tweedjacke hatte sie einen hellbraunen russischen Hemdkittel an, der am Hals offenstand. Ihr meerbraunes Haar war am Hinterkopf hochgesteckt, raffiniert eingerollt und mit Nadeln befestigt. Sie hatte einen Korb in der Hand. Der Verband, der ihre Wange bedeckt hatte, war weg, eine lange, tiefrote Kerbe war zurückgeblieben.

»Hallo«, sagte Henry, rührte sich dabei aber nicht von der Stelle.

Colette, die nicht gelächelt hatte, starrte ihn einen Moment an. Als er noch immer nichts sagte, winkte sie kurz, machte kehrt und ging weiter. Auch Henry ging weiter, vielleicht zehn Meter hinter ihr. Ein Auto fuhr an ihnen vorüber.

Wieder blieb Colette stehen, drehte sich herum und trat auf den Grasstreifen. Auch Henry blieb stehen, immer noch mit Abstand. Sie musterte ihn stirnrunzelnd. »Was ist los?«

Henry ging durch das hohe Gras ein, zwei Schritte auf sie zu. »Wohin gehst du?«

»Ins Dorf.«

»Warum?«

»Bier und Tabak für Daddy besorgen.«

Da Henry nichts sagte, wandte sie sich unsicher ab.

»Warte einen Augenblick«, sagte Henry. Er lief durch das

Gras zu ihr. »Colette, das letztemal, als ich dich in dieser absolut absurden, aber, ich muß sagen, ziemlich aufregenden Hose gesehen habe, hast du mir gesagt, daß du mich liebst. Später hast du das zurückgenommen. Es fällt mir aber schwer zu glauben, daß deine Gefühle sich wirklich geändert haben. Deine erste Erklärung klang überzeugend, deine zweite nicht. Sag, bitte, liebst du mich noch?«

Colette sah ihn an und kniff die Augen gegen die Sonne zusammen. Dann warf sie ihren Korb ins Gras. »Ja, natürlich liebe ich dich noch.«

»Dann«, sagte Henry, »werden wir heiraten, denn ich liebe dich auch – Colette –«

»Stört dich – mein Gesicht nicht?«

»O Gott«, sagte Henry, »du Verrückte!« Er machte noch einen Schritt und kniete im hohen Gras zu ihren Füßen nieder. Als er die Arme zu der grünen Kniehose und dem bestickten Saum des braunen Kittels ausstreckte, fiel sie ihm entgegen, und er umfaßte ihre Schultern und ließ sich mit ihr in die Schlüsselblumen fallen. »Colette – verzeih mir – es ist doch wahr, ja? – du liebst mich wirklich, oder? Ich weiß, ich verdiene es nicht – aber ich könnte es nicht ertragen, wenn du mich nicht mehr lieben würdest, ich würde sterben, und du müßtest mich hier im Straßengraben verscharren.«

»Ich liebe dich wirklich. Ach, Henry, ich habe so viel um dich geweint, ich dachte, ich hätte dich verloren – ich habe nur gesagt, daß ich dich nicht liebe, weil – weißt du – ach, was soll's – und ich wünschte so, ich hätte diesen Quatsch über das Haus nicht gesagt, ich will das Haus gar nicht, mich interessiert das alles nicht, ich will nichts außer dir, ich geh überallhin mit dir, es ist mir egal, wie arm wir sein –«

»Du scheinst ja von meinen Fähigkeiten als Verdiener nicht viel zu halten«, sagte Henry, der sie, den Kopf auf ihren Arm gebettet, ganz fest hielt und ihr in die Augen blickte.

»Ich geh überall mit dir hin –«

»Wo ich hingehe, da willst auch du hingehen, und mein Volk soll dein Volk sein, und mein Gott dein Gott?«

»Ja, ja, ja.«

»Und du willst nicht diesen verdammten Giles Gosling heiraten?«

»Nein. Aber was ist mit –«

»Das erzähl ich dir später«, sagte Henry. »Ich erzähl dir alles später, alles, was ich weiß, und dann wirst du mir mich selbst erklären. Ich werde mich völlig leer machen, und deine Anmut und deine Wahrheit werden mich ausfüllen. Darf ich dich jetzt küssen?«

»Ja, Henry.«

Er zog sie näher und küßte sie, sachte, behutsam.

»Deine Lippen schmecken nach Apfel.«

»Ach, Henry, ich liebe dich so sehr, ich bin so glücklich –«

»Dieses Gras ist verflixt naß«, sagte Henry. »Das ist wohl der Tau. Ist es der Tau?«

Gerda, die Henrys raschen Lauf die Treppe hinunter gehört hatte und ihm leise in die Bibliothek gefolgt war, um zu beobachten, wie er hinausschlüpfte und von der Terrasse sprang, sah ihm nach, als er schnell, mit langen Beinen über den Rasen rannte. Sie blickte ihm nach, bis er, immer noch laufend, um die Ecke zur Auffahrt verschwand. Dann kehrte sie ins Speisezimmer zurück. Sie öffnete einen Schrank.

Lucius kam herein, immer noch in seinem Umhang. Er nahm seine oberen Zähne heraus, musterte sie aufmerksam und schob sie wieder in den Mund. Er sagte: »Ich weiß nicht, was ich mit dem Koffer tun soll, in dem ich meine Manuskripte habe. Wenn ich ihn hierlasse, verschwindet er vielleicht, aber für das Taxi ist er zu groß. Vielleicht ist es besser, ich packe ihn wieder aus und teile die Papiere –«

»Ach, da würde ich mir nicht viel Gedanken machen«, sagte Gerda. »Hör mal, es tut mir leid, daß ich dich gezwungen habe, diese Gedichte zu verbrennen.«

»Ach, das macht doch nichts«, sagte Lucius. »Ich weiß sie sowieso alle auswendig. Ich hab sie einfach noch mal niedergeschrieben.«

»*Tap, tap, das alte Mädchen.* Ich war nicht wirklich böse. Aber es wäre nett, wenn du mir etwas schreiben würdest, das ein bißchen romantischer ist.«

»Wirklich? Ja, aber natürlich tue ich das. O Gott, o Gerda, kann ich – was tust du da?«

»Lucius, könntest du mir mal helfen, den Champagner hier aufzumachen?«

Würden Sie sagen, dass Sie sexuell erfahren sind? Stephanie ließ sich die Frage durch den Kopf gehen.

Sie saß in ihrem neuen japanischen Hausmantel mit den geschlitzten Ärmeln und den gelben aufgestickten Drachen in der Küche ihrer Wohnung und hatte sich gerade frischen Kaffee gemacht. Es war elf Uhr morgens, und die Sonne schien hell auf die Knollenkuppen von Harrods. Die Wohnung samt Inventar war nun ihr rechtmäßiges Eigentum, die Papiere waren an diesem Morgen mit der Post gekommen. Also war das wenigstens erledigt. Sie war ein wenig besorgt gewesen.

Sind Sie dem anderen Geschlecht gegenüber selbstsicher? Nein, dachte sie, ich bin nicht selbstsicher, und ich bin auch nicht sexuell erfahren, ich bin in diesen Dingen wie ein junges Mädchen, richtig scheu und naiv eigentlich. Ist es nicht sonderbar, daß ich mich so jung fühle, als stünde ich immer noch am Anfang? Ich vermute, das ist das, was man im Herzen jung geblieben nennt. Sie saß da und machte sich ein Bild von sich selbst. Sie dachte daran, wie manche Männer sie genannt hatten. Männer waren furchtbar. Sie hatte immer so viel Pech gehabt.

Stephanie wäre völlig unfähig gewesen, aus dem, was für sie zu einem wahrhaft quälenden Dilemma geworden war, herauszufinden, wäre nicht Gerdas mitfühlende Hilfe gewesen. Stephanie hätte einen Nervenzusammenbruch bekommen und sich von den altvertrauten Dämonen ihres Lebens überwältigen lassen, doch Gerda hatte sie gezwungen, nachzudenken und zu handeln. Sie hatte Gerda in den Zeiten, wenn Henry in seinen eigenen privaten Angelegenheiten unterwegs gewesen war, ziemlich viel gesehen. Gerda hatte sich ihr aufmerksam gewidmet, hatte den Kontakt zu ihr gesucht und gefunden, und Stephanie hatte mit Dankbarkeit, einer Art Vertrauen reagiert.

Gerda hatte Stephanie offen gesagt, daß Henry ihrer Meinung nach in Wirklichkeit Colette liebe, die er schon sein Leben lang kannte. Sie sagte, und Stephanie mußte ihr zustimmen, Henry wisse sehr wenig über die wahre Stephanie und sei auch nicht ernsthaft bemüht, mehr herauszufinden. »Das stimmt, er behandelt mich wie ein Kind, wie ein Spielzeug«, sagte Stephanie empört. Laut Gerda hatte sich Henry nur aus einer Art Pflichtgefühl mit Stephanie verlobt. »Ja, ich tu ihm leid.« Gerda sagte, Henry sei nur Sandys wegen ernsthaft interessiert gewesen und habe den Schock darüber, daß Stephanie in bezug auf Sandy gelogen hatte, nicht verwunden. »Er hat es Ihnen gesagt?« Stephanie weinte. Sie hatte also durch Aufrichtigkeit verloren, was sie durch Lügen gewonnen hatte. Sie war sich so edel und heldenhaft vorgekommen, als sie ihm die Wahrheit gesagt hatte. Auf eine konfuse Art hatte sie das Gefühl gehabt, eine Realität, die sich ihr immer entzogen hatte, sei plötzlich zum Greifen nahe, sie brauche nur die Hand auszustrecken, um sie zu berühren, endlich das Reale, nicht den Traum. Und Henrys scheinbare Verzeihung hatte sie als Garantie für endgültige Sicherheit gesehen. Doch auch das hatte sich, wie alles andere, dem sie je getraut hatte, als Täuschung erwiesen.

Gerda wies weiter darauf hin, daß Henry, wie Stephanie ja deutlich sehen könne, zur Armut entschlossen sei. Das sei Henrys Form von Romantik, sehr gewinnend, sehr unbequem. Gerda konnte Stephanies Horror vor Amerika verstehen und teilte ihn. Und gab es dort nicht eine Frau, für die Henry sich heftigst interessierte? »Natürlich wird er Sie nicht verlassen«, sagte Gerda. Sie machte eine kleine Pause. »Da bin ich sicher.« Stephanie antwortete: »Das Schlimme ist, wenn er nicht hier ist, glaube ich eigentlich gar nicht an ihn.« Wenn er nur immer bei ihr geblieben wäre, wie sich das für einen Liebhaber gehörte, dann hätte sie diese furchtbaren Zweifel nie gehabt. Warum war Henry fortgegangen, wo war er jetzt, bei wem? Gerda erklärte, es nicht zu wissen. Henry gehe dauernd fort. Stephanie stellte sich Amerika vor, sie stellte sich Bella vor. »Was wollen Sie wirklich?« fragte Gerda sie.

Ja, was wollte Stephanie wirklich? In einem entscheidenden Anfall von Selbsterkenntnis gelangte sie zu dem Schluß, daß das, was sie wirklich wollte, London war. Das hatte sie immer schon gewollt, schon in den scheußlichen Jahren in Leicester, von denen sie Henry viel mehr erzählt hätte, wenn er sich die Mühe gemacht hätte zu fragen. Die Lüge, die sie ihm aufgetischt hatte, hatte diesen Weg der Kommunikation gründlich blockiert. Für ihn sollte sie etwas sein, was er gerade gefunden hatte, und das er hier und jetzt besaß. Er wollte nichts über ihre Vergangenheit wissen, nichts darüber, warum sie vor ihren Eltern hatte fliehen müssen, um frei zu sein. Sie hatte die Freiheit gewollt, und die Freiheit war London; und mit Gerdas Hilfe wurde Stephanie klar, daß das, was sie jetzt wollte, das Londoner Leben war, das sie so gut kannte, das Leben der Geschäfte und Pubs und Abenteuer: das und Geld. Stephanie glaubte nicht, daß es außer in London eine Realität gab. »Es hätte Ihnen also hier gar nicht gefallen«, sagte Gerda lächelnd. Am Ende bot Gerda eine beträchtliche Abfindung, und Stephanie nahm sie unter Tränen an. Gerda riet ihr, wie sie das Geld anlegen solle.

Zurück in der Wohnung, in der grauenvollen alten Einsamkeit, hatte Stephanie Tage der Qual durchlebt, erneut ungewiß, was sie nun eigentlich wirklich wollte. Wollte sie, daß Henry ihr nachkam, und wäre es nicht schrecklich, wenn er es nicht täte? Wenn Henry sagen würde, na gut, dann werden wir eben in Laxlinden Hall leben, wäre das nicht das Beste, das Beste, was sie mit ihrer Flucht hatte erreichen wollen? Zweifellos war sie, als sie diesen Brief geschrieben hatte, der Meinung gewesen, sie habe nichts zu verlieren. Als die Tage vergingen und Henry nichts von sich hören ließ, verspürte sie zuerst Bekümmerung, dann Erleichterung. Stephanie, die sehr stark in ihrer lebhaften Phantasiewelt lebte, hatte mehr als einmal den Versuch unternommen, durch diesen oder jenen Plan von der Phantasie in die Wirklichkeit zu übersiedeln. Diesmal war es ihr zu ihrer Überraschung und Bestürzung beinahe gelungen; aber insgesamt war sie doch froh, zurück zu sein in der Freiheit ihrer eigenen verträumten Einsamkeit.

Sie war Henry sehr dankbar gewesen, aber hatte sie ihn je wirklich geliebt oder wirklich geglaubt, daß er sie liebte? Henry hat mich nie verstanden, dachte sie, er hatte es immer so eilig und hat immer nur Witze gemacht, er hatte nie Geduld mit mir, hat sich nie nach meinem Tempo gerichtet, war im Grund nie *bei* mir. Mit Lucius zu sprechen oder sogar mit Gerda war leichter gewesen. Nein, Henry war nicht der Richtige. Sie dachte, ich brauche meine eigene Art von Glück und muß ich selbst sein, und das ist im Zusammensein mit einem anderen Menschen nie sehr leicht. Sie hatte sich in Laxlinden Hall so schwach und müde und elend gefühlt, sie fühlte sich gesundheitlich und stimmungsmäßig so viel besser jetzt, da sie wieder allein war. Auf einmal war sie stolz darauf, überlebt zu haben, entkommen zu sein. Eigentlich hatten sich die Dinge ja gar nicht so schlecht entwickelt. Sie würde sicher weiterhin nach einem Ehemann Ausschau halten, denn dazu waren hübsche Kleider ja da, und darum ging es im Leben, aber jetzt, da sie finanziell abgesichert war, konnte sie sich Zeit lassen, brauchte nicht mehr wie in der Vergangenheit das Gefühl zu haben, sie müsse sich gleich den Erstbesten schnappen.

Trotzdem ist es schade, daß ich Sandy nicht gekannt habe, dachte sie, wie ich ihn sicher gekannt hätte, wenn er nicht gestorben wäre. Ich hätte ihm bestimmt helfen können, sich selbst zu finden. Und sie dachte, wenn Henry wie Sandy aussähe, hätte ich ihn niemals verlassen können. Ich war eigentlich für Sandy bestimmt. Henry war ein dummer Zufall, ein Fehler. Sie kam sich vor wie eine Witwe. Sie dachte, ich werde eine Weile Schwarz tragen, ich glaube, das wird mir stehen, und es wird die Leute neugierig machen. Und sie stellte sich vor, wie sie in Bars und Nachtlokalen saß, die teuersten Drinks bestellte, eine einsame, elegant gekleidete, geheimnisvolle Frau.

Ja, und ich werde die Wohnung neu einrichten, ich werde alles anders machen, modern und hell, und dafür werde ich etwas von dem Geld ausgeben, das sie in dem Koffer hier gelassen haben, diesem Lösegeld, sie wollen bestimmt, daß ich es bekomme. Sie wandte sich wieder dem Formular der Computer-

Partnervermittlung zu, das sie auszufüllen versuchte. Sollte der Mann ihrer Wahl langes oder kurzes Haar haben? Mochte sie Bärte? Hatte sie etwas dagegen, wenn er Chinese wäre? Wie aufregend das Leben im Grunde doch war und voll vielfältiger Möglichkeiten. Kein Wunder, daß sie sich so naiv und frei und jung fühlte. Bei einer der Fragen, die hier gestellt wurden, machte die Beantwortung richtig Spaß: *Nennen Sie Ihre Lieblingsfarben in der Reihenfolge Ihrer Präferenz.* Natürlich, das verriet bestimmt etwas Wichtiges. Ich glaube, ich mag Rot am liebsten, dachte sie. Oder mag ich Blau am liebsten? Bin ich eher eine Blaue?

»Auf Ihrer Seite scheint er mir höher zu hängen, Bellamy«, sagte Gerda. »Rhoda, würden Sie das mal für einen Moment halten, ja?«

»Ich habe Ihnen ja gesagt, daß die Ringe unterschiedliche Größen haben«, sagte John Forbes.

»Aber vorher hing er doch auch gerade«, sagte Gerda.

»Vielleicht ist der Boden schief. Oder vielleicht ist es Ihnen vorher nicht aufgefallen.«

»Es wäre doch schade, wenn wir das jetzt nicht richtig hinkriegen.«

»Es ist sehr schwer, einige von den Ringen sind durch die Belastung verzogen, ich besorge neue.«

»Na schön, hängen Sie ihn vorläufig einfach so auf, das ist gut.«

Bellamy und Rhoda stiegen von den Leitern. Rhoda verschwand in Richtung Küche. Bellamy klappte die Leitern zusammen und trug sie weg. Der Gobelin mit Athene und Achilles hing wieder an seinem alten Platz. Das helle Licht von draußen hob alle seine Farben hervor. Vielleicht war er ein bißchen entstaubt, oder vielleicht hatte Gerda ihn sich nie vorher richtig angesehen. Was sie früher für Schwarz gehalten hatte, entpuppte sich als ein herrliches Indigoblau. Es würde mich interessieren, was da genau passiert, dachte sie. Sie hatte nie jemanden gefragt.

»Ich liebe diesen Raum«, sagte John Forbes. Die Bibliothek war wieder in ihrem alten Zustand.

»Sandy hatte ihn auch sehr gern.« Gerda merkte, daß sie John Forbes gegenüber ständig Sandys Namen erwähnte, als wollte sie sich immer von neuem vergewissern, wie leicht es jetzt war, von ihm zu sprechen, und wie sehr der Schmerz sich verändert hatte. Sie hatte mit John sehr viel über Sandy gesprochen. »Sandy hat diese blau-gelben italienischen Vasen gekauft, aus denen wir die Lampen haben machen lassen.« Es war da ein stetiges, ruhiges, beinahe sinnloses Zeugnisablegen, das ihr gut tat. Sie sagte, ihrem Gedankengang folgend: »Ich hoffe sehr, daß Cato in den Ferien nach Hause kommt.«

»Ich auch, aber er ist immer noch wie ein Wahnsinniger.«

Sie gingen zum Fenster und schlüpften geduckt auf die Nordterrasse hinaus. Der Hochsommer war vorbei, zwei große Buschrosen, die gleich unterhalb auf dem Rasen wuchsen, hingen über und über voll großer, schwerer pinkfarbener Blüten, so daß die roten durchsichtigen Stengel sich in Bögen neigten. Die Sonne war heiß. Gerda hatte ein Strandkleid mit dünnen Trägern an. John, der in Hemdsärmeln war, schwitzte.

»Holen Sie ihn her«, sagte Gerda, »wir werden ihn heilen.«

John lachte. »Entschuldigen Sie, aber Ihr Vertrauen ist rührend – als würden Sie glauben, daß wir irgend jemanden heilen könnten.«

Ja, dachte sie, ich kann nie von Sandys Verlust geheilt werden, niemals, aber wenigstens kann ich jetzt daran denken und darüber sprechen. Sie wollte John Forbes das sagen, doch sie hielt es zurück. Sie spürte, daß sie beide das taten, Gedanken für den anderen zu formulieren und dann Schweigen zu bewahren.

John Forbes sagte: »Wo ist Lucius?«

»Noch im Bett. Er ist in letzter Zeit sehr faul geworden.«

»Tja, ich muß zurück auf die Baustelle.« John sprang von der Terrasse ins Gras und sah zu ihr hinauf. Er stand gleich jenseits der schrägen Schatten des Hauses in der Sonne, die Augen zusammengekniffen, aber sehr blau im klaren Licht.

Ohne auf Wiedersehen zu sagen, lächelte Gerda und ging zurück ins Haus. So vieles war jetzt im Gange, es herrschte ein solches Kommen und Gehen, daß für Formalitäten keine Notwendigkeit mehr bestand.

Sie ging durch das Fenster in die Bibliothek zurück und betrachtete noch einmal die großen italienischen Vasen, die Sandy gekauft hatte. Sie erinnerte sich, wie er sie eines Abends mitgebracht hatte, je eine lässig in einer Hand schwingend. Sie berührte die satte, reiche Glasur. Und dann dachte sie an Henry. Henry benahm sich jetzt ihr gegenüber wie ein junger Liebhaber, sein ganzer ironischer Witz, der so destruktiv erschienen war, jetzt darauf konzentriert, ihr zu gefallen. Er ging ihr immer aus dem Weg, kam aber stets mit einer neckenden, taktvollen Liebenswürdigkeit zurück, als tanzte er um sie herum. Natürlich war er kein Ersatz für Sandy. Der Gedanke, er könnte irgendwie vielleicht Sandys Platz einnehmen, war ein aus ihrem ersten Schmerz geborener Traum, als sie sich einen Trost hatte erfinden müssen, um nicht zu sterben. Jetzt konnte sie mit größerer Gelassenheit sehen, daß Trost nicht möglich war. Doch sie mußte um Henrys willen vorgeben, glücklich zu sein, weil sie ihm dankbar war, weil er ihr nun doch, über ihr Hoffen hinaus, sein Bestes gab, und dieses Bemühen bereitete ihr tatsächlich eine Art echter Freude. Sie setzte sich auf das Kamingitter und streckte ihre nackten Beine vor sich aus. Sie war glücklich und traurig und ließ die Tränen sachte fließen.

»Horch, der Kuckuck!«

»Ach, laß doch den Vogel. Mußt du mich unbedingt duschen?«

»Ist es nicht erfrischend?«

»Halt den Staken gerade, wedel nicht rum damit.«

»Ich halte ihn ja gerade.«

»Frauen können eben nicht staken.«

»Vorsicht, ich leg den Staken jetzt ein.«

»Gott, ist das heiß!«

»Ich tu jetzt meine Füße ins Wasser.«

»Bring uns nicht zum Kentern. Weißt du was, du bist eigentlich ein ganz gutaussehendes Mädchen.«

»Es tut dir nicht leid, daß du mich geheiratet hast?«

»Der größte Fehler meines Lebens. Erst überredest du mich, das Haus nicht zu verkaufen –«

»Ich hab nie ein Wort davon gesagt, daß du das Haus nicht verkaufen sollst.«

»Es war übersinnliche Beeinflussung. Du und meine Mutter, ihr habt mit Telepathie Stärke zehn gearbeitet.«

»Wann hat je eine Frau einen Mann dazu gebracht, etwas zu tun, was er nicht tun wollte?«

»Du hast in Weiß in der Kirche von Dimmerstone geheiratet, genau wie du in dem Brief geschrieben hast –«

»*Du* hast beschlossen, das Haus nicht zu verkaufen.«

»Ich hätte mich auf keinen Kompromiß einlassen sollen. Du hast mich in Versuchung geführt, genau wie Eva Adam in Versuchung geführt hat. Sobald man anfängt, mit Grundbesitz herumzuspielen, ist man verloren.«

»Du hast gesagt, du wärst gar nicht auf den Gedanken gekommen, daß es nicht alles oder nichts sein müßte.«

»Ich bin der Meinung, es hätte wirklich alles oder nichts sein müssen. Ich habe versagt.«

»Schau mal, wie das Wasser glänzt, als wäre es mit einer silbernen Haut überzogen. Henry, ich möchte zwei schwarze Schwäne.«

»Und als nächstes willst du Pfauen.«

»Ja, ich möchte Pfauen.«

»Ich habe versagt. Ich war einmal reinen Herzens, bevor ich dir begegnet bin.«

»Du warst ein Terrorist und nicht reinen Herzens.«

»Schau dir das doch alles an. Du lieber Gott!«

»Warum genießt du es nicht einfach? Verschenken kannst du es später immer noch.«

»Von den oberen Räumen im Queen-Anne-Flügel werden wir die Fernsehantennen der Siedlung sehen, wenn diese Bäume nicht verdammt schnell wachsen.«

»Aber du freust dich doch über die Siedlung?«

»Ich freue mich jetzt, wo dieser verflixte Duckling, oder wie er heißt, endlich abgedampft ist, um Rattenbury New Town zu planen.«

»Ich finde es herrlich, daß du auf Giles eifersüchtig bist, er hat mich nie auch nur im geringsten interessiert.«

»Na, ich bin jedenfalls froh, daß er weg ist. Jetzt bin ich der Architekt. Es ist ein Kinderspiel. Heute morgen habe ich einen Brunnen entworfen.«

»Eben ist eine Reiherente unter dem Boot durchgetaucht und auf der anderen Seite wieder rausgekommen.«

»Ich konnte es gar nicht fassen, was diese Cotmans gebracht haben.«

»Es wird ein richtiges Modelldorf, und Dimmerstone wird auch ganz hinreißend aussehen, wenn wir fertig sind.«

»Wir können die ganze Phase eins mit dem Verkauf von Bildern finanzieren.«

»Glaubst du, daß es wirklich ein Guercino war, den du auf dem Speicher gefunden hast?«

»Ja, aber sag's Gerda noch nicht.«

»Du hast ihr nie gesagt, daß du das ganze Geld in der Wohnung gelassen hast?«

»Nein, das würde mein Superman-Image beeinträchtigen.«

»Denkst du jetzt noch viel an Stephanie?«

»Ja.«

»Oh.«

»Ich kann gar nicht anders. Du hast so ein Getue um sie gemacht, und daß du mich dann bis zur Hochzeitsnacht nicht in dein Bett gelassen hast, nur aus Trotz –«

»Das war kein Trotz. Ich fand – du hattest schon so viele Frauen gehabt –, ich wollte, daß es bei uns anders ist, etwas ganz anderes.«

»Na, das ist es. Wir sind verheiratet und erledigt.«

»Die Hochzeit war schön, nicht? So klein und weiß. Wenn nur Cato gekommen wäre –«

»Du findest nicht, daß ich zu alt für dich bin?«

»Na ja, du bist schon ziemlich alt.«

»Schau, schnell, siehst du, eine Ringelnatter, die schwimmt.«

»Liebling, denk doch bloß nicht, es wäre eine Sünde, glücklich zu sein.«

»Es ist keine Sünde, glücklich zu sein, aber man sollte arm glücklich sein, das wäre besser.«

»Du weißt überhaupt nicht, was Armut ist.«

»Ich weiß. Das ist etwas über meinem moralischen Niveau. Das war von Anfang an mein Problem, daß ich mein moralisches Niveau falsch eingeschätzt habe. Das Vorhaben, alles zu verkaufen und zurückzulassen, war weit über meinem Niveau, ich hätte es unmöglich auf die richtige Art und Weise schaffen können. Vielleicht hätte ein anderer es geschafft. Aber bei mir war es nur – ja, natürlich, da hast du ganz recht – ein Gewaltakt. Aber das heißt nicht, daß wir nicht tief in der Korruption stecken.«

»Oh, bis zum Hals.«

»Und wenn die Gesellschaft bis ins Innerste verrottet ist, sollte man nicht noch mehr schöne Häuser bauen, nicht mal für gewöhnliche Leute.«

»Dieses Argument habe ich nie verstanden. Man braucht doch die Vergangenheit nicht zu zertrümmern. Warum sollten nicht die guten alten Dinge nicht nach und nach für alle da sein?«

»Weil es nicht genug davon gibt.«

»Ach, und darum ist es besser, alles kaputtzumachen?«

»Unsere schöne Siedlung ist eine Falle und eine Täuschung.«

»Sag das mal den Leuten, die dort wohnen werden. Ein Haus ist so ziemlich das realste von allen materiellen Dingen.«

»Es ist eine Täuschung. Es ist ein Spiel. Spielzeug. Brunnen.«

»Warum nicht ein paar Leute ein bißchen glücklicher machen? Daddy sagt, wenn die Mieten niedrig gehalten werden können –«

»Hier hab ich das Sagen, nicht dein Vater.«

»Und dann könnten wir auf der anderen Seite der Kirche in Dimmerstone bauen, und auf der Eichenwiese. Jetzt, wo wir diese Eisensteinmischung bekommen können –«

»Dich interessiert das. Mich auch. Das ist das Problem.«

»Schön, es interessiert uns. Und ist das nicht unser moralisches Niveau?«

»Das ist ja das Problem.«

»Schau dir diese Libelle an.«

»Ich dachte immer, ich wäre Max. Jetzt denke ich, ich bin Leonardo.«

»Du schreibst doch dein Buch über Max, nicht? Wir fahren nach Amsterdam und Leipzig und Colmar –«

»Und nach St. Louis.«

»Und nach Santa Cruz.«

»Es macht dir nichts aus, daß Russ und Bella im September herkommen?«

»Du liebst doch Bella nicht, oder?«

»Ich bete Bella an. Ich liebe dich mit jedem einzelnen Atom meines Wesens. Du bringst mich zum Lachen.«

»Das tut sie auch.«

»Ich bin süchtig nach dir. Das ist Liebe, und ein paar körperliche Regungen dazu.«

»Das klingt nicht ausreichend.«

»Ich sehe in deine Seele.«

»Ist das nicht langweilig?«

»Überhaupt nicht. Ich sehe mich selbst dort.«

»Du bist ein Narzißt.«

»Die großartigsten Menschen waren alle Narzißten. Leonardo, Shakespeare, Jesus Christus –«

»Und du denkst an Stephanie.«

»Alles ist so schnell gegangen. Die arme Steph tut mir so verdammt leid. Irgendwie habe ich sie wirklich geliebt, aber wie unter einem Unstern.«

»Und unter welchem Stern stehen wir?«

»Dem Glücksstern.«

»Ist *das* ausreichend?«

»Das ist ein Anfang. Das Leben wird uns den Rest beibringen. Ein guter Start ist ebenso wichtig wie ein gutes Ziel. Als ich plötzlich sah, daß ich das Glück wählen konnte, wurde alles glasklar. Ich hatte das nie zuvor in meinem Leben gesehen. Ich hatte immer geglaubt, ich müßte das Unglück wählen.«

»Weißt du was, ich glaube Gerda hat plötzlich auch das Glück gewählt, als sie beschloß, Stephanie zu verabschieden.«

»Wenn deine Theorie richtig ist. Arme Steph.«

»Das Mitleid mit ihr ist auch eine Art von Verachtung. Ich finde, sie war ganz erfolgreich.«

»Es ist wahr, daß ich mich nie wirklich für sie interessiert habe.«

»Was bist du doch für ein Monster. Aber interessierst du dich für mich?«

»Frauen machen aus jedem Gespräch immer was Persönliches. Als ich daran dachte, Stephanie zu heiraten, war es, als hieße das, das Unmögliche tun, etwas, das man nur mit verbundenen Augen und in höchster Angst tun kann. Und ich dachte, das wäre immer so, ganz gleich, wen man heiratet.«

»Aber es war nicht so?«

»Nein. Dich zu heiraten war hell und ruhig.«

»Du hast gezittert.«

»Die primitiven Auswirkungen der Leidenschaft. Bist du sicher, daß du Sex nicht abscheulich findest?«

»Absolut.«

»Bei manchen Frauen ist es nämlich so.«

»Ich wollte nur warten.«

»Vielleicht war die Jungfräulichkeit deine Zauberkraft. Stephanie hat sie gespürt. Sie hatte Angst vor dir.«

»Sie gehört jetzt ganz dir.«

»Wie kannst du mich nur lieben? Du machst bestimmt einen Fehler. Wie wunderbar du doch bist. Was für ein Glückspilz ich doch bin. Weißt du, Liebling, ich wollt's dir eigentlich nicht sagen, aber –«

»Du mußt mir alles sagen.«

»Ja, ich weiß, das muß ich, es ist ein neurotischer Drang. Aber – die Geschichte ist ein bißchen merkwürdig – du weißt doch, der Ring, die Marshalson-Rose –«

»Ja.«

»Ich hätte ihn dir so gern an den Finger gesteckt.«

»Aber er ist verschwunden, und ich bin glücklich mit dem Ring, den ich habe.«

»Ich habe gesehen, daß Rhoda ihn trug.«

»Rhoda – hat die Marshalson-Rose getragen?«

»Ja, bei unserer Trauung. Es war wirklich unglaublich, du weißt, daß Rhoda fast immer Handschuhe anhat, man hat sich richtig dran gewöhnt, sie mit Handschuhen zu sehen. Na ja, als wir aus der Kirche kamen, genauer, als wir durch den Mittelgang gingen, habe ich Rhoda gesehen, sie saß ganz am Ende der Bank, und sie hat ihre Hand runterhängen lassen, als ob – als ob sie sie herzeigen wollte – und da war der Ring – ganz eindeutig.«

»Ja, das ist wirklich unglaublich. Aber du hast nichts gesagt?«

»Zu ihr? Nein, natürlich nicht. Ich habe niemandem was gesagt.«

»Warum hast du mir das nicht schon früher erzählt?«

»Mir war irgendwie nicht ganz wohl bei der Sache, ich hatte das Gefühl, ich sollte es geheimhalten. Rhoda war mir immer irgendwie seltsam –«

»Aber du warst nicht verliebt?«

»Nein, natürlich nicht – sie war mir unheimlich. Und als ich dann sah, daß sie den Ring gestohlen hatte und sich auch noch damit zeigte, ihn richtiggehend vorführte, genau in dem Moment, als wir beide heirateten – da hatte ich das Gefühl, es wäre ein schlechtes Omen. So, jetzt hab ich's dir gesagt, und jetzt mußt du mich beruhigen. Dazu ist eine Ehefrau da. Man erzählt ihr schlimme Sachen, und sie sagt einem, daß alles gar nicht so schlimm ist, und man sieht alles wieder ein bißchen rosiger.«

»Ich finde die Geschichte nicht schlimm. Wieso glaubst du, daß sie den Ring gestohlen hat?«

»Na, woher soll sie ihn sonst haben?«

»Henry, jetzt muß ich dir was erzählen.«

»O Gott. Du bist heimlich mit Duckling verheiratet. Ich jag mir eine Kugel durch den Kopf.«

»Nein, hör zu. Es geht um etwas, das vor Jahren passiert ist, und ich habe damals versprochen, daß ich es es nie verraten würde, aber jetzt fühle ich mich von diesem Versprechen entbunden –«

»Colette, du machst mich wahnsinnig, schnell!«

»Es hat mit Sandy zu tun.«

»Oh, Colette, Herr im Himmel, nicht –«

»Nein, nein, unterbrich mich nicht dauernd. Es ist eine Ewigkeit her, ich war damals vielleicht acht. Ich bin im Garten rumgestreunt, ungefähr hier – ich glaube, ich war auf der Suche nach dir und Cato, du weißt ja, wie ich euch immer hinterhergelaufen bin. Und ich weiß nicht mehr, warum, aber ich kam plötzlich auf die Idee, zum Tempelchen raufzusteigen. Ich bin also raufgestiegen und –«

»Und?«

»Und habe Sandy mit Rhoda überrascht.«

»Oh – so was Verrücktes – oh – wie – ach Gott – wie rührend und – schrecklich und – mein Gott –«

»Sandy war ein bißchen erschrocken. Ich weiß nicht, wie es Rhoda ging. Sie hat mich nur mit diesen merkwürdigen Augen angeschaut.«

»Ibisaugen. Was hat Sandy gesagt?«

»Er hat mir eine halbe Krone geboten, wenn ich den Mund halte.«

»Und jetzt hast du's verraten.«

»Ich hab die halbe Krone behalten. Ich hab mir von Daddy ein Loch reinbohren lassen. Ich hab ihm nicht gesagt, warum. Ich hab sie früher immer um den Hals getragen. Ich hab sie heute noch.«

»Du hast also Sandy auch geliebt?«

»Nein, ich habe dich geliebt. Aber Sandy war – irgendwie grandios.«

»Ja, das war er – irgendwie grandios.«

»Also, vielleicht hat Rhoda wirklich ein Recht auf die Marshalson-Rose. Ich bin sicher, daß Sandy sie ihr geschenkt hat.«

»Als Trostpreis. Weißt du, mir hat Stephanie so leid getan,

weil ich dachte, Sandy wäre zu hochnäsig gewesen, um sie zu heiraten.«

»Da hast du gedacht, du müßtest sie heiraten. Ich hoffe, es geht dir mit Rhoda nicht auch so.«

»Nein, Rhoda hat mir immer eine Heidenangst gemacht. Dieser winzige Kopf und diese Riesenaugen. Jetzt hab ich sogar noch mehr Angst.«

»Das brauchst du nicht. Sie hat dir den Ring doch absichtlich gezeigt.«

»Als Drohung, als Warnung. Um uns zu zeigen, daß eigentlich sie mit Sandy vor dem Altar hätte stehen müssen.«

»Nein, ich bin sicher, sie hat nie erwartet, daß Sandy sie heiraten würde. Sie wollte uns nur wissen lassen, daß sie irgendwie zur Familie gehört.«

»Zur Familie! Ich erinnere mich jetzt, Sandy hat immer verstanden, was Rhoda sagte. Ich nie.«

»Und sie wollte dich wissen lassen, wo der Ring geblieben ist.«

»Meinetwegen kann sie ihn behalten.«

»Und du sagst Gerda nichts?«

»Natürlich nicht.«

»Soll ich die halbe Krone wegwerfen? Ich werf sie in den See. O Gott, ich liebe dich wirklich.«

»Nein, mein Engel, behalte sie. Du weißt ja, ich fühl mich jetzt so viel besser beim Gedanken an Sandy.«

»Da bin ich froh. Gerda weiß das.«

»Ich hoffe es. Ich war ja der reinste Teufel, als ich nach Hause kam.«

»Aber zu mir wirst du nie der Teufel sein, hm? Das würde mich umbringen.«

»Hol deine Füße an Bord, ich möchte sie küssen. Sie schmekken nach Seewasser. Und deine Lippen schmecken auch nach Seewasser. Du bist ein Findelkind aus dem See. Ach, Colette, ich liebe dich.“

»Ich bin so glücklich – nur daß – nur daß –«

»Ich weiß. Cato. Und das, was geschehen ist.«

»Der Tod ist so grauenvoll. *Dieser* Tod war so grauenvoll.«

»Ich bin froh, daß du mit mir darüber geredet hast.«

»Der Tod ist schrecklich, schrecklich, er ist ein geheimer dunkler Ort, er trennt einen mehr als alles andere.«

»Du mußt versuchen, das zu vergessen. Es betrifft uns nicht, wir müssen uns jetzt keine Gedanken über den Tod machen, wir brauchen diese Lektion nicht, noch nicht. Glück ist unser Zeichen.«

»Ich hoffe nur, Cato erfährt nie, daß es alles umsonst war. Oh, dieser arme, arme Junge, und ich hätte leicht mit ihm fertigwerden können –«

»Hör auf, Colette. Ich glaube, du übertreibst ein bißchen mit deinem Vertrauen in deine Unschuld. Die Welt ist einen Verbrecher los.«

»Cato würde es nicht so sehen. Er muß in der Hölle sein.«

»Gott wird sich Catos annehmen. Gott wird Cato zu uns zurückbringen. Weißt du, als ich ihn in dieser alten schwarzen Soutane sah, da dachte ich, ich hätte einen spirituellen Führer gefunden.«

»Jetzt ist er völlig gebrochen.«

»Gott wird ihn heilen.«

»Du glaubst doch gar nicht an Gott.«

»Menschen wie Cato erfinden Gott. Für sie existiert er. Wir können das nicht. Wir Geringere schmarotzen nur von dem Gott, den fromme Menschen erfinden. Tja –«

»Du meinst, wenn du mich nicht geheiratet hättest, wärst du selbst ein frommer Mensch geworden?«

»Ich? Nein. Ich habe keine Identität. Ich muß auch erst noch erfunden werden. Du mußt durch deinen Willen machen, daß ich bin.«

»Das werde ich. Ist das nicht Liebe?«

Ich habe wohl einen Fehler gemacht, dachte Henry. Ich hätte den ganzen Krempel hier verkaufen und weggehen sollen. Ich hätte nicht heiraten sollen. Dann hätte ich vielleicht ein frommer Mensch nach meiner Art werden und in diesem kleinen weißen Holzhaus in Amerika mitten in der Prärie schrumpfen können, immer weiter schrumpfen zu einem harmlosen kleinen Insekt. Ich wurde dazu geschaffen, nichts zu sein und nichts zu haben. Natürlich weiß ich, daß dieses Haus eine Illusion ist, aber nun habe ich es am Hals. Und ich habe mich zu Liebe und Glück verführen lassen und werde nun für immer und ewig die Rolle des glücklichen Ehemanns und des liebenden Sohns spielen müssen, und eines Tages, Gott helfe mir, wohl auch die des verantwortungsbewußten Vaters. Es ist so verdammt einfach, Frauen glücklich zu machen. Und da werde ich nun Glück fabrizieren und den Rest meines Lebens an dieses verdammte schöne Haus gebunden sein und werde mich niemals entschließen können, es zu verkaufen. Eine Zeitlang werde ich mich dieser und jener Dinge entledigen, die wertvollsten Bilder in die Verkaufsgalerien geben, aber nach einer Weile werde ich anfangen, Dinge zu kaufen, werde ich anfangen, das Haus wieder zu verschönern. Ich werde ein Weinkenner werden und guten Wein im Keller haben. Nun bin ich doch dem Besitz aufgesessen und einer jungen Frau. Als spirituelles Wesen bin ich erledigt. Das Mitleid, das ich mit Stephanie hatte, war wahrscheinlich die einzige spirituelle Erfahrung, die ich je gemacht habe. Und er sah zum Haus hinauf, das an seiner grünen Hügelfalte ruhte und dessen Südfassade in der Sonne dunkelgolden leuchtete. Ja, ich bin erledigt, dachte Henry. Nun werde ich niemals ein einfaches und besitzloses Leben führen, wie ich sollte. Ich habe ein mittelmäßiges Schicksal gewählt. Ich werde mein Buch über Max niemals vollenden, ich werde wie Sandy werden, so also, wie meine Mutter es vermutlich wollte. Vielleicht hat alles ihr Wille bewirkt oder Colettes Wille oder der Wille meiner verdammten Vorfahren. Ich habe versagt, aber es ist mir gleich. Ich werde glücklich sein. Ich habe es nie erwartet, ich habe es nie gewollt und habe ihm nie nachgejagt, aber es ist so gekommen. Offenbar bin ich dazu verdammt, ein glücklicher Mensch zu sein, und ich werde alles daran setzen, es zu bleiben.

»Liebling, laß doch die Narbe sein.«

»Henry, horch, der Kuckuck.«

»Zum Teufel mit diesem Vogel.«
»Henry –«
»Ich muß jetzt zum Gemeindebaurat.«
»Henry –«
»Nun mach schon.«
»Ich glaube, ich bin schwanger.«
»O nein! O Gott.«

MÖCHTEN SIE VON DEM WALNUSSKUCHEN?«

»Nein, danke, nur den Anchovistoast.«

Die vogelköpfige Rhoda stellte das Tablett vor Lucius auf die Steppdecke und ging.

Lucius fühlte sich ein wenig flau, ein wenig schwindlig. Er dachte, soeben ist etwas Merkwürdiges geschehen. Dann fiel ihm ein, was es war. Er hatte verstanden, was Rhoda gesagt hatte. Wie seltsam, nach diesen langen Jahren. Hatte er einfach dadurch, daß er ihr zugehört hatte, allmählich gelernt, sie zu verstehen? Oder sprach sie jetzt deutlicher? Oder was? Was auch immer es war, heute hatte er sie eindeutig verstanden. Und gestern auch schon, er hatte sich mit ihr über *crumpets* unterhalten.

Lucius lag in seinem Bett und stupste diese Gedanken nur leicht an, ohne wirklich zu denken. Er war so ungeheuer müde. Dennoch, zur Teezeit fühlte er sich am wohlsten. Die Vormittage waren die Hölle. Heißer indischer Tee und Anchovistoast stärken in der Tat den Geist. Ein Glück, daß es noch ein paar Genüsse gab.

Die Nachmittagssonne schien in sein Zimmer und fiel auf den Staub auf seiner Kommode, auf der in achtlosem Durcheinander seine Sachen lagen. Eine Bürste, die seine Mutter ihm geschenkt hatte, als er sein Studium begonnen hatte. Ein Kamm voller Büschel weißer Haare. Zwei Krawatten, noch geknotet. Geld. Manschettenknöpfe. Staub. Er hatte nie eine Frau gehabt, die für ihn Ordnung gehalten hatte.

Sein Mund tat weh, sein Rücken schmerzte, in seiner inneren Mitte war eine Art Höhlung, in der feierlich wie zum Ausgang irgendeines Rituals eine Trommel schlug. Sein Atem ging schnell. Sie hatten ihn alle vergessen. Keinem fiel auf, daß er jetzt die ganze Zeit in seinem Zimmer blieb, keiner bat ihn mehr, doch zum Fernsehen hinunterzukommen. Rhoda fütterte ihn, wie man vielleicht ein altes Haustier im Käfig füttert. Nein, das war alles ungerecht und falsch. Sie kamen sehr wohl zu ihm herauf, sie sagten sehr wohl, es sei so ein schöner Tag, er solle doch einen Spaziergang machen. Sie waren freundlich zu ihm. Aber er war unsichtbar für sie, weil sie glücklich waren. Colette, mit einem Gesicht, das strahlte wie Tau in der Sonne, mit Augen, die in Freude schwammen, war der Geist der Jugend selbst, die vollkommene Verkörperung dessen, was Lucius, während er da lag, manchmal das Kostbarste überhaupt zu sein schien, kostbarer als Tugend oder Weisheit oder die Kunst, einfach Jugend und Schönheit, das gesunde menschliche Geschöpf, reif und völlig unverdorben, Körper und Geist letztlich in der einzigen Weise rein und sauber, wie solche Vorzüge je wirklich erworben werden, nicht durch schmutzige alte Männer in Höhlen, sondern einfach durch die unbefleckte, unverwirrte Natur.

Auch Henry war auf seine verschwiegene Art glücklich, ohne es zuzugeben. Seine dunklen Augen leuchteten wie Sterne, sein lockiges Haar knisterte vor Energie. Er und Colette sprangen viel herum und machten ein Geschrei wie die Kinder. Lucius konnte regelmäßig den dumpfen Aufprall hören, wenn sie von der Haustür aus die Treppe hinuntersprangen. Gerda gab sich würdevoller, versuchte, ihre Befriedigung über den Erfolg ihrer Ränke zu verbergen. Wenn John Forbes zu Besuch kam, was jetzt jeden Tag der Fall war, erzählte sie es Lucius entweder gar nicht oder stellte sein Erscheinen als Überraschungsbesuch dar. Sie nannte stets irgendeinen harmlosen Grund für sein Kommen, einen anderen Grund also, als seinen Wunsch, sie zu sehen. Sie sah viel jünger aus und hatte sich eine Menge neuer Sachen gekauft. Mit einem Mann im Haus war sie plötzlich wieder im Haus ihrer Jugend, in dem Land, das ihrem Wesen angemessen war. Auch sie strahlte. Lucius lag im Bett oder saß im Morgenrock an seinem Tisch und horchte auf Henrys verrücktes Gelächter und den tiefen, herrischen Klang von John Forbes' dröhnender Stimme.

und begann sich zu senken. Er streckte die Hand nach dem Bettpfosten aus, der schnell an ihm vorüberglitt. Ein fürchterlicher Schmerz füllte die Höhlung, in der die große Trommel geschlagen hatte.

Etwas später wurde sich Lucius bewußt, daß er nun auf dem Fußboden lag. Nach viel Nachdenken schaffte er es, mehr durch eine Art geistige als durch körperliche Anstrengung, sich aufzusetzen, und lehnte sich an den Stuhl vor seinem Tisch. Seine rechte Hand funktionierte normal, aber seine linke war ohne Kraft. Ebenso sein linkes Bein, seine linke Schulter. Sein linkes Auge. Lucius experimentierte mit seinem Gesicht. Er wußte, daß etwas anders war. Ein Schmerz in seinem Nacken zwang seinen Kopf nach vorn. Eine Weile saß er ruhig da, atmete sachte und konzentrierte sich auf sich selbst. Nach einiger Zeit hatte er das Gefühl, als würde er um etwas bitten, etwas verlangen, jemanden um etwas bitten. Was war es, das er jetzt so dringend haben wollte, vielleicht das einzige? Etwas wie Gerechtigkeit, nur ganz gewiß nicht die. Nicht Liebe. Alle Wörter schienen sich von ihren Gegenständen gelöst zu haben und frei in seinem Kopf herumzuschwirren. Wenn er nur das richtige Wort finden könnte. Wie hieß es nur? Mut, dachte er. Ja, Mut.

Sehr langsam langte er zum Tisch hinauf und zog seinen Schreibblock und seinen Füller zum Boden hinunter, auf den vertrauten, staubigen Teppich. Er hatte nie zuvor so auf dem Fußboden gesessen. Er sah sich den Teppich an: wie abgetreten er war, wie fadenscheinig und alt. Es war einmal ein guter Teppich gewesen. Vorsichtig ergriff er seinen Füller und hielt ihn ungeschickt in den Fingern. Hielt man so einen Füller? Er wollte sehen, ob er noch schreiben konnte. Der Block lag fest gegen das Tischbein geschoben. Mit fremder krakeliger Hand schrieb er langsam:

Blind für so viele Dämmerungen
kommt mir nun die Erleuchtung der Nacht
zu spät, o großer Lehrmeister.

John Forbes war mit Dame Patricia Raven im Bett.

»Ich kann einfach nicht verstehen«, sagte John, »warum er diese fürchterlichen unterwürfigen Briefe geschrieben hat. Stell dir doch nur vor, du schreibst deiner Schwester und bittest sie, sich einer Verbrecherbande auszuliefern.«

»Aber es gab doch keine Bande.«

»Das wußte er nicht, er weiß es immer noch nicht.«

»Er dachte, du würdest sie daran hindern hinzugehen.«

»Er hätte es besser wissen müssen. Sie würde für Cato durchs Feuer gehen. Sie ist die Heroische.«

»Der junge Ritter, wie du gesagt hast.«

»Ja. O Gott, ich komme einfach nicht drüber weg. Ganz gewöhnlicher Mannesmut, normaler Anstand und Courage hätten Cato davon abhalten müssen, diese Briefe zu schreiben, sie hätten ihn einfach innehalten lassen müssen.«

»Ich vermute, es erschien nicht allzu schlimm, Henry wegen des Lösegelds zu schreiben. Es ging ja schließlich nur um Geld, und davon hat Henry mehr als genug. Als er dann begonnen hatte, die Briefe zu schreiben, war es leichter, einfach weiterzumachen. Und er war hungrig und verwirrt –«

»Ich hätte gar nicht erst angefangen.«

»Man kann in einer solchen Situation, wenn man mit einem Messer bedroht wird –«

»Von einem dummen Jungen.«

»Ein gewalttätiger Mensch besitzt psychologische Macht. Er kann die Gewaltlosen durch seinen Willen einschüchtern. Das ist eine sehr schlimme Tatsache.«

»Er kann Schafe einschüchtern. Ich wäre so verdammt wütend geworden. Ich hätte durchgedreht. Ich kann Cato nicht verzeihen, daß er das ohne Gegenwehr hingenommen hat, daß er überhaupt nicht aggressiv war. Schön, du sagst, es sei besser, nicht aggressiv zu sein –«

»Das wollte ich gar nicht sagen. Aber es ist vielleicht klüger. Ich hoffe nur, du wirst nicht eines Tages entführt. Dich würden sie ermorden.«

»Besser tot sein als mit solchen Erinnerungen leben.«

»Also, komm –«

»Und das Verrückte und Furchtbare an der ganzen Geschichte ist, daß der Schwindel sofort aufgeflogen wäre, wenn er ein bißchen Mut gezeigt und sich gegen den Jungen gewehrt hätte. Der Junge muß ja aus allen Wolken gefallen sein, er hatte es wahrscheinlich halb im Spaß getan. Und plötzlich hatte er Tausende von Pfund in seinem Besitz, und ein Mädchen bot sich ihm an - ich muß sagen, ich gebe auch Henry schuld.«

«Ich finde, daß alle sich ziemlich vernünftig verhalten haben. Es war eine sehr undurchsichtige Situation, und das Böse verwirrt die Menschen. Joe hätte Cato vielleicht getötet, wenn der sich gewehrt hätte.«

»Cato hat sich wie ein Lamm zur Schlachtbank führen lassen. Wenn er dem Jungen gleich eine runtergehauen hätte, dann hätte er ihm am Ende nicht den Schädel einschlagen müssen. Die moderne Jugend ist irgendwie schwach. Bei einigen ist es eine lasterhafte Faulheit, alles umsonst haben wollen, bei anderen einfach eine Unfähigkeit, dem Bösen zu widerstehen.«

»Sanftmut vielleicht. Cato ist ein gewaltloser Mensch. Colette ist viel aggressiver als er.«

»Ja, sie hat wenigstens gekämpft.«

»Wie dem auch sei, es ist geschehen, und Cato muß damit leben, und was wir tun können, um ihm zu helfen, sich davon zu erholen –«

»Ach, er kommt schon wieder auf die Beine. Er wird zu Gott zurückkehren. Diese verdammte Religion macht die Menschen so schwach. Pat, Liebling, was habe ich bloß getan, um solche Kinder zu verdienen? Cato ein Katholik und Colette mit Henry Marshalson verheiratet.«

»Sie scheint sehr glücklich zu sein.«

»Sie hätte diesen gescheiten jungen Architekten, Giles Gosling, haben können, er war ganz vernarrt in sie.«

»Ich dachte, Henrys Baupläne gefallen dir.«

»Es sind meine Baupläne. Henry und Colette spielen nur damit herum.«

»Also, ich finde Henry süß!«

»Pat –«

»Ich steh jetzt auf.«

»Ich langweile dich.«

»Nicht direkt, aber du begreifst so wenig.«

Patricia wälzte sich aus dem Bett, stand auf. In ihrer Jugend hatte sie flammend rotes Haar gehabt. Jetzt war ihr volles Haar zu einem immer noch leuchtenden gesprenkelten Rötlichgrau verblaßt. Ihre Haut war sehr hell, und auch ihre Augen waren hell, von einem hellen Blau. Sie hatte etwas Unschuldsvolles an sich, das sich unversehens in eine Ausstrahlung erschrekkender, scharfer Intelligenz verwandeln konnte, wenn sie mit diesen durchscheinenden hellen Augen umherblickte. Sie machte den Leuten angst. Ihr klares Gesicht war nur von einigen schwachen Fältchen der Müdigkeit auf der Stirn gezeichnet. Jetzt rauchte sie, in ein leichtes braunes indisches Gewand gehüllt, eine Zigarre. John Forbes beobachtete sie.

»John, ich muß dir etwas sagen.«

»Was?«

»Ich nehme jemanden hier in die Wohnung.«

»Nein! Doch nicht einen Mann?«

»Nein, nein, eine Frau.«

»Ach, Mist! Was ist dann mit mir? Ich muß hierher kommen können.«

»Es wird sich alles ändern.«

»Nein, Pat, sei nicht gemein. Ich muß kommen können. Wer ist diese Frau überhaupt?«

»Miriam Shippel.«

»Du lieber Gott, doch nicht die, die diese Bücher schreibt?«

»Doch.«

»Aber, Pat, das geht nicht, du mußt Zeit für mich –«

»Ich mache Schluß mit meinem Beruf und arbeite für die Labour Party. Miriam wird kandidieren. Wir gehen in die Politik. Ich bin es leid, mich nur aufzuregen und Briefe an die *Times* zu schreiben.«

»Pat, das kann nicht dein Ernst sein – ich meine, du – du beendest das hier doch nicht?«

»Es wird enden müssen, John, wenn Miriam hier ist. Stell dich jetzt nicht an. Du hast immer gewußt, wie ich mich dabei gefühlt habe, wie es war.«

»Du hast es abscheulich gefunden.«

»Du weißt, daß das nicht stimmt. Aber ich habe es aus Liebe und Freundschaft getan –«

»›Liebe und Freundschaft‹, das gefällt mir!«

»Ich habe es dir zu Gefallen getan, da es keinen Grund gab, es nicht zu tun. Aber von jetzt an gibt es einen Grund. Tut mir leid.«

»Pat, du weißt, daß ich jemanden brauche –«

»Natürlich, mein Lieber.«

»Du findest mich primitiv.«

»Ja.«

»Warum hast du es dann so lange mit mir ausgehalten?«

»Tja, weil ich dich zufällig liebe. Und Ruths wegen. Ich habe Ruth wahnsinnig geliebt.«

»Ja - ich weiß –«

»Warum hältst du dich nicht an Gerda?«

»O nein, die müßte ich heiraten. Du bist nicht zufällig auf Gerda eifersüchtig? Nein, leider.«

»Ja, und warum heiratest du Gerda nicht? Das scheint mir doch eine ganz gute Idee zu sein.«

»Nein, nein, kommt nicht in Frage. Sag mal, Pat, geht es darum, daß du die Ehe willst? Ich meine, wenn es das ist, würde ich dich heiraten –«

Patricias Gelächter schallte durch die ganze Wohnung.

»Ich bin erledigt«, sagte John. »Das ist das erstemal seit Jahren, daß ich dich richtig glücklich sehe.«

»Du nimmst keine Bücher mit?« fragte Cato.

»Nein.«

Es war neun Uhr abend, und Cato war in Brendans Wohnzimmer. Alles, was Schubladen und Bücherregale enthalten hatten, lag auf dem Boden herum. Der kleine Haushalt war in Auflösung begriffen. Brendan wollte nach Indien.

»Ich habe es am Ende alles aus diesem jungen Polizisten herausgeholt.«

»Ja, das sagtest du.«

»Entschuldige, bin ich betrunken?«

»Nein, nein, trink ruhig noch was.«

»Colette wollte nicht, daß ich es erfahre. Wenn ich doch nur was getan hätte, geschrien, mich gewehrt, irgendwas. Mein Gott, er hätte vielleicht *gelacht*. Es ist, als ob – als hätte ich ihm überhaupt keine Chance gegeben.«

»Das kannst du nicht wissen. Colette hat der Polizei erzählt, Joe sei harmlos gewesen, aber er hat sie absichtlich mit dem Messer verletzt, und das auf brutale Weise. Und es braucht nicht einmal wahr zu sein, daß er keine Komplizen hatte, sondern allein war.«

»O doch, das ist wahr – die Polizei war davon überzeugt, nachdem sie alles durchsucht hatte. Mein Vater hält mich für einen kranken Feigling. Er kann nicht verstehen, wie ein Mann sich so verhalten kann, wie ich es getan habe. Ich kann es jetzt auch nicht mehr verstehen.«

»Versuch es nicht auf diese Weise.«

»Vielleicht war es richtig von mir, eine gewaltlose Rolle zu wählen, wenn ich nur dabei geblieben wäre – ich gehe das alles in Gedanken immer wieder durch.«

»Immerhin siehst du wenigstens ein, daß du das nicht tun solltest.«

»Er hat mich einmal respektiert. Als ich diesen Respekt zerstörte, gab es nichts mehr, um ihn zu retten –«

»Hast du seine Mutter noch einmal gesprochen?«

»Nein. Pater Thomas kümmert sich um sie. Sie wollte mich nicht mehr sehen. Ich kann es ihr nicht verübeln. Wenigstens ist sie jetzt von diesem furchtbaren Mann weg. Er hat mich respektiert und geliebt, und ich habe ihm irgendwie Gott gebracht – wenn nur –«

»Ich hoffe, du belastest Colette nicht mit alledem.«

»Nein, nur dich. Colette weiß nicht, daß ich alles weiß. Ich glaube, Colette wird mir nie verzeihen, daß ich sie in diese grauenvolle Geschichte hineingezogen habe. Sie verachtet mich. Genau wie mein Vater. Genau wie Henry.«

»Colette liebt dich, und was sie am meisten braucht, ist das Gefühl, dir helfen zu können. Du mußt ihr da entgegenkommen, wenn es nicht anders geht, eben nur zum Schein, bis der Schein Wirklichkeit wird. Sie brauchen dich alle.«

»Ich kann niemandem entgegenkommen, es ist besser, ich halte mich fern. Wer bin ich überhaupt? Vielleicht fange ich jetzt an, über meine Studenten herzufallen. Einen Schwulen in einer Cordjacke hat er mich genannt.«

»Na schön, akzeptier es. Es gibt nichts daran auszusetzen, schwul zu sein. Nur finde ich, du solltest nicht über deine Studenten herfallen, ein Lehrer hat so viel Macht.«

»Ich habe meine Selbstachtung verloren, und ich habe nie gewußt, wie wichtig sie ist. Sie ist eine starke Abwehr gegen die Versuchung. Jetzt, wo sie weg ist, habe ich das Gefühl, daß jede Sünde mich verlocken kann, sag eine, und ich begehe sie. Wenn einmal die geistige Tünche runter ist, bleibt nichts übrig als ein Dämon.«

»Ich weiß, daß du so empfindest.«

»Ach, nicht einmal so – ich empfinde mich als Niemand, als nichts.«

»Das warst du immer, mein Freund, das sind wir alle.«

»Was wird aus mir werden?«

»Du wirst später vielleicht anglikanischer Priester werden, ich bin sicher, sie würden dich aufnehmen.«

»Kakao auf Wein?«

»Kakao wird dir vielleicht guttun. Du hattest immer eine kleine Neigung zur Trunksucht.«

»Süchtig nach Christus, ja.«

»Das Priesteramt ist eine Ehe. Zu Beginn verlieben sich die Leute, und sie machen jahrelang weiter, ohne zu begreifen, daß diese Verliebtheit sich in eine Liebe anderer Art verwandeln muß, der Verliebtheit so unähnlich, daß sie kaum als Liebe erkannt werden kann. Manchmal trägt der erste Elan einen Mann bis zum Ende. Nun, das ist *ein* Weg.«

»Und du? Hast du dich ›verliebt‹?«

»Na ja. Ich hatte den Vorteil, mit einer Heiligen aufzuwachsen.«

»Wer war das?«

»Meine Mutter. Sie war so eine Heilige, die niemand je bemerkt oder sieht, sie war beinahe unsichtbar.«

»Und das hat das Drama irgendwie entschärft?«

»Ich habe nie daran gedacht, nicht Priester zu werden. Bei dir war es ein *coup de foudre*.«

»Ich wollte, ich könnte glauben, daß Joe im Fegefeuer ist.«

»Wenn du es glauben würdest, wüßtest du nicht, was du glaubst. Du solltest für ihn beten. Du solltest nicht aufhören zu beten. Das Gebet ist die wesentlichste aller menschlichen Tätigkeiten, es sollte wie Atmen sein. Du mußt es doch noch haben, das Bedürfnis zu beten, genau wie das Bedürfnis zu atmen.«

»Ja, ich habe es. Aber was beweist das Atmen? Weißt du, als ich da in der Finsternis in diesem Keller saß, wurde mir endlich klar, und das mit ganzer Gewißheit, daß es keinen Gott gibt. Ich hatte geglaubt, ich hätte das schon früher gedacht, aber so war es nicht. Es ist, als hätte ich die Nicht-Existenz Gottes als etwas absolut Konkretes erfahren. Jetzt sieh mich nicht so an. Du versuchst dauernd, jede Erfahrung, jedes Zeugnis auf das Dasein Gottes zurückzuführen. Das hilft nichts! Ich weiß das alles, schließlich bin ich seit Jahren im Geschäft.«

»Du sagst, du seist seit Jahren im Geschäft. Mir scheint, du weißt gar nicht, was das für ein Geschäft ist.«

»Na schön, sag du's mir.«

»Ich habe es dir gesagt. Du hast dich verliebt. Das ist ein Anfang, aber mehr auch nicht. Sich verlieben ist Egoismus, ist von Bildern besessen sein und von ihnen getröstet werden, von Bildern des Geliebten und Bildern der eigenen Person. Es ist das Schmerzlichste und das größte Paradox überhaupt, daß die persönliche Liebe an irgendeinem Punkt zerbrechen muß, das Ego muß zerbrechen, etwas absolut Natürliches und scheinbar Gutes, scheinbar vielleicht das einzige Gute, muß aufgegeben werden. Danach folgen Dunkelheit und Stille und Raum. Und Gott ist da. Erinnere dich an den Heiligen Johannes vom

Kreuz. Wo die Bilder enden, stürzt man in den Abgrund, aber es ist der Abgrund des Glaubens. Wenn einem nichts mehr bleibt, ist einem nichts geblieben als die Hoffnung.«

»*El abismo de la fe*. Brendan, das alles habe ich so oft gehört. Ich habe es selbst so oft gesagt.«

»Versuch wenigstens, es jetzt in bezug auf dich selbst anzuwenden. Du gehst immer wieder durch, was geschehen ist, stellst dir vor, wie es war und wie es anders hätte sein können. Das darfst du nicht. Buße hat nicht das geringste mit zwanghaftem Schuldgefühl zu tun. Denk daran, wie oft du das in dieser oder jener Form im Beichtstuhl gesagt hast.«

»Ich kann es mir selbst nicht sagen.«

»Deine Schuld ist Eitelkeit, sie hat mit dieser Selbstachtung zu tun, von der du gesprochen hast und die du in Wirklichkeit gar nicht verloren hast, sie ist nur verletzt. Bereue und laß diese Dinge an dir vorübergehen.«

»Ohne Christus kann ich das nicht. Ohne die verdammte Maschinerie kann ich es nicht. Ich dachte, du könntest es vielleicht für mich tun, aber nicht einmal du kannst es. Ich fühle mich verdammt. Ich habe diesen Jungen geliebt, und ich habe ihn in die Irre geführt, und ich habe ihn getötet.«

»Wir leben durch den Erlösungstod. Jeder kann die Stelle Christi einnehmen.«

»Du bist ja verrückt.«

»Der Tod ist der, der uns am meisten lehrt, und auch nur dann, wenn er da ist. Wenn er abwesend ist, ist er völlig vergessen. Diejenigen, die mit dem Tod leben können, können in der Wahrheit leben, nur ist das beinahe unerträglich. Es ist nicht das Drama des Todes, das belehrt – wenn man ihm ins Auge blickt, gibt es kein Drama. Darum ist es so schwierig, Tragödien zu schreiben. Der Tod ist der größte Zerstörer aller Bilder und aller Geschichten, und die Menschen tun lieber alles andere, als ihm mutig ins Auge zu sehen. Ihre letzte Zuflucht ist das Leiden, sie versuchen, den Tod zu betrügen, indem sie statt dessen leiden. Und Leiden gebiert Bilder, das wissen wir, es gebiert die schönsten Bilder überhaupt.«

Cato hatte sein Glas niedergestellt. Er sah Brendan an, der beim Sprechen hin und her gegangen war und Bücher sortiert hatte und jetzt am leeren Regal stand und seine Finger durch den Staub zog.

Cato sagte: »Christus hat den Tod betrogen, indem er statt dessen gelitten hat.«

Brendan sah Cato einen Moment an, dann lehnte er sich schweigend gegen die Bücherborde und starrte träumerisch vor sich hin.

Cato sagte: »O nein –«

Brendan lächelte mit blitzenden blauen Augen und setzte sich, wobei er einen hohen Bücherstapel mit dem Fuß umstieß. Dann lachte er tatsächlich.

»Aber du glaubst an die Auferstehung und das Leben«, sagte Cato. »Wenn ich wirklich daran glauben könnte, würde ich auch lachen. Ich bin mir nicht sicher, daß ich je geglaubt habe. Du tust es, und deshalb muß das, was du eben gesagt hast, für dich sowas wie Unsinn sein, wie eine Zauberformel, die du dir, oh, ich weiß, für mich ausgedacht hast, so wie die Dinge, die man in der Beichte sagt, nur natürlich viel raffinierter. Schließlich glaubst du ja an einen persönlichen Gott –«

Brendan schwieg.

»Das tust du doch, oder?«

Nach einem kurzen Augenblick sagte Brendan: »Das ist auch ein Bild. Wir halten uns an die Vorstellung von Personen, das müssen wir. Aber Gott ist unvorstellbar und unbegreifbar und namenlos. *Dysphrastos* und *thaumastos*. Oh, das ist das alte ›Spiel‹, ich weiß. Aber man lebt in dem Spiel, und die Dinge verändern sich. Du hast nie richtig in ihm gelebt, du warst von Anfang an ein provisorischer Priester. Du hast die Sache zu deinen eigenen Bedingungen unternommen. Jetzt, wo du endlich das Provisorium beenden könntest –«

»– und wo ich in den Abgrund stürzen könnte –«

»– redest du vom Aufgeben.«

»Ich rede nicht nur davon, ich gebe auf.«

»Wirklich? Die Zeit wird es weisen. Ich spreche jetzt nicht

von deiner Laisierung. Du kannst Gott nicht entfliehen, indem du dich einigen Formalitäten unterziehst.«

»Aber Brendan, glaubst du an Gott oder nicht? Ich meine, ich beschuldige dich nicht, ein Blender zu sein, du bist wahr, und deinetwegen ist etwas anderes wahr – aber das läuft nicht auf Gott hinaus, ich meine selbst du kannst ihn nicht erfinden. Glaubst du also an Gott?«

»Es ist unmöglich, eine Frage wahrhaftig zu beantworten, wenn man nicht weiß, was die Frage für den Frager bedeutet.«

»Ach, hör auf mit diesen Spitzfindigkeiten. Wenn du nicht weißt, ob Gott eine Person ist, was geschieht dann mit deiner Christologie?«

»Ich überlasse es Christus, sich um meine Christologie zu kümmern.«

»Du hättest Jurist werden sollen. Ich weiß noch, daß Pater Bell sagte, du seist unser bester Theologe.«

»Das ist Jahre her, mein Freund.«

»Hast du sie aufgegeben? Hast ausgerechnet du, der so gut darin war, das Denken aufgegeben?«

Brendan schob mit dem Fuß die Bücher auf dem Boden herum. »Man kann bis zu einem bestimmten Punkt gelangen, aber nicht weiter.«

»Was ist mit den Leuten in der Vergangenheit? Schließlich denken wir ja alle seit langer Zeit darüber nach.«

»Was können wir über die Menschen in der Vergangenheit wirklich erfahren? Wir begreifen so wenig von ihrem Denken, dem wir nur in Büchern begegnen. Die Reichweite unseres Verstehens und Erkennens ist winzig.«

»Und das Neue Testament?«

»Das ist ungewöhnlich. Seine Ungewöhnlichkeit ist eines der wenigen Dinge, die klar sind.«

»Dein Freund Plato?«

»Menschliche Angelegenheiten sind keine ernsthaften Angelegenheiten, aber sie müssen ernst genommen werden. Wir sind Marionetten in den Händen Gottes.«

»Das hat er gesagt?«

»Wir können Plato nur durch den Schleier seiner genialen Erfindung, die europäische Philosophie, erkennen.«

»Und das ganze geniale Denken, das die Lehre von der Dreifaltigkeit hervorgebracht hat?«

»Genial, da stimme ich zu. Oh, wir müssen denken, wenigstens manche Menschen müssen es. Aber denken, in dieser Art, ist lediglich ein Mittel zu verhindern, daß man wieder in alle möglichen Illusionen hineinrutscht, es ist ein Mittel, um nahe an der Wahrheit zu bleiben, selbst wenn, besonders wenn die Wahrheit nicht formuliert werden kann.«

»Vielleicht bin ich meinem Vater ähnlicher, als mir bisher klar war. Er ist der Meinung, Religion sei nichts als fauler Zauber. Ich glaube langsam, daß das auf das meiste davon zutrifft.«

»Ja, natürlich. Aber, Cato, kümmere dich nicht um Logik und Intelligenz. Halte nur an Christus fest, dem Christus, den die Kirche dir nicht nehmen kann.«

»Jetzt redest du wie ein fundamentalistischer Prediger. Aber Brendan, ist das der Grund, weshalb du nach Indien gehst? Um aufzuhören zu denken?«

»Nein, nicht in dem Sinn.«

»In welchem Sinn dann?«

»Es war Zeit für eine Veränderung.«

»Zu gemütlich hier?«

»Nein, nein, man kann das Werk Christi überall tun. Nein – viele Dinge –«

»Nenn mir eines.«

»Ich habe mich zu sehr der Spekulation hingegeben. Manchmal hatte ich das Gefühl, wenn ich nur ein bißchen länger durchhielte, würde ich die vollkommene Offenbarung erleben.«

»Warum hältst du nicht durch?«

»Weil ich weiß, daß diese Offenbarung, wenn sie käme, eine Illusion wäre – eine der – oh – herrlichsten. Die ursprüngliche *felix culpa* ist das Denken selbst.«

»Das klingt mir nach Verzweiflung.«

»Was ich sagen will, ist, daß man niemals zum Ende, niemals auf den Grund der Dinge kommen wird, nie, nie, nie. Und dieses Nie, Nie, Nie ist das, worin du deine Hoffnung und deinen Schirm und deine herrlichste Verheißung sehen mußt. Alles, was wir uns über Gott zusammenreimen, ist Illusion.«

»Aber Gott ist keine Illusion?«

»Wer aber unter euch ist, der nicht alles aufgibt, was er besitzt, der kann nicht mein Jünger sein.«

»Ich glaube nicht, daß du die Theologie überhaupt aufgegeben hast. Theologie ist Magie. Hüte dich.«

»Ich weiß.«

»Ich muß los, wenn ich den Zug nach Leeds erreichen will, er fährt um Mitternacht ab. Wann sehe ich dich wieder?«

Brendan stand auf und schaltete noch eine Lampe ein. »Ich ziehe mich nächste Woche zu Exerzitien zurück und reise unmittelbar danach aus England ab.«

»Ich werde dich also vor deiner Anreise nicht mehr sehen?«

»Nein.«

»Soll ich dich in Kalkutta besuchen, wenn ich irgendwie das Geld aufbringen kann?«

»Besser nicht.«

Einen Moment war Schweigen. Cato zog seinen Mantel an. »Du gibst also auch mich auf?«

»Ich gebe auch dich auf.«

Sie sahen einander an.

»Für mich warst du immer die letzte Zuflucht«, sagte Cato.

»Ich weiß. Aber diese Art von letzter Zuflucht darfst du nicht haben. Weitere Gespräche wie dieses werden dir nicht helfen. Worum würde es dabei noch gehen?«

»Ach, zum Teufel –«, sagte Cato.

»Ich gehe, wie das nun einmal so ist, weil es sich so ergeben hat, und ich werde wahrscheinlich nicht zurückkommen, jedenfalls lange nicht. Dir wird alles mögliche geschehen –«

»Schreibst du mir?«

»Das bezweifle ich.«

»Betest du für mich?«

»Jeden Tag.«

Cato schwieg, ohne seinen Freund anzusehen.

»Es regnet«, sagte Brendan.

»Ja.«

»Wie kommst du zum Kings-Cross-Bahnhof?«

»Mit dem Taxi. Keine Sorge.«

»Hast du Lektüre für den Zug?«

»Ich besorg mir eine Zeitung.«

»Ach, übrigens, hast du gelesen, daß Lucius Lamb gestorben ist? Der Nachruf war in der heutigen *Times*.«

»Ach, wirklich? Der arme alte Mann.«

»Hast du mal seine Gedichte gelesen?«

»Nein, ich habe mir sagen lassen, sie seien fürchterlich.«

»Einige der frühen waren recht gut, jedenfalls fand ich das damals, als ich noch ein Junge war. Ich erinnere mich an eines, das großen Eindruck auf mich gemacht hat. Es hieß *Der große Lehrmeister*.«

»Worum ging es da?«

»Ich weiß nicht mehr – ich kann nur die Stimmung noch irgendwie heraufbeschwören.«

»Ich muß gehen, Brendan.«

»Versprich mir, daß du bald einmal nach Pennwood fährst, wenigstens zu Weihnachten.«

»Da wird's nicht einfaches Leben und hohes Denken in Pennwood geben, sondern Weihnachtslieder, Geschenke und häusliches Glück oben im Gutshaus.«

»Dann fahr hin und mach ihr Glück vollkommen.«

»Colette ist schwanger.«

»Oh, das freut mich.«

»Tja –«

»Ach, das wollte ich dir noch geben.«

Brendan kramte in einem Schrank und brachte ein dunkelgrünes, mit Samt bespanntes Kästchen zum Vorschein. Er öffnete es. Drinnen lag das spanische Kruzifix aus Elfenbein.

»Oh, Brendan – du nimmst es nicht mit?«

»Nein, ich möchte es dir schenken. Ich nehme deines, das du in der Nacht, als du mir durchgebrannt bist, auf dem Bett hast liegen lassen. Es ist ein guter Tausch.«

»Oh - danke dir - es ist so schön.«

»Also dann, leb wohl. Gott segne dich.«

Draußen regnete es stark. Cato machte sich auf den Weg, nach einem Taxi Ausschau haltend. Das Kruzifix, in seinem Kästchen schwer und sperrig in der Tasche seines Trenchcoats, schlug bei jedem Schritt unrhythmisch gegen seinen Oberschenkel.

Also bin ich kein Mann im Haus, dachte er. Nein. Henry war auch kein Mann, aber Henry war ein Kobold und würde koboldhaft überleben. Früher habe ich mir vorgestellt, ich wäre Teiresias, dachte Lucius, aber die Sehergabe wurde mir nie zuteil. Ich hätte Gerda nach Burkes Tod, sogar nach Sandys Tod noch, für mich gewinnen können, wenn ich ein gewöhnlicher Mann mit gewöhnlichen selbstsüchtigen Begierden und einem Willen gewesen wäre. Ich habe sie begehrt und geliebt, ich begehre und liebe sie noch, aber sie sieht, daß ich ein Geist bin, und zieht mit Recht Fleisch und Blut vor. Edelmut ist das nicht, dieses Unvermögen zuzupacken, früher habe ich es dafür gehalten. Ich bin ganz einfach einer von denen, die nichts haben und denen selbst das, was sie haben, genommen wird.

Ich glaubte, die Einsamkeit würde mich lehren, aber wann habe ich jemals richtige Einsamkeit erlebt? Was für ein leichtes Leben ich gehabt habe, dachte er, und wie rasch es verflogen ist. Ich habe immer noch das Gefühl, jung und schön zu sein, im Grunde nicht gealtert. Das Alter ist etwas sehr, sehr Fernes, Zukünftiges. Immer haben mich die Menschen beschützt und umsorgt, und ich hielt es für recht und billig, daß sie es taten. Ich habe nicht einmal gelitten und gekämpft wie gewöhnliche Menschen. Ich hätte es nicht gekonnt und kann mir nicht mal vorstellen, wie sie es können. Ich habe immer gewußt, daß ich etwas Besonderes bin. Ich habe immer auf etwas gewartet, wofür ich sozusagen in einem komfortablen Vorzimmer sitzen mußte. Vielleicht habe ich auf Gerda gewartet. Aber jetzt endlich weiß ich, habe es vielleicht eben erst herausgefunden, letzte Woche oder gestern, daß sie mir verloren ist. Es gab da eine Intimität und eine Art scheuen Liebens, aber es fehlte die Derbheit des wirklichen Lebens. Jetzt wird sie mich verachten und bemitleiden, und ich werde ihr allmählich eine Last werden. Kann ich je mit Henry Freundschaft schließen? Nein.

Natürlich, dachte er, habe ich nicht nur auf Gerda gewartet. Ich habe auf das große Kunstwerk gewartet, das immer da war, hinter dem Schleier verborgen, mein eigenes großes, geniales Werk. Und jetzt ist es zu spät. All diese schwächlichen Verse, mit denen ich das Papier bedeckt habe, sind nur Ersatz für das lange, harte Ringen der wahren Kunst, für das ernsthafte Bemühen, dem ich mich nun niemals hingeben werde. Aber ich muß fortfahren, an sie zu glauben, ich muß mir weiterhin etwas vormachen, um zu schreiben, denn wenn ich zu schreiben aufhöre, werde ich sterben. Es ist schon merkwürdig, dachte er, ich habe mir tatsächlich eingebildet, ich könnte mein Leben ändern, ich könnte in die Literatenkneipen zurückkehren und mich dort hinsetzen und an bierfeuchten Tischen Gedichte schreiben und den Jungen ein Geheimnis sein. Hätte ich das gekonnt? Vielleicht wäre es doch besser gewesen, wenn Henry mir alles genommen und mich wie einen ausgehungerten Hund auf die Straße gesetzt hätte.

Wie gräßlich müde ich bin, dachte Lucius, obwohl ich den ganzen Tag im Bett gelegen habe. Die Sonne scheint. Ich muß aufstehen. Vielleicht lege ich mir eine Musik auf, obwohl die Musik mich jetzt so unsagbar traurig macht. Ich wünschte, ich hätte Lust auf einen Drink, aber ich habe keine. Ich muß so tun, als hätte ich einen Tag hinter mir, als hätte es irgendwelche Aktivitäten gegeben, bevor die Nacht kommt. Und dann, o Gott, laß die Schlaftabletten wirken. Eine Hölle der Schlaflosigkeit bedrohte jetzt jede Nacht: eine Hölle, die er bei Tag zu vergessen suchte und sich nicht vorstellen konnte. Es war, als würde er nachts zu einem anderen Menschen. Schlaflos weinte er manchmal mit dem wirren Schmerz eines verdammten Kindes.

Auf die Beine, dachte er und schob sein schmutziges Tablett mit Teepfützen und Toastkrümeln über die Decke von sich weg. Warum machte es jetzt so verdammt viel Mühe, aus dem Bett zu kommen? Er mußte anämisch sein oder so etwas. Er sollte zum Arzt gehen, aber niemand hatte daran gedacht, es vorzuschlagen.

Er setzte sich auf und manövrierte seine Beine über die Bettkante. Sie waren dünn und weiß und voll dicker blauer Adern. Er sah zu seinen knorrigen Füßen hinunter und griff sich plötzlich fest an den Kopf. Heftiger Schwindel hatte ihn wie ein rauher Windstoß gepackt. Die Zimmerdecke wurde schwarz